Eliza Hart
Like Thunder and Storm

Eliza Hart

Like Thunder and Storm

Roman

PIPER

Mehr über unsere Autorinnen, Autoren und Bücher:
www.piper.de

Wenn Ihnen dieser Roman gefallen hat, schreiben Sie uns unter Nennung des Titels »Like Thunder and Storm« an empfehlungen@piper.de, und wir empfehlen Ihnen gerne vergleichbare Bücher.

Wir produzieren nachhaltig
www.piper.de

Bei »Like Thunder and Storm« handelt es sich um eine bearbeitete Version des auf Wattpad.com von Tyskerfie und HeyGuys77 ab 2015 unter dem Titel »Damn Badbabe« veröffentlichten Textes.

ISBN 978-3-492-50649-6

Redaktion: Michaela Retetzki
Satz auf Grundlage eines CSS-Layouts
von digital publishing competence (München)
mit abavo vlow (Buchloe)
Vignette von freepik.com
Covergestaltung: FAVORITBUERO, München
Covermotiv: Bilder unter Lizenzierung von
Shutterstock.com genutzt
Druck und Bindung: CPI books GmbH, Leck
Printed in the EU

1

Gelassen schlenderte ich über den Schulhof. Ich ließ meinen Blick schweifen. Nur noch etwa zwei Jahre, und ich würde das alles hier nicht mehr betreten müssen. Inzwischen kotzte mich hier wirklich alles an. Ich konnte die Lehrer nicht mehr sehen, die Bänke, auf denen wir immer saßen, und schon gar nicht die Leute. Die Leute hier waren mit Abstand das größte Problem.

Und die zwei, die ich am wenigsten sehen wollte, standen nur allzu präsent direkt am Haupteingang. Brooke und Ash.

Meine allerliebste Schwester und der größte Vollpfosten der menschlichen Geschichte. Es wunderte mich irgendwie nicht, dass die beiden sich gefunden hatten. Meine Schwester war lieb, wir verstanden uns im Grunde ganz gut, nur fehlte ihr definitiv eine ganze Menge zwischen den Ohren. Vielleicht war sie deswegen auf Ash hereingefallen. Ja, er sah gut aus. Intensive hellblaue Augen, schwarze Plugs, zahlreiche farbige Tattoos, die sich über seine trainierten Arme bis zu den Handgelenken schlängelten. Und natürlich seine Cap, die er fast immer umgedreht aufgesetzt hatte. Seine schlichte Kleidung – meistens ein weißes Shirt und dunkelgraue enge Jeans – untermauerten irgendwie seine unverschämt hübschen Gesichtszüge.

Sie versteckten aber auch seinen missratenen Charakter.

Ich kannte Ash schon ewig. Als wir Kinder waren, konnte man vielleicht sogar behauptet haben, dass wir Freunde waren. Na gut, zumindest Spielkameraden. Als wir älter wurden, veränderte sich unser Verhältnis. So sehr, dass Ash irgendwann dachte, ich hätte die gleichen Gefühle für ihn wie er für mich.

Das war jedoch nicht der Fall.

Und es tat mir nicht einmal leid, ihm einen Korb zu geben. Ich war einfach nicht interessiert. Ich war erst fünfzehn und dachte einfach noch nicht in diese Richtung.

Und dann zog er weg. Fast drei Jahre hörte ich nichts von ihm, und auch das war mir nach einiger Zeit im Grunde egal. Erst war ich am Boden zerstört gewesen, aber wie das so in dem Alter ist, hatte ich ihn nach und nach irgendwie vergessen.

Bis er eines Morgens vor wenigen Monaten mitten im Schuljahr in der Schule vor mir stand. Seine Brille und der unmoderne Haarschnitt waren weg. Stattdessen sah er aus wie ein Gott, und alle Mädchen sabberten von der ersten Sekunde an wegen ihm.

Ich wollte ihn gerade überrascht begrüßen, da hatte er sich einfach abgewandt und mich seitdem ignoriert. Größtenteils.

Denn die letzten Wochen hatte er ungewohnt und nervig viel Zeit mit meiner Schwester verbracht. Ihr Geflirte kotzte mich einfach nur an. Dass Ash nicht wirklich an ihr interessiert war, sah jeder zehn Meter gegen das Licht, nur sie natürlich nicht. Er spielte mit ihr, genoss ihre Aufmerksamkeit und sah sie einfach als Zeitvertreib, da war ich mir absolut sicher.

Dass er sich dafür jedoch gerade meine Schwester ausgesucht hatte, verstand ich beim besten Willen nicht. Vielleicht weil er wusste, dass es mich störte. Vielleicht weil er mir dadurch doppelt so sehr auf die Pelle rückte. Vielleicht weil er versuchte, mich irgendwie eifersüchtig zu machen.

Tja, sein Pech. Meine Gefühle waren die gleichen wie vor drei Jahren.

Obwohl, eigentlich nicht. Denn jetzt sah ich ihn nicht einmal als einen Freund, dem ich das Beste wünschte. Jetzt verabscheute ich ihn nur noch.

Auf der anderen Seite zweifelte ich manchmal daran, dass er je einen Gedanken an mich verschwendete. Ich bildete mir das Ganze womöglich auch nur ein.

Plötzlich bekam ich von hinten eine kurze, feste Umarmung, und ein Lächeln schlich sich auf meine Lippen. Das konnte nur mein bester Kumpel sein.

»Sadie, meine Liebe!«, erklang es hinter mir, und schon wurde mir ein Kuss auf die Wange gedrückt.

Matt. Mein allerbester Freund. Auch wir kannten uns, seit wir klein waren, und auch er war einmal ein »Freund« von Ash gewesen. Neben all unseren gemeinsamen Hobbys, Ansichten, Wünschen und Vorlieben teilten wir auch, dass wir mit Ash einfach nichts mehr anfangen konnten. Der Unterschied war jedoch der, dass Ash nur mir gegenüber so ein Arsch war.

Ich sollte ihn eigentlich immer so nennen. Eigentlich war ich mir sicher, dass sogar seine Eltern ihn so nennen wollten, das S im Namen aber aus unerklärlichen (und sehr ärgerlichen) Gründen von der Geburtsurkunde verschwand und mit einem H ausgetauscht wurde. Ass Hamilton. Arsch Hamilton.

Gott, wie ich den Kerl hasste.

»Warum guckst du wieder so grimmig?«, fragte mich Matt und folgte meinem Blick. Er stöhnte theatralisch, als er sah, wen ich beobachtete.

»Sadie, die sind es nicht mal wert, angesehen zu werden.«

»Ich kapier's einfach nicht!«, meinte ich und blickte mit gekräuselten Augenbrauen zu Matt hoch. »Warum Brooke? Das ergibt überhaupt keinen Sinn! Sieh sie dir an! Er redet mit meiner Schwester beziehungsweise sie redet mit ihm, und er sieht jede halbe Minute einer anderen hinterher. Wieso verschwendet er überhaupt seine Zeit mit ihr?« Wirklich, ich verstand es nicht.

Matt fuhr sich mit der Hand durch seine schwarzen Locken und überlegte kurz. Dann sah er mich leicht nervös an. »Frag ihn doch?«, schlug er vor. Bevor ich etwas einwenden konnte, fuhr er fort: »Du wirst es von selbst wahrscheinlich nie herausfinden, also kannst du ihn doch gleich fragen. Bis jetzt stellst du eigentlich nur Vermutungen an. Und wer weiß, vielleicht könnt ihr irgendwann euer Kriegsbeil begraben?«

Genervt musste ich zugeben, dass Matt mal wieder recht hatte. Trotzdem hatte ich keine Lust, mit Ash zu reden.

In dem Moment klingelte es zur ersten Stunde und wir begaben uns ins Schulgebäude. Leider hatten Matt und ich nicht denselben Kurs, weshalb wir uns schnell mit einem Wangenküsschen verabschiedeten und jeweils einen anderen Weg einschlugen. Wie es der Zufall nicht anders wollte, ging Ash direkt vor mir mit seinen Kumpel. Ich überlegte, ob ich ihn ansprechen sollte. Jetzt hätte ich eigentlich *die* Chance.

Ich stöhnte genervt, weil ich in dem Moment wusste, dass ich es tun würde. Natürlich nur meiner Schwester zuliebe.

»Hey, Ash!«, rief ich ihm hinterher. Ich war mir ziemlich sicher, dass er mich gehört hatte, aber er reagierte nicht. Ich versuchte es noch einmal, doch wieder ignorierte er mich.

Na gut.

»Hey, Arsch!«, rief ich etwas lauter, und sofort drehte sich mein Ex-Sandkastenkumpel um.

»Was hast du gesagt?«, fragte er gereizt und seine Augen blitzten. Seine Kumpel gingen einfach weiter.

Das waren die ersten Worte, die wir seit seiner Rückkehr miteinander gesprochen hatten. Irgendwie hatte ich mir das ganz anders vorgestellt.

»Ich habe nur deinen Namen gerufen? Ash? So heißt du doch?«, fragte ich ihn und hob eine Augenbraue. »Dass du anscheinend nicht reden kannst, war mir klar. Aber ich wusste nicht, dass du auch taub bist«, kam es wie von selbst aus meinem Mund, und innerlich klopfte ich mir auf die Schulter. Dieser eingebildete Schnösel sollte nicht denken, dass seine Art mich irgendwie störte oder mir sogar Angst einflößte.

»Was willst du?«, fragte er etwas schroff und sah abwartend auf mich herab. Ich musste meinen Kopf ganz schön in den Nacken legen, wenn er so nah vor mir stand.

»Was willst *du*? Also von meiner Schwester? Was willst du von Brooke? Dass das eine große Verarsche ist, sieht hier doch jeder. Also lass sie doch bitte einfach in Ruhe.« Seine Augen funkelten amüsiert, während sein restlicher Gesichtsausdruck kalt blieb.

»Was geht dich das an? Oder ist da jemand eifersüchtig?«

Wie selbstverliebt konnte ein einzelner Kerl eigentlich sein? Und vor allem: Wie konnte aus meinem Freund Ash von damals dieses selbstverliebte Arschloch werden? Das ging einfach nicht in mein Hirn rein. »Das hättest du wohl gern. Leider gehören selbstverliebte, arrogante Arschlöcher nicht in mein Beuteschema«, antwortete ich zuckersüß.

»Dann wüsste ich nicht, warum es dich interessiert, was ich tue.« Gleichgültig zuckte Ash mit den Schultern und sah schon dem nächsten Mädchen hinterher.

»Du verarschst meine Schwester, deshalb interessiert es mich.« Der Typ nervte so dermaßen, ich konnte es gar nicht mit Worten beschreiben.

»Deine Schwester ist alt genug, um selbst zu entscheiden, was sie tut«, meinte er nur mit einem herablassenden Blick, drehte sich um und ließ mich einfach mitten auf dem Gang stehen.

Toll, ich dachte, oder zumindest hatte ich gehofft, dass er vielleicht noch irgendwie freundschaftliche Gefühle für mich hatte, aber nein. Da hatte ich falschgelegen. Vollidiot!

»Vamos, Sadie, die Stunde fängt gleich an!«, kreischte plötzlich jemand neben mir mit einem ausgeprägten mexikanischen Akzent und zog mich heftig am Arm. Innerhalb weniger Nanosekunden realisierte ich, dass es Ana war, meine beste Freundin. Wir hatten zum Glück die meisten Stunden zusammen. Ohne zu überlegen, rannte ich einfach Hals über Kopf hinter ihr her, und dreiundzwanzig Sekunden später saßen wir im Geschichtsunterricht. Wir bekamen beide nach unserem Sprint kaum Luft und hörten uns deswegen an wie erstickende Nilpferde. Als wir Blickkontakt bekamen, brachen wir in Gelächter aus.

»Dios mio, ich sollte mehr Sport machen«, keuchte Ana. Sollte sie je vor einer Gefahr flüchten müssen, dann müsste sie ihre Kondition wirklich ein wenig auf Vordermann bringen. Genau wie ich. Mein Herz raste, ich hatte das Gefühl, es würde jede Sekunde aus meinem Körper springen.

Unser Lehrer fing mit seinem Geschwafel an, und automatisch schaltete ich ab. Ich hatte gerade mit Ash gesprochen! Ich fasste es kaum ... Dieser Idiot, mich so frech anzuquatschen, was bildete er sich eigentlich ein? Nicht nur sein Äußeres hatte sich in den letzten drei Jahren verändert ... Was zum Teufel fiel ihm ein?

Ich verdrängte den Gedanken, dass ich ihn zuerst blöd angemacht hatte. Immerhin hatte ich wenigstens einen guten Grund dafür!

Wahrscheinlich sollte ich mit meiner Schwester reden und ihr klarmachen, was für ein Depp Ash war. Ich bezweifelte zwar, dass sie auf mich hören würde, aber sonst würde sie in einer Woche heulend in meinem Zimmer rumsitzen.

Nach einigen Minuten pochte mein Herz immer noch wie verrückt, und irgendetwas sagte mir, dass das nicht unbedingt an meinem sportlichen Zustand lag.

»Ey, chica, sag mal, was hattest du mit Ash zu tun?«, fragte Ana mich in dem Moment leise und zog seinen Namen extra lang, als wäre sie nur vom Aussprechen schon angewidert. Als sie ihn erwähnte, durchfuhr mich ein leichter Schauer.

»Nichts eigentlich, ich habe ihm nur gesagt, dass er die Finger von Brooke lassen soll.«

Ana sah mich merkwürdig an.

»Und das interessiert dich weshalb?«, fragte sie unschuldig. Hallo? Warum fragten mich das alle? Die Antwort war doch wohl offensichtlich!

»Weil sie meine Schwester ist? Und ich habe keinen Bock, Kummerkasten zu spielen, wenn er meint, sie für irgendeine hirnlose Cheerleaderin abservieren zu müssen.«

»Sadie, Süße, wie sieht's aus? Wir beide, heute Abend?« Die Stimme drang von der Reihe hinter uns zu mir. Ich drehte mich gelassen zu Chase um, der sich mit einem dreckigen Grinsen zu mir vorgebeugt hatte.

»Endlich fragst du! Ich verzehre mich schon nach dir!« Theatralisch aufseufzend legte ich mir eine Hand aufs Herz. Chase baggerte mich seit bestimmt zwei Jahren pausenlos an, was ihn jedoch nicht davon abhielt, diverse Freundinnen zu haben. Es war einfach irgendwie ein Spiel zwischen uns, und es wäre seltsam, wenn es plötzlich nicht mehr so gewesen wäre.

Noch immer grinsend lehnte er sich wieder zurück und zwinkerte mir noch einmal zu, bevor wir uns auf unseren Lehrer konzentrierten.

Nach Geschichte und sieben weiteren Stunden, die mir gehörig auf meinen nicht vorhandenen Sack gingen, machte ich mich auf den Weg zum Parkplatz, um auf Brooke zu warten. Ich legte mich auf ihre Motorhaube, schloss die Augen und genoss die Sonne. Wer wusste schon, wann sie sich von ihrem heiß geliebten Ash trennen konnte ... Ash hier, Ash da, Ash ist so toll, Ash ist so süß ... Ich konnte es nicht mehr hören.

Nach ein paar Minuten hörte ich Schritte, die sich mir näherten, und leises Gekicher. Das konnte nur meine

Schwester sein. Und bei meinem Glück hatte sie ihren Holden bestimmt im Schlepptau. Noch bevor ich meine Augen öffnen konnte, ergoss sich ein Schwall Wasser über mein Gesicht. Wie von der Tarantel gestochen fuhr ich hoch und funkelte die beiden wütend an.

»Seid ihr jetzt komplett bescheuert? Was soll der Scheiß?« Ash grinste wieder einmal dämlich, noch mit der leeren Wasserflasche in der Hand, und Brooke kicherte ohne Pause.

»Wir dachten, eine kleine Abkühlung bei den Temperaturen würde dir gefallen.«

»Dein unschuldiges Gequatsche kannst du dir sonst wohin stecken, Arsch.«

»Ach komm schon, Sadie, jetzt hab dich doch nicht so. Es war doch nur Spaß«, versuchte meine Schwester mich zu beruhigen. Ich rutschte von der Motorhaube und setzte mich in den Wagen. Wäre ich noch länger in Ashs Reichweite geblieben, hätte ich ihn bestimmt kastriert.

Brooke verstand, dass ich jetzt einfach nach Hause wollte, verabschiedete sich mit einem mehr als eindeutigen Kuss von Ash und ließ sich danach endlich auf den Fahrersitz fallen. Sie setzte sich ihre Sonnenbrille auf und warf Ash noch eine Kusshand zu, bevor sie mit quietschenden Reifen vom Parkplatz fuhr.

»Ich verstehe nicht, was du an diesem Idioten findest«, murmelte ich vor mich hin, aber Brooke hatte mich wohl doch gehört.

»Ash ist einfach wundervoll. Früher wart ihr doch auch befreundet, ich verstehe gar nicht, was da passiert ist, dass ihr euch jetzt so hasst.« Sie warf mir einen Seitenblick zu, bevor sie sich wieder auf die Straße konzentrierte.

Richtig, meine Schwester hatte keine Ahnung davon, was zwischen Ash und mir vor etwa drei Jahren passiert war. Sie wusste nicht, dass er mir aus heiterem Himmel plötzlich erzählt hatte, er habe sich in mich verliebt. Okay, vielleicht war da auch ein bisschen der Alkohol schuld, den wir damals heimlich organisiert und dann mit ein paar anderen in unserem Alter gesoffen hatten.

Unser erster Rausch. Bei dem Gedanken daran geriet ich ins Schwelgen. Mann, was hatte ich mir die Seele aus dem Leib gekotzt. Seitdem war mir das nie wieder passiert.

An diesem Abend war etwas zerbrochen zwischen Ash und mir.

Bevor ich in den düsteren Sog meiner Gedanken gezogen werden konnte, schüttelte ich diese schnell ab.

»Ash und ich waren nie wirklich Freunde.«, log ich.

Überrascht sah mich Brooke an.

»Ash meinte, ihr hättet früher viel unternommen. Ich kann mich auch erinnern, dass du ihn öfter mal mit nach Hause gebracht hast.«

»Ja, kann sein. Aber das ist vorbei. Er hat sich dafür entschieden, von Ash zu dem Arsch zu werden, der er heute ist. Selbst schuld.« Ich drehte meinen Kopf zum Fenster und sah hinaus.

Das Thema war für mich erledigt.

»Du könntest dich schon etwas mehr für mich freuen, Sadie«, meinte meine Schwester daraufhin ein wenig gekränkt. Ich blickte abrupt in ihre Richtung und sah sie schockiert an.

»Wie bitte? Brooke, bist du blind?« Ich fasste es nicht. Ash hatte sie mit seinem Charme komplett geblendet. Oder meine Schwester war in echt noch bekloppter, als ich gedacht hatte! Nie im Leben würde ich ihre Beziehung absegnen!

»Ich gebe dir mal einen guten Rat: Sei ein wenig kritischer mit ihm!« In dem Moment hielt Brooke vor unserem Haus, und ich stieg so schnell wie möglich aus. Ihre Dummheit irritierte mich ausnahmslos, und deswegen verschwand ich so schnell wie möglich durch unsere Haustür. Ich hatte so viel Schwung drauf, dass ich meinem Dad fast die Tür volle Kanne ins Gesicht geknallt hätte.

»Sorry«, murmelte ich nur und rannte die Treppe, immer zwei Stufen auf einmal nehmend, hinauf.

»Hallo, meine immer gut gelaunte zweite Tochter!«, rief Dad mir hinterher, und ich rollte mit den Augen. »Hat sie nasse Haare?«, hörte ich ihn noch Brooke fragen, die auch das Haus betreten hatte.

Ich schloss meine Zimmertür nicht gerade leise und warf mich auf mein Bett. Wie sollte ich das nur aushalten? Und jetzt redete Ash anscheinend wieder mit mir? Das wollte ich doch gar nicht. Zumindest nicht so! Seine ignorante, arrogante und unfreundliche Art und Weise, und wie er sonst mit den anderen Leuten in der Schule umging, hatte mir schon schnell klargemacht, dass ich mich lieber ganz von ihm fernhielt.

Ich hörte, wie Brooke an meiner Tür vorbei und in ihr eigenes Zimmer ging, und seufzte. Brooke war ein Jahr älter als ich und ging in die gleiche Klasse wie Ash. Ich fühlte mich jedoch mit meinen achtzehn Jahren um Jahrtausende älter und reifer als sie. Schon klar, irgendwie gemein, doch so war es halt.

Brooke war naiv, viel zu gutmütig, und das einzige Buch, das sie je gelesen hatte, war *Winnie Puuh* – das unsere Eltern ihr vorgelesen hatten, als wir noch klein waren.

Ich war das komplette Gegenteil. Ich liebte es, zu lesen und zu lernen, und Hausaufgaben machen war eigentlich auch keine Last für mich.

Die Naivität hatte Brooke eher von meiner Mutter, und Dad hatte schnell gemerkt, dass meine Synapsen im Kopf wesentlich schneller und besser zusammenarbeiteten als Brookes. Ich ging davon aus, dass Dad und ich deswegen so ein nahes Verhältnis zueinander hatten. Oder uns hatte zusammengeschweißt, dass wir anderen Menschen so misstrauisch gegenübertraten. Was nicht unbedingt besser war.

Langsam stand ich auf und sah mich im Spiegel an. Meine immer noch nassen Haare klebten flach auf meinem Kopf. Ich fuhr mir mit den Fingern durch meine hellbraunen, langen, leichten Locken. Im Spiegel blickten mich meine leicht schrägen, mandelförmigen Augen an, und ich überlegte, wie ich mit der ganzen Situation umgehen sollte. Da ich meine Mum noch nicht begrüßt hatte, begab ich mich wieder nach unten und fand sie im Wohnzimmer vor.

»Hey, Mum«, sagte ich und umarmte sie.

»Na, wie war die Schule?«, fragte sie mich, als ich mich neben ihr auf das Sofa fallen ließ.

»Schon okay ... Habe mal wieder tausend Hausaufgaben«, grummelte ich. Obwohl sie mir meistens nicht schwerfielen, mussten sie ja gemacht werden.

»Du bist auch immer so fleißig«, lobte meine Mutter mich und strich mir mit der Hand über mein Kinn.

»Und wir wissen beide, von wem sie das hat!«, kommentierte mein Vater in dem Moment und wuschelte mir durch die eh schon völlig ruinierte Frisur.

»Wenn du so fleißig bist, kochst du heute doch bestimmt das Abendessen, oder?«, konterte meine Mum und grinste ihn frech an.

Dad lehnte sich hinter mir auf den Sofarücken und sah mich an. »Magst du mir beim Kochen helfen?«

Ich überlegte kurz. »Kommt darauf an, ich muss für die Zeitung bis morgen noch einen Entwurf für einen Artikel machen. Und ich habe noch nicht einmal angefangen.« Ich stöhnte genervt bei dem Gedanken an die ganze Arbeit, die noch auf mich wartete. Das Schreiben war meine Leidenschaft, aber zurzeit hatte ich irgendwie einfach zu viel um die Ohren.

»Dann mach du lieber jetzt deine Arbeit und Essen gibt's in einer Dreiviertelstunde«, bot mein Dad an, bevor er in die Küche verschwand.

Schwerfällig und ohne allzu viel Motivation schleppte ich mich wieder in mein Zimmer und schmiss mich mit meinem Laptop auf mein Bett. Wenn ich erst einmal angefangen hatte zu schreiben, ging es meistens, und ich fand wieder die Freude daran. Heute war noch ein Artikel über die Neugestaltung unserer Aula dran. Ja, ziemlich spannend. Auch solche Artikel mussten zwischendurch einmal sein.

Ich sah mir erst die Bilder an, die ich schnell mit meinem Handy gemacht hatte, damit ich mich nicht nur auf mein Gedächtnis verlassen musste. Die professionellen Bilder würde ich morgen noch von unserem Fotografen bekommen. Unser Leistungskurs Kunst hatte einige Bilder gemacht, die als Reihe gesehen ein großes Ganzes ergaben. Diese hingen nun in unserer Aula, und ich musste gestehen, sie sahen echt nicht schlecht aus.

Ich überlegte mir einen möglichst spannenden Einstieg, damit so viele wie möglich auch wirklich weiterlesen würden. Eine der Künstlerinnen hatte ich sogar extra interviewt, um dem Artikel mehr Leben einzuhauchen. Als die ersten Zeilen geschafft waren, floss der Rest nur so, und meine Finger flogen förmlich über die Tastatur. Etwa eine halbe Stunde später hatte ich den Artikel fertig und las ihn noch einmal Korrektur. Zufrieden mit meinem Werk, speicherte ich das Dokument in der Cloud, damit die Layouter Zugriff darauf hatten.

»Sadie, Schatz? Essen ist fertig«, rief in dem Moment Dad von unten. Das nannte ich mal perfektes Timing. Genau in dem Moment knurrte mein Magen lautstark, und ich merkte, wie viel Hunger ich bereits hatte.

2

Am nächsten Tag parkte meine Schwester ihr Auto direkt neben Ashs. Er lehnte schon lässig an seiner Motorhaube, umringt von seinen merkwürdigen neuen Freunden. Da ich absolut keinen Bock auf einen Zusammenstoß mit ihm hatte – und schon gar nicht so früh am Morgen –, sprang ich schnell aus dem Auto und lief ohne ein Wort in das Schulgebäude. Ich wollte vor dem Unterricht außerdem noch Dayna – dem Mädchen, das für das Layout zuständig war – Bescheid geben, dass ich meinen Artikel bereits hochgeladen hatte, dann könnte sie schon in ihrer Freistunde daran arbeiten.

Wie ich mir schon gedacht hatte, fand ich sie in der Aula, mit ihrem Laptop auf dem Schoß.

»Hey, Dayna.« Lächelnd sah sie auf, als ich sie ansprach. Ihre schulterlangen hellbraunen Locken wippten bei der Bewegung um ihren Kopf.

»Sadie, hi, bringst du mir wieder einen deiner fantastischen Artikel?« Daynas Komplimente brachten mich immer wieder in Verlegenheit. Sie war einfach zu süß.

»Ist alles schon online.«

Ich setzte mich neben sie und sah ihr dabei zu, wie sie mit ihren flinken, langgliedrigen Fingern den Text in ein Layout kopierte, das sie bereits entworfen hatte.

»Jetzt fehlen nur noch die Bilder von Ash«, murmelte sie vor sich hin.

Bitte was? Nein. Nein, das konnte nicht ihr Ernst sein!

»Ash?«, fragte ich deshalb mit panischer Stimme.

»Bin schon da, immer mit der Ruhe«, ertönte es da selbstgefällig von hinten. Ich drehte mich um und starrte in Ashs stechend blaue Augen.

»Was willst du hier?«

»Ich gebe nur meine Bilder ab.« Süffisant hielt er Dayna, die Ash kurz einen schmachtenden Blick zuwarf, einen USB-Stick entgegen. Wie oldschool war das bitte? Und warum standen eigentlich alle Mädchen dieser Schule auf Ash? Das war doch nicht mehr normal. Hatte ich irgendeine Gehirnwäsche verpasst?

Ohne ihn eines weiteren Blickes zu würdigen, verabschiedete ich mich von Dayna.

»Wir sehen uns später!« Dayna hob nur kurz grüßend die Hand zur Antwort und war schon wieder völlig in ihre Arbeit vertieft.

Ich war schon am Gehen, als Ash mir hinterherrief: »Ja, bis später, Babe.«

Bei dem Kosenamen lief es mir kalt den Rücken runter. Ohne mich umzudrehen, zeigte ich ihm meinen Lieblingsfinger.

Was, verdammt noch mal, hatte er bei der Schülerzeitung verloren? Das war *mein* Revier! Und da passte er nicht rein.

Den Rest des Tages verhielt Ash sich so wie die Monate zuvor auch.

Er ignorierte mich.

Falls sein Blick aus Versehen meinen traf, war er eiskalt und irgendwie ... intensiv. Stechend. Mir was das so wesentlich lieber, als dass er mich blöd anquatschte.

Nur ließ mich das Gefühl nicht los, dass er irgendetwas im Schilde führte. Ich hatte zwar keine Ahnung was, aber eins war sicher: Er hatte nicht die geringste Chance gegen mich.

Ja, er war ein Bad Boy, und ja, ich war kein Bad Girl. Ja, ich wirkte manchmal wie ein Streber – ein heißer, wohlgemerkt –, und ja, ich wirkte harmlos. Doch das war die reinste Täuschung. Und dass eins mal gesagt sein sollte: Ich ließ mich ganz sicher nicht von so einem Wicht wie Ash unterkriegen!

»Sadie, Liebes, hör auf, so böse durch die Gegend zu schauen«, meinte Chase plötzlich neben mir, als ich in der Aula stand und meinen Gedanken nachhing. Ich blickte ihn verwirrt an.

»Hm? Wieso?«

»Weil dich das unwiderstehlich macht.« Er zog mich mit seinem Blick aus, und ich musste grinsen. So ein Trottel, immer das Gleiche mit dem Kerl.

»Sorry, ich kann nichts dafür, dass ich so heiß bin.« Ich lächelte ihn zuckersüß an. Normalerweise würde ich nie so einen selbstgefälligen Stuss von mir geben, aber bei Chase war das irgendwie immer so.

»Was machst du jetzt? Lust auf ein Date?« Er steckte die Hände in die Hosentaschen und trat einen Schritt näher an mich heran. Sein himmlischer Duft umhüllte mich, und ich sah ihn verschmitzt an.

»Immer doch, Chase. Nur ist gleich die wöchentliche Redaktionssitzung der Zeitung.« Ich zuckte entschuldigend mit den Schultern, senkte den Kopf ein wenig, biss mir leicht in die Unterlippe und sah ihn dann unschuldig an.

»Hör auf damit, Sadie«, flüsterte Chase und trat noch näher an mich heran. Ich kicherte absichtlich übertrieben verführerisch und wuschelte ihm einmal durch die Haare, um ihn zu ärgern.

»Okay!« Ich drehte mich um und ging Richtung Redaktion. Da das einem Konferenzraum ähnelnden Zimmer noch leer war, setzte ich mich schon mal an den großen Tisch und holte mein MacBook raus. Kurz darauf betraten Dayna und Trevor den Raum, die beiden Layouter der Zeitung. Dayna setzte sich neben mich und strahlte mich an. »Der Artikel ist fertig, Michael wird begeistert sein!«

Michael war der Schulredakteur. Er hatte vor drei Jahren seinen Abschluss an der Schule gemacht, studierte Journalismus und hatte hier seinen Nebenjob. Er war ein Überflieger in seinem Fach und lenkte die Zeitung mit eisernem Griff, was man ihm mit seinem recht unscheinbaren Äußeren erst einmal kaum zutraute. Ich hatte jedenfalls definitiv Respekt vor dem relativ kleinen, schmächtigen Typen. Ihn wollte man nicht enttäuschen.

Neben mir gab es noch zwei weitere Texter, Alice und Matt. Jap, mein bester Kumpel hatte ein wahres schriftstellerisches Talent. Zumindest, wenn es um Sport ging. Matt war so ziemlich *der* Sportfanatiker in der Menschheitsgeschichte. Es war also nur natürlich, dass er von den Schulleistungen in diversen Sportrichtungen berichtete.

Er kam in dem Moment abgehetzt zur Tür herein, stolperte über ein Stuhlbein, fing sich gerade noch, richtete sich auf und hob wie eine Ballerina die Hände graziös in die Luft.

»Ja, ich bin auch da!«, kommentierte er umwerfend lächelnd seinen souveränen Eintritt. Ich amüsierte mich köstlich und entfernte meine Tasche, sodass er neben mir Platz nehmen konnte.

»Puh, gerade noch geschafft, das Interview von der Cheerleader-Anführerin zu kriegen!«, sagte er und legte sein Diktafon auf den Tisch. Seinem verschmitzten Grinsen nach zu urteilen, war das »Interview« großartig verlaufen. Ich rollte mit den Augen, als Michael den Raum betrat und gleich anfing, Anweisungen zu geben.

»Wer ist diesmal die Glückliche?«, fragte ich Matt flüsternd, da die Redaktionssitzung in dem Moment anfing.

»Tiffany«, erklärte er selbstsicher. O Gott ...

»... Ash Hamilton«, hörte ich Michaels Stimme, und ruckzuck hatte ich ihm meine Aufmerksamkeit geschenkt. »Ash wird unserem Team sowohl als Texter als auch als Fotograf unter die Arme greifen.«

O Shit, Ash war nicht, wie erhofft, die letzten zwei Stunden plötzlich verstorben, sondern stand jetzt kalt und arrogant im Zimmer und betrachtete alle Mitglieder der Redaktion eingehend. Ich versuchte ihn mit meinem Blick umzubringen, wenn der Zufall es schon nicht hinbekommen hatte, aber er sah nicht einmal in meine Richtung. Dayna hatte neben mir Atemnot, und Matt wirkte fast noch überraschter als ich, Ash zu sehen.

»Nee jetzt, oder?«, flüsterte er vielsagend, und ich stöhnte nur genervt auf.

»Um dir ein wenig zu zeigen, wie es hier vor sich geht«, erklärte Michael Ash und sah uns an, »solltest du die ersten Wochen mit einem der Texter und Layouter zusammenarbeiten.«

Mein Magen verkrampfte sich, und ich verspürte plötzlich ganz große Lust, einfach aus dem Fenster zu springen. Michael durfte mir jetzt ja kein Messer in den Rücken rammen!

»Ich würde vorschlagen, du tust dich mit Sadie zusammen, sie ist bei Weitem unsere erfahrenste Texterin.« Jap, das Messer steckte metertief in meinem Rücken.

Bevor ich irgendwelche Einwände erheben konnte, kam Ash mir zuvor. Ohne mich überhaupt anzusehen, sagte er an Michael gewandt: »Bei allem Respekt, aber ich glaube kaum, dass Sadie mir etwas beibringen kann.«

Wie bitte?!

»Ich habe ihren heutigen Artikel gelesen und ... na ja ...« Er sah Michael vielsagend an, der verwirrt zwischen uns beiden hin und her blickte.

»Ähm, den habe ich noch nicht gelesen, oder?«, fragte er dann an mich gewandt, woraufhin ich nur den Kopf schüttelte. Ich war wegen Ashs Dreistigkeit völlig sprachlos. Er war ein noch größeres Schwein, als ich es mir je hätte vorstellen können. Dass er meine Fähigkeiten vor allen so infrage stellte, war unverzeihbar! Und so unglaublich demütigend! In mir kochte die Wut.

Michael schien mit der Situation ungewohnt überfordert zu sein. »Mit wem willst du stattdessen arbeiten?«, fragte er Ash, der schon längst Matt fixiert hatte. O nein. Ich rammte meinem Kumpel meinen Ellbogen in die Rippen, damit er jetzt ja keinen Fehler machte!

»Also«, begann Matt stammelnd und sah mich fragend an. »Also wenn Sadie ihm nichts beibringen kann, dann ich definitiv auch nicht!«, sagte er schließlich bestimmt und hob abwehrend die Hände. Ich sah ihn dankbar an. Sehr gut.

Michael blickte verständnislos wieder zurück zu Ash. »Dann bleibt Alice. Hiermit beschlossene Sache!« Ash wirkte nicht ganz zufrieden, und ich konnte mir ein Grinsen nicht verkneifen, was er genervt bemerkte. Alice war ein Mauerblümchen, sie war neu in der Redaktion, extrem schüchtern und ... einfach langweilig. Ich konnte mir nicht vorstellen, dass die beiden gut zusammenarbeiten konnten. »Und Sadie?«, hörte ich Michael rufen und sah ihn fragend an. »Schickst du mir deinen Artikel?«

»Mit größtem Vergnügen!«, erwiderte ich selbstsicher und gab Dayna ein Zeichen, die sofort auf ihrem Laptop herumtippte. Mein Artikel war hervorragend, egal was Ash vorhin gesagt hatte!

Ash hatte sich in der Zwischenzeit neben Alice hingesetzt, die totenbleich war und möglicherweise gleich einen Herzinfarkt bekommen würde. Ich sah die anderen an und bemerkte, dass es im Raum mucksmäuschenstill war. Das lag nur an Ash, sonst herrschte hier heitere Stimmung. Der Kerl machte alles kaputt!

Michael verteilte neue Aufgaben, und wir diskutierten einige Projekte, die wir noch vor den Sommerferien beenden wollten, aber ich konnte mich kaum konzentrieren. Mir war Ashs Anwesenheit nur zu bewusst. Jedes Mal, wenn ich schnell zu ihm rüberblickte, sah ich, dass er aufmerksam zuhörte, was Michael oder die anderen zum Besten gaben. Er kam selbst sogar mit einigen nicht ganz so unklugen Vorschlägen. Trotzdem machte mich seine Präsenz nervös. Denn warum war er hier? Ich bezweifelte stark, dass er vorhatte, Journalist zu werden.

Als die Sitzung endlich vorüber war, ließ ich mir unendlich viel Zeit dabei, meine Sachen zusammenzupacken. Ich wollte vermeiden, Ash noch einmal über den Weg zu laufen, denn ich konnte für nichts garantieren.

Matt verschwand so schnell wie möglich, er musste arbeiten. Er hatte einen Nebenjob in einem Café in der Innenstadt.

Als Letzte verließ ich das Zimmer, schloss die Tür hinter mir und wurde sogleich von hinten gepackt und an eine Wand gepresst.

»Hör auf, dich mir in den Weg zu stellen«, zischte Ash mit heiserer Stimme und sah mich ausdrucksstark an. Erschrocken blickte ich in seine blauen Augen, umnebelt von seinem markanten Duft, fasste mich jedoch schnell. Ich drückte ihn hart von mir weg und funkelte ihn an.

»Halt dich von mir fern, Arsch, oder du wirst es noch bereuen!«

»Ha, versuchst du mir zu drohen?«, fragte er amüsiert und gleichzeitig verwundert.

»Ich versuche es nicht, ich tue es! Ich habe keinen blassen Schimmer, wieso du dich so aufführst, aber lass mich in Ruhe, sonst wirst du es noch bereuen, das verspreche ich dir!«, presste ich mit zusammengebissenen Zähnen hervor und stieß ihm so fest ich konnte gegen die Brust.

»Fühl dich nicht zu sicher, Babe«, flüsterte er und wollte mir gerade über die Wange streichen, als ich Chase' Ruf neben mir wahrnahm. Innerhalb von einer halben Sekunde hatte ich Ash von mir geschubst und rannte zu Chase, der wenige Meter entfernt stand und uns überrascht beobachtete.

»Was ...?«, fragte er unsicher, und ich antwortete so laut, dass Ash es mitbekam.

»Dieser Idiot dachte, er hätte bei mir eine Chance. Rennt mir schon seit der Achten hinterher und checkt es einfach nicht ...« Ich zuckte mit den Schultern, hakte mich bei Chase unter und war mir deutlich der hasserfüllten Blicke bewusst, mit denen Ash mich von hinten durchbohrte. Mir war klar, dass das gerade nicht sehr nett von mir war, aber Ash würde schon noch merken, mit wem er sich da angelegt hatte.

Chase nutzte die Gelegenheit natürlich schamlos aus und zog mich eng zu sich.

»Willst du ihn eifersüchtig machen?«, fragte er mich gerade so laut, dass nur ich es hören konnte, ohne dass sein Lächeln von seinen Lippen verschwand.

»O Gott, bloß nicht, ich wollte nur weg, also treib's nicht zu weit, Chase.« Ich grinste ebenfalls und sprach genauso leise wie er. Ich wollte gar nicht wissen, wie wir beide in dem Moment auf andere wirkten, aber irgendwie gefiel es mir.

»Lust auf einen Kaffee?«, fragte mich Chase, als wir vor dem Schulgebäude ankamen. »Ich habe extra auf dich gewartet. Wir könnten Matt einen Besuch abstatten«, lockte er weiter, und ich musste nicht lange überlegen. Brooke war schon längst zu Hause, und auf den Bus hatte ich weniger Lust. Außerdem würde Chase mich nachher bestimmt nach Hause fahren.

»Sehr gern!«

Ich folgte Chase zu seinem Moped, wo er mir einen Helm reichte. »Na, wie geht's mit deinem Motorrad-Führerschein voran?«, fragte er mich, als auch er sich einen Helm überzog. Irgendwann hatte Chase angefangen, seinen Ersatzhelm immer für mich mitzunehmen, und es kam nicht selten vor, dass er mich nach Hause brachte.

»Letzte Woche bestanden!«, antwortete ich, gedämpft durch den Helm. Ich war so erleichtert, endlich den Schein zu haben. Sobald ich mir ein Motorrad gekauft hatte, war ich nicht mehr von meiner Schwester abhängig, sondern konnte überall hinfahren, wo und wann ich wollte.

Und außerdem war es einfach ein ganz besonderes Gefühl der Freiheit, Motorrad zu fahren!

Chase hob seine Hand und ich schlug ein.

»Jetzt fehlt mir nur noch eine Maschine. Das Geld habe ich schon angespart.« Ich bezweifelte, dass Chase auch nur ein Wort verstanden hatte, da meine Wangen ganz schön zusammengequetscht waren. Aber er hob den Daumen zur Bestätigung, setzte sich auf sein Moped und wartete darauf, dass ich hinter ihm Platz nahm. Ich schwang mein Bein rüber und klammerte mich um seinen Bauch fest. Um seinen sehr trainierten Bauch ...

Da fuhr er auch schon los und schlängelte sich geschickt durch den Nachmittagsverkehr Richtung Innenstadt.

Matt war ein wenig überrascht, als ich mit Chase im Schlepptau bei ihm ins Café *The Coffee Cup* spazierte. Er kam aber trotzdem gleich und fragte uns, was er uns bringen könne. Lange plaudern konnten wir leider nicht, da heute die Hölle los war und Matt offenbar mit einer einzigen anderen Bedienung allein auf die ganze Meute losgelassen wurde.

Chase und ich bestellten beide Kaffee und ein riesiges Stück Kuchen. Während mein Stück ein Traum aus Schokolade war, konnte man bei Chase den Kuchen vor lauter Früchten und Sahne kaum noch sehen. Flink stibitzte ich mir eine Gabel voll von seinem Stück und schob mir die Leckerei schnell in den Mund, bevor er protestieren konnte.

»Hey!«, kam es da auch schon von ihm. »Das ist mein Kuchen!« Gespielt beleidigt sah er mich an, sodass ich ihm meinen Teller hinhielt, damit er auch ein Stück probieren konnte. Als er gerade mit seiner Gabel in meinen Schokotraum einstechen wollte, zog ich meinen Teller schnell weg, hielt ihn so nah bei mir, dass er ihn nicht mehr erreichen konnte, und stopfte mir ein so überdimensionales Stück in den Mund, dass ich aussah wie ein Hamster, der den Vorrat für die nächsten drei Monate in seinen Backen aufbewahrte.

Frech grinste ich ihn an und musste aufpassen, dass mir dabei nichts aus dem Mund fiel.

»Wer zuerst seinen Kuchen aufgegessen hat«, forderte mich in dem Moment Chase auf.

Moment, was? Waren wir hier im Kindergarten? Außerdem war es total unfair, ich hatte den Mund noch total voll, und Chase hatte sowieso die größere Klappe von uns beiden!

Trotzdem fing ich schnell an zu kauen. Aus dem Augenwinkel sah ich, wie uns ein Pärchen am Nebentisch amüsiert beobachtete. Hatten die noch nie jemand beim Wettessen gesehen?

Um es kurz zu machen: Chase gewann ganz knapp und mir war schlecht von der ganzen Schokolade.

»Du hast nur gewonnen, weil Schokolade viel mehr stopft als Früchte!«, versuchte ich mich zu verteidigen.

»Tja, trotzdem habe ich gewonnen. Und der Gewinner …«

»… kriegt keinen Kuss, Chase«, fiel ich ihm ins Wort.

»Das wollte ich doch gar nicht sagen«, behauptete er, aber ich war mir sicher, dass er es doch sagen wollte. Das war einfach typisch Chase. »Der Gewinner wird vom Verlierer eingeladen«, sagte er dann stattdessen und brachte mich zum Schmunzeln. Gut, damit konnte ich leben.

Nachdem sich mein Magen wieder beruhigt hatte, fuhr mich Chase tatsächlich heim. Ich zog mir den Helm vom Kopf und hielt ihn Chase vor die Nase.

»Danke fürs Heimbringen.«

»Danke für den Kuchen«, erwiderte er frech. Ich boxte ihm mit der Faust hart gegen die Schulter.

»Idiot.« Dann ging ich in Richtung Haustür und hörte Chase hinter mir wegfahren.

In meinem Zimmer schnappte ich mir gleich meinen Laptop und suchte wieder einmal nach Maschinen, die für mich infrage kamen. Drei Angebote kamen in die engere Wahl, und ich rief bei allen an, um einen Termin zur Besichtigung auszumachen.

»Dad, wir sehen uns diesen Samstag ein paar Maschinen an«, setzte ich meinen Dad etwas später von seinem Glück in Kenntnis. Dieser seufzte, nickte jedoch zur Bestätigung und drückte mich kurz.

Vielleicht würde ich dieses Wochenende endlich die richtige Maschine finden.

3

»Ay, Sadie, nicht so langweilig!«, schimpfte Ana mit mir, während sie an dem Vorhang vorbei zu mir in die Umkleidekabine lugte. Wir waren Shoppen, und wenn sie unzufrieden war, stach ihr mexikanischer Akzent besonders hervor.

»Ach Ana, ich bin halt nicht so ein Kanarienvogel wie du!« Ich blickte an mir herunter und war mit meinem Biker-Look in Schwarz und Dunkelgrau eigentlich ganz zufrieden, aber Ana konnte es nie bunt genug werden. »Außerdem muss das zu meinem schwarzen, neuen, superheißen, eleganten Motorrad passen!« Ich strahlte bis über beide Ohren und Ana schüttelte nur den Kopf.

Ich hatte heute Vormittag tatsächlich ein Motorrad gekauft. Und am Montag würde ich das erste Mal mit der Maschine zur Schule fahren. Dafür musste mein Outfit natürlich auch perfekt abgestimmt sein. Nur verstanden Ana und ich blöderweise zwei ganz verschiedene Sachen unter »perfekt«.

»Un momento!«, murmelte sie und verschwand. Ich wusste, dass sie gleich mit einem gelben, orangen oder pinken Top auftauchen würde, und zog mir deshalb schon mal meine Bluse aus. Ich betrachtete meinen Körper im Spiegel und begutachtete voller Stolz das Tattoo, das ich mir vor einigen Monaten hatte stechen lassen. Es war ein Blumenmuster, oder eher eine Blumenranke, die sich an der Seite von der Brust bis zu meinem Hüftknochen schlängelte.

Ich betrachtete noch immer meinen Körper, als ich im Spiegel sah, wie Ana den Vorhang ein Stück zur Seite zog und mir ein Oberteil unter die Nase hielt.

Mit leuchtenden Augen sah ich sie an.

Es war einfach perfekt.

Montagmorgen. Einer der wenigen Morgen, auf die ich mich so dermaßen freute, dass ich sofort aus dem Bett sprang, als mein Wecker klingelte. Mein Outfit für heute hatte ich mir schon am Abend zurechtgelegt und war deswegen schnell fertig. Ich hatte sogar noch genug Zeit, um normal zu frühstücken und nicht nur meinen üblichen Kaffee zu trinken.

»Da ist ja jemand schon gut gelaunt.« Dad grinste mich wissend an und zwinkerte. Vor lauter Freude konnte ich ebenfalls einfach nur zurückgrinsen, während ich mir ein riesiges Brot mit Nutella in den Mund schob.

Nach dem Frühstück schnappte ich mir meine Lederjacke und meinen Helm, schwang mich auf meine Maschine und brauste davon. Ich liebte dieses Gefühl, wenn der Wind an den Haaren, die unter dem Helm hervorlugten, zerrte und die Landschaft rasant an einem vorbeizog. Gut, so schnell zog sie leider noch nicht vorbei, wenn man hauptsächlich innerorts fuhr, aber das Gefühl war trotzdem unbeschreiblich.

Ich stellte meine Maschine auf einem freien Platz ab, stieg unter den neugierigen, verblüfften und verwunderten Blicken einiger Mitschüler ab und klemmte mir den Helm unter den Arm, um ihn in meinem Spind zu verstauen. Ana kam mir schon quer über den Schulhof entgegen.

»Sadie, meine Rockerbraut«, begrüßte sie mich, nachdem sie mich von oben bis unten gemustert hatte. Mit gespielt hochgerecktem Kinn drehte ich mich einmal im Kreis, damit sie mich von allen Seiten betrachten konnte.

Ich sah wirklich gar nicht mal so schlecht aus in den Klamotten. Ich trug schwarze Biker-Stiefel und eine schwarze Hose. Natürlich trug ich auch das Top, das Ana mir ausgesucht hatte. Es war eine weiße, weiche Ledercorsage, die ähnlich wie mein Tattoo auf der Seite ein schwarzes Muster hatte. Darüber noch meine schwarze Lederjacke, offene, wellige Haare und eine Sonnenbrille, die ich mir aufgesetzt hatte, nachdem ich den Helm abgenommen hatte.

Als ich mich Richtung Schulgebäude wandte, sah ich Ash, der lässig an der Gebäudewand lehnte und mich beobachtete. Sein Blick brannte unbehaglich auf mir. Unglaublich, dass ich einmal freiwillig mit dem Kerl meine Zeit verbracht hatte! Reflexartig straffte ich die Schultern und wandte mich demonstrativ ab.

Ana hakte sich bei mir unter, und gemeinsam gingen wir nach drinnen. Dort kam uns Chase entgegen, der mich gleich abfing. Im Vorbeigehen schnappte er sich meine Hand und zog mich zu sich. Er hob meinen Arm so, dass ich mich einmal drehen konnte, und stieß einen kleinen Pfiff aus.

»Sadie, Sadie, Sadie ... Warum tust du mir das an?«, meinte er seufzend. Ich tat kurz, als müsste ich überlegen.

»Einfach weil es mir Spaß macht.«

»Es macht dir Spaß, mit meinen Gefühlen zu spielen?«, stieß er gespielt verletzt hervor und fasste sich an die Brust. Ich grinste schief.

»Wer sagt, dass ich spiele?«, fragte ich kokett und lehnte mich ein wenig zu ihm rüber. Auch er machte einen kleinen Schritt mir entgegen. Es war nicht einmal ein halber Meter zwischen uns, aber trotzdem entschied sich irgendein Trottel, genau zwischen uns hindurchzugehen.

»Ihr steht im Weg«, sagte Ash kalt und stieß mich im Vorbeigehen weg. Chase und ich sahen ihm verblüfft hinterher.

»Was zum Teufel fehlt dem Kerl?«, murmelte er und ich schnaubte.

»Wo soll ich nur anfangen?«, grummelte ich, als Ana mich auch schon ungeduldig mit sich zog. »Bis später, Chase!«, rief ich noch über meine Schulter und folgte Ana zum Mathematikunterricht.

»Sadie, mi amor, was läuft da zwischen dir und Chase?«

»Nichts?«, meinte ich unschuldig, fragte mich jedoch im gleichen Moment, ob das so auch richtig war. Chase war lustig, liebevoll, frech und auch sehr gut aussehend. Seine blonden, leicht lockigen Haare, die nie ordentlich und gesittet auf seinem Kopf lagen, sondern wirr abstanden, waren einfach zu flauschig und süß. Wir verstanden uns prächtig, und ich konnte nicht verleugnen, dass da eine gewisse Spannung zwischen uns war. Aber reichte mir das?

»Wann steigt die nächste Party?«, fragte ich Ana, und sie hatte mich sofort durchschaut.

»Ich werde mich nicht einmischen, aber tu nichts, was du später bereust.«

»Keine Sorge, ich werde schon nichts Dummes anstellen. Kennst mich ja ...« Ich wartete einige Sekunden, schielte dann zu Ana rüber, die mich belustigt ansah, und augenblicklich lachten wir laut los.

»Klaro, nichts Dummes anstellen ...«, sagte Ana immer noch prustend, und ich schlug ihr in die Seite.

»Ein wenig Respekt wäre nicht unangebracht! Ich bin schließlich die Ältere von uns beiden«, drohte ich scherzend und gab ihr einen Kuss auf die Wange.

Der Gedanke an Chase ließ mich nicht mehr los. Und das fand ich irritierend. Sehr irritierend.

Immerhin lief das zwischen uns jetzt schon mehrere Jahre so. Was war auf einmal anders? Ich konnte es mir nicht erklären, aber ich wusste, dass ich auf einmal ein Lächeln auf den Lippen hatte, wenn ich ihn sah. Und das gefiel mir irgendwie. Nur wie weit ich gehen würde, darüber müsste ich mir noch klar werden.

In der Mittagspause setzte ich mich mit Ana zu Matt, der bereits mit einem Mädchen am Tisch saß. Ich kannte sie noch nicht, aber wenn ich mir ihren Namen würde merken müssen, dann würde Matt mir rechtzeitig Bescheid geben. Ich machte mir also keinen Kopf deswegen und fing an, das riesige Stück Lasagne auf meinem Teller in mich hineinzuschaufeln.

»Immer am Futtern, das Mädel«, hörte ich Chase' Stimme, als er sich neben mich setzte.

»Schon wieder du?«, fragte ich amüsiert.

»Ich suche halt einfach deine Nähe.« Er zwinkerte mir zu. Noch während ich ein warmes Gefühl in mir aufsteigen spürte, sah ich schräg hinter ihm Ash mit meiner Schwester herumstehen. Allein beim Anblick dieser Visage wurde mir schon schlecht. Und dieser Blick, den Ash mir schickte, während er meiner Schwester die Zunge in den Hals steckte, widerte mich nur an.

Ich wandte meinen Blick wieder Chase zu, der gerade herzhaft in sein Sandwich biss.

»Mwaf?« Er sah mich fragend an.

»Nichts.«

»Doch, sag schon!«

»Nichts?«

»Sadie?«

»Chase?«

»Ja?«

»Hä?«

»Was?«

»Was?«

»Dios mio, seid ihr blöd!«, kam es plötzlich von Ana, und Chase und ich brachen in schallendes Gelächter aus. Keine Ahnung, was das eben war. Ich betrachtete Chase, während er weiteraß. Als er hinuntergeschluckt hatte, sah er mich wieder fragend an.

»Wieso starrst du mich so an?«, fragte er und drehte sich leicht zu mir. Bevor ich antworten konnte, wurde ich von hinten an die Schulter getippt.

»Ähm, Sadie?« Ich drehte mich um und sah Michael, der mich von oben herab ein wenig unbehaglich ansah. »Können wir kurz über deinen Artikel sprechen?«

»Ja klar. Was ist denn los?« Überrascht wartete ich, was er jetzt sagen würde. Er hatte mich noch nie auf einen Artikel angesprochen, außer um mir zu sagen, dass er fantastisch sei. Michael warf einen kurzen Blick auf Ana, Chase, Matt und Matts Wer-auch-immer-sie-War.

»Unter vier Augen, Sadie.«

Jetzt machte er mich doch etwas nervös. Mein Artikel war doch gut gewesen, oder? Ich ließ die letzten Bissen meiner Lasagne stehen und warf Ana noch einen verwirrten Blick zu, bevor ich aufstand und Michael folgte. Er steuerte zielstrebig auf ein leeres Klassenzimmer zu, hielt mir die Tür auf, damit ich hineingehen konnte, und schloss sie wieder hinter uns beiden.

Jetzt standen wir hier zu zweit, allein, sahen uns an und er sagte kein Wort.

Irgendwie wurde mir ein wenig unbehaglich zumute.

»Was ist denn mit meinem Artikel, Michael? Fandest du ihn nicht gut?«

»Sadie, du kannst damit aufhören. Es tut mir leid, dass ich nicht früher zu dir gekommen bin, aber ich war einfach total überrumpelt. Und ich meine, ich habe eine Freundin, ich musste mir erst einmal über meine Gefühle klar werden.«

Moment. Was faselte er da bitte? Und was hatte das mit meinem Artikel zu tun, wenn er gerade Stress in seiner Beziehung hatte?

»Du hast mich damit komplett aus der Bahn geworfen, echt. Ich war total überfordert und habe die letzten Tage über an nichts anderes mehr gedacht …«

»Stopp, wovon zur Hölle redest du?« Ich unterbrach ihn einfach forsch, weil ich mir auf das alles hier absolut keinen Reim machen konnte. Kurz sah mich Michael an, als wäre ich eben der Klapse entsprungen, bevor er einen Schritt auf mich zu machte.

»Ich rede davon, was du als Nachricht an mich in deinen Artikel geschrieben hast.« Noch immer verstand ich nur Bahnhof. »Dass du dich in mich verliebt hast?« Der letzte Satz klang mehr wie eine Frage und weniger wie eine Feststellung.

Ich hatte bitte *was*? Mir klappte der Mund auf. War er jetzt komplett durchgeknallt?

»Das habe ich nicht geschrieben!«

Mitleidig lächelte Michael mich an. Beinahe hätte ich ihm dieses dämliche Grinsen aus dem Gesicht geschlagen.

»Sadie, du brauchst es doch jetzt nicht zu leugnen. Es ist okay. Wir werden damit klarkommen. Ich werde bei meiner Freundin bleiben. Es tut mir leid, aber ich habe meine Entscheidung getroffen.«

»Das braucht dir nicht leidzutun. Ich wollte dich nie.« Ich konnte nicht fassen, was hier gerade abging. Wie ...

»Verdammter Mistkerl!«, fluchte ich, als mich die Erkenntnis traf wie ein Baseballschläger.

»Du brauchst mich nicht gleich zu beschimpfen.« Michael sah mich gekränkt an, doch ich winkte nur ab.

»Nicht du, ich meine Ash. Ash hat das geschrieben, nicht ich. Ich steh nicht auf dich, glaub's mir endlich!«

Ash. Es musste Ash gewesen sein, wer denn sonst? Dayna ganz bestimmt nicht.

Dieser ... Hosenscheißer.

»Ich muss jetzt gehen, Michael.« Ich war schon halb aus der Tür, als er mir noch etwas hinterherrief.

»Sadie, warte! Ist zwischen uns alles okay?« Er glaubte mir immer noch nicht. Na toll.

»Ja, natürlich. Mach dir keinen Kopf, ehrlich!« Und schon war ich weg und stürmte zurück in die Cafeteria. Ash und Brooke hatten sich offenbar noch keinen Millimeter bewegt, seitdem ich gegangen war. Grob zog ich

Ash von Brooke weg, und ohne groß darüber nachzudenken, landete meine Faust in seinem Gesicht. Ich versuchte den brutalen Schmerz zu ignorieren, der dabei durch meinen kompletten Arm fuhr. Geschockt sah Brooke mich an, während Ash sich seine Nase hielt. Ha! Er blutete sogar ein wenig.

»Bist du jetzt total übergeschnappt, du dumme Tusse?«, brüllte er mich an.

»Das sollte ich wohl besser dich fragen. Oder wer hat denn meinem Artikel noch eine ganz persönliche Note verliehen, hm?« Ich war auf hundertachtzig. So sauer war ich echt noch nie in meinem Leben gewesen, und am liebsten hätte ich gleich noch einmal auf Ash eingedroschen, egal wie sehr ich mich dabei selbst verletzte.

»Sadie, was ist los?« Ich drehte mich kurz um und sah Ana, Chase und Matt hinter mir stehen. Abgesehen davon waren auch alle anderen Blicke auf Ash und mich gerichtet.

»Ash weiß ganz genau, was los ist.« Ich sah zu ihm und konnte die Freude über seinen Sieg in seinen glitzernden Augen erkennen. Langsam ging ich auf ihn zu. Ana legte eine Hand auf meinen Arm.

»Sadie, nicht ...«

Aber ich ließ mich nicht beirren. Ich trat so nah an ihn heran, dass sich unsere Oberkörper berührten.

»Du willst Krieg? Du kannst ihn haben.«

Dann drehte ich mich um und ging.

Ich war eine aggressive Dramaqueen.

Das zumindest behauptete unser Schuldirektor, der mich und Ash natürlich sofort zu sich ins Büro holte, als er von unserer kleinen *Schlägerei* gehört hatte.

»Und wie soll ich das bitte angestellt haben?«, fragte Ash mich in dem Moment arrogant und überheblich. Ich stöhnte genervt, als der Direktor mich auch noch abwartend ansah. Ich hatte gerade von der ... Situation mit Michael erzählt, aber Mr Conelli glaubte mir natürlich nicht.

»Was weiß ich? Du hast schließlich jetzt auch Zugriff auf unsere Cloud-Dateien, da hast du bestimmt am Artikel herumgefeilt!« Ich war immer noch fuchsteufelswild, und meine Augen schossen Blitze, als ich Ash ansah.

»Es ist wirklich erbärmlich, wie du versuchst, die Schuld auf andere zu schieben«, murmelte er vielsagend, was mich noch mehr auf die Palme brachte.

»Wie kannst du es wagen, du ...«, fing ich an und sprang von meinem Stuhl auf.

»Soso, immer mit der Ruhe, Ms Nichols«, versuchte mich der Direktor zu beschwichtigen.

»Nichts mit der Ruhe hier! Ash ist selbst schuld, ich werde mich für nichts entschuldigen!«, sagte ich bestimmt, trat nach Ashs Stuhl und verließ stürmisch das Büro. Ich würde bestimmt einen Verweis kriegen und zum Nachsitzen verdonnert werden, aber das war mir im Moment herzlich egal. Jetzt musste ich erst einmal Dayna finden.

Ich sah den leeren Gang entlang und dann auf die Uhr. Na toll, die nächste Stunde hatte schon angefangen, Dayna saß also bei Mr Hoffmann in Chemie, dem tollsten Fach der Welt (eigentlich schon) mit dem tollsten Lehrer der Welt (not). Der würde mich für das Zuspätkommen auch gleich noch mal zum Nachsitzen verdonnern, da war ich mir sicher.

Jetzt stellte sich nur die Frage, wo meine Sachen waren. Ich hoffte inständig, dass Ana meine Tasche mitgenommen hatte. Ich checkte schnell mein iPhone und sah, dass Chase mir geschrieben hatte.

Hab deine Sachen, Süße. Komm und hol sie dir ;-)

Auf ihn war Verlass, dachte ich amüsiert und marschierte Richtung Klassenzimmer. Plötzlich hörte ich hinter mir Schritte. Ich drehte mich im Gehen halb um, aber da war keiner. Seltsam.

Ohne einen weiteren Gedanken daran zu verschwenden, lief ich zügigen Schrittes weiter in Richtung des Klassenzimmers und wappnete mich für eine Standpauke von Mr Hoffmann.

4

Ich konnte es kaum abwarten, bis die Stunde endlich vorbei war und ich mir Dayna schnappen konnte. Sie war gerade schon am Rausgehen, als ich sie am Arm zurückhielt.

»Dayna, warte. Ich muss mit dir sprechen.«

»Klar, was ist los?«

»Hast du etwas an meinem Artikel verändert?«, platzte ich gleich heraus. Es hatte ja wohl auch keinen Sinn, groß um den heißen Brei herumzureden, vor allem, da ich mir sowieso sicher war, dass nicht sie es gewesen war, die meinen Artikel um eine Liebeserklärung an Michael bereichert hatte. Ihrem verwirrten Gesichtsausdruck nach zu urteilen, hatte sie wirklich nichts damit zu tun.

»Was? Nein, natürlich nicht! Wie kommst du denn darauf?« Ich winkte ab.

»Irgendwer hat ein bisschen an meinem Artikel gefeilt. War Ash an deinem Laptop?«

»Ja, ganz kurz, er wollte nur noch etwas an den Bildern verändern. Er meinte, er brauche zehn Minuten, und in der Zwischenzeit bin ich mir Kaffee holen gegangen. Aber er hätte ja auch nicht meinen Laptop gebraucht, um an deinen Artikel zu kommen. Was hat er denn angestellt?«, wollte sie neugierig wissen.

»Nicht so wichtig. Wir müssen jetzt nur mal kurz klarstellen, dass Ash der Arsch ist.« Ich nahm sie bei der Hand und zog sie zum Büro des Direktors.

»Ms Nichols, schön, dass Sie wieder da sind. Ich habe noch mit Ihnen zu reden.« Ups, der klang wirklich hocherfreut, mich zu sehen ... Gut, kein Wunder nach meinem fantastischen Abgang vorhin.

»Ich weiß, ich habe mich ziemlich danebenbenommen, Mr Conelli und dafür möchte ich mich entschuldigen. Doch Dayna würde Ihnen gern etwas sagen.« Aufmunternd sah ich sie an, doch sie sah nur verwirrt zurück, also half ich ihr auf die Sprünge. »Dayna? Der Artikel? Ash an deinem Laptop?«

»Ach so, ja. Sadie sagte, es habe wohl Probleme mit ihrem Artikel gegeben, aber ich habe daran nichts verändert, ehrlich nicht. Ash war eine kurze Zeit an meinem Laptop, er hätte also die Möglichkeit gehabt. Ich habe mir den Artikel danach leider nicht mehr durchgelesen.«

Triumphierend sah ich Mr Conelli an, der mich mit gerunzelter Stirn betrachtete. Offenbar schien er abzuwägen, ob Dayna die Wahrheit sagte oder ob ich sie mit Süßigkeiten bestochen hatte. Irgendwann ging er hinter seinen Schreibtisch und betätigte das Mikrofon.

»Ash Hamilton, bitte sofort in das Büro des Direktors. Ich wiederhole: Ash Hamilton, bitte sofort in mein Büro.«

Vor lauter Freude hätte ich beinahe laut aufgejauchzt, aber ich konnte mich gerade noch zusammenreißen. Jetzt würde dieser Idiot endlich mal eins abbekommen! Ich hatte ihn noch gewarnt: Wer mit dem Feuer spielte, würde sich verbrennen.

Wir warteten ein paar Minuten, bis er endlich klopfte und kurz darauf die Tür öffnete. Als er Dayna und mich sah, seufzte er genervt auf.

»Mr Conelli, das hatten wir doch vorhin schon!«, setzte er an, doch Mr Conelli unterbrach ihn.

»Mr Hamilton, stimmt es, dass Sie Zugang zu dem Artikel von Ms Nichols hatten?« Das klang wie ein richtiges Verhör. Insgeheim lachte ich mir ins Fäustchen.

»Ja, theoretisch schon«, antwortete Ash selbstsicher, als fürchtete er sich vor nichts. Er stritt also noch immer eiskalt ab, etwas damit zu tun zu haben. So ein Depp, er hatte verloren. Wieso sah er das nicht ein?

»Sie bestreiten also noch immer, dass Sie den Artikel von Ms Nichols verändert haben.«

»Ich würde mich doch nie in das Privatleben einer mir fremden Person einmischen.« Ashs Mundwinkel zuckte, als er sich das Lachen verkneifen musste, was offenbar nur mir auffiel. Auf Daynas Stirn konnte ich die Fragezeichen förmlich ablesen. Ihr würde ich wohl später noch erklären müssen, worum es hier ging.

Mr Conelli sah abwechselnd zwischen Ash und mir hin und her, offenbar noch unschlüssig, wem er jetzt glauben und was er mit uns machen sollte.

»Nun, da hier Aussage gegen Aussage steht, werde ich Sie, Mr Hamilton, mit einer Verwarnung wegschicken. Ich möchte so etwas nicht noch einmal hören. Sie können jetzt gehen.« Ash grinste mich dreckig an, während in mir die Wut kochte. Das konnte doch jetzt nicht Mr Conellis Ernst sein! Dayna und ich wandten uns ebenfalls zum Gehen, als mich die Stimme des Direktors zurückhielt.

»Sie noch nicht, Ms Nichols.« Dayna warf mir einen entschuldigenden Blick zu.

»Ich warte draußen auf dich«, versicherte sie mir, bevor sie die Tür schloss.

»Ms Nichols, ich weiß, Sie waren sehr ... aufgebracht wegen dieser Situation. Trotzdem kann ich nicht dulden, dass an meiner Schule Schlägereien angefangen werden.«

Ungläubig sah ich ihn an. Er würde doch wohl jetzt nicht *nur* mir eine Strafe aufs Auge drücken?

»Mit Verlaub, Mr Conelli, ich wollte keine Schlägerei anfangen. Ich habe Ash geschlagen, und damit war die Sache eigentlich erledigt.«

Mr Conelli sog scharf die Luft ein, hob eine Augenbraue und rümpfte unzufrieden die Nase. Hatte ich was Falsches gesagt?

»Wie dem auch sei, Ms Nichols. Ich werde an Ihnen ein Exempel statuieren. Deswegen erhalten Sie einen Verweis, ich werde Ihre Eltern benachrichtigen und Sie werden heute Nachmittag eine Stunde nachsitzen.«

Bitte was?

Völlig geschockt sah ich ihn an.

»Das wäre dann alles«, fügte er hinzu und machte eine vage Handbewegung Richtung Tür. Was fiel ihm ein? Das konnte doch wirklich nicht sein Ernst sein!

»Mr Conelli, Ash hat angefangen. Mein Ruf hätte an seinem kleinen, für Sie anscheinend unwichtigen Streich erheblichen Schaden erleiden können! *Er* ist hier zu weit gegangen!« Mein Direktor sah mich nachdenklich an. »Dass ich eine härtere Strafe als er kriege, sehe ich einfach nicht ein! Ich dachte nicht, dass Sie so ungerecht sind«, setzte ich noch einen drauf und bemerkte zufrieden, dass mein Gegenüber unangenehm berührt auf seinem Stuhl hin und her rutschte. Er räusperte sich einmal und starrte die Wand an.

»Na gut. Da Sie beide einen Teil zu dieser Situation beigetragen haben, wäre eine ähnliche Strafe angemessen.« Ich konnte mir ein flüchtiges, triumphierendes Grinsen nicht verkneifen.

»Sie werden beide nachsitzen.«

Einige Stunden später schlurfte ich genervt Richtung Nachsitzzimmer. Ash, diese Laus. Er verpestete mir mein Leben!

Kurz bevor ich den Raum erreichte, sah ich ihn auch schon draußen auf dem Flur warten. Anscheinend war die Aufsichtsperson noch nicht da. Ash sah mich und richtete sich zu seiner vollen Größe auf, als ich nur wenige Schritte von ihm entfernt war.

»Da kommt die kleine Petze ja«, begrüßte er mich und sandte mir einen schwer definierbaren Blick.

»Ach, halt die Klappe!«, zischte ich und ging an ihm vorbei. Seine arrogante Art trieb mich so dermaßen zur Weißglut, dass ich schon wieder kurz davor war, ihn zu schlagen. Ich hatte Blut geleckt, und in meinen Fingern kribbelte es förmlich vor Verlangen, sein Gesicht noch einmal Bekanntschaft mit meiner Faust machen zu lassen. Leider tauchte in dem Moment unser Aufsichtslehrer auf und ich wandte mich ab. Noch einmal würde ich nicht die Kontrolle verlieren und eine Strafe bekommen, die völlig ungerechtfertigt war. Der Lehrer sah ziemlich genervt aus, als er das Klassenzimmer wortlos aufsperrte. Wahrscheinlich hatte er genauso wenig Bock, seinen Nachmittag hier zu verbringen, wie wir.

»Setzen Sie sich und halten Sie die nächste Stunde die Klappe«, sagte er nur, bevor er sich vorn hinsetzte und ein Buch aus seiner Tasche zog. Wow, sehr gut gelaunt. Aber das war mir auch egal, denn ich hatte nicht vor, mich mit Ash zu unterhalten.

Ich setzte mich an einen Tisch in der Ecke und holte meine Schulsachen aus meiner Tasche. Wenn ich schon die nächste Stunde hier drin verbringen musste, konnte ich sie auch so sinnvoll wie möglich nutzen und gleich meine Hausaufgaben machen.

»Die kleine Streberin macht also brav ihre Hausaufgaben.« Ashs Stimme drang an mein Ohr, und sie war viel zu nah. Er hatte sich direkt vor mich gesetzt und kippelte mit seinem Stuhl so nach hinten, dass er an meinem Tisch lehnte.

»Halt deine Fresse und verpiss dich«, zischte ich. Er brachte wirklich die schlechtesten Seiten in mir zum Vorschein.

»Na, na, du hast dich aber auch schon mal gewählter ausgedrückt«, stichelte er weiter.

»Wen interessiert das hier?«, erwiderte ich und rollte mit den Augen.

»Keinen. Denn du bist nicht wirklich interessant«, kommentierte Ash mit einem Schulterzucken. Der Kerl hatte doch einen an der Waffel.

»Ich sage es noch mal: Halt die Fresse und verpiss dich!«

»Was, wenn nicht?«

Ich überlegte nicht lange, sondern zielte mit meinem Fuß unter dem Tisch nach seinem Stuhlbein. Ich trat mit voller Wucht dagegen, und da er durch das Zurücklehnen eh schon am Rumbalancieren war, rutschte der

Stuhl, nur noch auf einem Bein belastet, weg und Ash fiel mit einem fetten Krach zu Boden.

Der Aufsichtslehrer hob desinteressiert den Blick, ich tat einfach unschuldig und vertiefte mich in mein Buch, während Ash stöhnend aufstand. Ich traute mich nicht, ihn anzusehen, aber ich musste mir auf die Lippe beißen, um nicht laut loszulachen. Plötzlich sah ich neben meinem Buch zwei Hände, die sich auf die Tischplatte stützten. Ich blickte hoch in Ashs ausdrucksstarke Augen, die nur wenige Zentimeter vor mir waren. Er lehnte sich noch ein Stück näher zu mir und fixierte mein Gesicht. Er setzte zu einer Ansage an, doch der Aufsichtslehrer rappelte sich in dem Moment auf und versuchte, wenigstens ein klein wenig pflichtbewusst zu sein.

»Mr Hamilton, entweder Sie setzen sich jetzt ruhig hin oder wir sehen uns morgen Nachmittag wieder«, kam es dennoch sehr gelangweilt von ihm. Ash reagierte nicht auf seine Bemerkung, sondern sah mich immer noch ernst an. Ich lugte kurz an ihm vorbei und erblickte den Lehrer, schon wieder in sein Buch vertieft. Ihm war das hier alles doch eigentlich scheißegal.

»Bist du taub? Verzieh dich!«, zischte ich leise zu Ash und machte eine wegschubsende Handbewegung. Ich konnte erkennen, wie sehr sich Ash beherrschen musste, um mir nicht den Kopf abzureißen. Ich setzte noch einen drauf.

»Sprich noch einmal mit mir und ich werde dir dein Leben zur Hölle machen.« Ich hatte die Worte nur geflüstert, aber ich wusste, dass er jede einzelne Silbe verstanden hatte. Ich hielt seinem Blick stand und fand, dass er trotzdem zu viele Sekunden wartete, bevor er sich umdrehte und sich hinsetzte.

Natürlich würde ich das nie machen, weil ich weder konnte noch wollte, das wusste Ash auch, aber mir platzte gleich der Kragen. Und irgendwie musste ich ihn ja loswerden.

Den Rest der Stunde verbrachte ich damit, Ash in den Nacken zu starren und das Tattoo zu bewundern, das fast ganz bis zu seinem Haaransatz ging.

»Sag mal, hast du sie noch alle? Bist du komplett von allen Geistern besessen?«, schrie Brooke mich an.

»Verlassen ...«, korrigierte ich sie und versuchte, an ihr vorbeizugehen.

»Du kannst Ash doch nicht einfach so schlagen! Spinnst du?«, fuhr sie fort und funkelte mich an.

Eine halbe Millisekunde hatte ich in unserem Haus verbracht, da stand Brooke schon vor mir und schrie sich die Lunge aus dem Leib.

»Vielleicht hat dein ach so toller und lieber Lover ja vergessen zu erklären, weshalb ich ihm die Ehre erwiesen und ihn überhaupt beachtet habe?«, fragte ich genervt und schubste Brooke leicht zur Seite, um an ihr vorbeizukommen.

»Nein, hat er nicht«, kam es trotzig von Brooke, die mir hinterherblickte.

»Na also«, murmelte ich und begann die weiße Holztreppe hinaufzugehen.

»Also stimmt es?«, rief Brooke mir fragend nach.

»Jap.«

»Wirklich?«

»Jaaa«, grummelte ich gedehnt.

»Du fieses Miststück!«, flüsterte Brooke hinter mir, und ich blieb abrupt stehen. Was zur Hölle? Ich drehte mich um und sah sie fragend an.

»Du bist eifersüchtig«, brach es sofort aus ihr heraus. Ich konnte ein überraschtes Auflachen nicht zurückhalten.

»Ich? Eifersüchtig?«

»Ja, weil ich einen Freund habe und du nicht! Außerdem hat Ash mir erzählt, dass du früher in ihn verliebt warst!« Brooke war so aufgebracht, dass sie den Tränen nahe war, aber sie war für diesen Streit mehr als nur bereit.

»Du glaubst auch einfach alles, was Ash so den lieben langen Tag von sich gibt, oder?«, fragte ich sie verächtlich.

»Wieso sollte ich ihm bitte nicht glauben? Er ist immerhin mein Freund!«, erwiderte sie mit einem Hauch Hysterie in der Stimme. »Außerdem ist er heiß, also erzähl mir nicht, dass da nichts dran ist, dass du für ihn geschwärmt hast.« Provozierend verschränkte sie die Arme vor der Brust und sah mich mit hochgezogener Augenbraue an.

Ich seufzte nur. Sie checkte es echt nicht.

»Ist dir schon mal aufgefallen, dass wir extrem unterschiedliche Auffassungen von ›heiß‹ haben? *Du* findest Ash vielleicht zum Anbeißen, *ich* absolut nicht. Und das habe ich auch früher nie. Soll ich dir mal erzählen, wie es wirklich war? Dein lieber Ash stand damals auf mich, und ich habe ihn abblitzen lassen.« Ein triumphierender Ausdruck trat auf mein Gesicht. Doch Brooke sah mich nur mitleidig an.

»Sadie, du musst dir jetzt nicht irgendetwas ausdenken. Es ist mir egal, ob du auf Ash stehst oder nicht, solange du die Finger von ihm lässt, weil er jetzt mir gehört!« Zum Ende ihrer kleinen Rede war sie immer leiser geworden, mit jedem Schritt, den sie näher auf die Treppe und somit auf mich zugegangen war. Das sollte wahrscheinlich bedrohlich wirken.

»Ach Brooke, dann glaub doch den Müll, den du dir selbst einredest. Von mir droht dir jedenfalls definitiv keine Gefahr. Ash würde ich noch nicht einmal mit der Kneifzange anfassen.« Ich wandte mich zum Gehen, weil mir das hier echt zu blöd wurde.

»Ich hoffe für dich, dass ich mich auf dein Wort verlassen kann!«, rief sie mir noch hinterher.

In meinem Zimmer ließ ich mich auf mein Bett fallen und drehte erst einmal die Musik so laut, dass ich meine eigenen Gedanken nicht mehr hören konnte. Die Wut darüber, dass Ash schon wieder Mist über mich erzählt hatte, brodelte in mir, und wenn ich mich nicht ein bisschen abreagiert hätte, wäre ich direkt zu ihm gefahren und hätte ihm endgültig sein verlogenes Grinsen aus seiner hässlichen Visage gewischt.

Gut, so hässlich war er auch wieder nicht ... Aber das tat nichts zur Sache.

Ich hasste, was er aus mir machte. So viele gewalttätige Gedanken hatte ich noch nie gehabt, und bei ihm konnte ich fast nicht aufhören, darüber nachzudenken, was ich ihm als Nächstes antun wollte.

Vielleicht verhielt ich mich auch falsch. Ich hatte es schon mit Drohen und mit buchstäblicher Gewalt versucht. Vielleicht konnte ich ihn in seinem riesigen Ego viel mehr kränken, wenn ich etwas ganz anderes tat: ihn ignorieren.

Es war Mittwochnachmittag. Und Mittwochnachmittag hieß so viel wie Redaktionssitzung der Schülerzeitung *Pupils Weekly News.* Ich hatte mit der Namenswahl nichts zu tun gehabt, sonst hätte die Zeitung hundertpro einen kürzeren, einfacheren und definitiv mehr catchy Namen erhalten.

Wie dem auch sei, die Redaktionssitzungen liebte ich.

Nur war die Stimmung diesmal ... Nun ja, angespannt.

Michael sah mir nicht einmal in die Augen, und ich sah ihn so wenig wie möglich an. Nach dem Missverständnis und Michaels Geständnis, tatsächlich eine Beziehung mit mir als eine Möglichkeit zu sehen, wussten wir beide nicht, wie wir miteinander umgehen sollten.

Außerdem gab es – überraschenderweise – Probleme mit Ash und Alice.

Alice saß völlig eingeschüchtert auf ihrem Stuhl und ließ sich die langen, platten blonden Haare ins Gesicht fallen. Ash würdigte sie keines Blickes. Was war denn bei den beiden passiert? Ash hatte die arme Alice mit Sicherheit so eingeschüchtert mit seiner offensiven Art, dass sie jetzt gar nichts mehr sagte.

»So.« Michael klatschte übermotiviert in die Hände und wandte sich Ash und Alice zu. »Wie war denn eure gemeinsame Zeit?« Erwartungsvoll sah er die beiden an. Ashs Gesicht hellte sich augenblicklich auf.

»Ich denke, wir hatten viel Spaß, stimmt's, Alice?« Er stieß sie mit dem Ellbogen an, aber Alice verzog keine Miene. Kurz herrschte absolute Stille im Raum, bis Alice ihren Blick hob, erst Ash einen vernichten Blick zuwarf und dann Michael direkt in die Augen sah.

»Ich werde keine weitere Minute mit Ash zusammenarbeiten«, sagte sie mit einer festen Stimme, die ich ihr so gar nicht zugetraut hätte.

Überrascht hob ich eine Augenbraue. Respekt. Was hatte Ash nur mit ihr angestellt, dass sie sogar den Mut fand, sich gegen ihn aufzulehnen?

Michael hatte in der Zwischenzeit seine Sprache wiedergefunden und wandte sich uns anderen zu.

»Gebt ihr uns kurz ein paar Minuten? Ich hole euch wieder rein, sobald wir fertig sind.«

Genervt erhob ich mich von meinem Platz und schnappte mir meine Tasche. Dieser Trottel brachte einfach alles durcheinander. Wäre er doch einfach dort geblieben, wo der Pfeffer wuchs.

Draußen lehnten Matt und ich uns an die Wand, Dayna stellte sich ebenfalls dazu.

»Was, meint ihr, ist passiert?« Dayna wirkte total aufgeregt.

»Ich habe keine Ahnung. Wahrscheinlich wollte er ihr an die Wäsche, wie halt bei jedem Mädchen.« Gleichgültig zuckte ich mit den Schultern. Ich hatte mir vorgenommen, Ash bestmöglich zu ignorieren, also war mir auch das gerade eben egal, solange offenbar nichts wirklich Schlimmes passiert war.

Wir warteten eine gefühlte Ewigkeit und dann noch weitere zwölf Minuten, bis endlich die Tür aufging und Michael uns wieder in den Raum holte.

»Okay, die Sache ist die ...«, begann Michael und fuhr sich mit der Hand durch die Haare. Ich sah gespannt ihn, danach kurz Ash an. Der saß wie ein Unschuldsengel leicht lächelnd und sanftmütig da.

Alles nur Show.

»Vor den Sommerferien haben wir noch ein großes Projekt zu erledigen. Dabei handelt es sich um eine Reportage in acht Teilen, mit der den Leserinnen und Lesern verschiedene Sehenswürdigkeiten, Veranstaltungen, Cafés oder Ähnliches hier in der Stadt schmackhaft gemacht werden sollen. Da das sehr umfangsreich wird, hatte ich geplant, zwei Leute an die Sache zu setzen. Wir werden dafür wieder die Gruppen neu einteilen.«

Ich bekam einen leicht bitteren Geschmack im Mund.

Das Projekt klang spannend! Aber ...

»Matt, du bleibst beim Sport, das bekommt einfach keiner besser hin als du«, begann Michael, und Matt neben mir konnte sich ein fettes, selbstzufriedenes Grinsen nicht verkneifen.

»Noch mehr Cheerleader-Interviews also ...«, murmelte ich und stupste ihn leicht mit dem Ellbogen in die Seite.

»Alice arbeitet solo und das Projekt gehört dir, Sadie.« Zum ersten Mal heute sah Michael mir in die Augen. Für eine Viertel Nanosekunde.

Nichtsdestotrotz wollte ich gerade zu jubeln anfangen, doch Michael unterbrach mich mit zwei vernichtenden Worten.

»Mit Ash.«

»Wie bitte?!«, sagten Matt und ich gleichzeitig und sahen Michael schockiert an.

»Na ja, da er nicht mit Alice zusammenarbeiten kann ...«, fing er an, doch in mir kochte die Wut über.

»Seit wann ist Ash hier der neue Chefredakteur? Er meint es doch gar nicht ernst, verdammt! Wieso tanzen alle nach seiner Pfeife?« Ich rastete aus und stand mit einem Scheppern auf. Ich war so unbeschreiblich wütend, ich hätte jemanden erwürgen können. Jemanden aka Arsch Hamilton.

»Wundert es dich nicht, dass hier keiner mit Ash zusammenarbeiten kann oder will? Oder dass er so verdammt eigentümlich ist?« Irgendwo neben mir wollte Ash Einwände erheben, doch ich deutete mit einem Handzeichen an, dass er verdammt noch mal sein verflixtes Maul halten sollte.

»Ash macht hier nur Probleme!«

Michael vermied es immer noch, mich anzusehen.

»Dann kannst du ihn ja ein wenig erziehen«, wagte Michael es doch tatsächlich zu sagen.

»Schon vergessen, Michael, für Ash bin ich ja übrigens auch nicht gut genug, ihm kann ich ja nichts beibringen!« Meine Stimme triefte vor Sarkasmus, und Michael zuckte bei meinen Worten leicht zusammen. Niemand in der ganzen Schule, geschweige denn hier im Raum, hatte mich je so aufgebracht erlebt, darüber war ich mir im Klaren. Und das alles nur wegen so eines nichtsnutzigen Wichtes.

»Vielleicht kann ich dir ja etwas beibringen«, hörte ich hinter mir die dreiste Stimme des nichtsnutzigen Wichtes.

»Schnauze, dich hat keiner gefragt!«, verteidigte mich Matt, und mir wurde ganz warm ums Herz, weil ich so einen tollen und loyalen Kumpel hatte.

»Sadie, Ash verdient eine faire Chance«, erwiderte Michael seufzend.

»Ach, so wie er uns anderen eine Chance gibt?«

»Zeige dich doch auf einem höheren Niveau«, schlug er vor, und ich wäre fast schon wieder ausgerastet.

»Der Abstand unserer beiden Niveaus könnte nicht größer sein, Michael!«, sagte ich zwischen zusammengebissenen Zähnen und setzte mich energisch wieder hin.

»Willst du das Projekt, Sadie?«, fragte Michael mich plötzlich und verschränkte die Arme vor der Brust. Und jetzt endlich sah er mich an.

»Ja klar!« Dachte er, ich wäre komplett bescheuert, oder was? Eine Reportage in acht Teilen war für mich der Traum.

»Gut, dann entweder mit Ash oder gar nicht.«

Fassungslos sah ich ihn an. Das grenzte ja fast schon an Erpressung. Michael wusste genau, dass ich diese Artikelreihe unbedingt wollte. Mein Blick glitt kurz zu Ash, der noch immer selbstgefällig in seiner Ecke saß. Diese Artikel zusammen zu schreiben würde bedeuten, wirklich viel Zeit miteinander verbringen zu müssen. Aber mir blieb wohl keine andere Wahl.

»Wenn es sein muss.«

Michael nickte zufrieden und fuhr dann einfach weiter mit dem Programm fort, das er sich zurechtgelegt hatte. Er verteilte neue Artikelthemen an Matt und Alice, erklärte Ash und mir, was er sich grundsätzlich von unserer Reihe erwartete, ließ uns jedoch bei der Auswahl der Sehenswürdigkeiten und Erlebnisse freie Hand. Ich hatte schon so viele Ideen und brannte darauf, endlich damit anzufangen. Sogar dass Ash mit von der Partie war, konnte meine Stimmung gerade nicht extrem dämpfen. Mit dem würde ich schon irgendwie klarkommen, ich hieß ja nicht Alice. Wenn ich mich nicht mehr provozieren ließ, würde es ihm vielleicht auch zu langweilig werden. Wir würden dieses Projekt einfach hinter uns bringen und fertig.

Als die Besprechung vorbei war und Michael uns gehen ließ, packte ich schnell meine Sachen und ging zu

Ash. Dort stützte ich mich vor ihm auf dem Tisch auf, um möglichst bedrohlich zu wirken.

»Morgen nach der Schule bei mir. Trödel nicht.«

»Ich werde da sein, nicht so ungeduldig«, erwiderte er feixend, aber ich sah ihn nur ausdruckslos an.

»Das zieht bei mir nicht.« Ich war schon am Gehen, als mir noch etwas einfiel. »Und egal, was du mit Alice angestellt hast – bei mir wird es nicht funktionieren.« Dann ließ ich ihn stehen und ging zu Matt, der an der Tür auf mich wartete.

5

»Ganz schön lange her, dass ich hier war«, bemerkte Ash gut gelaunt, als er am nächsten Tag unser Haus betrat. Ich war vor ihm bei mir zu Hause angekommen und hatte vergeblich versucht, so viele Ausreden wie möglich zu erfinden, dass er doch nicht kommen sollte. Es war mir unangenehm, dass er hier war. Es rief so viele Erinnerungen hervor, und mir war einfach nicht ganz wohl bei der Sache.

»Jap, und heute ist deine Auserkorene nicht einmal da, um dich zu empfangen«, kommentierte ich sarkastisch. Brooke würde erst in einigen Stunden zu Hause sein, sie arbeitete heute im Klamottengeschäft im Einkaufszentrum. Ash zuckte nur mit den Schultern.

Schwein.

Ich ging ins Wohnzimmer und erwartete, dass er mir folgte.

»Bietest du mir nichts zu trinken an?«, fragte er hinter mir.

»Jetzt auf jeden Fall nicht mehr!«

»Komm schon, Sadie, hab dich nicht so ...«, sagte er ruhig, und ich drehte mich zu ihm um. Er lehnte lässig am Türrahmen, und o mein Gott, bei dem Licht, das ins Wohnzimmer flutete, sah er einfach unwiderstehlich aus! Ich empfand fast ein klein wenig Verständnis dafür, wie es meiner Schwester ging.

Aber wirklich nur fast, denn ich konnte, wollte und würde einfach nichts Gutes über ihn denken!

Es war merkwürdig, wie sehr er sich verändert hatte. Sowohl vom Charakter her als auch äußerlich.

»Starr nicht so viel, sondern mach mir lieber einen Kaffee!«, befahl er mir plötzlich, und da verschwand der Zauber um ihn herum wie Staub.

Ich ging wortlos an ihm vorbei in die Küche und stellte die Kaffeemaschine an. Für mich.

»Es hat sich nicht viel verändert«, sprach Ash weiter und sah sich in der Küche um.

»Kannst du dich überhaupt noch daran erinnern?«, fragte ich ihn skeptisch und beobachtete, wie er mit den Händen in den Hosentaschen durch die Küche schlurfte.

»An alles«, murmelte er leise und blieb vor dem Kühlschrank stehen, wo zahlreiche Fotos, Zeitungsausschnitte und farbige Magnete an der Tür angebracht waren. Ich war eigentlich sehr stolz auf mich, ich hatte mich bis jetzt gut beherrscht und mich nicht unnötig provozieren lassen.

»Wie süß, die Zahnspange! Die hatte ich doch tatsächlich glatt vergessen!«, bemerkte Ash höhnisch und betrachtete eines der Bilder genauer. O Gott, nein! Er betrachtete gerade ein Foto von Brooke und mir, auf dem wir uns gegenseitig den Arm um die Schulter legten und übertrieben krass in die Kamera lächelten. Bis vor zwei Jahren hatte ich eine dicke, fette, riesige Zahnspange getragen, und ich dachte nicht sehr gern an die Zeit zurück.

»Süß«, murmelte Ash wieder, und ich verzog das Gesicht.

»Wieso bist du jetzt so *so*?«, fragte ich ihn argwöhnisch.

»Wie, so?«

»Ja, sooo?«

»Sooo? Du drückst dich sehr gewählt aus, ich muss schon sagen ... Genau richtig für eine Journalistin.« Ash nervte gleich weiter. »Oder eher Wannabe-Journalistin.« Er grinste mich belustigt an. Ich hätte ihm jetzt so gern meinen Kaffee ins Gesicht geschüttet. Aber das wäre schade um das Getränk gewesen.

Stattdessen nahm ich die fertig befüllte Tasse und marschierte wieder an ihm vorbei ins Wohnzimmer. Ich setzte mich an den Esstisch und fuhr mein MacBook hoch. Kurz darauf setzte sich Ash dazu, auch mit einer Tasse Kaffee in der Hand. Ich verdrehte die Augen. Na ja, sollte er sich doch selbst bedienen ...

»Also, wie stellst du dir das vor?«, fragte Ash mich, und mir wurde plötzlich sehr bewusst, wie nah er mir war. Und das gefiel mir gar nicht.

»Ich treffe die Entscheidungen, ich interviewe, ich schreibe die Artikel und du tust nur so, als würdest du auch was machen. Klar?«

»Du hast wohl einen an der Waffel«, kommentierte er tonlos.

»Ich dachte, du würdest dich freuen, wenn ich die ganze Arbeit mache«, erwiderte ich zuckersüß.

»Ich bin hier, weil wir als Team zusammenarbeiten sollen ...«

»Ach, so wie du mit Alice im Team gearbeitet hast?«, unterbrach ich ihn, doch er ließ sich nicht beirren.

»... und ich außerdem sowieso die besseren Ideen habe«, beendete er seinen Satz und sah mich herablassend an. War ja klar.

Ich lehnte mich auf meinem Stuhl zurück, verschränkte die Arme vor der Brust und musterte ihn. In meinem Gehirn liefen sämtliche Rädchen auf der Suche nach einer Lösung, die ihm Honig ums Maul schmieren würde, die aber letztendlich für mich von Vorteil wäre.

»Du machst fantastische Fotos, das muss ich zugeben ...« Schleim. »Aber ich werde zuerst die Motive auswählen.« Hatte ich ihn schon mit den Fotos?

Ähm ... nein. Er zog lediglich eine Augenbraue hoch. Mein kläglicher Versuch entlockte ihm noch nicht einmal einen herablassenden Kommentar. Ich seufzte.

»Okay, gut. Jeder sucht sich vier Orte aus und die acht nehmen wir dann«, machte ich einen weiteren Vorschlag mit einem fetten Eingeständnis für ihn.

Jetzt musterte Ash mich kurz, bevor er eine Antwort gab.

»Jeder sucht sich zehn Orte aus, und wir wählen gemeinsam aus diesen zwanzig, welche wir nehmen«, brachte er gleich einen Gegenvorschlag, bei dem mir die Kinnlade runterfiel. Bitte?!

»Du willst mit mir diskutieren?« Ich war völlig verwirrt, ich dachte, wir würden beide wollen, dass wir dieses Projekt so schnell und schmerzlos wie möglich hinter uns bringen würden, und jetzt wollte er richtiges Teamwork und *diskutieren?!*

»Ja, warum nicht? Gleiches Recht für alle.« Er grinste wieder dieses typische Ash-Grinsen, bei dem ich immer das Gefühl hatte, ihm nicht trauen zu können.

»Ich gewinne immer bei Diskussionen«, versuchte ich ihn ein wenig einzuschüchtern, aber er lehnte sich nur zu mir rüber, sodass unsere Nasenspitzen nur noch ein paar Millimeter trennten.

»Ich auch.«

»Das werden wir ja sehen«, gab ich hochnäsig, fast schnippisch zurück und wandte mich meinem Computer zu, um zu brainstormen und im Internet nach Ideen zu stöbern. Wenn ich in Ashs blaue Augen sah, vergaß ich fast, wie ich hieß. Das war schon vor Jahren so gewesen, nur war mir das da nicht so wirklich aufgefallen.

»Ich habe schon meine Ideen«, hörte ich ihn ungefähr sieben Sekunden später sagen. War ja klar, dass das jetzt kommen musste. Er hatte sich alles schön zurechtgelegt und wollte jetzt mich als den verplanten, unorganisierten Teil dieses *Teams* darstellen.

Nicht mit mir!

»Perfekt, ich auch«, sagte ich so selbstsicher wie möglich und blickte ihn auch so an. Kurz sah ich einen leicht unsicheren Ausdruck in seinen Augen aufblitzen, aber der verschwand schnell wieder. »Also, wie lautet dein erster Vorschlag?«, fragte ich und ließ ihn beginnen, um noch ein wenig Zeit zu schinden.

»Das *Old Irish* Billard-Pub«, fing er an.

Okaaay, das war nicht schlecht. Da war ich schon einmal, cooles Ding unten in einem Keller voller Kerle ... Und der Barkeeper war ganz schön heiß. Wie hieß der noch gleich? Ed? Eddie?

»Nicht schlecht«, kommentierte ich neutral.

»Jetzt dein Vorschlag?« Er sah mich abwartend an.

»Museum für Kunst.«

Ash prustete verächtlich los. »War ja klar, du kleine Streberin!«

»Hey, warst du da überhaupt schon mal drin?«, fragte ich gereizt und verschränkte die Arme vor der Brust.

Ash ignorierte meine Frage und kam mit seiner nächsten Idee.

»Der *Gloria Filmpalast.* Kino mit gemütlichen Sesseln und tollem Essen und, wenn möglich, mit einem heißen Mädel neben sich, das einem die Zeit vor dem Film versüßt.«

Ich zog eine Augenbraue hoch. »Gut, dass ich die Artikel schreibe und nicht du«, kommentierte ich trocken.

»Du bist ja nur neidisch.« Glaubte er das etwa wirklich?

»So ein Schwachsinn.«

»Also dann, was ist dein nächster Vorschlag?« Abwartend sah er mich an.

»Der Fernsehturm. Man hat sowohl eine tolle Aussicht als auch ein fantastisches Essen, und es ist ein einmaliges Erlebnis«, erklärte ich stolz meinen Einfall. Er schien tatsächlich ein wenig beeindruckt. »Und dein nächster Vorschlag?«, wollte ich wissen.

»*Trash.*«

»Bitte? Was ist das? Die Müllhalde?«

»Du bist auch echt nicht ganz dicht. Das ist so ziemlich der beste Club in diesem Land.«

Oh, ach so.

»Wie auch immer ...«, sagte ich ein wenig peinlich berührt und machte eine abfällige Handbewegung. »Meine Idee ist sowieso besser.«

»Wer's glaubt!«

»Paintball.«

Jetzt war er beeindruckt. Er musterte mich kurz ein wenig überrascht.

»Das traust du dich nicht«, wagte er zu sagen.

»Ich? Und mich nicht trauen?« Pff. »Wir werden ja sehen, wer nachher am meisten Farbe abbekommen hat!«

»Sicherlich nicht ich ...« Der Junge kannte mich offenbar noch schlechter, als ich gedacht hatte. Als ob ich Angst vor ein bisschen Schmerzen hätte.

War er eigentlich schon immer so arrogant?

»Wir können das ja gern ausprobieren«, provozierte ich ihn.

»Komm lieber mit deiner nächsten Idee.« Oh, oh, war da etwa jemand verärgert? Ich konnte mir ein Schmunzeln kaum verkneifen.

»Nicht so voreilig. Du bist dran.«

»Der *Water-Fun-Park*«, sagte er schlicht, und ich hätte beinahe einen erschrockenen Laut von mir gegeben. Verdammt! Das wäre auch meine Idee gewesen. Meine Synapsen klebten förmlich aneinander, so angestrengt suchte ich nach einer neuen Idee, die seine noch übertreffen könnte.

»Dinner in the Dark«, sagte ich schließlich und war stolz auf mich, dass mir so schnell noch etwas eingefallen war. Ich hatte den Überblick verloren, wie viele Ideen hatten wir jetzt schon? Egal, er war auf jeden Fall wieder dran.

»Sag doch einfach gleich, dass du ein Date mit mir haben möchtest«, meinte er stattdessen, und schon wieder verspürte ich ein heftiges Bedürfnis, mich ihm an den Hals zu werfen. Und das nicht im positiven Sinne.

»Ein Date mit einem arroganten und idiotischen Vollpfosten? Danke, aber nein danke!«

»Ich finde, du solltest die Anger-Management-Schule besuchen und darüber einen Artikel schreiben!«

»Ach ja? Ich finde, du solltest dich verpissen!«

»Was habe ich gesagt?«, murmelte Ash. »Ich verstehe echt nicht, wie Matt es mit dir aushalten kann. Ich verstehe nicht, wie irgendjemand es mit dir aushält. Im Ernst, ich sollte gehen ...« Er kramte in seiner Hosentasche nach seinem Handy. »Wie viel Uhr ist es überhaupt ...?«, murmelte er.

»Kurz nach ›Halt deine verdammte Fresse‹!«, gab ich ihm zu verstehen und konnte nur mit Mühe meinen riesigen Zorn auf ihn verbergen.

»Apropos Fresse, du könntest auch der Schönheitsfarm einen Besuch abstatten!«

»Und dich sollte ich dorthin am besten gleich mitnehmen.«

»Gern, die Chirurgin wird auf mich abfahren und mich als Model für ihre nächsten Patienten nehmen«, erwiderte er zwinkernd.

Ich schloss kurz die Augen und atmete einmal tief durch, um mich zu beruhigen, weil ich sonst gleich wieder auf ihn losgegangen wäre. »Ich denke, wir machen ein anderes Mal weiter«, versuchte ich dann betont gut gelaunt zu sagen.

»Willst du mich wirklich schon loswerden? Möchtest du mir nicht erst noch dein Zimmer zeigen? Vielleicht warte ich hier noch auf Brooke ...«

»Nein, du wartest nicht hier«, unterbrach ich ihn mit schneidender Stimme. Das wäre ja noch schöner, wenn ich den Typen hier im Haus hätte, während ich wirklich etwas Besseres zu tun hatte. Meine Augenbrauen zupfen, zum Beispiel. Oder hinter meinem Schrank saugen. Alles war besser als Ash.

»Also sehen wir uns morgen zu unserem ersten Date? Ich überlasse dir sogar die Wahl, was du als Erstes machen möchtest«, meinte er gönnerhaft.

»Wir fangen mit Paintball an«, antwortete ich wie aus der Pistole geschossen. Er sollte gleich sehen, worauf er sich eingelassen hatte. »Dann wird auch schon im ersten Artikel klargestellt, was für ein erbärmlicher Schisser du bist«, fügte ich hinzu.

»Jaja.« Ash seufzte. »Und überleg dir noch restliche Dinge, die wir machen könnten. Du willst mich doch nur loswerden, weil du keine Ideen mehr hast und Zeit zum Nachdenken brauchst.«

»Jaja«, ahmte ich ihn nach und stand auf. »Wofür ich keine Nachdenkzeit brauche, ist aber das hier: Bye-bye, birdy!« Ich grinste boshaft und winkte Ash zuckersüß zu. Er verstand doch tatsächlich den Wink, stand auf und ging gemütlich Richtung Haustür. Ich öffnete sie, um sicherzugehen, dass Ash jetzt auch wirklich abhaute.

»War doch gar nicht so schlimm, oder?«, meinte er noch, bevor er mir zuzwinkerte und davonging. Ich knallte die Tür zu und lehnte mich dagegen.

»Nein, war's nicht. Sondern viel schlimmer«, murmelte ich resigniert.

6

Ich stand neben meinem Motorrad vor dem Eingang der Paintball-Area und wartete auf Ash. Erst die Klappe so groß aufreißen und dann zu spät kommen. Typisch.

Ich hätte natürlich auch mit ihm fahren können, aber eine halbe Stunde mit diesem Möchtegern-was-auch-immer-er-War wäre mir echt zu viel gewesen. Dafür stand ich jetzt hier in der brütenden Hitze und hatte nur einen kleinen Baum, der mir ein wenig Schatten spendete, während ich zum hundertsten Mal auf meine Uhr sah.

Schon fünfzehn Minuten zu spät.

Dabei hatte er sich heute Morgen extra noch einmal versichert, dass wir uns auch wirklich hier treffen würden.

»Wie abgemacht, heute beim Paintball?« Plötzlich stand er hinter mir, und ich erschrak heftig, da ich so in mein Gespräch mit Ana vertieft gewesen war, dass ich ihn überhaupt nicht hatte kommen hören.

»Ja, muss ja wohl sein«, antwortete ich ihm nur über meine Schulter.

»Sei pünktlich«, sagte er noch, bevor ich spürte, dass er sich entfernte. Ana sah mich mit großen Augen an.

»Sadie, was machst du mit diesem Idioten?« Sie war völlig baff.

»Ich muss diese Artikelreihe mit ihm schreiben. Glaub mir, ich wünschte, ich müsste nicht.«

So. Und jetzt stand ich hier und hatte das Gefühl, dass er mich extra warten ließ. Ich verfluchte meine enge schwarze Jeans, denn meine Beine schmolzen gleich. Ich beobachtete, wie eine Gruppe Männer grölend und lachend an mir vorbeiging und den Empfangsbereich betrat. Einer der Kerle trug ein rosa Häschenkostüm. War wohl sein Junggesellenabschied. Das erwartungsvolle Glänzen in seinen Augen würde sicherlich verschwinden, sobald ihm bewusst wurde, dass er mit der Erscheinung das Hauptziel schlechthin war.

Weitere Autos kamen an, parkten, Leute stiegen aus, gingen zum Eingang und ließen mich auf dem Parkplatz allein.

Wo zum Teufel blieb Ash?

Sollte er in fünf Minuten nicht da sein, würde ich einfach reingehen, mich umziehen und mich irgendwelchen anderen Paintballern anschließen – denn diese Erfahrung hier würde ich um nichts in der Welt verpassen wollen! Und den Artikel darüber schreiben musste ich ja sowieso.

Zwei Sekunden bevor ich die Geduld endgültig verlor, tauchte er endlich auf – in seinem schwarzen Audi. Ich hätte den Wagen mit der mattschwarzen Folie, den getönten Scheiben und den schwarzen Ringen des Logos überall sofort erkannt. Völlig gelassen und arrogant stieg er aus, nachdem er direkt vor dem Haupteingang geparkt hatte. Er tat so was von auf cool mit seiner Ray-Ban-Brille und seinen ... Waren das Militär-Boots?

»Auch schon hier, ja?«, begrüßte ich ihn unfreundlich, während er aus dem Kofferraum seine Kamera holte und von außen ein paar Fotos vom Gebäude schoss. Die Kamera konnte er ja schlecht zum Paintball mitnehmen, weshalb er mit schnellen Schritten die Treppe zu einer der Aussichtsplattformen hochschritt und die Spielfelder für die Schülerzeitung verewigte. Diese Extraverzögerung machte mich nur noch rasender. Ich ließ ihn stehen und betrat die kleine Scheune, die als Empfangshalle diente.

»Immer mit der Ruhe«, kommentierte Ash fröhlich hinter mir. Ich drehte mich halb zu ihm um.

»Ich hatte gerade zwanzig Minuten lang meine Ruhe, und zwar ungeplant, also halt den Mund und beeil dich mal ein bisschen!«

»Das ist doch einmal die richtige Einstellung für Paintball!«, ertönte von der Schranke her eine tiefe und angestrengt freundliche Stimme, als würde derjenige die Stimmung lockern wollen. Ich drehte mich zu dem Kerl um, von dem die Aussage gekommen war und der hipstermäßiger nicht sein konnte. So einen krassen buschigen, aber gepflegten Vollbart hatte ich in meinem Leben noch nicht gesehen! Und dann war er auch noch aufgepumpt ohne Ende, seine Armmuskeln waren so groß, dass ich befürchtete, dass die Ärmel seines Shirts gleich platzten. Er erinnerte mich irgendwie an kanadische Holzfäller. Genau richtig in diesem Umfeld!

»Äh, ich denke auch ...?«, erwiderte ich unsicher und grinste schief. Also irgendwie hatte er ja recht, ich war so sauer auf Ash, ich war mehr als bereit, ihm die Birne wegzuballern.

Was man nicht durfte, Kopftreffer waren strengstens verboten, ich wusste das ... Aber die Vorstellung war erfreulich!

»Ausrüstung für zwei bitte«, sagte Ash und zückte seine Karte, während ich noch immer wie gebannt auf den Typen vor mir starrte. Dieser Bart war *echt* faszinierend! Mein Blick glitt zu der Karte in Ashs Hand, und ich sah ihn verblüfft an.

»Du zahlst nicht für mich!«, sagte ich bestimmt. Ich wollte dem Kerl ja nichts schulden.

»Nein, werde ich auch ganz bestimmt nicht tun!«, erwiderte er, als sei ich die dümmste Person auf Erden. »Die Schule wird das hier zahlen, aber jemand von uns muss es erst mal auslegen. Und ich traue dir nicht zu, so etwas zu können ...«

»Ich kann nicht mit Karte zahlen und einen Kassenzettel aufheben? Willst du mich verarschen? Hast du mich je beim Shoppen gesehen?« Ich war schon wieder auf hundertachtzig. Seine herablassende Art ging mir mehr als nur auf die Nerven.

Ash antwortete nicht einmal darauf, sondern bezahlte einfach, steckte den Bon in seine Hosentasche und nahm zwei kleine Papierstapel und Kulis entgegen. Wir traten einige Meter zur Seite, um ein paar Mädchen hinter uns an den Tresen zu lassen.

Wir überflogen den Text, füllten unsere Kontaktdaten aus und unterschrieben auf der letzten Seite. Damit war der Paintball-Veranstalter die Haftung für einige Verletzungen los. Mich beruhigte das nicht gerade.

Wir gaben die Dokumente an den Hipster-Kerl zurück und wurden kurz darauf zusammen mit den anderen Teilnehmern in einen Nebenraum gebracht, wo uns die Einführung gegeben wurde. Unser Guide erklärte uns die Sicherheitsmaßnahmen und die Spielregeln, und ich saugte alles in mich auf. Nicht nur, um im Spiel eine Chance zu haben, sondern auch um nachher einen glaubwürdigen Artikel schreiben zu können.

Wir würden zuerst auf dem Woodlandfeld spielen, und ich freute mich tierisch darauf, das künstlich angelegte waldige Terrain zu betreten, wo wir eine Runde *Capture the Flag* spielen würden. Auf dem Speedballfeld würden wir danach *Hit the Base* ausprobieren, und falls die Zeit es erlaubte, noch ein *Last Man Standing*.

Die Vorfreude stieg, es kribbelte förmlich unter meiner Haut, und ich spürte, wie sich meine Atmung beschleunigte. Gleich war es so weit.

Die Einweisung war beendet, und wir begaben uns wieder in den Vorraum.

»Sadie?« Irritiert sah ich den Kerl an, der jetzt zu mir herübergeschlendert kam. Ich brauchte einen Moment, bis ich kapierte, wer da vor mir stand. »Was machst du denn hier?«

»Chase! Was machst *du* hier?«, fragte ich zurück und hoffte irgendwie, dass Ash jetzt bloß nicht auftauchen und Mist erzählen würde.

»Ich hatte eine Verabredung mit einem Kumpel. Und du?«

»Na ja, also wegen ...« ... der Schülerzeitung, wollte ich sagen, doch Ash stellte sich in dem Moment neben mich und legte seinen Arm um meine Schulter.

»Mir«, vollendete er den Satz, und ich konnte sein Grinsen hören, da brauchte ich gar nicht hinzusehen.

»Ash?«, fragte Chase überrascht, und ich riss mich aus Ashs Griff los.

»Nein«, sagte ich bestimmt. »Wegen der Schülerzeitung! Wir müssen«, sagte ich zu Chase, während uns die Ausrüstung gereicht wurde, »für die Schülerzeitung eine Reihe von Aktivitäten und Sehenswürdigkeiten hier in der Stadt beschreiben.« Ich wollte ihm unbedingt klarmachen, dass das hier auf keinen Fall ein Date mit Ash war. Dann schlüpfte ich in den Overall in Militärgrün, schloss den Reißverschluss bis zum Kinn und legte anschließend den Brust- und Rückenschutz an.

Ich lugte kurz zu Ash rüber, der in dem Outfit wie ein Soldat, wie ein richtig cooler Soldat aussah, und ich hoffte, dass ich auch irgendwie cool rüberkam.

»Ach so«, bemerkte Chase nur, während er sich ebenfalls bereit machte. »Du hättest mich auch fragen können, ob ich mitkomme«, meinte er mit einem Grinsen und ohne den Hauch von Beleidigtsein.

»Ich dachte, wir würden vielleicht demnächst mal eine Tour mit meinem neuen Motorrad machen?«, versuchte ich so beiläufig wie möglich zu fragen, als Ash mir eine Paintball-Maske zum Schutz der Augen in die Hand drückte.

Anscheinend hatte ich Chase mit meiner Frage so aus dem Konzept gebracht, dass er nicht mehr antwortete, bevor Ash mich zu den Markierern zog. Er schickte mir einen genervten Blick, als wir unsere Waffen und Munition ausgehändigt bekamen.

»Hast du das gerade ernst gemeint?« Chase stand schon wieder neben mir.

»Die Tour? Warum nicht?« Ich versuchte zu verbergen, wie schockiert ich über das Gewicht des Markierers war, während ich gleichzeitig versuchte, ihm so zwanglos wie möglich zu antworten.

»Da will ich dich seit Jahren auf ein Date schleppen, und auf einmal kommst du damit aus heiterem Himmel an. Woher denn der plötzliche Sinneswandel?«

Ich zuckte nur kokett mit den Schultern.

»Habt ihr's dann bald?«, fragte Ash irritiert und zog mich mit sich mit. Wir gesellten uns zu unserer Gruppe und bekamen alle zur Identifikation einen Streifen blaues Klebeband ums Handgelenk. Ich sah mir die anderen Spieler an und überlegte, ob ich mich auf dem Feld wirklich auf sie verlassen konnte. Ich blickte zu Ash.

Sicherlich nicht.

Chase war im anderen Team, und ich wusste nicht, ob mich das erleichterte oder mir leidtat. Irgendwie verwirrte mich der Junge.

Wir wurden endlich aufs Spielfeld geführt, und die Rookies unter uns durften ein paar Schüsse ausprobieren, um ein Gefühl für die Markierer zu bekommen. Ich bemerkte, dass die Kugeln in Bögen flogen und nicht direkt geradeaus, also genau so, wie unser Instrukteur das beschrieben hatte.

Und dann ging es los. Unsere Base war am anderen Ende des Feldes, und wir marschierten mit schnellen Schritten dahin. Während ich die Umgebung betrachtete, spürte ich den harten Schlag meines Herzens. Das Adrenalin pumpte schon in meinem Körper, obwohl das Startsignal noch nicht gegeben worden war.

Inmitten der Bäume waren einige Gegenstände, Mauern und kleine Hütten aufgebaut, in denen man sich verstecken konnte. Eigentlich sah alles hier aus wie ein überdimensional großer Spielplatz, und ich versuchte mir einige Punkte zu merken, die später vielleicht von Nutzen sein konnten.

Bei unserer blauen Flagge angekommen, besprachen wir als Erstes unsere Taktik. Ein Kerl, der Carl hieß und hier öfter seine Wochenenden verbrachte, übernahm die Führung und teilte uns in mehrere Pärchen auf. Ash und ich wurden zusammengesetzt, und es war schwer, den genervten Seufzer von Ash zu überhören.

»Du hast das hier doch auch noch nie probiert«, zischte ich ihm zu, während mir unter dem warmen Anzug langsam der Schweiß ausbrach, doch er ignorierte mich nur.

»Wir müssen immer in Bewegung bleiben, dann sind wir schwerer zu treffen«, erklärte Carl und wies uns an, in welche Richtungen wir loslaufen sollten. Ziel des Spieles war es, die Fahne der gegnerischen Mannschaft zu erobern und zur eigenen Base zu bringen. Wurde man abgeschossen, war man raus. Es ging also nicht einfach darum, ein paar Kugeln wegstecken zu können, sondern darum, gar nicht erst getroffen zu werden.

»Irgendwann werden wir auf unsere Gegner treffen. Seid vorsichtig, vor allem, wenn wir uns der Flagge nähern. Vielleicht haben sie ein paar Spieler zurückgelassen, um ihre Base zu verteidigen.«

Plötzlich ertönte der Startruf des Marschalls. »Game on!«, echote es durch die Bäume, und sofort änderte sich die Stimmung.

»Verteidigt immer das Pärchen, das gerade vorn ist. Los geht's!«

Ash und ich rannten gebückt los und hielten nach einem geeigneten Versteck Ausschau. Ich sprang über einen umgefallenen Baum, während ich die anderen Spieler im Auge behielt.

»Bisschen mehr nach links«, wies Ash mich an, und ich folgte ihm zu einer kleinen Mauer, die zwischen zwei Bäumen angebracht war. Wir machten kurz halt und beobachteten die Umgebung. Noch war nichts von unseren Gegnern zu sehen.

Mit einem Kopfnicken gab Ash mir zu verstehen, dass wir weiterrennen sollten. Mein Herz klopfte mir bis zum Hals, so angespannt war ich. Wir liefen quer nach rechts zu einem kleinen Häuschen, dessen Fenster mit einem Camouflage-Teppich abgedeckt war.

»Sollen wir reingehen?«, fragte ich leise, doch Ash schüttelte den Kopf.

»Nein, das mindert unsere Möglichkeiten. Wir sperren uns letzten Endes selbst ein.«

Eingesperrt mit Ash auf zwei Quadratmetern? Nein danke!

Einige Meter vor uns lief Carl mit seinem Kumpan auf einen dicken Baumstamm zu und warf sich dahinter auf den Boden. Er hob langsam den Kopf, um nach vorn zu sehen, als plötzlich ein Schuss ertönte. Schnell duckte er sich.

»Wir müssen weiter«, zeterte Ash, und ich nickte, während ich versuchte, sowohl mein Team als auch die Gegner im Auge zu behalten. Das war keine leichte Aufgabe, zumal unsere Gegenspieler bis jetzt noch unsichtbar herumgeisterten. Einige Flecken waren von den Sonnenstrahlen hell erleuchtet, andere wiederum bildeten im Schatten der Baumkronen die perfekten Verstecke.

»Da hinten ist einer«, flüsterte ich Ash aufgeregt zu, als ich ungefähr vierzig Meter von uns entfernt einige Bewegungen ausmachte und dabei die grüne Farbe des gegnerischen Teams förmlich aufblitzte.

»Ash!«, drängelte ich und drehte den Kopf, nur um festzustellen, dass er weit und breit nicht in Sicht war.

»Das ist verdammt noch mal nicht sein Ernst«, murmelte ich mit zusammengebissenen Zähnen und versuchte vergeblich, ihn ausfindig zu machen. Wo war er hin? Und wie konnte er mich hier einfach im Stich lassen? Die Wut auf ihn kochte in mir hoch, und ich spürte Schweißtropfen, die meinen Hals hinunterliefen. Die Hitze war kaum auszuhalten, und meine Raserei machte meiner Körpertemperatur nicht unbedingt einen Gefallen.

Wieder waren Schüsse zu hören, und ich richtete meine Aufmerksamkeit auf meine Mitspieler. Zwei Mädchen aus unserem Team waren ziemlich weit vorn, konnten gerade aber nichts anderes machen als abzuwarten, da die Gegner sie im Visier hatten.

Carl ließ ein paar Schüsse fallen und erwischte einen Gegenspieler. Ich nutzte die Situation aus, lief wieder nach links und ging hinter einem Traktorreifen in die Hocke. Wo verdammt war Ash?

Mein Atem ging schnell und flach, als ich die Umgebung beobachtete. Mir war in diesem Anzug verdammt heiß, und ich spürte, wie mein weißes Tanktop an meinem Rücken klebte. Und ich spürte noch etwas. Ein Gefühl von Angst und Spannung, das mir fast die Kehle zuschnürte. Ich fühlte mich komplett allein gelassen und den Gegnern ausgeliefert, und das nur dank Ash, diesem Wicht. Völlig paranoid huschte mein Blick hin und her, als würde überall Gefahr lauern.

Eine Bewegung links von mir auf gleicher Höhe erregte meine Aufmerksamkeit.

Ash.

Weiter vor ihm, ungefähr nur zehn Meter entfernt, sah ich einen Gegenspieler, den Ash scheinbar noch nicht entdeckt hatte. Ha, der Kerl würde gleich Farbe fressen!

Doch dann besann ich mich. Sosehr ich auch wollte, dass Ash seinen Arsch versohlt bekam, war dafür gerade nicht die Zeit. Der Konkurrenzgeist in mir erwachte volle Pulle zum Leben. Ich wollte nicht verlieren, selbst wenn das hieß, dass ich Ash verteidigen musste.

Ich hob meinen Markierer, stützte ihn auf meiner Schulter ab und fixierte den Gegner. Ich zielte auf seine Brust und feuerte. Wie in Zeitlupe verfolgte ich mit den Augen die Farbkugel, die schiefer als gewollt losflog, aber auf dem Oberschenkel des Gegners zerplatzte.

»Wuhuuu«, schrie ich vor Begeisterung über meinen ersten Treffer auf, was sich jedoch als ganz, ganz schlechte Idee herausstellte. Nicht nur Ash drehte seinen Kopf in meine Richtung und bemerkte mich, sondern auch drei Gegenspieler, die wie aus dem Nichts auftauchten.

»Shit!« Schnell schlug ich einen seitlichen Purzelbaum nach rechts, um einer Kugel auszuweichen, was nicht sehr elegant aussah und meiner Schulter einen ordentlichen und unnötigen Aufprall bescherte. Ich stand stöhnend auf und drückte mich gegen einen Baumstamm, der im Sekundentakt beschossen wurde. Wie zum Kuckuck kam ich aus der Situation wieder raus?

Ash hatte ich noch in meinem Blickfeld, und ich sah, wie er genervt den Kopf schüttelte, bevor er hinter seinem Hügel hervorsprang und sich ins Getümmel stürzte. Angriff war bekanntlich die beste Verteidigung, oder?

Die Schüsse in meine Richtung ließen nach, ich konnte aber nicht sehen, ob Ash getroffen worden war oder nicht. Und wieso kümmerte mich das überhaupt? Hätte er mich nicht einfach ohne ein Wort allein gelassen, würden wir gar nicht in diesem Schlamassel stecken!

»Sadie«, zischte jemand, und neugierig sah ich nach vorn. Carls Partner winkte mich zu sich und gab mir ein Thumps-up, was wohl hieß, dass die Luft rein war. Ohne groß darüber nachzudenken, sprintete ich zu ihm.

»Du musst wieder zu Ash, er lenkt ein paar Gegenspieler ab, kann aber nicht ewig standhalten. Carl und ich schützen die drei anderen Pärchen, die sich ziemlich gut nach vorn bewegen.«

Ein Teil von mir wollte Ash verpetzen und allen im Team kundtun, was für ein schlechter Teamplayer er doch sei, doch ich nickte nur, sah mich kurz um und lief in die Richtung, in die Ash verschwunden war. Eine Kugel flog haarscharf an meinem Kopf vorbei, und ich hätte mir vor lauter Schreck fast in die Hosen gepinkelt. Dieser Dreckskerl konnte was erleben!

Ich zielte auf meinen Gegner, der sich aus dem Gebüsch gewagt hatte, war im Laufen aber nicht sehr treffsicher. Ich versuchte einem erneuten Kugelhagel auszuweichen und so gut es ging zurückzuschießen. Dass ich bis jetzt noch nicht getroffen worden war, verdankte ich eher Glück als Können!

Hinter dem Gegenspieler kam Ash plötzlich aus seinem Versteck hervor und feuerte zweimal.

»Och Menno«, maulte der Gegenspieler, als er seinen Markierer sinken ließ und geschlagen davontrottete. Ich sah mich noch kurz um, dann lief ich zu Ash, um keine weitere Zeit zu vergeuden.

»Sag mal, hast du sie noch alle, so rumzujubeln?«, zischte er, kaum dass ich bei ihm angekommen war.

»Bist du bekloppt, mich einfach so allein zu lassen? Wir sind ein Team, schon vergessen?« Ich konnte auch gut zischen.

»Ich habe doch gesagt, dass wir weitermüssen!«

»Ich habe die Lage gecheckt, du Kartoffel! Du musst doch sichergehen, dass ich dir folge!«

»Ich bin davon ausgegangen!«

»Als ob ich dir einfach so blind folgen würde!« Ich unterdrückte gerade noch den Impuls, wütend aufzustampfen.

»Jetzt halt einfach den Rand und lass uns weitermachen, die Flagge ist nicht mehr weit entfernt.«

Wie aufs Stichwort sahen wir ein Mädchen aus unserer Gruppe mit der grünen Fahne in der Hand, wie es in Richtung unserer Base lief. Carl und ein weiterer Mitspieler gaben ihr Deckung, doch die volle Breitseite, die sie abbekam, war zu viel. Am Rücken und an der Wade getroffen, stolperte sie und fiel hin. Die Fahne musste sie liegen lassen.

»Komm, wir müssen zur Flagge!«, meinte ich und lief an Ash vorbei.

»Nein, wir sind hier besser dran! Wie müssen uns erst einmal einen Überblick verschaffen, wir haben schließlich keine Ahnung, wie viele Spieler mittlerweile eliminiert worden sind.« Ash hielt mich am Arm zurück.

»Lass mich los! Wieso denkst du eigentlich, dass du immer alles besser weißt? Wir – au, VERDAMMT!«, schrie ich und fasste mir an die Hüfte, wo mich gerade zwei Farbkugeln getroffen hatten. Ich würde normalerweise behaupten, ich sei hart im Nehmen, aber verdammt, tat das weh! Ich humpelte einige Schritte und bereute eine Sekunde lang, dass ich mich auf Paintball eingelassen hatte.

Auch Ash hatte einige gelbe Farbkleckser abbekommen und sah mich an, als wäre das meine Schuld. »Super, wirklich toll, Sadie! Dank deiner Sturheit sind wir jetzt raus«, echauffierte er sich auch schon.

»Dank *meiner* Sturheit? Du hast mich festgehalten und somit zur perfekten Zielscheibe gemacht«, schoss ich verbal zurück und wünschte mir innerlich, dass ich das auch mit meinem Markierer tun dürfte.

»Du bist echt unglaublich«, murmelte Ash und schüttelte zum gefühlt zehnten Mal den Kopf wegen mir.

»Ja, unglaublich naiv zu glauben, dass man mit dir in einem Team arbeiten kann.« Ich seufzte und wandte mich von ihm ab. Ich hörte das Rascheln des Laubs unter unseren Füßen, als wir ohne ein weiteres Wort das Feld verließen.

Eineinhalb Stunden später gingen wir als Gruppe müde Richtung Ausgang. Wir waren völlig erledigt, kunterbunt und hatten Schmerzen am ganzen Körper. Chase' Kumpel hatte schon vor einer halben Stunde das Gelände verlassen. Angeblich hatte er noch einen Termin, aber wir wussten alle, dass er jetzt irgendwo in der Ecke saß und heulte.

Chase' Team hatte die erste Runde gewonnen – und wie es sich herausstellte, war er es sogar gewesen, der Ash und mich abgeschossen hatte –, wir die zweite, aber ich hatte keine Runde überlebt. Ash wohlgemerkt auch nicht. Auch das Deathmatch am Ende, wo alle gegen alle spielten, war nur ein kurzes Vergnügen gewesen. Während Carl, der bestimmt zu Hause nonstop *Counter Strike* zockte, alles abgeräumt hatte, hatte ich mich so darauf fixiert, Ash zu treffen, dass ich achtlos geworden war und selbst ziemlich schnell eliminiert wurde. Und zwar von zwei Spielern gleichzeitig, die mich von zwei entgegengesetzten Richtungen mehrmals trafen. Mein Körper fühlte sich so an, als wäre ich von einem Laster überfahren worden.

Kurz bevor wir den Ein- und Ausgangsschuppen erreicht hatten, kam mir noch eine Idee. »Hey, Jungs, wartet mal! Wir müssen doch noch einen Beweis für unseren Einsatz haben!« Ich öffnete die Sicherheitsweste und den Reißverschluss des Anzugs bis zur Taille und griff unter mein Top in meinen BH. Chase und Ash blickten mich mit offenen Mündern an und wollten gerade etwas fragen, als ich mein Handy rausfischte.

»Warum ...«, setzte Chase an und blickte verwirrt zu mir.

»Weil das da schön drinbleibt, egal wie viel ich herumrenne. Außerdem war es dort vor euren Schüssen geschützt.« Chase gab sich mit der Erklärung zufrieden und Ash nickte zustimmend, als hätte er davon voll die Ahnung. Ich drehte mich mit dem Rücken zum Paintball-Feld, winkte die Jungs zu mir und hob mein Handy hoch, sodass wir ein Selfie von uns dreien mit der Anlage im Hintergrund machen konnten. Ash und Chase hoben jeweils ihre Markierer, sodass sie uns einrahmten. Ich schoss ein paar Fotos, postete eines davon auf Instagram und steckte dann mein Handy wieder in den BH.

»Das ist ganz schön schlau«, bemerkte Chase ein wenig bewundernd, und sein Blick huschte zu meinem Dekolleté.

»Irgendwas muss der BH ja halten«, kommentierte Ash frech neben mir, und ich hielt ihm den Markierer unter die Nase.

»Ein Wort, Freundchen, und du hast gleich eine andere Gesichtsfarbe!«

»Okay, immer mit der Ruhe«, meinte Chase schlichtend und zog mich von Ash weg. Wieso regte er mich immer so auf?

Hipster-Guy nahm uns die Ausrüstung und die Markierer ab, fragte, ob es Spaß gemacht habe, und wünschte uns noch einen schönen Abend. Draußen vor dem Schuppen, in der Abendsonne standen wir wieder in einer ganz anderen Welt. In einer friedlichen.

»Du hast dich besser geschlagen, als ich gedacht hätte«, meinte Ash und legte einen Arm um meine Taille, was mich zum Aufschreien brachte. Erstens, weil es komisch und falsch und nervig war, dass er mich plötzlich anfasste – auch obwohl ich den leisen Verdacht hatte, dass er damit nur Chase eifersüchtig machen wollte –, und zweitens, weil er mit seiner Hand genau die Stelle berührte, die so verdammt wehtat. Ash machte einen überraschten Schritt von mir weg. Ich sah zu meiner Hüfte und hob mein Shirt an, sodass ich die wunde Stelle sehen konnte.

Erschrocken sog ich Luft ein, als ich den rötlich blauen, riesigen Fleck sah, der sich seitlich auf meinem Bauch und meiner Hüfte breitmachte.

»Scheiße«, murmelte ich und strich sachte drüber. Ash neben mir pfiff und bewunderte meinen trainierten Bauch. Bildete ich mir zumindest ein.

»Nettes Tattoo«, kommentierte er und grinste. »Du hast jetzt noch eine Blume drauf.«

Ich sah wieder nach unten. Der blaue Fleck sah vom Muster her tatsächlich fast aus wie eine Blume.

»Das habe ich euch zwei Idioten zu verdanken«, sagte ich und warf beiden einen giftigen Blick zu. »Ihr schuldet mir was!«

»Wir haben wegen dir auch ein paar blaue Flecken«, meinte Ash und zog sein Shirt nach oben. Erst sah ich nur seinen trainierten Bauch. Dann sah ich seinen trainierten Bauch. Und dann starrte ich noch mal eine Sekunde länger auf seinen trainierten Bauch. Erst als er sich demonstrativ umdrehte, sah ich die fast schwarzen Punkte auf seinem Rücken.

»Auuuuu«, entfuhr es mir gedehnt, und ich zog eine schmerzverzerrte Grimasse.

»Ich habe eine Idee!«, kam es von Chase. »Wir schulden uns alle gegenseitig was, wie wär's also, wenn wir irgendwo was essen gehen?« Wie aufs Stichwort knurrte mein Magen in dem Moment lautstark, womit das beschlossene Sache war.

»Vorschläge?«, fragte Chase, und ich hob die Hand.

»Kentucky Fried Chicken!«, rief ich und rannte zu meinem Motorrad. »Der Letzte, der dort ist, zahlt!«

7

Ich fuhr schnittig in die Kurven und drückte ordentlich aufs Gas, hatte aber natürlich gegen die schnellen Autos der beiden Jungs absolut keine Chance. Ich hatte zwar versucht, mich geschickt durch den Verkehr zu drängeln und einen kürzeren Weg zu nehmen, doch das resultierte nur darin, dass ich mich verfahren hatte.

Als ich mit quietschenden Reifen neben den beiden stehen blieb, lehnten sie schon wie harte Jungs an ihren Autos.

Beide hatten die Arme verschränkt und sahen mit ihren von Sonnenbrillen verdeckten Augen erst in genau entgegengesetzte Richtungen, bis sie ihre Blicke auf mich richteten. Hm, die beiden würden wohl keine besten Freunde werden …

Ich betrachtete Chase und Ash noch mal genauer, bevor ich von meinem Motorrad abstieg, meinen Helm abnahm und einmal meine Haare aufschüttelte, die ganz platt gedrückt waren. In der Kategorie *heißes Aussehen* schenkten sich die beiden wirklich nichts. Wie kam es, dass ich mit zwei so wahnsinnig gut aussehenden Jungs unterwegs war?

Und vor allem: Wieso war bitte Ash eigentlich noch hier? Er hatte ja keinen Hehl daraus gemacht, dass er dieses Projekt nicht mit mir betreuen wollte. Demzufolge schloss ich daraus, dass er auch möglichst wenig Zeit mit mir verbringen wollte, ebenso wenig wollte ich ihn um mich haben.

Als ich meinen Schlüssel abzog und die Jungs sich von ihren Autos abstießen, um zu mir zu kommen, ertappte ich mich bei dem Gedanken, dass es mir – zumindest gerade eben – nicht wirklich etwas ausmachte, dass er ebenfalls mit von der Partie war.

Ohne auf die Jungs zu warten, lief ich nach drinnen und fing an zu bestellen. Ich hatte jetzt erst mal dermaßen Hunger. Also orderte ich gefühlt die halbe Karte und hörte schon das Lachen der beiden Jungs, die inzwischen an meiner Seite standen.

»Sind die Augen mal wieder größer als der Magen?«, neckte mich Ash.

Ich ließ mich nicht beirren und bestellte noch eine Portion Pommes dazu. Dann drehte ich mich zu den Jungs um.

»Und was wollt ihr beide?«, fragte ich. »Ich bin ja die Letzte gewesen, also tobt euch aus«, fügte ich hinzu. Ich stand immer zu meinem Wort.

»Quatsch, das geht auf mich«, bot Chase an und legte einen Arm um meine Taille.

»Lasst stecken, ihr beide. Das hier geht auf mich.« Überrascht schnellte mein Blick zu Ash, der wiederum stur auf die großen Menütafeln an der Wand starrte.

Was war das denn bitte? Dieser Typ verwirrte mich zusehends immer mehr. Chase gab einen protestierenden Laut von sich, aber Ash fuhr ihm über den Mund, bevor er ein ordentliches Wort zustande bringen konnte.

»Ich sagte, es passt. Ihr könnt ja schon mal einen Platz suchen, ich komm mit dem Essen nach.« Kurz warf er mir einen amüsierten Blick zu, bevor er hinzufügte: »Obwohl ich allein für Sadies Essen wahrscheinlich einen Anhänger brauche.«

Ich streckte ihm die Zunge raus, als ich Chase mit mir nach draußen in die Sonne zog. Wir setzten uns nebeneinander an einen freien Tisch und genossen das tolle Wetter. Kaum hatten wir zwei Sekunden in Stille verbracht, platzte Chase auch schon mit dem heraus, worauf ich irgendwie die ganze Zeit gewartet hatte.

»Sadie, ich dachte, du kannst den Kerl nicht ausstehen?«

»Kann ich auch nicht, aber Michael hat uns für dieses Projekt hier zusammengetan. Ich hatte keine Wahl.«

»Und benimmt er sich?«, fragte Chase mit besorgter Miene.

»Ja, keine Sorge, es geht eigentlich ... Und sollte er sich nicht benehmen, dann weißt du, glaube ich, auch, dass ich mich wehren kann.« Ich grinste selbstsicher.

»Ja, das bezweifle ich nicht«, bestätigte Chase und rückte ein Stück näher an mich heran. Selbst nach intensivem Paintball roch er noch unverschämt gut.

»Kommst du eigentlich bald wieder in die Kletterhalle?«, fragte er dann, während er anfing, mit einer Haarsträhne von mir zu spielen. Chase war Instruktor im Verein und hatte mir oft beim Klettern, meinem Hobby, geholfen und mich sozusagen trainiert.

»Ja, ich wollte morgen eigentlich wieder gehen«, meinte ich und konnte mich nur schwer aufs Reden konzentrieren, weil Chase mir so nah war. »Ich habe das Klettern in letzter Zeit ein wenig vernachlässigt ...«, flüsterte ich, weil ich mir nicht sicher war, wie meine Stimme klingen würde. Ich tauchte kurz förmlich in Chase' Augen ein.

»Jetzt gibt's was zu futtern!«, erklang da auch schon Ashs hypereuphorische Stimme hinter uns, und gleich darauf knallte er zwei Tabletts auf den Tisch, die mit Essen nur so beladen waren. Sofort lief mir das Wasser im Mund zusammen, und ich hatte Chase völlig vergessen. Jetzt drehte sich alles nur noch um mein fettiges Essen. Während ich eine Pommes in meinen Mund stopfte, griff ich nach dem Karton mit den Chicken Wings, biss in eins hinein und schaufelte daraufhin eine Gabel voll Coleslaw hinterher.

»O mein Gott, ist das lecker!«, meinte ich und nahm einen Schluck von meiner Cola. Dann fiel mir auf, dass die Jungs nichts sagten. »Alles klar?«, fragte ich vorsichtig, als sowohl Chase als auch Ash zu lachen anfingen.

»Jaja, iss nur«, wiegelte Ash ab und nahm sich seinen Wrap. Verwirrt tat ich genau das: Ich aß. Und zwar alles. Kein einziger kleiner, mickriger Krümel blieb übrig. Als ich alles verputzt hatte, legte ich mir eine Hand auf den Bauch und seufzte zufrieden.

»Puh, bin ich satt! Ich glaube, ich rolle nach Hause«, gab ich von mir.

»Du brauchst morgen gleich eine Trainingseinheit im Doppelpack, falls du das alles wieder verbrennen möchtest«, kommentierte Chase lächelnd. Da kam mir eine Idee.

»Die Kletter- und Boulderhalle!«, sagte ich bestimmt und zeigte auf Ash. Er peilte, wie erwartet, natürlich nichts.

»Mein nächster Vorschlag. Für die Artikelreihe?«, versuchte ich ihm auf die Sprünge zu helfen.

»Aaaah, alles klar.« Er überlegte kurz. »Scheiß Idee«, sagte er schließlich kalt und sah mich arrogant an. Ich hob zur Antwort nur eine Augenbraue.

»Wie wär's mit einer Weinprobe bei der alten Burgruine?«

Nicht schlecht. Überhaupt nicht schlecht. Da gab es so ein tolles gemütliches kleines Restaurant mit tausend Lichterketten, voll romantisch, direkt bei der beleuchteten Burgruine, die bald vollends von Efeu bedeckt sein würde. Und der Wein dort war angeblich erstklassig. Die Idee war grandios!

Das würde ich ihm aber natürlich nicht sagen.

»Pff. Da wäre ich lieber für das Bierfest!«, sagte ich stur und verschränkte die Arme vor der Brust. Auf das Nächste war ich nicht vorbereitet.

»Die Kinderabteilung im Krankenhaus.«

Stille.

»Meinst du das ernst?«

»Äh, natürlich, du Schlaumeierin, sonst hätte ich es ja nicht vorgeschlagen«, meinte er mit stark sarkastischem Unterton und rollte mit den Augen.

»Und was willst du dort?«, fragte ich ihn skeptisch. Er zuckte nur mit den Schultern.

»Ich weiß nicht ... Wir könnten fragen, ob wir einige Kinder interviewen dürfen, zum Beispiel die, die schwer krank sind, Krebs haben oder operiert wurden oder so. Ihre Geschichte erzählen. So was in der Art.«

Ich war überrascht.

Nein, ich war total erstaunt.

Das hätte ich beim besten Willen *nie* von Ash gedacht.

»Also, ich ... ähm ... das ist wirklich ...« Ich musste mich kurz sammeln, um einen vollständigen Satz zustande zu bekommen. »Das können wir machen.«

Ich war immer noch so überrascht, dass ich einfach nur vor mich hin starrte und irgendwie gerade keinen klaren Gedanken fassen konnte. Ich konnte einfach diesen etwas sensibleren, einfühlsamen und aufmerksamen Ash, der gerade ein bisschen durch die Oberfläche geschimmert hatte, nicht mit dem arroganten, eingebildeten und selbstsüchtigen Ash verbinden, den ich sonst kannte. Wie konnten diese zwei absolut konträren Persönlichkeiten in einem Körper stecken? Und vor allem, wenn es diese sympathische Seite in ihm noch gab, warum zeigte er dann immer nur die andere, die jeden normalen Menschen abschreckte?

Ich war einfach mal total verwirrt.

Da keiner von uns mehr ein Wort sagte, versuchte Chase wieder eine lockere Stimmung aufkommen zu lassen.

»Also, Sadie, sollen wir unsere Motorradtour für nächstes Wochenende planen? Und wohin soll's gehen?« Erwartungsvoll sah er mich an, aber noch bevor ich irgendetwas sagen konnte, schaltete sich Ash schon wieder ein.

»Motorradtour? Oh, das klingt gut, dann können wir gleich zum *Water-Fun-Park* fahren und das mit unserer Artikelreihe verbinden.« Als hätte er gerade die beste Idee der Welt gehabt, sah Ash abwechselnd mich und Chase an.

Wir starrten ihn auch nur an. Jedoch total ungläubig.

Chase hatte nur unser *Date* planen wollen. Der Schuss war wohl nach hinten losgegangen.

Jetzt hatten wir Ash mit an der Backe.

Mist.

»So war das, denke ich, nicht gemeint, Ash«, versuchte ich zu retten, was noch zu retten war. »Wir können doch an einem anderen Tag in den *Water-Fun-Park* gehen.« Hoffnungsvoll sah ich ihn an, aber entweder wollte er nicht checken, dass Chase und ich allein Zeit verbringen wollten, oder er ignorierte es gekonnt.

Ich tippte auf Letzteres.

»Wir müssen die Artikelreihe auch irgendwann mal fertig bekommen, also sollten wir das Ganze so schnell wie möglich hinter uns bringen. In den *Water-Fun-Park* können wir nur am Wochenende, also bietet sich das doch an, wenn jetzt schönes Wetter ist.« Er redete mit mir wie mit einer Dreijährigen, als würde ich einfach mal überhaupt nichts kapieren. Seufzend sah ich Chase an. Ich konnte in seinem Blick lesen, was ich mir dachte: So schnell würden wir Ash nicht loswerden.

Zu Hause angekommen, schmiss ich mich erst einmal auf mein unordentliches Bett. Mann, war ich müde. Erst Schule, dann Paintball, dann ein Doppeldate mit ... Moment, natürlich kein Doppeldate in dem Sinne ... Natürlich eigentlich überhaupt kein Date ... Einfach zwei sehr aufmerksamkeitsfordernde Jungs, die zufälligerweise nicht gerade hässlich waren und sich dazu noch gegenseitig nicht leiden konnten. Und eigentlich konnten Ash und ich uns ja auch nicht leiden.

Ich runzelte die Stirn, als ich durch Instagram scrollte. Heute hatten Ash und ich eigentlich Spaß gehabt. Es war ... schön gewesen. Irgendwie fühlte ich mich erleichtert, dass wir uns nicht die ganze Zeit wie zwei Kampfhähne aufgeführt hatten.

Okaaay, Moment mal! Das Bild von Ash, Chase und mir bei der Paintball-Anlage, das seit drei Stunden auf meinem Instagram-Profil hochgeladen war, hatte schon hundertfünf Likes. Und einen Haufen an Kommentaren.

Wow, dass du dich das traust!

Meinte das Mädchen Paintball oder mit den zwei Jungs auf einmal zusammen zu sein?

Haha, Hammer Foto, wer hat am meisten abbekommen?

Na na, kannst dich wohl nicht entscheiden, wie?

Weiß deine Schwester davon?

Ups.

Meine Schwester würde mich bes...

»Sadie! Du kannst es einfach nicht lassen, wie?«, kam sie wie aufs Stichwort in mein Zimmer gestürmt und schrie mich an.

»O mein Gott, was denn jetzt?« Ich verdrehte genervt die Augen.

»Du willst mir Ash wegnehmen!«

»Was?«, fragte ich ungläubig, aber auch relativ gelangweilt und rollte mich auf den Rücken. Ich hatte immer noch mein Handy in der Hand und hielt es über meinen Kopf, um weiter die Instagram-Kommentare zu lesen, während Brooke neben mir nonstop Blödsinn erzählte.

Bla, bla, bla.

Bla, bla.

Blaaaaaaa.

Bla.

»... eindeutig, dass du ihn noch liebst!«, schloss sie ihre Ansprache, und ich wurde von ihren letzten Worten so überrascht, dass mir mein iPhone aus der Hand rutschte und mir ins Gesicht knallte.

Das passierte jedes verdammte Mal, wenn ich so dalag!

Genervt drehte ich den Kopf und sah meine Schwester an. Sie war nicht nur wütend, sondern auch traurig. Tränen glitzerten in ihren Augenwinkeln.

Seufzend setzte ich mich auf meine Bettkante.

»Brooke, hör mal zu, okay?« Ich hob die Hand und brachte sie dazu, mich nicht zu unterbrechen, was sie gerade eben wollte. »Hör mir verdammt noch mal einfach zwei Minuten zu und steck deinen Stolz und dein Misstrauen sonst wohin.« Brooke schluckte einmal, und ich hoffte, dass sie wirklich ihren Mund halten würde.

»Ich. Stehe. Nicht. Auf. Ash. Okay? Ich kann ihn nicht mal leiden, verstehst du? Ich bin von meinem Redakteur dazu gezwungen worden, mit Ash diese Artikelreihe zu schreiben, okay? Ich will eigentlich gar nicht mit ihm zusammenarbeiten. Und ich will dir auf gar keinen Fall deinen Freund stehlen, so was machen nur fiese Miststücke«, erklärte ich ihr. »Na ja, wärst du mit Ryan Gosling zusammen, würde ich's wahrscheinlich doch versuchen«, fügte ich nachdenklich hinzu, schüttelte dann den Kopf und sah wieder Brooke an. Sie war ein wenig zur Ruhe gekommen. »Brooke, dass Ash und ich irgendetwas sind, was dir nicht gefällt, ist reine Fantasie. Ein Hirngespinst. Ein Albtraum«, bemerkte ich noch zum Schluss und stand auf. »Mach dir also keine Sorgen und unterstell mir nicht so bescheuertes Zeug, okay?«

Brooke nickte stumm und blickte zu Boden.

»Und falls das alles hier daran liegt, dass du im Grunde Ash nicht vertraust, dann solltest du deine Beziehung zu ihm noch einmal überdenken.«

»Das hat gar nichts damit zu tun!«, rief sie schon wieder aufgebracht und stapfte wütend aus meinem Zimmer.

Unmöglich, die Frau!

Gut, das war ja irgendwie nichts Neues. Eigentlich sollte ich mich schon langsam daran gewöhnt haben, aber es nervte mich jedes Mal wieder aufs Neue.

Um mich abzulenken, setzte ich mich mit meinem Laptop aufs Bett und begann stichpunktartig alles aufzuschreiben, was ich für den Paintball-Artikel verwenden wollte. So vergaß ich nichts und verschaffte mir schon einmal einen Überblick und eine Struktur für den Artikel.

Unwillkürlich musste ich natürlich auch über Chase und Ash nachdenken.

Ash hatte mich heute wirklich überrascht. Es war ein ungewohntes Gefühl, dass ich mich in seiner Gegenwart fast wohlgefühlt hatte. Zumindest zeitweise.

Am meisten freute ich mich auf mein Date mit Chase, auch wenn sich Ash irgendwie selbst dazu eingeladen hatte. Hoffentlich versaute er nicht alles.

Etwa eine halbe Stunde – und viele abweichende Gedankengänge – später hatte ich soweit alles, was mir wichtig erschien, festgehalten und ging nach unten in die Küche, um mir etwas zu trinken und einen kleinen Snack zu holen. Gerade als ich auf dem Weg nach unten war, klingelte es an der Tür und ich öffnete.

»Was willst du denn hier?«

»Ich habe deine liebevolle Art vermisst, was denn sonst?«, warf mir Ash vergnügt entgegen.

»Meine ›liebevolle Art‹ kannst du ab morgen wieder haben«, entgegnete ich nur und wollte ihm die Tür schon wieder vor der Nase zuschlagen, als ich Brookes Stimme hinter mir hörte.

»Sadie, lass meinen Freund rein!« Aber da hatte ich die Tür schon zugeknallt.

»Mach ihm selbst auf, wenn du ihn hierhaben willst.«

»Du kannst so eine Zicke sein.« Mhmh, vor allem ich ... Doch ich hielt lieber meine Klappe, machte Platz für Brooke, die schwungvoll die Tür für ihren Angebeteten öffnete, und lief weiter zu meinem Essen. Noch nicht mal zu Hause hatte man Ruhe vor diesem Depp. Aber solange das mit meiner Schwester und Ash lief, musste ich mich wohl damit abfinden und ihm bestmöglich aus dem Weg gehen, um Tote zu vermeiden.

»Wir sind in meinem Zimmer, und ich will keine Störungen!«, rief Brooke, bevor sie mit Ash die Treppe hochtrampelte.

Als wenn ich einfach in ihr Zimmer platzen würde, wenn sie und Ash ... was auch immer taten.

Andererseits wäre es doch sehr lustig, wenn ich ...

Nein. Lieber nicht.

Oder?

Ich wartete geduldig ein paar Minuten, dann schlich ich mich auf Zehenspitzen Richtung Brookes Zimmertür, um ein klitzekleines bisschen zu lauschen. Ich presste mein Ohr gegen das weiß gestrichene Holz und konzentrierte mich. Ich hörte dumpfes Gemurmel und verstand so ziemlich gar nichts.

Doch, Moment!

Was war das für ein Geräusch?

Ich kniff die Augen zusammen und versuchte noch angestrengter zu lauschen.

Das war doch ... Das war ...

Weinte Brooke?

Erschrocken riss ich die Augen auf und taumelte einen Schritt zurück. Brooke schluchzte jetzt so laut, dass ich es auf dem Flur auch ohne zu lauschen hören konnte.

»Was ist denn hier los?«, fragte Dad plötzlich hinter mir, der sich wahrscheinlich darüber wunderte, warum ich steif wie eine Steinsäule vor Brookes Tür stand.

»Ähm, keine Ahnung«, flüsterte ich.

»Weint sie?«, meinte Dad besorgt, als er die Geräusche aus Brookes Zimmer identifiziert hatte. Er ging energisch auf die Tür zu, aber ich konnte ihn gerade noch aufhalten, bevor er einfach in ihr Zimmer platzte.

»Ash ist da drin«, flüsterte ich ihm vielsagend zu.

»Oh.« Ein betroffener Ausdruck machte sich auf dem Gesicht von Dad breit.

»Meinst du, er hat Schluss gemacht?«, fragte ich leise.

»Weiß nicht«, murmelte Dad, bevor er sich zum Gehen wandte. »Aber das ist ihre Sache. Komm, wir werden es bestimmt noch erfahren.« Er legte einen Arm um mich und zog mich von der Tür weg.

Gedankenverloren begab ich mich in mein Zimmer und begann mir Sorgen zu machen. Was, wenn Ash wirklich Schluss gemacht hatte? Würde Brooke mir die Schuld geben? War ich vielleicht sogar wirklich schuld? Natürlich fand ich Ash noch immer nicht gut als passenden Freund für meine Schwester, absolut nicht. Aber ich wollte auch nicht schuld daran sein, wenn diese Beziehung in die Brüche ging und meine Schwester deswegen verletzt war.

In dem Moment wurde mir klar, dass Brooke, egal wie es laufen würde, mir die Schuld geben würde. Denn für sie war es offensichtlich, dass ich das Problem war und nicht Ash.

So unruhig, wie ich war, konnte ich nicht mehr still sitzen, sondern begann in meinem Zimmer auf und ab zu laufen wie ein Tiger im Käfig.

Wenn ich nur wüsste, worüber sie gerade sprachen … Warum hatte Brooke vorhin geweint? Ich hielt diese Ungewissheit nicht aus!

Ohne weiter darüber nachzudenken, öffnete ich schwungvoll meine Tür und …

Ich hatte keine Ahnung, was ich gemacht hätte, wenn nicht mir gegenüber die Zimmertür von Brooke ebenfalls aufgegangen wäre.

Und aus ihr stolperte eine kichernde Brooke mit einem gut gelaunten Ash im Schlepptau.

Was zum Teufel …?

Ich stand fassungslos in meinem Türrahmen und konnte die beiden nur mit offenem Mund anstarren.

Wie …? Was …? Das konnte doch nicht sein?

Noch vor ein paar Minuten hatte Brooke geheult wie ein Schlosshund, und jetzt kicherte sie?

Als die Turteltäubchen mich bemerkten, blieben sie stehen und sahen mich – Hand in Hand – an. Brookes Mund umspielte ein Lächeln, während sie sich demonstrativ zu Ash drehte, eine Hand in seinen Nacken legte, ihn zu sich zog und dann küsste, als gäbe es kein Morgen.

Das musste ich mir wirklich nicht weiter ansehen. Ohne ein Wort zu verlieren, drehte ich mich um, ging zurück in mein Zimmer und warf die Tür hinter mir zu.

8

Sonntag war schon immer mein Hasstag, fast mehr als Montag. Denn den ganzen lieben langen Sonntag konnte ich nur daran denken, dass morgen schon wieder Montag war. Es war zum Kotzen.

Und dieser Sonntag war noch mehr zum Kotzen, denn Ash wollte ja auch an dem Artikel mitschreiben. Ich spürte, wie ich vor lauter Wut rote Flecken am Hals bekam. Das Schreiben war meine Sache! Diese Zeitung war meine Sache! Er sollte sich verdammt noch mal nicht einmischen! Und wetten, der Kerl konnte nicht mal seinen Namen korrekt schreiben?

Schnaubend setzte ich meinen Helm auf und schwang mich auf mein Motorrad. Weil ich so unglaublich gut und nett und gütig und friedfertig war, hatte ich ihm gestern Abend noch auf seine »Hier hast du meine Nummer«-Nachricht geantwortet und vorgeschlagen, dass wir uns heute treffen könnten.

Ich bereute das.

Wenigstens hatte er zugestimmt, sich mit mir bei Matt im *Coffee Cup* zu treffen, da würde er sich wohl nicht ganz wie ein Depp aufführen. Oder?

Ungefähr zehn Minuten später hielt ich vor dem Café und sah schon Ashs Auto. Ich betrat das Café und entspannte mich sogleich beim himmlischen, ach was, göttlichen Duft nach Kaffee. Ich sah mich um und erblickte Ash bei einem kleinen Tisch am Fenster, vor ihm standen sein Laptop und zwei Getränke. Ich winkte Matt zu und ging dann zu Ash rüber.

»Hey«, meinte ich knapp und setzte mich ihm gegenüber. Er blickte nur kurz zu mir hoch und schob mir eine Tasse zu.

»Hier, für dich.«

Erstaunt sah ich das Getränk an. Ein Caffè Latte. Genau so trank ich meinen Kaffee.

»Woher ...«, fing ich an.

»Das trinkst du doch schon immer«, antwortete er nur monoton und sah weiter auf seinen Bildschirm.

»Danke?« Vorsichtig nahm ich die Tasse und trank einen Schluck. Über das Getränk hinweg blickte ich zum Tresen, wo Matt bedeutungsvoll mit den Augenbrauen wackelte, während er einige Gläser abtrocknete. Was hatte er denn für ein Problem?

Ich konzentrierte mich wieder auf Ash.

»Also, woran arbeitest du gerade?«

»Ich sehe mir die Fotos an und sortiere aus, welche gut geworden sind«, antwortete er mir, ohne mich dabei eines Blickes zu würdigen. Ich rutschte mit meinem Stuhl neben ihn, damit ich ebenfalls auf den Bildschirm blicken konnte. Dort sah ich eine ganze Litanei an Bildern, durch die sich Ash einzeln durchklickte, ab und zu ein verschwommenes löschte oder ein besonders gelungenes markierte. Das waren sowohl Bilder von seiner Profikamera als auch von meinem Handy, die ich ihm gestern geschickt hatte. Auf den Bildern war die Paintball-Anlage aus unterschiedlichen Blickwinkeln zu sehen, dann gab es Bilder von mir, in voller Montur und mit dem Markierer in der Hand. Bilder von Chase und mir, über und über mit Farbe bespritzt. Und Bilder von uns dreien, ich in der Mitte und flankiert von den beiden Jungs, für die Kamera posierend.

»Die Bilder sind gut geworden.« Noch bevor ich darüber nachdenken konnte, dass ich Ash damit gerade auch ein Kompliment machte, war dieser Satz bereits über meine Lippen geflutscht. Zu spät.

»Klar, die habe ja auch ich gemacht.« Ash sah mich noch immer nicht an, hatte nun aber ein selbstbewusstes Grinsen im Gesicht.

Ich seufzte. »Kannst du nicht einmal einfach nur ehrlich ›Danke‹ sagen, wenn dir jemand ein Kompliment macht? Diese selbstverliebte Art geht mir wirklich auf den Geist.« Jetzt sah er mir direkt in die Augen. Ich hatte das Gefühl, dass er etwas sagen wollte, doch dann entschied er sich dagegen und wandte sich wortlos wieder dem Laptop zu.

Okay? Was war das bitte?

»Kann ich die Bilder auch haben?«, wollte ich wissen.

»Damit du mich immer und immer wieder ansehen kannst?« Dieser egozentrische …

»Ja natürlich, nur deswegen.« Ich legte allen Sarkasmus in meine Stimme, den ich aufbringen konnte. »Natürlich nicht! Aber der Tag war schön. Sogar obwohl du dabei warst«, konnte ich mir nicht verkneifen hinzuzufügen. Ash fuhr sich mit einer Hand durch die Haare und murmelte so leise, dass ich mir gar nicht sicher war, ob ich es überhaupt richtig verstanden hatte: »Ja, das war er.«

Was war denn heute mit ihm los?

»Fangen wir mit dem Artikel an? Ich habe nicht ewig Zeit«, redete ich einfach weiter, da mir jeder tiefgründige Gedanke über Ash und seine momentanen Befindlichkeiten als Zeitverschwendung erschien.

Wieder wortlos drehte er mir nach ein paar Sekunden seinen Laptop hin, auf dem er bereits ein leeres Schreibdokument geöffnet hatte.

»Hat es dir heute die Sprache verschlagen, oder was?«, stichelte ich weiter, aber bereute es fast, als mich Ash genervt anfuhr.

»Heute ist nicht mein Tag, okay?« Mit einer so ruckhaften Bewegung, dass ein wenig Kaffee über den Rand schwappte, nahm er seine Tasse und trank einen Schluck.

Ruhig musterte ich sein Gesicht. Es kribbelte mir förmlich in den Fingern, eine Hand auf seinen Arm zu legen und ihn zu fragen, ob er sich wegen irgendetwas ausheulen mochte. Das war bei mir so ein Instinkt.

Ich rief mir in Erinnerung, dass das hier Ash war. Der Ash, den ich nicht ausstehen und der mich nicht leiden konnte. Also wieso sollte er mir von irgendwelchen Problemen erzählen, die er hatte?

Abgesehen davon wollte ich sie auch gar nicht hören. Ich war ja nicht sein Kummerkasten. Also bitte …

»Na gut, lass uns loslegen.« Ash öffnete ein weiteres Dokument, und was ich dort sah, ließ meine Augen groß und meinen Mund stumm werden. Fürs Erste.

»Was zum Teufel ist das?«, hauchte ich, als ich den ersten Absatz gelesen hatte. Ash hatte verdammt noch mal schon einen Artikel geschrieben!

»Na ja, der Artikel? Siehst du doch.«

»Ich schreibe die Artikel, schon vergessen? Das hatten wir so ausgemacht!«

»Ha, nein, du hast gesagt, du willst die Artikel selbst schreiben, ich habe nie im Leben zugestimmt.« Er sah mich zufrieden an.

»Du kleiner verlogener, berechnender, widerlicher Mistkerl, wie kannst du es wagen? Warum tust du das?«

»Tue was?«

»Wieso bist du eigentlich plötzlich bei der Schülerzeitung? Wieso willst du mir meine Artikel wegnehmen?« Wieder einmal hatte Ash es geschafft, mich innerhalb von zwei klitzekleinen Sekunden so wütend zu machen, dass ich kaum Luft bekam.

Ash, dieser Idiot, lachte mich nur aus.

»Deine Artikel? Du bist wohl größenwahnsinnig! Hast du vielleicht jemals daran gedacht, dass du nur so viele Artikel schreibst, weil Michael keine anderen und besseren Texter zur Verfügung hat?«

What?!

»Noch ein Wort, Ash«, warnte ich ihn leise murmelnd. Noch eine Silbe, und er würde was erleben! Ich sah in seinen Augen, dass er durchaus wusste, dass ich nicht spaßte.

»Dann was?«, flüsterte er nichtsdestotrotz.

Ich nahm meinen eh nur noch lauwarmen Kaffee und schüttete ihn Ash ins Gesicht. Perplex versuchte er zurückzuweichen, aber es war schon zu spät. Kaffee tropfte von seinem Kinn und sein weißes Shirt war nicht mehr weiß.

»Danke für den Kaffee!«, sagte ich sarkastisch, stand energisch auf und nahm meinen Helm. »Wir sind hier noch nicht fertig!« Ash schaute verdutzt und wollte zu einer Widerrede ansetzen, als ich ihn unterbrach.

»Ach, und dein Shirt ist dreckig!«

Mit diesen Worten ging ich.

»Was war *das* für ein geiler Abgang gestern?«, begrüßte mich Matt am nächsten Morgen in der Schule mit einem High-Five, den ich etwas zögernd erwiderte.

»Keine Ahnung, aber es war verdient!« Ich war immer noch so unglaublich wütend, ich hatte die ganze Nacht kaum ein Auge zugemacht. Was auch bisschen an meinem schlechten Gewissen lag, Ash den Kaffee ins Gesicht zu schütten. Obwohl ich es gerechtfertigt fand, hatte ich es doch bereut, als ich später am Abend eine Mail von ihm bekam, in der er die Bilder mit mir teilte. Hätte er *mir* Kaffee ins Gesicht geschüttet, hätte ich ihm diese Freundlichkeit bestimmt nicht erwiesen.

»Ohne Scheiß, er saß ungefähr zwei Minuten lang einfach sprach- und reglos da«, erzählte Matt weiter und fuhr sich durch die knallschwarzen Locken. »Dann bin ich zu ihm gegangen und habe gefragt, ob er noch einen Kaffee möchte«, prustete er weiter und wischte sich die Lachtränen aus den Augenwinkeln. Er kriegte sich kaum noch ein. »Dann ist er einfach gegangen«, fügte er noch hinzu und hielt sich den Bauch, weil er kaum noch aufrecht stehen konnte.

»Ay, Matt, was ist denn mit dir los?«, fragte Ana interessiert, als sie in dem Moment zu uns stieß. Ihre langen dunkelbraunen Haare hatte sie heute geglättet, und sie sah einfach wieder einmal nur fantastisch aus.

Ich ließ Matt weiterlachen und zog sie mit mir zu meinem Spind.

»Wie lief's gestern mit Ash?«, fragte sie mich, als ich mein Geschichtsbuch und einige Biologieunterlagen in meine Tasche packte.

»Wie erwartet, grottenschlecht.« Ich stöhnte genervt.

»Das können acht lange Artikel werden«, meinte Ana und sah mich vielsagend an.

»Aber hallo! Und der erste ist noch nicht einmal fertig!« Voller Wut stopfte ich mein Mathebuch in die Tasche.

»Ay, cariño, das wird schon«, versuchte sie mich aufzumuntern, drückte mir einen Kuss auf die Stirn und drehte sich um. »Wir sehen uns in Geschichte!«, rief sie mir über die Schulter zu. Ich nickte nur stumm und verbissen als Antwort. Ich schmetterte meine Spindtür zu, drehte mich um und blickte direkt in Ashs blaue Augen, nur wenige Zentimeter vor mir.

»Können wir reden?«, fragte er und steckte die Hände in seine Hosentaschen. Ich lachte kurz auf, schüttelte den Kopf und sah mich um. Das Kopfschütteln sollte ich mir irgendwie abgewöhnen.

»Vergiss es, wenn meine Schwester uns sieht, kratzt sie mir die Augen aus.«

»Deine Schwester?« Ash sah mich etwas irritiert an, packte mich am Arm und zog mich in den nächsten Flur.

»Wow, hier sieht uns ja keiner«, kommentierte ich sarkastisch und verschränkte die Arme vor der Brust.

»Nein, aber hier kommt kaum einer hin, diese Klassenräume werden nicht benutzt.« Ash verdrehte die Augen.

»Und das weißt du woher?«, fragte ich ihn misstrauisch, aber er reagierte nicht darauf.

»Wegen des Artikels«, fing er an.

»Ich will nicht mit dir darüber reden, Ash!« Ich versuchte an ihm vorbeizugehen, doch er hielt mich am Arm fest.

»Und was willst du am Mittwoch Michael erzählen? Dass du eine Schreibblockade hattest? Oder dass du verdammt zu stolz bist, um mit mir zusammenzuarbeiten?«

Verflucht, irgendwie hatte er ja recht, nur wollte ich ihm das nicht sagen. Deswegen blieb ich einfach stumm.

»Du hast meinen Artikel noch nicht einmal gelesen«, argumentierte Ash weiter. »Wieso glaubst du, dass das nur ein Haufen Scheiße ist?«

Verdammt, wieder hatte er recht. Der erste Absatz war grandios gewesen. Deswegen war ich auch so unglaublich wütend. Wütend und enttäuscht. Falls Ash ein miserabler Texter gewesen wäre, hätte es kein Problem dargestellt, das Schreiben der Artikel für mich zu behalten. Aber er war wirklich ... talentiert. Und das würde Michael auch irgendwann sehen.

»Hör zu, wie wäre es mit einem Kompromiss?«, fragte er weiter, und ich sagte weiter nichts. Worauf wollte er hinaus?

»Du liest meinen Artikel, ich lese deinen, den du bestimmt schon geschrieben hast, und dann nehmen wir das Beste von beiden?«

Völlig perplex sah ich ihn erst einmal einfach nur an. Ein Friedensangebot? Von Ash? Ich konnte es kaum glauben.

»Wo ist der Haken?« Mein Misstrauen konnte ich einfach nicht verbergen.

»Stell dich nicht so an, Sadie! Es gibt keinen, ich versuche nur, dieses Projekt so erträglich wie möglich zu machen.« Wieder sah Ash mich abwartend an, dieses Mal mit einem eindeutig genervten Unterton.

»Okay.« Mehr brachte ich im Moment einfach nicht raus.

»Nach der Schule in der Bibliothek.« Und dann ging er einfach. Ohne ein weiteres Wort.

Und ich stand wieder mal dumm da und konnte ihm nur wie eine Idiotin hinterhersehen.

Wieso überraschte mich dieser Kerl einfach immer wieder? Da dachte ich, ich hätte ihn komplett durchschaut und verstanden, wie er tickte, und dann *Bäm* ... Wieder falsch gedacht.

Anscheinend lag ihm ja wirklich etwas daran, dieses Projekt für uns beide – oder doch eigentlich nur für ihn? – so erträglich wie möglich zu gestalten. Ich musste ihm wohl oder übel eine Chance geben. Vor allem, weil ich mir auch eingestehen musste, dass ich mich wohl auf einen schon recht guten Artikel seinerseits einstellen sollte. Was mich daran erinnerte ...

»Verdammter Mist!«, entfuhr es mir laut.

Ich hatte noch gar keinen Artikel verfasst, sollte aber direkt nach der Schule mit einem in der Bibliothek aufkreuzen.

Ha! Das war also sein wahrer Beweggrund! Er wollte mich wieder mal ins offene Messer laufen lassen. Er hatte bestimmt darauf spekuliert, dass ich noch überhaupt kein Wort geschrieben hatte, da wir das ja gestern zusammen machen wollten. Und jetzt wollte er mir seinen fertigen – und natürlich seiner Meinung nach perfekten – Artikel unter die Nase reiben, den wir dann komplett nehmen müssten, weil ich ja meinen Job nicht ordentlich machen konnte.

Aber ohne mich! Zum Glück hatte ich ja schon einige Notizen und Stichpunkte auf meinem MacBook gespeichert, das ich immer mit in der Schule hatte. Ich würde ihm später einen fantastischen Artikel hinblättern, den besten, den ich je geschrieben hatte.

»Was machst du denn da die ganze Zeit?«, flüsterte mir Ana zu, als wir gerade im Englischunterricht saßen. Englisch war für mich ein Kinderspiel, weshalb es durchaus reichte, wenn ich nur mit einem halben Ohr zuhörte.

»Ich muss noch einen Artikel schreiben.« Ana verstand zum Glück, dass ich im Moment total konzentriert war und ihr gerade nicht mehr erklären konnte, damit ich nicht aus meinem Schreibfluss gerissen wurde. Schon die ganze Pause und die komplette Englischstunde über saß ich nun an dem Artikel und feilte an jedem einzelnen Satz. Allein die Einleitung hatte ich fünfmal geschrieben, bis sie mir endlich gefallen hatte. Ich hatte nur Glück, dass ich in der Schule sowieso in den meisten Fächern mit meinem Laptop mitschrieb, also fiel es nicht so auf. Im Gegenteil, es wirkte bestimmt sogar ziemlich engagiert, wie ich auf meinen Tasten herumhämmerte. Bisher war ich mit meinem Werk wirklich zufrieden, damit konnte ich mich auf jeden Fall mit Ash messen.

Eines musste ich Ash lassen: Er verstand es, mich herauszufordern, mich an meine Grenzen zu bringen, und sogar darüber hinaus. Ich wollte meine Arbeit immer gut machen und gab mir Mühe, aber seit ich mit Ash zusammenarbeitete, hatte ich meinen Einsatz noch mal verdoppelt. Dieser Konkurrenzkampf spornte mich an. Gut, und er ermüdete mich zwischendurch auch, weil Ash einfach so ein Depp war.

Ich tippte die letzten Worte und las mir alles noch einmal durch, setzte ein Komma und korrigierte einen Tippfehler, den ich übersehen hatte, und lehnte mich dann zufrieden zurück.

Ash und sein Artikel konnten kommen – ich war bestens gerüstet.

Plötzlich traf mich ein kleines Papierkügelchen am Kopf. Irritiert sah ich dem kleinen Futzel hinterher, wie es auf den Boden fiel, als mich das nächste Kügelchen an der Wange traf. Ruckartig drehte ich mich um und sah Chase hinter mir gemütlich zurückgelehnt auf seinem Stuhl. Vor sich hatte er eine ganze Reihe an Papierkügelchen liegen und schnippte mit seinen Fingern eines nach dem anderen in meine Richtung.

»Hey!«, zischte ich. »Lass das!« Bei jedem anderen wäre ich total genervt gewesen, aber weil es Chase war, fand ich es fast schon wieder lustig. Er beugte sich ein wenig zu mir vor und warf dem Lehrer einen kurzen Blick zu, ob er gerade wegsah.

»Steht unser Date am Wochenende noch?«

»Wer hat denn was von einem Date gesagt?«, fragte ich flirtend zurück. Das schien für ihn Bestätigung genug zu sein, denn er lehnte sich wieder lässig zurück, lächelte vor sich hin und schoss das letzte Kügelchen auf mich.

9

Nach der Schule in der Bibliothek. Das hatte er gesagt.

Ich stieß die Tür auf und blickte mich suchend nach ihm um. Ich lugte in jeden Gang, aber sah ihn einfach nicht. Ich schlenderte weiter zu den Sofas, doch auch hier war er nicht. Irritiert stöhnte ich auf. Wenn er mich wieder zwanzig Minuten lang warten ließ, würde ich ...

Einfach in der Zwischenzeit ein Buch lesen.

Ich streifte zielstrebig durch die Reihen, auf der Suche nach einem bestimmten Buch. Als ich den schönen Buchrücken entdeckte, fuhr ich andächtig mit den Fingerspitzen darüber. *Alice im Wunderland* von Lewis Carroll.

Jedes Mal, wenn ich hier war, las ich ein kleines Stückchen weiter und arbeitete mich so langsam, aber sicher durch. Ich hatte schon mehr als einen Klassiker aus diesen Reihen der Bibliothek verschlungen. Klassiker waren für mich einfach etwas Besonderes. Sie gehörten für mich nicht nur zur Allgemeinbildung, sondern ich liebte auch die Sprache, die sich so von aktueller Literatur unterschied. Gut, manchmal war das Zeug wirklich echt schwer zu verstehen, doch gerade darin sah ich auch einen gewissen Reiz. Ich konnte mein

Köpfchen anstrengen und hatte nicht das Gefühl, nur Banalitäten zu lesen.

Obwohl ich natürlich zwischendurch absolut nichts gegen einen gelungenen Roman einzuwenden hatte.

Ich schlug Seite hundertdreizehn auf und begann dort weiterzulesen, wo ich letztens aufgehört hatte, als ich aus dem Augenwinkel eine Bewegung wahrnahm. Ich drehte den Kopf und sah am Ende des Bücherregals und zwischen der Wand einen Arm mit mir nur zu bekannten Tattoos. Was zum Geier machte Ash da so eingequetscht?

Mit lautem Geräusch klappte ich mein Buch zu, stellte es ins Regal zurück und ging zu meiner *Lieblingsperson*, die sich mit dem Rücken an das Regal lehnte und ganz vertieft in ein Buch war. Ich lugte ihm über die Schulter, um zu sehen, was er da so las.

Alice im Wunderland. Aha.

»Willst du dich hier den ganzen Tag verstecken?«, fragte ich ihn unvermittelt, und er erschrak so sehr, dass ich förmlich hören konnte, wie sein Herz für eine Sekunde aufhörte zu schlagen.

»Geht's noch?«, fuhr er mich an und klappte sein Buch zu.

»Und nettes Buch«, fügte ich zuckersüß hinzu. Es war okay, wenn ich das las, aber Ash? Der Bad Boy? Na ja ... Passte nicht so wirklich, oder?

»Nur weil du noch nie einen Klassiker gelesen hast«, murrte er und stellte das Buch zurück an seinen Platz, direkt neben der Ausgabe, die ich vorhin in der Hand gehabt hatte.

»Stimmt, ich habe es nicht bei *einem* belassen«, meinte ich nur und ging voraus zu den Sofas. »Was machst du überhaupt hinter dem Regal?«, wollte ich noch wissen, während ich mich auf das hässliche gelbe Polster fallen ließ.

»Da stört mich keiner. Normalerweise.« Ash setzte sich neben mich, und ich merkte, wie das Sofa sich leicht senkte.

»Klar, weil man dich da nicht *sieht*, du Volltrottel. Wir hatten eine Verabredung.« Ich holte mein MacBook hervor.

»Sorry, ich habe nicht gemerkt, dass es schon so spät geworden ist.«

»*Alice im Wunderland* ist auch unglaublich fesselnd«, neckte ich ihn weiter.

»Mehr als dein Artikel auf jeden Fall!«

»Ich würde sagen, du solltest meinen Artikel erst einmal lesen, bevor du zu kritisieren anfängst«, erwiderte ich und stellte ihm meinen Laptop auf den Schoß, auf dem ich bereits das Dokument mit meinem Artikel geöffnet hatte.

Er zog ebenfalls seinen Laptop aus der Tasche, klappte ihn auf und hielt ihn mir hin.

»Und du liest meinen. Damit wirst du bestimmt mehr Freude haben«, fügte er frech hinzu. Ohne ein weiteres Wort nahm ich ihm den Laptop aus der Hand und begann zu lesen. Den ersten Absatz kannte ich ja schon. Als ich fertig war, las ich den Artikel noch einmal.

Ich war überrascht. Und zu meinem Ärger musste ich mir eingestehen, dass ich wirklich positiv überrascht war. Ash hatte wirklich was drauf, was das Schreiben anbelangte. Woher konnte er das plötzlich?

»Also entweder du liest wirklich extrem langsam oder dir gefällt mein Artikel so gut, dass du dich gar nicht davon lösen kannst«, meinte Ash mich weiterhin ärgernd.

»Ich brauche nur so lange, weil ich mir schon die ganzen Verbesserungen überlege, die gemacht werden müssen«, antwortete ich trocken. »Also. Wir nehmen ja dann wohl meinen Artikel.« Ich versuchte so überzeugend wie möglich zu wirken. Ganz so einfach wollte ich ihm die Sache auch nicht machen. Und ich wollte ihm vor allem nicht zeigen, dass ich seinen Artikel wirklich gut fand.

Wenn wir Teile von seinem mit Teilen von meinem vermischen würden ... Das wäre der beste Beitrag, den unsere Schülerzeitung je gesehen hatte.

»Das Gleiche wollte ich auch gerade sagen: Wir nehmen ja dann wohl *meinen* Artikel.« Er verschränkte die Arme vor der Brust und zog eine Augenbraue hoch. »Gut, dass ich mich aber an mein Wort halte. Wir hatten gesagt, wir mixen die beiden und gestalten daraus einen ganz eigenen Artikel.« Ich wollte gerade zu einem Einspruch ansetzen, als er die Hand hob, um mir Einhalt zu gebieten. »Keine Widerrede!« Er sah mir fest in die Augen, und nachdem wir uns eine Weile angestarrt hatten, seufzte er.

»Sadie, jetzt stell dich doch bitte nicht so an. Versuch auszublenden, dass du mich nicht ausstehen kannst, und denk nur an den Artikel. Das, was ich geschrieben habe, ist gut, das musst du zugeben. Und du hast auch ein paar ganz passable Stellen.«

Ganz passable Stellen? Wollte der Junge mich auf den Arm nehmen? Der ganze Artikel bestand nur aus perfekten Stellen! Vor lauter Empörung fehlten mir die Worte, aber Ash hatte auch nicht vor, seinen kleinen Monolog schon zu unterbrechen.

»Wie wäre es, wenn wir deinen Anfang nehmen? Es ist gar nicht mal so schlecht, wie du gleich direkt ins

Geschehen einsteigst und eine bunte Farbschlacht beschreibst, das finde ich als Einstieg eigentlich ganz okay.« Er blickte stur auf den Bildschirm.

War das gerade …?

»Hast du mir gerade ein Kompliment gemacht?«, fragte ich ihn mit einem breiten Grinsen.

»Lass uns professionell bleiben, in Ordnung?« Ha, das war ihm jetzt irgendwie unangenehm, das konnte ich ihm ansehen. Meine Güte, wurden seine Ohrspitzen etwa rot?

»Gut, können wir machen«, sagte ich und konnte nicht ganz verhindern, dass ich sein Rotwerden ein wenig süß fand. »Dann kommt nachher dein Teil mit der eher nüchternen Beschreibung der Anlage und wie alles praktisch angefangen hat?« Ash nickte zustimmend.

»Und zum Schluss können wir die beiden Parts mit unserer persönlichen Meinung einbringen.« Ash tippte wie ein Verrückter auf meinem MacBook herum, das er immer noch auf den Knien hatte. Ich lächelte, als ich ihn so in Gedanken vertieft und in Aktion sah. Das war ja gar nicht mal so übel gelaufen. Ich hätte nicht gedacht, dass wir uns so schnell einigen würden.

»Und wir dürfen natürlich nicht vergessen zu berichten, wer von uns beiden die meisten Treffer erzielt hat«, sagte ich so beiläufig wie möglich und hoffte, dass er einfach schnell zustimmen würde, ohne zu realisieren, was ich da gesagt hatte.

»Ja natür… Moment, was redest du da? Das ist doch vollkommen unwichtig und irrelevant für den Artikel«, fuhr er mich da auch schon an.

»Meinst du nicht, dass die Leser das wissen wollen? Natürlich wollen sie das! Und jetzt hab dich nicht so, nur weil du verloren hast. Wäre es andersrum gewesen, würdest du wahrscheinlich einen ganzen Artikel allein nur darüber schreiben, dass du einen Punkt mehr gemacht hättest als ich.« Ich verschränkte die Arme und sah ihn stur an. Ash überlegte kurz, stöhnte dann genervt und gab auf. Diesen Kampf wollte er also doch nicht aufnehmen.

»Okay, aber ich übernehme die Formulierung!«

»Äh, nein, die habe ich schließlich schon – hast du meinen Artikel nicht gelesen?« Volltrottel.

»Deine Formulierung ist bescheuert!«

»Du kannst mich mal, nur weil du so verdammt stolz bist, und dazu noch ein extrem schlechter Verlierer!« Ich hatte Lust, meinen Laptop zu nehmen und ihn mit voller Wucht in Ashs hässliches Gesicht zu schmettern. Beziehungsweise es würde es dadurch vielleicht ein wenig hässlich werden.

»Okay, okay, okay!«, schrie er fast schon, worauf die Bibliothekarin zischte, dass wir gefälligst leise sein sollten, Bibliotheksregeln und so.

»Wir sind hier die Einzigen, da stören wir doch niemanden!«, entfuhr es mir genervt, und erschrocken schlug ich mir die Hand vor den Mund. Das hatte ich gerade nicht laut gesagt, oder?

»Wie bitte?«, fragte die Bibliothekarin schnippisch nach und erinnerte mich irgendwie an Ursula aus *Arielle.* Nur war sie bei Weitem nicht so cool.

»Nichts«, meinte ich nur unschuldig.

»Doch, sie hat gesagt, dass wir hier die Einzigen sind, da stört es doch niemanden, wenn wir laut sind«, kam es von Ash, dieser Pfeife. Ich sah ihn böse an.

»Du bist doch echt bescheuert, oder?« Beinahe hätte ich ihm eine Kopfnuss gegeben, aber dann fiel mir wieder die Bibliothekarin ein, und ich hatte eigentlich keine Lust, in der Bücherei Hausverbot zu bekommen. Also setzte ich eine scheißfreundliche Miene auf und versuchte zu retten, was noch zu retten war.

»Wir werden selbstverständlich leiser sein. Sie werden überhaupt nicht mitbekommen, dass wir hier sind.« Ich hoffte, dass sie das schlucken und uns in Ruhe lassen würde. Tatsächlich sah sie uns nur noch einmal mit einem vernichtenden Blick an, bevor sie sich umdrehte und wieder zurück hinter ihren Schreibtisch stiefelte.

»Könntest du mal versuchen, dich wie ein Erwachsener zu benehmen?«, fuhr ich Ash so leise wie möglich an, als sie außer Hörweite war. Wie immer erntete ich von ihm nur ein Grinsen, dieses Mal zusammen mit einem Schulterzucken. Der Junge war zum Aus-der-Haut-Fahren! Dabei war es doch gerade eben gar nicht mal so schlecht gelaufen. Und dann ... das.

»Also, wo waren wir stehen geblieben?«, versuchte ich mich wieder zu orientieren.

»Wir sitzen«, kam Ashs qualifizierter Beitrag zu meiner Aussage.

»Du hältst dich auch für besonders witzig, oder?« Ich gab ihm keine Gelegenheit, auf meine rhetorische Frage zu antworten, sondern sprach gleich weiter. »Schlussformulierung. Ich würde sagen, mit der Aktion gerade eben hast du dein Mitspracherecht verspielt und wir nehmen meine.« Ash wollte protestieren, doch ich nahm ihm meinen Rechner weg, verstaute ihn in der Tasche und ließ einen sprachlosen Ash sitzen.

»Also, wie sieht dein Plan aus, eh?«, fragte Ana mich einige Zeit später im *Coffee Cup*. Ich nahm einen Schluck von meinem Latte und überlegte kurz.

»Keine Ahnung. Die nächsten Wochen einfach überleben?«, lautete mein Vorschlag. »Das Schlimmste ist immer noch Brooke. Sie ist so eifersüchtig und misstrauisch und gibt mir für alles die Schuld!«

»Hier, Süße«, kam in dem Moment Matt mit einem Triple Chocolate Cookie. Ich sah ihn dankbar an und wuschelte ihm einmal durch seine knallschwarzen Locken.

»Du bist ein Schatz«, dankte ich ihm und biss sogleich in meinen Cookie.

»Und für mich?«, fragte Ana und funkelte Matt böse an.

»Was darf ich dir bringen?«, fragte er charmant und verschwand kurz darauf, um Anas Brownie zu holen. Er kam damit zurück, stellte den Teller vor Ana und grinste schelmisch. »Das macht dann ...«

»Vergiss es«, zischte Ana sogleich, und ich prustete los, sodass kleine Krümel aus meinem Mund fielen. Ups. Ana hatte ganz schön Temperament, und wenn sie erst einmal anfing zu brodeln, dann verstand sie keinen Spaß mehr. Es folgte eine kleine spanische Schimpftirade, die jäh aufhörte, als sie den ersten Bissen von ihrem Brownie nahm.

»Du weißt, dass ich dich nur ärgere, oder?«, versuchte Matt die Situation weiter zu retten. Wir zahlten eigentlich immer für unsere Getränke und die Desserts, aber ab und zu gab Matt uns was aufs Haus. Und wenn, dann natürlich uns beiden.

Es war nicht so viel los, weshalb Matt sich zu uns setzte. »Wie lief's mit Ash?«, fragte er mich, und ich verdrehte die Augen.

»Na ja, wie erwartet, Ash hat genervt. Aber wie's aussieht, ist unser erster Artikel fertig.«

»Na immerhin!«

»Ich bin schon gespannt darauf«, feixte Ana und hielt dabei ihren Teller mit dem Brownie so nah an sich ran, als hätte sie Angst, dass ihn ihr jemand wegnehmen würde.

»Ja, Freitag bekommt ihr den ersten Artikel zu Gesicht«, murmelte ich und überlegte, wie er wohl ankommen würde. Außerdem würde ich Michael schon heute Abend den Artikel schicken, damit ich erstens sicher war, dass nicht irgendetwas Unerwünschtes hinzugefügt werden würde, und zweitens, damit Michael schon vorbereitet war, sodass wir am Mittwoch gleich die Details besprechen könnten.

»Das Verrückte ist, dass er eigentlich sehr nett sein kann«, fuhr ich mit meiner Analyse fort. »Und lustig ... Aber nur so zwei Sekunden lang, bevor er wieder der größte Idiot auf Erden wird.« Matt und Ana sahen mich skeptisch an, als würden sie nichts peilen. Ich verstand es ja selbst nicht, wie konnte ich also erwarten, dass sie es taten?

Wir konnten wohl alle nur abwarten und sehen, wie sich das Ganze entwickelte. Und hoffen, dass ich wieder heil aus der Sache rauskam.

Nachdem Ana und ich uns nach dem Besuch im Café für einen spontanen Shoppingausflug entschieden und unser Einkaufszentrum unsicher gemacht hatten, kam ich erschöpft und mit schmerzenden Füßen zu Hause an. Okay, und mit drei Tüten. Aber was sollte man schon machen, wenn die perfekten Klamotten schrien: »Kauf mich!« Und Ana hatte kräftig ins selbe Horn geblasen.

Ich entfernte in meinem Zimmer die Etiketten und warf die Kleidungsstücke erst einmal in die Wäsche. Ich wollte gar nicht wissen, wie viele Leute die vorher schon angefasst oder sogar angezogen hatten.

Der Artikel. Den durfte ich nicht vergessen. Schnell öffnete ich mein E-Mail-Programm und schickte Michael den Artikel im Anhang.

Und wenn ich gerade schon am Rechner saß, konnte ich auch schnell checken, was heute so auf Facebook los war. Ich war gerade in den Tiefen von *9GAG* eingetaucht, als mir eine neue E-Mail angezeigt wurde.

Michael.

Schnell öffnete ich sie, und was ich dort las, ließ meine Kinnlade nach unten fallen.

Er hatte schon einen Artikel bekommen.

Von Ash.

Dieses Dreckschwein!

Ich las Michaels Mail zu Ende und stieß ein genervtes Stöhnen aus. Schnell antwortete ich ihm, dass das wieder einmal ein Beweis für Ashs unmögliches Verhalten und fehlendes Talent für Teamarbeit sei, und dass Michael doch bitte mal überprüfen solle, ob die Artikel identisch wären, denn mein Artikel war das Original.

Ich trippelte einige Minuten im Zimmer auf und ab, bis Michael mir antwortete, dass die Artikel gleich seien. Und nicht nur das, der Artikel sei einzigartig und bemerkenswert formuliert, die Blickwinkel interessant, die Fotos brillant und im Großen und Ganzen sei das hier ein kleines Meisterwerk. Und er bereue keine Sekunde, dass er Ash und mich in ein Team gesteckt habe.

Professionell gesehen waren wir eigentlich ein gutes Team, überlegte ich. Aber persönlich ... Na ja.

Trotzdem war ich erleichtert. Der erste Artikel war also fertig und bereit für den Druck. Jetzt fehlten nur noch sieben Artikel. Der *Water-Fun-Park* am Wochenende war schon abgemacht, und dann mussten wir uns von unseren restlichen Ideen was aussuchen. Außer wir bekamen in der Zwischenzeit noch irgendwelche Geistesblitze.

Ich überlegte kurz und zählte die Tage. Nach dem letzten Artikel müsste es eigentlich für den Abschlussball so weit sein. Eine vierseitige Reportage davon war letztes Jahr schon meine Aufgabe gewesen, und natürlich sollte es dieses Jahr nicht anders sein. Ich stellte mir vor, wie mein Kleid dieses Jahr aussehen sollte.

»Sadie! Brooke! Essen ist fertig!«, rief Mum von der Küche, und ich rappelte mich auf, um nach unten zu schlendern. Auf dem Flur begegnete ich meiner Schwester, die mich keines Blickes würdigte. Als sie vor mir die Treppe hinunterging, fragte ich mich für den Bruchteil einer Sekunde, warum unser Verhältnis zueinander nur so schwierig war. Vielleicht war das einfach nicht zu ändern, dachte ich resigniert.

»Also, ich hole dich Samstag um halb neun ab«, erinnerte mich Chase am Mittwoch nach der Schule.

»Klar, ›abholen‹, ich fahre schon selbst«, meinte ich und lächelte ihn total übertrieben mädchenhaft an, was ein wenig in Kontrast zu meinem Bikerbraut-Dasein stand.

»Das weiß ich doch«, gab Chase zurück und legte den Arm um meine Schulter, als er mit mir zum Redaktionsraum schlenderte.

»Wieso fährst du eigentlich nie mit deinem Motorrad zur Schule, sondern nur mit dem Moped?«, fragte ich ihn interessiert. Für mich war die Wahl zwischen Moped und Motorrad nicht sonderlich schwer.

»Ich finde das Moped für die Stadt gemütlicher. Und für die kurze Strecke, die ich bis zur Schule habe, rentiert es sich kaum, die große Maschine anzuschmeißen.«

Okay, da hatte er auch wieder recht. Wir waren vor dem Raum angekommen, und jetzt sahen wir uns an, als hätte Chase mich gerade von einem Date nach Hause gebracht und überlegte, ob er mich zum Abschied noch küssen durfte. Wir starrten uns an und nahmen nur einander wahr.

»Sorry, Bro, aber ich übernehme ab hier«, warf Ash dazwischen und ruinierte damit mal wieder die romantische Atmosphäre, als er in dem Moment wie aus dem Nichts auftauchte, um mich in das umgestaltete Klassenzimmer zu ziehen.

»Was ist dein Problem?«, fuhr ich ihn an, sobald er mich auf einen Stuhl platziert und sich neben mich gesetzt hatte.

»Ich sterbe vor Eifersucht, natürlich«, kommentierte er sarkastisch. »Und wir haben heute viel vor, also ist es äußerst kontraproduktiv, unsere kostbare Zeit mit Dingen zu verschwenden, die eh keine Zukunft haben.«

»Keine Zukunft, soso … Und das weißt du so genau woher?« Ich sah ihn mit hochgezogener Augenbraue an. Irgendwie interessierte mich seine Antwort jetzt schon. Wer so eine Behauptung in den Raum stellte, der musste damit rechnen, dass er sie auch erklären musste.

»Weil man euch beide nur anzusehen braucht und schon weiß, dass da nie mehr draus wird. Ihr seid vielleicht Freunde, die sich möglicherweise ein klein wenig zueinander hingezogen fühlen, aber das war's dann auch schon«, stellte Ash fast gelangweilt fest.

»Ach, und das kannst du so gut einschätzen, weil du uns beide so gut kennst, oder was?« Ich konnte mir ein belustigtes Grinsen nicht verkneifen. Die Situation war einfach zu absurd. Was wusste Ash denn bitte schon? Er hatte mich eine halbe Ewigkeit nicht mehr gesehen und Chase kannte er gar nicht, was erdreistete sich der Wicht? »Halt mal deine Augen gut offen, und ich werde dir zeigen, wie gut Chase und ich zusammenpassen.« Ich sah ihm direkt in die Augen und erkannte ein amüsiertes Blitzen darin.

»Gut, versuch's. Aber nur unter einer Bedingung.«

»Und die wäre?«

»Du gibst ehrlich zu, wenn du merkst, dass er doch nicht der Richtige ist.«

Kurz sah ich ihn an und versuchte abzuwägen, ob ich mich darauf einlassen sollte. Dann dachte ich mir, dass ich nichts zu verlieren hätte, denn Chase ... er war einfach Chase, und er war perfekt.

»Deal!« Zufrieden mit unserer Abmachung wandte ich meinen Blick zu Michael, der einige Anweisungen von sich gab. Ash würde sich noch wundern! Chase und ich waren womöglich *das* Traumpaar! Ich ließ meinen Blick durch den Raum schweifen und entdeckte Matt, der mich vom anderen Ende aus verwundert ansah. Leicht nickte er mit dem Kopf Richtung Ash und zog fragend die Augenbrauen zusammen. Ich gab ihm wortlos zu verstehen, dass ich ihm später erklären würde, was Sache war. Auf einmal wurde mir bewusst, dass ich einfach davon ausgegangen war, dass Chase und ich eine Realität werden würden. Doch dachte Chase auch so? Er zeigte sehr offen, dass er mich … wollte? Aber was, wenn es von seiner Seite nichts Ernstes war?

Plötzlich bekam ich Zweifel. Chase baggerte mich jetzt schon so lange an, wieso sollte er plötzlich mehr wollen? Und selbst wenn er mehr wollte, was war dann dieses *mehr*? Eine feste Beziehung? Oder nur ein bisschen Spaß?

Verdammt, hatte Ash vielleicht recht? War das zwischen Chase und mir nur besonders, solange nicht mehr daraus wurde? Würde die Magie und diese Anziehung und dieses Knistern zwischen uns verschwinden, wenn wir uns darauf einließen?

Am wichtigsten: War ich überhaupt in Chase verliebt? Wollte ich eine richtige Beziehung mit ihm?

»Na, schon die ersten Zweifel?«, flüsterte Ash neben mir, und ich zuckte zusammen. Zum einen, weil ich erschrak, zum anderen, weil er mich anscheinend so gut lesen konnte.

»Ähm, nein?«, flüsterte ich aggressiv zurück, während Ash nur amüsiert und wissend dreinschaute. »Ich finde, du solltest *deiner* Beziehung mehr Aufmerksamkeit schenken als meiner kommenden … eventuellen … Beziehung.« Mist, wieso bekam ich plötzlich solche Zweifel? Ash durfte auf keinen Fall recht haben!

Ash guckte mich vielsagend an und flüsterte: »Ich werde für dich da sein, wenn es aus ist.«

Idiot.

»Sadie, Ash? Ich würde gern noch kurz mit euch beiden reden.« Anscheinend hatte jeder seine neuen Aufgaben erhalten und wir waren so weit durch, denn alle packten schon ihren Krempel zusammen.

Seit wann ließ ich mich so von Ash ablenken?

Wir blieben also sitzen, während die anderen plaudernd an uns vorbei nach draußen liefen.

»Soll ich auf dich warten?«, wollte Matt von mir wissen, als er kurz neben mir stehen blieb.

»Ist schon okay, ich melde mich später bei dir!« Ich wusste, dass er heute wieder eine Schicht im *Coffee Cup* hatte, und da ich nicht wusste, wie lange das hier mit Michael dauern würde, wollte ich Matt nicht warten lassen.

»So, ihr beiden.« Michael hatte sich einen Stuhl herangezogen und saß uns jetzt direkt gegenüber, ein paar Zettel in der Hand haltend. Vermutlich unseren Artikel. »Ich muss sagen, ich bin beeindruckt von eurem Artikel. Ihr kommt wohl doch besser miteinander zurecht, als ihr anfangs dachtet.« Aufrichtig lächelte er uns an.

»Der Schein kann trügen«, murmelte ich vor mich hin, aber die zwei ignorierten meinen Kommentar gekonnt.

»Ich wollte von euch beiden wissen, was ihr als Nächstes plant und wann ich mit einem weiteren Artikel rechnen kann.«

»Wir wollen am Wochenende zum *Water-Fun-Park* und dort ein paar Bilder schießen und Eindrücke sammeln. Reicht es dir, wenn du den Artikel nächste Woche vor der Redaktionssitzung hast?« Ich ergriff schnell das Wort, bevor Ash irgendetwas sagen konnte. Er hatte sich zwar die letzten Tage ganz okay verhalten, aber irgendwie traute ich ihm immer noch nicht zu hundert Prozent. Und wer wusste schon, was er so von sich geben würde. Immer wenn man dachte, es könne gar nichts schiefgehen, dann schaffte es Ash doch. Der Junge hatte ein Talent für Desaster.

»Na ja, Sadie hat ja eher ein Date.« Und da war er wieder. Der unpassende Kommentar. Was sollte das denn jetzt?

»Ein Date?« Ash hatte auch Michaels Neugier geweckt. Ein wenig verunsichert sah er aus. Wahrscheinlich war es für ihn unangenehm zu hören, dass ich bald ein Date hatte, wenn er immer noch glaubte, dass ich noch vor Kurzem für ihn geschwärmt hatte. Allein der Gedanke daran ließ mich schaudern.

»Ja, ein Date. Aber das kann euch beiden ja eigentlich egal sein, denn der Artikel wird genauso gut wie der letzte«, antwortete ich. »Als ob meine Arbeit wegen eines Kerls leiden müsste«, fügte ich hinzu und sah Ash dabei intensiv an.

»Gut, Hauptsache, ich bekomme den Artikel.« Michael stand auf, das Thema war für ihn erledigt und wir konnten gehen. Ich schnappte mir meine Tasche und ging nach draußen. Keine drei Schritte später spürte ich Ash neben mir.

»Also die Arbeit ist dir wichtiger als dein Date mit Chase? Das muss ja wirklich die große Liebe sein«, spottete er.

»Du hörst auch echt nur, was du hören willst, so habe ich das nicht gesagt!«

»Dann klär mich auf«, forderte er mich auf und blieb stehen. Genervt blieb ich also auch stehen und drehte mich zu ihm um.

»Ich kann sehr wohl mein Date mit Chase genießen und *gleichzeitig* Eindrücke sammeln. Ist das so schwer zu kapieren?« Ich hatte Ash in dem Moment so satt. Und den Blick, den er mir sandte, verstand ich nicht wirklich.

»Am Samstag um zehn beim *Water-Fun-Park*«, verkündete ich noch bestimmt, drehte mich um und ging. Sein Blick verfolgte mich und kroch mir unter die Haut. Ich hoffte, dass meine Stimme so viel Endgültigkeit enthalten hatte, dass er sich bis Samstag von mir fernhielt.

10

Samstag wachte ich auf, bevor mein Wecker klingelte, was nur einmal im Jahr oder so vorkam. Ich schwang meine Beine über die Bettkante, ging ins Bad, stellte mich unter die Dusche und begann singend, mich zu waschen und meine Beine zu rasieren.

Gut gelaunt huschte ich eine Viertelstunde später in die Küche, machte mir einen Kaffee und schlang mein Frühstück runter. Ich freute mich so sehr auf diesen Tag! Ich freute mich auf die Motorradtour, ich freute mich auf den *Water-Fun-Park,* und natürlich freute ich mich auf das Date mit Chase. Und er würde in zwanzig Minuten hier sein.

Ich stopfte den letzten Bissen meines Nutella-Brotes in mich rein und sprintete wieder in mein Zimmer. Ich stellte die Musikanlage an und tanzte umher, während ich mir meine Badesachen in eine Umhängetasche warf. Ich wusste, dass Brooke mit Sicherheit gleich austicken würde, weil die Musik so laut war und sie ihren *Schönheitsschlaf* brauchte, aber selbst das war mir gerade herzlich schnuppe.

Eine Viertelstunde später stand ich bereit auf dem Flur vor der Haustür und wartete ungeduldig auf Chase.

»Viel Spaß, Kleine, und fahr vorsichtig«, murmelte Dad, der verschlafen die Treppe runterkam und weiter in die Küche schlurfte.

»Keine Sorge, Dad«, beruhigte ich ihn und flocht meine Haare zu einem seitlichen Zopf, damit sie beim Motorradfahren nicht vom Wind so verwuschelt wurden. Wie aufs Stichwort hörte ich draußen ein Motorrad ankommen.

Und dann klingelte es an der Tür.

Breit grinsend hüpfte ich auf sie zu, öffnete sie schwungvoll und ...

»Ash?«, fragte ich entgeistert, und mir fiel die Kinnlade runter. »Was machst du hier?« Ich konnte nicht ganz umhin, ihn kurz abzuchecken. In seinen Biker-Klamotten sah er einfach echt nicht schlecht aus. Irgendwie konnte ich mich gar nicht an den alten Ash erinnern. Sein jetziges obercooles Dasein überschattete meine ganzen Erinnerungen.

»Zehn Uhr hast du gesagt. Und hier bin ich, auf die Minute exakt eineinhalb Stunden früher, damit wir pünktlich ankommen und ich mir keine Strafpredigt von dir anhören muss.«

»Ich sagte, um zehn beim *Water-Fun-Park*, und nicht, dass wir uns hier vorher treffen. Ich bin mit Chase verabredet«, brachte ich zwischen zusammengepressten Zähnen hervor. Ash seufzte frustriert.

»Siehst du? Man kann es dir nie recht machen. Da bin ich mal extra früh dran, um dir ... um mir dein Gejammer zu ersparen, und du meckerst trotzdem.«

Bis zu einem gewissen Grad hatte er recht. Ich meckerte wirklich oft an ihm herum. Aber er provozierte es nun mal auch immer!

»Okay, ich halte die Klappe. Dann fahren wir eben zusammen.« Es war ja eigentlich auch egal, ob wir zu zweit oder zu dritt dorthin fuhren. In dem Moment bog Chase mit lautem Gedröhne in unsere Straße ein. Ohhh, er hatte die große Maschine ausgepackt. Beinahe hätte ich zu sabbern angefangen. Also wegen des Motorrads. Gut, auch wegen ihm. Aber hauptsächlich wegen des Motorrads.

Er hielt neben Ashs Maschine, die daneben fast mickrig wirkte, stieg ab, nahm seinen Helm herunter und kam zu uns.

»Guten Morgen, Hübsche!«, begrüßte er mich strahlend, legte einen Arm um mich und drückte mir einen Kuss auf die Stirn.

Moment. Kuss auf die Stirn? Das war neu. Aber mein fettes Grinsen daraufhin konnte ich nicht abstellen. Tja, Ash, da siehst du mal, wie unrecht du hattest. Kurz hatte ich das Gefühl, dass er Chase niederstarrte, doch der Eindruck war so kurz, bis sein Gesicht wieder einen neutralen Ausdruck hatte, dass ich mir gar nicht sicher war, ob ich überhaupt etwas gesehen hatte.

»Und Ash.« Chase ließ keinen Zweifel daran, dass er Ashs Gesellschaft alles andere als schätzte. Da ich nicht gleich einen Kampf der Egos wollte, wechselte ich schnell das Thema.

»Heute also das große Baby?«, fragte ich Chase.

»Immer zu besonderen Anlässen«, erklärte er fröhlich, und in dem Moment lief ich rot an. Vor Freude. Und vor Verlegenheit. »Du kannst sie später gern mal ausprobieren, wenn du magst.«

»Soll das ein Scherz sein? Ich darf ... echt?« Aufgeregt – und ein bisschen quietschend-kreischend – fiel ich ihm um den Hals.

»So, wollen wir dann mal?«, fragte Ash, und ich löste mich widerwillig von Chase, der noch für eine Sekunde meinen Blick festhielt.

»Willst du nicht deiner Prinzessin einen Gutenmorgenkuss geben?«, fragte ich Ash und zog meinen Helm über. Er sah mich kurz komisch an, dann schüttelte er den Kopf.

»Das kann warten«, meinte er unbesorgt und zog sich auch seinen Helm über. Chase tat es ihm gleich, und wir gingen zu unseren Motorrädern. Als wir synchron unsere Maschinen anschmissen, ertönte ein mehr als geniales Dröhnen. Mir lief ein wohliger Schauder über den Rücken, und ich fuhr als Erste aus der Einfahrt.

Normalerweise dauerte es bis zum *Water-Fun-Park* nur etwa eine halbe Stunde, aber wir hatten uns für einen längeren und schöneren Weg entschieden, damit wir die Motorradtour so richtig genießen konnten.

Ich überlegte, woher Ash das eigentlich geahnt hatte, denn sonst wäre er womöglich erst eine Stunde später aufgetaucht. Entweder hatte Brooke uns verpfiffen oder Ash war einfach schlauer, als ich gedacht hätte.

Wahrscheinlich Ersteres.

Ich blickte über die Schulter und sah Ash hinter mir fahren, mit seinen schwarzen Klamotten, dem schwarzen Helm und dem schwarzen Motorrad wirkte er fast unheimlich. Vor mir fuhr Chase und bestimmte Richtung und Geschwindigkeit. Ich überlegte nicht lange, schaltete runter und brauste an Chase vorbei. Ich kannte hier in der Nähe ein tolles Rastplätzchen, und da wollte ich hin.

Ich beschleunigte immer mehr, legte mich in die Kurven und genoss es, die Landschaft an mir vorbeiziehen zu sehen. Mir war deutlich bewusst, dass die Jungs hinter mir sehr angestrengt versuchten, sich nicht von mir abschütteln zu lassen. Und bestimmt konkurrierten sie auch ein klein wenig, wer direkt nach mir fuhr.

Ich wurde von zwei heißen Jungs auf Motorrädern gejagt. Nicht weiter beklagenswert.

Nach zehn Minuten erkannte ich den Rastplatz, bremste und fuhr von der Straße ab. Kurz darauf kamen Chase und Ash so ziemlich gleichzeitig und hielten neben mir. Wir stiegen ab, nahmen unsere Helme herunter und bestaunten die Aussicht. Der Rastplatz war hoher gelegen und bot deswegen eine grandiose Möglichkeit, um die Natur zu genießen.

Ich schielte zu Ash rüber, um zu sehen, ob er nicht gleich mit irgendeinem unnötigen und abwertenden Kommentar kam, aber zu meinem Erstaunen blickte er nur nachdenklich und still über die Landschaft.

»Schön hier, oder?«, fragte ich ihn, doch er schien gar nicht zu realisieren, dass ich ihn angesprochen hatte.

»Ja, wirklich«, antwortete Chase stattdessen, der rechts neben mir stand. Er wandte sich direkt zu mir. »Sadie, fahr bitte nicht so schnell, ich würde es nicht überleben, wenn dir etwas passieren würde.«

Ich wusste nicht recht, ob ich das süß oder definitiv zu viel finden sollte.

»Du bist nicht mein Vater, Chase«, neckte ich ihn ein klein wenig und blickte in seine strahlenden Augen.

»Nein, zum Glück, aber du musst auf dich aufpassen! Da gibst du mir doch recht, Ash, oder?«

Ash sah, erstaunt darüber, dass er von Chase angesprochen wurde, zu uns, musterte uns beide kurz, wandte sich dann jedoch wieder ab.

»Darf sie doch selbst entscheiden«, meinte er brüsk und ging zu seinem Motorrad. »Wollen wir?« Ohne auf unsere Antwort zu warten, stieg er auf seine Maschine, setzte den Helm auf, startete den Motor und fuhr davon.

Was war denn jetzt schon wieder mit ihm los?

»Also wenn er nicht mit deiner Schwester zusammen wäre, würde ich fast behaupten, dass er eifersüchtig ist«, murmelte Chase und sah ihm hinterher.

Ash und eifersüchtig? Das passte doch hinten und vorn nicht. Er verabscheute mich.

»Ich glaube nicht«, sagte ich deshalb. »Das Kapitel ist doch längst abgeschlossen. Aber ...« Ich sah Chase unsicher an. »Eifersüchtig auf was?«

Chase drehte sich mit dem ganzen Körper zu mir, fasste mich an der Taille und zog mich fest zu sich.

»Na, auf das hier«, meinte er frech und beugte sich ein klein wenig zu mir runter. Wir sahen uns tief in die Augen, bis nur noch wenige Millimeter zwischen unseren Lippen waren.

Jetzt. Endlich. Würde. Er. Mich. Küssen.

»Kommt endlich, verdammt!«, hörten wir plötzlich Ashs Stimme gedämpft von irgendwo unter uns, wo die Straße eine Kurve machte, gefolgt von zweimaligem Hupen. Wir schraken leicht auseinander und sahen ihn ein Stück weiter die Straße runter halten. Er konnte uns noch sehr gut erkennen.

Chase seufzte und ließ mich los. »Ich bring den Kerl noch irgendwann um!«

Ich konnte mir ein Lachen nicht ganz verkneifen und schlenderte zu meiner geliebten Maschine.

Eine Weile später kamen wir endlich am *Water-Fun-Park* an, und ich hörte lautes Gekreische von einer der Rutschen. Ich nahm den Helm ab und legte den Kopf in den Nacken, um bis nach ganz oben sehen zu können. Die Rutsche stand so, dass man von der Straße einen guten Blick darauf hatte. Sie sah aus wie ein U und man saß auf einem Donut. Nach einem kurzen Stück freien Fall rutschte man auf der anderen Seite wieder hoch, bis man sich schließlich am Boden in der Mitte auspendelte, um wieder aussteigen zu können.

Dort würde man mich mit tausendprozentiger Sicherheit nicht draufbekommen.

Es gab ja genügend andere Rutschen, die ich ausprobieren konnte. Die Jungs folgten mir zum Eingang. Ash kaufte wie letztes Mal auch eine Karte für mich mit, obwohl ich wieder protestierte, aber er ließ nicht mit sich reden.

Unser erster Weg führte uns zu den Umkleiden und den Schließfächern. Ich musste endlich aus dieser Motorradkluft. Ohne den angenehm kühlen Fahrtwind wurde es schnell verdammt heiß hier drin. Wir waren alle drei schnell umgezogen, denn die Jungs warteten schon, als ich auch aus der Umkleide kam. Wir hatten unsere Sachen in die Schließfächer gestopft. Die Schlüssel dazu baumelten bei den Jungs an den Handgelenken und bei mir am Fußknöchel.

Beide standen nebeneinander, aber es war mehr als deutlich, dass sie bis jetzt kein Wort miteinander gewechselt hatten.

Und. Oh. Mein. Gott.

Dass Ash und Chase beide *so* trainiert waren, wusste ich gar nicht. Meine Aufmerksamkeit galt trotzdem vor allem Ash, dessen zahlreiche Tattoos auf den Armen und im Nacken so faszinierend hervorstachen, dass ich kaum wegsehen konnte.

Ash entdeckte mich zuerst und ließ seinen Blick über meinen Körper schweifen. Ich wusste, dass ich einen schön trainierten Körper hatte, nur war ich nicht ganz mit meinen etwas kleiner geratenen Brüsten zufrieden.

Plötzlich schien es, als träte auf Ashs Gesicht ein schmerzlicher Ausdruck. Er wandte den Blick ab und atmete einmal tief ein. Tja, so klein waren sie also.

»Da bist du ja!« Chase lächelte mich an, und auch er merkte plötzlich sehr genau, dass ich nur im Bikini vor ihm stand. Um die mir etwas unangenehme Situation zu überspielen, räusperte ich mich kurz, zog die Augenbrauen zusammen und begutachtete schnell die Jungs.

»Wie sieht's mit den blauen Flecken aus? Sind fast weg, oder?«, fragte ich.

Beide nickten und sahen dann meine Hüfte an. »Jap, auch fast weg«, meinte ich, bevor sie nachfragen konnten.

»Also, wohin zuerst?« Chase sah mich abwartend an.

»Erst mal eine Runde in den Pool.« Ich wartete nicht auf die Jungs, sondern ließ mich kurz darauf in die riesige Pool-Landschaft fallen. Erst einmal abkühlen. Ich tauchte und genoss das Gefühl des Wassers auf meinem Körper. Als ich wieder auftauchte, sah ich die beiden Jungs auf mich zuschwimmen.

Irgendwie war die Situation schon ein wenig seltsam. Ich hier mit zwei Jungs, von denen ich mit einem so was wie ein Date hatte und der andere ... na ja, der war halt irgendwie dabei.

»Lasst uns zu den Rutschen dort drüben gehen.« Ich zeigte auf zwei einzelne Rutschen, die nebeneinanderstanden und in etwa gleich aussahen. Man konnte gleichzeitig rutschen und hatte immer wieder kleine Wellen drin, bis man unten mit voller Wucht ins Wasser krachte.

»Auf geht's!« Chase nahm meine Hand und hievte mich am Beckenrand hoch, nachdem er sich aus dem Wasser geschwungen hatte. Er wartete nicht lange auf Ash, sondern zog mich, noch immer meine Hand haltend, hinter sich her, auf die Treppe zu, die zu den Rutschen führte. Wir standen schon in der Schlange an, als Ash auch endlich auftauchte.

»Danke fürs Warten«, kommentierte Ash sarkastisch und stellte sich hinter mich.

»Immer wieder gern«, erwiderte ich nur und glitt im nächsten Moment die Rutsche hinunter. Irgendwie ging das viel zu schnell, und plötzlich war ich auch schon unten und vergaß, mir die Nase zuzuhalten, weshalb mir das ganze Chlorwasser in die Nase schoss. Ihhh. Ich hustete kurz und schwamm schnell auf die Seite, damit der Nächste rutschen konnte. Also Ash. Und Chase direkt neben ihm. Ich beobachtete die beiden, wie sie fast synchron hinunterrutschten und schließlich mit einem lauten Platschen im Wasser landeten. Sie tauchten auf und fingen beide zu husten an. Sie hatten wohl auch nicht daran gedacht, sich die Nase zuzuhalten oder wenigstens beim Eintauchen auszuatmen. Gemeinsam schwammen sie zu mir an den Rand, wo ich wartete.

»Dort drüben ist eine breite Rutsche, da können wir zu zweit nebeneinanderrutschen, lasst uns die als

Nächstes ausprobieren«, schlug Chase vor. Ich stieg gerade aus dem Becken, als ich Ash hinter mir Chase nachäffen hörte.

»Da können wir zu zweit nebeneinanderrutschen ...« Ich drehte mich zu ihm um. Ich checkte schnell ab, ob Chase noch in Hörweite war, aber der war schon vorausgelaufen und hatte anscheinend gar nicht bemerkt, dass wir nicht hinter ihm waren.

»Ash, kannst du mir einen Gefallen tun? Ich habe mich wirklich auf heute gefreut. Könntest du bitte wenigstens versuchen, dich zu benehmen und einfach ein bisschen Spaß zu haben?« Ich sah ihn fast schon flehentlich an, denn ich hatte wirklich keine Lust, mir von Ash den Tag versauen zu lassen.

Kurz sah er mich einfach nur an, bis er den Kopf schüttelte, was ich schon als Nein auffassen wollte, doch dann meinte er schlicht: »Okay.«

Unwillkürlich musste ich ein wenig lächeln. »Danke.« Ich wollte mich schon umdrehen, als Ash mich am Arm festhielt.

»Nur unter einer Bedingung.«

»Wieso ist bei dir immer alles an eine Bedingung geknüpft?« Ich seufzte. »Welche Bedingung?«

»Wir rutschen zusammen durch die Dunkle.«

Irritiert sah ich ihn an. Das war alles? »Ähm, klar?«

Das genügte ihm offenbar, denn er ließ meinen Arm los und ging an mir vorbei, um zu Chase zu gehen. Schnell lief ich ihm hinterher und achtete darauf, nicht auf den nassen Fliesen rund um die Becken auszurutschen.

»Wo bleibt ihr denn so lange?« Chase sah mich fragend an, als wir endlich neben ihm an der Rutsche ankamen.

»Lass uns rutschen.« Ohne seine Frage zu beachten, schnappte ich mir seine Hand und wir schlitterten gemeinsam die Rutsche hinunter. Auf halbem Weg verlor ich den Kontakt zu ihm und drehte mich plötzlich, sodass ich auf einmal rückwärts rutschte. Chase bekam meinen Fuß zu fassen, und gemeinsam landeten wir in dem kühlen Nass.

Wir stellten uns am Rand schon einmal für die Donut-Sitze an, während wir auf Ash warteten. Wir brauchten einen einzelnen für Chase und einen doppelten für Ash und mich. Denn die dunkle Rutsche musste ich mit Ash rutschen. Irgendwie musste ich das jetzt nur noch Chase beibringen.

»Chase? Ich habe Ash die dunkle versprochen.« Feingefühl oder so was war irgendwie nicht so meins. *Platzen wir lieber gleich mit der Tür ins Haus. Toll, Sadie.*

Verwirrt sah er mich an. »Ash? Warum?«

»Das war seine Bedingung, damit er uns den Tag nicht versaut.«

»Du musst das nicht tun.«

Er hatte recht. Ich musste nicht. Aber irgendwie hatte ich es Ash versprochen. Und ich hielt meine Versprechen immer.

»Es ist nur das eine Mal. Die Rutsche läuft uns nicht davon.« Ich versuchte mich an einem möglichst besänftigenden Lächeln. Schien nicht so wirklich zu klappen.

»Wie du meinst.« Chase sah weg, und ich konnte sehen, wie er seinen Kiefer anspannte. So konnte ich ihn wirklich nicht stehen lassen. Also ging ich einen Schritt näher zu ihm und legte meine Arme von hinten um ihn. Ich stellte mich auf Zehenspitzen und flüsterte ihm ins Ohr: »Du brauchst nicht eifersüchtig zu sein.« Dann drückte ich ihm schnell noch einen Kuss auf sein Schulterblatt, bevor ich mich wieder von ihm löste.

Ich fühlte mich gerade total mutig, dass ich das getan hatte. Und ich hatte immerhin die Missmuts-Falten in Chase' Gesicht geglättet. Nur war ich selbst nicht ganz so euphorisch, wie ich nach so einem Schulterblattkuss vermutet hätte.

»Können wir endlich?« Ash. Natürlich.

Ich schnappte mir den Doppel-Donut und lief an Ash vorbei.

»Das heißt: ›Hey, lasst uns die nächste Rutsche ausprobieren, das macht so Spaß!‹«, versuchte ich Ash zu erziehen. »Keine negative Stimmung mehr, Ash, das ist der Deal.«

Die dunkle Rutsche. Ich sah in die Öffnung und konnte keinen halben Meter weit sehen, weil es einfach stockdunkel war. Ich platzierte den Donut und setzte mich vorn rein. Ash setzte sich hinter mich, und auf einmal hatte ich links und rechts von mir jeweils ein Bein.

Das war echt unangenehm im ersten Moment. Ich hatte das Gefühl, als wäre Ash einmal komplett um mich herum, und das bereitete mir fast Platzangst. Aber dann dachte ich noch mal drüber nach und fand es gar nicht mehr so schlimm. Es war nur Ash. Also bloß keine Panik.

Ohne Vorwarnung stieß Ash uns ab, und mir entfuhr ein kleiner erschrockener Schrei.

»Hast du jetzt schon Angst?« Ich konnte das Grinsen in Ashs Gesicht hören.

»Von wegen. Ich war nur überraaaaah!« Wir wurden auf einmal in eine andere Richtung geschleudert, als ich vermutet hatte, und schon wieder war ich erschrocken. Hinter mir konnte ich Ashs tiefes Lachen hören.

Als ich mich endlich an die Dunkelheit gewöhnt hatte, machte es sogar richtig Spaß, und ich war fast enttäuscht, als wir unten ankamen und wieder Wasser unter den Füßen hatten.

Wir stiegen runter und zogen den Donut aus der Bahn für Chase, der uns bestimmt gleich folgen würde.

»Das hat Spaß gemacht«, gab ich zu.

»Du hast geschrien wie ein kleines Mädchen«, ärgerte er mich, aber ausnahmsweise wirkte sein Lächeln echt. Er hatte ein tolles ... Stopp! Das war immer noch Ash! Ich durfte nicht mal ansatzweise über irgendein nettes Lächeln von ihm nachdenken. Schnell wandte ich mich ab und sah gerade Chase aus der Öffnung der Rutsche schießen.

»War das cool! Da müssen wir später unbedingt noch mal rein!« Ich amüsierte mich köstlich über seinen kindlichen Kommentar. In manchen Situationen wurden Männer einfach wieder zu kleinen Jungs.

»Und jetzt müssen wir unbedingt noch zu der großen«, fügte er hinzu und zeigte auf die Rutsche, die ich mir schon am Anfang angesehen hatte.

Nur über meine Leiche.

»Ohne mich, Jungs. Aber ich wünsch euch beiden viel Spaß.«

»Und ob du mitkommst!«, versuchte Chase mich zu überreden.

»Hast du etwa Angst? Ich dachte, du würdest dich für die Artikelreihe aufopfern«, gab auch Ash seinen Senf dazu.

»Ich mache alles mit, nur nicht *das.*« Energisch schüttelte ich den Kopf.

Ich sah, wie die beiden Jungs einen Blick austauschten. Einen verbündenden Blick.

Und das gefiel mir gar nicht.

»Wehe!«, schrie ich fast schon und hob den Zeigefinger, um einfach irgendwie warnend rüberzukommen. Gegen die beiden hatte ich jedoch einfach nicht die geringste Chance. Ash griff mit seinen Armen unter meine und Chase nahm meine Beine. Im Nu hoben sie mich hoch und trugen mich in Richtung meines größten Albtraums.

»Au, ihr tut mir weh!«, rief ich, und dann fiel mir auf, dass Ashs Arme quer über mir, direkt unter meinen Brüsten waren, sodass diese ordentlich gepusht wurden.

»Und Ash, kannst du mich nicht woanders halten?«

»Hab dich nicht so, endlich sieht es mal so aus, als hättest du irgendwas da, wo deine Brüste eigentlich sein sollten.«

So ein mieses Schwein. So klein waren meine Brüste nun auch wieder nicht!

Ich legte den Kopf in den Nacken, um ihn mit meinem Blick zu töten, wurde aber durch den amüsierten Ausdruck auf seinem Gesicht besänftigt. Er ärgerte mich nur, ich sollte mich nicht provozieren lassen.

Ich versuchte mich irgendwie aus ihren Armen zu winden, aber ausnahmsweise waren sich die beiden mal einig und umklammerten mich mit Händen wie aus Stahl. Ich hatte schlichtweg keine Chance. Also versuchte ich es anders und ließ mich einfach hängen, um mich so schwer wie möglich zu machen.

»Verdammt, Sadie, du Fettklops!« Schon wieder Ash. Und ich war kein Fettklops! Ich hatte nur gut definierte Muskeln, deren Gewicht ich jetzt so einsetzte, dass mich die Jungs hoffentlich bald runterlassen mussten.

Falsch gedacht. Die beiden schleppten mich einfach weiter in Richtung dieses Folterinstruments. Je näher wir der Rutsche kamen, desto größer und bedrohlicher wirkte sie. Das konnten die beiden mir doch nicht antun!

»Jungs, bitte! Ich will da wirklich nicht hoch! Ihr kennt mich, ich bin wirklich für jeden Blödsinn zu haben, aber bitte schleppt mich nicht dort hoch«, versuchte ich es mit flehen.

»So schlimm ist das nicht. Du musst dich nur überwinden«, munterte Chase mich auf. Inzwischen hatten wir die Treppe erreicht. Ash ging rückwärts voraus, Chase folgte ihm.

»Wehe, ihr lasst mich jetzt fallen!«

»Keine Sorge«, murmelte Ash.

Und dann waren wir oben. Die Jungs stellten mich ab und Ash postierte sich an der Treppe, damit ich nicht gleich wieder abhauen konnte, während Chase ganz nach vorn an den Rand ging, um nach unten zu sehen.

Von hier oben sah das Ganze noch gruseliger aus als von unten. Es war so hoch, dass ich mich kaum traute hinabzusehen. Fakt war: Ich hatte Höhenangst.

Beim Klettern hatte es ungefähr ein Jahr gedauert, bis Chase es geschafft hatte, dass ich ihm so weit vertraute, dass ich mich auch einmal ein wenig weiter hinaufwagte. Außer Chase wussten auch nicht viele, dass ich Höhenangst hatte. Und beim Klettern war ich wenigstens gesichert. Hier schien es absolut keine Sicherheitsvorrichtungen zu geben. Man setzte sich auf einen Donut und musste sich irgendwie daran festklammern, während man in die Tiefe geschubst wurde. Konnte man auch sicher nicht an der Seite rausfliegen?

»Du musst das nicht tun, wenn du nicht kannst. Ich weiß, wie sehr du schon immer Höhenangst hattest.« Ashs Stimme war kaum mehr als ein Flüstern direkt neben meinem Ohr. Ich konnte seinen Körper direkt hinter mir spüren. Dass er sich daran erinnern konnte, jagte mir einen Schauer den Rücken hinunter.

Langsam drehte ich mich zu ihm um, nur um festzustellen, dass er nur wenige Zentimeter von mir entfernt stand und mir in die Augen sah.

»Es kann nichts passieren, oder?«, wollte ich von ihm bestätigend wissen und versuchte das Zittern meiner Beine zu kontrollieren.

»Nein, dir kann nichts passieren.«

Noch immer sahen wir uns in die Augen. Er lächelte mich sanft an. Ich nickte langsam, wandte mich von ihm ab und schnappte mir einen Donut.

»Ich bin die Nächste.« Der Mitarbeiter hielt den Donut fest, damit ich mich daraufsetzen konnte. Ich sah aus dem Augenwinkel Chase' fettes Grinsen. Er dachte, er hätte es geschafft.

Wenn er wüsste.

Und dann fiel ich.

»Du kannst mich mal so was von! Ich wäre fast gestorben! Hast du gesehen, wie schief ich runtergerutscht bin? Ich hätte mir das Genick brechen können! Und dann wärst du schuld gewesen! Du hast gesagt, es kann nichts passieren!«, beschimpfte ich Ash wenige Minuten später, als er auch unten angekommen war. Ich zitterte am ganzen Körper. Das Adrenalin in mir hatte während der kurzen Fahrt wie verrückt gerauscht, aber als ich endlich wieder mit wackeligen Beinen auf dem festen Boden stand, wurde mir erst so richtig bewusst, was ich gerade hinter mich gebracht hatte.

Und dann kam die Angstreaktion.

»Pssst«, machte Ash nur leise und legte einen Finger auf meinen Mund, um mich zum Schweigen zu bringen. So eine Frechheit!

Ich überlegte nicht lange und leckte einmal über seinen Finger.

»Wäh, du bist so widerlich!« rief er, ging einen Schritt zurück und wischte sich den Finger an seiner Hose ab. »Es ist doch nichts passiert!«, argumentierte er weiter, und ich schnaubte frustriert. Chase stand noch immer oben und wartete darauf, dass er an der Reihe war. Es gab wohl ein kleines Problem, denn der Mitarbeiter sprach hektisch in sein Walkie-Talkie.

»Sadie. Hey, Sadie!«, sprach Ash mich an, und ich wandte meinen Blick von der Rutsche zu Ash. »Es ist nichts passiert. Du lebst noch. Du hast gerade eine deiner größten Ängste überwunden. Sei doch stolz darauf.« Stumm blickten wir uns in die Augen.

Ash hatte recht. In letzter Zeit passierte das eindeutig zu oft. Es stimmte, ich hatte überlebt. Und es war mir nichts passiert.

Was mich am meisten überraschte, war die Tatsache, dass ich Ash vertraut hatte. Ash hatte mich dazu gebracht runterzurutschen, anstatt einfach über das Geländer zu springen, um runterzufallen, weil ich eh dachte, ich würde sterben.

»Und gib's zu, es hat Spaß gemacht«, schob er frech hinterher.

»Nein, überhaupt nicht!«, sagte ich stur und verschränkte die Arme vor der Brust.

»Was meinst du, soll ich mein Handy holen, damit wir ein paar Fotos machen können?«, fragte er, ohne weiter auf das Thema einzugehen, und blickte hoch zu Chase, der ungeduldig darauf wartete, dass er endlich loskonnte.

»Gute Idee, soll ich mitkommen?« Ich hatte keinen Bock, hier blöd rumzustehen und zu warten. Wer wusste schon, wann Chase endlich an der Reihe war.

»Wenn du magst«, sagte Ash nur und wandte sich zum Gehen. Ich winkte Chase zu und versuchte ihm zu verstehen zu geben, dass wir gleich wiederkommen würden, und tippelte dann Ash hinterher.

»Was findest du eigentlich an Chase so besonders?«, fragte er mich plötzlich, vermied es aber, mich anzusehen.

»Er ist freundlich, lustig, gut aussehend, schlau, sportlich ...«, zählte ich auf und sah Ash vielsagend an.

»Also genau wie ich«, konterte er entwaffnend.

»Nein, denn er ist weder provozierend, gemein noch so scheiß nervig wie du!« Ich ließ mich nicht beirren.

»Stimmt. Er gibt dir aber auch keinen Widerstand, kein Gegenspiel, kein Kontra. Und du hast mit mir mehr Spaß.«

Wir waren beim Hauptgebäude angekommen, und Ash ging Richtung Männer-Umkleide, um sein Handy aus dem Schließfach zu holen. Da konnte ich schlecht mitgehen.

»Und was willst du damit sagen?«, rief ich ihm hinterher, aber ich glaubte kaum, dass er mich gehört hatte.

Er hatte schon wieder recht. Ash brachte mich irgendwie dazu, meine eigenen Grenzen zu überwinden. Er gab mir wahrlich Kontra. Er forderte mich heraus.

Und ich musste zugeben, dass es mir mittlerweile ein wenig Spaß machte. Vielleicht sogar etwas mehr als nur ein wenig. Vielleicht war meine Schwester doch nicht so schlecht dran mit ihm.

Trotzdem ergab das alles keinen Sinn. Wieso wollte er mir das klarmachen? Damit ich einsah, dass Chase nicht der Richtige war? Ash aber schon? Obwohl er mit meiner Schwester zusammen war? Oder wollte er mir lediglich zeigen, dass es bessere Treffer für mich gäbe als Chase?

Ich kaute gedankenverloren an meiner Lippe, als Ash mich aus meiner eigenen Welt holte.

»Cheese!«, rief er und machte ein paar Fotos von mir mit seinem Handy.

»Och, du Idiot, lösch die wieder!«, meinte ich genervt und drehte mich um. Ash blieb neben mir stehen und schoss ein paar Fotos vom Park.

»Im Ernst, Ash, was willst du damit sagen?«

»Womit?«

»Du weißt womit!«

»Cheese? Dass du lächeln sollst, natürlich!«

»Ach, halt den Mund«, murmelte ich. Ich ging voraus, und als wir bei der Höllenrutsche ankamen, sahen wir, dass Chase immer noch wartete.

Jedoch nicht allein. Er unterhielt sich angeregt mit einer brünetten Schönheit, die wild gestikulierend irgendwas erzählte.

»Hm«, kam es von Ash, bevor er mir sein Handy in die Hand drückte. »Wir brauchen auch ein Foto von einem von uns oben auf der Rutsche. Und in der Rutsche. Und da du dir nur beim Gedanken daran in die Hose machst, melde ich mich freiwillig für diese Heldentat. Obwohl das bei dir mit Sicherheit echt amüsante

Fotos gegeben hätte. Du kannst die Fotos schießen – und zwar ordentliche – und ich kann meinen Spaß haben.« Er wandte sich zum Gehen, blieb aber noch einmal stehen. »Und wenn du magst, kann ich gern deinen Prinzen und seine neue Prinzessin ausspionieren.«

»Verzieh dich einfach«, sagte ich verbissen und schubste ihn Richtung Treppe zur Rutsche. Ich war echt neugierig, wer das Mädchen war, ich hatte es noch nie gesehen. Chase dagegen schien sie gut zu kennen. Ich sah die beiden an und bemerkte ein komisches Gefühl in meinem Bauch. Es war nicht Eifersucht, denn ich war nicht wirklich eine eifersüchtige Person. Aber es war definitiv Unzufriedenheit. Weil ich in Chase verliebt war? Oder weil ich es einfach unpassend fand, dass er so einen Spaß mit, na ja, nicht mir hatte, wenn wir ein Date hatten? Wollte ich nur seine volle Aufmerksamkeit? War ich so egoistisch? Oder mochte ich Chase einfach zu sehr?

Mann, ich wusste es einfach nicht.

Frustriert blickte ich auf Ashs Handy und wollte mich für das Fotografieren vorbereiten, da das Mädchen vor Chase sich jetzt auf einen Donut setzte. Offensichtlich waren die Probleme behoben.

Ash hatte überraschenderweise keinen Sperrcode, also konnte ich ohne Probleme alle seine Geheimnisse finden, erkannte ich grinsend. Ich stutzte, als ich sein Hintergrundbild sah.

Wieso zum Teufel hatte er dieses Bild als Hintergrund?

Es war das Kindheitsbild von Brooke und mir, das an unserem Kühlschrank hing. Das, wo ich so eine tolle Zahnspange trug. Nicht einmal Brooke sah da besonders süß aus. Mit gerunzelter Stirn blickte ich die Treppe hoch und erkannte Ash, wie er gedankenverloren über das Gelände blickte. Dann drehte er den Kopf und sah mich an.

Verdammt, erwischt.

Er winkte nur wie blöd und zeigte auf Chase. Der sich gerade auf einen Donut setzte.

Oh, Fotos, schnell, Fotos!

Ich schaffte es gerade noch, die Kamera anzuschalten, bevor er losrutschte. Ich klickte hundertmal und hoffte, dass wenigstens ein anständiges Bild dabei war. Ich sah sie durch, als Chase zu mir kam.

»Na, wie sind sie geworden?«, fragte er euphorisch wie ein kleiner Junge.

»Mal sehen, also das hi...«

»Bis morgen, Chase!«, unterbrach mich die Brünette, winkte Chase zu und ging mit dem Arsch wackelnd an uns vorbei.

»Ja, bis morgen!«, rief er und sah ihr hinterher. Ich blieb stumm und glotzte ihn nur wie blöd an. Was sollte das? Chase bemerkte meinen Blick und lief leicht rot an.

»Das war Jane, eine alte Freundin von mir. Ich habe sie seit ungefähr einem Jahr nicht mehr gesehen«, erklärte er, sagte aber nichts zu der morgigen Verabredung. Vielleicht hätte Ash die beiden doch ausspionieren sollen!

Apropos, ich wandte meinen Blick wieder zu der Rutsche, nur um festzustellen, dass Ash als Nächstes dran war. Ich ignorierte Chase' Blick auf mir und machte mich bereit, um Fotos von Ash zu schießen.

»Nur gute dabei, oder?«, fragte er kurz daraufhin selbstsicher, als er klatschnass zu uns kam und mir über die Schulter blickte, um sich die Fotos anzusehen.

»Immer doch«, sagte ich nur tonlos und gab ihm sein Handy zurück. »Ach, warte mal!« Da fiel mir was ein. Ich nahm Ash das Handy wieder aus der Hand und reichte es Chase. »Mach mal schnell ein Foto von uns beiden, für die Artikelreihe.« Was Chase konnte, konnte ich schon lange.

Ich zog Ash ein paar Schritte weg, nahm seinen Arm und legte ihn mir selbst über die Schulter. Chase wirkte verwirrt und Ash blickte mich fragend an. Ich grinste einfach nur weiter, um Ash zu verstehen zu geben, dass er jetzt verdammt noch mal einfach mitmachen sollte. Er kapierte endlich, was ich wollte, zog mich extra ganz fest an sich ran und lächelte auch bis über beide Ohren.

»Du bist arschkalt. Und treib's nicht zu weit, Spanner«, versuchte ich mit konstant nach oben gezogenen Mundwinkeln zu sagen. Ich war Ash gerade sehr nahe. Zu nahe. Wir berührten uns. Ohne dabei Klamotten anzuhaben. Aber trotz der kalten Wasserperlen auf seiner Haut versprühte er eine innige Wärme, die sich beruhigend auf mich auswirkte.

»Ich genieße jede Sekunde, Kleine«, kam es genauso gepresst von Ash, der mich provokativ noch enger hielt und mir durch die Haare wuschelte, als Chase verkündete, dass dreizehn Bilder von uns zwei genügen sollten.

»Und jetzt zum *River Rafting*!«, rief ich, versuchte meine Haare zu glätten und ging den Jungs voraus.

»Ich bin gleich wieder da«, hörte ich Ash murmeln, als er in das Hauptgebäude verschwand, um sein iPhone in das Schließfach zurückzulegen.

»Alles klar bei dir?«, fragte Chase mich da auch schon sofort.

»Ja klar, was soll denn sein?« Er baggerte mich jetzt seit zwei Jahren an. Aber er hatte in der Zwischenzeit auch einige Freundinnen gehabt. Wieso sollte sich da plötzlich etwas geändert haben? War ich nur so etwas wie eine Trophäe für ihn? War er nur körperlich von mir angezogen? Oder genau das Gegenteil – nur freundschaftlich?

Es war zum Verrücktwerden!

Als Ash zu uns stieß, beeilten wir uns, um zum *River Rafting* zu kommen, nahmen uns je einen Donut und verabredeten, dass wir uns so lange wie möglich aneinander festhalten und somit eine Kette bilden würden. Das *River Rafting* war eine ganz neue Attraktion im Park, weshalb keiner von uns eine Ahnung hatte, wie wild es abgehen würde.

Als wir endlich an der Reihe waren, setzte ich mich als Erste auf einen Donut, den Ash festhielt. Dann hüpfte er selbst auf einen, während Chase ihn hielt. Zum Schluss musst es schnell gehen, denn Chase musste auf seinen draufkommen, bevor wir wegschwammen.

Wir jubelten auf, als wir es geschafft hatten und langsam vom Strom mitgezogen wurden. Der Anfang war irgendwie gemütlich, wir schaukelten langsam voran und hatten eine gute Möglichkeit, die Anlage zu bestaunen.

»Oh, oh«, hörte ich plötzlich Chase rufen, der das vordere Ende der Kette bildete. Es ging plötzlich steil bergab und meine Arme wurden mir fast rausgerissen, als Chase nach unten fiel, ich mitgezogen wurde, aber noch an Ash hing, der hinten war.

»Wuhuuu!«, rief ich, als wir alle fielen und sich ein Kitzeln in meinem Bauch breitmachte.

Stück für Stück wurde es wilder. Es kamen Wellen, es kamen Strudel, es ging runter, es ging in Kurven rein, sodass wir kaum mithalten konnten. Vor lauter Lachen hatte ich fast keine Kraft mehr, um mich an den Jungs festzuhalten. Das erwies sich als fatal, als ich in der nächsten Kurve die Wand so hoch schlitterte, dass ich von meinem Donut fiel. Ich flog durch die Luft und stellte mich innerlich auf ein hartes Zusammentreffen mit der breiten Rutsche und den strömenden Massen ein, als ich mit vollem Karacho gegen Ashs Donut knallte.

Ich lag quer über Ash und wir sahen uns mit großen Augen an. Wie war das hier gerade passiert? Plötzlich auf Ashs Schoß zu sitzen war nicht unbedingt Teil meines Plans gewesen!

»Wir dürfen nicht zu zweit auf einem Donut sein«, kam da auch schon sein geistreicher Kommentar. »Obwohl das gerade echt lustig aussah.«

»Denkst du, ich weiß das nicht? Das war keine Absicht!« Ich blickte mich nach meinem Donut um, der etliche Meter hinter uns trieb und sich nicht die Mühe machte, uns ein klein wenig schneller zu folgen. Chase war weit und breit nicht in Sicht, ihn hatte der Strom schon mitgezogen.

»Äh, Sadie, ich würde mich jetzt festhalten«, kam es von Ash, der daraufhin beschützend einen Arm um mich legte.

»Hey, was soll das?« Ich versuchte mich aus seinem Griff zu befreien, als ich das sah, was er soeben gesehen hatte. Und zwar nichts.

Fünf Meter vor uns ging es so steil nach unten, dass es so aussah, als würde man einfach senkrecht hinunterstürzen.

»O mein Gott!«, kreischte ich, und ohne zu überlegen, schlang ich meine Arme um Ash. Keine zwei Sekunden später fielen wir, und ich schrie wie ein kleines Mädchen. Es war, als würden wir fliegen. Wider Erwarten kamen wir unten sanft an und trieben ruhig weiter.

»Hey, Babe, alles in Ordnung, wir leben noch«, flüsterte Ash, woraufhin er mir auf die Augen pikste, damit ich sie aufmachte. Vorsichtig öffnete ich sie und blinzelte ein paarmal. Wir hatten es tatsächlich geschafft.

Ash war keine fünf Zentimeter vor mir, und ich konnte mich einfach nicht dazu bringen wegzusehen. Stille breitete sich zwischen uns aus, als wir uns nur in die Augen blickten. Diese Augen, die nicht mehr von einer Brille verdeckt wurden wie vor drei Jahren, waren das, was ich von Ash noch am besten kannte. Sie hatten sich nicht verändert. Sie verspotteten mich nicht.

Sein Blick glitt langsam meinen Körper hinunter und glitt dann zu der Spitze der Feder, die ich mir an meiner Leiste hatte tätowieren lassen und die ein wenig über meine Bikinihose ragte. Ganz sacht fuhr er mit seiner Fingerspitze über die schwarze Farbe, so sacht, dass ich kaum spürte, dass ich den Atem angehalten hatte. Ich folgte dem Pfad, den sein Finger auf meinem Körper hinterließ.

»Ich wusste gar nicht, dass du noch ein Tattoo hast.«

Und dann realisierte ich es erst.

»Nimm deine dreckigen Pfoten von mir! Und nenn mich verdammt noch mal nicht Babe! Ich bin nicht dein ›Babe‹! Und wo ich gerade dabei bin, deine ›Kleine‹ bin ich auch nicht!« Ich versuchte so gut wie möglich auf Kontra zu gehen, weil ich gerade mit der ganzen Situation, mit dem, was hier gerade passierte – es passierte doch etwas, oder? –, einfach überhaupt nicht klarkam und mich völlig überfordert fühlte.

Ash blickte mich an, als hätte er mich komplett durchschaut.

»Du magst es nicht, wenn ich dich ›Babe‹ nenne? Das glaub ich dir nicht, Babe«, provozierte er mich.

Ich mochte es, wenn er mich Babe nannte.

»Wehe, du sagst das noch einmal ...«

»Dann was?« Belustigt reckte er das Kinn nach vorn. Er wusste, dass ich ihm gerade keine Antwort geben konnte. Vor allem nicht, wenn ich hier in dieser ungünstigen Position auf seinem Schoß saß und ihm völlig ausgeliefert war.

»Mir fällt schon was ein, darauf kannst du Gift nehmen.«

Inzwischen waren wir ein wenig weitergetrieben, und es war endlich ein Ende in Sicht. Ich wollte ... nein, ich musste endlich von Ash runter. Ich sah mich um und konnte am Ende der Strecke Chase stehen sehen. Er wartete am Ufer und hatte sich seinen Donut über die Schulter gehängt. Er lächelte, aber je näher wir kamen, desto mehr verschwand sein zufriedener Gesichtsausdruck.

Offenbar war er ebenfalls nicht sonderlich erfreut darüber, mich auf Ash vorzufinden. Wie hatte das auch verdammt noch mal passieren können? Kurz bevor wir endlich da waren, übernahm Ash die Initiative. Er hob mich leicht hoch und schubste mich von seinem Donut runter, sodass ich völlig unvorbereitet ins Wasser platschte und halb ersoff. Ich schreckte hoch, hustete einmal und sah ihn böse an.

»Endstation«, verkündete er seelenruhig.

»Du bist doch komplett unberechenbar!« Ich legte das letzte Stück bis zum Ufer mit ein paar kräftigen Schwimmzügen zurück. Pitschnass stand ich anschließend vor Chase.

»Dein Ernst?«, war alles, was er sagte.

»Ich bin von meinem Donut geflogen. Glaub mir, *das* wollte ich definitiv nicht«, versuchte ich ihm meine missliche Lage zu erklären. Aber warum rechtfertigte ich mich eigentlich? Er war doch derjenige gewesen, der ein anderes Mädchen angebaggert hatte. Und hatte ich ihn nicht eigentlich eifersüchtig machen wollen?

»Hm.« Er war eindeutig nicht ganz überzeugt, aber hielt wahrscheinlich den Mund, da Ash gerade hinter mir seinen Donut ans Ufer warf und dann selbst aus dem Wasser stieg.

»Das war einfach nur genial! Lasst uns das gleich noch mal machen!« Ash sprudelte geradezu über vor guter Laune, und ich konnte nicht umhin, ebenfalls zu lächeln. Er sah einfach zu süß aus, wenn er sich so kindlich freute.

Chase schickte ihm nur einen Killerblick, drehte sich dann wortlos um und ging. Ash trat neben mich.

»Jetzt bin aber nicht ich der Miesepeter«, bemerkte er. »Ärger im Paradies?«

»Ach, halt doch die Klappe.«

11

Ich war froh, als ich endlich wieder zu Hause war. Chase war angepisst, das hatte ich bemerkt. Und ich war genervt, weil Chase genervt war, und weil er meiner Meinung nach überhaupt kein Recht dazu hatte.

Der Einzige, der fantastische Laune hatte, war Ash.

Wir fuhren die kurze Strecke zurück. Wir waren von dem langen Tag doch ein wenig erschöpft, und ich hätte die schöne Umgebung in meiner Verfassung gar nicht richtig schätzen können.

Dabei hatte der Tag doch so schön begonnen. Ich hatte mich heute richtig wohlgefühlt. Sogar bei Ash. Auch wenn er zwischendurch seine Arschloch-Anwandlungen hatte.

Ich stellte mein Motorrad in unsere Garage und hängte meinen Helm an den Lenker. Als ich wieder nach draußen kam, sah ich Ash in der Auffahrt stehen.

»Du hättest nicht extra auf mich warten müssen.«

»Keine Sorge, habe ich nicht. Ich dachte, ich schau noch kurz bei Brooke vorbei.« Kurz hatte ich gedacht, Ash sei vielleicht nett. Falsch gedacht.

»Dann klingel doch.«

»Es ist doch viel lustiger, wenn ich unerwartet in ihr Zimmer stürme. Wer weiß, was ich da so alles zu Gesicht bekomme«, erwiderte er frech. Fassungslos sah ich ihn an, bevor ich zur Tür marschierte, sie aufschloss und mit Schwung öffnete.

Dahinter stand meine Schwester mit verschränkten Armen und einer Zornesfalte auf der Stirn.

Oh, oh.

Ich machte mich auf einen Wutanfall übermenschlicher Dimension gefasst und schloss abwartend die Augen. Doch es kam nichts. Als ich meine Augen wieder öffnete, sah ich, dass Brooke nicht mich böse anstarrte, sondern Ash.

Oh, oh.

Armer Kerl.

»Hey, Brooke!«, versuchte ich gut gelaunt zu sagen und ging vorsichtig an ihr vorbei. Sie wandte ihren Blick keine Sekunde von Ash ab. Es war wahrscheinlich besser, wenn ich mich nicht von ihm verabschieden würde, sondern einfach in mein Zimmer ging. Auf der ersten Stufe drehte ich mich noch einmal kurz um, um einen Blick auf Ash zu erhaschen. Er stand ruhig da, sah ein klitzekleines bisschen schuldbewusst aus, doch irgendetwas sagte mir, dass er für das, was ihn jetzt erwartete, gerüstet war.

Die Hölle ging in dem Moment los, als ich meine Zimmertür hinter mir schloss. Brooke schrie und fluchte und schimpfte und beschimpfte ihn und schrie noch mehr. Ich konnte nicht genau verstehen, *was* sie sagte, aber die Art und Weise, *wie* es geschah, ließ mich ahnen, wie schlimm es war.

Wenn Ash einmal zu Wort kam, redete er so ruhig und leise, dass ich mir kaum sicher war, dass er überhaupt etwas sagte. Hut ab.

Vor allem – was zum Geier hatte er getan, dass sie *so* wütend war? War es, weil er den Tag mit mir verbracht hatte? Meine überintelligente Schwester verstand wohl immer noch nicht, dass das alles rein geschäftlich war.

Als Brookes Gekreische erneut losging, machte ich meine Anlage an, warf mich auf mein Bett und ließ mich von den Arctic Monkeys besingen, während ich durch mein Instagram scrollte.

Shit.

Ash war ja auch dümmer als gedacht.

Er hatte eines der Fotos von uns beiden gepostet. Und zwar nicht irgendeines, sondern natürlich das, wo wir am allerengsten aneinandergequetscht dastanden. In Badehose und Bikini. Er traute sich ja was. Kein Wunder, dass Brooke mal wieder von ihrer Eifersucht und ihrem Misstrauen aufgefressen wurde.

Die Kommentare zum Foto hatten auch schön Öl ins Feuer gegossen.

Na, jetzt also die Schwester?
Heißes Pärchen!
Ihr steht euch gut!
Ist das deine neue Freundin?
Yo, Bro, du warst fleißig!
Der Water-Fun-Park ist genau richtig für ein Date! ;)

Verdammt.

Jetzt dachte die halbe Welt, dass ich was mit Ash am Laufen hatte!

Seufzend schloss ich die Augen und hörte kurz daraufhin das Geräusch eines startenden Motorrads.

Ash war weg.

Und das Einzige, woran ich denken konnte, war, dass ich mich gar nicht von ihm verabschiedet hatte.

»Du kleines Miststück! Das werde ich dir nie verzeihen!« Brooke hatte die Tür zu meinem Zimmer aufgeschmettert, und irgendwie bekam ich das Gefühl eines Déjà-vu. »Du hast mir meinen Freund gestohlen! Du hast mich vor allen blamiert! Du ruinierst mein Leben!«

»Okay, wooow!« Ich hatte mich im Bett aufgesetzt. »Was zum Teufel redest du da?«

»Ash und ich sind Geschichte, so sieht's aus!«

Geschockt sah ich sie an.

»Ash hat Schluss gemacht?« Das konnte ich irgendwie nicht glauben.

»Nein, du dumme Kuh, ich habe mit ihm Schluss gemacht! Meinst du, ich will einen Freund, von dem meine Schwester nicht die Finger lassen kann?«

Unglaublich. Einfach unglaublich.

»Das reicht jetzt.« Ich stand auf und sah meine Schwester grimmig an. »Raus aus meinem Zimmer!«

Brooke verschränkte die Arme und ein trotziger Ausdruck trat auf ihr Gesicht.

»Ich sagte RAUS!« Ich ging näher an sie ran und versuchte sie so stark wie möglich einzuschüchtern. Meine Geduld war am Ende. Und zwar total am Ende. Brooke, dumm, wie sie war, verstand nicht, wie ernst ich es meinte.

»Hör mir mal genau zu: Ich bin nicht an Ash interessiert! Und das war ich noch nie! Dass du und Ash Geschichte seid, wie du so schön sagtest, ist nicht meine Schuld. Dass du dich von mir bedroht fühlst, ist nicht meine Schuld. Dass du Ash nicht vertraust, ist nicht meine Schuld. Ich habe dich nicht gezwungen, mit ihm Schluss zu machen. Anstatt dich darüber zu freuen, dass wir dabei sind, uns anzufreunden, bildest du dir so abwegige Sachen ein, du gehörst doch eigentlich in die

Klapse.« Ich wusste, dass meine Worte hart waren, aber mir platzte gleich der Kragen.

Brooke schluckte einmal, und kurz befürchtete ich, dass sie anfangen würde zu weinen. Doch sie riss sich zusammen und blickte mich stur an. »Du hast die ganze Zeit versucht, mich dazu zu bringen, mit Ash Schluss zu machen. Du hast gesagt, dass er nicht gut für mich sei. Jetzt weiß ich, was du wirklich wolltest.« Ich ahnte schon, was jetzt kommen würde. »Du wolltest ihn nur für dich haben.«

Sie war ein hoffnungsloser Fall. So viel Dummheit konnte doch gar nicht in einer Person stecken.

»Du bist so verdammt blöd, Brooke«, war das Einzige, was ich rausbrachte. Dann packte ich sie am Arm und zerrte sie hinter mir her auf den Flur. »Sprich *nie* wieder so mit mir, hast du verstanden? Ich bin verdammt noch mal deine Schwester! Meinst du wirklich, ich würde dir so etwas antun? Tu uns allen den Gefallen und versuch mal, deine wenigen Gehirnzellen zu aktivieren, das hier ist ja nicht zum Aushalten. Meine Fresse …« Ich ließ sie auf dem Flur stehen, ging in mein Zimmer zurück und knallte die Tür zu.

Stress mit Chase, Stress mit Ash, Stress mit meiner Schwester. Na wunderbar.

Und gleich würde ich bestimmt auch Stress mit meinen Eltern kriegen, weil ich mit Brooke mal Klartext geredet hatte. Und obwohl Dad mich zu tausend Prozent verstehen würde, wäre mein Verhalten natürlich trotzdem nicht zu akzeptieren.

Seufzend nahm ich mein MacBook, legte mich damit aufs Bett und fing an, einige Notizen vom heutigen Tag zu machen, als mein iPhone vibrierte.

Ich blickte auf mein Handy und sah eine Nachricht von Chase.

Ich muss mich bei dir entschuldigen. Vorhin habe ich total überreagiert. Ich glaube dir, wenn du sagst, dass Ash und du nur zusammen an dem Projekt arbeitet und nichts weiter. Außerdem ist er mit deiner Schwester zusammen, und ich weiß, dass du ihr nie wehtun könntest. Darf ich mein miserables Verhalten morgen mit einem gemütlichen Nachmittag bei mir wiedergutmachen?

Ich musste unwillkürlich lächeln. Anscheinend lag ihm also doch mehr an mir, sonst würde er sich nicht die Mühe machen und versuchen, die Wogen wieder zu glätten.

Nur hatte sich inzwischen an der Gesamtsituation etwas geändert: Brooke und Ash waren kein Paar mehr.

Andererseits konnte das ja egal sein, weil ich die Wahrheit gesagt hatte. Ich wollte nichts von Ash.

Ich entschied mich, trotzdem noch nichts von dem neuesten Beziehungsupdate zu schreiben, sondern ihm das morgen persönlich zu sagen. Verheimlichen konnte ich es ihm sowieso nicht, denn spätestens Montag in der Schule würde er es bemerken, wenn Brooke mit steinerner Miene an Ash vorbeigehen und ihn keines Blickes würdigen würde. Denn ich war davon überzeugt, dass es so laufen würde. Wenn Brooke einen Schlussstrich zog, dann war er endgültig. Wenigstens unseren Sturkopf hatten wir gemeinsam.

Lass es uns einfach vergessen :) Aber gegen den Versöhnungsnachmittag hätte ich trotzdem nichts einzuwenden ;)

Ich schickte meine Nachricht ab und erhielt keine fünfzehn Sekunden später eine Antwort.

Dann morgen 15:00 Uhr bei mir. Ich freu mich auf dich :
Ach, und bevor ich's vergesse! Freitag steigt bei Don eine Party – kommst du mit mir mit?*

Sofort sagte ich zu.

Und schon war meine Stimmung wieder gehoben.

Ich wachte mit dem Gefühl auf, dass dieser Sonntag ein guter Sonntag werden würde. Ich kuschelte mich noch ein bisschen in meine Decke und freute mich auf meine Verabredung mit Chase. Endlich würde ich ihn ganz für mich allein haben.

Aber ich musste realistisch sein. Das Ganze mit ihm war bei Weitem nicht mehr so rosarot wie zu Anfang. Trotzdem war ich immer noch sehr von ihm angezogen, und heute würden wir vielleicht endlich sehen, wie weit wir das bringen konnten. Ohne von Ash gestört zu werden.

Wenn ich an Ash dachte, bekam ich irgendwie ein flatteriges Gefühl in meinem Bauch. Ich war erleichtert, dass meine Schwester nicht mehr von ihm verarscht wurde, aber irgendwie ... Na ja, ich hasste ihn einfach nicht mehr so sehr wie noch vor einigen Monaten, als er unerwartet einfach wieder in der Schule – und damit in meinem Leben – aufgetaucht war, nur um mich völlig links liegen zu lassen.

Langsam entschied ich mich dazu, mich von meiner Decke zu befreien und mir erst einmal ein ordentliches

Frühstück zu machen. Unten in der Küche saßen Mum und Dad und redeten leise miteinander.

»Guten Morgen!«, sagte ich laut und gut gelaunt, und sofort verstummte ihr Gespräch. Tja, über was sie wohl geredet hatten ... Ich goss mir einen riesigen Kaffee ein und sah zu meiner großen Freude, dass Mum Pfannkuchen gemacht hatte. Ich schnappte mir einen davon, rollte ihn zusammen und stopfte ihn mir in den Mund, als ich mich zu meinen Eltern setzte.

»Mwaf?« Irgendwie sahen sie mich mehr als komisch an.

»Sadie ...«, begann Dad, und da wusste ich es. Jetzt kam's. Wegen Brooke.

Ich kaute schnell zu Ende, nahm einen Schluck von der schwarzen Brühe und wollte schon von vornherein etwas einwenden, aber Dad kam mir zuvor.

»So wie du gestern mit Brooke geredet hast ... Das geht einfach nicht, Schatz«, begann er.

»Vor allem nicht, nachdem sie mit Ash Schluss gemacht hat ... Wegen dir«, fügte Mum hinzu und ich rollte genervt mit den Augen. Das durfte doch bitte nicht wahr sein.

»Darf ich mal was sagen?« Ich guckte meine Eltern trotzig an und bemerkte, dass sie gar nicht wütend waren, sondern einfach ihrer elterlichen Pflicht nachkommen wollten. Dad nickte mir auffordernd zu.

»Ich kann *nichts* dafür. Ich mag Ash nicht mal!« Irgendwie hatte ich diese Diskussion schon zu oft geführt. Ich wiederholte und wiederholte mich, aber anscheinend verstand kein Schwein etwas davon. »Sie ist doch wirklich nicht ganz dicht, wenn sie mir die Schuld in die Schuhe schiebt. Ich habe nicht freiwillig gewählt, dass ich mit Ash an diesem Projekt für die Zeitung arbeiten muss.« Ich verschränkte die Arme vor der Brust. So viel zu einem guten Sonntag!

»Ich weiß, Schätzchen, du hast völlig recht«, murmelte mein Vater, woraufhin Mum empört nach Luft schnappte.

»Peter! So etwas kannst du doch nicht sagen!«

»Schatz, wir wissen beide, dass Brooke eine kleine Dramaqueen mit sich rumträgt.«

Mum verbiss sich jeglichen Kommentar und nahm stattdessen einen Schluck ihres Orangensafts.

Ich konnte mir dagegen kaum ein Grinsen verkneifen. Ich wusste, dass Dad auf meiner Seite sein würde.

»Die beiden haben sowieso nicht zusammengepasst«, gab Mum plötzlich aus heiterem Himmel zu.

Dad schmunzelte und drückte ihr einen Kuss auf die Schläfe. Dann wandte er sich wieder zu mir. »Brooke ist und bleibt deine Schwester, und obwohl sie dir Unrecht getan haben mag, erwarten wir trotzdem, dass ihr euch gegenseitig ordentlich behandelt, ja?«

Ich nickte, denn er hatte ja recht.

Nach dem gemütlichen Frühstück machte ich mich schnell aus dem Staub, bevor Brooke sich blicken ließ. Meine Eltern waren zwar nicht sauer, aber das hieß noch lange nicht, dass das für Brooke auch galt. Ich hatte keine Lust, mir eine neue Salve von ihrem undurchdachten Gequatsche anhören zu müssen, und verbarrikadierte mich deshalb in meinem Zimmer. Da wartete definitiv ein Buch auf mich, mit dem ich die Zeit totschlagen konnte, bis ich mich auf den Weg zu Chase machen würde.

Ich hatte vielleicht zwanzig Seiten gelesen, als mein Handy vibrierte.

Ich habe Jane total vergessen, können wir unseren Nachmittag auf morgen verschieben?

Das war jetzt nicht sein Ernst, oder?

Er versetzte mich wegen dieser Jane? Toll, jetzt wusste ich wenigstens, wo ich bei ihm stand. Anscheinend bedeutete ich ihm doch nicht so viel, wie ich gestern noch vermutet hatte.

Flink tippte ich das, was mir als Erstes durch den Kopf schoss.

Du kannst mich mal.

Am liebsten hätte ich mein Handy vor lauter angestauter Wut in die nächste Ecke gepfeffert, doch dann kam mir eine andere Idee. Ich tippte schnell noch eine zweite Nachricht, zog mich an und machte mich auf den Weg.

Keine fünfzehn Minuten später parkte ich mein Motorrad. Ich nahm meinen Helm ab und blieb reglos in der Auffahrt stehen.

Vielleicht war das doch keine so blendende Idee gewesen, wie sie mir anfangs erschienen war.

Ich war gerade schon wieder dabei, meinen Helm aufzusetzen, um wieder wegzufahren, als die Tür aufging.

»Willst du etwa die Flucht ergreifen?«

Erwischt. So war das nicht geplant.

Ich drehte mich langsam um. Ash stand in einer lockeren Jogginghose, einem weißen Shirt und mit zerzausten Haaren in der Tür.

»Natürlich nicht.« Ich ging auf ihn zu und blieb direkt vor ihm stehen. »Bist du gerade aus dem Bett gefallen, oder was?«

»Um ehrlich zu sein, ja.« Er trat auf die Seite, um mich hereinzulassen. Ich hängte meinen Helm neben seinen an die Garderobe.

»Du hast Glück, wir sind allein zu Hause«, hörte ich auf einmal seine Stimme ganz nah neben meinem Ohr. Ich drehte mich um und wäre beinahe gegen ihn gestoßen, so nah war er.

»Dann werden wir wenigstens nicht beim Arbeiten gestört«, gab ich nur gleichgültig zurück, ohne auf seinen zweideutigen Kommentar einzugehen. »Wo ist dein Laptop?«

Ash sah mich an, als wäre ich ein Marsmännchen.

»Heute ist Sonntag«, stellte er fest.

»Oh, das hast du ganz toll erkannt.« Ich ließ meine Stimme übertrieben freundlich klingen, so als würde ich gerade ein Kindergartenkind für sein absolut misslungenes Meisterwerk loben.

»Normale Menschen arbeiten sonntags nicht.«

»Wir sind keine normalen Menschen, wir sind Journalisten. Zumindest ich. Und du wolltest unbedingt mitmachen, also beschwer dich nicht.« Ohne auf ihn zu warten, ging ich nach oben. Mir blieb fast die Luft weg, als ich an den ganzen Bildern an der Treppenwand vorbeiging, so viele Erinnerungen prasselten auf mich ein.

»Sadie, komm, ich will dir was zeigen.« Ash schnappte mich an der Hand und zog mich nach oben in sein Zim-

mer. Dort präsentierte er mir stolz ein ferngesteuertes Motorrad.

»Wow, ist das schön!« Ich war hin und weg. Schon ewig wollte ich so eins haben.

»Wenn wir groß sind, dann kaufen wir uns beide eins und fahren immer zusammen damit durch die Gegend!«

Der kleine Ash grinste mich breit an, und ich konnte seine Zahnlücke erkennen, bis ich mich aus meinem Flashback wieder gelöst hatte und seine Zimmertür aufstieß.

Hier hatte sich auch nicht allzu viel verändert. Er hatte sein Zimmer damals noch neu eingerichtet, kurz bevor er weggegangen war.

Wir saßen beide auf dem Bett, ich im Schneidersitz und Ash mir gegenüber mit einem angewinkelten Bein. Langsam lehnte er sich zu mir rüber, kam mir immer näher …

»Aufwachen, Schlafmütze!« Ash fuchtelte wie wild vor meinen Augen rum. Ich sah ihn kurz an und wandte dann meinen Blick auf seinen Schreibtisch, auf dem auch sein Laptop stand. Ich schnappte ihn mir, ohne zu fragen, und ging zielstrebig auf sein Bett zu, um mich zu setzen. Es war gemacht, also war Ash nicht eben erst aufgewacht, sondern hatte bis jetzt einfach gefaulenzt. Ich zögerte für den Bruchteil einer Sekunde, aber anscheinend war das Ash nicht entgangen. Sein Blick flog kurz zu seinem Bett, danach wieder zu mir.

Er dachte auch an damals.

»Nein, deine Schwester hat nicht in diesem Bett geschlafen«, kommentierte er schließlich und verdrehte die Augen. Iiiiih, er hatte nicht auch an damals gedacht!

Wäh.

Wäh, wäh, wäh!

Ich schüttelte mich angewidert, sagte daraufhin nichts und klappte seinen Laptop auf.

»Oh, kein Passwort?«, kommentierte ich, um die leicht aufgeladene Atmosphäre aufzulockern.

Das alles war einfach so lange her. Und über meine Schwester und Ash wollte ich sowieso nicht *so* nachdenken.

Ash setzte sich neben mich und klappte seinen Laptop wieder zu. Er sah mich prüfend an.

»Warum bist du wirklich hier?«

Ähm.

»Weil ... wir den Artikel schreiben müssen?«, versuchte ich und guckte ihn unschuldig an.

»Sadie?« Der Blick aus seinen blauen Augen tauchte in meine ein, und ich fühlte mich komplett gefangen. Und durchschaut.

»Ganz ehrlich? Ich weiß es nicht einmal.« Ich sah auf meine Hände, die ineinander verschränkt auf meinem Schoß lagen.

»Ich weiß, warum du hier bist«, sagte er, als wäre es das Selbstverständlichste auf der ganzen Welt. Ich runzelte die Stirn.

»Und warum?«

»Weil du dich einfach nach mir gesehnt hast und keine weitere Minute ohne mich ausgehalten hättest!« Ash lächelte selbstverliebt, und ich unterdrückte das Bedürfnis, ihn anzuspucken.

»Es lag eher daran, dass Brookes miese Stimmung zu Hause nicht auszuhalten war! And guess what, du bist eigentlich schuld daran!« Was machte ich eigentlich hier? Ash hatte für mich alles ruiniert – das Date mit

Chase, mein Zuhause, meine Arbeit bei der Schülerzeitung!

»Du hast nicht einmal nach meiner Schwester gefragt«, griff ich ihn jetzt an.

»Wieso sollte ich? Sie hat schließlich Schluss gemacht.« Auch wieder wahr. »Du könntest ja fragen, wie's mir geht«, schlug er vor.

Oh.

Ich musterte ihn kurz. Er machte nicht wirklich den Eindruck, dass er ein gebrochenes Herz hatte.

»Dir ging's nie besser, oder?«, fragte ich und konnte mir aus unerklärlichem Grund ein Grinsen nicht verkneifen. Ashs Mundwinkel zuckten leicht, er sagte daraufhin aber nichts.

»Und Chase?«, fragte er dann vorsichtig, als würde er mir nicht zu nahe treten wollen. Ich war mir nicht sicher, wie viel ich ihm erzählen wollte.

»Sagen wir mal so, er hatte heute keine Zeit.«

Ich war ihm dankbar, dass er das nicht weiter kommentierte.

»Du hättest auch Matt oder Ana fragen können, ob sie Zeit haben. Wieso kommst du zu mir?«

Wieso eigentlich? Es war ein Impuls gewesen, zu Ash zu fahren. Um meiner Schwester eins auszuwischen? Um Chase eifersüchtig zu machen? Oder ganz einfach, um unseren Artikel zu schreiben?

»Weiß nicht«, murmelte ich, plötzlich unsicher, was ich sagen sollte. »Vielleicht um der alten Zeiten willen.«

Kurz herrschte Stille zwischen uns.

»Dann wundert es mich irgendwie noch mehr«, sagte Ash und stand auf. »Ich habe Hunger, du auch?«

Okay, er wollte also nicht darüber reden.

»Ähm ja, bisschen, denke ich.« Ich hievte mich mühsam vom Bett hoch und ging hinter Ash die Treppe wieder hinunter in die Küche. Sie erinnerte mich irgendwie an unsere, nur hingen am Kühlschrank keine Fotos, sondern Postkarten und der Familienkalender. Ash drehte sich erwartungsvoll um.

»Also, was magst du mir kochen?«, fragte er mich, und da war er wieder. Der provozierende Ash.

»Benimm dich ausnahmsweise mal, Ash«, meinte ich nur und verschränkte die Arme vor der Brust. Er legte den Kopf leicht schief und sah mich intensiv an. Dann machte er einen Schritt auf mich zu. Noch einen. Und noch einen. Ich wich einen Schritt zurück, er kam mir immer näher. Für jeden Schritt, den er mir näher kam, ging ich einen kleinen Schritt zurück. Plötzlich stieß ich mit meinem Rücken an den Kühlschrank. Ich kam nicht weiter.

Ash war nur noch einen halben Meter von mir entfernt und kam mir noch näher. Ich wusste nicht, was er vorhatte, und war wie gelähmt. Ich wollte weg von hier, aber irgendwie wollte ich auch bleiben.

Wenige Zentimeter vor mir blieb er stehen. Ich versuchte seinen Blick zu lesen, aber ich konnte nichts erkennen, außer dass er irgendwie amüsiert war.

Ich verspürte die Lust, meine Hand auszustrecken und die Konturen seines Gesichts nachzuzeichnen. Ihm einmal durch die Haare zu fahren. Ihn ganz nah an mich zu ziehen, um seinen Duft einzuatmen. Alles an ihm mit dem Ash von vor drei Jahren zu vergleichen.

In dem Moment wurde mir klar, dass ich Ash vermisst hatte. Ich hatte ihn die letzten drei Jahre schrecklich vermisst. Und seit er zurückgekehrt war, hatte ich den alten Ash vermisst. Jetzt gerade schimmerte der alte, der nette, der liebenswürdige Ash ein wenig durch. Mein Freund.

Fast eine Minute lang glotzten wir uns nur an. Was wollte er?

Sollte ich einfach meinem Herzen folgen und ihn umarmen?

Zum Schluss seufzte er und ließ den Kopf ein wenig hängen. Leise sagte er: »Also, Sadie, entweder du erzählst mir jetzt genau, an was du denkst und warum du mich so merkwürdig ansiehst oder du bewegst deinen Fettarsch da weg, damit ich an den Kühlschrank kann.«

Doch nicht der alte Ash. So langsam nervte mich dieses ewige Hin- und Herspringen zwischen den Persönlichkeiten. Ich wandte meinen Blick von ihm ab und ging einen Schritt zur Seite.

»Warum?«, fragte ich.

Irritiert warf er mir einen kurzen Blick zu. »Was, warum? Du musst dich schon ein bisschen genauer ausdrücken, wenn du auch noch eine Antwort erwartest.« Ash ließ sich nicht beirren und suchte sich weiter seine Zutaten zusammen.

»Vergiss es.« Vielleicht wollte ich gar nicht wissen, warum Ash so geworden war. Was ihn so verändert hatte.

Ich ging von ihm weg und setzte mich auf einen der Barhocker an der Küchentheke. Unwillkürlich musste ich schmunzeln.

»Kannst du dich noch daran erinnern, als ihr die Stühle gekauft habt?«

Ash kam bepackt mit irgendwelchen Sachen zurück zur Theke.

»Natürlich erinnere ich mich. Wir wollten immer darauf sitzen, weil wir uns dann so groß und cool vorkamen. Aber die Dinger waren so verdammt hoch, dass wir unsere besten Kletterkünste anwenden mussten.«

»Und eines Tages wolltest du draufklettern, der Stuhl hat zu kippen angefangen und du konntest dich nicht mehr halten.«

»Und ich bin voll auf die Schnauze geflogen.« Wir mussten beide herzhaft lachen. Da war er wieder, der alte Ash.

Mein Ash.

»Was kochst du?«, fragte ich ihn und guckte die Zutaten an, die vor uns auf dem Tresen lagen.

»Keine Ahnung, irgendwas«, meinte er nur und holte ein Schneidebrett und ein scharfes Messer.

»Kann ich dir helfen?«, fragte ich, hüpfte vom Hocker und stellte mich neben ihn.

»Ich weiß ja nicht, ob du *kannst,* aber es probieren darfst du.« Er hielt mir das Messer hin. Ich nahm es und zielte damit auf sein Gesicht.

»Pass auf, was du sagst, Meister, ich habe jetzt die Waffe!«

»Gemüse schnippeln«, wies er mich an und holte aus einem Schrank einen Topf, füllte Wasser hinein und stellte ihn auf den Herd. Ich machte mich an die Zucchini, teilte sie quer durch in zwei Hälften und schnitt sie in dünne Scheiben. Ash holte noch ein Messer, winkte mir damit einmal vielsagend, nahm sich noch ein Schneidebrett und fiel über die rote Paprika her. Er warf mir immer wieder kleine Blicke zu.

»Holy Guacamoly, bist du langsam!«, stieß er plötzlich aus und sah mich fast schon entrüstet an. Ich hatte gerade mal die Hälfte meiner halben Zucchini geschafft, da lag seine Paprika schon in kleinen Würfeln vor ihm.

»Was? Ich will mir nicht die Finger abschneiden!«, gab ich zurück. Verglichen mit seinem Tempo war ich echt lahm wie eine Schnecke.

»Sieh mal«, sagte er dann, nahm meine linke Hand und bog meine Finger so, dass meine Nägel direkt auf der Zucchini lagen, wenn ich sie festhielt.

»Das sieht doch total komisch aus!« Meine Hand war ganz verkrümmt.

»Mag sein, aber so schneidest du dir nicht die Finger ab. *Das* würde komisch aussehen«, witzelte er. »Guck mal.« Er stellte sich hinter mich und hielt meine Hand auf der Zucchini fest. »Mit dem Daumen kannst du das Gemüse seitlich, ein bisschen hinter den anderen Fingern, stabilisieren.« Er nahm meine andere Hand, in der ich das Messer hielt, und begann in langsamen, fließenden Bewegungen Scheiben zu schneiden. Er sorgte dafür, dass ich meine linke Hand immer weiter nach hinten zog, sodass die Klinge meinen Fingern nie zu nahe kam.

Ich versuchte mich auf das vor mir zu konzentrieren und die Bewegung des Messers zu adaptieren, aber Ashs Nähe, dass er direkt hinter mir stand, ließ mich ein wenig aus dem Fokus geraten.

»Woher kannst du das so gut?«, fragte ich ihn, als wir die eine Hälfte fertig geschnitten hatten und er die andere zurechtlegte. Ich spürte, wie er hinter mir mit den Schultern zuckte.

»Ich habe die letzten Jahre einfach viel gekocht.«

Er legte wieder meine linke Hand auf das Stück, die Finger gekrümmt, und mit seiner rechten Hand hielt er immer noch meine umklammert.

»So, und jetzt pass auf«, murmelte er und begann in seinem Tempo zu schneiden. Keine sechs Sekunden später lagen die Scheiben schön gleichmäßig auf dem Brett und waren bereit für die Pfanne. Oder für den Topf. Oder für was auch immer.

Mein Blick ruhte auf Ashs Händen, mit denen er meine immer noch festhielt. Ich spürte seinen Atem in meinem Nacken. Ich löste meine linke Hand aus seiner und fing an, das Muster einiger seiner Tattoos nachzufahren. Er musste, kurz nachdem er weggegangen war, angefangen haben, sie sich stechen zu lassen, so viele, wie es waren.

Mein Blick blieb bei einem kleinen Meisterwerk auf seinem Unterarm hängen. Gut versteckt zwischen hundert anderen Motiven entdeckte ich eine kleine Hummel. So wie ich sie immer gezeichnet hatte, als wir Kinder waren. Mein Lieblingstier.

Und da wurde mir bewusst, dass Ash mich in all den Jahren nicht vergessen hatte.

Ruckartig drehte ich mich zu ihm um, blickte in seine blauen Augen, dann legte ich ihm die Arme um den Hals und umarmte ihn mit aller Kraft. Ich merkte, wie er erst erstarrte, schließlich jedoch schlang er seine Arme um meine Taille und erwiderte meine Umarmung, als würde er mich nie wieder loslassen wollen.

»Ich habe dich vermisst, Ash«, murmelte ich und genoss die Nähe zwischen uns. Er sagte nichts, festigte nur seinen Griff noch ein wenig. Ich atmete seinen Geruch ein, so tief wie möglich.

»Wieso bist du gegangen?«, wagte ich endlich zu fragen. Er ließ mich langsam los und sah mich fast schon traurig an. Dann schüttelte er sachte den Kopf. Er berührte mich an der Hüfte und drehte mich um, sodass ich wieder vor dem Schneidebrett stand.

»Hier.« Er gab mir weiteres Gemüse und begann selbst Frühlingszwiebeln in kleine Stücke zu schnippeln.

Okay. Er wollte nicht darüber reden.

Ein wenig vor den Kopf gestoßen begann ich weiterzuarbeiten und so zu schneiden, wie er es mir gezeigt hatte. Ich war immer noch langsamer als er, aber ich hatte jetzt nicht mehr ganz so viel Angst vor der Klinge. Die Stille zwischen uns war nicht unangenehm, wir hingen beide unseren Gedanken nach.

Und ich würde ein Vermögen dafür geben, Ashs Gedanken zu hören.

12

»Guten Appetit!«, sagte Ash, stellte den Teller vor mir auf dem Tisch ab und verbeugte sich leicht vor mir.

»Danke, werter Herr«, antwortete ich und betrachtete das Essen vor mir. Tortellini mit Gemüse in einer Gorgonzola-Sahne-Soße. Es duftete himmlisch.

Ash setzte sich mit seinem eigenen Teller neben mich und sah mich abwartend an.

»Was ist?«

»Probier endlich! Ich will wissen, wie es dir schmeckt«, antwortete er ungeduldig.

Ich nahm einen großen Happen und kaute und schmeckte.

»Und?«

»Na ja, passt schon«, murmelte ich neckend und bemühte mich, so ernst wie möglich zu wirken. »Schmeckt nicht wirklich nach was …« Ich stocherte in meinem Gemüse rum und versuchte ein Grinsen zu unterdrücken.

»Wirklich?« Unsicher nahm Ash selbst etwas von seinem Essen und probierte.

»Was redest du da? Das schmeckt doch genau so, wie es soll …!«, regte er sich kauend auf und sah mich fast schon wütend an. Mir entkam ein Glucksen, bevor ich richtig losprustete. »Ich glaub's ja nicht«, beschwerte er sich und schaufelte gleich noch einmal eine Gabel voll in seinen Mund. Es schmeckte *echt* gut!

»Was glaubst du eigentlich, wie ist unser Artikel am Freitag angekommen?«, fragte Ash mich plötzlich, und ich musste zugeben, dass ich bisher keinen einzigen Gedanken daran verschwendet hatte.

»Ich habe keine Ahnung, ich hoffe natürlich gut! Hast du jemals die Schülerzeitung gekauft?«, fragte ich und nahm einen Schluck von meinem Wasser. Ich sah, wie Ash leicht rote Wangen bekam.

»Ähm, also nicht, als ich kleiner war. Seit ich wieder hier bin schon.«

»Und warum?«

»Warum fragst du?«

»Na ja, warum kauft man die Schülerzeitung? Weil man neugierig ist? Weil man über die neuesten Pläne in der Schule informiert sein möchte? Weil die Artikel gut sind?« Ich wollte wissen, wie wir eventuell mehr Schüler dazu bringen konnten, die Zeitung zu kaufen. Sie kostete kaum etwas, aber wir wollten sie auch nicht wie Perlen an Schweine verfüttern.

»Ich wollte deine Artikel lesen«, gab er zu und vermied es sehr bewusst, in meine Richtung zu sehen.

»Was?« Völlig überrascht sah ich ihn an.

Er ließ sich mit dem Kauen sehr lange Zeit. »Na ja ...« fing er an, und sein Blick ruhte jetzt ruhig auf mir. »Ich wollte ...« Plötzlich wich die Sanftheit in seinem Blick dem arroganten Blick, den ich so sehr hasste. »Ich wollte sehen, ob du wirklich so gut schreibst, wie man behauptet hat. Und falls das nicht der Fall war, dann würde ich dir zeigen, wie das so geht, damit die Schule mehr Zeitungen verkauft. Warum, meinst du, bin ich der Schülerzeitung beigetreten?«

Nicht sein verdammter Ernst!

Ich wollte mich schon wieder tierisch aufregen, als ich die Unsicherheit in Ashs Blick vernahm. Er log doch wie gedruckt!

»Weißt du, irgendwie glaube ich dir das nicht«, sagte ich und versuchte meine Atmung zu beruhigen. Ich wusste nicht, was Ash geplant hatte, warum er plötzlich wieder hier aufgetaucht war, warum er mit Brooke zusammengekommen war, warum er meine Nähe suchte. Aber ich konnte einfach nicht glauben, dass er eine böse Absicht hatte. Nicht mehr. Nicht, seitdem ich mir sicher war, dass in ihm noch etwas von meinem alten Ash steckte.

»Wie du willst.« Er zuckte gleichgültig mit den Schultern. »Worüber wollen wir als Nächstes schreiben?«, fragte er mich, um das Thema zu wechseln.

»Wie wär's mit dem Fernsehturm?«, schlug ich vor und schaufelte mir die nächste volle Gabel in den Mund. Während ich genüsslich kaute, sah ich Ash nicken.

»Okay.«

Ich zog die Augenbraue hoch. »Wirklich? Einfach so, ohne irgendeinen Widerstand? Du wirst langweilig.« Ich fühlte mich gerade in Ashs Gegenwart wirklich wohl. Es war fast so wie früher. Und in dem Moment wurde mir so richtig klar, dass ich den alten Ash wieder wollte, den Ash, den ich kannte und der mein Freund gewesen war. Irgendwie würde ich ihn aus der Reserve locken.

»Soso, ich werde langweilig. Täusch dich da mal lieber nicht.« Ash zwinkerte mir kurz zu, bevor er sich den letzten Rest auf seinem Teller in den Mund schob.

»Wann wollen wir gehen? Freitagnachmittag? Dann können wir dort auch zu Abend essen.«

Verwundert sah ich ihn an. »Abendessen? Ash Hamilton, lädst du mich gerade auf ein Date ein?« Ich war gerade mehr als nur ein bisschen perplex.

»Du musst in ein Abendessen nicht gleich ein Date hineininterpretieren. Das Essen dort ist einfach nur genial, und ich wette, dass ich Hunger bekomme. Du darfst also gern selbst zahlen, da habe ich kein Problem damit.«

»Und da ist er wieder, der absolute Charmeur.« Ich zog eine Augenbraue hoch. »Ich würde mit dir auf ein Nicht-Date gehen, bei dem ich selbst zahle, aber nicht Freitagabend.«

»Freitagabend schon verplant?« Interessiert sah er mich an.

»Jup.« Mehr ging ihn doch nicht an, oder?

»Chase?«, fragte er da jedoch schon nach, und ich nickte.

»Da ist diese Party, und wir wollten zusammen hingehen.« *Verdammt, warum rechtfertigst du dich?* Innerlich schlug ich mir selbst gegen die Stirn. Das ging ihn absolut nichts an.

»Eine Party also. Na gut, dann gehen wir eben Samstag. Ich habe ja jetzt keine Freundin mehr, die ich am Wochenende bespaßen muss.« Er war und blieb einfach ein Idiot.

»Pass auf, wie du von meiner Schwester redest«, warnte ich ihn und fuchtelte mit meiner Gabel vor seinem Gesicht rum.

»Du bist doch eigentlich froh, dass wir nicht mehr zusammen sind.«

»Und das schließt du woraus?«

»Du bist hier«, erwiderte er schlicht und sah mich dabei aber so eindringlich an, als könnte er auf den Grund meiner Seele blicken. Für einen kurzen Moment verlor ich mich fast in seinen Augen.

»Ich bin hier, weil ich arbeiten wollte«, konterte ich. »Du bist ja lieber ein Faulpelz.«

»Ach, komm schon, Sadie, wir wissen beide, dass du das nur als Vorwand nimmst. Also sag mir endlich, was passiert ist und wovon ich dich ablenken soll. Ist es wirklich nur wegen Brooke? Stresst sie zu Hause so viel rum?« Kannte er mich wirklich so gut? Oder war ich einfach nur eine so grottenschlechte Lügnerin?

»Ja, nein, also ... Brooke macht ein ziemliches Drama und gibt mir die Schuld an eurer Trennung«, begann ich zu erklären und Ash seufzte.

»Du kannst überhaupt nichts dafür. Sie hat Schluss gemacht, es war ihre Entscheidung.« Versuchte er mich gerade aufzumuntern?

»Es kommt noch ein ›Aber‹.«

»Ach so, rede weiter.« Aufmerksam sah er mich an.

»Ich war mit Chase verabredet, aber er hat mir vorhin abgesagt, weil er sich mit Miss Perfect trifft.« Das Ganze war mir so peinlich, dass ich den Blick auf meinen Teller senkte und die letzte Nudel von einer Ecke in die andere schob. Ash sagte kein Wort. Bestimmt war er jetzt total gekränkt, dass er nur der Ersatz für Chase gewesen war. Auf einmal stand er auf, und ich dachte, dass ich ihn endgültig verscheucht hatte. Umso überraschter war ich, als er plötzlich neben mir stand, nach meiner Hand griff und mich vom Stuhl hochzog. Noch immer sagte er kein Wort, sondern schleifte mich mit zur Garderobe, wo er mir meinen Helm unter die Nase hielt.

»Komm, wir machen einen kleinen Ausflug.« Aufmunternd sah er mich an, und beinahe hätte ich ihn umarmt, einfach weil er gerade für mich da war.

Ich fragte nicht, wohin es ging. Das war mir eigentlich egal, ich folgte Ash, ohne zu überlegen. Wir fuhren westlich aus der Stadt raus, in ein Landgebiet, in dem ich noch nie war. Ash schien sich hier auszukennen, denn er fuhr von der Hauptstraße runter und folgte einer schmalen Straße in die Hügellandschaft. Es tat gut, den Wind und die Geschwindigkeit zu spüren, den Kopf abzuschalten, nicht einmal die Richtung angeben zu müssen.

Eine halbe Stunde später fuhr Ash wieder von der Straße ab und folgte einem schmalen Pfad durch ein Waldstück. Was danach kam, verschlug mir die Sprache.

Ein See lag golden schimmernd vor uns und reflektierte die abendlichen Sonnenstrahlen. Auf der anderen Seite ging es steil nach unten, weshalb es so aussah, als würde der See einfach schweben.

Still hatten wir unsere Helme an die Lenker gehängt und waren einige Schritte näher ans Wasser gegangen.

»Wieso war ich hier noch nie?«, fragte ich jäh und sah Ash vorwurfsvoll an, als wäre es seine Schuld.

»Weil du einfach nicht so cool bist wie ich und solch atemberaubende Stellen kennst.« Er hielt immer noch den Blick auf das vor ihm glitzernde Wasser gerichtet.

»Woher kennst du diesen Ort?« Ich ging die letzten Schritte zum Ufer, bückte mich und fuhr mit der Hand durchs Wasser. Es war klar, es war frisch, es war wundervoll.

»Ich bin ab und zu hier, die Ruhe gefällt mir.« Fast flüsterte er.

Als ich mich wieder aufrichtete, stand Ash direkt hinter mir, sodass meine Schulterblätter auf seine Brustmuskulatur trafen. Ein Schauer durchfuhr mich, und ich hielt unwillkürlich die Luft an. Wieso hatte er diese Wirkung auf mich?

»Sieh mal«, sagte er mit heiserer Stimme dicht an meinem Ohr und hob den Arm, um Richtung Horizont zu zeigen. Ich widerstand dem Bedürfnis, seinen ausgestreckten Arm um mich zu legen und mich nach hinten an ihn zu lehnen. Stattdessen folgte ich seinem Finger und sah einen Schwarm Vögel, der wundervolle Formationen bildete und direkt auf die langsam untergehende Sonne zuflog.

»Ich wusste gar nicht, dass du solche Orte hier kennst, geschweige denn schätzt«, murmelte ich und drehte mich zu ihm um. Irgendetwas in mir wollte ihn mit meinen nicht zu erklärenden Gefühlen konfrontieren.

»Sadie, Sadie, Sadie ... Es gibt vieles, was du nicht über mich weißt.«

Und da war sie wieder. Diese Distanz, die sich in den letzten Jahren zwischen uns aufgebaut hatte. Er hatte recht, was wusste ich im Grunde über ihn? Er wollte mir ja nicht einmal sagen, wo er in den drei Jahren gewesen war.

Plötzlich grinste er mich frech an. »Lust zu baden?« Er zog sich seine Lederjacke aus, und ohne auf meine Reaktion zu warten, riss er sich förmlich sein Shirt vom Leib.

Kurz überlegte ich, welche Unterwäsche ich anhatte. Ich kam zu dem Schluss, dass sie genug verdeckte, und zog mir ebenfalls mit klopfendem Herzen mein T-Shirt über den Kopf.

»Aber wenn du auf Nacktbaden spekuliert hast, dann hast du dich geschnitten!«, rief ich Ash noch zu, während ich in Richtung Wasser rannte und nebenbei meine Hose auszog. Gut, ich stolperte mehr vor mich hin. Nach den ersten beiden Schritten im Wasser stellte ich fest, dass es doch etwas kälter war als gedacht. Mehr Zeit zum Nachdenken hatte ich jedoch nicht, denn in dem Moment kam Ash an mir vorbeigelaufen – nur in Boxershorts – und zog mich mit sich mit, sodass wir zusammen weiterstolperten und schließlich ins Wasser fielen.

»O mein Gott, ist das kalt!«, stotterte ich und wischte mir meine nassen Haare aus dem Gesicht. Ash planschte gemütlich umher, tauchte und plätscherte vor sich hin. Ich schwamm weiter raus, um durch die Aktivität ein wenig Wärme zu gewinnen.

»Hey, schön hierbleiben«, rief Ash hinter mir, zog an meinem Fuß und versuchte mich einzuholen.

»Lass los!«, versuchte ich mich lachend zu wehren, ohne dabei völlig abzusaufen. Ich schwamm so schnell wie möglich weiter, aber jedes Mal, wenn er an meinem Fuß zog, tauchte ich fast unter.

Dann hatte er mich erreicht, zog mich ganz zu sich und drehte mich um, sodass ich umschlossen von seinen Armen auf ihn sah. Wir atmeten beide durch die Jagd schnell und flach, Wasser tropfte von seinen Haaren, die in seine Stirn fielen. Ich klammerte mich an ihn, da keiner von uns stehen konnte, und ich konnte meinen Blick nicht von seinen Lippen abwenden. Dieser Mund …

Er musterte meinen Körper, meine Lippen, meine Augen, und ich hatte mich noch nie so zu ihm hingezogen gefühlt wie in diesem Moment. Wieder einmal begann ich wie automatisch seine Tattoos nachzufahren und endete diesmal bei seinem Hals. Ash sagte nichts, ließ es mich einfach machen und sah mich einfach weiter an.

Was passierte hier?

Als ich wieder in seine Augen sah, zog er mich noch ein Stück näher zu sich, und da wusste ich, was als Nächstes geschehen würde. Ich wollte es.

Ich spürte Ashs Hände auf mir, spürte, wie er seine Beine bewegte, um uns beide über Wasser zu halten, spürte seine Haut auf meiner.

Während Ash mich mit einer Hand weiterhin festhielt, begann er mit seiner zweiten Hand langsam zu wandern. Sacht fuhr er über meine Hüfte, weiter nach oben, entlang meiner Konturen, bis er an meinem Schlüsselbein angekommen war. Die ganze Zeit über ließ er unseren Blickkontakt nie abbrechen.

Ich merkte erst jetzt, dass er uns währenddessen wieder weiter Richtung Ufer gebracht hatte und wir beide wieder festen Boden unter den Füßen hatten.

Mein Hirn bekam ungefähr nichts mehr auf die Reihe. Endgültig vorbei war es, als ich Ashs Lippen auf meiner Schulter spürte, wo er einen kleinen Kuss hinterließ. Langsam arbeitete er sich meinen Hals entlang und verteilte federleichte Küsse. Diese Lippen ...

... mit denen er bis gestern noch meine Schwester geküsst hatte.

Der Gedanke kam so plötzlich, dass ich erschrocken zurückfuhr. Ash hielt mich noch immer fest, doch ich hatte ein wenig Abstand zwischen uns gebracht, weshalb er mich jetzt überrascht ansah.

»Was ist los?«

»Du ... Ich kann nicht ... Du warst gestern noch mit meiner Schwester zusammen, verdammt!« Ich wollte seine Hände von meinem Körper lösen, aber Ash zog mich nur wieder weiter zu sich.

»Ach, komm schon, wir haben nur ein bisschen Spaß«, versuchte er mich mit einem gewinnenden Lächeln zu überreden. Das ließ meine Sicherungen endgültig durchbrennen.

»Spinnst du? Ich bin kein Mädchen für *ein bisschen Spaß*! Und du warst bis gestern verdammt noch mal mit meiner Schwester ... O Gott, ich darf da gar nicht drüber nachdenken! Und jetzt lass mich endlich los!«

Ash ließ seine Arme sinken. Ich stolperte einen Schritt zurück und wäre beinahe ins Wasser gefallen. Kurz starrte ich ihn an, bis ich merkte, wie mir die Tränen kamen.

Was tat ich hier? Ich hatte versucht, jedem einzutrichtern, ich hatte sogar meiner Schwester versprochen, dass nichts zwischen uns lief, und jetzt hing ich völlig durchnässt nur in Unterwäsche an einem Kerl, der bis gestern Brookes Freund gewesen war!

Bevor Ash meine Tränen sehen konnte, drehte ich mich um und watete so schnell wie möglich zurück ans Ufer. Ich konnte vergessen, dass ich mit meinen nassen Beinen in meine enge Röhrenjeans passte, deshalb warf ich mir nur schnell mein T-Shirt über, schnappte mir meine Hose, zog meinen Helm an und setzte mich auf meine Maschine, ohne mich noch einmal umzudrehen.

Ich musste einfach schnell weg.

Nach wenigen Minuten Fahrt blieb ich an einem sonnigen, windstillen Plätzchen stehen, sonst hätte ich mir, nass, wie ich war, noch durch den Fahrtwind eine satte Erkältung geholt. Ich nahm den Helm ab, ließ mich auf den Boden sinken, um zu warten, bis ich halbwegs getrocknet war, um meine Hose wieder anziehen zu können.

Plötzlich merkte ich, dass mir Tränen über die Wangen liefen.

Wie konnte ich mich nur so in Ash täuschen? Beziehungsweise hatte ich mich ja anfangs gar nicht täuschen lassen, doch letztendlich hatte er mich doch um den Finger gewickelt.

Und was war ich bitte für eine Schwester? Wie konnte ich nur?

Dann fiel mir auch Chase ein, der zwar gerade mit dieser brünetten Schönheit zusammen war und wahrscheinlich sein Leben genoss, aber trotzdem mochte ich ihn doch irgendwie. Also was hatte ich bitte auf einmal in Ashs Armen verloren?

Die rationale Sadie, die sonst immer alles unter Kontrolle hatte, hatte auf einmal komplett die Kontrolle verloren und war von Gefühlen überwältigt worden. Das war ätzend. Es kotzte mich an.

Mit energischen, fahrigen Handbewegungen wischte ich mir die Tränenspuren vom Gesicht.

Niemand durfte erfahren, was heute passiert war, und ich würde mir die größte Mühe geben, dass es auch nie wieder vorkam.

»Sadie, was ist los mit dir?«, fragte Ana mich in der Pause am nächsten Tag in der Aula, da ich bis dahin kaum ein Wort gesprochen hatte. Erst hatte sie gedacht, dass meine schlechte Laune an der Trennung von Brooke und Ash lag, an der ich ja angeblich schuld war. Sie hatte aber schnell kapiert, dass das nicht unbedingt mein größtes Problem war.

Ich schämte mich für mein Verhalten, ich hatte Angst, dass jemand erfahren würde, was Ash und ich fast getan hatten, und gleichzeitig war ich so verwirrt wie noch nie in meinem Leben. Wäre es nicht wegen meiner Schwester gewesen, hätte ich Ash gestern geküsst. So viel war sicher.

Er hatte sich später nicht mehr bei mir gemeldet, und heute in der Schule ignorierte er mich – genauso wie ich ihn. Es war mir recht so. Aber ich wusste auch, dass das auf Dauer natürlich so nicht haltbar war.

Chase dagegen war froh gewesen, mich heute wieder zu sehen. Er hatte mich lange umarmt, sich für den schönen Tag am Samstag bedankt und mir noch schelmisch ins Ohr geflüstert, dass er sich sehr auf die Party am Freitag freue.

Trotzdem hatte ich ein leeres Gefühl in mir. Gestern Mittag hatte ich noch gefühlt, dass ich meinen alten Freund Ash wiedergefunden hatte. Heute hatte ich ihn abermals verloren.

»Nichts«, murmelte ich und konzentrierte mich auf meinen halb gegessenen Apfel.

»No. No, no, no!« flüsterte Ana heiser und bestimmt. »Lüg mich nicht an, Sadie! Ich sehe doch, dass da was nicht stimmt. Sag nicht, dass da nichts ist.« Sie verschränkte die Arme vor der Brust und sah mich böse an. Ich bekam fast ein klein wenig Angst vor ihr.

Ich seufzte. »Ich kann noch nicht darüber reden«, sagte ich schließlich mutlos und ließ den Kopf hängen. Seit wann war ich so ein Wrack? Ich hatte ewig nicht mehr geweint, ich wusste immer, was ich wollte, und ich hatte immer die Stärke, das auch durchzusetzen. Wieso jetzt nicht?

»Haha, Leute, habt ihr schon von der Klassenfahrt der Oberstufe gehört?« Matt setzte sich in dem Moment gut gelaunt zu uns, kapierte nichts von der depressiven Stimmung und erzählte weiter. »Ihr kennt doch Robyn, oder? Robyn Carpenter?«, fragte er und sah uns abwartend an. Ana schielte unsicher zu mir rüber, als würde sie unsere Unterhaltung gern fortführen, doch ich ergriff die einzigartige Chance, die Matt mir gerade bot, und ging auf seine Geschichte ein.

»Ja, die, die wasserstoffblonde Haare hatte und dann plötzlich dunkelbraune?«, fragte ich, und Matt nickte eifrig. Ich hatte nie mit Robyn geredet, aber sie wirkte wie ein nettes Mädel. Und die meisten Jungs aus meiner Klasse hatten schon mehrmals eine mehr als zweideutige Bemerkung über sie fallen lassen. Sogar Chase, meinte ich mich zu erinnern. »Was ist mit ihr?«

»Jedes Jahr erwischt es mindestens einen Schüler, der ein bisschen zu tief ins Glas guckt – man glaubt es kaum, doch dieses Mal war es Robyn!« Matt lachte sich einen ab, und ich war erst nur sehr überrascht. Es gab in der Oberstufe viele potenzielle Kandidaten für so einen Skandal, aber Robyn gehörte definitiv nicht dazu.

»Und auch noch mitten in der Woche! Und am nächsten Tag war eine Stadtbesichtigung von ganz Rom geplant«, erzählte Matt weiter und erfüllte die Rolle der Tratschtante mit Bravour.

»Was hat Mr Hoffmann gesagt?«, wollte ich wissen. Mir hatte der Jahrgang leidgetan, dass ausgerechnet Mr Hoffmann als Begleitperson dabei sein sollte – aber dann war mir eingefallen, dass ich ihn eine Woche lang nicht aushalten musste.

»Mr Hoffmann soll angeblich sehr cool mit der Sache umgegangen sein. Untypisch für ihn.«

»Woher weißt du all das wieder?«, fragte Ana ihn skeptisch.

»Ich habe so meine Kontakte«, gab er sich wichtig, und ich sah auf die Uhr. Die Pause hatte eben erst angefangen, aber ich hatte irgendwie keine Lust, hier die ganze Zeit herumzusitzen und Anas Blicke auf mir zu spüren.

»Hey, Leute, ich muss schnell was aus meinem Spind holen«, sagte ich so natürlich wie möglich, warf meinen Apfel in den Mülleimer und ging mit schnellen Schritten davon. Ana würde jetzt bestimmt Matt in ihre Besorgnis einweihen, doch das war mir gerade herzlich egal.

Auf dem Gang wäre ich fast auf dem Absatz umgekehrt, denn Ash kam mir vom anderen Ende entgegen. Na toll. Er sah mich sofort und starrte mich an, als würde er mich absichtlich einschüchtern wollen. Auf halbem Weg befand sich mein Spind, und Ash hatte immer noch seinen Blick auf mich gerichtet. Kurz bevor wir beide dort ankamen, überschlugen sich die Ereignisse. Ash und ich hielten den Blick auf den jeweils anderen gerichtet, dann bemerkte ich ein Mädchen direkt in Ashs Laufbahn, aber er sah sie nicht und lief in sie rein, sodass sie mit voller Wucht gegen einen der Spinde knallte. Ich musterte sie genauer. Wenn man vom Teufel sprach, das war doch Robyn!

»Au, verdammt!«, hörte ich sie ausrufen, und Ash hob beschwichtigend die Hand. Ich drehte mich mit dem Rücken zu ihnen, um meine Bücher aus dem Spind zu holen. Da hatte ich noch mal Glück gehabt. Wer wusste schon, ob Ash mich angesprochen hätte.

»Hey, sorry, Robyn«, hörte ich Ash sagen. Eigentlich wollte ich nicht lauschen, aber ich konnte nichts dagegen tun, dass ich alles verstand, was sie hinter mir sagten.

»Schon in Ordnung, Kleiner.« Haha, Kleiner? »Aber mach mal die Augen auf, anstatt wie ein Betrunkener durch die Gegend zu laufen.« Ich amüsierte mich blendend, Robyn war nicht auf den Mund gefallen.

»Ach, so wie du in Rom, oder was?«, erwiderte Ash, und ich musste mir widerwillig eingestehen, dass ich Ashs Neckereien und Comebacks vermissen würde. Ich ließ meine Haare vors Gesicht fallen, damit er meinen Gesichtsausdruck nicht bemerkte.

»Halt die Klappe, Ash. Geh lieber zu deinen Mädels, die warten schon sehnsüchtig auf dich.« Ich packte noch ein Buch in meine Tasche und gab Robyn recht. »Oder geh zu dem einen bestimmten Mädchen, dem du dein Tomatengesicht zu verdanken hast.« Ich konnte das Grinsen in Robyns Stimme hören, und hielt verdutzt über das, was sie gesagt hatte, in der Bewegung inne. Obwohl ich nicht wollte, drehte ich meinen Kopf automatisch, um Ashs Gesicht zu sehen, um zu sehen, ob er wirklich rot war. In dem Moment ging Robyn davon und Ash wandte seinen Blick zu mir. Als wir uns so in die Augen sahen, stellte ich mir selbst die eine Frage: Gab es für ihn nur *ein* Mädchen?

Das Lächeln, das noch seinen Mund umspielt hatte, verschwand prompt, der fröhliche Ausdruck in seinen Augen wich einem schmerzhaften, dann kalten. Ohne ein weiteres Wort ging Ash davon.

Jetzt war ich, wenn möglich, noch verwirrter.

13

Ich hörte die nächsten zwei Tage kein Wort von Ash. Und ich wollte es auch nicht.

Michael sprach mich an, wann er den Artikel bekommen würde; Ash hätte ihm gesagt, dass ich ihn weiterleiten würde. Das hieß also für mich, dass ich den Artikel erst einmal schreiben musste. Also setzte ich mich Dienstagnachmittag hin und sah noch einmal meine Notizen durch. Schwelgte in Erinnerungen, positiven wie negativen. Dieser Tag, das ganze Wochenende war gefühlsmäßig das reinste Chaos gewesen. Wie sollte ich mich also bitte auf den Artikel konzentrieren? Und Michael erwartete, dass er ihn spätestens morgen Vormittag bekam, damit wir in der Redaktionssitzung darüber reden konnten. Herzlichen Dank auch!

Genervt sah ich aus dem Fenster. Es goss wie aus Eimern, und es war arschkalt. Im Spätfrühling.

Ich ging zu meinem Schrank, holte einen grauen Pulli hervor und zog ihn mir über, als mir eine unerfreuliche Tatsache bewusst wurde. Ash hatte alle Bilder. Ich musste ihn also wohl oder übel kontaktieren, wenn ich sie in den Artikel mit einbauen wollte.

Genervt ging ich zurück zu meinem Bett und fragte mich, warum ich immer so ein Pech haben musste. Ich nahm mein Handy und tippte eine kurze und neutrale Nachricht an Ash.

Hey. Kannst du mir bitte die Bilder von Samstag schicken?

Das war weder zu nett noch zu unfreundlich. Ungeduldig wartete ich auf seine Antwort.

Ach, jetzt redest du plötzlich wieder mit mir.

Was sollte das schon wieder heißen? Er hatte meine Nähe in den letzten Tagen ja auch nicht gesucht!

Scheint dir nicht unbedingt was ausgemacht zu haben.

Hat es auch nicht. Aber schön, dass ich wieder gut genug bin, wenn du was von mir brauchst.

OMG. Ash war die größte Dramaqueen des Universums.

Wie alt bist du eigentlich? Und sei doch dankbar, dass ich dir die Arbeit abnehme und den Artikel schreibe!

Dankbar? Du ruinierst noch die ganze Artikelreihe!

Nicht schon wieder. Ich hatte diese Diskussion so satt.

Wo bleibt dann bitte dein Engagement?! Schick. Mir. Einfach. Die. Verdammten. Bilder!

Ich war so auf der Palme, dass ich kurz davor war, mein iPhone an die Wand zu pfeffern.

Immer schön mit der Ruhe, Babe.

Und. Nenn. Mich. Nicht. Babe.

Okay, Babe.

Ich unterdrückte einen wütenden Schrei und wandte mich meinem MacBook zu. Ich musste den Tag irgendwie durchgehend toll darstellen – auf dem Papier zumindest. Ich begann, einfach daraufloszutippen; korrigieren würde ich später.

Ich war gerade in meinem Schreibfluss, als ich von Ash eine Mail bekam. Ich öffnete den Anhang und sah zahlreiche Bilder von der Anlage, von uns und ... von mir. Er hatte auch die Fotos angehängt, die er von mir gemacht hatte, als ich gedankenverloren und unterlippenbeißend dastand.

Ruf an, falls ich bei dem Artikel helfen soll, hatte er noch in die Mail geschrieben. Pff, schön wär's.

Ich versuchte, aus den Bildern Inspiration zu holen, aber wieder und wieder erwischte ich mich dabei, wie ich einfach nur Ash anstarrte. Seine Tattoos, seine Gesichtsausdrücke. Hatte ich die ganze Zeit irgendetwas übersehen? Beinahe hätte ich meine Hand gehoben, um eines der Bilder zu berühren. Wie albern.

Manchmal wünschte ich, ich könnte Gedanken lesen. Nur zu gern würde ich mal einen kurzen Blick in Ashs Gedankenwelt werfen. Was dachte er? Wie dachte er über mich? Warum verhielt er sich so? Wieso wechselte seine Stimmung in manchen Situationen so abrupt?

Ich hatte einfach viel zu viele Fragen und viel zu wenig Antworten.

Gleichzeitig wusste ich, dass es so auch nicht weitergehen konnte. Wir mussten noch etliche Artikel zusammen schreiben. Geschlagen nahm ich mein Handy zur Hand.

Wollen wir zusammen weitermachen?

Bevor ich es mir anders überlegen konnte, schickte ich die Nachricht ab. Ich wartete ungeduldig auf eine Antwort und kaute dabei wieder einmal auf meiner Unterlippe herum. Irgendwann hatte ich dort wirklich keine Haut mehr.

Und dann pingte es.

Bin in 10 Minuten bei dir.

Er traute sich ja was. Ich legte mein iPhone wieder auf die Seite und wartete darauf, dass Ash klingeln würde.

Obwohl, ich sollte ihn lieber abfangen, bevor er klingelte. Nicht dass Brooke noch dachte, dass er hier sei, um sie zu besuchen! Zum Glück würde sie in einer halben Stunde abzischen, da sie wieder Schicht im Klamottengeschäft hatte.

Als ich in Richtung Haustür schlenderte, merkte ich, wie nervös ich plötzlich war. Wie würde Ash heute drauf sein? Würde er unseren Fast-Kuss erwähnen? Würde er Distanz halten? Würde er wieder versuchen, sich an mich ranzumachen? Ich lehnte mich an die Wand und schloss die Augen. Warum musste alles immer so verdammt kompliziert sein?

»Äh, Sadie? Was machst du da?«, fragte Dad mich plötzlich. Er stand mit einer Tasse Kaffee in der Hand vor mir und sah mich verwirrt an.

»Ash kommt gleich, weil wir einen Artikel schreiben müssen«, flüsterte ich. »Und ich will ihn in mein Zimmer bringen, ohne dass Brooke was davon mitbekommt.«

»Ach so«, sagte mein Vater gedehnt. »Was ist das hier eigentlich für ein Affentheater?«, fügte er hinzu und lächelte mich an.

»Das frage ich mich auch – täglich.«

»Na dann, viel Erfolg und viel Glück bei deiner Mission. Ich bin wieder im Büro.«

Dad war einfach der Beste. Ich setzte mich auf die Fensterbank, sodass ich direkten Blick auf die Einfahrt hatte, damit ich Ash gleich abfangen konnte. Meinen Kopf lehnte ich an die kühle Scheibe und ließ meinen Blick über die Straße schweifen.

Ein kleiner Junge kam auf dem Fahrrad angefahren.

»Sadie, Sadie, komm!«, rief er mir zu und winkte. Ich stürmte aus dem Haus, schnappte mir ebenfalls mein Fahrrad und gemeinsam fuhren wir in Richtung des neuen großen Spielplatzes.

Ich schwelgte noch immer in der Erinnerung, als Ash auf seinem Motorrad in der Einfahrt hielt.

Mist. Ich hatte nicht bedacht, dass die Maschine verdammt laut war, und Brooke war noch immer im Haus.

Schnell lief ich zur Tür und riss sie auf, bevor Ash in Versuchung kam zu klingeln und damit definitiv Brookes Aufmerksamkeit auf sich lenken würde.

»Erst ignorierst du mich, und dann stürmst du mir entgegen?«

»Brooke soll dich nicht sehen«, erklärte ich nur leise und zog ihn nach drinnen. Ich checkte schnell ab, ob die Luft rein war, und bedeutete Ash, leise zu sein. Er verdrehte genervt die Augen, aber hielt wenigstens die Klappe.

Wir schlichen gemeinsam die Treppe rauf und waren schon fast in meinem Zimmer, als Brookes Tür aufging. Ich kniff ertappt die Augen zusammen und drehte mich zu ihr um. Meine Schwester stand mit verschränkten Armen an den Türrahmen gelehnt da.

»Meint ihr, ich sei blöd?«

Falsche Frage.

»Natürlich nicht«, sagte ich diplomatisch und zog Ash am Arm. »Wir gehen mal arbeiten!« Ich betonte extra das »arbeiten« und schloss hinter mir die Tür. Ash und ich sahen uns eine Sekunde lang an, dann brachen wir in beinahe hysterisches Lachen aus.

»Psst, nicht so laut.« Ich hielt Ash den Mund mit meiner Hand zu.

»Selbst psst«, flüsterte er zurück, und plötzlich war es wieder geschehen. Wir beide, viel zu nah beieinander, uns gegenseitig in die Augen sehend, mit dem Drang, den anderen zu berühren.

»Also«, sagte Ash ein wenig unsicher und ruhig, wandte sich von mir ab und sah sich in meinem Zimmer um. »Wo ist denn bitte deine Ballerina-Tapete?«, fragte er schließlich und grinste mich an.

»Verdammt, daran erinnerst du dich noch?« Wie peinlich!

»Ich habe doch gesagt, dass ich mich an alles erinnere«, murmelte er und ging durch mein Zimmer. »Ist schön geworden hier.«

»Danke«, sagte ich ein klein wenig schüchtern. Kurz nachdem Ash weggezogen war, hatte ich mein ganzes Zimmer umdekoriert. Mit fünfzehn Jahren noch ein durch und durch pinkes Zimmer zu haben war einfach zu viel des Guten.

»Also, der Artikel. Wie weit bist du?« Abwartend sah er mich an. Ich setzte mich auf meine Bettkante, klopfte zweimal neben mich, damit Ash sich zu mir setzte, und nahm mein MacBook.

»Ich habe noch nicht viel, nur die drei Absätze hier.« Ich hielt ihm meinen Laptop hin, er nahm ihn und begann zu lesen.

»Damit können wir definitiv was anfangen«, murmelte er und begann loszutippen. Ich lehnte mich zu ihm rüber, um mitzulesen, und konnte dabei nicht verhindern, dass ich sein Parfüm und seinen Eigengeruch in die Nase bekam. Ich atmete unauffällig ein und zwang mich dazu, mich nicht an ihn zu lehnen.

Das war Ash! Ash, der versucht hatte, die Gelegenheit am See auszunutzen. Ich war eigentlich noch sauer auf ihn, fiel mir ein. Ich rückte einige Zentimeter von ihm weg und las weiter, was er gerade so schrieb. Die Art und Weise, wie er seine Gedanken mit meinen verband, Details einfügte, um die Stimmung zu beschreiben, perfekte Übergänge fand ... Verdammt, er hatte es wirklich drauf!

»Hast du schon Fotos ausgesucht?«, fragte er beiläufig, während er weitertippte. Ich versuchte die Erinnerung daran, dass ich einfach nur Ash angestarrt hatte, zu verdrängen.

»Äh, nein, noch nicht …« Plötzlich war mir im Pulli sehr warm. Ich stand auf, ging zum Fenster und riss es weit auf. Dann setzte ich mich wieder auf meine heiß geliebte Fensterbank und sah mir die Bilder auf meinem Handy an, scrollte ein wenig und entschied mich letztendlich für vier, die mir sehr gut gefielen.

Der kleine Abstand, den ich zu Ash bekommen hatte, hatte mich wieder ein wenig beruhigt. Nichtsdestotrotz war mir seine Anwesenheit mehr als nur deutlich bewusst. Er war oft rücksichtslos, kalt und hatte schlimmere Stimmungsschwankungen als eine Schwangere. Wie konnte ich mich auch nur ansatzweise von solch einem Menschen angezogen fühlen?

Ich sah zu ihm, betrachtete sein Profil und seinen konzentrierten Gesichtsausdruck. Mir wurde bewusst, dass er auch positive Seiten hatte. Er konnte einfühlsam sein, freundlich und auch mal frech. Er hatte recht damit, wenn er sagte, dass er mir die Stirn bieten könne und er für mich eine Herausforderung sei.

»Hast du jetzt Bilder ausgesucht?«, riss mich Ash aus meinen Gedanken.

»Was? Äh, ja. Ja, habe ich.« Ich setzte mich wieder neben ihn und zeigte ihm die Bilder, die mir am besten gefielen.

»Die hätte ich auch ausgesucht«, meinte er unerwartet und sah mir direkt in die Augen. Diese Augen … Diese verdammten Augen!

Abrupt wandte ich mich von ihm ab. »Gut, dass wir uns einig sind«, sagte ich etwas kühler als geplant und ging zurück zum Fenster. Ash sah mir noch hinterher, widmete sich aber dann wieder dem Artikel. Stumm saß ich da und betrachtete ihn. Er nahm seine Cap ab, fuhr sich einmal durch die Haare und setzte sie sich wieder auf. Mann, würde ich sie gern ausprobieren. Flink flogen seine Finger über die Tastatur, und nach einigen Minuten sah er mich wieder an.

»Bereit?«, fragte er und las mir den Artikel vor, während ich meinen Kopf nach hinten lehnte, die Augen schloss und seiner Stimme zuhörte. Ash hatte eine ungemein angenehme Stimme. Eine schöne Stimme. Wieso war mir das erst jetzt aufgefallen?

Ich war tiefenentspannt, als er aufhörte zu reden.

»Und? Was sagst du?«

O verdammt. Ich hatte gar nicht wirklich realisiert, dass er schon fertig war. Hatte ich den letzten Absatz überhaupt ordentlich mitbekommen? Ich stand auf und setzte mich wieder neben ihn, um auf den Bildschirm zu sehen. Schnell überflog ich noch mal den letzten Absatz. »Ich würde sagen: perfekt!«, lobte ich ihn, gab dem Drang nach, mir seine Cap zu schnappen und setzte sie mir auf. Wie er mich da so ansah, mit einem überraschten Lächeln im Gesicht und den leicht zerzausten Haaren ...

»Na, wie steht sie mir?«, wollte ich von ihm wissen.

»Du siehst aus wie ...« Er brach mitten im Satz ab.

»Wie was?«, wollte ich wissen.

»Na ja, wie ...« Er musterte mich und schien zu überlegen, ob er sich trauen konnte, den Satz zu vollenden.

»Wie was?«, wiederholte ich.

»Wie ein richtiges Babe«, kam es doch und ich boxte ihm in die Seite.

»Ich hätte wissen müssen, dass das jetzt kommt«, grummelte ich und ignorierte die Tatsache, dass ich es inzwischen nicht mehr so ganz verabscheute, von Ash Babe genannt zu werden.

»Das ist überhaupt nicht schlecht gemeint. Außerdem habe ich nur gesagt, dass du wie ein richtiges Babe aussiehst, nicht wie *mein* Babe.«

»Das will ich auch stark hoffen, dass du nicht denkst, dass ich *dein* Babe bin!«

»Du wirst irgendwann noch darum betteln, *mein* Babe zu sein«, stellte er fest und kam mir näher. Ich wich nicht zurück.

»Wollen wir wetten?«, forderte ich ihn heraus.

»Du wettest gern, oder, Babe?« Ash ließ sich im Moment absolut nicht provozieren, sondern hatte nur dieses ungemein sexy Lächeln auf den Lippen, während er mir noch ein Stückchen näher kam. Inzwischen waren wir uns so nah, dass ich mich immer weiter zurücklehnte, je mehr er sich vorbeugte. Ich lag schon halb auf meinem Kissen und Ash war über mir. Wieso brachte er uns immer in so verzwickte Situationen? Alles in mir schrie danach, dass er mir noch näher kam, doch mein letztes Fünkchen Verstand sagte mir, dass das nicht gut wäre. Also legte ich ihm einen Finger auf die Lippen, um ihn zu stoppen.

»Bettelst *du* nicht gerade darum, dass ich dein Babe werde?«, fragte ich ihn kokett und brachte ihn zum Schmunzeln, bevor er sich endlich – oder leider? – zurückzog. Er schnappte sich noch meine – beziehungsweise seine – Cap und stand dann auf.

»Meine Anwesenheit ist jetzt wohl überflüssig. Schickst du den Artikel und die Bilder an Dayna, damit er bis morgen komplett fertig ist?«

Ich wollte nicht, dass er schon ging. Ich wollte, dass er hierblieb. Bei mir. Ich konnte nichts sagen, weil ich von meinen eigenen Gedanken so verwirrt war, und stand auch auf. Meine Wut und Enttäuschung über sein

Verhalten am See waren wie weggeblasen. Obwohl … Ein kleiner Stachel saß mir noch im Herzen, dass ich für ihn anscheinend nur »Spaß« war. Aber wollte ich überhaupt etwas anderes für ihn sein?

Seufzend folgte ich Ash zu meiner Zimmertür. Ich zögerte kurz beim Aufmachen und sah Ash verschmitzt an.

»Meinst du, meine Schwester wartet dahinter, um dich zu überfallen?«

»Du stehst vor mir, sie wird also zuerst nur dich erwischen.«

»Das würdest du zulassen?«

»Ich würde dich den Löwen zum Fraß vorwerfen, wenn es sein müsste«, flüsterte er mir grinsend zu, und ich schüttelte den Kopf, nicht sicher, ob da nicht wirklich etwas Wahres dran war.

Ich beschloss, den Kommentar einfach zu ignorieren und öffnete die Tür. Brookes Zimmertür war geschlossen. Also entweder wartete sie dahinter, zum Sprung bereit, oder sie war bereits bei der Arbeit. Ich hoffte auf Letzteres.

Gemeinsam gingen wir nach unten, ohne dass uns eine Menschenseele entgegenkam. Ash war schon fast zur Tür draußen, als er sich noch einmal zu mir umdrehte. Ein letztes Lächeln, dann stieg er auf seine Maschine, setzte seinen Helm auf, brauste davon und ließ mich verwirrt zurück.

»Sadie, cariño, es wird Zeit, dass du endlich mal ein wenig aus dir rauskommst«, predigte Ana und seufzte ein klein wenig genervt auf. »Das wird am Freitag vielleicht die letzte Party des Schuljahres. Glaub mir, da willst du auffallen!«

Ana. Ich. Shoppingcenter.

»Vor allem, wenn du endlich mal jemand ganz Bestimmtes um deinen Finger wickeln möchtest.« Sie bewegte ihren Finger illustrierend im Kreis und wackelte mit den Augenbrauen.

Und sie hatte so recht.

Nur dachte ich bei diesem Jemand nicht unbedingt an Chase, wie sie so offensichtlich vermutete und was mich bis in die Tiefen meiner Seele erschreckte.

»Also, worauf willst du hinaus? Dass ich kein Schwarz tragen darf?«

»Exacto! Oder zumindest nicht nur Schwarz. Wenigstens mit einer Tonne Glitzer. Oder komplett bauchfrei.« Ich überlegte kurz. Vielleicht war es wirklich an der Zeit, dass ich einmal ein bisschen Farbe trug.

»Okay, ich werde mal sehen.« Ich ergab mich, und gemeinsam gingen wir in das nächste Geschäft. Als ich zwischen den Kleiderständern herumschlenderte und nach etwas Brauchbarem suchte, freute ich mich so richtig auf die Party. Ich wollte Eindruck schinden. Ja, ich war gespannt darauf, wie es mit Chase laufen würde. Aber er war nicht meine Priorität. Meine Prioritäten hatten sich verschoben. Etwas hatte sich aus meinem Unterbewusstsein herausgewagt und kristallisierte sich vor meinem geistigen Auge heraus. Ich wollte Ash beeindrucken. Und das würde einiges erfordern.

Heute hatte er mir den ganzen Tag die kalte Schulter gezeigt. Selbst in der Redaktionssitzung hatte er mich kaum beachtet. Michael hatte uns wieder zu sich geholt und uns für unseren neuen Artikel gelobt. Gleichzeitig hatte er uns auch darüber informiert, dass die Schülerzeitung einen neuen Rekord bei der Verkaufsanzahl erreicht hatte. Ich hatte Ash glücklich angestrahlt, aber er hatte nur desinteressiert den Blick abgewandt.

Was los war, wusste ich natürlich nicht. Doch ich hatte irgendwie den Verdacht, dass sein Unmut nur gespielt war.

Am Freitag auf der Party ... Da würde er mir Beachtung schenken *müssen.*

Und in dem Moment fand ich mein Mittel zum Zweck.

14

»Du wirst Chase umhauen«, stellte Ana zufrieden fest, als sie mich fertig gestylt betrachtete. Sie saß auf ihrem pinken Thron – ja, sie hatte einen Thron in ihrem Zimmer – und nickte zufrieden.

Es war Freitagabend, und gleich würden wir zur Party aufbrechen. Wir hatten uns dazu entschieden, uns bei Ana fertig zu machen, weil Brooke bei mir zu Hause wahrscheinlich wieder endlos rumzicken würde. Offiziell hatte sie sich noch nicht dazu entschieden, ob sie überhaupt zur Party gehen wollte, aber ich war mir ziemlich sicher, dass sie dort aufkreuzen würde. Einfach nur, um die Lage abzuchecken.

Ich drehte mich um und sah mich selbst im Spiegel an. Wir hatten gute Arbeit geleistet. Mein Make-up wirkte mysteriös, Ana hatte mir die schönsten Locken gemacht, die federleicht über meine Schultern fielen, und mein Outfit war perfekt.

Es war nicht bunt, dafür aber auch nicht schwarz. Zweiteilig und weiß. Ein kurzes Top mit diagonalen Trägern, ein kleines Stück freie Haut bis zum kurzen, hoch taillierten, weiten Rock. Frisch und sexy.

»Hier.« Ana reichte mir ein Glas Sekt, und ich nahm dankbar einen Schluck. Sie hatte natürlich ein knallrotes, enges, kurzes Kleid an, Federschmuck in den Haaren und trug große, heftig glitzernde Ohrringe.

»Auf wen freust du dich heute Abend?«, fragte ich sie und nahm noch einen Schluck vom Sekt. Ana war bildhübsch, die Liebenswürdigkeit in Person und loyal ohne Ende. Die Jungs standen Schlange bei ihr. Aber sie war so unglaublich wählerisch. Ich konnte mich noch nicht einmal daran erinnern, wann sie das letzte Mal verliebt war. So richtig zumindest.

»Auf keinen? Die einzigen zwei gut aussehenden Kerle, die heute kommen, sind mit Sicherheit Chase und Ash. Der eine gehört dir, der andere ist ein Arsch. Du siehst, nicht unbedingt leicht.«

»Was ist mit Don? Halb Kolumbianer? Ihr müsstet doch einiges gemeinsam haben? Und er sieht gar nicht mal so schlecht aus.«

Ana verzog das Gesicht. »Nichts für mich!« Sie leerte ihr Sektglas in einem Zug und sah mich kampfbereit an. »Vamos, Sadie!« Wir schnappten uns unsere Täschchen, zogen unsere halsbrecherisch hohen Schuhe an und stöckelten aus ihrem Zimmer.

Ein freudiges Kribbeln machte sich in meinem Bauch bemerkbar.

Die Musik dröhnte, der Bass wummerte, und ich fragte mich, ob sich die Nachbarn schon beschwert hatten. Und dabei waren wir noch nicht einmal im Haus. Ana fing neben mir schon beinahe zu tanzen an, und automatisch bekam ich auch richtige Tanzlaune. Heute würde uns beide nichts von der Tanzfläche bekommen!

Außer vielleicht Chase, wenn er sich ordentlich Mühe gab. Ein bisschen sauer war ich ja immer noch, dass er mich wegen dieser Jane versetzt hatte. Aber gut, vielleicht waren sie ja wirklich nur Freunde. Ash und ich trafen uns ja auch ab und an, und ich würde nie auf die Idee kommen, dass da … Ich hatte mich nur ein wenig zu ihm hingezogen gefühlt.

Wir hatten gerade die Eingangstür erreicht, da waren wir schon mehr als einmal angebaggert worden. Na, das konnte ja noch was werden!

Drinnen bahnten Ana und ich uns erst einmal den Weg zur Bar, was sich als gar nicht so leichtes Unterfangen herausstellte, da das riesige Haus proppenvoll war und wir uns durch die tanzende Menge schlängeln mussten.

»Zwei Tequilashots, por favor«, orderte Ana für uns beide bei dem Kerl, der heute Abend offenbar für die Alkoholausgabe zuständig war.

»Für eine Schönheit wie dich immer«, flirtete er sofort mit Ana, und ich konnte mir ein Schmunzeln kaum verkneifen, während Ana nur die Augen verdrehte. Er stellte uns die beiden Shots auf den Tresen und platzierte eine mit Zimt bestäubte Orangenscheibe darauf.

Gott sei Dank! Ich konnte Tequila mit Salz und Zitrone nicht ausstehen.

»Auf heute Abend!«, brüllte Ana über die Musik hinweg.

»Auf uns beide!«, schrie ich zurück, bevor wir unsere Shots kippten.

»Lass uns tanzen!« Ana schnappte mich an der Hand und zog mich mit auf die Tanzfläche. Es war noch kein ganzes Lied vorbei, als sich Matt zu uns gesellte und abwechselnd mit Ana und mir tanzte. Ich hatte schon lange nicht mehr so viel Spaß gehabt!

Beim Tanzen war es mir egal, was andere von mir dachten. Ich tanzte nur für mich allein. Tanzte, weil ich dabei glücklich war und alle störenden Gedanken einfach für eine Weile in die letzte Ecke meines Gehirns gedrängt waren.

Nach einigen Liedern gab ich Ana ein Zeichen, dass ich schnell was trinken musste, und schlängelte mich durch die tanzende Menge. An der Bar holte ich mir eine eiskalte Cola, nahm einen riesengroßen Schluck und ließ meinen Blick durch den Raum schweifen. Ich kannte überraschenderweise nicht wirklich viele auf dieser Party. Bis jetzt zumindest.

»Da bist du ja!«, hörte ich plötzlich eine wohlbekannte Stimme ganz nah an meinem Ohr, und lächelnd drehte ich mich zu Chase. »Du siehst atemberaubend aus«, sagte er leise und legte die Arme um meine Taille. Ich bemerkte das gewohnte Knistern zwischen uns. Ich hatte es vermisst.

Er lehnte seine Stirn gegen meine und strahlte mich an. »Lust zu tanzen?«, fragte er leise und kräftigte seinen Griff um mich. Ich stellte meine halb leere Cola zur Seite und folgte Chase auf die Tanzfläche. Ich bekam kurz Blickkontakt mit Ana, die mich wissend angrinste, und ich konnte nicht ganz verhindern, dass ich ein klein wenig rot anlief. Chase hatte sich wieder zu mir gedreht, zog mich an den Hüften zu sich, und wir begannen uns im Takt der Musik zu bewegen.

Ich genoss die Nähe zu ihm, ich genoss es, seine volle Aufmerksamkeit zu haben, und ich genoss es, einfach zu genießen, anstatt nachzudenken. Chase drehte mich um, sodass ich ihn mit dem Rücken antanzte. Er hatte immer noch seine Hände auf meinen Hüften. Ein wohliger Schauer überlief mich, als er mir plötzlich einen flüchtigen Kuss auf die Schulter drückte.

Genau wie Ash es getan hatte.

Ein wenig aus dem Konzept gebracht, versuchte ich mich weiter auf das Tanzen, auf das Genießen zu konzentrieren. Chase drehte mich wieder zu sich um, als ich aus dem Augenwinkel den Blick von stechend blauen Augen wahrnahm. Wie durch Zufall drehte ich meinen Kopf in die Richtung und sah Ash, der an die Wand gelehnt dastand und mich beobachtete.

Ab da beschlich mich das Gefühl, dass ich jetzt mehr für Ash tanzte als für Chase. Als würde ich ihm etwas zeigen wollen. Chase schien ganz von mir eingenommen zu sein, als würde er sich heute von nichts stören lassen. Er klebte an mir, aber irgendwie ... irgendwie waren meine Gedanken ganz woanders.

Als das Lied ausklang, zog er mich so nah wie möglich zu sich ran und fuhr mir mit der Hand über den Rücken. Er sah mir tief in die Augen und grinste mich an.

War es jetzt so weit?

Als ein neues Lied anfing, sah ich, wie Chase kurz zur Tür starrte, dann aber wieder seinen Blick zu mir wandte. Er beugte sich weiter zu mir runter, fing leicht weiter zu tanzen an und ließ seine Hände über meinen Körper fahren. Ich blickte auf seine vollen Lippen und fragte mich die ganze Zeit, was ich eigentlich wollte.

Auch er hatte seinen Blick auf meine Lippen gerichtet, näherte sich ein wenig mehr, und plötzlich streifte er mit seinem Mund meinen. Nur ganz leicht, nur ganz sachte. Als wäre es unbeabsichtigt, aber das Glitzern in seinen Augen verriet ihn. In seinen Augen, deren Blick wieder zur Tür wanderte. Er lehnte sich ein klein wenig nach hinten.

»Willst du was trinken?«, fragte er, und ich schüttelte perplex den Kopf. Was war das jetzt? Ich dachte, er wollte mich küssen?

»Ich hole schnell was«, sagte er laut, um die Musik zu übertönen. Er lächelte mich noch einmal anzüglich an und verschwand von der Tanzfläche. Ich blickte ihm verwirrt hinterher. Hatte er mich allen Ernstes einfach stehen lassen? Kurz zuckte mein Blick zu der Wand, wo ich Ash gesehen hatte. Er war weg.

Ich fuhr mir mit den Fingern über den Mund, an der Stelle, an der Chase mit seinen weichen Lippen meine berührt hatte. Wollte er die Spannung dadurch steigern, dass er mich zappeln ließ? Ich wusste nicht, was ich wollte, und versuchte ihm mit meinem Blick zu folgen.

Und dann erkannte ich es. Warum er immer wieder zur Tür gesehen hatte.

Jane.

In mir kochte unendliche Wut auf. Hatte er mich nur nicht geküsst, weil er sich dachte, dass gerade etwas Besseres zur Tür hereinspaziert sei? Sosehr ich die Spannung zwischen uns auch genoss – ich war definitiv niemandes Spielzeug, und wenn er das dachte, hatte er sich geschnitten. Die Stimmung war für mich auf jeden Fall gründlich ruiniert. Trotzdem beschloss ich, noch kurz auf Chase zu warten, bis er mit unseren Getränken zurückkam. Ich behielt Jane im Blick und sah, wie sie sich suchend umblickte. Hatte Chase sie eingeladen? An einen Zufall glaubte ich jedenfalls nicht.

Mein Blick schweifte zurück zu Chase, der an der Bar stand und eindeutig nicht zu mir sah. Kurz darauf kam er mit zwei Colaflaschen zurück, wahrscheinlich mit einem Schuss Wodka aufgepeppt.

»Hier, ich hoffe, du magst Wodka-Cola?«

»Nein, aber Jane bestimmt«, antwortete ich ihm zuckersüß, bevor ich mich umdrehte und ihn mitten auf der Tanzfläche stehen ließ. Auf meinem Weg nach draußen kam ich an Jane vorbei.

»Suchst du Chase?«, fragte ich sie ganz unschuldig.

»Ja, hast du ihn gesehen?« Ich nickte, drehte mich um, um mit dem Finger auf ihn zu zeigen, und ging dann nach draußen. Sollten sie doch ihren Spaß haben, ich würde mich nicht dazwischenstellen. So viel Stolz hatte ich noch. Ich würde mich nicht an einen Kerl verschwenden, der mir nicht zu hundert Prozent gehörte.

Draußen merkte ich, wie gut mir die frische Luft tat.

»Fertig geflirtet?«, sprach mich auf einmal eine Stimme aus der Dunkelheit an, und ich erschrak ziemlich heftig.

»Verdammt, erschreck mich nie wieder so!«, fuhr ich Ash an, der in einer einsamen dunklen Ecke an der Hauswand lehnte, eine Bierflasche in der Hand. Er nahm gelassen einen Schluck. Ich ging zu ihm, nahm ihm die Flasche aus der Hand, lehnte mich neben ihn an die Wand und trank sie in einem Zug zur Hälfte leer. Amüsiert sah er mich an.

»Was?«, fragte ich, da er mich von der Seite anstarrte.

»Ich habe dir eine Frage gestellt«, meinte er schlicht, nahm mir die Bierflasche wieder aus der Hand und lehnte sich seitlich mit der Schulter an die Wand, damit er mich besser ansehen konnte.

»Ob ich fertig geflirtet habe? Bist du etwa eifersüchtig?«, fragte ich und biss mir leicht in die Unterlippe. Ich sah ihn unverwandt an und versuchte irgendetwas in seinem Blick zu lesen. Wieso konnten wir uns kaum fünf Minuten in der Nähe des anderen befinden, und schon waren wir wieder hier – dicht aneinander, mit tausend unausgesprochenen Gefühlen, geladener Luft und verbotener Anziehung zwischen uns.

»Ich dachte eher, wenn du nicht fertig bist, könntest du ja bei mir weitermachen?« Er sagte es, als wäre es ein nüchterner Geschäftsvorschlag, trotzdem bekam ich am ganzen Körper eine Gänsehaut.

»Und wieso sollte ich mich auf dich einlassen?«, provozierte ich ihn ein wenig und lehnte mich ebenfalls seitlich an die Wand, sodass wir uns in die Augen sehen konnten. Eigentlich hatte ich meine Entscheidung bereits getroffen, stellte ich fest, aber ich wollte ihn noch ein wenig zappeln lassen. *Er* sollte zu mir kommen.

Tatsächlich stieß er sich von der Wand ab und kam mir ein winziges Stück näher.

»Ich könnte es dir einfach zeigen.«

Bevor er mir irgendetwas zeigen konnte, schnappte ich mir wieder die Bierflasche und nahm einen Schluck, ohne dabei unseren Blickkontakt abzubrechen. Ein amüsiertes Grinsen huschte über seine Lippen, und er wollte mir wieder die Flasche wegnehmen. Ich reagierte schnell und versteckte sie hinter meinem Rücken.

»Sadie«, sagte Ash leise und verdrehte kurz die Augen. Er hatte die Hand ausgestreckt und erwartete, dass ich ihm die Flasche übergab.

»Hol sie dir«, flüsterte ich und sah ihn eindringlich an. Er kam einen kleinen Schritt auf mich zu, griff um mich herum, packte mich plötzlich fest an der Hüfte und zog mich ruckartig zu sich. Ich war so überrascht, dass er sich ungehindert die Bierflasche schnappen konnte. Er nahm einen Schluck, ohne mich dabei mit der anderen Hand loszulassen. Er trank die Flasche leer und ließ sie einfach neben uns fallen. Seine Augen waren unverwandt auf mich gerichtet, und ich konnte inzwischen kaum noch normal atmen. Langsam drehte er mich, sodass ich auf einmal mit dem Rücken zur Wand stand. Keine zehn Zentimeter war er jetzt vor mir, immer noch eine Hand auf meiner Hüfte, die andere neben meinem Kopf an der Wand abstützend.

Ich ließ meinen Blick über sein Gesicht schweifen, ein wenig nach unten und wieder zu seinen Augen. Er war so verdammt heiß. Die Haare gestylt, heute etwas größere Plugs in den Ohrläppchen, und er trug ein schwarzes Hemd, die Ärmel bis zum Ellbogen hochgekrempelt. Ich sah, wie auch sein Blick meinen Körper entlang nach unten wanderte, und ich konnte förmlich die Flammen in seinen Augen erkennen. Langsam wanderte er mit seiner Hand von meiner Hüfte weiter nach oben, strich über meine unbedeckte Haut und weiter bis kurz unter meine Brust.

Ash näherte sich mir immer mehr und ließ keine Sekunde den Blickkontakt abbrechen. Ich sah auf seine Lippen und wünschte mir, dass er sie einfach auf meine pressen würde. Ich wollte ihn schmecken.

Ash war mir jetzt so nahe, dass sein Atem sanft über mein Gesicht streifte. Er war kaum einen Zentimeter von mir entfernt, als er seinen Kopf leicht schräg legte. Ich war nicht mehr Herrin meiner Sinne und griff nach seinem Hemd, zog seinen Oberkörper noch näher an meinen heran und wurde von seinem Duft umnebelt.

»Ich sagte doch, du wirst irgendwann darum betteln, mein Babe zu sein«, flüsterte er, griff nach meiner Hand und entfernte sie von seinem Hemd. Er trat einen Schritt zurück und sah mich an, als könnte er jeden Moment über mich herfallen. Und zum Teufel mit all meinem Abstreiten, ich wollte es so sehr! Ich war wirklich die schlechte Schwester, als die Brooke mich beschuldigt hatte. Andererseits wäre ich nie so weit gegangen, wenn sie sich nicht von Ash getrennt hätte.

»Du kannst mir nicht erzählen, dass du das hier nicht wolltest«, erwiderte ich. »Aber wenn du einen Rückzieher machen willst ...« Ich ließ den Satz unbeendet verhallen und machte Anstalten, wegzugehen. Auf einmal spürte ich seinen Körper an meinem Rücken, und seine Hände legte er an meinen Bauch.

»So schnell wirst du mich nicht los.« Seine Stimme war so nah an meinem Ohr, dass er mit seinen Lippen mein Ohrläppchen streifte. Ich sah ihn über die Schulter an, zwinkerte ihm zu und ging davon.

Er hielt mich nicht auf, sondern ließ mich wieder nach drinnen gehen. Ich brauchte jetzt erst einmal einen doppelten Shot! Mir war heiß und kalt zugleich, und ich zitterte leicht am ganzen Körper. Diese Wirkung, die Ash auf mich hatte ...

Ich kippte den Shot hinunter, als in dem Moment mein Lied gespielt wurde. Wie von allein trugen mich meine Füße auf die Tanzfläche. Wie in Trance begann ich mich langsam zu der Musik zu bewegen, hielt die Augen geschlossen und ließ mich einfach fallen.

Und dann öffnete ich meine Augen und sah Ash zwei Meter von mir entfernt, wie er mich still betrachtete. Ich hielt den Blickkontakt mit ihm und grinste frech, als er langsam auf mich zukam. Ich wusste, welche Wirkung ich auf ihn hatte, und tanzte unbeirrt weiter.

Ash hatte mich erreicht, sagte aber nichts. Er zog mich an den Hüften zu sich. Ich legte die Hände in seinen Nacken, bewegte mich im Takt und genoss Ashs Berührungen auf meiner Haut. Er fuhr meine Konturen nach, und ich konnte nichts anderes denken, als dass es sich genau so verdammt richtig anfühlte. Langsam führte er mich weiter und weiter von der Menge weg, bis wir ganz hinten im Raum standen und uns gegenseitig ansahen. Er presste mich an die Wand, konnte nur schwer die Begierde in seinem Blick verbergen.

Ich verschwendete keinen Gedanken an die ganzen anderen Menschen in diesem Raum. Gerade eben zählten nur er und ich. Mein Körper an seinem. Seine Hände auf mir. Seine Aufmerksamkeit, sein Lächeln, beides galt nur mir. Ich legte wieder meine Hände in seinen Nacken und zog ihn so nah zu mir, dass wir fast eins wurden. Ich fuhr mit der Hand durch seine Haare, sodass ich seinen Kopf leicht nach hinten ziehen konnte, um meinen Kopf an seinem Hals zu verbergen. Er ließ von mir ab und machte einen kleinen Schritt nach hinten, als würde er mich jetzt wieder wie vorhin abweisen und blöd stehen lassen. Aber nicht mit mir. Ich fuhr mir einmal durch die Haare, setzte meinen verführerischsten Blick auf und zog ihn wieder zu mir.

»Was ist das hier, Ash?«, fragte ich ihn. »Nur ein bisschen Spaß?« Das Sanfte in seinem Blick verschwand für einen Moment und er sah weg, als müsste er überlegen. Als er seinen Kopf wieder zu mir wandte, hatte er einen Entschluss gefasst.

»Sag du es mir«, raunte er mir mit rauer Stimme zu, fasste mich um die Taille und zog mich zu sich. Ich tauchte in seine Augen ein und hielt es kaum eine Sekunde länger aus. Was machte er nur mit mir?

Und dann presste er seine Lippen gegen meine, drückte mich an die Wand und intensivierte seinen Kuss, den ich hemmungslos erwiderte. Mir war egal, dass ich Ash so oft nicht ausstehen konnte. Mir war egal, dass ich bis vor einer Stunde mit Chase geflirtet hatte. Mir war egal, dass Ash bis vor Kurzem meine Schwester geküsst hatte, denn jetzt, in diesem Moment, gehörte er mir. Und das wollte ich genießen.

Der Kuss wurde leidenschaftlicher, ich ließ Ashs Zunge in meinen Mund und kostete jede Sekunde aus. Die Gefühle in meinem Innern explodierten, mein ganzer Körper kribbelte unter seinen Berührungen, und ich wollte einfach mehr.

Ich spürte ihn überall auf meinem Körper. Seine liebkosenden Hände, seine weichen Lippen, seine ganze Aura umnebelte mich.

Und dann war er plötzlich weg.

Ich öffnete die Augen und sah eine stinkwütende Brooke vor mir. Ich hörte ein lautes Klatschen, als ihre flache Hand auf Ashs Wange landete.

Alle um uns herum starrten uns an, ein paar Mädchen kicherten, und einige hatten sogar ihre Handys gezückt, um alles von dem sich anbahnenden Streit aufzunehmen.

Ich stand da wie gelähmt. Ich konnte mich einfach nicht rühren.

»Du verdammtes Arschloch! Ich wusste doch, dass du was mit meiner Schwester am Laufen hast!«, brüllte Brooke Ash an, bevor sie sich zu mir drehte. »Und du nennst dich meine Schwester? Du hast mir versprochen, dass da nichts zwischen euch beiden ist! Jetzt stehst du hier und steckst ihm die Zunge in den Hals, wollt ihr beide mich eigentlich verarschen? Denkt ihr, ich bin komplett bescheuert?« Brooke hatte sich regelrecht in Rage geredet. Ich hatte meine Sprache noch immer nicht wiedergefunden, so geschockt war ich einfach von dieser ganzen Situation. Auch Ash hatte noch kein Wort gesagt, sondern die Ohrfeige einfach stillschweigend hingenommen. Wollte er sich denn nicht verteidigen? Oder stand er ebenfalls unter Schock und wusste nicht, was er sagen sollte?

»Ich bin fertig mit euch beiden!«, schmetterte Brooke uns noch hin, bevor sie auf dem Absatz kehrtmachte und mit energischen Schritten das Haus verließ. Die Tür knallte so laut, dass es sogar mehr als eindeutig über die laute Musik zu hören war, die noch immer spielte.

Kurz herrschte absolute Stille, wäre da nicht die ohrenbetäubende Musik gewesen. Und dann brach das große Getuschel aus.

»Hast du das gesehen?«

»Ash hat's schon wieder getan!«

»Hat sie sich wirklich den Freund ihrer Schwester gekrallt? Was ist das denn für eine?«

Am liebsten hätte ich mir die Ohren zugehalten. Ich wollte das alles nicht hören! Das stimmte doch alles gar nicht! Oder stimmte es doch?

Plötzlich war Ash wieder bei mir und hielt mich fest.

»Hör nicht hin«, sagte er bloß und sah mir in die Augen. Mein Blick schweifte über seine Schulter hinweg zu einem Augenpaar, das mich fixierte.

Chase stand in der Menge und sah mich mit ausdruckslosem Blick an.

Als Ash merkte, dass ich mich auf etwas anderes als ihn konzentrierte, drehte er sich um, um zu sehen, wem meine Aufmerksamkeit galt. Er registrierte Chase, drehte sich wieder zu mir um und sah mich an. Dann lachte er kurz resignierend auf.

»Ich verstehe«, murmelte er gerade so laut, dass ich es hören konnte, bevor auch er sich umdrehte und in der Menge verschwand.

15

Der Wind wehte leicht und wirbelte mir meine langen Haare um die Schultern. Ich blickte über den Horizont und versuchte meine Gedanken zu sammeln, was nicht gerade leicht war, wenn eine der Hauptpersonen in meinem ganzen Schlamassel neben mir stand.

Ich brauchte Ash nicht anzusehen, ich wusste einfach, ich konnte spüren, dass er nur einen halben Meter von mir entfernt war. Und ich konnte auch spüren, dass er es am liebsten nicht wäre.

Wir standen auf der Aufsichtsplattform des Fernsehturms, hundertsiebzig Meter über dem Boden, und schwiegen uns an. Er hatte mir heute Mittag eine kurze, knappe, aber dennoch ausdrucksstarke Nachricht geschrieben.

17 Uhr, Fernsehturm

Der einzige Grund, warum wir hier standen, war unsere Artikelreihe. Sonst hätte Ash mich bestimmt nie wieder angesprochen. Er war gestern einfach abgehauen. Nicht einfach vor mir, nein, er hatte die Party verlassen. Meine Schwester hatte sich in ihrem Zimmer verbarrikadiert, als ich kurz nach ihr auch zu Hause ankam und versuchen wollte, mit ihr zu sprechen. Chase hatte mir nur gesagt, dass wir ein anderes Mal darüber reden würden. Er hatte enttäuscht geklungen, aber nicht unbedingt traurig. Matt und Ana hatten mich zur Sau gemacht, was zum Teufel denn in mich gefahren sei.

Was zum Teufel *war* eigentlich in mich gefahren?

Ich konnte blöderweise nicht einmal dem Alkohol die Schuld in die Schuhe schieben. Denn ich war noch voll und ganz bei Sinnen gewesen.

War Chase schuld? Weil ich mich irgendwie an ihm rächen wollte, dafür, dass er offensichtlich diese Jane interessanter fand als mich?

Nein, das war es auch nicht.

Weil ich tief in mir drin irgendwie wusste, dass das Knistern zwischen Chase und mir nur kurzzeitig war. Nur Spaß. Ein bisschen Spannung in meinem öden Leben. Ein Testen unserer Grenzen. Eine körperliche Anziehung und eine Freundschaft. Aber keine Liebe.

Ich sah zu Ash rüber, der ausdruckslos die Aussicht bestaunte. Und was war das bitte mit ihm? Er hatte mich schließlich geküsst.

Nachdem ich ihn mehr oder weniger dazu verleitet hatte.

Er hatte es auch gewollt. So wie ich. Denn das konnte ich nicht verleugnen. Chase hin oder her, mein Kopf und mein Körper hatten gestern auf Ash reagiert wie auf keinen Kerl vor ihm. Und er hatte auch auf mich reagiert.

So hatte es gestern zumindest gewirkt. Warum er plötzlich verschwunden war, was er *verstanden hatte*, checkte ich immer noch nicht.

Er hatte kein Wort über gestern verloren, eigentlich hatte er generell kein Wort verloren, nicht einmal begrüßt hatte er mich. Als ich zum Fernsehturm gekommen war, hatte er draußen schon mit den Tickets auf mich gewartet. Er trug eine Sonnenbrille, die er nicht einmal im Aufzug nach oben abnahm.

Plagte ihn irgendwie das schlechte Gewissen? Bereute er, was gestern passiert war?

Bereute ich es?

Klick.

Ich blickte zur Seite und sah Ash mit seiner Profikamera, die auf mich gerichtet war. Na danke auch. Sicher ein tolles Foto von mir, auf dem ich grimmig durch die Gegend sah.

Er ging einige Schritte von mir weg und machte Aufnahmen von der Aussicht, der Plattform und noch einmal von der Aussicht. Dann stellte er sich wieder neben mich, sagte aber immer noch keinen Ton.

»Wirklich unglaublich spannend hier oben«, gab ich gelangweilt von mir. Ich hatte selten etwas so Uninteressantes ausprobiert, wie hier oben zu stehen. Vor allem, da ich mich kein bisschen traute, näher ans Ende der Plattform zu gehen, um hinunterzusehen, weil mir allein bei dem Gedanken schon schwindelig wurde.

»Du kannst bis zum See schauen«, sagte er leise neben mir und zeigte auf eine glitzernde Fläche in der Ferne. Ich folgte seinem Blick und bekam auf der Stelle Herzrasen. Er meinte den See vom letzten Wochenende. Wo er versucht hatte, mich zu küssen. Wo ich ihn abgewiesen hatte.

Wieso hatte ich ihn gestern nicht abgewiesen?

Was war in der Zwischenzeit passiert? Wie hatte ich nur meine Schwester so sehr verletzen können?

»Trotzdem. Tote Hose hier oben.« Ich war nicht von dieser *Attraktion* überzeugt. Gar nicht. »Vielleicht rettet das Essen ja den Gesamteindruck«, murmelte Ash, und ich sah ihn an.

»Essen?« Er wollte doch nicht allen Ernstes hier mit mir essen? Die Stimmung war eh schon so unglaublich unbehaglich, die würde durch einander gegenübersitzen und sich anschweigen bestimmt nicht besser werden!

Ash nickte nur, ohne mich anzusehen. Seine desinteressierte und abweisende Art stach mir ins Herz. Ich konnte mir aber nicht erklären wieso. Er war schließlich nicht mein Freund. Ich wollte nicht einmal, dass er mein Freund wurde. Ich wollte ... Ach, keine Ahnung.

»Ich habe einen Tisch reserviert«, sagte er und drückte sich vom Geländer ab.

Fragend hob ich eine Augenbraue und blickte zu ihm. Er vermied es, mich anzusehen. Also so richtig anzusehen.

»Okay?« Ich löste meinen Griff vom Geländer und ging mit leicht wackeligen Beinen Richtung Tür, die wieder nach innen führte. Das Restaurant befand sich noch ein Stockwerk höher. Ab der Aussichtsplattform bestand der Fernsehturm aus einer riesigen Glaskuppel, weshalb man vom Restaurant aus auch eine wunderbare Aussicht hatte.

Ash ging voraus nach oben und wartete darauf, dass ein Kellner kam und uns zu unserem Tisch führen würde.

»Ich habe reserviert – auf Hamilton«, sagte er ruhig zu einer dunkelhaarigen Kellnerin, die uns freundlich anlächelte und uns bat mitzukommen. Wir bekamen einen Tisch für zwei, direkt an der Fensterfront, was mich einmal tief durchatmen ließ. Ich durfte einfach nur nicht nach unten sehen. Ash schob mir den Stuhl zurecht, aber das lag wohl eher daran, dass er vor den anderen Gästen als höflicher Gentleman rüberkommen wollte.

Als er sich mir gegenübersetzte, widmete er sich sofort der Speisekarte.

Nein, das hier würde nie im Leben das merkwürdigste Abendessen ever werden. Nein, auf keinen Fall.

Leise seufzend schnappte ich mir die andere Speisekarte und schlug sie auf. Allein die Vorspeisen waren mir eigentlich zu teuer. Na ja, wenn es wirklich so fantastisch schmeckte, wie behauptet wurde, dann würde es sich wohl lohnen.

»Was willst du?«, hörte ich Ash fragen und hob meinen Blick. Er sah immer noch in seine Speisekarte.

»Reden«, lautete meine Antwort, und Ash sah mich jetzt endlich an.

»Und worüber?« Meine Güte, der Junge machte es mir wirklich nicht leicht.

»Über gestern.«

»Ich wüsste nicht, was es da zu reden gibt«, versuchte er abzublocken und senkte seinen Blick wieder auf die Speisekarte.

»Ash, bitte ...«, flehte ich ihn an. Seufzend legte er die Karte beiseite und sah mich an.

»Dann los. Rede.«

Ich holte noch einmal tief Luft und versuchte meine Gedanken zu sortieren. Was genau wollte ich ihm eigentlich sagen?

»Gestern, das war ein Fehler.« O Gott, das klang wie aus einer schlechten Schnulze, und in etwa genauso sah Ash mich an: mit hochgezogener Augenbraue und total genervt.

»Wir hätten ... *ich* hätte Brooke das nicht antun dürfen.«

»Es geht dir also nur um Brooke?«, fragte er mich, als er sich leicht nach vorn beugte.

Etwas verwirrt sah ich ihn an. »Ja, natürlich. Sonst geht das doch niemanden etwas an.«

»Ich hatte das Gefühl, dass du dir wegen noch jemandem Gedanken gemacht hast.« Er lehnte sich wieder zurück und verschränkte die Arme vor der Brust. Abwehrhaltung. Okay ...

»Von wem redest du?«

»Wie wär's mit Chase? Deinem ach so großen Schwarm?« Seine Stimme triefte vor Sarkasmus.

Das störte ihn also. In meinen Mundwinkeln zuckte es.

»Willst du mir damit sagen, dass du eifersüchtig bist?«

»Babe, ich muss nicht eifersüchtig sein. Ich kann jede haben, die ich will.«

Er konnte mich mal kreuzweise! Aus diesem Jungen sollte noch irgendwann einer schlau werden. War das gestern wirklich alles nur gespielt?

»Es ist okay, wenn du Chase eifersüchtig machen wolltest. Ist mir eigentlich relativ egal, war ja sowieso nur ein bisschen Spaß.«

Gerade als ich ihm antworten wollte, kam die Kellnerin und er bestellte sein Essen, aber ich bekam überhaupt nichts mit, sondern konnte nur daran denken, dass mir das gestern wieder einmal viel mehr bedeutet hatte als ihm. Was lief in meinem Leben eigentlich schief?

Ich hatte gestern nicht eine Sekunde an Chase gedacht, als ich mit Ash zusammen war.

Nur würde ich ihm das nicht sagen. Die Genugtuung wollte ich ihm nicht geben.

Außerdem war das gestern eine einmalige Sache gewesen. Etwas, was mir nicht wieder passieren durfte.

»Sadie, die Dame wartet«, riss Ash mich plötzlich aus meinen Gedanken. Die Kellnerin stand abwartend da. Sollte ich überhaupt etwas bestellen oder sollte ich einfach aufstehen und gehen?

Mir hätte die zweite Variante eindeutig besser gefallen, doch das hätte die Sache zwischen Ash und mir nur noch komplizierter gemacht, und wir mussten irgendwie noch dieses verdammte Projekt über die Bühne bekommen.

»Ich nehme das Kartoffelgratin und die mit Speck umhüllten Bohnen mit Lavendelsoße.«

Die Kellnerin ging und ich war wieder allein mit Ash. Ich setzte ein gekünsteltes Lächeln auf.

»Du hast recht, ein bisschen Spaß muss sein. Ich bin froh, dass du das verstehst.« Er sah mich immer noch ausdruckslos an. »Nur wird das trotzdem nicht wieder vorkommen, der Spaß sollte nicht meiner Schwester schaden.«

»Da hast du aber früh dran gedacht«, kommentierte er, und ich dachte, dass ich vorhin doch einfach hätte gehen sollen.

Die Kellnerin kam und schenkte uns Rotwein ein, den Ash für uns bestellt hatte.

Irgendwie war mir die Luft ausgegangen. Ich nahm müde einen Schluck vom Wein und sah Ash an, der seinen Blick nach draußen gerichtet hatte. Ich konnte sogar von der Seite das Blau in seinen Augen erkennen, und Erinnerungen an gestern blitzten vor meinem geistigen Auge auf. Wie dieses Blau auf mich gerichtet war. Wie dieses Blau flirtend strahlte. Wie dieses Blau mich wollend auffraß.

War das wirklich einfach Spaß gewesen?

»Das ist praktisch«, sagte Ash leise. »Wenn man nicht weiß, über was man mit seinem Date reden soll, kann man einfach die Aussicht betrachten und sich darüber unterhalten.«

»Wie tiefgründig.« Wollte er damit was Bestimmtes andeuten?

Er zuckte nur mit den Schultern, und ich wagte auch einen kurzen Blick nach draußen. Die Aussicht war eigentlich echt klasse. Nur konnte ich mich nicht wirklich darauf konzentrieren. Der Knoten in meinem Bauch unterdrückte jegliche anderen Gefühle.

Nach einigen Minuten unangenehmer Stille kam die Kellnerin schon mit unserem Essen. Die kurze Wartezeit war definitiv ein Pluspunkt. Ich blickte auf den Teller vor mir und verspürte nur minimalen Hunger.

»Guten Appetit«, murmelte Ash und fing an zu essen. Innerlich stöhnend tat ich es ihm gleich.

»Was machen wir als Nächstes?«, fragte er plötzlich und trank von seinem Wein. Ich wusste, dass er auf die Artikelreihe anspielte, aber ich sah in der Frage definitiv eine tiefere Bedeutung.

»Ich weiß nicht«, sagte ich deshalb nur. Ash warf mir über den Tisch einen undefinierbaren Blick zu. Wieso verdammt konnte ich einfach nichts darin erkennen?

»Wie wär's mit etwas ganz Neuem, etwas, was wir bis jetzt noch gar nicht erwähnt haben?«

Er hatte meine Neugierde geweckt, und ich wartete darauf, dass er weitersprach.

»*The Ink*«, sagte er leise und sah mich eindringlich an. Ich wusste sofort, was er meinte. Ich hatte mir im *Ink* meine beiden Tattoos stechen lassen.

»Und einer von uns lässt sich ein Tattoo stechen?«, fragte ich.

»Beide«, sagte er leise, und ich konnte die Herausforderung in seiner Stimme hören.

Beide? Wollte ich jetzt schon ein nächstes Tattoo? Wollte ich überhaupt noch eins? Hatte ich eine Idee für ein Tattoo, das mir auch noch etwas bedeuten würde?

»Wie wär's mit einem Piercing?«, schlug ich deswegen vor. Ein anzügliches Grinsen huschte über sein Gesicht, und bevor er etwas erwidern konnte, schnitt ich ihm das Wort ab. »Nein, nicht *solche* Piercings!«, sagte ich bestimmt. Perversling, echt.

Ash grinste jetzt noch breiter. »Ich habe gar nichts gesagt.«

»Brauchst du auch nicht.« Ich aß weiter und musste zugeben, dass es wirklich fantastisch schmeckte. Und dann dachte ich daran, wo ich mir ein Piercing machen lassen würde. Wahrscheinlich einfach ein paar mehr in meinem Ohrläppchen oder am Rand des Ohrs hinauf. Ein Bauchnabelpiercing hatte ich mir nie gewünscht. Die Nase kam gar nicht infrage. Zunge erst recht nicht!

»Ich habe einen Vorschlag«, riss Ash mich aus meinen Gedanken. »Wie wär's, ich lasse mir ein Nippelpiercing machen, darf aber im Gegenzug ein Motiv für dein Tattoo auswählen. Du entscheidest selbst, wo es sein soll.«

»Du spinnst wohl«, sagte ich trocken, obwohl mir ganz warm wurde beim Gedanken, Ashs trainierten Oberkörper begaffen zu können, während der Tätowierer ihm höllische Schmerzen zufügen würde.

»Du wirst langweilig«, sagte er und wiederholte meinen Satz vom letzten Wochenende. Sofort zuckten alle meine Nerven in mir aufgrund dieser Provokation, und ich bekam Lust, seinen Vorschlag anzunehmen, einfach um ihm zu zeigen, dass ich *nicht* langweilig war!

»Überleg mal! Mein Tattoo bleibt für immer, aber du kannst dein Piercing einfach fünf Minuten später rausnehmen. Und wenn ich dich richtig einschätze, dann hast du schon irgendein abartiges Motiv im Kopf!«

»Mehrere sogar«, meinte er frech, und für einen kurzen Moment schien es, als würde ein wenig Glück in seine Augen zurückkehren. Ich konnte ein leises Lachen nicht unterdrücken.

Nach zwei Sekunden sich gegenseitigen Anstarrens wurde es wieder komisch. Es war ... falsch. Plötzlich hatte ich ein schlechtes Gewissen, als dürfte ich jetzt nicht einmal mehr mit Ash Spaß haben.

»Na ja, wir haben ja noch ein paar Tage Zeit, es uns zu überlegen«, sagte ich und versuchte Zeit zu schinden.

»Du brauchst nicht zu überlegen, du weißt jetzt schon, dass du es machen wirst«, stellte er fest. Er hatte mich durchschaut. Oder, nun ja, ganz sicher war ich mir noch nicht, aber ich war nah dran, zuzusagen. Einfach weil ich Ash diesen Triumph nicht gönnte, dass ich mich etwas nicht traute.

Deswegen erwiderte ich nichts, sondern sah nur in seine unergründlichen Augen, mit denen er mich genau musterte. Ich konnte es nicht verleugnen, ich liebte diese Augen. Nein, nicht wegen der klischeehaften blauen Farbe, sondern wegen der Ausdrucksstärke, der Kraft, die darin lag.

Mein Blick schweifte ein wenig nach unten, und für den Bruchteil einer Sekunde betrachtete ich seine Lippen, die er gestern noch begierig auf meine gelegt hatte.

Mein Herzklopfen beschleunigte sich, und ich wandte den Blick ab, als mir eine Idee kam.

»Wie wär's, wenn du zusätzlich zum Nippelpiercing auch ein Augenbrauenpiercing bekämst?«

»Na, jetzt wollen wir mal nicht übertreiben«, versuchte Ash gleich abzuwiegeln. Aha.

»Macht da etwa jemand einen Rückzieher?« Ich sah ihn amüsiert an. Wenn er mich zu einem neuen Tattoo überreden wollte, musste er schon bereit sein, auch etwas dafür zu geben. Ich sah, wie er innerlich mit sich rang.

»Also gut. Ich mache mir nur ein Augenbrauenpiercing. Dafür stelle ich dir zwei Motive zur Auswahl, und du darfst dich entscheiden, welches du machen möchtest. Deal?«, machte er seinen Vorschlag.

Ich überlegte kurz. »Nur noch eine Bedingung: Du suchst dir keine zwei beschissenen Motive aus.« Das entlockte ihm ein Lächeln.

»Okay«, stimmte er schlicht zu, und ich streckte ihm meine Hand entgegen.

»Deal«, sagte ich und er schlug ein, um unseren Pakt zu besiegeln. Ein Schauer durchlief mich, als wir uns berührten. Und am liebsten hätte ich seine Hand noch ewig festgehalten. Mir schien, als würde Ash auch zögern, sie wieder zu sich zu ziehen. Aber das ergab doch keinen Sinn, oder?

Ich ließ seine Hand los, nahm meine Gabel und aß weiter. Dann sah ich zu Ash, der leicht grübelnd in seinem Essen stocherte.

Was würde ich darum geben, seine Gedanken lesen zu können.

Irgendwie brachten wir das Essen hinter uns und machten uns wieder auf den Weg nach unten. Die Fahrt mit dem Aufzug dauerte zwar nicht lang, aber wir verbrachten sie in Schweigen. Irgendwie war alles gesagt. Es war nicht mehr so eine extrem drückende Stille, wie sie es zu Beginn unseres kleinen Ausflugs gewesen war, trotzdem war diese Stille noch weit davon entfernt, wieder so unbeschwert und einträchtig zu sein, wie sie es schon einmal war.

Unsere Motorräder parkten nicht weit voneinander entfernt, und ich zerbrach mir bereits den Kopf, wie zum Geier wir uns verabschieden sollten. Umarmung? Völlig unangebracht. Einfach nur winken? Irgendwie auch doof. Händeschütteln? Es war erschreckend, dass mir diese Möglichkeit überhaupt durch den Kopf ging.

»Tja, wir sehen uns vermutlich«, begann ich und hätte mir innerlich gegen die Stirn klatschen können. Was war das denn bitte für ein bescheuerter Satz? Natürlich sahen wir uns wieder.

»Mach doch nicht so ein Drama aus der Situation.« Seine Augen sprühten vor Belustigung. Und ich hätte mich wieder ohrfeigen können. Er hatte recht, ich benahm mich wie ein Kindergartenkind.

»Also dann nächsten Freitag im Tattoostudio?«, fragte ich stattdessen, ohne auf seinen Kommentar einzugehen.

»So sieht's aus.« Wir waren an meiner Maschine angekommen, und ich entsperrte das Schloss, mit dem ich meinen Helm befestigt hatte Ash blieb stehen und beobachtete jede meiner Bewegungen. Irgendwie fühlte ich mich unbehaglich dabei. Was wollte er denn noch hier? Wir hatten uns doch gerade verabschiedet, oder?

Ich stieg auf meine Maschine und sah noch einmal zu ihm.

»Bis dann!«, verabschiedete ich mich doch noch mal, bevor ich davonbrauste.

16

»Also eigentlich war dein Rumgeknutsche mit Ash ein Geniestreich«, murmelte Matt neben mir, und ich sah ihn erstaunt an. Das waren ganz neue Töne von ihm. Er und Ana hatten mir die letzten Tage sehr deutlich zu verstehen gegeben, dass sie mein Verhalten auf der Party einfach nicht verstanden und erst recht nicht billigten. Sie warteten außerdem immer noch auf eine Erklärung von mir, aber die ließ auf sich warten. Ich konnte es mir ja nicht einmal selbst erklären.

Es war Mittwoch, und wir hatten die wöchentliche Redaktionssitzung. Michael hatte uns gerade erzählt, dass er für Freitag die Auflage für die Schülerzeitung um zweihundert Stück erhöhen würde, da so viele verkauft wurden. Anscheinend hatten Ashs und meine Artikel sich rumgesprochen und waren sehr gut angekommen.

Mir war natürlich durchaus bewusst, warum so viele plötzlich über die Zusammenarbeit von Ash und mir etwas wissen wollten. Ich war rot angelaufen und hatte mich nicht getraut, Ash anzusehen. Schon die ganze Woche waren wir das Gesprächsthema der Schule gewesen. Mir war es eigentlich egal, was andere über mich sagten oder dachten, aber Brooke tat mir leid. Ich hatte sie wirklich vor allen bloßgestellt.

»Warum?«, flüsterte ich zurück.

»Na ja, sieh mal, wie viele Zeitungen diese Woche noch gekauft wurden. Die wollen alle euren Artikel lesen, weil sie sich dadurch wahrscheinlich einige schmutzige Details erhoffen«, mutmaßte mein bester Kumpel. Irgendwo hatte er womöglich recht. Allerdings fühlte ich mich dadurch noch billiger. Als ob ich nur mit Ash rumgemacht hätte, um den Erfolg der Schülerzeitung zu fördern.

Das war andererseits natürlich eine Eins-A-Ausrede für das Ganze.

»Das bedeutet für alle von euch, dass ihr weiterhin an der Qualität eurer Artikel arbeitet«, hörte ich Michael weiterreden. »Dass so viele unsere Zeitung lesen, wollen wir natürlich ausnutzen, damit es weiterhin so bleibt. Auch nachdem die Artikelreihe von Sadie und Ash fertig ist.« Einstimmiges Gemurmel war zu hören. Das hier war eine einmalige Chance für die Schülerzeitung, sich so richtig zu etablieren.

»Matt, diese Woche brauchen wir Spielberichte sowohl vom Basketball als auch vom Footballspiel, verstanden?« Matt nickte und stöhnte in dem Moment, als Michael den Kopf abwandte, um Alice Anweisungen zu geben.

»Toll, ich habe diese Woche keinen einzigen freien Abend …«

»Och, Kleiner«, zog ich ihn auf. »Wenn du magst, gehe ich morgen mit dir zum Footballspiel.«

»Würdest du das machen?«

»Natürlich.« Einen tollen Abend mit meinem besten Kumpel zu verbringen, das war genau das, was ich brauchte. Und Matt konnte die Unterstützung auch gebrauchen. Er musste nach dem Spiel ja den Artikel noch fertigstellen, damit er Freitag früh gedruckt werden konnte. Heute Nachmittag hatte er erst einmal Schicht im Café, und dann war das Basketballspiel.

Armer Kerl.

»Sadie, Ash, noch zu mir bitte«, wies Michael plötzlich an, und ich sandte Matt einen genervten Blick. Ich stand auf und kam so ziemlich gleichzeitig mit Ash bei ihm an; keiner von uns sagte etwas zu dem anderen.

»Super Artikel«, fing Michael an. Wir hatten Sonntag gemeinsam den Artikel über den Fernsehturm geschrieben – jedoch auf OneDrive. Wir hatten beide Zugang zum Artikel und konnten währenddessen miteinander chatten, um zu diskutieren, wie wir ihn gestalten würden. So hatten wir es geschafft, unsere Arbeit zu erledigen, ohne uns zu sehen.

Das war übrigens meine brillante Idee gewesen.

»Aber«, kam es von unserem Redakteur. »Es scheint nicht so, als wärt ihr vom Fernsehturm sonderlich begeistert, oder?«

»Es war auch unglaublich langweilig«, platzte es aus mir heraus.

»Das Essen war immerhin wirklich fantastisch, das haben wir in dem Artikel auch gelobt«, meinte Ash, und zum ersten Mal heute warf ich ihm kurz einen Blick zu.

»Okay, okay …« Michael verschränkte kurz die Arme und überlegte. »Okay, dann geht das so in Ordnung. Die Artikel müssen ja eigentlich nicht rosarot sein. Das wäre nicht realistisch, aber dieser Artikel ist sehr realistisch. Ihr verkauft den Fernsehturm zwar nicht besonders gut, das ist allerdings nicht euer Problem«, grübelte Michael laut weiter, und ich merkte, wie mir ein

Stein vom Herzen fiel. Ich hatte keinen Bock, den ganzen Artikel neu zu schreiben.

»Was plant ihr als Nächstes?«, wollte er daraufhin natürlich noch wissen.

»Wir gehen ins *Ink* und lassen uns ein Tattoo und ein Piercing machen«, erläuterte Ash, und ich merkte sofort, wie ich ganz hibbelig wurde. Es lag in Ashs Hand, was ich mir als Nächstes unauslöschlich – fast zumindest – auf meinen Körper eingravieren lassen würde. Mir wurde beim Gedanken schon ein wenig schwummrig.

Michael erwiderte nichts darauf, und nervös richtete ich meinen Blick auf ihn. Irgendwie hoffte ich, dass er sagen würde, dass das eine ganz, ganz schlechte Idee sei. Irgendwie hoffte ich aber auch, dass er sie absegnen würde. Dann bemerkte ich seinen Blick, wie er uns abwechselnd ganz stolz ansah.

»Ich bin sprachlos«, brachte er hervor. »So viel Engagement für einen Artikel! Deswegen wirken eure Artikel auch so authentisch! Ich bin begeistert!«

Wenn er wüsste, dass das alles nur eine blöde Abmachung zwischen Ash und mir war ... Michael war jedoch so begeistert, also ließ ich ihn in dem Glauben, dass wir beide einfach hypermotiviert waren. Letztendlich war es ja auch egal, Hauptsache, die Artikel wurden gut.

»Das war's auch schon von meiner Seite. Ich erwarte euren Artikel wieder nächsten Dienstag!« Michael begann, seine Unterlagen zusammenzupacken, und Ash und ich gingen nach draußen.

»Ich habe den Termin am Freitag klargemacht«, teilte er mir mit. Mir schnürte es die Kehle zu, und ich konnte nur nicken. Jetzt gab es kein Zurück mehr.

»Nervös?«, fragte er mich mit einem neckenden Unterton in der Stimme.

»Ich wäre nicht annähernd so nervös, wenn ich dir mehr vertrauen könnte«, gab ich zurück, ohne wirklich darüber nachzudenken.

Ash blieb abrupt stehen und sah mich an. Ich hatte das Gefühl, einen Hauch von Traurigkeit in seinen Augen erkennen zu können.

»Ich dachte, egal was ist, dass wir uns bei wichtigen Sachen auf den anderen verlassen können.«

Überwältigt davon, dass ihm das offenbar so wichtig war, klappte ich meinen Mund auf, aber es kam kein Wort heraus. Er sah mich unverwandt an, und ich wollte meine Hand an seine Wange legen und ihm sagen, dass zwischen uns alles gut war. Dass es wieder so wie früher war.

Doch das war es nicht.

Vertraute ich Ash noch? In manchen Situationen, wenn er absolut kindisch war und nur Scheiße im Kopf hatte, und wenn er sich so von mir zurückzog, hatte ich da so meine Probleme.

Und dann gab es die Momente wie gerade eben, in denen ich das Gefühl hatte, dass er wirklich wollte, dass das mit uns funktionierte. Die Freundschaft. Oder was auch immer.

»Du machst es mir manchmal einfach nicht leicht«, gab ich schließlich fast flüsternd zu. Wir sahen uns in die Augen, wieder einmal. Ich war auf der Suche nach einer Gefühlsregung. War es wirklich Trauer, die ich dort sah? Oder doch einfach nur verletzter Stolz?

Auf einmal hob Ash seine Hand. Ich dachte, er würde mich berühren, mir versichern, dass er sich Mühe geben würde. Stattdessen fuhr er sich nur einmal mit der Hand übers Gesicht.

»Damit werde ich wohl leben müssen.« Er drehte sich um und ging.

»Jetzt reißt euch doch einmal zusammen, verdammte Scheiße!«, schrie Matt neben mir, stand auf und wedelte aggressiv mit den Armen. Er war mehr als nur unzufrieden mit den Leistungen unseres Schulfootballteams. Sie waren grottenschlecht. Die Gegner überrollten sie.

»Ich werde sie in meinem Artikel so was von zur Sau machen!«, zischte Matt und setzte sich wieder hin. Um uns herum waren ähnlich negative Bemerkungen zu hören. Es waren an diesem Abend relativ viele Zuschauer zugegen, was sowohl am guten Wetter lag als auch daran, dass nur noch zwei Heimspiele stattfanden, bevor das Schuljahr zu Ende war.

»Meinst du, sie kriegen dadurch plötzlich Superkräfte?«, fragte ich ihn amüsiert.

»Nein, aber vielleicht wollen sie den anderen dann endlich mal den Arsch ein wenig aufreißen«, grummelte er und fuhr sich durch die schwarzen Locken. Ich lachte und nahm einen riesigen Bissen von meinem Hotdog, den ich halb in mich hineingestopft hatte, als ich auf einmal Blickkontakt mit zwei sehr blauen Augen bekam. Ich biss schnell ab, kaute und kaute und versuchte Ash zu ignorieren, der zwei Reihen weiter rechts vor mir saß. Ich hatte ihn bis jetzt gar nicht bemerkt. Neugierig blickte ich noch einmal zu ihm hin, um zu sehen, mit wem er hier war.

Don. Die gingen schließlich auch in eine Klasse.

Kurz darauf wurde zur Halbzeit abgepfiffen und Matt erhob sich stöhnend. »Ich hol uns Popcorn«, murmelte er und zwängte sich an mir vorbei.

»Bringst du mir eine Cola mit?«, fragte ich ihn noch zuckersüß.

»Alles für dich, Sadie!«, rief er mir noch über die Schulter, während er sich in der bewegenden Menge davonmachte. Ich schluckte den Rest meines Hotdogs und sah über die Zuschauertribüne, die jetzt halb leer war. So schlecht, wie das Spiel war, hätten die ja nicht alle auf die Pause warten brauchen, bevor sie sich was zu essen holten.

Mein Blick blieb an Ash hängen, der auch aufgestanden war und in dem Moment zu mir sah. Es schien, als würde ein kleines Lächeln über sein Gesicht huschen, aber vielleicht war das auch nur Einbildung. Wir hatten seit der Redaktionssitzung gestern nicht mehr miteinander geredet, wieso sollte er mich jetzt also anlächeln?

Ich konnte meinen Blick nicht von ihm abwenden, als er sich plötzlich in Bewegung setzte und auf mich zusteuerte. Ich blickte wie gebannt auf ihn, überlegend, was er wollte, wieso er zu mir kam, mit einem Hauch freudiger Erwartung in mir.

»Hey, Sadie!«, erklang es neben mir, kurz bevor er mich erreicht hatte. Ich drehte perplex den Kopf und sah in Chase' strahlendes Gesicht.

»Äh, hi«, sagte ich verwirrt, stand auf und gab ihm zur Begrüßung eine Umarmung. Als wir uns voneinander gelöst hatten, ließ ich schnell meinen Blick durch die Gegend schweifen.

Ash war weg.

»Wie geht's dir?«, fragte Chase mich und wir setzten uns nebeneinander.

»Gut, denke ich?« Wieso wollte ich gerade lieber, dass Ash neben mir saß?

»Wie lebt es sich als berühmte Schuljournalistin?«, fragte er mich. Es war deutlich, dass er versuchte, ein Gespräch aufzubauen.

Wir hatten uns am Montag wegen der Geschehnisse auf der Party ausgesprochen. Beziehungsweise wir hatten gesprochen. Ich hatte ihm gesagt, dass ich mir nicht erklären könne, wie und warum das mit Ash passiert war. Er hatte mir gesagt, dass er nicht wirklich wisse, was er überhaupt darüber denken solle. Also hatte er vorgeschlagen, dass wir es einfach vergessen sollten.

Dankbar hatte ich zugestimmt, denn was hätte ich ihm bitte schön auch sagen sollen?

Jane hatten weder er noch ich erwähnt, und das störte mich ein wenig. Denn ich wusste immer noch nicht, wo wir standen.

»Es ist ... alles ein wenig durcheinander«, sagte ich vage und schüttelte die Erinnerungen an die Party von mir ab. »Aber es macht Spaß und gibt mir ein sehr befriedigendes Gefühl, dass jemand meine Artikel lesen möchte.«

»Du hast auch wirklich Talent! Es würde mich nicht wundern, wenn mal eine richtige Journalistin aus dir wird. Hast du dir darüber eigentlich schon einmal Gedanken gemacht?« Er sah mich aufrichtig interessiert an.

»Eigentlich nicht.« Ich hatte, ehrlich gesagt, noch gar nicht daran gedacht, was ich nach der Schule machen wollte. Ich hatte auch überhaupt nicht den Nerv, jetzt darüber nachzudenken. All diese Verantwortung ...

»Und du?«, fragte ich Chase. Er legte den Kopf leicht schief und ließ seinen Blick über den Sportplatz schweifen.

»Ich denke, Medizin.«

Uh, la, la, Medizin! Not bad.

»Wow«, meinte ich gedehnt und sah aus dem Augenwinkel, wie Ash an meiner Sitzreihe vorbeiging.

Sich unterhaltend.

Mit einem Mädchen.

Dayna.

Diese kleine, falsche Schlaaaaaaah... was dachte ich da? Erschrocken über meinen eigenen Gedanken, blinzelte ich ein paarmal und versuchte zu kapieren, was Chase mir gerade erzählte.

Dayna war keine Schlange.

Natürlich durfte sie sich mit Ash unterhalten!

Es ging bestimmt eh nur um einen Artikel ... Und verdammt, warum interessierte mich das überhaupt? Es ging mich gar nichts an, mit wem Ash wann redete.

Außerdem lief zwischen den beiden nichts. Also bitte ... Oder?

»Was sagst du dazu?« Chase sah mich abwartend an. Ich hatte nicht den blassesten Schimmer, wovon er gerade gesprochen hatte. Mist!

»Ähm, ja, find ich gut!«, sagte ich und hoffte, er würde vielleicht noch mal ein Detail loswerden. Mir die Blöße geben, ihm zu gestehen, dass ich ihm nicht zugehört hatte, wollte ich nicht.

»Das freut mich! Passt dir dann morgen um sechs Uhr?«

»Oh, morgen ... Das könnte knapp werden. Ich bin noch mit Ash verabredet, und ich weiß nicht genau, wann wir fertig sind.« Schon wieder stand Ash zwischen uns. Ich hatte es so satt. »Ich ruf dich an, okay?«

Chase war ganz offensichtlich nicht davon begeistert, dass Ash wieder einmal schneller gewesen war, aber er nickte.

»Ja, gut. Sag mir einfach Bescheid, wenn ihr fertig seid. Wohin geht es denn morgen?«

Wollte ich es ihm sagen?

»Ins *Ink*«, sagte ich schließlich schlicht.

»In ein Tattoostudio? Da könnt ihr nicht wirklich viel Zeit totschlagen«, erwiderte er skeptisch, und ich wurde ein bisschen rot. Zumindest wurde mir ganz warm. Warum war mir das peinlich? Ich hatte schon Tattoos, und Chase wusste das.

»Wir sind dort irgendwie morgen ... Kunden«, druckste ich herum.

»Ihr lasst euch gemeinsam Tattoos stechen? Dein Ernst?« Chase war fassungslos.

»Er lässt sich nur ein Piercing machen.« Beinahe hätte ich ihm von unserer Abmachung erzählt, aber ich konnte mir gerade noch rechtzeitig auf die Zunge beißen. Wenn er erfahren hätte, dass ich Ash mein Tattoo aussuchen ließ, wäre er sicherlich komplett ausgeflippt und hätte mich endgültig für bescheuert erklärt.

»Ich hoffe, du weißt, was du tust.« Chase sah mich noch einmal forschend an, bevor er aufstand. »Ich höre morgen von dir!«

Ich war selten so nervös gewesen. Meine Hände waren feucht und zitterten. Ich konnte nicht ruhig an einem Fleck stehen, und am liebsten wäre ich weinend nach Hause zu meiner Mummy gelaufen.

Gut, ganz so schlimm war es vielleicht noch nicht, aber es war schon verdammt nah dran.

Ich stand jetzt seit bestimmt fünf Minuten in der Nähe des *Ink*, um eine Ecke, sodass Ash nicht sehen würde, wie ich mir hier beinahe in die Hose machte.

Er hatte mir geschrieben, dass er schon dort sei und ich einfach reinkommen solle.

Noch könnte ich abhauen. Und als Feigling dastehen. Was ich natürlich absolut nicht wollte.

Also holte ich noch einmal tief Luft, um meine Nerven ansatzweise zu beruhigen, und ging um die Ecke. Als ich die Tür zum Studio öffnete, bimmelte eine helle Glocke. Ash und ein anderer Kerl, der ungefähr vom Haaransatz bis zu den Zehenspitzen tätowiert war, blickten auf und sahen mich an.

»Das ist also deine Kleine«, kommentierte der Typ mit einem anzüglichen Grinsen.

»Ich bin niemandes ›Kleine‹«, fauchte ich ihn an. Mit meinen überstrapazierten Nerven sollten sich die Jungs heute nicht zu viel erlauben, sonst würde ich meine Krallen ausfahren.

Der Kerl grinste nur noch breiter, sah Ash an und zeigte mit dem Daumen auf mich. »Ich mag sie.«

»Ich wäre vorsichtig bei dem ersten Eindruck.«

»Hahaha, können wir es jetzt bitte hinter uns bringen?« Ich war dermaßen genervt, aber eigentlich nur, weil ich meine Anspannung überspielen wollte.

»Klar, ihr könnt den Raum hinten haben.« Der Typ zeigte hinter sich und war schon wieder in sein Handy vertieft. Ash ging zielstrebig in den Raum und ich folgte ihm ein klein wenig verwirrt.

»Warum kommt er nicht gleich mit?«, wollte ich von Ash wissen, der mir seine Kamera überreichte. Ach ja, stimmt. Beweismaterial.

»Er kommt gleich nach.« Ash hantierte mit irgendetwas rum.

»Ash, lass die Finger davon, das darfst du doch bestimmt überhaupt nicht anfassen!«, flüsterte ich eindringlich und konnte gerade noch den Impuls unterdrücken, ihm auf die Finger zu hauen. In dem Moment wurde der Vorhang auf die Seite geschoben und der Kerl von gerade eben kam rein. Er rieb sich die Hände.

»Du bist der Erste, Ash, oder?«

»So sieht's aus.« Gelassen setzte sich Ash auf den riesigen gepolsterten Stuhl und lehnte sich entspannt zurück.

»Du willst immer noch ein Augenbrauenpiercing?«, stellte der Tätowierer noch mal sicher, bevor er ihm irgendein Loch verpasste, das er gar nicht haben wollte.

Ich stand nur in der Ecke und kaute auf meiner Unterlippe herum.

»Moment mal!«, rief ich aus und trat vor Ash. »Wir brauchen Vorher-nachher-Bilder.« Ich zeigte mit der Kamera auf ihn und schoss ein paar Fotos, auf denen er ungelogen wie ein Model aussah. Was ich ihm natürlich nicht sagen würde. Ich verzog mich wieder in meine Ecke.

Der Tattoo-Typ holte erst einmal einen Spiegel, reichte ihn Ash und fragte ihn, wo genau er das Piercing haben wolle. Er überlegte nicht lange, zeigte auf seine rechte Augenbraue und dann ging es los. Der Kerl desinfizierte die Augenbraue und zeichnete zwei schwarze Punkte drauf – für den Ein- und Austrittspunkt. Er schnappte sich die Piercingzange und fixierte sie an Ashs Augenbraue.

Mir wurde fast schwindelig. Das musste doch verdammt wehtun? O Gott! Und ich musste jetzt noch Fotos davon schießen?

Als der Tattoo-Typ die riesige Nadel mit dem Überzug hervorholte, wäre ich fast schreiend davongelaufen. Die konnte er doch nie und nimmer durch die Haut bekommen!

Irgendwie beruhigte es mich ein klein wenig, dass ich das Ganze durch die Linse der Kamera betrachten musste, so wirkte es nicht ganz so echt.

»So, jetzt geht's zur Sache«, plauderte der Kerl, und Ash sah mich verschmitzt an. Ich klickte los, und in dem Moment stach der Piercer die Nadel durch die Haut und der Überzug blieb im Kanal sitzen. Ash hatte kaum mit der Wimper gezuckt und grinste jetzt noch breiter, obwohl sein rechtes Auge zu tränen anfing. Ich atmete erleichtert aus und bemerkte, dass ich die ganze Zeit die Luft angehalten hatte. Mein eigenes Tattoo war plötzlich total in den Hintergrund gerückt.

Wie bei den meisten Piercings, bekam auch Ash erst einmal einen medizinischen Standard-Schmuck reingesteckt, bis die Wunde komplett verheilt war und er ihn austauschen konnte. Vorsichtig zog der Tattoo-Typ den Überzug raus, wischte die Stelle noch einmal ab und wirkte sehr zufrieden mit seiner Arbeit.

Das Ganze hatte weniger als zwei Minuten gedauert!

Ash bekam den Spiegel in die Hand gedrückt und konnte sein neu erworbenes Piercing begutachten, während der Tattoo-Typ die Sachen wegräumte.

»Na, Babe, was sagst du? Bin ich jetzt noch unwiderstehlicher?«, fragte mich Ash und sah zu mir. Ich sagte nichts, stellte mich aber vor ihn, um ein Nachher-Foto zu schießen.

»Vielleicht solltest du dir noch das Auge abwischen, sonst formuliere ich den Artikel so, dass du wie ein Baby geflennt hast, und benutze dieses Foto als Beweis.«

Ash nahm das Papiertuch entgegen, das Tattoo-Typ ihm reichte.

»Ich überlasse euch den Raum«, meinte dieser und verschwand hinter dem Vorhang.

Ich starrte den Vorhang an, der sich noch leicht bewegte, und dann wieder zurück zu Ash, der inzwischen aufgestanden war und schon wieder an den Instrumenten werkelte.

»Wieso lässt der uns allein?« Ich war komplett verwirrt. »Krieg ich doch kein Tattoo?«, fragte ich, während Hoffnung in mir aufkeimte, die jedoch schlagartig mit Ashs nächstem Satz zerstört wurde.

»Doch. Und zwar von mir.« Ash lächelte mich seelenruhig an, während mir das Blut in den Adern gefror. Ich sollte mir von Ash ein Tattoo stechen lassen? Mich ihm komplett ausliefern?

»Nur über meine Leiche«, brachte ich hervor.

»Wo ist das Problem? Du darfst dir das Motiv doch aussuchen. Mehr oder weniger zumindest.«

»Nein, *du* bist das Problem! Du kannst mir doch kein Tattoo stechen!«

»Und wie ich das kann. Ich mach das seit einiger Zeit.« Ash zeigte auf seinen linken Unterarm, der über und über tätowiert war. »Das war mein erstes«, erklärte er mir stolz. Dann zeigte er auf eine andere kleine Abbildung. »Und das habe ich danach entworfen und mir selbst gestochen.« Kurz überlegte er und fügte schelmisch hinzu: »Das war zwar nicht ganz legal, so unter achtzehn, aber ich kannte den Inhaber von einem Studio«, erklärte er mir zwinkernd. »Und nachdem ich unzählige Übungshäute tätowiert habe, steche ich auch andere und entwerfe Tattoos.« Ich war fassungslos. Ich hatte keine Ahnung gehabt. »Wenn ich deine Zweifel dann ausgeräumt habe, darfst du dich setzen und dir dein Tattoo aussuchen.« Der Kerl war so zufrieden in seiner aktuellen Position, dass er das fette Grinsen in seinem Gesicht überhaupt nicht abstellen konnte.

»Das hättest du mir verdammt noch mal auch früher sagen können!«

»Wozu? Damit du einen Rückzieher machst?« Ash sah mich mit hochgezogener Augenbraue an. Ich setzte mich auf den Stuhl. Da uns der Typ allein gelassen hatte, ging ich davon aus, dass er Ash kannte.

»Wehe, du versaust das Tattoo!«, warnte ich ihn.

»Keine Sorge, wie du siehst, habe ich noch nicht mal mein erstes Tattoo versaut, geschweige denn das gefühlt zweitausendste«, beruhigte er mich zwinkernd. Er zog aus seiner hinteren Hosentasche ein gefaltetes Blatt Papier heraus, das er mir reichte. »Viel Spaß beim Wählen.« Ich warf ihm einen mörderischen Blick zu, entfaltete das Papier und bekam beinahe einen Herzinfarkt.

»Das ist nicht dein Ernst!«, fuhr ich ihn an. Er hatte doch eiskalt ein Herz entworfen, in dem groß *Ash + Sadie* prangte. Aus welchem Kindergarten war er bitte ausgebüxt? Das zweite Tattoo war auch nicht viel besser. Es zeigte eine Kleinkindzeichnung von einer Wiese und Blümchen. »Du spinnst doch komplett! Du hast mir versprochen, dass es nicht zu schlimm wird!« Ich funkelte ihn wütend an.

»Sadie, das *ist* die weniger schlimme Auswahl. Ich hatte erst mit dem Gedanken an Babybildern von mir gespielt.« Nicht mehr lange, und ich würde ihm sein frisch gestochenes Piercing rausreißen.

»Ich bin kurz davor, dir dieses Blatt Papier ins Maul zu stopfen, so lange, bis du daran erstickst.« Aber Ash ließ sich überhaupt nicht aus der Ruhe bringen, sondern zog einfach aus der anderen Hosentasche noch zwei gefaltete Blätter hervor.

»Bevor du mir hier noch einen Herzinfarkt bekommst, *das* sind die richtigen Zeichnungen«, sagte er und drückte mir die beiden Blätter in die Hand. Misstrauisch und erleichtert zugleich entfaltete ich das erste.

Es war einfach wunderschön.

Er hatte das Tattoo meiner Feder fortgesetzt und ließ die Vögel, die ihr entwichen, immer größer werden.

Ich warf ihm einen kurzen Blick zu und bemerkte, wie er mich nachdenklich musterte. Mit leicht zitternden Fingern entfaltete ich auch das zweite Blatt und mir stockte der Atem.

Dieses hier war einfach perfekt.

I don't give a fuck that you can't stand me, stand dort in wunderschön geschwungener Kalligrafie.

»Adelitas Way?« Ich konnte mir ein Lächeln nicht verkneifen, als ich zu Ash aufblickte.

»Das war mal eine deiner Lieblingsbands.«

Ich konnte es nicht fassen. Er erinnerte sich daran?

»Das ist sie immer noch.« Und das Zitat war einfach perfekt ausgewählt. *My Derailment* war eines ihrer besten Lieder, und die Zeile war einfach treffend gewählt. Sie beschrieb mich.

Und sie beschrieb irgendwie uns.

»Ich weiß nicht, was ich sagen soll«, brachte ich schließlich heraus.

»Du könntest damit anfangen, welches von beiden ich dir stechen soll, damit wir heute noch fertig werden«, schlug Ash neckend vor. Er konnte es einfach nicht lassen.

Ich streckte ihm das Zitat entgegen. »Ich will das hier.« Ash nahm das Papier und legte es auf die Arbeitsfläche.

»Also, Babe.« Er drehte sich zu mir um und setzte sich seine Cap umgedreht auf den Kopf. »Wo soll ich deinen Körper denn verschönern?«, fragte er und nahm mir die Kamera aus der Hand.

Ach ja, da war ja was!

»Am Arsch, quer über die Brust oder …?«, schlug er vor, und da wäre ich fast sofort wieder abgehauen.

»Unterarm.« Ich unterbrach ihn lieber gleich, bevor er noch auf weitere dumme Gedanken kam, und streckte ihm meinen linken Arm entgegen. »Innenseite, Unterarm«, verdeutlichte ich es und sah ihm fest in die Augen.

»Gut, dann einmal bitte schön lächeln!«

Er schoss ein paar Fotos von meinem Arm und von mir, legte die Kamera zur Seite, zog sich Latexhandschuhe über und machte sich an die Arbeit.

Mit Argusaugen beobachtete ich jede von Ashs Bewegungen, um zu sehen, ob er nur ansatzweise Unsicherheit zeigte. Er wirkte aber so sicher, so überzeugt von seinem Können, dass mich eine ungewohnte Ruhe überkam. Er klebte die vorgefertigte Blaupause dort, wo ich hinzeigte, auf meinen Arm und ließ mich die Schablone begutachten. Die Größe und Positionierung sagten mir zu.

»Sicher?«, fragte er mich, und kurz überkamen mich Zweifel. Zweifel, ob ich überhaupt ein Tattoo wollte.

Ich blickte in seine Augen, die ruhig und sicher wirkten, fast schon freudig glänzten.

»Ja«, sagte ich deswegen fest und atmete einmal tief ein. Ash zog sich den rollbaren Hocker heran, setzte sich drauf und rückte den Beistelltisch mit den aufgereihten Utensilien zurecht. Wie sich das gehörte, schüttelte er die Tinte auf und füllte sie ein, woraufhin er erst jetzt die Nadeln aus der Verpackung nahm. Nach wenigen Minuten war alles vorbereitet und Ash sah mich neckisch an.

»Letzte Chance, Sadie.«

»Jetzt mach schon! Damit wir heute noch fertig werden«, ahmte ich ihn nach, und ich freute mich, als ich sah, wie Ash mit sich rang, um nicht zu lachen.

Und schon ging es los. Ash arbeitete konzentriert und beherrscht, ruhig, doch nicht langsam. Am Anfang stach es leicht, dann kitzelte es eher, und an manchen Stellen, wo die Haut besonders dünn war, schmerzte es ein wenig. Ash sprach kein Wort, sah mich nicht an, sondern fokussierte sich voll und ganz auf seine Arbeit.

Ich betrachtete mein Tattoo, und es sah vielversprechend aus. Viel interessanter war es aber, Ash zu beobachten. Er war so nah bei mir, ich konnte einfach meinen Blick nicht von ihm abwenden. Ich musterte seine Gesichtszüge, seine sichtbaren Tattoos, seine kraftvollen Augen, mit denen er kein einziges Mal zu mir sah.

Das Kribbeln in meinem Arm wanderte bis zu meiner Schulter, weiter zu meinem Herz, und ich wusste, dass das nicht am Tattoo, sondern an seiner Berührung lag. Sein betörender Duft hatte sich um mich gelegt, und es war, als würde ich den Schmerz und das unangenehme Ziehen in meinem Unterarm dadurch weniger wahrnehmen.

Verdammt, würde ich es nicht besser wissen, könnte ich fast glauben, dass ich so etwas wie Gefühle für ihn hatte.

»Sag mal, wirst du mich die ganze Zeit so anstarren?«, fragte Ash plötzlich leise, ohne den Blick von meinem Tattoo zu wenden.

Ich spürte das Blut in meinen Kopf schießen. Na toll, so viel zum unauffälligen Anstarren.

»Ich bin einfach immer noch überrascht.«

»Ich weiß, ich überrasche die Menschen immer wieder.« Er sprach mit mir, ohne mich dabei anzusehen, sondern setzte seine Arbeit gleichmäßig fort. Er hatte sich näher über meinen Arm gebeugt, und ich konnte den sanften Atem spüren, der über meine Haut strich und mir eine Gänsehaut bescherte, die ich einfach nicht unterdrücken und noch weniger verbergen konnte.

»Bringe ich dich etwa so sehr aus der Fassung?«

Ich schloss kurz die Augen, weil die Situation einfach so dermaßen peinlich war.

»Nein, es ist nur kühl hier.«

»Mhm.« Er glaubte mir nicht. Fantastisch.

Ich wollte mich zurücklehnen, aber dann würde ich vielleicht nicht jeden Schritt der Entstehung meines Tattoos miterleben, also richtete ich meinen Blick auf Ashs Hände, wie er gerade eben die Konturen der Schrift zeichnete und die bereit waren, später mit schwarzer Farbe gefüllt zu werden.

Seine Hände waren kraftvoll und gleichzeitig so zart und filigran. Eigentlich perfekt fürs Tätowieren. Und für ... Nein, ich wollte jetzt nicht an die Party denken.

Plötzlich wurde der Vorhang zur Seite gezogen und der Tattoo-Typ steckte den Kopf rein.

»Alles klar?«, fragte er leise und kam näher, um sich das Tattoo anzusehen. Er stieß einen kleinen Pfiff aus und nickte anerkennend. »Ash, du weißt, dass du nach deinem Schulabschluss hier einen Platz hast, oder?«

»Denkst du allen Ernstes, dass ich in dieser Bruchbude mein Talent verschwenden möchte?«, feixte Ash.

Der Tattoo-Typ lachte schallend und sein Blick fiel auf die Kamera. »Hey, soll ich euch knipsen?«

Die Fotos hatte ich schon wieder total vergessen!

»Sehr gern«, meinte ich dankbar lächelnd. Der Kerl fing zu fotografieren an, aber Ash ließ sich nicht davon beirren, sondern zeichnete weiter auf meinem Arm. Ich konnte sehen, wie viel Spaß er dabei hatte, und vor allem, was für ein Talent er hatte.

»So, die sollten reichen. Das sind jetzt bestimmt dreißig Bilder«, verkündete der Typ, stellte die Kamera ab und ging wieder.

Zwischen Ash und mir herrschte wieder Stille, dieses Mal war sie wieder angenehm und nicht so wie auf dem Fernsehturm. Ash zeichnete, Strich für Strich, den Umriss meines Lyrics. Also seines Lyrics. Unseres Lyrics? Ich hatte keine Ahnung, wie viel Zeit vergangen war, als er die Umrisse fertig hatte und sich das erste Mal kurz aufsetzte und mich ansah.

»Na, was sagst du bis jetzt?«

»Es ist einfach toll!« Inzwischen war ich voll und ganz von Ashs Künsten überzeugt.

Er stand auf und ging an die Wand, wo auf einem Regal eine Wasserflasche stand. »Willst du auch was trinken?« Ich nickte und er schraubte mir die Wasserflasche auf. Ich ließ meinen tätowierten Arm ruhig liegen und griff mit der anderen Hand nach der geöffneten Flasche, von der ich einige große Schlucke trank, bevor ich sie Ash zurückgab. Es schien ihn nicht zu stören, dass ich bereits aus der Flasche getrunken hatte, denn er setzte an und trank den Rest auf ex aus.

»Konzentrieren macht durstig«, erklärte er, als er sich wieder auf seinen Platz setzte und das Gerät in die Hand nahm. »Bereit für die zweite Runde?«

»So was von«, antwortete ich lächelnd.

»Fertig!«, meinte Ash plötzlich einige Zeit später, und ich sah wieder auf mein neues Tattoo. Es war so wunderschön. Ich könnte nur noch draufstarren, weil es mir einfach so gut gefiel.

»Wow! Danke!« Ich strahlte Ash an.

»Kein Ding.« Er verzog seinen Mund zu einem ehrlichen, offenen Lächeln, das mich mehr freute, als es sollte. »Bleib noch sitzen, ich decke dir das Tattoo noch ab.«

Ich stellte fest, dass ich Ash noch stundenlang einfach beobachten könnte, ohne dass mir langweilig werden würde.

Mit Tattoobutter und Folie in der Hand setzte er sich wieder zu mir und machte sich an die letzten Arbeitsschritte. Sanft rieb er die Creme in meinen Arm ein, und mich durchfuhr wieder ein Schauer.

»Immer noch zu kalt?«, fragte er mich schmunzelnd, und ich überging seine Frage einfach geflissentlich. Was sollte ich auch schon groß sagen? Dass ich auf seine Berührungen abfuhr? Ganz sicher nicht!

Er verband noch meinen Unterarm mit Klebefolie, verharrte für eine klitzekleine Weile zu lange mit seiner Hand auf meinem Arm, stand dann auf und streckte sie mir entgegen. Ich ergriff sie und er zog mich auf meine Beine.

Ein wenig zu fest.

Ich befand mich plötzlich sehr nah vor ihm, er legte den Arm um meine Taille und ich sah zu ihm hoch.

»Ich habe dir ein Tattoo gemacht, wir sind jetzt für immer miteinander verbunden, Sadie. Bis in alle Ewigkeit. Babe«, flüsterte er, und mein Kopf war in dem Moment wie leer gefegt. Er hatte recht. Aber das war mir gerade egal, denn ich konnte nur daran denken, wie nah wir uns schon wieder waren.

Wieso brachte er uns immer wieder in solche Situationen?

»Tja, wer hätte das gedacht?«, versuchte ich meine Gefühle zu überspielen und trat zur Seite, damit Ash mich losließ. Ich holte mein iPhone hervor und sah auf die Uhr.

»Ich muss jetzt los«, sagte ich, obwohl ich mit Chase keine Uhrzeit ausgemacht hatte.

»Sicher, dass du nicht noch irgendwo mit mir ein Bier trinken möchtest?«

Nein, ich war mir nicht sicher. Vor allem nicht, wenn er mich so bezaubernd anlächelte. Trotzdem nickte ich.

»Puh, zum Glück«, kam es jetzt von ihm, als hätte er sich die Antwort erhofft, und ich drehte mich genervt weg. So ein Arsch, echt. Kurz bevor ich den Raum verließ, drehte ich mich noch mal zu ihm um.

»Danke«, murmelte ich. Als er nicht reagierte, war mir in dem Moment alles egal. »Chase wartet, ciao«, sagte ich und sah noch die Reaktion in seinem Gesicht.

He was not amused.

17

Ich rief Chase an, sobald ich aus der Tür draußen war, auch wenn ich irgendwie ein schlechtes Gewissen hatte. Warum auch immer.

»Hey, ich bin jetzt fertig. Wo soll ich hinkommen?«, fragte ich ihn, als er ranging.

»Komm zum Waldrand, auf den Parkplatz«, instruierte er mich.

»Was, damit du mich in einer abgeschiedenen Gegend umlegen kannst?«, erwiderte ich schmunzelnd. Bei dunklen Wäldern kamen mir automatisch immer die schönsten Horrorszenarien in den Sinn.

»Keine Sorge, du hast nichts zu befürchten«, drang Chase' fröhliche Stimme an mein Ohr.

»Ich bin in fünfzehn Minuten da«, sagte ich und legte auf. Inzwischen war ich bei meiner Maschine angekommen. Vorsichtig zog ich meine Lederjacke über die Folie. Es tat etwas weh, aber das kannte ich ja schon von meinen anderen Tattoos.

Ich setzte meinen Helm auf, stieg aufs Motorrad und brauste durch die Straßen. Pünktlich kam ich am Treffpunkt an und sah Chase schon warten. Er hatte eine riesige Kühltasche dabei, auf der zwei Decken lagen.

»Picknick im Wald?«, fragte ich.

»So was in der Art«, erwiderte er und kam auf mich zu. »Hallo, Schönheit«, murmelte er an meine Stirn, während er mich umarmte.

Er ergriff meine Hand, und gemeinsam schlenderten wir den Waldweg entlang. Ich dachte kurz an Jane, schob den Gedanken an sie aber schnell in die hinterste Ecke meines Gehirns.

»Wie war dein Tattoo-Termin?«, versuchte er ein Gespräch anzufangen.

»Alles gut gegangen, es sieht toll aus!«

»Kann ich es mal sehen?«

»Noch nicht, im Moment ist noch die Folie drauf, und die Stelle braucht erst mal Ruhe, aber in ein paar Tagen kann ich es dir zeigen«, sagte ich, weil ich auf einmal nicht wollte, dass gerade Chase das Tattoo sah.

»Wo hast du es dir denn stechen lassen?«, wollte er mit anzüglichem Unterton wissen, und ich schlug ihm kräftig gegen die Schulter.

»Auf meinen Unterarm, also schön aufpassen!« Kurz gingen wir wieder schweigend nebeneinanderher. »Wo laufen wir eigentlich hin?«

»Das wirst du gleich sehen«, antwortete er mir nur, und ich seufzte. Irgendwie mochte ich Überraschungen, andererseits war ich auch einfach so verdammt neugierig.

Wir marschierten wirklich nicht mehr lange, als wir einen Hochsitz sahen, auf den Chase zielstrebig zusteuerte.

»Ladys first«, meinte er mit einer angedeuteten Verbeugung, als wir dort ankamen, und ich erklomm die Holzsprossen. Die Aussicht von oben war wirklich schön. Bald würde es anfangen zu dämmern, und dann würde alles in einen leichten Dunst gehüllt werden und einfach wie aus einer anderen Welt wirken. Ich mochte diese Stimmung. Hinter mir hörte ich Chase die Leiter hochklettern, als mir einfiel, dass er ja die riesige Tasche dabeihatte.

»Mist, sag doch was!« Ich drehte mich zur Leiter und nahm ihm die Tasche und die Decken ab.

»Kein Problem. Wenn ich runtergefallen wäre, hättest du mich gesund pflegen dürfen.«

Waren eigentlich alle Jungs solche Witzbolde?

»Ein Glück, dass es nicht passiert ist.« Ich zwinkerte ihm neckend zu, nahm eine der Decken und breitete sie so gut es ging auf dem Boden aus. Chase setzte sich neben mich und zog die Kühltasche näher zu sich heran, machte sie auf und holte zwei Sektgläser und ein Flasche Champagner hervor.

»Uuuuh, sind wir heute so royal?«, fragte ich ihn frech.

»Immer doch, Eure Hoheit!« Chase machte eine im Sitzen ziemlich missratene Verbeugung und öffnete die Flasche mit einem lauten Knall. Er schüttete die goldene Flüssigkeit in unsere Gläser, woraufhin wir anstießen.

»Also, in einer Dreiviertelstunde dürfte die Sonne untergehen, und falls wir Glück haben, kommen hier ein paar Rehe vorbei.« Er grinste mich an und zog mich ein kleines Stückchen näher zu sich, obwohl ich ihm meiner Meinung nach schon nahe genug war.

»Oh, das wäre toll!«, sagte ich vor mich hin träumend und nahm einen Schluck von dem prickelnden Getränk. Chase war wieder die Liebenswürdigkeit in Person, und ich ahnte, dass er sich heute mit dem Flirten nicht zurückhalten würde. Aber ich wusste nicht, wie ich reagieren sollte, wenn es so weit war. Nicht nur das Hin und Her mit Ash verwirrte mich. Auch Chase konnte sich offensichtlich nicht wirklich entscheiden, ob er mir oder Jane seine Aufmerksamkeit schenken sollte.

»Mann, kannst du es glauben, nur noch eineinhalb Monate, dann ist das Schuljahr zu Ende«, plapperte er weiter. »Was machst du eigentlich in den Sommerferien?«

»Ich wollte mir eigentlich einen Ferienjob suchen, bin aber irgendwie noch nicht dazu gekommen ... Ich fahre für zwei Wochen mit der Familie nach Italien, da freue ich mich schon echt drauf! Und sonst ... Keine Ahnung, einfach den Sommer genießen?« Ich hatte mir noch nicht die größten Gedanken über meine Ferien gemacht. »Und du?«

»Also, ich mache zwei Wochen lang ein Praktikum im Krankenhaus. Dann fliege ich mit drei Kumpel für eine Woche nach Fuerteventura und sonst auch einfach chillen. Ich habe mittlerweile die Hausaufgaben so satt, ich freue mich einfach darauf, nichts zu tun zu haben.«

Ich verstand ihn zu tausend Prozent.

So redeten wir noch ungefähr eine halbe Stunde und es war ... nett.

Als die Dämmerung hereinbrach, wurde es etwas kühler, und Chase nahm die zweite Decke und legte sie uns um die Schultern. Er hatte den Arm um mich gelegt, und ich kuschelte mich ein wenig an ihn, versuchte eine gefühlsmäßige Regung in mir heraufzubeschwören.

»Ab jetzt sollten wir leise sein, damit wir die Tiere nicht verschrecken«, flüsterte er, und ich blickte zu ihm hoch. Seine Locken fielen ihm leicht in die Stirn, und ohne groß nachzudenken, strich ich sie weg. Als wir uns so in die Augen blickten, überkam mich ein unwohles Gefühl. Ich sah die Veränderung in Chase' Blick. Aber ich merkte, dass ich ihm gerade in diesem Moment nicht näherkommen wollte. Chase war einfach nicht ...

Chase war nicht Ash.

Bevor ich ihm noch die falschen Signale sendete, drehte ich wieder den Kopf und sah gebannt nach draußen in die Natur. Ich spürte, wie er mich von der Seite musterte, und das schlechte Gewissen übermannte mich. Ich konnte Chase einfach gerade nicht mehr von mir geben.

Und mein sechster Sinn verriet mir, dass Chase eigentlich das genaue Gegenteil von mir wollte.

Außerdem hatte ich vor genau einer Woche Ash geküsst, da konnte ich mich nicht gleich an den nächsten Kerl ranschmeißen. So viel Verstand hatte ich zum Glück noch.

Stillschweigend saßen wir also da und guckten nach draußen. Plötzlich hörten wir Äste knacksen und Chase zog mich noch näher zu sich, während wir gebannt nach draußen blickten. Jetzt gleich würden wir ...

... fünf verdammte Teenager sehen, die sich durch den Wald schlichen und Tüten mit klirrenden Bierflaschen schleppten.

»Ich glaub's ja nicht«, knurrte Chase neben mir genervt, und ich begann zu kichern. Jetzt würden wir erst recht keine Rehe zu Gesicht bekommen.

»Na toll«, sagte ich, war aber gut gelaunt. Chase sah mich von der Seite an.

»Weißt du, was ich an dir so mag?«, fragte er mich unvermittelt, und ich bekam große Augen.

»Ähm, nein?«

Was kam jetzt?

»Immer wenn irgendetwas schiefgeht, dann flippst du nicht aus, sondern du ... lachst. Du lachst einfach, siehst das Lustige in der Situation, anstatt deine Laune zu ruinieren. Das ist echt bewundernswert!«

»Danke«, flüsterte ich und sah, wie Chase mir immer näher kam.

O Gott, verdammt, verdammt, verdammt! Nein, nein, nein! Er durfte mich jetzt nicht küssen! Ich war überhaupt nicht bereit dazu!

Ich konnte nichts anderes tun, als einfach den Kopf abzuwenden und so zu tun, als hätte ich keinen blassen Schimmer, was Chase eventuell vorgehabt hätte. Chase ließ neben mir die Schultern hängen, und ich fühlte mich elend. Ich musste mich bald entscheiden, wie ich zu Chase stand. Dieses Hin und Her war einfach keinem von uns gegenüber fair.

Wir verweilten noch eine Viertelstunde auf dem Hochsitz und redeten leise miteinander über Gott und die Welt. Jegliches Knistern zwischen uns war verschwunden.

Vielleicht war heute auch einfach nicht der richtige Abend.

Als wir wieder am Parkplatz waren, umarmten wir uns lange. Ich sog seinen Duft ein und wünschte mir, dass das Ganze zwischen uns irgendwie anders verlaufen wäre.

»Wir sehen uns Montag in der Schule.« Ich rechnete es ihm hoch an, dass er mir noch zulächeln konnte. Ich nickte tapfer, setzte meinen Helm auf, der wie immer an meinem Motorrad angeschlossen gewesen war, und wollte mich gerade daraufsetzen, als mein iPhone in meiner Jackentasche brummte.

Ich zog es raus und sah Ashs Nummer. Was zum Geier wollte er denn um die Uhrzeit noch? Ich zog mir wieder meinen Helm vom Kopf und nahm ab.

»Sadie? Gott sei Dank gehst du ran. Deine Schwester stand vor meinem Haus und hat die ganze Nachbarschaft zusammengebrüllt. Ich habe sie reingelassen, und jetzt sitzt sie auf der Couch und heult. Ich weiß nicht, was ich tun soll!«

Ash war völlig neben der Spur. So überfordert hatte ich ihn noch nie erlebt. Sonst hatte er doch auch immer alles im Griff. Die Situation wäre fast witzig gewesen, wenn sie nicht so traurig gewesen wäre.

»Ich fahre sofort los.« Ohne auf eine Reaktion zu warten, beendete ich das Gespräch und setzte mich auf mein Motorrad.

»Was ist los? Alles okay?«, fragte Chase besorgt.

»Ich muss zu Ash.«

»Zu Ash?«, brüllte mir Chase noch hinterher, aber da war ich schon davongebraust.

»Endlich! Hättest du dich nicht ein bisschen beeilen können?«, fuhr Ash mich zur Begrüßung an und strich sich mit einer fahrigen Bewegung durch die Haare, die sowieso schon ganz verwuschelt waren.

»Deine Retterin in der Not kann sich leider auch nicht beamen«, gab ich sarkastisch zurück. »Wo ist sie?«

»Immer noch im Wohnzimmer. Sie hört nicht auf zu weinen, und wenn ich sie beruhigen will, flippt sie total aus«, brachte mich Ash auf den aktuellen Stand, während er mich ins Haus ließ. Ich ließ meine Jacke einfach fallen, die Schuhe ließ ich gleich an und ging zielstrebig ins Wohnzimmer.

Da saß sie. Völlig verheult, herzzerreißend schluchzend, mit unrettbar verlaufener Mascara. Ich ging vor ihr in die Hocke.

»Brooke?«, sprach ich sie sanft an, und ihr Blick schoss zu mir.

»Was machst du hier? Verschwinde!«, brüllte sie mich an und begann noch mehr zu heulen. So viel zu der beruhigenden Wirkung, die ich mal auf meine Schwester hatte. Doch so schnell gab ich nicht auf.

»Brooke, bitte beruhige dich. Rede mit mir.« Ich sprach sanft, doch eindringlich auf sie ein. »Sag mir, was du loswerden willst. Ich weiß, dass ich dich sehr verletzt habe, und das tut mir schrecklich leid. Aber ich bin immer noch deine Schwester, und ich liebe dich. Ich bin für dich da.« Langsam wurden Brookes Schluchzer weniger.

»Du hast mich hintergangen. Ihr beide habt mich hintergangen!«

»Nein, Brooke, wir haben nie etwas getan, ich schwör's dir! Es war dieser eine Kuss, nachdem ihr getrennt wart.« Anscheinend kamen meine Worte doch bei ihr an, denn sie sah mich mit großen Kulleraugen an.

»Ganz ehrlich?«, fragte sie schniefend.

»Ganz ehrlich«, bestätigte ich ihr und reichte ihr die Taschentuchbox, die zum Glück auf dem Tisch stand. Sie schnäuzte sich einmal kräftig und zerknüllte das Taschentuch in ihrer Hand.

»Aber ...« Wieder liefen ihr einzelne Tränen über die Wangen. Ich setzte mich neben sie und zog sie in eine Umarmung.

»Ich weiß, Brooke, ich weiß.« Und ich wusste es wirklich. Ich konnte nachvollziehen, wie sie sich fühlte. Während sie sich an meiner Schulter ausweinte und ich sie sanft hin und her wiegte, sah ich zu Ash. Er lehnte mit dem Rücken an der Wand, die Hände in den Hosentaschen, und sah mich unverwandt an. Er hatte die ganze Zeit über keinen Ton von sich gegeben. Und jetzt sahen wir uns stumm in die Augen, während meine Schwester wegen ihm und mir gerade einen Heulkrampf hatte.

Wie konnten wir nur so große Scheiße bauen?

Ash schloss die Tür, lehnte sich mit geschlossenen Augen dagegen und fuhr sich mit der Hand durch die Haare. Brooke war gerade durch die Tür verschwunden, immer noch in Tränen aufgelöst, aber nicht mehr wutentbrannt. Jetzt wirkte die Stille im Haus fast unheimlich.

»Ash«, flüsterte ich, und er öffnete langsam die Augen und sah mich an. »Das darf nie wieder passieren.«

Er sah mich einige Sekunden lang an, ohne etwas zu sagen.

»Wieso glaubst du, dass das überhaupt noch einmal passieren würde?«, fragte er schließlich.

Irritiert wandte ich mich von ihm ab. Ich hatte nichts geglaubt, ich hatte gehofft. Doch dazu gab es jetzt gleich zweimal keinen Grund.

»Es soll keine Missverständnisse geben.« Ich bedachte Ash mit einem vielsagenden Blick und ging in das Wohnzimmer, um meine Motorradschlüssel zu holen. Als ich mich wieder umwandte, stand Ash im Türrahmen und lehnte sich dagegen. Er sah müde aus. Wir sahen uns wieder einfach an, aber keiner sagte etwas.

Zum Schluss quetschte ich mich an ihm vorbei, denn er machte sich nicht die Mühe, zur Seite zu gehen. Ich wollte ihn jetzt nicht so verlassen. Nicht, wenn ich das Gefühl hatte, dass die Dinge zwischen uns nicht abgeschlossen waren. Ich hatte gerade die Tür erreicht, als Ash mich noch einmal aufhielt.

»Sadie«, sagte er und umfasste mein Handgelenk. Ich sah zu ihm auf und wartete auf das wahrscheinlich Bescheuerte, was er jetzt von sich geben würde.

»Also ich könnte jetzt wirklich ein Bier vertragen … Was sagst du?«

Wollte er wirklich noch ein paar Stunden mit mir verbringen? Oder spielte er nur mit mir? Hatte er inzwischen bemerkt, dass ich immer aus der Fassung geriet, wenn er mir so nah war? Machte er es mit Absicht? Genoss er meine Anwesenheit? Oder genoss er die Wirkung, die er auf mich hatte?

So viele Gedanken schwirrten in meinem Kopf herum, so viele Gefühle rumorten in meinem Bauch. Aber mein Mund reagierte wie von allein und formte ein leises »Ich auch«.

Ash nahm mir meinen Helm aus der Hand und hängte ihn an die Garderobe, schnappte sich seine Jacke und hielt mir die Tür auf.

»Kein Motorrad heute?«, fragte ich ihn erstaunt.

»Also falls du dich mit einem kleinen Bier begnügen möchtest, können wir gern mit deinem Motorrad fahren.«

»Soso, du meinst also, dass es nicht bei einem kleinen Bier bleiben wird?« Kurz stellte ich mir vor, wie es wohl mit Ash gemeinsam auf einem Motorrad wäre.

»Definitiv nicht, nein.« Er grinste schelmisch und setzte seine Cap zurecht. Ich liebte seine Caps.

»Na, dann los!«, meinte ich und ging aus der Tür.

In der Nähe hatte ein neues Pub aufgemacht, und wir entschieden uns dafür, es auszuprobieren. Ich meinte, wer konnte zu Guinness schon Nein sagen?

Als wir durch die Tür traten, drang uns laute Musik entgegen. Alle Tische waren besetzt, und die Leute standen mit ihrem Bier auch einfach in der Gegend herum, wenn sie keinen Platz mehr hatten ergattern können. Es war schließlich Freitagabend.

Wir bahnten uns unseren Weg zur Bar, und Ash bestellte für uns beide. Er drückte mir ein Glas in die Hand, nahm selbst einen Schluck und wirkte sehr zufrieden.

»Genau das, was ich gebraucht habe!«

Mir hing die Sache mit Brooke noch immer ein wenig nach, und ich war noch nicht vollends entspannt, aber Ash schien den Vorfall gerade eben schon wieder vergessen zu haben.

»Brooke ist dir egal, oder?«, fragte ich ihn direkt und sah ihn dabei genau an, um seine Reaktion nicht zu verpassen. Sein Gesichtsausdruck wurde nachdenklich.

»Brooke ist ... speziell. Schon immer gewesen. Sie liebt das Drama, und ich denke, dass sie sich nach Aufmerksamkeit sehnt. Sie will vor allen gut dastehen, und das tut sie gerade eben aus ihrer Sicht nicht. Ich glaube, dass sie nicht mir, sondern ihrem Image hinterhertrauert«, fasste er seine Meinung zusammen.

Ich war sprachlos. Irgendwie hatte ich das Gefühl, dass er den Nagel auf den Kopf getroffen hatte. Aber dann setzte er noch einen drauf.

»Und man muss ja zugeben, dass es ihrem Image wirklich gutgetan hat, mit mir zusammen zu sein.«

Ich hatte mich wohl verhört.

Ohne ihm zu antworten, drehte ich mich um und ging von dem Tresen mit seinem Tumult weg. Ich entdeckte einen Stehtisch etwas abseits, der gerade frei geworden war. Ash folgte mir und betrachtete mich nachdenklich.

»Ich habe schon wieder was Falsches gesagt«, stellte er seufzend fest, und ich war positiv überrascht, dass es ihm wenigstens aufgefallen war. Jetzt mussten wir nur noch an seiner beschissenen Einstellung arbeiten.

Also er, nicht wir.

»Du darfst nicht alles, was ich sage, so genau nehmen. Das weißt du doch«, versuchte er seinen Kommentar zu relativieren.

»Ach, und woher weiß ich denn, wann du etwas ernst meinst und wann nicht, hm?« So langsam wurde ich wirklich sauer. Was sollte das? »Wenn du nur dummes Zeug von dir gibst, halt doch einfach deine Klappe.«

»Ich dachte, du würdest mich gut genug kennen, um zu wissen, wann ich nur Spaß mache.«

»Gut genug kennen? Ash, du warst drei Jahre einfach weg! Wir haben erst die letzten paar Wochen wieder was miteinander am Hut. Und ganz ehrlich, du hast dich echt verändert.« Ich war so verdammt frustriert.

»Und was willst du mir jetzt damit sagen?«, fragte er und sah mich irgendwie betroffen an.

Ich haderte mit meiner Antwort.

»Dass du mich nicht kennst?«

Verdammt. Genau das wollte ich ihm ja nicht sagen. Das klang so unglaublich hart. Ash bemerkte mein Zögern, und plötzlich trat ein Grinsen auf sein Gesicht.

»Ich dachte nicht, dass du der Typ bist, der mit fremden Kerlen rummacht.«

Scheiße.

Ich biss mir auf die Lippe. Wieso musste Ash immer mit so bescheuerten Bemerkungen kommen, die mich völlig aus der Bahn warfen?

»Und ich dachte nicht, dass du so billig und leicht zu haben bist«, kam es wie von selbst aus meinem Mund, und ich fragte mich, was zum Geier ich damit bezwecken wollte.

»Leicht zu haben?«, fragte er mich sichtlich amüsiert und beugte sich zu mir.

»Nur ein bisschen antanzen, schon hatte ich dich um den Finger gewickelt.« Ich konnte ihn jetzt genauso gut einfach weiter necken, und das Gefühl war unbeschreiblich.

»Ich habe gespürt, dass du noch eine Abweisung nicht verkraftet hättest.« Er setzte sein fiesestes Grinsen auf.

So ein Mistkerl! Er dachte, Chase hätte mich abgewiesen! Aaargh, ich wollte schreien!

»Stimmt, zwei Kerle an einem Abend zurückzuweisen wäre echt zu viel des Guten gewesen«, antwortete ich und drehte den Spieß um. Wir standen uns mittlerweile so nah, dass sich unsere Schultern gegenseitig berührten.

»Was für ein Glück, dass ich an zweiter Stelle kam«, flüsterte Ash so leise, dass ich ihn kaum verstehen konnte. Er beugte sich noch weiter zu mir, und beim Blick in seine Augen vergaß ich alles um mich herum.

Donk!

»Au, du verdammter Trottel!« Ich rieb mir die Stirn. Ash lachte amüsiert und drehte seine Cap um. Er war mir so nah gekommen, dass der Schirm gegen meine Stirn geknallt war. Seine funkelnden Augen verrieten mir, dass das pure Absicht gewesen war.

»Halt dich fern von mir«, drohte ich ihm und versuchte, mein Lächeln mit einem Schluck Bier zu verdecken.

Wie schaffte er es, dass ich ihm so schnell nicht mehr böse war? Dass ich mich bei ihm so schnell wieder wohlfühlte? Oder war er einfach so unglaublich manipulativ?

»Also, Sadie«, begann Ash dann und stützte sich mit verschränkten Armen auf die Tischplatte. Ich wusste nicht, was ich jetzt erwarten sollte. Er wirkte ungemein ernst.

»Was ist unser nächstes Thema?«

Wow, wie ernst.

»Ich habe noch nicht einmal ansatzweise an den Artikel übers *Ink* gedacht, und jetzt soll ich schon an unseren nächsten denken?«

»Warum nicht? Du bist doch sonst immer so vorausschauend.« Ich erwartete schon, dass dieses Gespräch wieder zu einem Ministreit führen würde, doch ich täuschte mich. »Wie geht's deinem Arm?«, fragte er mich nämlich nur sanft.

»Juckt und brennt ein bisschen, aber es tut nicht wirklich weh.« Ich liebte mein neues Tattoo jetzt schon und konnte es kaum abwarten, die Folie abzunehmen. »Und was macht dein Piercing?« Er war ganz schön heiß damit. Ganz schön krass heiß eigentlich. Heißer, als er eh schon war.

Und ich sollte definitiv lernen, meine Gedanken zu zügeln!

»Ein bisschen ungewohnt.« Nachdenklich wiegte er den Kopf hin und her. »Wenn die Schwellung weg ist, werde ich mich schnell daran gewöhnen.«

»Ich habe mich schon dran gewöhnt«, rutschte es mir heraus, und beinahe hätte ich mich selbst geschlagen. Wie blöd war ich bitte? Band ihm einfach so auf die Nase, dass ich sein Piercing cool fand. Und nur weil meine Klappe wieder mal schneller war als mein Hirn. Ash grinste verschmitzt.

»Es gefällt dir also?«

»Ich werde jetzt nichts mehr sagen, was dein sowieso schon vollkommen überzogenes Ego noch mehr pusht«, antwortete ich so gleichgültig wie möglich und nahm noch einen kräftigen Schluck von meinem Guinness. Ash hatte seins schon fast ausgetrunken, während ich gerade einmal bei der Hälfte war. Ich sollte mich ranhalten.

»Warum kannst du mir nicht einfach sagen, wie anziehend du mich findest?«, provozierte mich Ash weiter.

»Wieso sagst du mir denn nicht, dass du auf mich abfährst?«, konterte ich. Warum diskutierten wir gerade noch einmal darüber, wer hier auf wen abfuhr? Ash gab zum Glück keine Antwort mehr, sondern hob nur sein Glas an den Mund.

»Also eins kann ich dir sagen: Langweilig ist es mit dir nie.«

»Klar, ich bin ja auch so ziemlich die coolste Person, die du kennst«, erwiderte ich breit grinsend und versuchte, seine Selbstverliebtheit nachzuahmen.

»Und du behauptest, dass *mein* Ego überzogen ist?«

Ich zuckte mit den Schultern und trank noch einmal von meinem Bier. Wieso brauchte ich heute so lange?

»Okay, Sadie, damit du mal mit deinem Bier fertig wirst ... Ich stelle eine Frage, und wenn du sie richtig beantwortest, dann trinkst du einen Schluck. Okay?«

»Fragen über was?« Ash hatte bestimmt wieder irgendeinen bescheuerten Hintergedanken.

»Über mich? Über uns beide? Ist doch eigentlich egal, Hauptsache, du kriegst dein Bier weg!«

»Das kann ich auch anders«, meinte ich, nahm das Glas und trank den Rest in einem Zug aus. Ich knallte ihm das leere Glas vor die Nase und sah ihn herausfordernd an.

»Soso. Keine Fragen also.« Er leerte sein Bier, nahm die Gläser und schlenderte zur Bar. Ich sah ihm hinterher und atmete einmal tief ein und aus. Wenn ich nicht vorsichtig war, würde ich an diesem Abend wieder einen Fehler begehen. Das spürte ich.

Ash hatte eine ungeheuerliche Gabe, mich zu Sachen zu bringen, die mein Verstand normalerweise abweisen würde. Es war, als würde mein Hirn bei ihm einfach aussetzen.

Mein Blick fiel auf meinen Arm, und das war ein deutliches Zeichen, zu was er mich bringen konnte. Ash hatte mir verdammt noch mal ein Tattoo gestochen! Das er selbst ausgesucht hatte! Wo zum Teufel war mein Urteilsvermögen?

»Heeeey, Süße, bist du allein hier?«, hörte ich plötzlich eine tiefe Stimme viel zu nah an meinem Ohr. Ich wandte abrupt den Kopf und starrte einen Kerl mit Dreitagebart und dunkelbraunen Augen an. Er war mir *viel* zu nahe.

»Äh, nein, bin ich nicht«, sagte ich mit fester Stimme und trat einen Schritt zur Seite.

»Wieso stehst du dann allein hier?«

Idiot.

»Mein Freund holt uns gerade was zu trinken«, platzte es aus mir heraus, bevor ich überhaupt mit der Wimper zucken konnte. Mein Freund? Was zum ...?

»Ja klar, immer ist es ›der Freund‹. Wieso nie einfach eine Freundin? Haltet ihr Mädels uns für so dumm?«

»Ich lüge nicht«, meinte ich und schielte zur Bar, um zu sehen, ob mein *Freund* bald hierherkommen würde. Ich konnte nicht einmal bis zur Bar sehen, so viele Gäste versperrten mir die Sicht. Und ich verdrängte, dass ich gerade sehr wohl log.

»Darf ich dir was zu trinken holen?«, fragte der Kerl und versuchte mich verführerisch anzulächeln. Ich bekam eine Gänsehaut, und zwar definitiv keine positive.

Weil er mich so verdammt anwiderte.

»Nein danke, wie gesagt, mein Freund holt mir schon ger...«

Wie aufs Stichwort kam Ash in dem Moment mit einigen Gläsern, platzierte sie auf dem Tisch, zwinkerte mir zu und wandte sich an den Kerl. »Genau, der Freund.« Er betonte es extra gedehnt, grinste mich jetzt noch breiter an und legte dann allen Ernstes seinen Arm um mich. Ich lief rot an. Meine Hoffnung, dass er dieses fatale Wort vielleicht nicht gehört hatte, war zerstört.

Der fremde Kerl schaute ein wenig perplex, offensichtlich hatte er mir wirklich nicht geglaubt. Sein Blick blieb noch bei Ashs Arm hängen, den er um meine Taille gelegt hatte. Ash verstärkte in dem Moment seinen Griff und grinste den Kerl unbeirrt weiter an.

»Äh, schönen Abend noch«, murmelte der Kerl nur noch verwirrt und verschwand peinlich berührt. Ich wusste nicht, ob ich lachen oder weinen sollte.

»Dein Freund also?«, vernahm ich Ashs Stimme an meinem Ohr. Sein Atem strich mir über die Wange, ich konnte den Schalk in seiner Stimme hören, und dort, wo er mich berührte, brannte meine Haut.

»Na ja, also …«, stotterte ich. Ash verwirrte mich, wenn er mir so nahe kam. Ich versuchte schnell, meine Gedanken zu ordnen, und kam zu dem Schluss, dass ich aus einer Notsituation heraus so gehandelt hatte und da eindeutig nichts falsch dran war. »Es muss ja auch einen Vorteil haben, wenn ich schon meinen Abend hier mit dir verbringen muss, dann kannst du wohl auch als Ausrede herhalten, wenn mich ein Kerl anbaggern will. Irgendwie musste ich ihn ja loswerden. Oder wär's dir lieber gewesen, wenn du mit den Getränken zurückgekommen wärst und ich hätte inzwischen eine andere Ablenkung gefunden?«, argumentierte ich. Ash ersparte sich eine Antwort und schob mir mit einem amüsierten Ausdruck in den Augen ein halb volles Guinness-Glas entgegen.

»Lass uns Car Bombs trinken, Babe.«

Ich sah das halb leere Glas an und fragte mich, was daran so toll sein sollte. Wer bezahlte bitte nur für ein halbes Glas? Doch dann sah ich ein weiteres kleines Gläschen, das mit einer hellen Flüssigkeit gefüllt war.

»Was ist das?«, fragte ich misstrauisch. Ash sah mich überrascht an.

»Du hast noch nie Car Bombs getrunken?« Er schien wirklich entsetzt zu sein.

»Ähm, nein?« Irgendwie kam ich mir gerade klein und naiv vor, so wie er sich anstellte.

»Na dann wird's aber Zeit, Babe.«

»Hör auf mit dem ›Babe‹ und erklär mir lieber, was das ist!«

»Also, in dem kleinen Glas ist eine Mischung aus Baileys und Whiskey drin. Du nimmst das Glas, hältst es über das Guinness und lässt es reinfallen. Danach musst du es auch gleich exen«, erklärte mir Ash.

»Baileys im Guinness? Und das soll schmecken?« Ich verzog bei dem Gedanken angewidert das Gesicht.

»Das wirst du gleich herausfinden.« Er nahm sein Shotglas in die Hand, hielt es in das Guinness-Glas und wartete auf mich, bis ich es ihm gleichtat.

»Und ... los!«, gab er das Startsignal. Wir ließen beide los. Das kleine Glas fiel auf den Grund des großen und die Flüssigkeiten vermischten sich. Schnell begann ich zu trinken. Fast gleichzeitig stellten wir unsere leeren Gläser wieder ab.

»Wäh! Ist das widerlich! Wieso trinkst du so was?« Ich fand die Kombination aus dem süßen Baileys und dem bitteren Guinness total abartig. Von dem Whiskey war zudem gar nichts zu merken.

»Das Zeug ist hammergeil«, meinte Ash jedoch mit einem seligen Grinsen.

Du bist hammergeil!

Momeeeeeeent mal! Die Car Bomb versaute mein Hirn!

»Also, wir haben uns noch nicht entschieden. Was machen wir als Nächstes?«, fragte ich dann, um auf ein neutrales Gesprächsthema überzugehen.

»Wir gehen zu mir nach Hause und wir d...«

»Ash, Klappe! Du weißt, wie ich das meinte!« Mann, konnte er nicht einmal zwei Sekunden lang seriös bleiben? Und bitte dieses unglaubliche Lächeln abstellen? Das war einfach unfair!

»Okay, okay.« Er hob beschwichtigend die Hände. »Wozu hast du Lust?«

»Weiß ich nicht«, meinte ich und sah ihn mit gerunzelter Stirn an.

»Na, dann find's heraus!«

»Du könntest ja auch einfach mit einem Vorschlag kommen?«

»Du bist aber dran. Sonst behauptest du nachher, dass du nichts entscheiden durftest, und stellst mich mal wieder als den Vollidioten dar«, argumentierte Ash.

»Du bist auch meistens der Vollidiot!« Er regte mich schon wieder so auf!

»Trotzdem liebst du mich.« Ash grinste jetzt selbstsicher und ließ sich nicht provozieren.

»Du träumst wohl«, war meine überaus schlagfertige Antwort, und ich konnte selbst hören, wie bescheuert das klang.

»Apropos träumen, ich denke, es wird langsam Zeit«, sagte Ash dann und sah auf seine Handy-Uhr. Er hatte recht, es war schon spät.

»So früh ins Bett an einem Freitag?« Ich konnte es einfach nicht lassen, ihn noch ein wenig zu ärgern.

»Heute war ein langer und ereignisreicher Tag«, erklärte er schlicht, legte den Arm um meine Schulter und zog mich mit nach draußen. Die Nachtluft war überraschend frisch.

Wir schlenderten in Stille zu Ash nach Hause, er sperrte die Tür auf und gab mir zu verstehen, dass ich leise sein sollte, da seine Eltern bestimmt schon schliefen.

Wie fürsorglich.

»Wo waren sie eigentlich vorhin?«, flüsterte ich, als wir im Flur standen.

»In der Oper mit Freunden«, erklärte er und verdrehte die Augen. Das war wohl nichts für ihn.

»Das machen wir als Nächstes!«, flüsterte ich energisch.

»Du gehörst ins Bett, Sadie. Definitiv.«

Ich kicherte leise und nahm meinen Helm von der Garderobe.

»Wow, wow, wow, wo willst du denn hin?« Besorgt nahm Ash mir meinen Helm aus der Hand.

»Nach Hause? Ins Bett?«

»Du fährst jetzt nicht!«, kam es sehr bestimmt von ihm, und jetzt verdrehte ich die Augen.

»Sei nicht albern, Ash.« Dabei wusste er nicht einmal vom Champagner, den ich mit Chase getrunken hatte.

»Ich bin nicht albern, ich bin realistisch. Nach einem Guinness und einer Car Bomb ist Motorradfahren absolut unvernünftig! Ich lasse dich nicht fahren.«

Ich blickte ihm trotzig in die Augen, die im dunklen Flur nur leicht schimmerten. Ich wollte zu einer Widerrede ansetzen, als Ash meinen Helm wieder aufhängte und mehr als deutlich nicht in Diskutierlaune war.

»Du kannst ja einfach nach Hause gehen«, schlug er vor.

Gehen? Die Strecke dauerte mit dem Motorrad doch schon zehn Minuten! Ich merkte, wie in mir schon wieder die Wut aufkam.

»Oder du schläfst hier. Ich überlasse dir gern mein …«

Bett?!

»... Sofa«, vollendete er den Satz, und ich musste ein Kichern unterdrücken.

»Ash Hamilton, der größte Gentleman der Geschichte«, sagte ich sarkastisch.

»Willst du ein T-Shirt von mir?«, fragte er mich dann doch ziemlich gentlemanlike und zog mich mit in den ersten Stock in sein Zimmer. Ich tippelte leise hinter ihm her und merkte, wie mein Herz pochte. Es fühlte sich unglaublich verkehrt und verboten an, mitten in der Nacht hinter Ash in sein Zimmer zu schleichen.

Er schloss leise die Tür hinter uns, ging zu seinem Schrank und holte ein T-Shirt heraus, das er mir wortlos reichte. Ich sah es an und konnte plötzlich nicht das Bild von Brooke in einem von Ashs T-Shirts verdrängen. Ich wollte nicht etwas tun, was Brooke vor wenigen Wochen getan hatte. Ich wollte nicht, dass Ash mich behandelte wie Brooke. Ich wollte nicht ... Brookes Ersatz sein. Ich wollte nicht die Nummer zwei sein.

Und ich wusste nicht einmal, wo diese Gefühle auf einmal herkamen.

Ash bemerkte mein Zögern und seufzte leise. »Was ist los?«

Wie sollte ich ihm das erklären? »Es ... Es fühlt sich falsch an«, sagte ich schließlich und hoffte, dass es für Ash nur ansatzweise Sinn ergab.

»Sadie, ich weiß, was du gerade denkst. Aber mach dir keinen Kopf. Brooke und ich ...« Er schien nach den richtigen Worten zu suchen. »Sie hat nie hier übernachtet. Sie hat nie eines meiner T-Shirts angehabt.« Er sah mich so an, als müsste ich aus dieser Erklärung noch mehr entnehmen als das, was er nur gesagt hatte.

Das ergab keinen Sinn. Ash und Brooke waren fast vier Monate zusammen gewesen. Sie hatte oft nicht zu Hause geschlafen. Nur bei dem Gedanken daran, was sie und Ash vielleicht gemacht hatten, zog sich alles in mir zusammen.

»Aber ...«, fing ich an.

»Sadie, hör zu. Ich habe nicht mit deiner Schwester geschlafen. Niemals. Hör bitte auf, darüber nachzudenken. Du siehst Gespenster. Und dazu gibt es keinen Grund. Du bist nicht deine Schwester«, versuchte er mir mehr oder weniger eindringlich klarzumachen. »Vor allem nicht in meinen Augen.« Ich schluckte schwer und versuchte, wie immer vergebens, einfach irgendetwas in seinen Augen zu lesen. Er hielt seinen Blick auf mich gerichtet, während er seine Hand hob und sie an meine Wange legte. Unwillkürlich lehnte ich meinen Kopf ein wenig dagegen.

Das musste der Alkohol sein. Sonst hätte ich das nie getan.

Ich konnte sehen, wie sich Ashs Mundwinkel zu einem Lächeln verzogen.

Er kam mir näher. Und immer näher. Bis er mir einen sanften Kuss auf meine Stirn drückte, weiterwanderte und einen weiteren ebenso zärtlichen Kuss auf meiner Wange hinterließ. Vor meinen Lippen zögerte er. Er kam mir näher, ich kam ihm näher. Dann lehnte er seinen Kopf gerade so weit zurück, dass sich nur noch unsere Nasenspitzen berührten.

»Und jetzt zieh das verdammte T-Shirt an«, flüsterte er noch, drückte es mir in die Hand und verließ geräuschlos das Zimmer. Ich stand völlig benommen da und realisierte jetzt erst, dass er mir gerade sein Bett überlassen hatte. Und mich fast schon wieder geküsst hatte. Was ich fast schon wieder zugelassen hatte.

Ich senkte den Blick auf das Shirt und vergrub mein Gesicht darin. Ich sog seinen Duft ein und fühlte mich so unendlich erleichtert darüber, dass Ash und meine Schwester nicht ... Ich konnte es nicht einmal denken.

Mit einem kleinen Lächeln auf den Lippen ging ich zu seinem Bett, zog meine Klamotten aus, streifte sein Shirt über und kuschelte mich in seine Decke. Es war komisch, hier zu liegen.

Aber komisch im guten Sinne.

18

Ich hatte fantastisch geschlafen, aber wachte schon früh auf. Kurz erschrak ich, als ich das Zimmer nicht erkannte, bevor mir die gestrigen Ereignisse wieder einfielen und ich mich zurück ins Kissen sinken ließ. In Ashs Kissen.

Ich warf einen kurzen Blick auf meine Handy-Uhr. Sechs Uhr fünfzig. Das war verdammt früh für einen Samstag, an dem man nichts geplant hatte. Mein Blick fiel auf die Akkuanzeige – nur noch acht Prozent. Der würde also bald den Geist aufgeben.

Plötzlich fiel mir ein, dass Ashs Eltern überhaupt nicht wussten, dass ich hier geschlafen hatte. Und meine Eltern wussten auch nicht, wo ich war. Verdammt.

Schnell tippte ich eine SMS an Ana.

Bin in zehn Minuten bei dir. Mach mir die Tür auf!

Ana musste als Ausrede dienen. Ich konnte Brooke schlecht erzählen, dass ich gestern nach ihrem Zusammenbruch einfach munter mit Ash ein Bierchen kippen war und dann bei ihm gepennt hatte.

Leise glitt ich aus dem Bett und zog mich schnell an. Ich richtete das Bett so her, als wäre ich nie da gewesen, und legte das T-Shirt fein säuberlich zusammen.

Ohne ein Geräusch zu machen, schlich ich nach unten, schnappte mir meine Habseligkeiten und verschwand mit angehaltenem Atem durch die Tür.

Anscheinend hatte ich es geschafft und niemanden geweckt.

Ein paar Minuten später kam ich bei Ana an. Ich war noch nicht einmal von meinem Motorrad abgestiegen, als sie mir schon die Tür öffnete. Die Arme sah noch richtig verschlafen aus. Kein Wunder, wenn ich sie um so eine Uhrzeit am Wochenende aus dem Bett holte.

Sie bedeutete mir, leise zu sein, damit wir niemanden weckten, und lotste mich in ihr Zimmer. Sie schloss leise die Tür und drehte sich zu mir um.

»Erzähl. Was hast du angestellt?«

Ich rang mit den Worten.

»Sadie?« Ana musterte mich fast schon böse. Dann schien sie eine Erkenntnis zu treffen. »Wo hast du geschlafen?«, fragte sie mit weit aufgerissenen Augen.

Verdammte Scheiße, mich erwartete der Anschiss des Jahrhunderts! Es würde eh nichts bringen, Anas Blick und Fragen auszuweichen.

»Bei Ash«, murmelte ich also kaum hörbar und senkte den Kopf.

»Cómo? Bei Ash?«, zischte sie so leise wie möglich. «Por qué Sadie? Por qué? Dios mio, que barbaridad! Ich glaube es ja nicht! Wie blöd bist du, eh? Was willst du mit ihm? Er war bis vor zwei Wochen noch mit deiner Schwester zusammen! Stehst du etwa auf ihn? So wie er dich behandelt hat? Und was hast du überhaupt mit deinem Arm gemacht?«

Ana war gar nicht mehr zu stoppen, ich hatte sie selten so aufgebracht erlebt.

»Können wi… Können wir uns bitte noch eine Runde hinlegen und nachher drüber sprechen?«, fragte ich plötzlich todmüde, und versuchte Ana ein wenig zu besänftigen. Ihre Augen schossen Blitze, und sie hatte die Hände in die Seiten gestemmt, zum Angriff bereit. Sie setzte wieder zu einem Wortschwall an, besann sich jedoch eines Besseren.

»Okay«, sagte sie schließlich. »Aber ich schreibe jetzt Matt, und wir werden mit ihm später darüber reden.«

»Wieso Matt?« Konnten wir das nicht allein regeln?

»Ich kann nicht garantieren, dass ich dir nicht an die Gurgel springe. Matt ist zu deiner Sicherheit da«, sagte sie leise und todernst.

Verflucht.

»Äh … Okay.« Ganz ehrlich? Ich hatte gerade ein wenig Angst vor Ana. Sie bedachte mich noch mit einem strengen Blick und krabbelte zurück in ihr Bett. Ich tat es ihr zögernd gleich.

»Und jetzt schlaf«, kommandierte sie, bevor sie die Augen zumachte. Erleichtert atmete ich aus. So wütend war sie also doch nicht!

Die Sonne schien unbarmherzig auf uns herab, ich hatte Durst und fühlte mich eh schon wie in der Hölle.

Matt, Ana und ich waren im Park, hatten uns auf eine Decke gelegt und sofort, nach nicht einmal einer Sekunde, wurde ich schon mit Fragen bombardiert. Matt und Ana machten einen auf Kreuzverhör, und ich konnte es ihnen wirklich nicht verübeln. Ich hatte sie bei zu vielen Dingen im Dunkeln gelassen.

»Was zum Geier hattest du mit Ash zu tun – mitten in der Nacht?«, fragte Matt mich komplett entrüstet, fast schon verzweifelt. Ich setzte mich zurecht und sah meine beiden besten Freunde an. Ich hatte sie die letzten Wochen vernachlässigt, das wusste ich. Aber was noch schlimmer war, sie wussten *nichts* über mein Verhältnis zu Ash, wie es sich im Laufe der letzten Wochen verändert hatte.

»Ich war gestern mit Chase verabredet«, begann ich, um die beiden ein wenig milder zu stimmen. Chase war gut. Viel besser als Ash. »Als ich mich gerade von ihm verabschiedete, rief Ash an und sagte, dass Brooke bei ihm sei. Völlig aufgelöst, wutentbrannt und nicht mehr zu beruhigen.«

»Zu Recht«, warf Ana mürrisch ein.

»Du schuldest uns da übrigens auch eine Erklärung«, kam es auch schnippisch von Matt.

Ich ignorierte beide und erzählte einfach vom Abend zuvor, wie ich meine Schwester beruhigt und dann mit Ash etwas trinken gegangen war.

»Und da ich Alkohol getrunken hatte, hat Ash mir angeboten, dass ich bei ihm schlafen kann.«

»Wo habt ihr geschlafen?«, fragte Ana misstrauisch, und ich verdrehte die Augen.

»Auf dem Sofa und in seinem Bett.« Ich brauchte jetzt nicht zu sagen, dass ich in seinem Bett geschlafen hatte.

»Er hätte dir auch ein Taxi zahlen können«, schlug Matt vor. Ich rollte wieder mit den Augen.

»Ja, dann hätte ich heute noch mal zu ihm kommen müssen, um mein Motorrad zu holen.«

Sie akzeptierten mein Gegenargument.

»So schlimm ist das alles jetzt also nun wirklich nicht«, behauptete ich und sah Matt und Ana trotzig an.

»Und dein Arm?«

Ich hatte so Schiss, ihnen davon zu erzählen, gleichzeitig brannte ich darauf, ihnen mein Tattoo zu zeigen. Deswegen schob ich meinen Ärmel hoch, drehte meinen Arm in den richtigen Winkel und zeigte ihnen meine neue Verzierung.

Es verschlug ihnen die Sprache. Allen beiden.

»Ein neues Tattoo?«, kreischte Ana dann. »Seit wann erzählst du uns nichts davon, wenn du gern ein neues Tattoo haben möchtest?«

»Es war eine kurzfristige Entscheidung«, stammelte ich.

»So was sagt man seinen Freunden! Wir waren schließlich auch bei den ersten beiden dabei!«

»Warst du allein?«, fragte Matt, aber er kannte schon die Antwort.

»Nein. Ich war mit Ash dort. Wegen der Artikelreihe.«

Beide stöhnten auf und schlugen sich gegen die Stirn. Matt sah sich das Tattoo genauer an und musterte mich daraufhin. »Hat Ash das Tattoo ausgesucht?«

O mein Gott, das wurde ja alles schlimmer und schlimmer.

»Er hat es entworfen«, flüsterte ich. Ana fluchte auf Spanisch, doch Matt hielt meinen Blick fest. Und plötzlich, ganz langsam, begann er zu grinsen.

»Das ist ja mal so was von genial!«, meinte er und lächelte breit. »Adelitas Way! Das haben wir immer zusammen gehört! Und das passt ja mal so was von gut zu dir!«

»Ja, nicht wahr?«, rief ich, total erfreut über Matts Reaktion, und bevor ich über die Konsequenzen nachdenken konnte, rutschte mir schon das nächste Bekenntnis heraus. »Ash hat es mir gestochen.«

»Ash hat WAS?«

Ups.

Ana war total aufgebracht. »Du lässt dir von Ash ein Tattoo stechen? Hat er dich vorher betäubt oder warum hast du das zugelassen?« Offensichtlich konnte Ana meine Entscheidung absolut nicht nachvollziehen. Um es mal gelinde auszudrücken.

»Er macht das schon lange. Und er ist wirklich gut! Das hat auch der Besitzer des Tattoostudios gesagt«, versuchte ich mich – und irgendwie auch Ash – zu verteidigen. Ana musterte mich noch immer ein wenig skeptisch, dann beäugte sie mein Tattoo. Ich meinte ein kurzes, zufriedenes Aufflackern in ihren Augen erkennen zu können, doch dann war es weg und Ana lehnte sich wieder mit verschränkten Armen zurück. Ich war so froh, dass ich ihnen das jetzt alles erzählt hatte.

»Also, Sadie«, ergriff Matt das Wort. »Was läuft da zwischen Ash und dir?«

Was lief eigentlich zwischen Ash und mir?

Ich überlegte kurz, seufzte auf und blickte durch die Gegend. »Ganz ehrlich? Ich habe keine Ahnung.«

Ana legte den Kopf schief und sah mich nachdenklich an. »Magst du ihn?«

Mochte ich ihn? Ja. Und nein. Also doch irgendwie?

»Also ja«, schlussfolgerte Matt, da ich noch nicht geantwortet hatte.

»Ja, schon. Aber ich weiß nicht, wie viel. Und das ist alles einfach so verdammt kompliziert. Stellt euch vor, ich würde mich in ihn verlieben.« Ich konnte die Worte kaum aussprechen. »Wie soll das bitte gehen? Er war mit meiner Schwester zusammen! Ich würde ihr das Herz brechen! Und dann wäre ich seine ... Nummer zwei? Will ich überhaupt jemanden, der von meiner Schwester abserviert wurde? Und eigentlich glaube ich, dass er Brooke aus irgendeinem Grund nur verarscht hat. Wie könnte ich das je akzeptieren?«

»Wer sagt, dass er dich nicht auch verarscht?«, führte Matt meinen Gedanken fort. »Und denk mal daran zurück, wie mies er dich anfangs behandelt hat. Seine Nummer mit Michael und der Liebeserklärung, nur um ein Beispiel zu erwähnen? Was sollte das alles?«

Das hatte ich irgendwie total vergessen. Oder verdrängt. Und es schien, als wäre es eine Ewigkeit her. Es war so viel in der Zwischenzeit passiert.

»Es ist nur ... Jedes Mal, wenn wir zusammen sind, wird unser Verhältnis irgendwie besser. Inniger. Als ob wir wieder dort weitermachen, wo wir waren, bevor er weggegangen ist. Und das gefällt mir«, gestand ich zum ersten Mal laut ein. »Verdammt, ich ...«

Ich war auf dem besten Weg, mich in Ash zu verlieben. Das hatte ich gerade realisiert. Aber selbst wenn Ash auch für mich Gefühle haben sollte, würde es nicht gehen. Das konnte ich Brooke einfach nicht antun. Außerdem waren da auch noch seine Gefühlsschwankungen. Am einen Tag war er mir gegenüber nett und interessiert, am nächsten Tag ignorierte er mich. Das kapierte ich nicht.

»Und Chase?«, fragte Ana leise, und ich erschrak leicht, als ich seinen Namen hörte.

»Wir wissen beide nicht, wo wir stehen, glaube ich. Aber es scheint mehr und mehr, als wäre es nur ... eine Phase gewesen.«

Matt und Ana schwiegen. Ich wusste selbst nicht, was ich sagen sollte.

»Sadie, wir dachten, du hasst Ash. Wir hätten uns einfach nie im Leben vorstellen können, dass du ihn plötzlich magst«, erklärte Matt.

»Und küsst!«, warf Ana natürlich sofort ein. »Was war das bei der Party?«

Jetzt konnte ich dieser Frage nicht mehr ausweichen.

»Ähm, ein Kuss?« Ich stellte mich dumm.

»Sadie, *das* war kein Kuss. Das war leidenschaftliches, hemmungsloses Rummachen«, stellte Matt klar, und sofort machte sich das schlechte Gewissen in mir breit.

»Okay, also ... Dazu gibt es irgendwie eine Vorgeschichte.« Verdammt, verdammt, verdammt. »Am Sonntag vor der Party war ich bei Ash, wegen des Artikels über den *Water-Fun-Park*. Am Nachmittag sind wir zu einem See gefahren und haben gebadet.« O Gott, das klang so verdammt kitschig und bescheuert! Wieso war mir das nicht auch schon in der Situation klar gewesen? Ich hätte da ja schon ahnen sollen, worauf das Ganze hinauslief. Wie blöd war ich eigentlich?

»Und da, na ja ... hat Ash versucht, mich zu küssen«, sagte ich so schnell, dass ich hoffte, dass Ana und Matt es gar nicht verstehen würden.

»Am Tag, nachdem Brooke mit ihm Schluss gemacht hat?« Ana war entsetzt.

»Ja, und obwohl ich mich da eigentlich schon ein wenig zu ihm hingezogen gefühlt habe, habe ich ihn genau deswegen abgewiesen. Er meinte, dass wir doch ›ein wenig Spaß haben könnten‹, und da bin ich erst recht ausgerastet. Ich bin einfach wieder nach Hause gefahren.« Ich war gerade so ehrlich wie selten zuvor.

»Deswegen warst du am Montag so still.« Ana hatte eins und eins zusammengezählt.

»Ich war so wütend auf Ash, aber auch verwirrt, weil er sich danach ziemlich nett verhalten hat. Und Freitag auf der Party ... Ich war sauer auf Chase, weil er lieber mit Jane zusammen sein wollte.«

»Du hast Ash geküsst, weil du Chase eifersüchtig machen wolltest?«, fragte Matt.

»Nein, nein, um Gottes willen! Ich habe, um ehrlich zu sein, überhaupt nicht an Chase gedacht. Keine einzige Sekunde. Ich ... Ich wollte einfach Ash küssen. Und er wollte mich küssen. Und mir war in dem Moment einfach egal, dass es verboten war. Ich ... Ich weiß auch nicht. Es ändert nichts, jetzt darüber zu diskutieren.«

»Stimmt, aber du solltest dir trotzdem darüber Gedanken machen, wie du dich ab jetzt Ash gegenüber verhältst. Du musst klare Grenzen setzen. Und du musst auf dich aufpassen. Was, wenn Ash plötzlich wieder abhaut? Du warst am Boden zerstört, als er vor drei Jahren einfach weg war. Vergiss das nicht.«

Matt hatte recht. Vor drei Jahren war ich erst völlig aufgelöst gewesen, als Ash einfach weggezogen war. Er hatte nichts gesagt, ich war so verzweifelt gewesen. Und ich hatte mir die Schuld dafür gegeben, weil ich ihn kurz vorher abgewiesen hatte. Heute wusste ich immer noch nicht, was los gewesen war. Ich sollte wirklich vorsichtig sein.

»Ich werde aufpassen«, versprach ich meinen beiden besten Freunden.

Von Ash Abstand nehmen. Ihm die kalte Schulter zeigen. Sich nicht von seinem Charme und Geflirte einnehmen lassen.

Das war der Plan.

Nur kam mir Ash damit zuvor.

Ich hörte das ganze Wochenende nichts von ihm. Nichts. Montag in der Schule sah ich ihn gar nicht, und als ich ihm schrieb, um zu hören, wann wir den Artikel schreiben würden, antwortete er nicht.

Ash hatte anscheinend wieder PMS.

Oder er war sauer auf mich. Weil ich mich auch nicht bei ihm gemeldet hatte. Nachdem ich in seinem Bett geschlafen hatte.

Verdammt, wo waren eigentlich meine Manieren? Ein kleines Danke hätte ich ja schon loswerden können. Aber ich war so darauf fixiert gewesen, keine falschen Signale mehr zu senden. Irgendwie hatte ich da überhaupt nicht mehr dran gedacht, mich wenigstens zu bedanken.

Außerdem durfte niemand davon erfahren. Außer Matt und Ana. Wenn also jemand so eine Nachricht in die Finger bekommen hätte ... nicht auszudenken, was wieder mit Brooke los gewesen wäre.

Ich seufzte. So ungern ich es auch zugab. Irgendwie fehlte etwas, wenn Ash mich nicht nervte.

Außerdem mussten wir endlich diesen Artikel schreiben. Michael hatte gesagt, dass er ihn Dienstag auf dem Tisch haben wolle.

Ich rang mit mir. Stand von meinem Bett auf. Setzte mich wieder hin. Ging zu meiner Tür, nur um gleich wieder umzudrehen.

Musste ich auf ihn zugehen? Oder er eher auf mich?

Der Klügere gibt nach, fiel mir da nur ein, und ich fasste mir ein Herz. Im Schneckentempo machte ich mich auf den Weg. So genau wie an diesem Tag hatte ich mich noch nie an die Geschwindigkeitsbegrenzungen gehalten.

Als ich in Ashs Einfahrt einbog, sah ich seine Maschine dort stehen. Er war also zu Hause, seine Eltern wahrscheinlich noch bei der Arbeit.

Ich klingelte. Und wartete.

Es passierte nichts.

Ich klingelte noch einmal.

»Verdammt, Ash, mach auf! Ich weiß, dass du da bist!«, brüllte ich und hämmerte mit meiner Faust gegen die Tür. Im Moment war es mir völlig egal, ob irgendwelche Nachbarn mich für irre hielten, mich vielleicht mit meiner Schwester verglichen, die Freitag eine ähnliche Show hingelegt gatte. Ich war mit einem Friedensangebot gekommen – oder zumindest mit einem Waffenstillstand –, und ich erwartete, dass er gefälligst darauf einging und wenigstens den Anstand hatte, mir die Tür aufzumachen.

Ich hämmerte noch immer wie blöde auf diese Tür ein, als sie plötzlich aufgerissen wurde.

»Sadie? Was tust du da?«

Völlig geschockt erstarrte ich. »Dayna?«

Das Einzige, was in Dauerschleife in meinem Kopf ablief, war: Was zum Teufel machte Dayna bei Ash?

»Was willst du hier?«, fragte Dayna mich noch einmal.

»Ich wollte mit Ash an dem Artikel arbeiten. Was machst *du* hier?« Was sie konnte, konnte ich auch. Ich war nicht nur neugierig. Irgendetwas anderes in mir regte sich. Eifersucht?

Dayna sah mich verwirrt an. »Der Artikel ist doch schon fertig? Wir arbeiten gerade am Layout zusammen, hatten die Musik ein wenig zu laut und haben die Klingel erst nicht gehört.«

»Und warum macht nicht Ash die Tür auf, sondern du?«, wollte ich mit hochgezogener Augenbraue und verschränkten Armen wissen.

Dayna lief rot an.

»Na ja, Ash ...«, begann sie, wurde aber von Monsieur höchstpersönlich unterbrochen.

»Ash hatte keine Lust, dich zu sehen, und wollte dir die Tür nicht aufmachen.« Er sprach von sich selbst in der dritten Person, um sein absolutes Desinteresse zu demonstrieren.

»Toll, so sieht also dein Verständnis von Teamwork aus?«, fauchte ich ihn an.

»Ach, und dein Verständnis von Teamwork ist, sich einfach nicht mehr zu melden?«, konterte Ash und kam einen Schritt näher.

»Ich habe mich gemeldet! *Du* hast mir nicht geantwortet!«

»Wenn du also meinst, dich erst drei Tage später zu melden, muss ich plötzlich gleich wieder springen, oder was?«

Dayna sah zwischen uns hin und her wie bei einem Tennisspiel und verstand offenbar kein Wort.

Ich resignierte.

»Es tut mir leid.« Ash sah mich verdutzt an. Offenbar hatte er nicht damit gerechnet, dass ich mich entschuldigen würde. »Entschuldigt, dass ich euch gestört habe.« Ich drehte mich um und wollte gehen, als mir noch etwas einfiel, was ich unbedingt loswerden wollte.

»Ash? Danke. Du weißt wofür.«

Als ich ging, spürte ich Ashs Blick in meinem Rücken.

19

Die ganzen positiven Gefühle, die ich für Ash entwickelt hatte, hatten sich im Laufe von drei Sekunden zu Wut, Enttäuschung und noch mehr Wut verwandelt. Die ganze Nacht hatte ich kaum ein Auge zubekommen, da ich so fuchsteufelswild war.

Ash, dieser verdammte Scheißkerl! Ich konnte seine Gefühle zum Teil natürlich verstehen. Aber gleich *so* eingeschnappt zu sein und mich *so* zu hintergehen ... Ich könnte ihn erwürgen!

Völlig gerädert betrat ich am nächsten Tag die Schule und war mehr als nur bereit, jedem Idioten, der mir über den Weg lief, eine zu knallen.

»Heute ist kein guter Tag?«, fragte Ana mich gleich zur Begrüßung und hielt einen Meter Abstand.

»Ich sage nur eins: Ich hasse Ash!«, zischte ich und ging zu meinem Spind.

»Guten Morgen, Schönheit«, kam Matt in dem Moment angezwitschert, ging jedoch sofort hinter Ana in Deckung, als er meinen Gesichtsausdruck sah.

»Wow! Was ist denn mit dir los?«

»Ash ist los. Mal wieder. Ich schwöre, wenn er mir heute blöd kommt, reiß ich ihm den Kopf ab. Zweimal.« Ich zog heftig meinen Spind auf und riss förmlich meine Bücher raus. Tief in mir wusste ich, dass meine Reaktion völlig überzogen war, doch ich konnte die Gefühle in mir einfach nicht kontrollieren.

»Was hat er gemacht?«, fragte Matt vorsichtig.

»Was hat Ash alles nicht gemacht?«, fragte ich zurück und schmetterte meine Spindtür so hart zu, dass sie mir direkt wieder entgegensprang.

»Okay, du brauchst einen Kaffee! Bin gleich wieder da!« Matt verschwand in Richtung Cafeteria und Ana blieb leicht nervös mit mir zurück.

»Was hat er diesmal gemacht?«, fragte sie mich.

Ich atmete einmal tief durch. »Er war wohl so angepisst darüber, dass ich mich seit Freitagnacht nicht mehr bei ihm gemeldet habe, dass er einfach den Artikel selbst geschrieben hat, und Michael will ihn in eineinhalb Stunden haben. So ein Idiot!« Ich merkte, wie die Wut wieder auf Hochtouren in mir aufwallte. Ich hatte mich selten so hintergangen gefühlt und in meinem Stolz gekränkt.

Als ich mich umdrehte, um Matt zu folgen, sah ich, wie Ash in dem Moment um die Ecke bog und uns entgegenkam.

»Ana, halt ihn von mir fern«, murmelte ich und ging los. Als Ash mich entdeckte, wirkte es, als würde er mir gern etwas sagen, trotzdem ignorierte ich ihn und ging an ihm vorbei, ohne ihn anzusehen.

»Sadie, warte!« Ash war auf einmal neben mir, doch ich beschleunigte meinen Schritt. Ich war schon einmal beim Direktor gelandet, weil ich ihm eine geklatscht hatte, noch einmal würde mir das nicht passieren. Aber dafür musste er mir aus den Augen. »Sadie, verdammt, jetzt bleib stehen!« Ash fasste mich am Ellbogen, und mein kleiner Marsch wurde jäh unterbrochen.

»Nimm. Deine. Dreckigen. Finger. Von. Mir.«

»Ich habe keine Angst vor dir, Kleine. Und jetzt hör mir einfach kurz zu. Oder willst du den Artikel nicht noch einmal sehen, bevor er bei Michael landet?« Mist. Jetzt hatte er mich. Natürlich wollte ich den Artikel sehen, damit ich nicht wie der letzte Depp dastand, wenn Michael irgendetwas dazu sagte. Ich warf einen kurzen Blick über seine Schulter und sah dort Ana und Matt stehen, die so gebannt zu uns starrten, als wären wir ein Film auf einer Kinoleinwand. Gleich würde Matt bestimmt den Kaffee fallen lassen.

»Ach, jetzt bin ich plötzlich Teil des Teams?« So leicht gab ich mich nicht geschlagen.

Er zuckte nur provokativ mit den Schultern. Er hatte eindeutig kein Gefahrenempfinden.

»Zeig her, bevor ich's mir anders überlege«, knurrte ich und befreite meinen Arm ruckartig aus Ashs Griff.

»Bibliothek?«, fragte er mich und wollte schon in die Richtung gehen, aber ich blieb stehen.

»Nein, hier.« Nur weil ich den Artikel sehen wollte, hieß das noch lange nicht, dass ich weniger sauer auf Ash war.

»Du bist manchmal echt anstrengend.«

»*Ich* bin anstrengend?« Mir platzte gleich der Kragen.

»Jetzt krieg dich ein und lass uns wie normale Menschen miteinander reden!« Ash hatte mich an beiden Oberarmen gepackt und schüttelte mich leicht, wie um mich zur Besinnung zu bringen.

»Rede nicht immer so einen Müll, dann kann man sich auch normal mit dir unterhalten. Und jetzt lass mich gefälligst los!« Ash nahm seine Hände von meinen Armen und hielt sie abwehrend vor sich, so als hätte er überhaupt nichts getan. Er holte seinen Laptop aus seiner Tasche, balancierte ihn auf einer Hand und öffnete den Artikel, bevor er mir den Bildschirm zuwandte und ich den Artikel lesen konnte.

Ich verschlang den Artikel rasend schnell, tat noch so, als müsste ich noch überlegen, um Ash ein wenig auf die Folter zu spannen. Der Artikel war wirklich gut. Wenn nicht sogar perfekt. Was hatte ich anderes erwartet?

Aber das musste ich ihm ja nicht auf die Nase binden. Schon gar nicht in einer Situation wie dieser.

»Tu nicht so, als würdest du noch lesen«, meinte Ash plötzlich, und ich fühlte mich ein wenig ertappt.

»Ich lese nicht mehr, ich suche nach Fehlern.«

Ash grinste breit. »Du findest also keine Fehler?«

»Klappe, und gib Michael den Artikel«, wies ich ihn an, drehte mich um und ging schnurstracks auf Matt zu, um meinen Kaffee zu holen. Dann fiel mir was ein. Ich drehte mich wieder zu Ash um, der immer noch einfach dastand und mich ansah. Ich trat ganz nah an ihn ran.

»Das war das erste und letzte Mal, dass du so eine Nummer abgezogen hast, ist das klar? In diesem ›Team‹«, ich spie das Wort förmlich aus, »habe *ich* das Sagen!«

»Oh, das sieht man«, wagte der Vollidiot doch tatsächlich zu entgegnen. Ich sammelte alle meine Kräfte, um nicht durchzudrehen.

»Arsch Hamilton. Ich kann dich nicht ausstehen«, sagte ich leise und wandte mich zum Gehen, als ich noch seine Antwort hörte.

»And I don't give a fuck that you can't stand me.«

Ich schnaubte und ging davon. Das Tattoo auf meinem Arm brannte plötzlich wie Feuer, und ich hatte Lust, meine Haut samt Tattoo abzureißen. Ich verfluchte Ash, weil er mich an unsere unzertrennliche Verbindung erinnerte. Ich verfluchte ihn, weil er an dieser Verbindung schuld war. Ich verfluchte ihn einfach.

In der Pause gesellte sich Chase zu uns, und ich genoss es, einfach mal unkompliziert Zeit mit ihm zu verbringen.

»Ich habe mich mittlerweile schon an dein neues Tattoo gewöhnt«, meinte er plötzlich, als ich dabei war, meinen Nudelsalat zu vernichten. Meine Euphorie über mein neuestes Tattoo hatte sich nach meiner Auseinandersetzung mit Ash ein wenig verflüchtigt, trotzdem versuchte ich ein echtes Lächeln zustande zu bringen und zeigte Chase meinen Arm.

»Ich liebe es jetzt schon«, meinte ich gequält. Es war wirklich schön, ungeachtet dessen, was ich momentan von Ash hielt. Chase war gestern in der Früh gleich zu mir gekommen, um sich das Kunstwerk anzusehen.

»Ich habe kein einziges Tattoo«, sagte er fast bedauernd. »Ich weiß aber auch noch nicht, ob ich mir eins machen lassen möchte.«

»So geht's mir auch«, meldete sich Matt zu Wort. »Ich hätte eigentlich sehr gute Ideen, nur ...«

»Er traut sich nicht«, fiel ich ihm ins Wort, und die anderen lachten. Aus dem Augenwinkel sah ich, wie Ash zusammen mit Don und einigen weiteren Kerlen aus dem Jahrgang über mir zusammensaß und mich beobachtete. Ich schenkte ihm keine weitere Beachtung und wandte mich wieder an Chase.

»Ich gehe gern mal mit dir mit, falls du dir doch ein Tattoo stechen lässt, aber auch Angst hast und eine Hand zum Halten brauchst.«

»Okay, dann geht's wenigstens zum gleichen Tätowierer!«, meinte Chase und hatte keine Ahnung, was er da eigentlich von sich gab.

»Ach, es gibt in der Stadt viele gute«, sagte ich ausweichend. In dem Moment brummte mein Handy, ich zog es hervor und sah auf das Display.

Ash?

Ich hob den Blick und erkannte Ash, der immer noch bei Don war, mit dem Handy am Ohr dasaß und mich anstarrte. Demonstrativ drückte ich ihn weg und widmete mich wieder dem Gespräch der anderen.

»Tattoos stehen eh nicht jedem«, kam es plötzlich von Ana, die sowohl Matt als auch Chase vielsagend ansah. Wir lachten jetzt umso mehr, das war ja mal eine klare Ansage. Wieder begann mein iPhone zu brummen, wieder war es Ash, wieder drückte ich ihn weg, ohne überhaupt zu ihm rüberzusehen. Der hatte doch einen an der Waffel! Wenn er mir was Wichtiges zu sagen hatte, konnte er doch einfach herkommen. Oder mir einfach eine Nachricht schreiben.

Ich aß weiter, hörte den anderen zu und merkte, wie meine Laune langsam, aber sicher besser wurde. Als mein iPhone wieder vibrierte, blickte ich gar nicht hin, um zu sehen, wer anrief. Ich wusste es eh schon und drückte ihn weg. Wie gesagt, falls es so wichtig war, konnte er einfach herkommen.

Als ich den letzten Bissen schluckte, stand Ash doch tatsächlich auf und kam in unsere Richtung. Er fixierte mich mit seinen blauen Augen, die mich blöderweise immer noch nicht kaltließen, doch ich war zum Kampf bereit.

»Wir sehen uns nachher«, sagte ich schnell zu den anderen und packte meine Tasche. Kurz bevor Ash uns erreicht hatte, stand ich auf und ging in die entgegengesetzte Richtung davon. Hinter mir hörte ich, wie Matt Ash fragte, was zum Teufel er denn nicht kapierte. Ash antwortete etwas, das sich wie ›Was geht dich das an?‹ anhörte. Das waren wohl die ersten Worte, die die beiden aneinander gerichtet hatten, seit Ash wieder zurück war, stellte ich mit Bedauern fest.

Als ich auf den Flur gelangte, wusste ich erst nicht, wo ich hingehen sollte. Ich hatte keinen Plan gehabt, nur wollte ich nicht mit Ash sprechen. Einmal eine Runde durch die Gänge drehen, vielleicht bei meinem Spind vorbeischauen und wieder zu den anderen zurück. Das müsste hinhauen.

Ich ging den Flur entlang, bog einmal links in einen Korridor und kurz darauf wieder nach links.

Abrupt blieb ich stehen und wünschte mir nicht zum ersten Mal aggressive Superkräfte, die ich an Ash auslassen könnte. Er stand mit dem Rücken an meinen Spind gelehnt und sah in meine Richtung, als hätte er gewusst, dass ich diesen Weg gehen würde.

Wir waren allein auf diesem völlig menschenleeren Gang. Genervt marschierte zu ihm, um zu meinem Spind zu gelangen. Er starrte mich gelangweilt an und rührte sich keinen Zentimeter.

»Kannst du mal deinen Arsch da wegbewegen?«, fuhr ich ihn an, bekam zur Antwort lediglich ein süffisantes Grinsen. Ich stöhnte genervt und versuchte ihn wegzuschubsen und wegzuziehen, aber ich konnte mit meinem Fliegengewicht nichts ausrichten.

»Meine Güte, sei doch mal nicht so verdammt kindisch!«

»Also du hättest mir nur sagen brauchen, dass du mich gern anfassen willst, ich hätte es dir auch so erlaubt.«

Oh. Mein. Gott. Wieso verhielt er sich jetzt wieder wie so ein verdammter Idiot?

»Was willst du?«, fragte ich ihn und starrte ihn entgeistert an.

»Ich will mit dir reden.«

»Denkst du, ich will mit dir reden, so wie du dich aufführst?« Ich hatte die Schnauze voll von seinen Spielchen.

»Wie *ich* mich aufführe? Du kannst dich nicht einmal bei mir bedanken!«

»Ich habe mich gestern bei dir bedankt!«

»Ja, nachdem ich das ganze Wochenende nichts von dir gehört habe und du erst einmal Dayna anfahren musstest, nur weil du eifersüchtig bist!«

»Eifersüchtig? Ich?« War er komplett bekloppt? »Wieso sollte ich eifersüchtig sein?« Ich ignorierte gekonnt die Tatsache, dass ich gestern tatsächlich eifersüchtig gewesen war.

»Das weißt du ganz genau.«

»Oh, wirklich?« Wir hatten uns beide zu unserer vollen Größe aufgerichtet, meine Tasche hatte ich zur Seite geschmissen. Ash wirkte bedrohlich groß, und ich musste den Kopf in den Nacken legen, um ihn anzusehen. Er kam mir einen Schritt näher und sah mich mit funkelnden Augen an.

»Du denkst, ich gehöre nur dir. Falsch gedacht, Babe.«

Ich schnaubte verächtlich ob dieser abwegigen Aussage. »Träum weiter, Ash.«

»Sag mir, dass dich das hier nicht rührt.« Er packte mich an den Armen und drehte uns, sodass er mich an einen der Spinde knallte. Er hielt mich mit seinem ganzen Körper in Schach und hob mit einem Finger mein Kinn an, sodass ich gar nicht anders konnte, als ihn anzusehen. Mit den Lippen kam er meinen immer näher, und ich wusste nicht, was ich tun sollte. Alles in mir schrie danach, ihn von mir zu stoßen und nie wieder mit ihm zu reden. Gleichzeitig schrie alles in mir danach, ihn zu mir zu ziehen und den restlichen Abstand zu überbrücken. Ich wusste, wie es sich anfühlte, Ash zu küssen. Mein Interesse war dadurch nicht verschwunden, es war größer geworden.

Ich stand immer noch wie vom Donner gerührt da, doch kurz bevor Ash mich küssen konnte, stieß ich ihn von mir.

»Ich dachte, du wolltest *reden*!«

Schwer atmend sah er mich nur an. Mehrere Sekunden lang.

»Rede, verdammt!«, rief ich abwartend.

Ash fuhr sich mit der Hand durch seine Haare, die heute mal nicht von einer Cap bedeckt waren.

»Ich brauche ein Foto«, sagte er dann.

»Ein ... Was?«

»Michael hat den Artikel gelesen. Er findet ihn okay, aber ihm fehlt noch ein Foto von deinem fertigen Tattoo. Davon haben wir kein Bild.«

»Und das konntest du mir nicht gleich sagen?« Verständnislos sah ich ihn an.

»Du warst nicht gerade in Redelaune, schon vergessen?«

Ich vergrub das Gesicht in meinen Händen und unterdrückte die Tränen, die sich langsam ihren Weg an die Oberfläche bahnten. Ich hatte es so satt, nie zu wissen, wo ich mit Ash stand. Ich spürte, wie die ganze aufgestaute Energie aus meinem Körper wich und ein leeres Gefühl hinterließ.

»Darf ich ein Foto machen?«, fragte er mich plötzlich sanft, und die Weichheit in seiner Stimme war wie Balsam für meine Seele. Ich fuhr mir mit den Händen übers Gesicht, nickte stumm und hielt ihm einfach meinen Arm hin. Ash reagierte nicht, und genervt sah ich ihn wieder an.

»Mach doch das Bild, verdammt!« Diese ganze Situation war komplett absurd. Wir lieferten uns ein grimmiges Blickduell, während mein Arm nutzlos in der Luft hing.

Seufzend zog Ash sein Handy hervor und griff nach meinem Handgelenk. Ich konnte nicht anders, als unter seiner Berührung zusammenzuzucken.

Er schoss ein paar Fotos und steckte das iPhone wieder weg, hielt mich jedoch immer noch fest. Ich wollte ihn nicht ansehen. Dann fuhr er sachte mit seinem Finger über die geschwungene Schrift, und ich konnte eine Gänsehaut nicht unterdrücken.

»Es ist schön geworden«, sagte er leise. Ich reagierte nicht, obwohl ich ihm innerlich recht gab. Es war schön geworden. Nicht nur vom Handwerk her, es war auch weder geschwollen noch rot.

»Sadie ...« Ash zog mich ein kleines Stück näher zu sich, aber ich vermied es, ihn anzusehen. »Sadie, es tut mir leid.« Langsam hob ich den Blick und fühlte mich so unglaublich müde. »Es tut mir leid«, wiederholte er.

»Wieso?«, fragte ich. Zu mehr war ich nicht imstande.

»Ich war ... wütend.«

Ich schluckte. Ich wusste, dass auch mein Verhalten absolut nicht tadellos gewesen war.

»Wegen dir musste ich eine Nacht auf dem Sofa schlafen, verdammt«, sagte er weiter, und mein Kopf schnellte nach oben. Bevor ich Ash wegen dieser provozierenden Bemerkung zur Schnecke machen konnte, sah ich das kleine Grinsen auf seinen Lippen und das Strahlen in seinen Augen, das meine Knie ganz weich werden ließ.

Nur war ich noch nicht bereit, ihm einfach so zu verzeihen. Ich fühlte mich so hintergangen und verletzt. Die Schülerzeitung war *mein* Traum. Er konnte nicht einfach kommen und mir meine Arbeit wegnehmen!

»Wieso bist du überhaupt so schnell verschwunden?«, fragte mich Ash, und ich wurde aus meinen Gedanken gerissen. »Wärst du geblieben, hätte ich dir dein Frühstück ans Bett gebracht. Mit viel Bacon.« Er versuchte offensichtlich die Wogen zu glätten, schenkte mir ein schiefes Grinsen und mein Herz schmolz ein wenig. Wegen des Bacons. Dann erinnerte ich mich daran, dass Ash mich gerade genauso gut anlügen könnte.

»Ich wollte deinen Eltern nicht begegnen«, sagte ich wahrheitsgemäß.

»Was hast du gegen meine Eltern?«

»Nichts. Aber überleg mal, du warst vier Monate mit meiner Schwester zusammen, und zwei Wochen später übernachte ich bei dir? Wie wirkt das bitte auf andere?« Sah er denn nicht, wie hirnrissig und verkorkst das Ganze war?

»Sie hätten sich gefreut, dich wiederzusehen.«

Ich erwiderte nichts.

»Findest du es nicht ein wenig kindisch, einfach abzuhauen und dich nicht einmal zu trauen, meine Eltern zu sehen?«

»Sagt der, der mir gestern nicht einmal die Tür aufmachen wollte.« Ich verschränkte die Arme vor der Brust. »Wie hast du dir das denn vorgestellt? Dass wir Samstag schön mit deinen Eltern frühstücken, als wäre ich deine neue Freundin? Alles schön Friede, Freude, Eierkuchen?«

»Du hättest dich wenigstens verabschieden können. Du hast dich rausgeschlichen, als würdest du einen One-Night-Stand bereuen!«

Sein Vergleich brachte mich völlig aus dem Konzept, und meine Fantasie begann Bilder in meinen Kopf zu schleudern, die ich jetzt lieber nicht vor meinem geistigen Auge sehen wollte.

»Ich war einfach mit der Situation überfordert, okay?«, gab ich zu und gab mir große Mühe, um den Spielfilm, der sich jetzt darin befand, zu unterbrechen.

»Überfordert wegen was? Warum?«

»Weil du mir zu nahe kommst!«, platzte es aus mir heraus. Ash kam mir viel zu nahe. Ich konnte ihn nicht näher an mich heranlassen, weil ich ihn dann irgendwann nicht wieder gehen lassen konnte. Und das durfte ich verdammt noch mal meiner Schwester nicht antun!

»Das fällt dir immer schön spät ein«, murmelte er, und ich sah, wie er seine Kiefer fest zusammenpresste. Er schien jetzt auch wütend. »Du wünschst dir also nicht, dass ich dir näherkomme?«, fragte er, seine blauen Augen konstant auf mich gerichtet.

»Nein«, log ich mit fester Stimme und versuchte, innerlich nicht komplett auszuticken. Das war die größte und schlimmste Lüge, die je über meine Lippen gekommen war.

»Keine Angst, Babe«, flüsterte er. »Das war nie meine Absicht und wird es auch nie sein.« Mit den Worten drehte er sich um und ging davon. Er ging. Er verließ mich. Er ließ mich einfach stehen.

Mir wurde schwindelig, und ich bekam keine Luft. Ich beugte mich vornüber, stützte mich mit den Händen auf meinen Knien ab und konzentrierte mich auf meine Atmung.

Und dann wurde ich sauer. Ich richtete mich wieder auf und pfefferte meine Faust gegen meinen Spind.

Scheiße, Scheiße, Scheiße!

Was war mit mir los? Ich fühlte tausend Dinge auf einmal und kämpfte abermals mit den Tränen. Wieso mussten Ash und ich uns immer in die Haare kriegen? Wieso, wieso, wieso?

Ash war es nicht wert, dass ich mich so aufregte. Er war es nicht wert, versuchte ich mir selbst einzutrichtern.

Und trotzdem war mein Inneres wie leer gefegt, als ich Ash hinterherblickte, der schon längst verschwunden war.

20

Es war mucksmäuschenstill im Klassenraum. Alle Schüler hatten ihren Kopf über die Prüfung gebeugt und arbeiteten hoch konzentriert, um eine einwandfreie Leistung zu bringen.

Nur ich nicht.

Ich hatte sporadisch einige Fragen beantwortet und hing jetzt meinen eigenen Gedanken nach. Ich konnte mich nicht auf die unwichtigen Aufgaben vor mir konzentrieren, wenn mir gleich eine viel größere bevorstand.

Die Redaktionssitzung.

Seit unserem Vorfall gestern hatte ich Ash nicht mehr gesehen. Er besaß ein unglaubliches Talent dafür, sich vor mir zu verstecken, wenn er nicht gesehen werden wollte. Und das irritierte mich. Denn jetzt würde ich ihm gleich wieder gegenüberstehen, und die Sache zwischen uns war alles andere als geklärt. Es war, als würde sich jedes Mal, wenn wir versuchten uns auszusprechen, eine viel größere Kluft zwischen uns auftun. Obwohl ich ihn nicht gesehen hatte, konnte ich seine Wut und seine Abweisung spüren.

Und ich hatte Angst, ihnen persönlich zu begegnen.

Mein Blick schweifte zur Uhr, die über der Tür hing. Nur noch zwölf Minuten. Seufzend wandte ich mich meinem Papier zu und nahm meinen Stift. Ich sollte die Zeit nutzen, so wie Ana neben mir es tat, und versuchen, irgendetwas Sinnvolles von mir zu geben.

Exakt zwölf Minuten später klingelte es zum Unterrichtsende, die zurückgeschobenen Stühle schabten über den Boden und die Schüler verließen das Klassenzimmer, nachdem sie ihre Prüfung beim Lehrer abgegeben hatten. Ich machte es ihnen allen nach – nur in Zeitlupe.

Ana wartete vor dem Raum auf mich und seufzte, als sie meinen gequälten Gesichtsausdruck sah. »Kannst du nicht einfach nach Hause gehen und sagen, dass du krank bist?«, schlug sie vor.

»Nein, dann entscheidet Ash einfach selbst, was wir als nächstes Thema wählen. Und das will ich nicht zulassen.«

Ana grummelte irgendetwas Unverständliches und drückte mir einen Kuss auf die Wange. »Zum Glück hast du Matt!«

Ich ging mit zögerlichen Schritten zum Redaktionsraum. Matt wartete schon dort, und ich ging geradewegs auf ihn zu, als ich von hinten angerempelt wurde. Ash ging weiter, ohne mich anzusehen, und ich wollte am liebsten lachen, schreien, weinen und ausflippen – und das alles auf einmal. Er blieb vor dem Raum bei Dayna stehen und wechselte einige Worte mit ihr.

An Matts Körperhaltung konnte ich erkennen, wie unzufrieden er mit der Situation war. »Unser Gespräch am Samstag kommt mir jetzt so unglaublich sinnlos vor«, murmelte er, und ich nickte. Anas und Matts Angst um mich war nicht mehr nötig, denn ich stand im Moment definitiv in keinerlei Gefahr, mit Ash einen Fehler zu begehen.

Als wir die Tür erreichten, stellte Ash sich mit Absicht in den Weg und tat so, als würde er uns nicht sehen. Ich hatte die Schnauze voll.

Als er sich endlich in Bewegung setzte, überlegte ich kurz, ihm ein Bein zu stellen. Stattdessen sammelte ich all meine noch vorhandene Selbstbeherrschung und setzte mich neben Matt auf meinen Platz. Michael betrat den Raum, und schon wurde wieder über neue Artikel, Verbesserungsvorschläge und Deadlines diskutiert. Nach einer halben Stunde waren alle Aufgaben verteilt, und wie gewöhnlich wollte unser Redakteur noch einmal mit Ash und mir allein sprechen. Er schloss sogar die Tür, nachdem die anderen gegangen waren.

»So, wieder einmal ein phänomenaler Artikel«, fing er an. »Und das Tattoo und das Piercing sehen in echt sogar noch besser aus!«, fügte er hinzu. Ash und ich sagten nichts; wir saßen nur nebeneinander, ein Team waren wir gerade eben nicht.

Waren wir eigentlich je ein Team gewesen?, schoss es mir durch den Kopf.

»Ihr habt jetzt vier Artikel geschrieben, also habt ihr noch vier übrig. Im letzten will ich auch eine kleine Zusammenfassung von den anderen«, redete Michael weiter. Ich konnte mich kaum konzentrieren, so sehr setzte mir Ashs Anwesenheit zu.

»Ich habe schon die nächste Aufgabe für euch, wenn die Artikelreihe abgeschlossen ist.« Jetzt horchte ich auf. »Der Abschlussball findet in eineinhalb Monaten statt, und ich möchte, dass ihr beide den Artikel darüber verfasst.«

Das war doch wohl nicht sein verdammter Ernst?

»Super, ich könnte gut einen Fotografen gebrauchen«, sagte ich, um Ash gleich einmal zu zeigen, wo wir standen. Michael zögerte kurz mit dem Weiterreden.

»Mir ist eure Arbeitsaufteilung egal, Hauptsache, der Artikel behält sein Niveau.«

»Das werden wir schon regeln«, vernahm ich Ashs Stimme, und ich konnte deutlich die Drohung in ihr hören.

»Ich habe euch beide schon für den gesamten Abend angemeldet, ihr werdet also teilnehmen, als wärt ihr im Abschlussjahrgang.«

Einen ganzen Abend neben Ash? Das wurde ja besser und besser!

Auch Ash spannte sich an. Er war genauso begeistert.

Also gar nicht.

»So, dann seid ihr informiert. Sadie, du hast nach dieser Artikelreihe erst einmal zwei Wochen Praktikum, oder?«, fragte er mich, und ich nickte. Alle im Jahrgang hatten vor einem halben Jahr schon Bewerbungen an verschiedene Firmen für das Berufspraktikum geschickt. Meine Zusage war einige Zeit später gekommen. Ich würde bestimmt in einem langweiligen Büro zwei Wochen verbringen müssen. Aber wer wusste schon, ob ich mich nicht als Verwaltungsexpertin entpuppte.

»Gut, du wirst in der Zeit keine Artikel schreiben. Jetzt will ich nur noch wissen, was ihr als Nächstes geplant habt.«

Michael sah uns abwartend an. Ash und ich hatten uns noch gar nicht entschieden. Sollte ich einfach mit dem Nächstbesten herausplatzen? Oder hatte Ash irgendeine absurde Idee, die er gleich abfeuerte?

Ich wollte gerade zu einer Antwort ansetzen, als Ash mir zuvorkam.

»Das *Games'n Fun*«, antwortete er lediglich und verschränkte die Arme vor der Brust.

Ich war sprachlos. Warum ...?

Michael sah auch zuerst ein wenig irritiert aus, doch dann schien ihm der Gedanke doch zu gefallen.

»Eigentlich eine ziemlich gute Idee«, meinte er schließlich.

Ich war noch immer so perplex, dass ich kein Wort herausbrachte. Ash war bereits aufgestanden, und auch Michael packte seine Sachen zusammen.

Das *Games'n Fun*.

Das *Games'n Fun* war ein riesiges Center, in dem man alle Spiele, die das Herz begehrte, ausprobieren konnte. Von Klein bis Groß hatte dort einfach jeder Spaß. Ash und ich waren früher oft dort gewesen und hatten Stunden vor irgendwelchen Konsolen verbracht und in der Hindernislandschaft herumgetollt. Diese Erlebnisse gehörten zu den besten meiner Kindheit.

Warum wollte er jetzt wieder dorthin? Wollte er mir den Unterschied zwischen dem alten und dem neuen Ash einfach noch mehr unter die Nase reiben?

»Ist noch was, Sadie?«, fragte mich in dem Moment Michael, weil ich noch immer wie eine Salzsäule vor mich hin starrte und versuchte, dem unvermeidlichen Strom an Erinnerungen zu entfliehen.

»Was? Nein, alles in Ordnung, ich war nur in Gedanken.« Schnell schnappte ich mir meine Tasche und lief nach draußen. Ich bemerkte Ash überhaupt nicht, der neben der Tür an der Wand lehnte.

»Morgen nach der Schule«, sagte er nur, bevor er in die entgegengesetzte Richtung davonging.

Ich hatte gerade einmal vierundzwanzig Stunden Zeit, um mich irgendwie ansatzweise auf einen ganzen Nachmittag mit Ash vorzubereiten, bei dem so viele alte Erinnerungen und Emotionen im Spiel waren. In diesem Center hatten wir – also ich zumindest mal in jedem Fall – einige der schönsten Stunden meines Lebens verbracht. Wir hatten rumgealbert und waren uns für nichts zu schade, sondern hatten einfach jeden Blödsinn und jedes noch so unsinnige Kleinkinderspiel ausprobiert.

Seit Ash weggegangen war, hatte ich keinen Fuß mehr dort hineingesetzt.

Es wäre nicht dasselbe gewesen, obwohl ich mir das nicht hatte eingestehen wollen

Als ich jetzt die Halle betrat und mir das laute Gekreische entgegendrang, merkte ich, wie sehr ich diese unbeschwerten Momente vermisst hatte.

Aber heute ... Ein Nachmittag mit Ash in der aktuellen Stimmung würde mit Sicherheit nicht annähernd so lustig ausfallen wie damals.

Vielleicht sollte ich ...

Oder nein, lieber nicht.

Oder doch? Ich verband so viel Schönes mit diesem Ort, dass ich es nicht ertragen konnte, diese schönen Erinnerungen mit einer schlechten zu überschatten. Da ich nicht einfach abhauen konnte, blieb nur noch eine Möglichkeit: So offen auf Ash zuzugehen, dass wir einen genauso unbeschwerten und verrückten Nachmittag haben konnten wie früher.

Würde ich damit klarkommen? Ich holte einmal tief Luft und horchte in mich hinein.

Ja, das würde ich. Wenn er mitspielte.

Der Gedanke an uns beide, wie wir uns in einer Wanne voll mit Spielbällen befanden und uns gegenseitig damit bewarfen, zauberte mir ein Lächeln ins Gesicht.

»Was gibt's denn hier zu grinsen?« Ash war neben mir aufgetaucht und ließ seinen Blick über die völlig ausgeflippte Meute an kleinen Kindern, Jugendlichen und vereinzelt auch Erwachsenen schweifen.

Ich wandte mich ihm zu und behielt meinen fröhlichen Gesichtsausdruck, auch wenn es mir schwerfiel. So schnell würde ich mich nicht von meinem Vorhaben abbringen lassen, nur weil er noch ein wenig mürrisch war.

»Wir beide haben heute Spaß!« Jetzt hatte ich seine Aufmerksamkeit. Ein freches Grinsen schlich sich auf sein Gesicht.

»Dafür sind wir hier aber am falschen Ort«, meinte er, und ich schlug ihm gegen den Oberarm.

»Reiß dich mal zusammen!«, wies ich ihn zurecht. »Also, wo geht's als Erstes hin?« Ich ließ meinen Blick, wie kurz zuvor Ash, über die einzelnen Attraktionen schweifen, bis ich an einer hängen blieb. Ich krallte mir Ashs T-Shirt und zog ihn hinter mir her.

»Hey, du leierst das T-Shirt aus!«

»Dann lauf schneller, anstatt zu meckern!« Ich fühlte mich gerade wieder zurückversetzt in meine Kindheit. Und ich wollte *jetzt* auf diese Kletterpyramide. Als Ash merkte, wohin es ging, hörte ich ihn leise lachen.

»Dein Ernst?«

»Aber so was von! Wer zuerst oben ist!« Ich ließ ihn los und begann zu sprinten. Ich hörte Ash hinter mir ebenfalls beschleunigen, sodass wir fast gleichzeitig an der Pyramide ankamen. Ich schwang mich auf das unterste Seil, das ein bisschen unter meinem Gewicht nachgab, und zog mich schnell hoch. Ash war direkt neben mir und hatte sein Bein schon auf der nächsten Ebene. Schnell suchte ich mir den nächsten Halt und erklomm die Pyramide ein Stückchen weiter.

So schnell wie gerade eben war ich noch nie geklettert.

»Erster!«, brüllten wir beide, während wir unsere Hände gleichzeitig auf den obersten Metallknopf klatschten. Wir waren beide ein wenig außer Atem und sahen uns mit strahlenden Gesichtern an. Bis es plötzlich unangenehm wurde.

Seine Hand lag noch immer auf meiner, und ich zog sie zurück. So schnell konnte ich ihn also dazu bringen, sich zu amüsieren? Die Erkenntnis freute mich, und ich gab ihm mit einem Kopfnicken zu verstehen, dass wir wieder nach unten klettern sollten. Ash wäre einmal beinahe einem Kind auf die Finger getreten, sonst verlief unser Abstieg ohne Zwischenfälle.

»Okay, das Nächste darf ich aussuchen!« Ash schien jetzt ebenso Feuer gefangen zu haben wie ich. Von seiner anfänglichen Verstimmtheit war keine Spur mehr zu bemerken, und es herrschte so etwas wie ein harmonisches Gefühl zwischen uns. Ich fühlte mich hier mit ihm pudelwohl.

Kurz fragte ich mich, wie lange das wohl anhalten würde, wenn wir wieder aus dieser Halle treten würden, doch ich schob den Gedanken schnell beiseite, weil ich mir irgendwie sicher war, dass es nicht so weitergehen würde, wie es gerade war.

»Okay«, gestattete ich ihm, und er schnappte mich an der Hand und lief auf die Rolltreppe nach oben zu. Während im Erdgeschoss alle Spiele und Geräte aufgebaut waren, bei denen man keine Elektronik benötigte, befanden sich oben die ganzen Konsolen. Ash hatte offensichtlich ein bestimmtes Spiel im Sinn, denn er steuerte auf eine Konsole zu, die im Moment noch belegt war.

»Hast du das schon mal gemacht?«, fragte er mich, und ich schüttelte den Kopf.

Guitar Hero war mir bis jetzt noch nicht untergekommen.

»Puh, dann zock ich dich wenigstens total ab«, gab er fröhlich von sich.

»Du bist einfach der größte Gentleman auf Erden.« Mein ironischer Kommentar störte ihn kein bisschen. Generell prallte ziemlich viel von dem, was ich zu ihm sagte, einfach an ihm ab. Besonders, wenn ich ihn provozieren wollte.

»Ich weiß, Babe.«

Wir sahen den beiden Jungs dabei zu, wie sie ihren Traum vom Rockstardasein auslebten und aus ihren Möchtegerngitarren alles herausholten, was irgendwie möglich war.

Die spielten auch nicht zum ersten Mal.

Ihre Finger flogen nur so über die einzelnen bunten Tasten, und das, was dabei herauskam, klang echt nicht schlecht.

Die beiden beendeten ihren Song und stellten die Gitarren ab. Jetzt waren wir an der Reihe.

Ash griff nach einer Gitarre und hielt sie mir entgegen.

»Willst du mir nicht erklären, wie das funktioniert?«

»Nope«, meinte er schlicht, schnappte sich die zweite Gitarre, wählte ein Lied aus, und plötzlich ging es los und ich war noch gar nicht bereit. Ich sah die Farben auf den Punkt zuschnellen, an dem ich die Tasten drücken musste, aber da ich noch nicht verinnerlicht hatte, wo sich die verschiedenen Farben auf dem Griffbrett der Gitarre befanden, drückte ich meistens die falschen Tasten.

Mein Gedudel klang einfach nur grottenschlecht, und ich konnte mich vor Lachen kaum mehr auf den Beinen halten. Hier in diesen Hallen hatte ich mein Schamgefühl schon immer abgestellt. Es war mir völlig egal, ob ich mich zum Affen machte, solange ich dabei Spaß hatte.

Ewig lange drei Minuten später war das Stück zu Ende und ich stellte die Gitarre ab, während meine Bauchmuskeln vom Lachen schon überstrapaziert waren.

»Gott, warst du grottenschlecht«, sprach Ash das Offensichtliche mit einem fast schon liebevollen Glitzern in den Augen aus.

»Überhaupt nicht, ich bin schon fast ein Profi«, erwiderte ich, und gemeinsam prusteten wir wieder los. Es tat gut, mit Ash zu lachen. Sich einmal nicht zu streiten. Sich nicht anzuschweigen. Einfach gelöst zu sein.

So wie früher.

»Komm, gleich noch eine Runde!«, forderte ich Ash heraus und schnappte mir wieder meine Gitarre. »Dieses Mal etwas Langsameres, ich komm noch überhaupt nicht mit«, bat ich ihn.

»Das habe ich gemerkt. Eine Rockballade möchte die Lady also …« Konzentriert sah er auf den Bildschirm und wählte *Nothing Else Matters* aus. Ein Klassiker. Vielleicht sogar *der* Klassiker. Auf jeden Fall eine fantastische Auswahl, und noch dazu recht langsam.

Wir stellten uns in Position und rockten dann total ab.

Beziehungsweise Ash rockte ab, ich war immer noch grottenschlecht. Als das Lied zu Ende war und Ash mich wieder aufziehen wollte, hörte ich eine kleine besserwisserische Stimme neben mir.

»Äh, du weißt schon, dass du den Schwierigkeitsgrad einstellen kannst?« Ein kleiner blonder Junge mit mehr Zahnlücken als Zähnen im Mund sah mich belehrend an. Ich hob eine Augenbraue und wusste nicht, was ich erwidern sollte. »Ja, das war eindeutig zu schwer für dich. Du bist schließlich kein ›Expert‹ – wie ich«, sagte er weiter. Dieser kleine Frechdachs!

Dann kapierte ich erst, was er da quasselte. Ich drehte mich zu Ash und sah ihn giftig an. »Man kann den Schwierigkeitsgrad einstellen?«

»Äh, ja natürlich, kann man bei fast jedem Spiel.« Klar, jetzt tat er so, als wäre das alles meine eigene Schuld. Ich reichte dem kleinen Bengel meine Gitarre und sagte zuckersüß an ihn als auch Ash gewandt: »Zeig mal her, du kleiner Expert, was du gegen meinen Kumpel hier ausrichten kannst!«

Ich machte einen Schritt zur Seite und betrachtete das Groß- und das Kleinkind vor mir. Ash ließ netterweise den Jungen das nächste Lied wählen und staunte nicht schlecht, als er sich *One* aussuchte, auch von Metallica.

Der Anfang war noch ziemlich leicht für beide zu bewältigen, aber dann ging das Lied ja mal richtig ab. Ash und der Bengel gaben alles, und mir fielen fast die Augen aus dem Kopf, als der kleine Knirps doch tatsächlich zweihundertfünfzig Punkte mehr hatte als Ash.

»Haaaaaa, haaaa! Du hast gegen einen Achtjährigen verloren!«, zog ich ihn auf.

»Hey! Ich bin zehn!«, kam es vom Blondschopf, doch ich ignorierte ihn.

»Ich habe ihn doch nur gewinnen lassen«, versuchte Ash sich zu entschuldigen, dabei hatte ich ihn längst durchschaut.

»So, was machen wir jetzt?«, fragte er mich, statt weiter darauf einzugehen, und sah mich abwartend an.

»Ich will zum Hindernisparcours!«

»Zum Hindernisparcours?«, hakte Ash nach. »Was willst du denn dort? Da warst du *nie* besser als ich, du bist auf halbem Weg immer in die Farbkugeln gefallen.« Der Kerl hatte doch ein Elefantengedächtnis! Wieso konnte er sich an so was erinnern?

»Ich denke, dass ich heute eine größere Konkurrenz darstelle. Also komm jetzt. Außer du hast Angst vor einer Niederlage.«

»Von wegen! Mach dich auf was gefasst!« Wir ließen den kleinen Jungen einfach stehen und rutschten die Rolltreppe auf dem Handlauf nach unten. Beinahe hätte ich mein Gleichgewicht verloren, aber ich konnte mich gerade noch fangen, bevor es wirklich peinlich geworden wäre.

Wir standen vor dem Hindernisparcours und sahen uns die Stationen an. Verändert hatte sich hier nicht viel, außer dass noch zwei Stationen dazugekommen waren. Eine, bei der man ins Wasser fliegen konnte, wenn man nicht aufpasste, und eine, bei der man sich zwischen zwei Rollen durchquetschen musste.

»Immerhin kannst du gleich baden gehen, wenn du vorher in die Farbe gefallen bist.« Ash ließ einfach nicht locker.

»Wer zuletzt lacht, sage ich da nur.« Ich ließ mich von ihm doch nicht einschüchtern. Dieses Mal würde ich es über die Farben schaffen!

Wir stellten uns in der Reihe an und warteten darauf, dass die Kinder vor uns endlich durch waren. Irgendwie waren die hier alle nur halb so groß wie wir und brauchten dementsprechend auch ewig. Trotzdem war es witzig, dabei zuzusehen, wie sie im Matsch landeten oder bei den Ringen stolperten.

»Hast du den gesehen?« Ash hatte sich zu mir gebeugt und flüsterte, damit es nicht ganz so auffiel, dass wir über kleine Kinder lästerten.

»Habe ich, habe ich ...« Vor lauter Lachen musste ich mir den Bauch halten, aber ich konnte es einfach nicht abstellen. Auf einmal legte Ash eine Hand über meinen Mund.

»Psssst, nicht so laut, du bist so gemein zu den Kleinen!« Doch ich konnte hören, dass auch er sich kaum beherrschen konnte.

»Was, wenn wir beide in den Matsch oder ins Wasser fallen? Müssen wir dann nach Hause zum Umziehen?«, fragte ich plötzlich. Ash sah mich zwei Sekunden lang an. Dann verdrehte er die Augen.

»Sadie, Sadie, Sadie, mach doch mal deine hübschen Augen auf. Sieh mal dahinten!« Er zeigte auf eine Anlage hinter dem Parcours, wo einige Kinder in eine Art Springbrunnen gingen, um sich Farbe und Matsch abzuwaschen. Daneben waren zwei große Turbinen, die Windstöße in gefühlter Orkanstärke produzierten. Davor standen einige Kinder und konnten sich nur mit Mühe auf den Beinen halten, weil der Wind so stark war. Aber die Klamotten wurden dadurch in Windeseile trocken.

»Das ist ja praktisch!« Ich war echt erstaunt.

»Wollen wir den Parcours zusammen bewältigen?«, fragte Ash mich plötzlich.

»Wie? Gleichzeitig losrennen?«

»Ja, oder eben direkt hintereinander. Das macht es noch schwieriger.« Ash grinste mich an. Und dieses Grinsen hatte es mir nun einmal angetan.

»So schaff ich es ja nie über die Farbkugeln«, gab ich zu bedenken. Als Brücke diente dort nämlich eine Röhre, die auch rollte. Ich hatte darauf nie die Balance halten können, weil sie sich so schnell drehte. Wenn Ash zudem vor oder nach mir ging, würde ich mich erst recht nicht oben halten können!

»Das ist natürlich das Risiko«, räumte Ash ein. »Aber auch der Reiz.« Er sah mich unverwandt an, und seine Augen sprühten freudige Funken. Ich konnte nicht Nein sagen.

Wieso konnte ich bei Ash nie Nein sagen?

»Okay«, rutschte mir raus.

Ash sah so aus, als würde er gleich einen Freudensprung machen.

Und schon waren wir dran.

Ash rannte als Erster los, ich folgte ihm so dicht es ging auf den Fersen. Der Anfang war noch einfach zu bewältigen. Wir liefen eine Hängebrücke nach oben, und nachdem Ash erst mal rauf und runter gehüpft war, damit alles schön wackelte und ich fast gestorben wäre, kamen wir an eine Stange, wo wir im Feuerwehr-Style runterrutschen mussten. Ich wartete, bis Ash weg war, damit ich ihm nicht auf den Kopf fiel.

»Schade, dass du keinen Rock anhast«, hörte ich ihn von unten rufen, und da bereute ich, dass ich nicht direkt hinter ihm runtergerutscht war.

Er wartete, bis ich auch unten war, und setzte seinen Lauf fort. Als Nächstes mussten wir über ein nur zehn Zentimeter breites Brett laufen, ohne in den Matsch neben uns zu fallen. Ich war nur einen Meter hinter Ash, und als er plötzlich vor mir stoppte, wäre ich fast in ihn reingelaufen.

»Mann, was machst du?«

»Warte kurz«, murmelte er nur. Er bückte sich und hob etwas auf, worauf er sich halb zu mir umdrehte. Er hielt mir etwas goldig Schimmerndes entgegen.

»Da hat ein kleines Mädel wohl seinen Herzchen-Ohrstecker verloren. Den kriegt sie nachher wieder!« Er steckte ihn in seine Jeanstasche und lief weiter. Mein Herz war ganz weich geworden, aber schnell nahm ich mich zusammen und lief Ash hinterher.

Wir schafften auch die nächsten Herausforderungen, als wir schließlich endlich – oder leider? – vor den Farbkugeln standen. Ash drehte sich zu mir um.

»Sadie? Jetzt konzentrierst du dich, okay? Ich will nicht da drin landen!«

Soso, da hatte wohl jemand keinen Bock drauf, in die Farbkugeln zu fallen.

»Das war doch der Reiz an der ganzen Sache, oder?«, fragte ich ihn deswegen keck, was er nur mit einem Schmunzeln erwiderte. Er ging langsam nach vorn. Als er ungefähr bei der Hälfte war, betrat ich vorsichtig die Röhre, und sofort wären wir beide fast in das bunte Schlamassel gefallen.

Ash machte einen großen Schritt, und ich folgte ihm mit meinen kleinen, unsicheren Tapsern. Dann hatte Ash die andere Seite erreicht, und es gab einen Ruck durch den rollenden Pfad unter mir. Ich wedelte mit den Armen und konzentrierte mich. Ich wollte einfach verdammt noch mal nicht in die Farbkugeln fallen!

Ich machte einen Schritt. Dann noch einen. Und noch einen. Und schließlich einen letzten. Ich hüpfte von der

Röhre und befand mich plötzlich in Ashs Armen. Ich kreischte und jubelte und hüpfte mit ihm rum.

»Ich hab's geschafft!«, schrie ich und lachte.

»Wurde nach neun Jahren aber auch Zeit«, neckte Ash mich und zog mich sachte weiter. Wir hatten nur noch eine Herausforderung vor uns. Wir mussten über das Wasser gelangen, indem wir auf einer ein Meter breiten Brücke balancierten. An sich schien das nicht schwer, doch die Brücke war nur in der Mitte fixiert, sodass sie immer wieder zu beiden Seiten wippte.

Ash streckte mir die Hand entgegen. »Das machen wir zusammen, okay?« Ich ergriff sie und ein Schauer durchfuhr mich bis zu meinem Haaransatz. Langsam gingen wir vorwärts, immer darauf bedacht, ziemlich genau in der Mitte unsere Füße aufzusetzen, um die Brücke ja nicht zum Kippen zu bringen.

Als wir den halben Weg geschafft hatten, nahm ich aus dem Blickwinkel plötzlich eine Bewegung in meinen Haaren wahr. Ich schielte dorthin und sah eine fette, riesige, enorme, schwarze, gigantische, gefährliche, eklige, überdimensionale, haarsträubende Spinne, die sich durch meine Haare wuselte.

Ich schrie, als würde mein Leben davon abhängen, riss mich von Ash los und versuchte die Spinne wegzuschlagen. Ich schüttelte mich, meinen Kopf, meine Haare und begann vor lauter Angst und Ekelgefühl zu trampeln.

»Sadie, was zum Teufeeeeäähh«, rief Ash noch, bevor er durch meine unüberlegten Bewegungen so aus der Balance geriet, dass er in das seichte Wasser unter uns fiel. Ich schlug immer noch nach der Spinne, während ich weiterstolperte und mich plötzlich auch nicht mehr auf den Beinen halten konnte. Ich sah noch, wie die

Spinne aus meinen Haaren flog, bevor ich Ash ins Wasser folgte und direkt auf ihn drauffiel.

Ich stützte mich auf seiner Brust ab, während ich mich in seinen Augen verlor, ohne darauf zu achten, dass sich meine Hose und mein Shirt mit kaltem Wasser vollsogen. Ash ging das Wasser gerade mal über seinen Bauch, wenn er so wie jetzt auf dem Rücken lag, und er sah mich verwundert an. Meine Haare hingen wie ein Vorhang vor meinem Gesicht und versperrten die Sicht auf die ganzen Kinder, die darauf warteten, dass sie an der Reihe waren und sich gerade eben über unseren Stunt fast in die Hose pinkelten vor Lachen.

Ash blieb bewegungslos und sah mich nur an. Er musterte mich, wir waren in unserer eigenen Welt.

Ich konnte mich gar nicht rühren, wurde mir aber auf einmal sehr bewusst, wo ich mich befand.

Auf Ash.

Plötzlich breitete sich ein Feuer auf meiner Haut aus, wo ich ihn berührte, was so gut wie überall war. Ich konnte deutlich die Muskeln unter meiner Hand spüren und musste mich kräftig zusammenreißen, um ihn nicht abzutatschen.

»Was ...«, setzte er an, als wir plötzlich den empörten und angewiderten Ruf eines Kindes wahrnahmen.

»Iiiiiiiiihhh! Sie machen Babys!«

Völlig geschockt sahen wir beide zu dem Kind, bevor ich mich schnell von Ash erhob und zum Rand des kleinen Beckens stolperte.

»Dieser kleine, bescheuerte ...«, meinte ich Ash hinter mir grummeln zu hören.

Was war denn das jetzt schon wieder gewesen? Hatte ich mir nicht bis gestern noch geschworen, dass nie wieder so etwas zwischen ihm und mir passieren würde? Wegen meiner eigenen Blödheit hätte ich am liebsten mein Hirn gegen den Beckenrand gehämmert.

So blöd, blöd, blöd!

Was hatte er sagen wollen, als das Kind dazwischengequatscht hatte? Ich wusste es nicht und würde es vielleicht nie erfahren.

»Was war denn gerade los?« Vielleicht erfuhr ich es ja doch gleich. Wollte er jetzt wirklich eine Antwort auf unseren kleinen Blickkontaktflirt? »Wieso hast du so zum Rumzappeln angefangen?« Ach so. Das wollte er wissen.

»Da war eine riesige, fette, total eklige Spinne in meinen Haaren.« Ash klappte fassungslos den Mund auf, bevor er total zu lachen anfing.

»Du bist unmöglich! Komm, wir lassen uns trocken pusten.« Offenbar war er nicht sauer, denn er stieg aus dem Becken und hielt mir die Hand hin, um mich hochzuziehen. »Na ja, immerhin bist du heute endlich mal über die Farbe gekommen.«

»Ich wäre auch über das Wasser gekommen, wenn da nicht diese Spinne gewesen wäre!«, verteidigte ich mich noch mal.

»Mhm«, meinte er nur. »Wo ist die Spinne bitte jetzt?«, fragte er dann, als würde er erst Beweise sehen wollen, ob die Spinne überhaupt existierte.

»Hoffentlich liegt sie ersoffen auf dem Grund des Beckens!« Ich ließ mir von Ashs Andeutungen nicht die Laune verderben und ging zu den Föhnen in Übergröße voraus. Als wir in den Wind traten, wurden wir beide von der Heftigkeit überrascht.

Meine Haare wurden um meinen Kopf gewirbelt, sodass ich kaum etwas sehen konnte. Auf einmal spürte ich, wie Ash mich in die Seite stupste.

»Streck mal deine Arme aus! Es fühlt sich an, als würde man fliegen!«, rief er mir zu, und ich tat, wie mir geheißen. Tatsächlich fühlte es sich kurz so an, als wäre man schwerelos.

Ich lugte zu Ash rüber, der mit geschlossenen Augen dastand und angeblasen wurde. Sein nasses Shirt klebte an seinen trainierten Körper, und ich konnte meinen Blick nicht von ihm wenden. Ich musterte ihn, seine zufriedenen Gesichtszüge, seine ... Nippel?!

Sein nasses weißes Shirt war an genau der richtigen, äh, falschen Stelle durchsichtig.

»Hätte ich mir doch ein Nippelpercing machen lassen sollen?«, fragte er plötzlich und grinste mich wissend an.

Verdammt, wie lange hatte ich ihm auf die Brust gestarrt?

Peinlich berührt drehte ich den Kopf wieder zu der Turbine, sodass meine Haare nach hinten gepeitscht wurden. Plötzlich spürte ich Ashs Hand an meiner. Er griff danach und verschränkte dann seine Finger mit meinen. Ich drehte den Kopf zu ihm und sah, wie er mich anlächelte, und unwillkürlich schlug mein Herz ein klein wenig schneller.

Alles war gut zwischen uns.

Alles war mehr als gut.

Und jetzt gerade wollte ich mir einfach für einige wenige Sekunden erlauben, es zu genießen.

Nach ungefähr zehn Minuten waren wir wieder halb trocken geföhnt und verließen gut gelaunt das Parcours-Gelände. Ich war ganz durch den Wind.

»Liebe Kinder! Seht her, seht her!«, ertönte auf einmal eine merkwürdige Stimme, und ich drehte den Kopf zu einem Mann in einem Affenkostüm. Das Maskottchen. Er hielt uns eine Kamera hin und wir blickten neugierig auf den Bildschirm. Er hatte ein Foto von uns gemacht, wo wir *fliegend* vor der Windanlage standen. Ash und ich sahen uns zur selben Zeit an und hatten den gleichen Gedanken. Dieses Bild war perfekt für die Schülerzeitung. Das mussten wir kaufen, ohne Diskussion.

Wir ließen uns das Bild hinterlegen und schlenderten ziellos weiter.

»Woah, warte mal!«, rief Ash plötzlich. Er kramte in seiner Hosentasche und holte den Ohrstecker hervor. »Wir müssen noch zu den Fundsachen.« Er sah sich um und ging in die entgegengesetzte Richtung los.

Ein großes Kind mit großem Herz also.

Ich schlenderte Ash hinterher, der bei den Fundsachen mit einer älteren Dame sprach und ihr das Schmuckstück überreichte, als wäre es ein heiliger Gegenstand. Als er sich wieder zu mir umdrehte, lag ein zufriedener Ausdruck auf seinem Gesicht.

»Die gute Tat des Tages«, meinte er und rieb sich die Hände.

»Und wahrscheinlich für dich die gute Tat des Lebens«, mutmaßte ich neckend.

»Darüber weißt du doch gar nichts.« Er schubste mich leicht spielerisch.

»Hey, ich habe Hunger, wie sieht's bei dir aus?«

»Ich habe immer Hunger«, antwortete er, und wir schlugen den Weg zu der Imbissbude des Centers ein. Als wir vor der Menütafel standen, sah Ash mich verschmitzt an. »Na, wie viel isst du heute?«

»So viel, wie ich will«, gab ich nur zurück und bestellte daraufhin einen Burger mit doppeltem Beef, Käse und extra Bacon – in einem großen Menü, versteht sich. Ash nahm das nur amüsiert zur Kenntnis und bestellte sich einen mexikanisch inspirierten Burger. Wir setzten uns mit dem Essen an einen Tisch etwas abseits von dem ganzen Tumult der hyperaktiven Kinder ohne jegliches Gefahrenempfinden. Wir waren mit Abstand die ältesten Besucher, wenn man nicht an die Eltern der Kinder dachte, die eh nur passiv zusahen.

Ich packte meinen Burger aus und nahm einen großen Bissen. »Mhm, ich sterbe«, murmelte ich genüsslich und nahm sofort noch einen Bissen. Ash saß mit seinem Burger in der Hand da und guckte mich nur an. Wieso musste er mir beim Essen immer zusehen? Ich wurde dadurch voll nervös und unsicher.

»Was?«, fragte ich deswegen.

»Sadie, du ... Du isst wie ein Ferkel«, meinte er dann breit lächelnd. Ich nahm unbeeindruckt eine Pommes, tauchte sie in meine Barbecue-Soße und aß sie, als mein Blick auf Ashs Süß-Sauer-Soße fiel.

»Mann, wieso hast du Süß-Sauer?«, fragte ich beleidigt und schnappte mir seinen Dip. Ich riss das Päckchen auf und tunkte sogleich noch eine Pommes rein.

»Hey, du kannst doch nicht einfach was nehmen, was dir nicht gehört!«, regte Ash sich gespielt auf, und in dem Moment, als er die Worte ausgesprochen hatte, sahen wir beide die Zweideutigkeit in dem Satz.

»Äh, stimmt ...«, murmelte ich und wollte ihm seine Soße zurückgeben. Ash durfte ich mir auch nicht nehmen.

»Ich will eh lieber Barbecue – da ist mehr Geschmack drin.« Er schnappte sich meine Soße, bevor ich ihm seine zurückgegeben hatte. Dankbar nahm gleich noch etwas davon. Ich hatte einen Bärenhunger!

Als wir nach einer Viertelstunde aufgegessen hatten, lehnten wir uns zufrieden auf unseren Stühlen zurück. Ich trank von meiner Cola, als ich über den Rand des Bechers Ash betrachtete, der nachdenklich spielende Kinder beobachtete. Dann drehte er sich wieder zu mir, räumte unseren Müll zusammen und beugte sich zu mir nach vorn, die Arme auf den Tisch gestützt.

»Sadie, es tut mir wirklich leid, dass ich den letzten Artikel einfach ohne dich geschrieben habe. Und alles, was danach kam.« Er hob seinen Blick, und das Blau seiner Augen traf mich wie ein Blitz.

Jedes Mal, wenn Ash sich entschuldigte – nicht dass es schon besonders oft vorgekommen wäre –, war ich wie vom Donner gerührt.

Er meinte die Entschuldigung ernst, das konnte ich erkennen.

»Kannst du nicht bitte irgendwas sagen?«, meinte er nach ein paar Sekunden der Stille, in denen ich ihn nur gemustert hatte. Ich seufzte.

»Ash, wir können nicht immer streiten und Scheiße bauen und uns wieder versöhnen, nur damit wir kurz darauf gleich wieder Mist bauen und uns wieder versöhnen müssen.« Er wollte schon zu einer Erwiderung ansetzen, doch ich sprach weiter. »Aber ich muss zugeben, dass ich mich auch nicht ganz korrekt verhalten habe. Also Entschuldigung angenommen.« Zögerlich lächelte ich ihn an.

»Danke«, meinte er erleichtert. Ihm schien wirklich ein Stein vom Herzen zu fallen, denn wie aus einem Impuls heraus legte er seine Hand auf meine, die auf dem Tisch lag. Ein wenig geschockt von der unerwarteten

Berührung starrte ich unsere Hände an. Ich merkte, wie mir warm wurde, weil mir sämtliches Blut ins Gesicht schoss.

Wieso brachte mich so eine simple Berührung so aus dem Konzept?

Als Ash keine Anstalten machte, seine Hand wieder von meiner wegzunehmen, sondern begann, mit seinem Daumen leicht über meinen Handrücken zu streichen, zog ich meine Hand schnell zurück.

»Wir hatten einen Deal, Ash.« Ich war es leid, immer den Rückwärtsgang einlegen zu müssen. Konnte er sich nicht einfach zusammenreißen? Dann würden meine Gefühle vielleicht auch endlich nicht mehr so verrücktspielen.

Bevor Brooke sich nicht beruhigt hatte, würden wir nie … Moooment! Egal was passierte, er war der Ex meiner Schwester, also würde da einfach *nie* …

Außerdem zweifelte ich immer noch daran, ob Ash es ernst meinte oder ob er nur mit mir spielte.

»Ich hab's verstanden.« Er nahm seine Hand zurück. »Aber Sadie? Du weißt genauso gut wie ich, dass wir nie einfach ›nur‹ Freunde sein können.«

Es hatte keinen Sinn, es abzustreiten. Er wusste es und ich wusste es. Wir hatten zu viel Geschichte miteinander. Wir fühlten uns irgendwie voneinander angezogen. War es nur, weil wir uns so gut kannten? Weil wir uns so lange nicht gesehen hatten? Weil er für mich irgendwie verboten war, weil er mit meiner Schwester gegangen war?

»Wo bist du die letzten drei Jahre gewesen?« Ich wollte jetzt nicht mit Ash darüber diskutieren, wie wir gerade zueinander standen oder wie wir eventuell irgendwann zueinander stehen würden.

»Wir sind umgezogen.« Er sagte es so nonchalant, als wäre es das Normalste auf der Welt.

»Umgezogen? Einfach so, ohne sich zu verabschieden?«

Ash wich meinem Blick aus. »Mein Vater wurde überraschend von seiner Arbeit versetzt. Da blieb nicht viel Zeit. Wir haben das Haus möbliert vermietet, und als der Auftrag meines Vaters abgeschlossen war, sind wir wieder zurückgekommen.«

Ohne Vorwarnung stand er auf. »Komm, lass uns gehen. Hier wartet noch ziemlich viel auf uns.« Er sah mich ein wenig gequält an. Ich wusste, dass er einfach nur das Thema wechseln wollte.

Vielleicht würde ich jetzt nichts mehr aus ihm herausbekommen. Aber irgendwann würde ich die ganze Wahrheit kennen.

21

Ash ging mir nicht mehr aus dem Kopf.

Egal was ich machte, er war in meinen Gedanken mit dabei. Er hatte sich in meinem Schädel eingenistet, ein nettes Plätzchen gefunden und sich dort verpflanzt.

Ich lag auf meinem Bett, aus meinen Lautsprechern tönte meine Lieblingsmusik, und ich hatte einmal Zeit und Ruhe, um zu denken. Einfach nur zu denken.

Und natürlich dachte ich nur an Ash.

Vor allem wiederholte ich immer und immer wieder diesen einen Satz, den er heute Nachmittag zu mir gesagt hatte.

Du weißt genauso gut wie ich, dass wir nie einfach ›nur‹ Freunde sein können.

Was genau wollte er mir damit sagen? Dass die Dinge zwischen uns zu kompliziert waren? Weil er es mit Brooke verbockt hatte und ich nicht die Seite wählen konnte? Dass wir keine simple Freundschaft haben konnten, weil er mir damals, vor drei Jahren, seine Liebe gestanden hatte? Weil Ash mir damals meinen ersten Kuss gegeben hatte? Weil ich ihn trotzdem abgewiesen hatte, weil er für mich einfach ein guter Kumpel war und wir einfach so unglaublich jung waren?

Hatte er mir deswegen auch über den Handrücken gestrichen? Oder weil er mit mir spielte, da er wusste, dass ich Gefühle für ihn entwickelt hatte? Denn das musste ich mir mittlerweile einfach eingestehen.

Ich hatte mich in Ash verliebt.

Sosehr mir das auch missfiel. Denn es war auf so vielen Ebenen eine unmögliche Sache, es war falsch, es war nicht gut.

Trotzdem fühlte es sich in meinem Herzen so richtig an. Der heutige Tag im *Games'n Fun* hatte mir das nur zu deutlich vor Augen geführt.

Ich rollte mich auf den Rücken und starrte die Decke an. Ich musste dringend mit Ana und Matt über meine neue Erkenntnis reden. Vielleicht konnten sie ein wenig Vernunft in mich reinprügeln.

Du weißt genauso gut wie ich, dass wir nie einfach ›nur‹ Freunde sein können.

Auf einmal bekam ich eine Gänsehaut.

War das von ihm ein Geständnis gewesen? Dass *er* Gefühle für mich hatte? Wieder? Oder immer noch?

Ich traute mich gar nicht, darauf zu hoffen. Ich wollte es nicht hoffen, denn es änderte nichts an der Unmöglichkeit der Situation.

Und außerdem war da noch die Sache mit dem überstürzten Umzug …

Ash war von einem Tag auf den anderen einfach weg gewesen. Er hatte sich weder bei mir noch bei Matt noch bei irgendwem verabschiedet. Ich hatte das Gefühl, dass da mehr dahintersteckte.

Plötzlich klopfte es an der Tür, und Brooke steckte den Kopf rein. »Kommst du? Essen ist fertig«, sagte sie ruhig und wartete darauf, dass ich aufstand. Die Lage hatte sich zwischen uns deutlich entspannt und wir konnten wieder normal miteinander reden, obwohl ich noch spürte, dass sie weiterhin verletzt war und ihr Vertrauen in mich verloren hatte.

Ich war mehr als glücklich, dass sie nicht meine Gedanken lesen konnte.

»Sadie, wie oft soll ich dir noch sagen, dass du die Musik ausmachen sollst, wenn du aus dem Zimmer gehst?«, murrte Mum sofort, als wir die Küche betraten.

»Sorry«, murmelte ich, nachdem auch ich von oben den gedämpften Bass hören konnte.

Wir setzten uns an den Tisch und Mum reichte das Essen herum. Brooke schüttelte den Kopf – sie war wahrscheinlich wieder auf Diät – und Dad schöpfte sich Nudeln auf den Teller.

Ich häufte danach Pasta auf meinen Teller und reichte den Topf weiter an Mum, deren Blick sofort an meinem Tattoo hängen blieb.

»Ich muss leider sagen, dass mir dein neues Tattoo mehr und mehr gefällt«, räumte sie überraschenderweise ein. Mum hatte mir immer gesagt, dass sie nicht viel davon hielt, wenn ich mir sichtbare Tattoos machen ließ. Meine Feder und die Blumenranke sah man nur, wenn ich Unterwäsche anhatte oder am Strand war. Das neueste allerdings war so gut wie immer sichtbar.

»Ich finde zwar, dass du das Schimpfwort hättest weglassen können, aber die Schrift ist sehr schön«, gab Dad jetzt auch seine Meinung dazu ab.

»Und das alles nur wegen eines Artikels.« Jetzt verdrehte Mum die Augen. War ja klar. »Wenigstens hat der Tätowierer gute Arbeit geleistet.«

Ich schluckte. Ich hatte auch meiner Familie noch nicht gesagt, dass Ash mir das Tattoo gestochen hatte. Ich hatte nicht einmal gesagt, dass Ash es ausgesucht hatte. Doch spätestens morgen würde Brooke es in der

Schülerzeitung lesen. Ich sah auf mein Tattoo und überlegte, ob ich es nicht lieber jetzt selbst erzählen sollte.

Du weißt genauso gut wie ich, dass wir nie einfach ›nur‹ Freunde sein können.

»Wie bist du eigentlich auf die Idee gekommen?«, fragte Dad mich plötzlich nichts ahnend und reichte mir den Topf mit der Bolognese. Ich räusperte mich.

»Das war Ashs Idee.« Ich wagte einen schnellen Blick zu Brooke, die keine Miene verzog. »Er hat es entworfen«, fügte ich hinzu und senkte den Blick auf die rote Masse vor mir, als ich einen harten Zug um Brookes Mund bemerkte.

»Entworfen?«, fragte Mum erstaunt.

»Ja, das ist eine Songzeile von einer meiner Lieblingsbands, und Ash konnte sich daran erinnern.« Brooke würde gleich ausrasten.

»Ach, ist das toll«, sagte Mum gut gelaunt und nahm den Topf mit der Soße von mir entgegen. »Es ist schön, dass ihr nach all den Jahren wieder befreundet seid!«

Du weißt genauso gut wie ich, dass wir nie einfach ›nur‹ Freunde sein können.

»Mum«, bat ich sie leise eindringlich, ihren Mund zu halten, und sah vielsagend zu Brooke. Die Arme hatte immer noch Liebeskummer. Da konnte Mum schon ein bisschen taktvoller sein.

»Schon in Ordnung, Sadie«, kam es dann von Brooke, die in ihrem Salat stocherte. »Wir können ja nicht so tun, als würde es ihn nicht geben.« Sie konnte nicht einmal Ashs Namen aussprechen. Sofort überfiel mich wieder das schlechte Gewissen, wegen meiner Gefühle für Ash. Ich musste sie unterdrücken, ganz weit wegsperren und nie im Leben wieder hervorholen. Ich konnte das meiner Schwester nicht antun. Gleichzeitig bewunderte ich ihre Stärke gerade eben. Und ich war ihr so dankbar, dass sie unseren Eltern nichts über den Kuss zwischen Ash und mir erzählt hatte.

Dad peilte wie immer nichts. »Ash hat das echt entworfen? Wow ... Dann habe ich noch mehr Respekt vor dem Tätowierer, dass er Ashs Schrift übernehmen konnte.«

Verdammt, verdammt, verdammt.

»Seine Schablone wurde mir auf den Arm geklebt, das wird einfach nachgezeichnet.« Vielleicht genügte die Erklärung.

»Trotzdem, ich bin immer wieder beeindruckt«, redete Dad weiter, und ich saß unruhig auf meinem Stuhl. Ihn könnte ich vielleicht hinters Licht führen, aber ich konnte Brooke unmöglich morgen zur Schule gehen lassen, ohne dass sie wusste, was wirklich passiert war. Sie sollte es von mir hören, nicht von anderen Schülern, die die Schülerzeitung gekauft hatten.

»Na ja ...« Wie sollte ich das jetzt bitte am diplomatischsten loswerden? »Ash hat es mir gestochen«, flüsterte ich und wartete auf das Donnerwetter, das jetzt über mich hereinbrechen würde.

Drei Augenpaare sahen mich geschockt an.

»Ash hat dir das Tattoo gestochen?« Mum war wohl am meisten schockiert. »Wieso? Darf er das überhaupt?«

»Ja, keine Sorge, der Tätowierer aus dem Studio hat mir gesagt, dass Ash wirklich Talent hat und sehr gut ist«, versuchte ich meine Eltern zu beschwichtigen.

»Du kannst doch nicht einfach Ash dein Tattoo machen lassen! Wie viel Erfahrung kann er in seinem Alter schon haben?«

»Das Tattoo ist super geworden, und es ist extrem schnell verheilt. Es ist alles gut gegangen.« Brooke sagte dazu gar nichts. Vielleicht wusste sie ja über Ashs Tattoo-Vergangenheit nichts.

Mum seufzte, und auch Dad war noch nicht ganz gewillt, das Thema fallen zu lassen, wirkte jedoch wieder beruhigter.

»Ändern kannst du es jetzt sowieso nicht mehr«, meinte Dad.

»Aber du wirst immer an Ash denken, wenn du das Tattoo siehst«, fügte meine Mum unbedacht hinzu. Brooke stand abrupt auf und verließ wortlos die Küche.

Du weißt genauso gut wie ich, dass wir nie einfach ›nur‹ Freunde sein können.

»Toll, Mum, echt«, sagte ich und verdrehte die Augen. Mum sah ganz betroffen aus, stand sofort auf und ging Brooke hinterher. Die Stimmung war jetzt irgendwie im Eimer. Und wieder einmal sagte ich zu mir selbst, dass ich unbedingt meine Gefühle für Ash loswerden musste. Es war gut, dass nur noch vier Artikel und der Abschlussball übrig waren, danach musste ich nicht mehr so viel Zeit mit ihm verbringen. Obwohl mir der Gedanke daran auch das Herz schwer werden ließ.

Was war nach dem Abschlussball? In den Sommerferien? Würden wir uns da überhaupt sehen?

Alles zog sich in mir zusammen, als ich mir vorstellte, nichts mehr mit Ash zu tun zu haben.

»Sadie, Schatz, wieso bläst du so Trübsal?«, fragte Dad plötzlich, nachdem ich mehrere Sekunden lang einfach auf meinen Teller gestarrt hatte. Ich seufzte.

»Das Leben ist manchmal einfach kompliziert.«

»Du bist viel zu jung, um so einen Satz loszuwerden«, meinte er und nahm meine Hand. Ich lächelte ihn tapfer an, sagte aber nichts dazu.

»Du magst ihn, oder?«

Das war die eine Frage, die er einfach nicht hätte stellen dürfen. Wieso kannte er mich so gut? Wieso ignorierte er es nicht einfach?

»Nein«, log ich, stand auch auf, wandte mich von ihm ab, damit er die Tränen in meinen Augen nicht sah, und ging nach oben in mein Zimmer. Dieses Haus war definitiv zu klein für zwei gebrochene Herzen – wegen des gleichen Kerls.

In der Schule war die Hölle los.

Beschwingt davon, dass endlich Freitag war, betrat ich die Schule, nur um von sämtlichen Schülern angeglotzt zu werden. Noch dazu hatten so ziemlich alle eine Ausgabe der Schülerzeitung in der Hand.

Daher also das Interesse.

»Hey, Sadie, cooles Tattoo!«, rief mir ein Typ aus dem Jahrgang unter mir zu.

»Äh, danke«, gab ich verwirrt zurück und ging mit schnellen Schritten zu meinem Spind, wo Ana schon auf mich wartete.

»Dios mio, die ganze Schule redet über dich«, sagte sie, nachdem sie mir zur Begrüßung einen Kuss auf die Wange gegeben hatte.

»Also, so sensationell ist das ja nun auch wieder nicht, oder?« Mit gerunzelter Stirn holte ich meine Bücher aus dem Spind und schloss ihn wieder hinter mir.

»Anscheinend schon.« Ana zog mich Richtung Cafeteria. Wir hatten noch zehn Minuten bis Unterrichtsbeginn und wollten uns wie üblich mit Matt treffen. Er hielt mir den Kaffee schon bereit, als wir bei ihm ankamen. Ich bekam ihn in die Hand gedrückt und nahm sogleich einen Schluck, als ich im selben Moment Ash einige wenige Meter weiter weg entdeckte.

»Verdammter Mist!« Ich hatte mir ja mal so was von die Zunge verbrannt! Und ich könnte kotzen. Ash war umzingelt von diversen Mädchen der Schule, die ihn anlächelten, flirteten, seine Tattoos bewunderten und sich ihre langen Haare über ihre Schultern warfen.

Kotz!

Er war eh schon der heißeste Kerl der Schule, aber dass er auch noch tätowieren konnte ...!

Uuuuuuuuuhhhh ...

Wie mich das aufregte! Und so wie es aussah, genoss er die ganze Aufmerksamkeit auch noch!

Ana und Matt folgten meinem fast hasserfüllten Blick und sahen sich dann unsicher an.

»Alles klar?«, fragte Matt leise. Ich nickte und zeigte auf meine Zunge.

»Der Kaffee war brühend heiß! Das hättest du mir gern sagen dürfen!«

»Der ist jeden Morgen so heiß, Sadie.«

Ich verdrehte die Augen und pustete in meinen Becher.

»Was sagt ihr zu einem Filmabend morgen bei mir?«, schlug er vor, und ich war sofort einverstanden.

»Kommt darauf an, was für Filme wir sehen werden«, kam es misstrauisch von Ana, die zwar von Matts und meiner Vorliebe für *Star Wars* wusste und auch davon, dass wir insgeheim hofften, einmal Jedis zu werden, sich selbst jedoch weigerte, sich auch nur eine Minute davon reinzuziehen.

Also diskutierten wir die nächsten Minuten mögliche Filme für den Abend, bis es Zeit war, in den Unterricht zu gehen. Ana und Matt hatten zusammen Geografie, während ich mich allein zu Wirtschaft begab. Ich schmiss meinen leeren Kaffeebecher in den Mülleimer und freute mich tierisch auf die nächste Stunde. Nicht.

»Hey, Babe!«, ertönte plötzlich eine Stimme an meinem Ohr, bevor ich um die nächste Ecke in ein leeres Klassenzimmer gezogen wurde. Sofort als ich in Ashs Augen sah und seine Hände an meinen Armen spürte, begann mein Herz zu rasen und ich bekam kaum Luft.

Was sollte das denn jetzt schon wieder?

»Na, haben deine Anhängerinnen dich gehen lassen?«, fragte ich, bevor er auch nur ein Wort loswerden konnte.

»Meine Anhängerinnen?« Er wackelte mit den Augenbrauen. »Das ist dir also aufgefallen, ja?«

»Das ist, denke ich, jedem aufgefallen.«

Er grinste mich nur an und hielt mich immer noch an meinen Armen fest.

»Warum sind wir hier drin?«, fragte ich ihn, aus Angst, dass ich gleich was Dummes anstellen würde.

»Weil wir jetzt Personen des öffentlichen Interesses sind«, erklärte er mir. »Wir können ab jetzt nicht ungestört miteinander reden, außer wir sind irgendwo allein.«

Aha.

»Und über was wolltest du reden?«

»Vielleicht wollte ich auch einfach mal zwei Minuten mit dir allein in einem Raum verbringen.« Allein dieser Satz löste einen Tsunami aus Glückshormonen in mir aus. Verflucht!

»Ash?«, sagte ich ruhig und hob die eine Augenbraue. Wieso musste ich immer auf vernünftig machen?

»Oder ich wollte fragen, wann wir den Artikel schreiben«, räumte er ein und sah mich jetzt ernst an.

Das war also der wahre Grund. Wäre ja auch zu schön gewesen.

»Wie wäre es mit später?«

»Bei dir oder bei mir?«, wollte er wissen.

»In der Bibliothek«, antwortete ich wie aus der Pistole geschossen. Ich wollte nicht zu ihm, weil ich mir selbst noch nicht so ganz über den Weg traute, und ich wollte ihn noch weniger bei mir zu Hause haben, wo sich Brooke nach ihm verzehrte, meine Mum unsere Freundschaft total toll fand und Dad uns mit Argusaugen beobachten würde, weil er vermutete, dass ich auf Ash stand. Was ich ja auch tat. Und Dad würde sofort checken, was lief, wenn er uns nur einmal zusammen sehen würde, dafür kannte er mich einfach zu gut.

»In der Bibliothek?« Ash sah irritiert aus. »Äh, na gut. Dann also in der Bibliothek.« Er ließ seine Arme sinken. Die Stellen, auf denen seine Hände gelegen hatten, waren plötzlich eiskalt, und mich durchfuhr ein Schauer. Ash ging in Richtung Tür, als er sich noch mal umdrehte und mir einen undefinierbaren Blick zuwarf. »Wir sehen uns später.«

Ash ist keine Option. Ash ist keine Option.

Ash kommt absolut nicht infrage. Niemals nie.

Ash darf *nie infrage kommen.*

In meinem Kopf spulten sich diese Sätze immer und immer wieder ab. Irgendwie musste ich mich ja auf die Zeit, die ich gleich mit Ash verbringen würde, vorbereiten. Und ich wollte auf keinen Fall Mist bauen und mich von meinen Gefühlen mitreißen lassen.

»Sadie!« Ich blieb stehen und drehte mich zu Chase um, der auf mich zulief.

»Hey, Chase.« Unser Verhältnis hatte sich die letzten Tage wieder ein wenig normalisiert. Wir hatten nicht wirklich über unser Date geredet, und auch nicht darüber, wieso ich danach zu Ash gefahren war. Trotzdem überfiel mich in diesem Moment ein erleichtertes Gefühl.

Wenn ich mit ihm zusammen war, war trotz der vielen Missverständnisse in letzter Zeit plötzlich alles so ... leicht.

»Ich wollte dich fragen, ob du später schon was vorhast?«

»Ich muss jetzt noch einen Artikel schreiben, aber danach bin ich frei. Woran hattest du denn gedacht?«, antwortete ich.

»Kino?«

»Ist das ein Date?«, fragte ich schmunzelnd und fand es süß, als Chase sich tatsächlich ein wenig wand.

»Wenn das für dich okay ist?«

»Klar, wir sehen uns später!« Ich wandte mich ab, um in Richtung der Bibliothek zu gehen, und überlegte, ob es denn okay für mich war.

Ash ist keine Option. Ash ist keine Option.

Als ich die Bibliothek betrat und Ash hoch konzentriert dasitzen sah, einfach nur heiß und Ash-like, vergaß ich fast schon wieder mein Vorhaben.

Aber Ash war keine Option!

»Hey«, begrüßte ich ihn und setzte mich neben ihn.

»Hey«, kam es leise und gedehnt von ihm, während er noch an seinem Laptop rumwerkelte. Ich liebte seine

Stimme. Ganz einfach. Ich liebte sie. »Schon irgendwelche Ideen?« Dieses Grinsen, das er mir schenkte, liebte ich auch. Und ich konnte einfach nichts dagegen tun.

»Nope, nicht wirklich«, musste ich gestehen. »Du?«

»Ich habe da so eine Vorstellung ...«, murmelte er und begann zu tippen. Ich hielt den Blick auf den Bildschirm gerichtet und verfolgte jedes Wort, das Ash tippte. Ich bewunderte seine Art und Weise, sich auszudrücken, wie er die Übergänge herstellte und wie er die fesselnden Formulierungen einfach so aus dem Ärmel schüttelte.

Mein Blick glitt vom Bildschirm zu seinen Fingern, weiter an seinen Armen hinauf zu seinem Gesicht und blieb dort hängen. Wie lange würde ich noch die Möglichkeit haben, ihn so anzusehen? Wie lange würde ich noch die Möglichkeit haben, so nah neben ihm zu sitzen?

Es war kaum auszuhalten.

»Sadie, was ist los?«, fragte er mich leise, nachdem ich ihn fast eine Minute lang einfach angesehen hatte.

»Ich habe später ein Date mit Chase«, sagte ich ruhig und beobachtete ihn. Ich wollte eine Reaktion sehen. Ich wollte sehen, dass es ihm nicht gefiel. Ich wollte sehen, dass ich ihm etwas bedeutete. Denn ich wusste immer noch nicht, ob das der Fall war.

»Schön für dich«, murmelte er nur, ohne auch nur für den Bruchteil einer Sekunde mit dem Schreiben aufzuhören.

Das war definitiv nicht die Reaktion, die ich mir erhofft hatte.

»Mehr hast du dazu nicht zu sagen?«, hakte ich nach. Wollte er es mir wirklich so leicht machen, mich von sich fernzuhalten?

Er sah mich fragend an und zuckte mit den Schultern. »Nein? Sollte ich mehr dazu sagen?«

Mieses Schwein.

Du weißt genauso gut wie ich, dass wir nie einfach ›nur‹ Freunde sein können.

Ich verstummte und wandte mich wieder dem Artikel zu.

»Darf ich mal?«, fragte ich, aber wartete auf keine Antwort, sondern schnappte mir einfach den Laptop und schrieb drauflos.

Die Worte flossen nur so aus meinen Fingern. Ich beschrieb den ganzen Tag wie eine wahr gewordene Kindheitserinnerung – mit meinem besten Freund. Alle meine Gefühle schüttete ich in die Zeilen hinein und offenbarte Ash und der Welt so alle meine Gedanken.

Keine zehn Minuten später hatte ich den mit Abstand besten Artikel meines Lebens geschrieben, stand auf und ließ Ash sitzen, der noch immer geflasht auf den Bildschirm seines Computers starrte.

Kein Schwarz, Sadie!, konnte ich Anas Stimme förmlich in meinem Kopf hören, als ich vor meinem Kleiderschrank stand. Kino. Also musste ich nicht zu sehr auftragen, hübsch sein wollte ich natürlich trotzdem. Wenn ich an Chase dachte, machte sich immer noch ein warmes Gefühl in meinem Bauch breit, obwohl es nicht das gleiche wie bei Ash war. Wahrscheinlich hatte ich einfach schon zu lange ein wenig für Chase geschwärmt, als dass sämtliche Gefühle für ihn plötzlich ganz weg wären. Ich zog ein dunkelblaues Top zu meiner Jeans an, eine Lederjacke darüber und griff nach meiner Tasche, um nach unten zu gehen. Schon auf der

Treppe hörte ich draußen ein Motorrad. Immer pünktlich, der Junge.

Ich schnappte mir meinen Helm und öffnete Chase die Tür.

»Hey«, begrüßte er mich und drückte mir einen Kuss auf die Wange. Er schnappte mich an der Hand und zog mich zu seinem Motorrad. Gemeinsam fuhren wir durch die Straßen, und ich genoss das Gefühl des Windes, der an mir zerrte. Ich schloss meine Augen, um alles in mich aufzunehmen, und vertraute mich Chase dabei völlig an.

Viel zu schnell hielten wir, und Chase ließ mich absteigen, bevor er das Motorrad abstellte. Er griff erneut nach meiner Hand, und gemeinsam gingen wir nach drinnen.

»Na, welchen Film möchtest du sehen?«, fragte er mich wie ein richtiger Gentleman.

»Oh, da ist diese Schnulze, warte, wie hieß die gleich noch mal? Lass uns da reingehen!« Ich konnte mir diesen kleinen Spaß einfach nicht verkneifen, aber ich rechnete es Chase hoch an, dass seine Gesichtszüge nur ganz kurz entglitten, bevor er sich wieder gefangen hatte.

»Okay, dann wird es die Schnulze.«

»Wenn du in die Schnulze gehst, schau ich mir den Actionfilm an.« Überrascht sah er mich an, bis er merkte, dass ich ihn beim ersten Mal nur auf den Arm genommen hatte. Erleichtert atmete er aus.

»Puh! Zum Glück!«

»Du wärst wirklich mit mir in einen Liebesfilm gegangen?«

»Alles, was du willst«, antwortete er mir und lächelte mich an. Seine Finger hatte er inzwischen mit meinen verschränkt. Unwillkürlich musste ich an Ash denken, wie er im *Games'n Fun* seine Finger auch so mit meinen verschränkt hatte.

Wieso verfolgte er mich?

Chase und ich waren endlich einmal wieder ganz allein, ohne dass Ash dazwischenfunken konnte. Und die Stimmung gerade eben war wesentlich besser, auf jeden Fall anders als bei unserem Date im Hochsitz. Nur hatte ich gerade wieder gemerkt, dass Ash gar nicht physisch anwesend zu sein brauchte, um zu stören.

Chase ließ mich wieder los, um die Karten zu kaufen, als mein iPhone vibrierte.

Vergiss unsere Abmachung nicht. Du gibst zu, wenn du endlich eingesehen hast, dass Chase nicht der Richtige ist.

Was wollte Ash denn jetzt schon wieder? Den *Deal* hatten wir vor ein paar Wochen gemacht. Wieso erwähnte er ihn jetzt plötzlich wieder? Um mich zu verunsichern?

Trotz meiner Verwirrtheit begann mein Herz schneller zu schlagen.

Kümmerte Ash sich trotzdem um mich? Oder gönnte er weder mir noch Chase einen schönen Abend, ja, vielleicht sogar eine schöne Beziehung?

Und wieso interessierte mich das überhaupt? Ash kam für mich ja sowieso nicht infrage! Und ich sollte wirklich im Nu versuchen, gedanklich und gefühlsmäßig anwesend zu sein, hier, im Kino, mit Chase.

»So, Cola und Popcorn oder Bier und Nachos?«, fragte er mich in dem Moment und riss mich aus meinen Grübeleien. Ich steckte mein Handy weg und versuchte alle Gedanken an Ash zu verdrängen.

»Ähhh, Bier und Nachos.«

Chase zog mich mit und kaufte für uns das Knabberzeug, bevor wir uns in den Kinosaal begaben. Als wir uns zurechtgesetzt hatten, nahm ich erst einmal einen großen Schluck von meinem Bier.

»Wie läuft die Zusammenarbeit mit Ash eigentlich?«

Ich sah Chase ein klein wenig überrascht an. Wieso zum Kuckuck fing er jetzt auch mit ihm an? Wie sollte ich je meine Gefühle für ihn abstellen können, wenn ich dauernd über ihn reden und an ihn denken sollte?

»Na ja, ganz gut eigentlich.« Abgesehen davon, dass ich mich in ihn verliebt hatte, nicht wusste, wie er zu mir stand, und Liebeskummer hatte, weil ich eh niemals mit ihm zusammen sein konnte, lief es prima. »Wir haben heute unseren fünften Artikel geschrieben, es sind also nur noch drei übrig.« Ich lächelte, als ob ich froh darüber wäre, aber eigentlich zerriss mein Herz bei dem Gedanken.

In dem Moment wurden die Lichter gedimmt und die Vorschau begann. Erleichtert, nicht weiter über Ash reden zu müssen, lehnte ich mich im Sessel zurück und versuchte den Film zu genießen.

Als Chase irgendwann meine Hand mit seiner umfasste, bekam ich irgendwie ein schlechtes Gewissen Ash gegenüber, was aber eigentlich überhaupt keinen Sinn ergab. Ich verdrängte das unwohle Gefühl, das mich beschlich.

So saßen wir, bis die Lichter wieder angemacht wurden und wir langsam unseren Müll zusammenräumten. Wortlos schlenderten wir nach draußen, wo wir im Tumult des städtischen Nachtlebens stehen blieben und uns ansahen.

Jetzt war der Moment gekommen, wo ich mir endlich eingestehen musste, was das hier mit Chase war.

»Sadie«, begann er und schnappte sich meine Hand. »Was ... Was sagst du zu dem Ganzen?«, meinte er ruhig. Für Chase war der Moment also auch gekommen.

Ich sah ihn lange an, seine liebevoll blickenden Augen, seine blonden Locken, seine Lippen, von denen ich mir bis vor Kurzem noch oft gewünscht hatte, dass sie auf meinen lägen.

»Ich weiß es nicht, Chase. Hättest du mich vor fünf Wochen gefragt, wäre die Situation irgendwie ganz anders gewesen. Ich weiß nicht, was passiert ist, aber ...« Ich verstummte und sah zu Boden. Chase hob mit seinem Finger mein Kinn an und lächelte sanft.

»Sadie ... Darf ich dich küssen?«

Was?

»Äh ...«

»Ich denke, dass das jetzt mittlerweile die einzige Möglichkeit ist, um herauszufinden, ob wir eine Realität sind.«

Ich überlegte. Irgendwie hatte er ja recht.

»Wenn es uns beide umhaut, dann geben wir uns eine Chance. Wenn es nur, na ja, ein Kuss ist, dann war's das.« Chase sah mich abwartend an. Ich war ihm so unendlich dankbar für dieses Angebot, denn jetzt konnten wir uns endlich Klarheit verschaffen. Deswegen nickte ich leicht und sah Chase erwartungsvoll an. Er legte die Hände um meine Taille, damit es wenigstens wie ein etwas realer Kuss wirkte, und kam mir immer näher.

»Sicher?«, flüsterte er noch, und wieder nickte ich.

Er senkte seine Lippen auf meine, und ich erwiderte den Kuss mit all den Gefühlen, die ich aufbringen konnte. Eine wohlige Wärme machte sich in meinem Bauch breit, aber es war, nein, *er* war einfach nicht Ash. Ich konnte mich kaum auf den Kuss konzentrieren. Ein aufjaulendes Motorrad, Menschenstimmen, Gehupe – ich war einfach nicht mit ganzem Herzen dabei.

Es lag etwas Trauriges in dem Kuss, auch von Chase' Seite, und als wir uns voneinander lösten, sahen wir uns ein wenig wehmütig, aber auch erleichtert an.

»Wir haben unsere Antwort?« Chase' Stimme war kaum mehr als ein Flüstern.

Wieder nickte ich einfach nur stumm und legte meine Hände an seine Wangen.

»Du bedeutest mir viel, Sadie, versteh mich bitte nicht falsch. Und ich habe so lange auf diesen Kuss gewartet. Aber es ... fühlt sich nicht richtig an«, sagte er leise. »Die letzten paar Wochen haben uns irgendwie verändert.«

Wir sahen uns lange an. »Danke«, flüsterte ich schließlich.

»Und jetzt?«

»Was ist mit Jane?« Es machte mir jetzt nichts mehr aus, mit ihm über sie zu sprechen.

»Na ja, ich weiß nicht. Vielleicht wird da einmal mehr draus, ich mag sie«, gab er langsam zu. »Aber solange ich nicht genau wusste, was das hier mit uns ist, wollte ich nicht ...« Er suchte nach den richtigen Worten. Ich verstand ihn besser, als er ahnte.

»Go get her. Im Ernst, Chase, ich denke, dass sie einen Versuch wert ist.«

Chase sah mich lange einfach an, dann nickte er schließlich. »Und du? Wirst du dich zusammenreißen und dir Ash schnappen?«

Mir stockte der Atem. »Ash?«

»Sadie, man sieht es, man hört es, man merkt es, man spürt es. Ihr zwei seid ... Ihr seid was ganz Besonderes. Seit du mit ihm diese Artikelreihe schreibst ... Ab da hatte ich keine Chance mehr«, gab er offen zu. Ich schluckte und merkte, wie mir die Röte in die Wangen schoss.

»Chase, das geht einfach nicht. Brooke ...«

»Manchmal muss man einfach an sein eigenes Glück denken.«

Ich wiederholte Chase' Worte in meinem Kopf. Hatte er recht?

»Ich weiß ja nicht einmal, ob er mich überhaupt mag«, sprach ich meine Befürchtung aus.

»Da würde ich mir nicht allzu große Sorgen machen.« Ein wenig Hoffnung keimte in mir auf. »Komm, ich bringe dich nach Hause. Du brauchst ein wenig Zeit für dich.« Er schenkte mir noch ein Grinsen und zog mich mit zu seinem Motorrad.

22

Ash

Das durfte verdammt noch mal einfach nicht wahr sein!

Ich brauste auf meinem Motorrad aus der Stadt heraus Richtung Westen. Ich musste mich ablenken, musste mich abreagieren, den Kopf frei kriegen.

Ich hatte den kürzesten Weg durch die Innenstadt eingeschlagen. An den ganzen Clubs vorbei, an den teuren und noblen Restaurants, am Kino ...

Sadie.

Jetzt ihren Namen nur zu denken ließ einen Stromschlag durch meinen ganzen Körper fahren. Und meine Wut wieder aufwallen.

Sie hatte Chase geküsst.

Das Einzige, was nie im Leben hätte passieren dürfen!

Ich beschleunigte und fühlte den Wind an meinem Körper vorbeiziehen. Ich fuhr schneller und schneller, bis ich plötzlich abrupt bremsen musste und in eine Seitenstraße abbog. Als ich durch den Wald fuhr, erschien das Bild von ihr in Chase' Armen immer und immer wieder vor meinem geistigen Auge.

Als ich endlich beim See hielt, war ich kurz davor, mein Motorrad umzuschmeißen, entschied mich aber dafür, dass nur mein Helm daran glauben musste, und unterdrückte das Bedürfnis, laut herumzubrüllen.

Ich fuhr mir mit der Hand durch die Haare.

Verdammt, verdammt, verdammt!

Ich konnte es nicht länger leugnen, ich konnte nicht länger dagegen ankämpfen.

Ich hatte mich in Sadie verliebt. Wieder.

Obwohl man es nach so langer Zeit wahrscheinlich nicht einmal mehr Verliebtheit nennen konnte.

Ich liebte Sadie.

Immer noch.

Obwohl ich so verdammt dagegen angekämpft hatte! Es war einfach nicht fair!

Als sie mich vor drei Jahren abgewiesen hatte, war ich so vor den Kopf gestoßen und zerstört gewesen. Als mein Vater dann die Versetzung an einen anderen Standort annahm, kam mir das sehr gelegen, ich wollte meinen Neustart. Ich war so gekränkt, ich wusste einfach nicht, wie ich Sadie oder Matt oder sonst irgendwem gegenübertreten sollte. Ich wollte weg von all dem, was mich an Sadie erinnerte. Ich war mir sicher, dass ich sie vergessen könnte, dass sie mir nach kurzer Zeit nichts mehr bedeuten würde.

Falsch gedacht.

Ich schnaubte, nahm einen Stein und warf ihn mit aller Kraft ins Wasser.

Selbst sechs Autostunden entfernt hatte Sadie mich verfolgt. Egal was ich machte, was ich sagte, was ich tat, was ich sah, was ich hörte – sie war immer dabei.

Egal wie ich mich innerlich und äußerlich veränderte, ich dachte dabei immer an sie.

Egal welches Mädchen sich auf der neuen Schule für mich interessierte, es war uninteressant für mich. Denn sie war nicht Sadie.

Nach fast drei Jahren, als mein Vater wieder an seinen alten Standort zurückversetzt wurde, war mir schon eine ganze Weile im Kopf herumgespukt, dass ich wieder zu ihr zurückmusste, um mit ihr abzuschließen. Ich war sicher, dass ich sie in meiner Fantasie zu einer Göttin gemacht hatte. Dass die Wirklichkeit ganz anders war.

Ein bitteres Lachen entfuhr meiner Kehle, als ich an die erste Zeit an meiner alten Schule zurückdachte. Es hatte eigentlich gut angefangen. Ich hatte Sadie durch mein Verhalten zu verstehen gegeben, dass sie mir nichts mehr bedeutete. Sie hielt sich von mir fern. Genau so, wie ich es mir gewünscht hatte.

Dann kam Brooke. Die perfekte Möglichkeit, um Sadies Abneigung gegen mich wachsen zu lassen.

Auch wenn es so schien, ich hatte Brooke nicht ausgenutzt. Ich mochte sie wirklich, sie war eine ganz Liebe, sah gut aus, sie war loyal. Und wie ich war sie auf nichts Ernstes aus gewesen, hatte erst sehen wollen, wie sich die Sache entwickelte. Ich hatte keine unehrlichen Absichten gehabt.

Aber sie war nicht Sadie.

Fast drei Monate vergingen, bevor Sadie mich auch nur ein einziges Mal ansprach. Ich dachte, ich wäre dagegen immun geworden. Ich dachte, ich hätte die nötige Stärke aufgebaut, sodass es mich kaltlassen würde.

Ich hatte falsch gedacht.

Sadie war meine große Liebe. Sie war mein Fluch.

Wenn ich sie nur dazu bringen konnte, mich zu hassen, konnte ich sie vielleicht gehen lassen. Vielleicht.

Wieder fuhr ich mir mit der Hand durch die Haare.

Wieso war alles anders gekommen? Wieso hatte ich nicht früher drastische Maßnahmen ergriffen? Es war alles so verdammt aus dem Ruder gelaufen!

Ich war der Schülerzeitung beigetreten, um meinem Hobby nachzugehen. Und um Sadie zu ärgern. Um sie so sehr zu provozieren, dass sie sich einfach komplett von mir fernhielt.

Ich hatte sogar mit Alice – mit der ich mich wirklich gut verstand – ausgemacht, dass sie so tun sollte, als würde sie nicht mit mir zusammenarbeiten wollen, damit ich eine Chance hatte, Sadie zugeteilt zu werden. Natürlich erst nachdem ich mich geweigert hatte, mit Sadie zusammenzuarbeiten, um sie so richtig auf die Palme zu bringen und keinen Verdacht zu erregen.

Aber diese verdammte Artikelreihe …

Im *Water-Fun-Park* hatte jegliche Vernunft wieder bei mir ausgesetzt. Als sie im Bikini auf uns zugekommen war, da waren alle meine Barrikaden aufgebrochen. Sie hatte verletzlich und doch so selbstsicher gewirkt. Obwohl ich mir selbst geschworen hatte, dass ich mich nicht wieder in sie verlieben wollte.

Es lag nicht mal daran, dass sie kaum Kleidung anhatte. Sie hat einen Wahnsinnskörper, aber ich konnte einfach nicht den Wunsch unterdrücken, dass dieser Körper mit allem, was sie ausmachte, mir gehörte. Ich hatte Sadie gekannt und geliebt, bevor sie überhaupt zu einer Frau geworden war. Ich wollte das, was *in* ihrem Körper versteckt war.

Im *Water-Fun-Park* war mir auch bewusst geworden, dass ich immer noch keine Chance hatte. Sie wollte nicht mich, sie wollte Chase.

Ich nahm noch einen Stein und schmiss ihn ins Wasser. Der See war immer noch mein Lieblingsplatz in dieser verdorbenen Welt. Doch ein Teil der Magie war verloren gegangen, als Sadie vor mir weggerannt war. Weil ich sie fast geküsst hatte.

Das Timing war echt schlecht gewesen, das war mir klar, aber schon bevor Brooke mit mir Schluss gemacht hatte, waren mein ganzer Körper, mein Denken, meine Sehnsüchte auf Sadie ausgerichtet gewesen.

Ich legte die Hände in den Nacken und starrte in den Himmel.

Verfluchte Scheiße.

Ich schloss die Augen und dachte an die Party.

Der Kuss.

Eine Gänsehaut überfuhr mich, und mein Herz begann laut zu schlagen. Sie hatte es genauso sehr gewollt wie ich. Ich hatte es gespürt. Verdammt, ich hatte es gespürt!

Nachher hatte ich gedacht, dass sie es nur getan hatte, um Chase eifersüchtig zu machen. Aber die Art und Weise, wie sie mich seither angesehen hatte, wie sie mit mir umgegangen war, hatte mich auf etwas ganz anderes hoffen lassen. Trotz ihrer stetigen Bedenken wegen Brooke hatte ich ein loderndes Feuer in ihren wunderhübschen Augen gesehen.

Trotz meines zurzeit wirklich miesen Verhaltens hatte sie mich nicht abgeschoben.

Aber heute … Es ergab keinen Sinn!

Erst erzählte sie mir von dem Date mit Chase, als ob sie etwas ganz Bestimmtes damit bezwecken wollte. Wollte sie wissen, wie ich wirklich darüber dachte? Wie gern ich Chase von ihr fernhalten würde? Wollte sie, dass ich ihr sagte, dass sie lieber mit mir ein Date haben sollte? Es hatte fast so gewirkt.

Und dann schrieb sie einen Artikel, den ich bis jetzt noch nicht verstand. Sie hatte uns in dem Artikel beschrieben, als wären wir die Gleichen wie vor fünf, sieben, zehn Jahren. Als wären wir genauso eng befreundet. Als würden wir uns genauso viel bedeuten.

Gerade eben hingegen …

Eben hatte sie nicht mich, sondern Chase geküsst.

Ich ballte meine Hände zu Fäusten und biss meine Zähne fest zusammen.

Chase war nicht in Sadie verliebt! Das war doch deutlich zu sehen!

Ich verstand zwar nicht, wie man nicht in Sadie verliebt sein konnte, aber was bei Chase dahintersteckte, das wusste ich einfach nicht.

Und Sadie erst! War sie über die letzten Jahre noch dickköpfiger geworden? Obwohl das fast schon nicht mehr möglich war? Wollte sie mir absichtlich so verdammt wehtun?

Insgeheim wusste sie doch, dass Chase nicht der Richtige für sie war. Dass ihre Gefühle für ihn keinen Bestand hatten.

Langsam setzte ich mich auf das Gras und blickte über die spiegelglatte Oberfläche des Sees, vereinzelte Sterne reflektierten ihre Strahlen auf dem Wasser.

Sadie hatte für uns beide eine Entscheidung getroffen. Und im Endeffekt war es bestimmt die richtige.

Ich seufzte und sah auf meine Hände. Ich musste mit jemandem darüber reden. Mit einem Freund. Mit jemandem, der mich kannte und der Sadie kannte.

Ich fuhr mir wieder einmal durch die Haare.

Es gab nur eine Person, der ich immer noch vertraute.

Ich nahm mein iPhone und schrieb eine Nachricht.

An Matt.

Ich hatte keine Ahnung, ob er mir überhaupt antworten würde. Er war mein bester Freund gewesen, und ich war einfach gegangen, ohne ein Wort. Und auch nachdem ich zurückgekommen war, hatte ich mich von ihm ferngehalten, einfach weil ich keine Ahnung hatte, wie ich ihm gegenübertreten sollte. Könnte er mir je verzeihen? Ich hatte Angst vor Zurückweisung.

Aber jetzt ... jetzt wollte ich endlich wieder alles regeln, wollte meinen Freunden der Freund sein, den sie erwarteten.

Ich wollte, dass alles wieder so wie früher wurde. Zumindest zwischen Matt und mir.

Ich war noch immer tief in Gedanken versunken, als mein Handy vibrierte.

Wo bist du?

Ich tippte schnell, dass ich am See saß, und schickte ihm meinen Standort.

Ich komme.

Er machte keine großen Worte, und mir fiel ein Stein vom Herzen. Dass er antwortete, und vor allem, dass er sofort kam, bedeutete, dass unsere Freundschaft noch eine Chance hatte.

Eine innere Ruhe überkam mich.

Sadie war mein Ein und Alles, und ich war gerade fast am Verzweifeln, weil sie mir nie gehören würde. Doch es brachte auch nichts, wenn ich mich verrückt machte. Ich musste einen kühlen Kopf bewahren. Matt würde kommen, und wir könnten darüber reden.

Ich saß unbeweglich auf meinem Platz und merkte, wie langsam die Kälte an meinem Körper hochkroch. Ich wollte mich nicht bewegen, sondern einfach nur die funkelnden Lichter betrachten, meine Gedanken von den kleinen Bewegungen des Wassers davontreiben lassen.

Hatte ich mir wirklich diese Anziehung eingebildet? Konnte das sein? Hatte ich mir so sehr gewünscht, dass Sadie mehr für mich empfand, dass ich mir vorgemacht hatte, es sei so?

Ich schüttelte den Kopf über mich selbst, als ich hinter mir Äste knacken und Steine knirschen hörte. Kurz darauf setzte sich Matt neben mich.

»Es tut mir leid«, war das Erste, was ich sagte. Diese Entschuldigung war ich Matt mehr als schuldig.

Ich war so froh, als ich in Matts Gesicht sah und dort ein riesiges Grinsen entdeckte.

»Endlich checkst du, dass du echt Mist gebaut hast«, meinte er herausfordernd und brachte mich damit ebenfalls zum Grinsen. »Also Schwamm drüber. Und jetzt schieß los: Was hat Sadie angestellt?«

Ich hatte Sadie bisher mit keinem Wort erwähnt, aber offensichtlich kannte er mich immer noch so gut, dass er genau wusste, was los war.

»Sadie hat Chase geküsst.«

Matt sah mich nachdenklich an.

»Bist du dir sicher?«

»Wenn meine Augen noch halbwegs funktionieren, bin ich mir sicher«, erwiderte ich. Halluzinationen hatte ich noch keine. Obwohl ich mir das gerade eben fast wünschte. Dann wären Sadie und Chase keine Realität, sondern nur eine Ausgeburt meines Gehirns gewesen.

»Und jetzt sitzt du hier und hast Liebeskummer.« Matt hatte noch nie wirklich um den heißen Brei geredet.

»Das klingt irgendwie echt nicht cool, wenn du es so ausdrückst«, antwortete ich und verzog mein Gesicht zu einer angewiderten Miene. Matt lachte laut auf.

»Das kann sein. Es ändert aber nichts an der Tatsache, dass es genau so ist.«

Wo er recht hatte ...

»Und jetzt?«, wollte er wissen.

Ich zuckte mit den Schultern. Was sollte ich schon groß machen? Ich konnte Sadie ja schlecht zwingen, Chase für mich stehen zu lassen.

Außerdem wollte ich ja, dass sie glücklich war. Und wenn es mit diesem Chase sein musste, dann war es so. Ich würde es zwar nie gutheißen, aber es war ihre Entscheidung. Doch eins wurde mir bewusst.

»Ich muss auf Distanz gehen. Ich kann nicht mehr so mit ihr befreundet sein. Das wäre mehr als unangenehm.«

»Ash ...« Matt überlegte. »Vielleicht solltest du erst mit ihr reden, bevor du voreilige Schlüsse ziehst.«

»Voreilige Schlüsse?« Ich lachte humorlos auf. »Was kann man denn an einem Kuss falsch interpretieren?«

Das nahm Matt den Wind aus den Segeln. Eine Weile saßen wir einfach schweigend nebeneinander und sahen auf das Wasser. Es hatte für mich schon immer eine beruhigende Wirkung gehabt, dem leichten Plätschern der Wellen zuzuhören.

»Erzähl mir, was ich verpasst habe«, bat ich Matt nach einer Weile und sah ihn an.

Matt dachte kurz nach und sammelte seine Gedanken, bevor er mir erzählte, was in den letzten drei Jahren passiert war, in denen ich nicht hier gewesen war. Ich genoss es, ihm zuzuhören, Geschichten von Sadie, Ana und ihm zu hören. Aber ich wurde auch ein klein wenig wehmütig, weil ich einfach so viel verpasst hatte.

Und alles nur, weil ich mit einer Zurückweisung nicht klargekommen war.

Ich hatte jegliches Zeitgefühl verloren, als Matts Redefluss erschöpft war.

»Ich war so lange weg und hab mich benommen wie ein Trottel. Kriegen wir das trotzdem wieder hin?« Ich musste das jetzt wissen, und ich wollte es aus Matts Mund hören.

»Es ist gut, dass du wieder da bist«, antwortete mir Matt und schlug mir mit der Faust gegen die Schulter. »Und immerhin scheinst du dein Idiotengehabe schon ein bisschen abgelegt zu haben.«

Natürlich musste er mir das unter die Nase reiben. Ich hatte es ja auch nicht anders verdient.

»Demnächst bist du übrigens dran mit erzählen«, warnte mich Matt vor, bevor er lautstark gähnte. »Jetzt muss ich erst mal pennen. Kommst du klar?«

Kam ich klar?

»Ja. Danke, dass du gekommen bist.«

»Immer doch, Mann.«

Wir standen auf und liefen gemeinsam zurück zu meinem Motorrad und seinem Moped. »Wenn du Zeit hast, komm morgen Mittag zu mir. Wir haben einiges nachzuholen.« Ich konnte die Erleichterung und Freude über Matts Angebot in mir kaum beschreiben. Vielleicht war alles doch nicht so verkorkst, wie es sich anfühlte.

Sadie

»Ana, jetzt beeil dich mal!«, rief ich die Treppe hoch.

»Si, sí, un momento«, quengelte sie von oben und kam abgehetzt die Stufen runtergelaufen. »Wir müssen doch nur zu Matt, wir brauchen nicht so pünktlich zu sein, oder?«

»Pünktlich?« Ich konnte nicht anders als lachen. »Wir sind jetzt schon zwanzig Minuten zu spät!«

Ich hatte den ganzen Tag mit Ana verbracht, wir hatten ungestört über Mädchenkram geredet, waren natürlich auch schnell eine Runde shoppen gewesen und hatten uns gemeinsam für den heutigen Abend zurechtgemacht. Ja, wir gingen *nur* zu Matt, aber manchmal wollte man eben auch bei den kleineren Gelegenheiten etwas mehr aus sich machen. Ich fragte mich manchmal, ob Matt es eigentlich schätzte, von zwei so hübschen Mädels umgeben zu sein.

Ich zog mir die Schuhe an und nahm meine Tasche, die mit Snacks nur so gefüllt war. Von hier aus bis zu Matt waren es nur fünf Minuten zu Fuß. Also machte ich die Tür auf und wartete darauf, dass auch Ana ihre Schuhe angezogen hatte. Schnell überprüfte sie noch ihre Haare im Spiegel, bevor sie hinter mir hertippelte.

Wir brauchten für die kurze Strecke fast doppelt so lang wie sonst, weil Ana ihren Arsch einfach nicht nach vorn bewegen konnte.

»Ana, was ist los mit dir?«, fragte ich sie, als wir um die Ecke in Matts Straße bogen.

»Ich bin einfach mü…« Abrupt schloss sie den Mund und kräuselte die Stirn. Ich folgte ihrem Blick.

»Was ist?«, fragte ich sie.

»Ist das nicht Ashs Auto?«, fragte sie zurück und zeigte auf den Wagen, der gegenüber von Matts Haus parkte.

»Ana, es gibt in diesem Land nicht nur einen Audi mit getönten Scheiben«, erwiderte ich bewusst gleichgültig, obwohl es sofort anfing, in meinen Ohren zu rauschen. Was sollte Ash bitte hier in dieser Straße suchen?

Wir gingen die letzten Meter zu Matts Haus, öffneten die Tür, ohne zu klingeln, und riefen gleichzeitig durchs Haus: »Wir sind hiiiiieeer!« Wir schleuderten unsere Schuhe in eine Ecke des Flurs und gingen ins Wohnzimmer, wo wir uns bei Matt eigentlich immer aufhielten.

»Hey, hast du schon das Bier kühl gest...« Ich verstummte und blieb wie angewurzelt stehen, genauso wie mein Herz. Was zur Hölle?

Ash wirkte genauso perplex wie ich. Mein Blick schweifte zu Matt, der neben Ash stand und ganz selbstgefällig vor sich hin grinste. Was war das hier?

Auf einen Schlag wurde ich komplett nervös. Nachdem ich gestern mit Chase total abgeschlossen hatte, war es, als ob mein Körper jetzt noch intensiver für Ash fühlte. Nur waren diese Gefühle immer noch verboten.

Ich wartete darauf, dass irgendjemand etwas sagte. Doch es herrschte nur komplette Stille.

»Hi«, sagte ich schließlich und lächelte Ash ein klein wenig an. Er guckte mich mehrere Sekunden lang einfach an, dann wandte er sich zu Matt.

»Ich fahr besser mal, wir sprechen uns.« Ohne mich auch nur anzusehen, ging er an Ana und mir vorbei und zur Tür hinaus. Bevor ich darüber nachdenken konnte, drehte ich mich um.

»Hey, Ash, warte doch mal!« Barfuß lief ich hinter ihm her und fing ihn gerade noch bei der Gartentür ab. »Hey, Ash, was ist los?« Ich packte ihn am Arm und er drehte sich endlich zu mir. Ich war so froh, ihn zu sehen, ich hätte ihm um den Hals fallen können. »Was machst du hier?«, fragte ich weiter, nachdem er mir nicht geantwortet hatte.

»Frag doch Matt«, kam es von ihm, und er schüttelte meine Hand ab.

Okay, so redeten wir heute also wieder miteinander.

»Willst du nicht bleiben?«, fragte ich ihn trotzdem. Irgendetwas musste vorgefallen sein, dass sich Ash plötzlich bei Matt aufhielt. Ich sah ihn mir genauer an. Er wirkte müde, fast schon gerädert. Ich konnte in seinem Blick rein gar nichts erkennen, obwohl er mich einfach nur anstarrte. Dann plötzlich schüttelte er einfach den Kopf, drehte sich um und ging zu seinem Auto. Als er davonfuhr, sah ich ihm hinterher und dachte nicht zum ersten Mal, was zum Teufel denn jetzt schon wieder los war.

Total verwirrt lief ich zurück ins Haus. Ich wollte jetzt Antworten.

»Matt? Was hatte Ash hier zu suchen?«

»Wir haben uns ausgesprochen«, antwortete dieser schlicht, als wäre das keine große Sache. Ana sah ebenso verwirrt aus, wie ich mich fühlte.

»Aber ihr habt bis jetzt kein Wort miteinander gesprochen?«

Matt seufzte. »Ash hat mir gestern Abend geschrieben und sich entschuldigt. Ich bin hingefahren, wir haben geredet, und wir geben unserer Freundschaft noch eine Chance.«

Ich klappte meinen Mund auf und gleich wieder zu. Ich war irgendwie überfordert. Andererseits war es doch total schön, wenn die beiden ihre Freundschaft wieder aufleben lassen konnten. Also beschloss ich, mich einfach für Matt zu freuen.

»Dann viel Erfolg«, wünschte ich ihm und meinte es auch so.

»Un momento, wieso verzeihen hier eigentlich alle Ash einfach so? Er hat sich wie ein Arsch aufgeführt!« Ana konnte es offenbar nicht fassen, dass sich jetzt schon zwei ihrer Freunde wieder auf Ashs Seite schlugen.

»Er gibt sich wirklich Mühe, Ana. Gib ihm auch eine Chance!«, verteidigte Matt ihn.

»Mit was hat er dich um den Finger gewickelt?«, wollte Ana mit hochgezogener Augenbraue und verschränkten Armen wissen. Matt blieb ruhig, während mein Blick vom einen zum anderen flog.

»Wir haben sehr lange geredet. Ich glaube ihm. Er meint es ernst.«

Ana runzelte die Stirn. Dann drehte sie sich zu mir.

»Können wir Matts Menschenkenntnis vertrauen?«, fragte sie mich, aber noch bevor ich antworten konnte, winkte sie ab. »Du bist eh nicht objektiv.« Ana grinste mich an und ich wurde rot. Ich war wirklich nicht zu hundert Prozent objektiv.

Ana dachte noch kurz nach.

»Also gut, wir geben ihm eine Chance«, erklärte sie schließlich feierlich, und Matt und ich fielen ihr um den Hals. »Aber sobald er auch nur einmal Mist baut und einem von euch wehtut, ist er für mich gestorben!« So leicht war sie wohl doch nicht umzustimmen. Doch der Einwand war ja nicht ganz unberechtigt. »Schauen wir jetzt endlich einen Film?« Ana schmiss sich aufs Sofa, während ich mit meinem Kumpel in die Küche ging, um das Knabberzeug und die Getränke herzurichten. Gedankenverloren starrte ich auf die Chipstüte vor mir. Wenn sowohl Ana als auch Matt Ash eine Chance geben wollten, hieß das wohl, dass sie auch mehr Zeit mit ihm verbringen wollten, was wiederum hieß, dass auch ich gezwungen wäre, mehr Zeit mit Ash zu verbringen.

Das würde mich zerstören.

»Wie lief das Date gestern mit Chase?«, fragte Matt mich plötzlich, und ich fuhr erschrocken zusammen.

»Äh, ganz gut, denke ich? Wir sind uns einig geworden, dass das mit uns nichts wird«, erzählte ich. Ana hatte ich natürlich schon ausführlich von dem Abend berichtet.

»Einig geworden? Wie denn?«, hakte er nach.

»Na ja, der Abend war schön, aber es war einfach nicht ... Es war nicht so ›Wow‹, verstehst du? Und dann ...« Wenn ich heute so darüber nachdachte, erschien mir der Kuss mit Chase irgendwie echt blöd. So unnötig. »Wir haben uns geküsst. Nicht aus purer Leidenschaft, sondern eher so, um zu sehen, was wir dabei eigentlich fühlen. Verstehst du, was ich meine?« Ich hatte mich an die Küchentheke gelehnt und sah Matt von der Seite an, der gerade einen Chips-Dip zusammenrührte.

Er musterte mich. »Ihr habt euch geküsst, um zu sehen, ob ihr euch in Zukunft weiterküssen sollt oder nicht?«

Wenn er es so formulierte, hörte es sich ja noch blöder an.

»So was in der Art, jap.« Ich begann, mit meinen Haaren zu spielen.

»Und jetzt?« Matt musterte mich immer noch so undefinierbar.

»Keine Ahnung, aber Chadie ist tot.«

»Bist du okay damit?«

Ich brauchte nicht lange zu überlegen. »Ja, bin ich. Es war nicht richtig. Jetzt nicht mehr.«

»Was hat sich geändert?«

Irgendwie beschlich mich das Gefühl, dass Matt etwas ganz Bestimmtes hören wollte oder etwas wusste, wovon ich keine Ahnung hatte.

»Ich weiß es nicht.« Ich wollte nicht schon wieder darüber reden, dass Ash dazwischengekommen war, dass ich in ihn verliebt war, aber wegen meiner Schwester nie etwas mit ihm haben könnte. Es deprimierte mich. Es deprimierte mich auch, dass ich nicht einmal mit ihm befreundet sein konnte. Erstens schien es gerade eben nicht einmal so, als würde Ash gern mit mir befreundet sein, und zweitens war eine Nur-Freundschaft einfach unmöglich.

Chase' Worte von gestern fielen mir wieder ein.

Manchmal muss man einfach an sein eigenes Glück denken.

Das konnte ich nicht. Nicht in dieser Situation. Vor allem nicht, wenn ich nicht einmal wusste, ob Ash das wollte, ob es sich lohnen würde. Mein Herz zog sich beim Gedanken an ihn schmerzhaft zusammen.

Verdammt, so schnell würde sich das bestimmt nicht ändern.

»Und Ash?« Aha, darauf wollte er also hinaus.

»Ihm bin ich doch sowieso egal.« Eigentlich wusste ich, dass das so nicht ganz stimmte. Aber wenn ich es so sagte, würde ich es vielleicht selbst glauben.

»Mhm …« Matt schien mir nicht recht zu geben, sagte aber nichts dazu, sondern nahm die Dip-Schale in die Hand und lächelte mich an.

»Dein Prinz wartet noch auf dich, mach dir da mal keine Gedanken drüber. Du bist eh noch so jung.« Er zwinkerte mir zu, und wieder einmal wusste ich, warum Matt mein bester Freund war.

23

Völlig erschöpft sperrte ich unsere Haustür auf und ließ mich auf die unterste Stufe unserer Treppe sinken. Nach vier Wochen Pause war es nicht gerade ein Kinderspiel, fast sechs Kilometer zu joggen.

Ich lehnte mich an die kühle Wand und wartete darauf, dass sich mein Puls und mein Herzschlag beruhigten.

Dann dachte ich daran, was mich an einem Sonntag in brütender Sommerhitze dazu gebracht hatte, joggen zu gehen: Ash. Ich wollte ihn aus meinem Kopf kriegen.

Ich hatte auf meinem Bett gelegen und mich danach gesehnt, ihn zu sehen, seine Stimme zu hören, seine Berührungen zu spüren. Ich wollte ihm schreiben, ich wollte ihn anrufen, ich wollte zu ihm fahren.

Das ging aber nicht.

Und deswegen bin ich stattdessen joggen gegangen.

Mit langsamen Bewegungen und immer noch halb keuchend stand ich auf und ging die Treppe hoch ins Bad. Jetzt erst einmal eine lange schöne Dusche, dann hatte ich in der Zwischenzeit bestimmt alle Probleme der Welt in Gedanken gelöst.

Als das Wasser auf mich herabprasselte, konnte ich nicht anders, als fieberhaft über Ausreden nachzudenken, warum ich mich bei Ash melden könnte. Wir hatten aber schon die Aktivität der Woche zusammen gemacht. Der Artikel war sogar schon geschrieben. Es gab also keinen Grund, ihm zu schreiben. Überhaupt nicht.

Verflixt und zugenäht, fast schon aggressiv stellte ich das Wasser ab und stieg aus der Dusche.

Zehn Minuten später ging ich mit nur handtuchtrockenen Haaren in mein Zimmer, zog was Bequemes an und ließ mich auf mein Bett fallen. Vielleicht sollte ich mich heute Abend einfach selbst mit einer Tasse Tee und einer Serie auf dem Laptop unterhalten. Oder Hausaufgaben machen, fiel mir ein. Ich stöhnte und schloss die Augen.

Wie von allein nahm ich mein iPhone zur Hand und begann, durch Instagram zu scrollen. Nicht viel los an diesem Sonntag ... Ich ging auf mein eigenes Profil und sah mir das Bild von Ash, Chase und mir auf der Paintball-Anlage an. Da hatte ich noch gar nicht gewusst, was alles auf mich zukommen würde. Ich hatte wirklich keinen blassen Schimmer gehabt.

Mehrere Minuten lang starrte ich einfach Ash an, ohne etwas zu denken.

Ash, Ash, Ash.

Drei Jahre war er weg gewesen, jetzt drehte sich bei mir alles nur noch um ihn.

Mir fiel ein, dass wir noch gar nicht ausgemacht hatten, worüber wir als Nächstes schreiben wollten. Ich könnte Ash ja deswegen schr... Nein, lieber nicht.

Ich war so unruhig, dass ich kaum still sitzen konnte. Aber joggen war ich schon gewesen, noch eine Runde würde ich definitiv nicht durchhalten. Demnächst musste ich unbedingt auch wieder einmal zum Klettern gehen. Die letzten Wochen war so viel los gewesen, dass ich das komplett vernachlässigt hatte. Und da die

Sache mit Chase jetzt auch endgültig geklärt war, fühlte ich mich auch wieder richtig wohl dabei. Die leicht unbehagliche Situation zwischen uns beiden hatte auch nicht wirklich dazu beigetragen, dass ich ihm unbedingt beim Klettern über den Weg laufen wollte.

Vielleicht sollte ich ja doch jetzt schon mit einer Serie anfangen?

In dem Moment klingelte mein Handy.

Dayna.

Dayna?

»Hi, Dayna! Was gibt's?«, meldete ich mich.

»Hey, Sadie ... Hast du eine Minute für mich?« Dayna klang verlegen. Irgendwas in ihrer Stimme beunruhigte mich, und ich setzte mich auf. »Weißt du, ich ...«

»Spuck's schon aus, Dayna!« Ich war vielleicht ein klein wenig ungeduldig.

»Läuft was zwischen dir und Ash?«

Wie bitte?

»Warum interessiert dich das?«

»Weil mich Ash interessiert.«

Okay, *das* war mal unerwartet. Auch wenn ich sie bei Ash gesehen hatte, ich hätte *nie* gedacht ... Doch nicht Dayna!

»Ash?«, fragte ich deshalb noch mal nach, als wäre ich leicht beschränkt.

»Ja, Ash.« Dayna wartete geduldig auf eine Antwort.

Dayna wollte Ash. Und Dayna wollte mein Okay.

Aber das wollte ich ihr nicht geben!

Ich konnte jedoch nicht sagen, dass zwischen Ash und mir etwas lief. Das tat es nämlich nicht, und das würde schneller auffliegen, als ich »Verdammt« sagen konnte.

»Was willst du jetzt von mir?« Zeit schinden. Denken.

»Ich will nur wissen, ob es für dich okay ist, wenn Ash und ich ... Also ... Du weißt schon.«

»Da musst du doch Ash fragen und nicht mich. Ich frage mich nur, was du an ihm findest.« Step one: Versuchen, Dayna zu überzeugen, dass Ash ein Arsch ist, damit sie ja die Finger von ihm lässt.

»Ich denke nicht, dass Ash das Problem sein wird, wir verstehen uns echt gut. Ich will nur nicht, dass es zwischen uns steht.«

Step two: Dayna eine runterhauen, weil sie meint, dass Ash interessiert sei.

»Wieso sollte das zwischen uns stehen?«, fragte ich so ruhig wie möglich. Was deutete Dayna an? Dass sie wusste, dass ich in Ash verliebt war?

»Na ja, ich dachte ... Weil du doch auf ihn stehst?«

What? Wo zum Geier hatte sie das schon wieder aufgeschnappt?

»Wer sagt so etwas?«, fragte ich sie so entrüstet wie möglich.

»Nun ja, keiner, aber ... Ich dachte halt ...«

»Du dachtest was?«

»Du bist sehr besitzergreifend, wenn es um Ash geht ...«

Bitte was?

Step three: Dayna mal deutlich zeigen, wer hier die Hosen anhat.

»Außerdem habt ihr euch geküsst ...«

Ich ignorierte diese Aussage. Wenn nötig, würde ich vielleicht später wieder darauf zurückkommen.

»Was willst du überhaupt von Ash?«, fragte ich stattdessen. Weil es mich wirklich interessierte.

»Ich brauche dir ja nicht zu sagen, dass er gut aussieht. Außerdem ist er echt nett und lustig. Er ist einfach ... mein Traumtyp.«

Step four: Kotzen.

»Dayna, du kennst ihn kaum. Hat er dir überhaupt den Eindruck vermittelt, dass er dich mag?« Hatte ich irgendetwas verpasst? Hatten Ash und sie mehr Zeit miteinander verbracht, als ich wusste? Und verdammt, verflixt, verflucht – was dachte Dayna sich eigentlich? Sie sollte die Finger von Ash lassen! Er gehörte zwar nicht mir, aber er sollte auch nicht ihr gehören. Und wow, ich war *wirklich* besitzergreifend!

»Na ja, wir treffen uns heute Nachmittag wegen des Layouts für euren Artikel. Das sehe ich als gutes Zeichen. Wir bräuchten uns dafür ja nicht extra treffen. Und er hat mich gefragt.« Hörte ich gerade so etwas wie Triumph in ihrer Stimme?

Ich hatte Bock, etwas zu zerschlagen, ich wollte schreien, ich wollte Dayna in die Schranken weisen! Stattdessen sagte ich mit zuckersüßer Stimme: »Na, dann wünsche ich euch viel Spaß und dir viel Glück.« Du hast eh nicht die geringste Chance gegen mich, du kleine verdammte ... Okay, wow, ich sollte mich abregen. Ich atmete einmal tief durch.

»Äh, okay ... Danke? Dann ... bis morgen!«

Als Dayna aufgelegt hatte, sah ich mich in meinem Zimmer nach irgendeinem Gegenstand um, der in Minimum neunhundert Millionen Teile zerspringen würde, wenn ich ihn aus dem Fenster schmiss. Wütend fuhr ich mir mit der Hand durch die Haare.

Scheiße!

Ich wollte Ash nur für mich haben. Doch dazu hatte ich kein Recht, wenn ich nicht mit ihm zusammen war.

Und dazu weigerte ich mich schließlich, obwohl ich eigentlich wollte.

Aber Ash und Dayna?

Das würde ich nicht ertragen … O Gott, sie würden in der Redaktionssitzung bestimmt immer völlig umschlungen dasitzen und sich gegenseitig die Zunge in den Hals stecken. Dayna würde mich triumphierend ansehen, während Ash … Argh, allein beim Gedanken zerfraß mich die Eifersucht.

Wollte Ash Dayna überhaupt? Bestand auch nur die geringste Möglichkeit, dass Ash an Dayna interessiert war?

Ich war doch eigentlich nicht der eifersüchtige Typ. Wieso bitte war ich dann bereit, Dayna die Augen auszustechen?

…

Weil ich in Ash verliebt war.

Alles führte auf diese eine Tatsache zurück: Mein Herz schlug für Ash.

Und ich hatte zwei Möglichkeiten: Entweder musste ich meinem Herzen folgen oder ich musste loslassen.

Beides schien schier unmöglich.

Dayna würde später Zeit mit Ash verbringen. Allein.

Am liebsten würde ich vor Ashs Haus auf der Lauer liegen, damit ich nichts verpasste und im schlimmsten Fall einschreiten konnte.

Dayna hatte nicht gesagt, wann genau sie sich treffen würden oder wo.

Ich sah auf die Uhr. Es war jetzt kurz nach eins. Wie lange musste ich noch warten, bis es ›heute Nachmittag‹ war? Sollte ich einfach jetzt schon zu Ashs Haus fahren und warten, falls sie dort aufkreuzte?

Ich schüttelte den Kopf.

War ich eigentlich bescheuert? Ich konnte doch nicht Ash und Dayna ausspionieren! Ich war gerade mehr als nur eifersüchtig. Ich war fast verzweifelt. Einfach weil meine Lage so aussichtslos war. Ich konnte nicht mit, aber ich konnte auch nicht ohne Ash.

So heftig wie mit ihm hatte es mich noch nie erwischt.

Doch ich würde mich nicht dazu hinreißen lassen, eine Dummheit zu begehen. Ich würde mich einfach in meine Decke kuscheln und mir eine Folge nach der anderen reinziehen, damit ich nicht auf noch mehr dumme Gedanken kam.

Ich hatte kein Recht auf Ash. Und das musste ich akzeptieren.

Am nächsten Tag in der Schule brauchte ich erst einmal eine lange Umarmung von Matt. Die letzte war lange her, fiel mir auf. Er wartete zusammen mit Ana bei meinem Spind, und ohne ein Wort schmiegte ich mich einfach an ihn.

Der gestrige Nachmittag und der Abend waren die reinste Folter gewesen. Die ganze Zeit hatte ich mich gefragt, was Ash und Dayna gerade machten, ob Ash Spaß hatte, ob Dayna wie verrückt mit ihm flirtete, ob Ash vielleicht sogar zurückflirtete ... Ich hatte mir die schlimmsten Szenen ausgemalt, und jedes Mal zerbrach mein Herz mehr und mehr.

»Okay, Sadie, zwei Fragen! Erstens, wieso bist du von uns dreien immer als Letzte in der Schule? Und zweitens, was machst du gerade?«

»Mit dir kuscheln«, nuschelte ich in sein Shirt und umarmte ihn noch fester. Matt war seit Jahren mein bester Kumpel, es fühlte sich einfach so schön vertraut an, ich fühlte mich wohlbehütet. Ana lachte mal wieder ihr kehliges Lachen und ich fühlte mich fast schon wieder gut.

»Was ist los?«, fragte Matt, und ich löste mich ein klein wenig, um meinen Kopf nach hinten legen zu können, um ihn anzusehen.

»Ich bin müde. Das Leben macht mich müde.«

Plötzlich rutschte mein Blick zur Seite, und ich sah Dayna mit einem Strahlen im Gesicht durch den Flur gehen, mit unfassbar perfekt frisierten Wellen in den Haaren, die locker um ihr Gesicht wippten. Na warte, die konnte was erleben! Nur Matts Griff um mich hielt mich davon zurück, auf Dayna loszugehen. Zum Glück kam sie nicht in unsere Nähe, sonst hätte ich für nichts mehr garantieren können. Ich musste meine Gefühle wirklich unter Kontrolle bekommen.

»Warum hast du Dayna gerade mit deinen Blicken getötet?«, fragte Matt misstrauisch.

»Habe ich doch gar nicht.« Nein, ich war keine eifersüchtige Tusse.

»Mhm.«

»Okay, Dayna hat mich gestern angerufen und gefragt, ob es in Ordnung sei, wenn sie sich Ash schnappt, weil sie ihn mag, und außerdem hatte er sie gefragt, ob sie sich gestern nicht treffen sollten, um das Layout für den Artikel zu machen, und das sah sie als Beweis, dass Ash sie auch mag, und jetzt seht mal, wie sie strahlend durch die Gegend läuft!«, fielen die Worte aus meinem Mund. Ich hatte den giftigen Unterton bei keiner Silbe abstellen können, und plötzlich schämte ich mich.

»Und wo ist das Problem? Du willst Ash schließlich nicht, oder?«, fragte mich Matt provozierend. Stirnrunzelnd sah ich ihn an. Was war das gerade?

»Wie meinst du das?«

»Na, wie ich es sagte. Entweder können dir Dayna und Ash egal sein oder du tust verdammt noch mal etwas dagegen.« Seine Stimme war seelenruhig, seine Körperhaltung war seelenruhig, seine Ausstrahlung war seelenruhig.

Er meinte es ernst.

»Ähm, perdon«, meldete sich Ana zu Wort, »aber seit wann wollen wir Sadie und Ash verkuppeln? Ich dachte, wir wären noch in der Sadie-weiß-nicht-genau-was-sie-fühlt-Phase?« Sie sah mich aufrichtig verwirrt an. Kein Wunder, ich hatte bis jetzt kein einziges Mal laut ausgesprochen, dass ich in Ash verliebt war.

Matt musterte mich. »Ich denke, Sadie weiß ganz genau, was sie fühlt.«

Dann trat ein betroffener und mitfühlender Ausdruck auf Anas Gesicht. »Aber Brooke ... Du musst mit ihr reden, Sadie.«

Ich wand mich aus Matts Umarmung. »Das kann ich einfach nicht! Wie soll das gehen? Sie wird mich umbringen. Oder zumindest für den Rest ihres Lebens hassen!«

»Sie wird dich verstehen!«, warf Ana ein. Ich hob eine Augenbraue.

»Wird sie? Ana. Wir reden hier von Brooke. Brooke!« Ich sah sie vielsagend an, und Ana verzog ihr hübsches Gesicht zu einer Grimasse.

»Sie muss es verstehen«, sagte sie dann. Ich lächelte über so viel Optimismus. Vielleicht sollte ich auch erst einmal mit Ash klären, ob er mich wollte. Apropos, wo war er eigentlich?

Ich blickte mich um und suchte ihn so unauffällig wie möglich, aber er war weit und breit nicht in Sicht. Ich stöhnte. War das wieder einer der Tage, wo ich ihn überhaupt nicht sah?

Ich nahm meine Bücher und Unterlagen für die nächsten Fächer aus meinem Spind und ging mit Matt und Ana Richtung der Klassenräume. Auf halben Weg trafen wir auf Chase, der mich breit anlächelte und freundschaftlich umarmte. Als er sich wieder von mir löste, hätte ich schwören können, Ash gerade in einen anderen Gang abbiegen zu sehen.

Ich war doch wohl bitte nicht auf dem besten Weg, verrückt zu werden.

»Hey!« Als ich in Chase' Augen sah, konnte ich sein Lächeln mit einem echt gemeinten erwidern. Erleichtert stellte ich fest, dass es zwischen Chase und mir gar nicht unangenehm war.

»Hi«, sagte ich deshalb fröhlich und wurde dabei von Matt und Ana weitergezogen.

Der Schultag konnte beginnen.

Ungefähr acht Stunden später schlenderte ich müde aus dem Schulgebäude zu meinem Motorrad. Montage sollten abgeschafft werden …

Als ich bei meiner Maschine ankam, sah ich Ashs daneben stehen. Er war also doch in der Schule gewesen, stellte ich fest. Bestimmt war er mir wieder aus dem Weg gegangen. Nach seinem Abgang am Samstag hatte ich eigentlich nichts anderes erwartet.

Ich wollte gerade meinen Helm aufsetzen, als ich plötzlich einen Schatten neben meinem sah. Ich drehte leicht den Kopf und erkannte Ash, wie er einen halben Meter von mir entfernt stand, mir den Rücken zugewandt. Das war ja mehr als deutlich. Trotzdem tanzten meine Gefühle in mir Fandango.

Ich wandte mich wieder meinem Motorrad zu, bereit, einfach davonzufahren. Aber dann überlegte ich es mir anders. Ich drehte mich zu Ash um, der sich ebenfalls in dem Moment seinen Helm aufsetzen wollte, und funkelte ihn wütend an.

»Weißt du, was, Ash? Ich habe deine verdammten Gefühlsschwankungen so verdammt satt!«

Er hielt in der Bewegung inne und blickte mich fragend an, nach dem Motto »Was habe ich jetzt schon wieder getan?«. Ich ignorierte die Schockwelle, die der Blick seiner blauen Augen in mir auslöste.

»An einem Tag redest du normal mir, am nächsten flirtest du mit mir, dann ignorierst du mich, danach streitest du mit mir, und plötzlich ist alles wieder in Ordnung, am Tag drauf aber bin ich wieder Luft für dich. Kannst du dich mal entscheiden, wie du mich behandeln möchtest?«

Er blickte mich einfach an, ohne zu reagieren.

»Und kannst du mal deine Klappe aufmachen?«, fuhr ich ihn an und schlug ihn mit meinem Helm.

»Nicht gleich so aggressiv«, murmelte er mit lachenden Augen, doch sonst sehr ausdruckslos.

»Aggressiv? Das hier ist nicht aggressiv«, zischte ich weiter. »Ich kann dir gern mein ›aggressiv‹ geben!« Ich haute ihn noch einmal mit meinem Helm.

»Wow, im Ernst, fahr mal wieder runter«, sagte er weiter und wehrte sich, indem er mir den Helm aus

Hand nahm. Ich griff danach, aber er hob den Arm hoch, sodass ich nicht rankam.

»Mann, Ash, gib mir meinen Helm!« Ich versuchte wieder danach zu greifen, doch Ash drehte sich ein wenig zur Seite und ich griff nur ins Leere.

»Sonst was?«

»Sonst ...« Verdammt, mir fiel nichts ein. Dann fiel mein Blick auf seinen Helm, den er in der anderen Hand hielt. Ich schnappte ihn mir und trat einen Schritt zurück. Ash sah mich schmunzelnd, aber auch ein klein wenig verächtlich an.

»Wow, ich bin sprachlos«, kam es sarkastisch von ihm. Mir platzte gleich der Kragen!

»Was ist los mit dir?«, fragte ich ihn wieder.

»Was mit *mir* los ist, willst du wissen?« Ash baute sich vor mir auf. »*Dein* ewiges Hin und Her ist los, verdammt. Aber mir kann's ja eigentlich auch egal sein, mach doch, was du willst.« Ich hatte das Gefühl, dass gerade sämtliche Energie aus Ash gewichen war. Sein Blick ging durch mich hindurch in die Ferne.

Von welchem Hin und Her sprach er? Was hatte ich denn getan? Ich war vollends verwirrt, war mir absolut keiner Schuld bewusst.

»Ash, was habe ich dir getan?« Ich wollte es wirklich wissen. Egal wie die Situation gerade zwischen uns war – wehtun wollte ich ihm auf keinen Fall.

»Sadie, vergiss es bitte einfach. Ich will jetzt nicht darüber reden.« Er wollte sich umdrehen und seinen Helm aufsetzen, als er merkte, dass er noch immer meinen Helm hatte und ich seinen. Kurz betrachtete er den Helm in seinen Händen, drehte ihn ein wenig, bevor er sich wieder mir zuwandte und ihn mir hinhielt. Ich nahm ihn und reichte ihm seinen. Er griff danach, doch ich ließ nicht los.

»Wir müssen uns noch etwas für den nächsten Artikel überlegen.« So leicht würde ich ihn nicht davonkommen lassen. Ash seufzte.

»Und an was hattest du gedacht?«

»Die Kunstgalerie. Alle paar Wochen werden dort neue Künstler ausgestellt, das ist oft wirklich schön.«

Bei dem Vorschlag verzog Ash das Gesicht.

»Bilder ansehen, die vielleicht scheiße sind? Lass uns doch lieber ins *Trash* gehen.« Das *Trash* mit Ash wäre die reinste Folter. Man konnte dort trinken, tanzen und trinken. Und tanzen.

Und wir wussten ja, wie es das letzte Mal geendet hatte.

Ich hätte zwar nichts gegen eine Wiederholung, aber unter den gegebenen Umständen war es wohl vernünftiger, wenn wir nicht einen ganzen Abend allein in einer Disco verbrachten.

»Die Kunstgalerie ist viel ... kultivierter«, versuchte ich deswegen lahm zu argumentieren. Wie erwartet zog Ash nur eine Augenbraue hoch. Hatte ihn wohl nicht überzeugt ...

Ich startete einen neuen Anlauf. »Dort werden auch Fotografien ausgestellt. Ich dachte, das würde dich interessieren.« Ich hatte wirklich geglaubt, dass ihm als Fotograf ein Nachmittag dort gefallen könnte.

»Du hast doch keine Ahnung, was mich interessiert«, murmelte Ash, und ich wurde sauer.

»Dann sag's mir doch, verdammt noch mal! Ash, deine Art, mich zu behandeln, verletzt mich!« Ich wusste, dass ich gerade leicht verzweifelt wirkte, aber ich hielt es einfach nicht mehr aus.

»Geh dich doch bei Chase ausheulen«, murmelte er, setzte seinen Helm auf, blockte so jede weitere Unterhaltung ab, setzte sich auf seine Maschine, startete den Motor und fuhr davon.

Mich bei Chase ausheulen? Wo kam das denn jetzt schon wieder her?

Für den Bruchteil einer Sekunde überlegte ich, Ash einfach hinterherzufahren und ihn – schon wieder – zur Rede zu stellen, doch ich entschied mich dagegen. Offenbar konnte man mit ihm gerade nicht vernünftig sprechen, also sollte er sich erst mal abreagieren.

Einen Artikel mussten wir trotz allem demnächst wieder schreiben. Ergo mussten wir uns bis Ende der Woche für irgendetwas entschieden haben.

Ich stand noch immer an der gleichen Stelle, an der Ash mich stehen gelassen hatte.

Hoffentlich hatte er sich bis dahin wieder beruhigt, sonst konnte das heiter werden.

Funkstille.

So sah die Situation zwischen Ash und mir aus – mal wieder. Und heute würde ich wieder einmal zur Redaktionssitzung gehen, ohne zu wissen, wo ich mit Ash stand. Ich hatte es so satt!

Genervt betrat ich zusammen mit Matt den Raum und sah Ash schon dort sitzen. Neben Dayna.

Die ihn anhimmelte.

Herrgott noch mal.

Augenverdrehend ging ich vor ihnen vorbei, zu einem Platz ganz an der Wand. Matt setzte sich natürlich neben mich und holte sein Notizbuch hervor, bereit, wichtige Details in seiner krakeligen Schrift runterzukritzeln. Er begann kleine Muster auf das Papier zu malen, und da ich gerade nichts anderes zu tun hatte, sah ich wie gebannt auf seine Zeichnungen. Das waren schöne kleine Muster.

Plötzlich hörten die Zeichnungen auf, und ich hob meinen Blick, um zu sehen, warum Matt nicht weitermalte. Er schnitt Grimassen und gab irgendwelche Zeichen in Richtung hinter mir. Ich folgte seinem Blick und sah Ash, der grinste und irgendwelche Zeichen zurückgab.

Ach ja, Matt und Ash waren ja wieder Freunde.

Leicht genervt wandte ich den Blick ab und traf auf Daynas. Sie sah mich ruhig an, und plötzlich wurde ihr Strahlen so breit, dass es von einem Ohr zum anderen ging. Wollte sie mir damit etwas sagen?

Ich lächelte zurück und hoffte, dass es echt wirkte, und blickte dann stur nach vorn, wo Michael doch wohl bald seinen Platz einnehmen würde. Er war sonst immer pünktlich, wo blieb er denn?

Matt neben mir wandte sich auch wieder seinen Notizen zu.

»Geh doch zu ihm«, forderte ich ihn auf. Es war doch bescheuert, sich umständlich irgendwelche Zeichen wie in der Grundschule zu geben, wenn er sich einfach vier Stühle weiter nach rechts setzen und somit normal mit Ash sprechen könnte.

»Würdest du mitkommen?«, fragte er mich zurück, und ich schüttelte den Kopf.

»Dann bleib ich hier bei dir.« Er musterte mich. »Was ist jetzt schon wieder los?« Er seufzte und ich verdrehte die Augen. Ich war es leid, immer um alles so ein Drama zu machen.

»Frag doch Ash. Er behandelt mich wie das Allerletzte, das nervt einfach.«

»Hast du versucht, mit ihm zu reden?«

»Ja natürlich! Er redet nur in Rätseln und haut immer ab!« Ashs Benehmen störte mich zum einen, weil es einfach nur kindisch und nervig war. Zum anderen, weil es mich verletzte, weil ich einfach normal mit ihm reden, mit ihm Spaß haben wollte, wie wir sonst auch Spaß hatten. Eigentlich.

Matt setzte zu einer Antwort an, konnte darauf jedoch nichts erwidern, denn Michael kam in den Raum gerannt, entschuldigte sein Zuspätkommen und ratterte gleich jede Menge Informationen runter. Ich hielt meinen Blick nur auf ihn gerichtet, weil mich gerade alle anderen in diesem Raum nervten. Sogar Matt.

Wieso war er mit Ash befreundet, aber ich nicht?

Ich wollte auch mit Ash befreundet sein!

Nach einer Viertelstunde verlief das Ganze wie sonst auch immer. Ash und ich wurden zu Michael gebeten, alle anderen durften gehen. Ich verstand nicht, warum Michael immer allein mit uns reden wollte, aber gut. Er war schließlich der Chefredakteur. Vielleicht wollte er einfach, dass wir uns wichtig fühlten.

»Das war wieder einmal ein erstklassiger Artikel!«, lobte Michael uns sofort. Ash nickte dankend, ich blieb regungslos. »Vor allem das Layout hat mir dieses Mal besonders gefallen«, sprach er weiter.

»Ja, Dayna hat das wirklich gut hinbekommen«, sagte Ash anerkennend neben mir.

Ich musste einen Würgereiz unterdrücken.

»Sie hat bestimmt ihr ganzes Herz und ganz viel Liebe reingesteckt«, sagte ich zuckersüß. Er erwiderte meinen Blick leicht verunsichert oder verwirrt.

»Das Thema hat mich auch positiv überrascht. Ich wusste nicht, dass man als junger Erwachsener im *Games'n Fun* so viel Spaß haben kann«, setzte Michael seine kleine Rede fort und wartete darauf, dass wir über seine Bemerkung lachten. Ach! Das war lustig? Ich blieb stumm, denn ich konnte nicht einmal die Energie aufbringen, so zu tun, als wäre es witzig gewesen.

»Und jetzt zur allwöchentlichen Frage: Wo geht's als Nächstes hin?«

»In die Kunstgalerie«, sagte ich, bevor Ash irgendeinen Scheiß loswerden konnte. Ash neben mir räusperte sich und verschränkte die Arme, hielt aber seine Klappe.

»Okay, gut.« Michael nickte und dachte über den Vorschlag nach. »Ich bin mir sicher, dass ihr das spannend hinbekommt. Dienstagvormittag mailt ihr mir den Artikel, und wir sehen uns nächsten Mittwoch!« Er nahm seine Tasche in die Hand und verließ den Redaktionsraum.

Und jetzt stand ich hier. Allein mit Ash.

Nur wollte der ja sowieso nicht mit mir reden, also konnte ich auch genauso gut einfach verschwinden. Ohne ein Wort drehte ich mich um und wollte gehen, als mich Ashs Stimme zurückhielt.

»Warum ist es zwischen uns mal so komisch und dann wieder nicht?«

Ich erstarrte. Was sollte das denn jetzt? Langsam drehte ich mich zu ihm um.

»Dieses Mal bin ja wohl kaum ich schuld!« Das konnte ich unmöglich auf meine Kappe nehmen!

»Ich denke, du weißt es nur nicht. Aber du hast recht, ich bin im Moment ... mit den Gedanken woanders«, versuchte er zu erklären, ohne wirklich etwas zu sagen.

Ich zog spöttisch eine Augenbraue hoch. »Das ist mir bewusst.« Wer da in seinem Kopf herumspukte, konnte ich mir lebhaft vorstellen. »Weißt du, was, Ash? Ich hab's einfach satt. Ich dachte, wir könnten das irgendwie hinbekommen, aber ich habe keinen Bock auf deine ewigen Stimmungsschwankungen. Lass uns einfach die Artikelreihe hinter uns bringen, dann den Abschlussball.«

»Und danach war's das?« Ash sah mich mit stechendem Blick an, und ich zuckte mit den Schultern. Ich wollte mir nicht anmerken lassen, wir sehr mich diese Vorstellung verletzte. Es fühlte sich an, als würde mein Inneres in tausend Teile zersplittern.

Ash schien zu überlegen. Worüber dachte er nach? Ich erfuhr es nicht, denn er sagte nichts, sondern schnappte sich lediglich seine Tasche und ging an mir vorbei.

»Ich hoffe für dich, dass die Galerie nicht scheiße ist.«

Und zurück war der alte Ash. Beinahe wäre ich in Tränen ausgebrochen.

24

Ash

»Danke.« Ich nahm die Eintrittskarten von der Verkaufsdame entgegen und wandte mich dem Eingang zu. Die Quittung schmiss ich in den nächsten Mülleimer.

Sadie dachte immer noch, dass ich sie alle aufhob, damit die Schule später unsere Auslagen zurückerstattete. Das war nicht der Fall. Nie gewesen. Aber das brauchte sie ja nicht zu wissen.

Ich steckte die Hände in meine Hosentaschen und sah mich in der Eingangshalle der Kunstgalerie um. Ich langweilte mich jetzt schon. Ich sah nur alte Leute hier, die auch gelangweilt durch die Gegend schlenderten. Müde sahen sie auch schon alle aus. Ich guckte auf meine Uhr. Das hier war eine Abendausstellung, und es war schon dunkel draußen. Wer ging abends in eine öde Galerie? Na, das konnte ja mal heiter werden.

Kunst hatte mich nie so wirklich interessiert. Ich hoffte also darauf, dass die Fotografien einen Besuch wert waren. Für abstrakte Skulpturen aus diversen Materialien hatte ich überhaupt nichts übrig, ich verstand den Sinn dahinter nicht und fühlte mich dabei unwohl. Hoffentlich gab es davon nicht viel.

Mein Blick glitt wieder zur Eingangstür, durch die Sadie jeden Moment kommen würde. Ich seufzte und sah auf meine Schuhe. Das Mädchen brachte mich so dermaßen auf die Palme, das war schon nicht mehr normal. Sie peilte einfach nicht, was los war. Wie es jedes Mal wehtat, wenn ich sie sah. Wie sehr ich sie berühren und küssen wollte, jedes Mal, wenn ich sie sah.

Wie sollte sie auch? Ich hatte es ihr ja auch nie direkt gesagt. Gezeigt? Ich hatte gehofft, dass ich oft deutlich genug in meinem Benehmen war, aber sie blockte einfach ab. Wegen ihrer Schwester. Oder wegen Chase.

Ich schnaubte innerlich, als ich an diesen Vollpfosten dachte. Ich hasste ihn so abgrundtief dafür, dass er mir zuvorgekommen war.

Ich hatte Sadie und Chase diese Woche nur einmal zusammen in der Schule gesehen. Montag, wie sie sich mit einer innigen Umarmung begrüßt hatten. Das hatte mir schon gereicht, mehr brauchte und wollte ich nicht sehen. Und es war in der Schule verblüffend einfach, bestimmten Leuten aus dem Weg zu gehen, wenn man es wollte.

Ich hatte mit Sadie geflirtet, sie hatte es nicht nur akzeptiert, sie hatte auch zurückgeflirtet. Aber jedes Mal, wenn sich die Lage zuspitzte, wich sie zurück. Weil sie das ihrer Schwester nicht antun konnte.

Ich könnte mich selbst dafür umbringen, dass ich mit Brooke zusammen gewesen war. Das Teilziel war damals, Sadie dazu zu bringen, mich zu hassen. Jetzt hatte ich mir damit selbst in den Fuß geschossen und alle Möglichkeiten für uns zunichtegemacht.

Vielleicht benutzte sie Brooke ja auch nur als schlechte Ausrede. Trotz der vielen Anzeichen, dass sie vielleicht doch etwas für mich empfand, war sie ja jetzt schließlich mit Chase zusammen.

Ich hob wieder den Blick, und in dem Moment kam Sadie durch die Tür. Wunderschön und leicht arrogant wie immer, aber mit einem winzigen Anflug von Unsicherheit in ihren Augen. Schwarzes bauchfreies Top, lockerer Rock, Lederjacke ... Sie wusste einfach, wie sie sich kleiden musste, um mich vollends um den Verstand zu bringen.

Ihre Augen waren für mich wie ein offenes Buch. Immer schon gewesen. Nur ein einziges Mal hatte ich ihren Blick völlig falsch interpretiert. Damals, als ich ihr meine Verliebtheit gestanden hatte. Ich gab bis jetzt immer noch dem Alkohol die Schuld, sonst hätte ich vielleicht nichts falsch verstanden und uns in diese Lage gebracht.

Sie sah sich suchend um, und als sie mich erblickte und in meine Richtung kam, sah ich noch etwas anderes in ihren Augen. Schmerz und Wut. Ich stöhnte innerlich wegen dieser explosiven Kombination. Ich wollte mich heute zusammenreißen und mich nicht wie ein Arsch benehmen. Ob es klappte, würde sich zeigen.

»Hey«, begrüßte sie mich und blieb vor mir stehen.

»Hi. Wir können gleich reingehen«, sagte ich locker, holte die Eintrittskarten hervor und wandte mich zur Seite, bereit, in die Galerie zu gehen.

»Super.« Sie verschränkte die Arme und ging an mir vorbei. Ich konnte nicht ganz verhindern, sie einmal von hinten abzuchecken. Wie sollte ich dabei irgendwie meine Gedanken ordnen? Diese langen Beine, der süße Hintern, ihr trainierter Bauch und ihre süßen Brüste gehörten nicht mir.

Noch nicht.

Ich ging hinter ihr her, gab der Dame von der Security unsere Eintrittskarten, und zusammen schlenderten wir in den ersten Bereich. Hohe weiße Wände, Fenster in der Decke, heller Parkettboden. Typisch Kunstausstellung eben. Sadie steuerte sofort eine Wand an, während ich mich erst einmal umsah. Die Gemälde, die hier hingen, waren von … irgendwann. Das hier interessierte mich wirklich kein bisschen.

Ich ging zu der Wand gegenüber von Sadie und versuchte nicht gleich einzuschlafen. Desinteressiert ließ ich meinen Blick über ein kleines dunkles Gemälde schweifen, das absolut nichts Besonderes war. Ich schlenderte zum nächsten Bild weiter und unterdrückte ein Gähnen, als mein Handy vibrierte. Ich holte es aus meiner Hosentasche und runzelte die Stirn.

> *Hey Ash! Gibst du mir sofort Bescheid, wenn ihr den Artikel geschrieben habt? Dann können wir uns ja wieder zusammensetzen und am Layout arbeiten? Das hat letztes Mal so Spaß gemacht – und ich finde, dass wir ein super Team sind ;) xoxo Dayna*

Meine Fresse, Dayna war so verdammt anhänglich geworden in letzter Zeit! Ich verstand es nicht, und es nervte. Ja, sie war echt eine talentierte Grafikerin, aber ich musste und wollte nicht bei jedem Artikel beim Layout mithelfen.

Ohne zu antworten, steckte ich mein iPhone wieder in die Hosentasche. Ich wusste schließlich nicht einmal, wann Sadie und ich den Artikel schreiben würden. Ich warf einen Blick über meine Schulter und sah Sadie konzentriert auf ein Gemälde starren, den Kopf leicht schräg gelegt. Ein kleines Lächeln huschte auf meine Lippen. Sie war so süß. Und so verdammt stur.

Ich drehte mich zum nächsten Gemälde und konnte dieses Mal ein Gähnen nicht unterdrücken. Eine alte Dame neben mir sah mich herablassend an, doch das juckte mich nicht weiter. Meine Tattoos waren interessantere Kunstwerke als die ausgestellten hier.

Sadie stand noch immer vor dem gleichen Gemälde. Ich schlenderte zu ihr hinüber und versuchte irgendetwas zu erkennen. Ganz viele Striche. Ein paar Kleckse. Da war der Maler bestimmt aus Versehen auf die Tube getreten. Ich konnte beim besten Willen keinen tieferen Sinn erkennen.

»Ich versteh's nicht.«

Sadie nahm ihren Blick nicht eine Sekunde von dem Bild, als sie mir antwortete.

»Was verstehst du nicht?«

»Was dieses Gekrakel soll. Man kann absolut nichts erkennen.« Ich war fast ein wenig frustriert. Was sahen die anderen, was ich nicht erkennen konnte? Und war ich hier der Normale oder waren es die anderen? Ich war verwirrt. Ich warf einen kurzen Blick zu Sadie und konnte sehen, wie sie sich das Grinsen verkneifen musste.

»Da sind zwei Personen, die sich in tiefster Nacht durch einen Sturm kämpfen. Sie stemmen sich mit aller Kraft dagegen und wissen kaum, wie sie es schaffen sollen. Aber sie haben sich gegenseitig und wissen, dass sie alles überstehen können.«

Verblüfft sah ich sie an. Noch immer starrte sie auf das Bild.

»Das kannst du alles auf diesem Bild erkennen?« Ich war ehrlich erstaunt und war mir gleichzeitig nicht sicher, ob sie mich auf den Arm nahm. Wenn es um sogenannte Kunst ging, konnte man mir wirklich *alles* auftischen und ich würde es glauben.

»Ja, schau doch hier«, sagte sie und zeigte auf zwei schwarze Striche, die sich leicht überlappten. »Sie sind eng beieinander, geben sich gegenseitig Halt. Hier siehst du den Wald, den Wind, der durch die Äste streift und sie herumschleudert.« Sie hielt kurz Inne, bevor sie sich mir zuwandte. »Ein Bild erzählt immer eine Geschichte. Du musst diese Geschichte finden. Achte nicht nur auf das, was du auf den ersten Blick siehst, sondern sieh dir auch das an, was dahintersteckt. Der tiefere Sinn. Das, was nicht sofort offensichtlich ist, aber im Detail steckt. Wenn du willst, kannst du es finden.«

Ich konnte sie nur anstarren. Ich hatte keine Ahnung, dass sie sich so für Kunst interessierte. Was wusste ich noch alles nicht von Sadie? Im Moment war ich einfach sprachlos. Mit sehr viel Fantasie konnte man wirklich all das erkennen, von dem sie gerade gesprochen hatte. Vielleicht ging es auch gerade darum bei der Kunst, nämlich Fantasie zu haben, diese anzuregen.

Ich stand immer noch regungslos vor ihr, und ich merkte, wie ihr langsam ein wenig unbehaglich wurde, weil ich sie nur ansah und keinen Ton sagte. Dann schlich sich ein Lächeln auf ihr Gesicht.

»Komm mit«, meinte sie schließlich und griff wie automatisch nach meiner Hand. Aber noch bevor sie sie richtig ergriffen hatte, zuckte sie zusammen und zog ihre Hand zurück, als hätte sie sich gerade verbrannt.

Das tat weh. Es war eine Befangenheit zwischen uns, wie sie vorher nur ein einziges Mal da gewesen war.

Als ich sie das erste Mal geküsst hatte.

Sadie saß vor mir im Schneidersitz auf dem Bett. Sie erzählte und gestikulierte wild. Sie hatte heute ein Baby-Eichhörnchen gesehen, und es war sogar ganz ruhig dageblieben und hatte sie angesehen. Aber als sie sich bücken wollte, um es zu streicheln, war es doch davongehuscht.

»Es war sooo süß! Und so klein! Du hättest es sehen müssen, Ash!«

Ich liebte es, wenn sie mir mit Begeisterung irgendetwas erzählte. Wie sie dabei strahlte und einfach rundum glücklich war.

»Schade, dass ich es verpasst habe«, gab ich meinen Kommentar dazu ab. Ich war in Gedanken eigentlich gar nicht wirklich bei der Geschichte. Wenn ich Sadie ansah, merkte ich in letzter Zeit, dass etwas mit mir passierte.

Ich hatte mich in sie verliebt.

Und es hatte lange gedauert, bis ich es verstanden hatte, und noch viel länger, bis ich es akzeptieren konnte.

Wir waren so gut befreundet, und manchmal hatte ich das Gefühl, dass sich nicht nur bei mir etwas geändert hatte, sondern auch bei Sadie.

Manchmal sah sie mich an wie gerade eben. Unsere Blicke verhakten sich, ohne dass wir etwas sagten, wir grinsten einfach nur.

In meinem Kopf drehte sich alles ein bisschen von dem Alkohol, den wir getrunken hatten.

Wie gern ich …

Ich legte meine Hand auf ihre Hand und genoss das Gefühl ihrer weichen Haut unter meinen Fingerspitzen.

Langsam lehnte ich mich vor.

Sie wusste bestimmt, was ich vorhatte. Und sie wich nicht zurück, sondern blieb ruhig sitzen und wartete ab.

Ich hatte selbst keine Ahnung, was ich da tat. Es war auch für mich der erste Kuss.

Und er war so schnell vorbei. Aber nie würde ich dieses Gefühl von ihren Lippen auf meinen vergessen.

Mein erster Kuss.

»Kommst du jetzt oder bist du dahinten angewachsen?« Sadie stand schon einige Schritte entfernt und hatte wohl gemerkt, dass ich ihr nicht folgte.

»Komme schon«, murmelte ich, immer noch ein wenig benommen von dieser intensiven Erinnerung.

So lange hatte ich mir nicht erlaubt, daran zu denken. Es tat einfach zu weh.

Ich lief Sadie hinterher in einen anderen Bereich der Ausstellung.

»Das hier wird dir bestimmt besser gefallen«, meinte sie mit einem Lächeln, das fast schon wieder unbeschwert war. Sie freute sich, dass sie mir eine Freude bereiten konnte.

Hier hingen überall Fotografien.

Und sie waren wirklich gut.

»Ja, das ist schon eher meins«, antwortete ich ihr, und kurz sahen wir uns an.

So wie damals.

Und schon damals hatte ich zu viel hineininterpretiert.

»Du kennst mich halt doch zu gut«, fügte ich hinzu, ohne sie aus den Augen zu lassen. Ein trauriger Ausdruck schlich sich auf ihr Gesicht, den sie aber sofort wieder wegblinzelte.

»Vermisst dich Chase heute nicht?«, tastete ich mich vor und beobachtete ihre Reaktion genau. Sie dachte wahrscheinlich, dass ich mir ihr spielte, sie provozierte, sie verwirrte. Aber eigentlich wollte ich nur Antworten.

»Chase?« Sie runzelte die Stirn. »Was hast du die ganze Zeit mit Chase?« Sie wandte sich unbeeindruckt einem Foto zu.

Ich kapierte gerade gar nichts. Was dachte sie wohl, was ich mit Chase die ganze Zeit hatte?

So unauffällig wie möglich zückte ich mein Handy und schrieb eine schnelle Nachricht an Matt, da mir gerade ein Gedanke gekommen war.

Ist das mit Chase und Sadie nicht offiziell?

Kurz darauf bekam ich eine Antwort.

Was denn??

Ja, dass sie zusammen sind??

Sie sind nicht zusammen.

Hä?

Aber fast?

Nope, zwischen denen läuft rein gar nichts mehr.

Was? Wieso hatte Matt mir das nicht gesagt? Vor allem nach unserem Gespräch am See?

Ich bewegte mich einige Meter weg von Sadie und tat so, als würde ich die Fotografien ansehen, während ich mit Matt schrieb.

Wieso hast du mir das nicht gesagt?!

Ich wartete.

Und wartete.

Dann kam die Antwort.

Weil ihr zwei Sturköpfe euch einfach mal zusammenreißen sollt. Deswegen :)

Wieder verstand ich überhaupt nichts. Gerade eben fühlte ich mich echt dumm.

Und daraufhin erleichtert.

Sadie und Chase waren nicht zusammen.

Es lief rein gar nichts mehr zwischen ihnen.

Ein glücklicher Seufzer entwich meiner Kehle, und ich spürte, wie ich plötzlich unbeschwerter atmen konnte.

Ich hatte dieses riesige Grinsen auf dem Gesicht, und nichts konnte es mehr wegwischen.

Ich musste mich nicht mehr zurückhalten. Ich konnte Sadie weiter nahe sein und sehen, ob ich ... ob *wir* eine Chance hatten.

Am liebsten wäre ich zu ihr gegangen, hätte sie an der Taille gepackt und vor Freude herumgewirbelt.

Aber das wäre erstens nicht passend in einer *kultivierten* Galerie und zweitens würde Sadie mich wahrscheinlich schlagen.

Ich könnte es natürlich auch einfach drauf ankommen lassen ...

Ich sah mir jetzt endlich die ganzen Fotografien genauer an. So richtig genau. Ich versuchte die *Geschichte* dahinter zu sehen, und überraschenderweise fiel es mir im Moment nicht einmal besonders schwer.

Ich ging von einem Bild zum nächsten, verweilte mehrere Minuten davor, saugte alle Eindrücke in mich auf und bewunderte den Lichteinfall, den Winkel, die Atmosphäre. Ich sah mich um und entdeckte Sadie, wie sie immer noch bei der ersten Fotografie stand. So lang war die Geschichte bei dem Bild doch auch nicht, oder? Ich ging zu ihr hinüber, stellte mich neben sie und warf einen Blick auf das Bild.

Es fühlte sich an, als würde mir der Boden unter den Füßen weggezogen werden.

Der See war abgebildet. Mein See.

Der Sonnenuntergang war in vollem Gange, die Oberfläche des Wassers strahlte und funkelte durch die letzten Sonnenstrahlen. Davor stand ein Pärchen, Hand in Hand, und blickte über den Horizont. Sie bildeten nur schwarze Silhouetten, trotzdem konnte man die Innigkeit zwischen den beiden sehen, spüren.

Ich schluckte. Das hätten Sadie und ich sein können.

Hätten.

Wieder sah ich vor mir, wie wir uns beim See fast geküsst hätten.

Würden mich diese Erinnerungen für immer heimsuchen?

»Weißt du«, fing ich an, um irgendwie vom Thema abzulenken. »Irgendwann will ich auch eine Ausstellung haben. Nur mit meinen Fotografien.«

Das war nicht einmal gelogen. Das wäre doch hammergeil, wenn man so berühmt wurde, dass Leute dafür zahlen wollten, die Fotos von einem anzusehen.

Sadie warf mir einen neckenden Blick zu.

»Das kann bei deinen Fotos ja noch lange dauern, bis du so weit bist.«

Ich starrte sie überrascht an. Das Mädel war manchmal so dreist, ich wusste kaum, was ich erwidern sollte.

»Hey, sei mal ein wenig unterstützender! Von meinem Einkommen müssen wir schließlich mal leben, damit du zu Hause schön die Kinder versorgen kannst. Und dann wirst du es lieben, für einen Abend dem Chaos zu entfliehen und in einem schönen Kleid an meiner Seite zu stehen und die Frau des berühmten Fotografen zu sein«, zog ich sie auf. Ihre Augen weiteten sich bei meinen Worten kurz, dann belohnte sie mich mit ihrem einzigartigen Lachen, das mich immer so verdammt glücklich machte.

»Du träumst wohl! Du kannst den Hausmann spielen, während ich steil Karriere mache!«

»Ach komm, du weißt ja nicht einmal, was du später mal machen möchtest! Ich könnte Amateur-Fotograf sein und sonst mein eigenes Tattoostudio in unserem Keller haben«, fantasierte ich weiter. Ich war irgendwie durch die ganzen Bilder hier in Fantasiestimmung geraten. »Wenn du mich mit den Kindern – wir kriegen übrigens mindestens drei Kinder – allein lässt, werde ich das Tätowieren an ihnen üben und perfektionieren.«

Jetzt lachte sie noch mehr und ich grinste auch bei der Vorstellung von kleinen Kindern mit voll tätowierten Armen.

»Wir kriegen die coolsten Kinder der Welt«, sagte ich noch, und allein bei der Vorstellung wurde mir ganz wohlig warm.

Wieder einmal hatte ich das Gefühl, dass die Welt stillstand. Nein, eigentlich drehte sich meine kleine Welt rasend schnell. Und alles drehte sich um Sadie.

»Wie komme ich zu der Ehre, dass du plötzlich wieder gute Laune hast?«, fragte sie mich in dem Moment. Bei dem Gedanken daran, dass Chase wirklich Geschichte war, musste ich wieder breit grinsen.

»Ich habe gerade gute Neuigkeiten erfahren.«

»Ach?« Offensichtlich wollte sie mehr hören, aber ich hatte nicht vor, mehr zu sagen.

Dann hätte ich zugegeben, dass ich sie immer noch liebte. Und ich wollte sie ja nicht sofort wieder verschrecken.

»Jap«, meinte ich deswegen nur und ging hinter ihr vorbei zum nächsten Bild.

»Und du willst mir nicht sagen welche?«, hakte sie nach und trippelte hinter mir her.

»Nope.« Ich wusste, dass sie sich jetzt provoziert fühlte. Und sich mit so einer Antwort bestimmt nicht zufriedengeben würde. Doch sie reagierte anders als erwartet. Ein leicht gekränkter Ausdruck erschien auf ihrem Gesicht, und sofort zog sich in mir alles zusammen.

»Ich dachte ...« Sie zögerte und senkte den Blick. »Ich dachte, dass wir mittlerweile vielleicht doch dort wären, wo wir uns gegenseitig Sachen erzählen.«

Ach verdammt.

Ich seufzte und fuhr mir mit der Hand übers Gesicht. »Sind wir auch, Sadie«, bestätigte ich sanft und musterte sie. Wieso regte sie sich jetzt schon wieder über so etwas auf? Bis vor einer Stunde hatten wir diese Woche mehr oder weniger gar nicht miteinander geredet.

»Wieso dann jetzt nicht?«, fragte sie.

Ich überlegte, wie viel ich sagen sollte.

»Ich kann dir das im Moment noch nicht sagen. Aber ich verspreche dir, dass du es erfährst. Vielleicht sogar schon bald. Ich muss nur noch ... etwas abwarten«, erklärte ich mehr als vage, was sie jedoch hinnahm, denn auf ihrem Gesicht erschien wieder ein Lächeln.

»Okay.«

Puh, noch mal Glück gehabt.

»Wenn wir schon beim ›sich gegenseitig Sachen erzählen‹ sind«, fügte sie leise hinzu und stellte sich plötzlich so nah neben mich, dass unsere Arme sich leicht berührten, den Blick zum Foto vor uns gewandt, »habe ich dir etwas zu sagen.« Ich sah sie wie gebannt an, meine Haut brannte unter der leichten Berührung und ich war neugierig, was jetzt kommen sollte.

»Wir hatten einen Deal, erinnerst du dich?« Noch bevor ich antwortete, sprach sie selbst weiter. »Natürlich erinnerst du dich, du hast *mich* schließlich am Freitag daran erinnert.«

Es begann zu dämmern.

»Ich sollte ehrlich sagen, wenn mir klar wird, dass Chase nicht der Richtige für mich ist.«

Sie warf mir einen kurzen, schüchternen Blick zu und ich wagte kaum zu hoffen.

»Der Zeitpunkt ist jetzt gekommen«, murmelte sie.

Wow.

Ich hatte ehrlich nicht damit gerechnet, dass sie den Deal einhalten würde. Sollte ich jetzt auf locker und desinteressiert tun, gleich einen Heiratsantrag machen oder einfühlsam nachfragen, wie es ihr damit ging?

Verdammt.

Und jetzt hatte ich so lange überlegt, dass Sadie einfach weitersprach. »Freust du dich?«

Was war das bitte für eine Frage? Egal was ich sagte, ich könnte darauf nicht die richtige Antwort geben!

»Klar, ich hatte schließlich mal wieder recht«, wählte ich den leichten Ausweg. Einen Spaß daraus zu machen. Sadie lächelte schief und sah zu mir hoch.

»Du hast in letzter Zeit zu oft recht«, gab sie zu, und mein Grinsen wurde noch breiter.

»Ich weiß, Babe!« Sie verdrehte die Augen, aber nahm es mit Humor.

»Du warst dir damals ganz schön sicher mit Chase. Was ist passiert?« Ich konnte es einfach nicht lassen. Ich wollte irgendetwas von ihr hören, was mir Hoffnung gab. Oder den letzten Mut, den ich brauchte.

Ich merkte, wie sie kurz zögerte. Ich wünschte mir so sehr, dass sie mir gleich gestehen würde, dass es wegen mir nicht mit Chase geklappt hatte. Dass sie sich in mich verliebt hatte und mit mir zusammen sein wollte, nicht mit ihm. Dass ich der Richtige für sie war.

Ich klang wie ein hoffnungsloser Romantiker.

»Ich war nicht mit dem ganzen Herzen dabei«, antwortete Sadie mir schließlich.

Hieß das …? Leise Hoffnung keimte in mir auf wie ein winziges Pflänzchen, das sich durch die Erdoberfläche langsam seinen Weg ans Licht bahnte. Es war noch zu früh, um offensiver zu werden. Was, wenn ich wieder falschlag? So wie damals? Dieses Mal würde es unserer Freundschaft vielleicht endgültig den Todesstoß versetzen, und dieses Risiko wollte ich auf keinen Fall eingehen.

Aber ich konnte ja mal sehen, wie weit ich sie vielleicht aus der Reserve locken konnte.

»Was hältst du davon, wenn wir hier verschwinden? Die Fotos hier sind alle schön und gut, aber Stoff für einen Artikel? Nie im Leben! Also habe ich einen Vorschlag.«

Sadie verschränkte die Arme. »Natürlich hast du das …«

»Wir gehen heute doch noch ins *Trash.*« Ich versuchte all meine Energie auf sie zu übertragen, damit sie auch ja zustimmte. Ich konnte sehen, wie sie mit sich selbst kämpfte. Ihre Augen jedoch verrieten sie. Sie wollte es.

Mein Mundwinkel zuckte leicht nach oben.

Ohne auf eine weitere Reaktion zu warten, schnappte ich sie an der Hand und zog sie hinter mir her zum Ausgang. Ich drehte mich kurz zu ihr um und sah sie lächeln.

Das bestärkte mich weiter in meinem Vorhaben, denn jetzt war ich mir zu tausend Prozent sicher, dass sie es genauso wollte wie ich.

25

Sadie

Ich stolperte Ash hinterher, aus der Galerie hinaus. Vielleicht sollte ich mich nicht darauf einlassen, aber ich konnte meine Gefühle einfach nicht länger verleugnen.

Brooke schwirrte mir im Kopf herum. Ich wusste, wenn sie erfahren würde, dass ich tatsächlich ein Auge auf Ash geworfen hatte, wäre sie wirklich verletzt.

Auch Chase' Worte gingen mir nicht aus dem Kopf.

Manchmal muss man einfach an sein eigenes Glück denken.

Und das tat ich jetzt. Ich wollte verrückt sein und ausgelassen und einfach das tun, wonach ich mich gerade sehnte. Brooke durfte halt erst einmal nichts davon erfahren, sollte zwischen Ash und mir wirklich etwas passieren.

Bei dem Gedanken an eine *geheime* Beziehung kribbelte alles in mir. Das war verdammt aufregend!

Ash hielt noch immer meine Hand, und ich war versucht, meine Finger mit seinen zu verschränken. Und da ich gerade in meinem Ich-mache-das-worauf-ich-gerade-Bock-habe-Modus war, gab ich meinem Impuls einfach nach.

Als ich unsere Finger verschränkte, beschleunigte sich mein Herzschlag noch mehr, weil ich gespannt auf Ashs Reaktion war.

Sein Blick flog überrascht zu unseren Händen und dann zu mir. Doch er lächelte.

Mir fiel ein Stein vom Herzen. Ich hatte das Gefühl, dass er jetzt noch schneller lief, und ich kam in meinen hohen Schuhen kaum hinterher.

»Ash, warte, nicht so schnell! Wir haben alle Zeit der Welt«, rief ich ihm lachend zu. Sein Übermut war einfach zu süß.

»Du bist einfach nur zu langsam«, meinte er, und bevor ich noch einmal blinzeln konnte, hatte er mich hochgehoben und lief weiter in Richtung seines Motorrads. Ich konnte mir ein kleines Quietschen nicht verkneifen, weil ich einfach so überrascht war.

»Ash, verdammt, lass mich runter!« Schon allein weil ich es überhaupt nicht wollte, kam es wohl mit keiner besonderen Überzeugungskraft bei ihm an, denn er lief einfach weiter, bis er mich vor seiner Maschine wieder auf meine eigenen Beine stellte.

Da die Galerie nicht weit von mir zu Hause entfernt war, war ich zu Fuß gekommen.

»Ich habe keinen Helm«, stellte ich fest, aber das war für Ash kein Hindernis.

»Du bekommst meinen«, erklärte er und setzte ihn mir vorsichtig auf. Er ließ ihn sacht zuschnappen, um mir nicht wehzutun, und strich mir noch eine Haarsträhne unter den Helm, damit sie mir beim Fahren nicht ins Gesicht rutschte. Jede seiner Berührungen hinterließ eine Feuerspur auf meiner Haut, und ich konnte einfach nicht aufhören zu lächeln. Ash schien es ähnlich zu gehen, denn er verharrte kurz regungslos und sah mich einfach nur an, bevor er sich auf das Motorrad schwang und darauf wartete, dass ich hinter ihm aufstieg.

Ich machte es mir bequem und schlang die Arme um ihn.

»Halt dich gut fest, Babe«, meinte er noch mit schelmischem Unterton, bevor er auch schon mit rasanter Geschwindigkeit davonbrauste.

Ja, ich gab's zu. Ich hatte schon oft davon geträumt, mit Ash Motorrad zu fahren, mich an ihn zu klammern, mich voll und ganz auf ihn zu verlassen.

Mit anderen Worten: Ich genoss jede einzelne Sekunde.

Wir fuhren durch die Innenstadt, flogen förmlich an den Hochhäusern, den Neonlichtern, den Menschen, die sich auf eine ausgelassene Freitagnacht freuten, vorbei. Ich freute mich auch. Ich wusste nicht genau auf was, aber ich freute mich.

Plötzlich bog Ash in eine Seitengasse ab, schlängelte sich zwischen parkenden Autos hindurch und fuhr weiter in einen Hinterhof, wo er die Maschine abstellte. Ich stieg ab, nahm den Helm von meinem Kopf und schüttelte meine Haare. Ash grinste mich an, während er auch abstieg, den Helm von mir entgegennahm und am Helmschloss einriegelte. Dann kam er zu mir, legte seine Hände an meine Taille und zog mich ganz nah zu sich. Wir sahen uns ewig lange an, bis wir beide einmal kurz nickten. Worte waren völlig überflüssig, unsere Blicke sagten alles, was wir wissen mussten. Ash ließ mich wieder los, schnappte mich stattdessen an der Hand und zog mich um die nächste Ecke.

Meine Haut brannte, wo er kurz zuvor noch seine Hände auf mir liegen hatte. Das Lächeln, das, seit wir aus der Galerie verschwunden waren, auf meinen Lippen zu sehen war, konnte ich nicht abstellen. Und mein Herz hämmerte wie nie zuvor.

Ich wusste, dass ich etwas Verbotenes tun würde.

Und ich liebte es.

Wir gingen hinein und wurden von warmer Luft und bereits relativ lauter Musik empfangen. Es war noch nicht allzu viel los, dafür waren wir noch ein wenig zu früh dran, aber so wie ich die normalen Discos kannte, würde es keine halbe Stunde mehr dauern, bis der riesige Raum aus allen Nähten platzen und die Musik voll aufgedreht werden würde.

Nachdem wir unsere Jacken an der Garderobe abgegeben hatten, zog Ash mich an die Bar und organisierte mir den letzten Barhocker. Er stand ganz dicht neben mir, hatte einen Arm besitzergreifend um meine Taille gelegt und bestellte für uns erst einmal zwei Desperados.

»Ich steh auf das Zeug.« Ich seufzte glücklich und war wieder einmal überrascht, wie gut Ash meinen Geschmack einschätzen konnte.

»Ich steh auf etwas ganz anderes«, hörte ich Ashs Stimme ganz nah an meinem Ohr, und sie jagte mir einen Schauer über den Rücken. Während die eine Hand noch immer auf meiner Taille lag, wanderte er mit der anderen zu meinem Oberschenkel, aber nicht aufdringlich.

Es fühlte sich einfach richtig an. Seine Hand gehörte genau dorthin.

Trotzdem wurde mir ganz heiß, obwohl ich ja kaum Stoff am Körper trug.

»Ach, und worauf stehst du genau?«, versuchte ich mit möglichst verführerischer Stimme zu fragen, aber Ash lächelte mich nur an und griff nach den beiden Bierflaschen, die der Barkeeper soeben vor uns abgestellt hatte. Er hielt mir eine davon hin, und gleichzeitig drückten wir die kleine Limettenscheibe in die Flasche.

»Auf einen unvergesslichen Abend«, prostete Ash mir zu und hielt seine Flasche hoch. Ich stieß mit ihm an, ohne den Augenkontakt zu unterbrechen, und nahm einen großen Schluck.

Plötzlich fragte ich mich, was ich denn hier eigentlich tat.

Die Antwort war deutlich: Ich folgte meinem Herzen. Ich tat das, was ich so lange schon tun wollte. Ich hatte mich dazu entschlossen, mit dem Kerl zusammen zu sein, dem ich mein rasendes Herz zu verdanken hatte.

Als ich die Flasche wieder senkte, bekam ich zum ersten Mal Zweifel, was Ash mit dem Ganzen bezwecken wollte. Doch als ich bemerkte, wie er mich ansah, verschwanden die Zweifel wie der Nebel vor der Sonne. Er stellte sich zwischen meine Beine und hatte seine eine Hand immer noch an meiner Taille, mit der anderen hielt er seinen Biermix.

Er war mir so nahe. Und ich wollte ihn nie wieder gehen lassen.

Ich hatte so einen leisen Verdacht, wohin dieser Abend führen würde, aber ich wollte jetzt noch nicht darüber nachdenken, sondern alles einfach auf mich zukommen lassen. Ash auf mich zukommen lassen.

Und es vor allem langsam angehen. Wir hatten Zeit. So viel Zeit.

Ich konnte sehen, dass Ash sich inzwischen schwer zurückhalten musste, doch er wollte bestimmt auch nichts überstürzen, denn er lehnte sich ein kleines Stück zurück, ohne mich dabei loszulassen, atmete einmal tief ein und nahm einen weiteren großen Schluck von seinem Despo.

»Dir hat die Ausstellung also so überhaupt nicht gefallen?« Das war sicherer Boden.

»Das hier ist doch viel interessanter.« Doch kein sicherer Boden. Mit Ash konnte man wohl kein Gespräch mehr führen, das nicht irgendwie auf die jetzige Situation hinauslief.

»Da hast du recht, das hier ist wesentlich interessanter«, erwiderte ich und legte eine Hand auf seine Brust. Ich spürte sein Herz schlagen. Schneller als normal. Lächelnd sah ich ihm in die Augen und trank einen großen Schluck.

»Wir könnten das Ganze noch interessanter machen«, lockte ich, während ich vom Hocker rutschte und meine halb leere Flasche auf die Theke stellte. Ash leerte seine Flasche in einem Zug und stellte sie daneben.

Wie ich es vermutet hatte, hatte sich das *Trash* inzwischen gut gefüllt und die Musik war noch lauter aufgedreht worden.

Kein Wunder, man kam hierher, um zu tanzen, und nicht, um viel zu quatschen.

Ich verschränkte meine Finger wieder mit Ashs und zog ihn mit auf die Tanzfläche.

Ich begann mich zur Musik zu bewegen, meine Hüften kreisen zu lassen, meine Arme nach oben zu strecken, um Ash an mich rankommen zu lassen. Er legte seinen Arm um mich und zog mich zu sich ran, sodass kein Blatt Papier mehr zwischen uns gepasst hätte. Die Tanzfläche war jetzt überfüllt und uns wurde eh kaum mehr Platz gelassen. Aber ich war mir sicher, dass, selbst wenn wir die einzigen in diesem Club gewesen wären, Ash mich keinen Millimeter mehr von sich geschoben hätte.

Seine Hände ließ er sanft und gefühlvoll über meinen Körper fahren, ohne dabei aufdringlich zu sein. Dann nahm er meine Hand und führte sie zu seinem Nacken, sodass ich meinen Arm um ihn legen konnte.

Es existierten nur noch wir beide. Alles um mich herum verschwamm zu einer undefinierbaren Masse, die überhaupt nicht wichtig war. Im Moment zählten nur Ash und ich. Hier auf der Tanzfläche. So eng wie möglich.

Der Bass dröhnte so laut, dass unsere Körper vibrierten. Mein Herz schlug mir bis zum Hals, und jede Faser meines Körpers zog mich näher zu Ash.

Ich hob den Blick und sah, was ich eh schon wusste. Ashs Blicke waren überall auf mir. Sie vereinnahmten mich, sie brannten heiße Spuren auf meine Haut. Bald würde ihn nichts mehr stoppen können.

»Bist du dir sicher, dass das hier eine gute Idee ist?«, rief ich ihm zu und hielt meinen Kopf ganz nah an sein Ohr. Um seiner Antwort mehr Ausdruck zu verleihen, festigte er seinen Griff um mich.

»Das ist die beste Idee, die wir je hatten«, raunte er mir so leise wie möglich zu und streifte mit seinen Lippen dabei mein Ohrläppchen. Sofort bekam ich am ganzen Körper Gänsehaut und schmiegte mich noch enger an ihn. Ich wollte ihn überall an meinem Körper spüren.

Ich merkte, wie er uns langsam in eine bestimmte Richtung bugsierte, ganz geschmeidig zwischen all den

Menschen hindurch, die um uns herum tanzten und von denen die meisten wahrscheinlich ebenso wenig von ihrem Umfeld mitbekamen wie Ash und ich.

Das *Trash* war nicht nur wegen seiner Wahnsinnsmusik bekannt, sondern auch wegen seiner außergewöhnlichen Bauweise. Der riesige Raum war nicht einfach quadratisch, praktisch, gut, sondern hatte Rundungen und Nischen, Orte, an denen man absolut ungestört sein konnte.

Ich hatte so das Gefühl, dass ich bald eine dieser kleinen, abgeschiedenen Nischen kennenlernen würde.

Tatsächlich spürte ich plötzlich die Kante einer Art Mauer an meinen Oberschenkeln. Ash packte mich ohne Vorwarnung an meinen Hüften und hob mich auf den kleinen Vorsprung.

Kurz ließ ich meinen Blick über die kleine Ecke schweifen, die Ash für uns ausgesucht hatte.

»Hier gefällt's mir«, stellte ich fest.

»Mir auch«, antwortete Ash. Ich sah ihn wieder an und hob eine Hand, um ihm durch die Haare zu fahren.

Da wir vorher in der Galerie gewesen waren, hatte er tatsächlich mal keine seiner typischen Caps auf. Er trug eine schwarze Jeans und dazu passend ein schwarzes T-Shirt. Er war halt doch ein bisschen Bad Boy.

Vielleicht würde er schon bald mein Bad Boy sein.

»Erzählst du mir jetzt, warum du vorhin plötzlich so gut drauf warst?«, versuchte ich es noch mal. Mich interessierte wirklich, was diesen enormen Stimmungsumschwung ausgemacht hatte. Tatsächlich zögerte er einen kleinen Moment, atmete einmal kurz ein, und was er dann sagte, verschlug mir den Atem.

»Ich habe erfahren, dass du gar nicht mit Chase zusammen bist.«

»Warum dachtest du das überhaupt?« Ich war verwirrt. Das war ich doch zu keinem Zeitpunkt gewesen. Ash seufzte.

»Ich habe euch zufällig gesehen. Vor dem Kino.«

»Oh ...« Er hatte also den Kuss gesehen. Was war das bitte für ein Klischee? »Aber das war ... nichts. Wir haben gemerkt, dass da absolut nichts ist.« Ich wollte das unbedingt klarstellen.

»Ja, ich weiß.«

Ich legte meine Hand an Ashs Wange. »Und das hat dich so geärgert, dass du mich ignoriert hast?«, stichelte ich ein wenig, während ich mit dem Daumen langsam über seine Wange strich. Waren das leichte Bartstoppel?

»Ja, hat es«, gab Ash zu und vermittelte plötzlich nicht mehr den Eindruck, als hätte er ein Problem damit, so offen über seine Gefühle zu reden. »Ich konnte den Gedanken nicht ausstehen, dass du und Chase ...« Er brach ab, und in meinem Inneren spielte alles verrückt.

»Es gibt kein ›Chase und ich‹ und das wird es auch nie. Aber«, ich rückte noch ein wenig näher an ihn heran und nahm meinen ganzen Mut zusammen, »es könnte ein ›du und ich‹ geben, wenn du das willst.« Mein Herz schlug mir bis zum Hals. Jetzt oder nie. Das war unsere Chance.

Ash löste seinen Blick von meinem und neigte den Kopf ein wenig. Er begann, mit seinen Händen meine Oberschenkel hochzufahren. Bei meinen Hüften packte er mich etwas fester und zog mich noch näher zu sich, sodass ich wieder meine Beine um ihn schlang, um den Abstand zwischen uns so gut wie möglich zu minimieren. Dann hob Ash den Kopf, und endlich konnte ich etwas in seinen Augen lesen, wovon ich zu hundert Prozent sicher war, dass es stimmte.

Er mochte mich. Er wollte mich.

Er hielt mich umschlungen und begann, mit einer Hand meinen Rücken raufzufahren, was mich schier wahnsinnig machte. Er legte seine Hand um meinen Nacken und zog mich ein klein wenig zu sich runter. Ich legte meine Arme in seinen Nacken, begann noch mehr mit seinen Haaren zu spielen.

»Sadie, Sadie ...«, hauchte er gegen meine Wange. Seine Lippen machten vor meinen halt, und ich war mehr als bereit, sie zu spüren. Er näherte sich immer mehr, doch kurz bevor wir uns küssten, drehte er den Kopf wieder weg und fing an, kleine Küsse in meiner Halsbeuge zu verteilen. Als ich es kaum mehr aushielt, nahm ich seinen Kopf mit beiden Händen und zwang ihn dazu, mich anzusehen. Ich wollte von ihm hören, dass er in mich verliebt war und nicht nur mit mir spielte.

»Wird es ein ›du und ich‹ geben?«, fragte ich deshalb noch einmal.

»Ich will, dass du darum bettelst« antwortete er frech.

»Vergiss es!« Ich biss mir leicht in die Lippe und spürte, dass Ash zum Angriff bereit war. »Aber *du* wirst demnächst betteln«, provozierte ich ihn.

»Ach, werde ich das? Und wie willst du das anstellen?«

Anstatt einer Antwort lehnte ich mich vor und begann, spielerisch an seinem Ohrläppchen zu knabbern. Ich spürte, wie Ash alle Muskeln anspannte und mich noch ein wenig näher zu sich zog. Ich bahnte mir meinen Weg seinen Hals hinunter, fuhr erst sanft mit meinen Lippen über seine Halsbeuge und legte den gleichen Weg wieder zurück, wobei ich dieses Mal ein wenig neckischer mit meinen Zähnen über die zarte Haut fuhr.

Ich freute mich, als ich merkte, dass ich Ash am Haken hatte.

Ich wusste, dass er mich genauso wenig gehen lassen wollte wie ich ihn, aber ich wollte es hören. Vorher würde ich nicht nachgeben.

»Sag es doch einfach. Sag, dass du nicht ohne mich kannst.«

»Überschätzt du dich damit nicht ein wenig?« Seine Stimme klang ebenso spielerisch, und ich wusste, dass er bald so weit war. Also zog ich mich ein wenig zurück. Ich stützte mich mit meinen Händen hinter mir auf, aber behielt meine Beine um seine Hüften geschlungen, um den Körperkontakt nicht zu verlieren.

»Ich habe Zeit.« Ich hatte überhaupt keine Zeit. Am liebsten hätte ich ihn sofort angesprungen. Doch ich wollte, ich musste mich beherrschen. Heute würde ich nicht nachgeben. Als ich Ashs lodernden Blick und das wissende Grinsen sah, schwante mir jedoch Böses.

Er legte wieder einen Arm um meine Taille und zog mich zu sich. Ich reckte das Kinn, bereit, ihm standzuhalten, hatte die Rechnung aber ohne ihn gemacht. Er musterte mich mit einem so intensiven Blick, dass ich fast dahinschmolz. Dann legte er eine Hand in meinen Nacken, festigte den Griff und beugte sich langsam zu mir. Wie auf Autopilot streckte ich mich ihm entgegen, öffnete meinen Mund ganz leicht, bereit, Ashs Kuss entgegenzunehmen. Keine Regung entging ihm, und auch die Gänsehaut auf meinem Körper konnte er unmöglich übersehen.

Mein Gesicht war nur wenige Millimeter von seinem entfernt, als ich den Triumph auf seinem Gesicht erkennen konnte.

»Hast du es dir anders überlegt und bettelst doch?«

»Warum überspringen wir den Teil nicht und kommen gleich zu dem Teil, in dem du mir das sagst, was ich hören will.«

»Was genau willst du denn hören, Babe?« Er zögerte das Unvermeidliche noch weiter hinaus.

»Du weißt genau, was.« Ich lächelte Ash an, sah ihm direkt in die Augen, und in dem Moment konnte ich es schon in seinem Blick sehen.

»Ich bin verrückt nach dir«, sagte er endlich mit rauer Stimme, und ich konnte mir ein überglückliches Strahlen nicht verkneifen. Ohne noch eine weitere Sekunde zu verschwenden, schlang ich meine Arme um seinen Hals und presste meine Lippen auf seine. Ash erwiderte den Kuss voller Leidenschaft, brach ihn aber dann abrupt ab.

»Ich bin in dich verliebt, Sadie«, raunte er mir zu und drückte mir einen sanften Kuss auf die Lippen. »Jede einzelne Sekunde, die ich die letzten drei Jahre von dir getrennt war, hat mich fast um den Verstand gebracht.« Ich konnte das Kribbeln in meinem Bauch keine Sekunde bändigen. Ashs Worte taten so verdammt gut. Ich versank in seinen Augen, aus denen die Ehrlichkeit und Offenheit nur so strahlten.

»Die letzten Wochen waren die reinste Folter für mich«, sprach er weiter. Ich hatte mir das alles zwischen uns nicht eingebildet, es war echt gewesen. Er küsste meine lachenden Lippen, und ich war noch nie so glücklich gewesen.

Als er sich wieder leicht von mir löste, sah ich, dass auch er fast trunken war vor Liebe. »Ich habe ehrlich nicht immer geglaubt, dass du das hier auch willst«, murmelte er jetzt.

Ich zuckte kokett mit den Schultern. »Ganz ehrlich? Ich auch nicht«, witzelte ich und spielte mit seinen Haaren.

»Wann wurde es bei dir anders?« Die Zärtlichkeit, die ich in Ashs Augen sah, hatte ich mir nie im Leben auch nur ansatzweise vorstellen können. Ich lehnte mich zurück und musterte Ash.

»Du hast mir schon immer was bedeutet. Ich denke, dass ich jetzt einfach bereit war, den nächsten Schritt zu wagen.«

Ash lehnte sich auch nach vorn, sodass er sich leicht über mich beugte. »Weißt du, eigentlich ist es egal, Hauptsache, du gehörst jetzt mir.« Die letzten Worte waren fast lautlos, dann presste er wieder seine Lippen auf meine. Ich genoss in vollen Zügen, was er mit mir anstellte. Wenn er mit seiner Zungenspitze über meine Lippen fuhr, bevor sie durch meine Zähne schlich, um spielend mit meiner zu tanzen. Wie er mir dabei mit den Händen über meinen Körper fuhr, ohne dabei zu aufdringlich zu werden. Ohne seine Lippen von meinen zu lösen, schlang er einen Arm um mich und zog mich mit sich, als er sich wieder aufrichtete.

»Was jetzt?«, fragte er plötzlich, und jäh wurde ich auf den Boden der Tatsachen geholt.

Was jetzt?

Ich bereute das hier keine Sekunde. Ich war sogar bereit, mich dem Zorn meiner Schwester zu stellen. Aber konnte ich ihr das antun?

»Brooke darf vorerst nichts erfahren«, meinte ich und versuchte, Ashs Mimik zu lesen. Er überlegte ein bisschen.

»Eine heimliche Beziehung also?«

Sowohl beim Wort *heimlich* als auch bei *Beziehung* flippte alles in mir aus. Und zwar komplett.

»So was in der Art, ja«, murmelte ich und stützte meine Hände auf seiner Brust ab. Wie oft hatte ich mir vorgestellt, ihn so anzufassen?

Und jetzt tat ich es.

»Okay, keiner darf was erfahren, und dann sehen wir, was passiert?«

Ich konnte nur nicken. Mein Herzschlag hatte sich beschleunigt, und ich führte einen innerlichen moralischen Kampf aus. Doch dieses Mal würde ich mein eigenes Glück gewinnen lassen.

»Ich bin bereit, den Kampf gegen deine Schwester aufzunehmen, nur damit du's weißt«, flüsterte er an meine Lippen. »Ich will das hier, Sadie. Ich will dich. Koste es, was es wolle.«

Wie war es möglich, dass ein Kerl einem den Kopf *so* verdrehen konnte? »Okay«, flüsterte ich heiser zurück und packte ihn am Kragen. »Aber lass uns heute Spaß haben, ja?« Ich zog ihn zu mir und verlor mich wieder an seinen Lippen.

26

Ich lag auf meinem Bett und konnte es nicht fassen.

Ash und ich waren zusammen.

Ash und ich waren ein Paar.

Ich grinste seit bestimmt einer halben Stunde einfach nur meine Decke an und wiederholte diese beiden Sätze in Dauerschleife in meinem Kopf. Ein immenses Glücksgefühl hatte sich in meinem Bauch breitgemacht, und ich wollte am liebsten die ganze Zeit vor Freude lachen.

Ich konnte mich kaum noch erinnern, warum aus Ash und mir damals nichts geworden war. Ich hatte ihn einfach immer nur als Freund gesehen, nicht mehr. Vielleicht waren wir damals auch einfach noch zu jung und unsere Zeit war jetzt erst gekommen.

In ein paar Minuten würde ich zu Matt gehen. Ash und Ana würden auch kommen. Und dann würden wir es den beiden sagen.

Dass wir ein Paar waren.

Ich schnappte mir mein iPhone und tippte eine Nachricht an Ash. An meinen Freund.

Bist du gerade genauso krank im Kopf vor Glück, wie ich es bin?

Ich musste nur vier Sekunden auf seine Antwort warten.

Das trifft es nicht einmal ansatzweise!

Ich kicherte leise.

*Bis gleich :**

Ich rappelte mich auf, überprüfte Haare und Outfit in meinem Spiegel und verließ mein Zimmer. Als ich an Brookes Tür vorbeikam, wartete ich auf den Stich des schlechten Gewissens, aber er kam nicht.

Ich schnappte mir eine Jacke und den Helm und schwang mich auf mein Motorrad. Als ich bei Matt ankam, stand Anas Auto bereits in der Auffahrt; von Ashs Motorrad war noch keine Spur zu sehen.

Wie immer ging ich, ohne zu klingeln, ins Haus.

»Ich bin da!«, rief ich und lief zielstrebig Richtung Wohnzimmer, wo Ana und Matt schon saßen und sich angeregt über das Praktikum unterhielten, das wir demnächst machen mussten.

Ich hatte gleich die Stelle bekommen, die mir von allen noch am ehesten zugesagt hatte. Also durfte ich mich jetzt zwei Wochen lang in einer Verwaltungsabteilung austoben und war im Grunde gespannt, was mich dort erwartete, auch wenn ich mich selbst zukünftig nicht wirklich hinter einem Schreibtisch sitzen sah.

Ich war noch nicht mal richtig im Wohnzimmer angekommen, als die Eingangstür wieder aufflog. Ash war da.

Er stürmte ins Zimmer, und entgegen unserer Abmachung, es Matt und Ana langsam und schonend beizubringen, schlang er die Arme um meine Taille, wirbelte mich einmal herum und gab mir einen Kuss, als er mich wieder abgestellt hatte.

Von den Gesichtsausdrücken unserer beiden Freunde hätte ich in dem Moment am liebsten ein Foto geschossen.

Ash und ich konnten uns ein lautes Lachen nicht verkneifen, während wir Arm in Arm dastanden.

Wir hatten uns immerhin seit gestern Abend nicht mehr gesehen, und ich hatte ihn vermisst. Und wenn ich das richtig interpretierte, er mich auch.

Der Gedanke ließ mich noch mehr strahlen, als ich es eh schon tat.

»Dios mio«, murmelte Ana und sah uns mit großen Augen an. Dann plötzlich fing sie an, laut loszukreischen, sprang auf und umarmte mich.

»Habt ihr's also doch endlich auf die Reihe gebracht?«, ärgerte Matt uns ein wenig und fing sich dafür einen kleinen Schubser ein, bevor auch er mich in den Arm nahm. Wissend grinste er danach Ash an, der daraufhin rosa Wangen bekam.

»Was soll das jetzt bedeuten?«, fragte ich die beiden und hob eine Augenbraue.

»Nichts«, kam es im Chor von ihnen, und ich wusste, dass ich das mit Sicherheit nie erfahren würde. Ash stand hinter mir, schlang seine Arme um meinen Bauch und stützte sein Kinn auf meinem Kopf ab. So könnte ich für immer stehen bleiben.

»Und Brooke? Was hat sie gesagt?«, fragte Ana und sah uns ganz gespannt an.

Ups.

»Na ja, ihr seid die Ersten, die das jetzt wissen«, murmelte ich. »Und das soll bitte vorerst auch so bleiben«, fügte ich hinzu.

Das verschlug Matt und Ana erst einmal die Sprache. »Secret lovers also ...« Ein flüchtiger Hauch von einem schlechten Gewissen streifte mich, aber so schnell, wie er kam, schob ich ihn auch wieder beiseite und versuchte einfach den Moment zu genießen.

»Na dann«, sagte Matt und klatschte motiviert in die Hände. »Was haltet ihr von einem kleinen Ausflug in die Stadt, damit das frisch verliebte Pärchen ein bisschen rauskommt?«

»Shoppen!«, schlug Ana vor, die gleich Feuer und Flamme war, was ihr ein kollektives Seufzen von Matt und Ash einbrachte. Während Matt sofort seinen Vorschlag bereute und mit Ana zu diskutieren anfing, zog ich Ash leicht zur Seite.

»Es ist so schön, dass wir vier wieder zusammen etwas unternehmen. Wir haben die letzten Monate viel zu viel Zeit damit vergeudet, uns gegenseitig zu ignorieren«, meinte ich.

»O ja, viel zu viel Zeit«, murmelte Ash und beugte sich zu mir vor. Automatisch machte ich mich für einen Kuss bereit und zog ihn noch ein Stück näher zu mir.

»Okay, könnt ihr das vielleicht ... auf ein anderes Mal verschieben?«, hörten wir plötzlich Matt sagen, und ich wollte mich schon von Ash lösen, als dieser mich noch enger an sich zog, Matt ein verschmitztes »Nope« zuwarf und seine Lippen auf meine drückte.

»Ich habe das Gefühl, dass wir uns daran jetzt gewöhnen müssen«, meinte Ana und zog Matt mit sich, während Ash noch mit mir beschäftigt war. »Wir warten draußen auf euch!«, rief sie uns zu.

»Ich werde mich nie an das hier gewöhnen«, murmelte Ash leise, bevor er mich wieder küsste. Dieses Mal ein klein wenig intensiver. Ich konnte ihm nur recht geben. Und irgendwie verstand ich gerade nicht, was passierte. Ich stand hier und küsste Ash. Ich *küsste* Ash, verdammt noch mal!

Ich löste mich ein wenig von ihm. »Wir sollten die anderen nicht zu lange warten lassen«, schlug ich vor, obwohl ich am liebsten einfach hier allein mit Ash geblieben wäre. Seinem Gesichtsausdruck zufolge ging es ihm nicht anders. Er nickte jedoch und verschränkte seine Finger mit meinen.

»Dann los!«

Da Ash mit dem Auto gekommen war, fuhren wir damit in die Stadt. Wir parkten den Wagen in einem Parkhaus, weil wir – wie immer – in der Innenstadt kein freies Plätzchen fanden. Als wir ausstiegen, griff Ash nach meiner Hand, und ich verschränkte wieder euphorisch meine Finger mit seinen.

»Haben wir einen Plan? Oder schlendern wir einfach ein wenig?«, wollte Ash wissen, während wir uns auf den Weg zum Ausgang machten.

»Schlendern«, kam es von Ana und mir fast wie im Chor. Mich erinnerte die Stimmung so sehr an früher, und mir wurde wieder einmal so richtig bewusst, wie sehr ich das alles, wie sehr ich uns vermisst hatte.

Als wir aus dem Parkhaus traten, löste ich meine Hand aus Ashs. Ich merkte gerade, wie eine volle Ladung Paranoia über mich hereinbrach. Was, wenn uns jemand sah, wie wir Händchen hielten? Was, wenn wir jemanden aus der Schule trafen? Würden die eins und eins zusammenzählen?

Schlimmer, als es vor Brooke geheim zu halten, wäre es, wenn jemand anderes ihr von Ash und mir erzählen würde.

Ash griff wieder nach meiner Hand, doch ich entzog sie ihm.

»Hey, alles klar?«, fragte er mich leise. Mein Herz schlug mir bis zum Hals.

»Ja, natürlich. Aber ...« Eigentlich hätte ich damit gerechnet, dass auch Ash daran gedacht hätte. »Wir können noch nicht öffentlich zeigen, dass wir zusammen sind. Was, wenn uns jemand von der Schule sieht? Dann weiß Brooke es schneller, als wir ...«

»›... das ist mir egal‹ sagen können?«, vollendete Ash meinen Satz, und meine Knie wurden ganz weich. Er stand mir so dicht gegenüber, dass ich mich kaum zurückhalten konnte.

»Ash, ich kann das nicht, solange ich nicht mit Brooke gesprochen habe«, versuchte ich es ihm zu erklären. Er sah mich einige Sekunden lang an und nickte schließlich langsam.

»Okay«, sagte er leise und steckte seine Hände in die Hosentaschen.

Ich wusste, dass es für ihn überhaupt nicht okay war, und mein Herz brach ein kleines bisschen. Er tat es für mich, und das wiederum zeigte mir einmal mehr, warum ich mich in Ash verliebt hatte.

Ashs Stimmung war nicht mehr so unbeschwert wie noch ein paar Minuten zuvor. Auch wenn er versuchte, sich nichts anmerken zu lassen, konnte ich es spüren. Ich wollte doch auch am liebsten wie ein richtiges Pärchen händchenhaltend durch die Gegend laufen, aber es ging vorerst nun einmal nicht.

Ash wusste noch nichts davon, doch ich hatte noch keine Ahnung, wann ich mit Brooke sprechen sollte. Ja, Brooke war manchmal wirklich mies, aber sie war trotzdem meine Schwester, und es gab auch so viele gute Eigenschaften an ihr. Sie war immer für mich da, wenn ich ein Problem hatte. Wir hatten nächtelang Filme angesehen und uns über schlechte Szenen lustig gemacht oder zu schnulzige Szenen mit unseren trockenen Kommentaren durch den Kakao gezogen.

Ich hatte so viele schöne Erinnerungen an meine Schwester und mich, da konnte ich es ihr doch nicht antun, dass ich plötzlich zu ihr ging und sagte »Hey, ich bin jetzt übrigens mit deinem Ex zusammen, den du verlassen hast, weil du dachtest, dass er dich mit mir betrügt«.

Ich hatte Angst vor ihrer Reaktion.

Und ich hatte Angst, was es unserem Verhältnis antun könnte, das zurzeit sowieso mehr als angespannt war.

»Sadie, hör auf zu grübeln. Wir kriegen das schon hin«, hörte ich Ashs Stimme neben mir, und ich sah ihn an. Er lächelte mir schief zu.

Ash war mein Fels in der Brandung.

Ich wünschte, ich könnte seinen Worten Glauben schenken.

»Ey, Sadie, hier müssen wir rein!«, kreischte Ana von weiter vorn, und meine Füße trugen mich wie von allein in ihre Richtung. Ash ging dicht neben mir und wich keine Sekunde von meiner Seite.

Als Ana jedoch von Hüten zu schwärmen begann und mich in so ein seltsames Geschäft mit lauter verrückten Sachen schleppte, blieb er bei Matt. Verständlich.

»Na, wie sehe ich aus?«, fragte mich Ana, die einen grün-blauen Hut mit riesiger rosa Krempe trug und sich gerade eine lila Federboa über die Schultern warf. Ich starrte sie einige Sekunden lang an, dann platzte ich fast vor Lachen.

»Gott, ist das hässlich«, gab ich meine ehrliche Meinung zum Besten.

»Ich weiß«, sagte sie, nahm den Hut wieder ab. »Das ist sogar für mich zu viel Farbe.« Mein Blick fiel auf ein gelbes Kleid aus Tüll und ... und ... Was war das überhaupt für ein Stoff? Ich ging näher hin und stellte mir vor, wie ich, eigentlich wie irgendjemand, darin wohl aussehen würde, und scheiterte kläglich.

Da fiel mir was ein.

»Ana, Ana!« Ich blickte mich um und fand sie bei den gestrickten Strümpfen. »Ich brauche noch ein Kleid für den Abschlussball!«, sagte ich ganz aufgeregt. Das hatte ich komplett vergessen! »Ash und ich sind ja für den ganzen Abend angemeldet!« Als Michael es uns damals gesagt hatte, wäre ich fast gestorben. Aber jetzt ... Jetzt würde ich mit meinem Freund hingehen. Mit meinem heimlichen Freund, fügte meine innere Stimme bitter hinzu.

»Ooooh!« Ana wedelte ganz aufgeregt mit ihren Händen. »Aber nicht heute, Ash darf nicht dabei sein!« Sie hatte recht, Ash sollte mein Kleid erst beim Ball sehen.

Nach einigen Minuten verließen wir das Geschäft und schlossen wieder zu den Jungs auf, die langsam weitergeschlendert waren. Ich konnte den beiden sofort anmerken, dass sie es genossen, wieder miteinander zu reden. Wieder befreundet zu sein.

Als wir zahlreiche weitere Geschäfte abgeklappert hatten und ich mir sogar ein Paar Schuhe gekauft hatte – von Anas Einkäufen wollte ich gar nicht anfangen –, setzten wir uns in ein Café und ruhten unsere Füße ein wenig aus. Wir bestellten alle Kaffee und natürlich Kuchen, und als die Bedienung mit den Leckereien kam, beugte Ash sich ein wenig zu mir rüber.

»Kommst du morgen zu mir? Um den Artikel zu schreiben?« Ich sah in das Blau seiner Augen, das mich an einen wolkenlosen Himmel erinnerte, und lächelte sanft.

»Na klar«, sagte ich und spürte, wie er mir unter dem Tisch die Hand aufs Knie legte. Eine wohlige Wärme überkam mich, und kurz umschloss ich seine Hand mit meiner. Dann beugte er sich noch weiter zu mir rüber und flüsterte mir ins Ohr: »Ich will gerade lieber dich vernaschen als meinen Kuchen.«

Ich spürte, wie mir die Hitze ins Gesicht stieg. Verdammt, er brachte mich immer so aus dem Konzept. Ich schielte zu ihm rüber und sah, wie er seine göttlichen Lippen zu einem Grinsen verzog, und Mann, ich würde gerade vieles dafür geben, ihn zu küssen. Als ich den Blick ganz hob und ihn durch das Café schweifen ließ, dachte ich für einen kurzen Augenblick, dass ich Brooke in der Menge ausgemacht hätte. Erschrocken schubste ich Ashs Hand von meinem Knie und nahm daraufhin einen Schluck von meinem Kaffee.

Verdammt, würde es immer so sein, bis ich mit meiner Schwester gesprochen hatte?

»Entspann dich«, raunte er mir zu. Ich sah ihn nachdenklich an. Das konnte er ja leicht sagen, es war schließlich nicht seine Schwester, die austicken würde. Trotzdem nickte ich und atmete einmal tief ein.

»Sag mal, Ash«, sprach Matt ihn jetzt an. »Warum noch mal bist du der Schülerzeitung beigetreten?« Ein verschmitztes Lächeln hatte sich auf seine Lippen gelegt.

»Ähm na ja.« Ash räusperte sich. und sagte dann ernst: »Ich mag es, zu schreiben. Ich war auch in der anderen Schule bei der Schülerzeitung.« Während Matt weiter dazu Fragen stellte, sah ich mir Ash genauer an. Das war doch nicht die ganze Wahrheit gewesen, oder?

Mir wurde bewusst, dass es noch einige Dinge gab, die ich von Ash nicht wusste. Was noch dahintersteckte, dass er vor drei Jahren wie vom Erdboden verschwunden war, warum er nach seiner Rückkehr so distanziert war, warum er mit meiner Schwester zusammen war, warum er wirklich bei der Schülerzeitung begonnen hatte. Wir hatten noch so viel zu bereden.

Aber wir hatten auch so viel Zeit, stellte ich glücklich fest.

Wir hatten so viel Spaß an diesem Nachmittag, und gut gelaunt kam ich nach Hause.

Natürlich hatte ich mich noch ausgiebig von Ash verabschiedet, als wir endlich allein in seinem Auto waren.

Es tat mir so leid, dass ich uns jetzt, wo wir endlich zusammen waren, gleich wieder ausbremste und wir uns nicht wie jedes normale Paar verhalten konnten.

»Auch wieder da?« Brooke lief an mir vorbei, und sofort hatte ich wieder ein schlechtes Gewissen. Ein monströses, riesiges, gigantisches schlechtes Gewissen.

»Ja«, erwiderte ich deshalb nur. Außerdem war Brooke auch schon im Wohnzimmer, also wusste ich gar nicht, ob sie mich überhaupt gehört hatte. Anscheinend interessierte es sie auch nicht wirklich.

Ich seufzte. So konnte das zwischen uns doch nicht weitergehen.

Ich nahm mir ein Herz und ging ebenfalls ins Wohnzimmer, wo Brooke auf der Couch saß und auf ihrem Handy herumtippte. Gerade als ich etwas sagen wollte, klingelte ihr Handy und sie nahm ab.

»Hey, Lil«, begrüßte sie ihre beste Freundin.

Das konnte länger dauern.

Ohne dass sie mich bemerkt hatte, zog ich mich in mein Zimmer zurück.

Der typische Klingelton ertönte gedämpft durch Ashs Haustür, während ich darauf wartete, dass er mir aufmachte. Wir wollten heute den Artikel schreiben. Und natürlich einfach Zeit miteinander verbringen.

Als ich hörte, wie sich Schritte näherten, trat automatisch ein fettes Lächeln auf meine Lippen, das seit Freitagabend eigentlich nonstop da gewesen war. Ich war schon bereit, Ash in die Arme zu fallen, als die Tür aufging und seine Mutter dastand.

»Äh, hi, Mrs Hamilton«, sagte ich überrascht. Überrascht darüber, dass *sie* mir die Tür aufgemacht hatte, und dann auch überrascht darüber, dass ich keinen Gedanken daran verschwendet hatte, dass Ashs Eltern an einem Sonntag zu Hause sein könnten. Ich verpasste mir in Gedanken selbst einen Schlag gegen mein Hirn und behielt mein Lächeln im Gesicht, auch wenn es jetzt etwas gekünstelter war.

»Sadie? Ach du meine Güte!«, rief Ashs Mutter aus und klatschte in die Hände. »Wie schön, dich zu sehen!

Das ist ja mittlerweile mehrere Jahre her! Komm rein, komm rein …« Sie trat einen Schritt zur Seite, damit ich eintreten konnte, und grinste dabei wie ein Honigkuchenpferd. »Wie geht es dir, Sadie? Ach, es ist so schön, dich wiederzusehen. Deine Schwester war ja ein paarmal hier, aber ich habe mich immer gefragt, wann du vorbeischaust. Meine Güte, bist du groß geworden, obwohl, erwachsen trifft es noch besser!« Es war irgendwie überwältigend, nach all der Zeit wieder vor ihr zu stehen. Sie hatte sich nicht viel verändert, sie trug immer noch einen Bob, nur konnte man am Haaransatz graue Haare entdecken, die im Kontrast zur dunklen Haarfarbe standen. Um die Augen hatten sich auch einige kleine Fältchen gebildet, doch sonst war sie die gleiche schlanke, strahlende Frau wie vor drei Jahren.

»Danke, mir geht's super. Und Ihnen?« Ich war ehrlich froh, sie wiederzusehen. Trotzdem blickte ich mich schnell im Eingangsbereich um. Wo blieb Ash?

»Uns geht es auch prima! Es ist schön, wieder zurück zu sein. Und auch Ash ist hier langsam wieder aufgeblüht …«

»Mum, ich denke, das reicht«, hörte ich plötzlich Ash hinter mir amüsiert sagen, und mein Herz schlug allein beim Klang seiner Stimme einen Purzelbaum. Ich drehte mich zu ihm, und sein Blick traf meinen mit einer so gewaltigen Intensität, dass es mir den Atem verschlug.

»Ash mag es nicht, wenn ich anderen erzähle, wie sehr ich ihn liebe. Aber das tue ich nun einmal.«

»Das ist doch völlig verständlich«, sagte ich und sah Ash verschmitzt an. »Er wird schließlich immer Ihr ›kleiner Junge‹ bleiben.« Mrs Hamilton lachte herzlich und Ash verdrehte die Augen.

»Wir haben einen Artikel zu schreiben«, verkündete er und versteckte seine Hände in den Hosentaschen. Machte er das absichtlich, um nicht in Versuchung zu kommen, sich meine Hand zu schnappen?

»Ach ja, Ash hat mir von der Schülerzeitung erzählt. Dann lasst euch mal nicht stören. Sadie, bleibst du zum Essen?«

»Ähm ...« Ich sah Ash fragend an.

»Ja, tut sie«, antwortete er für mich und ging schon Richtung Treppe.

»Super!« Ashs Mutter schien sich aufrichtig zu freuen. »Viel Spaß!«, flötete sie uns noch zu.

»Den werden wir haben«, murmelte Ash nur so laut, dass ich es hören konnte. Ich schmunzelte und ging hinter ihm die Treppe nach oben. Ich hatte so Lust, ihn anzufassen, ihn zu berühren, ihn zu spüren, ihn zu riechen, aber ich riss mich zusammen. Bis wir in seinem Zimmer waren. Kaum hatte er die Tür geschlossen, nahm er mich in die Arme, hob mich hoch und küsste mich voller Elan. Ich schlang meine Hände um seinen Nacken und ließ mich küssen. Ich hatte ihn so vermisst.

Immer noch küssend trug er mich zu seinem Bett und legte mich drauf.

»Ash!«, flüsterte ich empört, als er sich halb auf, halb neben mich legte und mich weiterhin küsste. »Was, wenn deine Eltern hier reinkommen?«, fragte ich zwischen mehreren kleinen Küsschen, die Ash mir selig lächelnd auf den Mund drückte, während seine Hand auf meiner Taille lag und er sachte auf und ab fuhr.

»Werden sie schon nicht«, meinte er unbekümmert und sah mich ruhig an. »Ich kann auch die Tür abschließen, wenn dir das lieber ist«, schlug er vor. Ich hob eine Augenbraue.

»Dann denken sie ja erst recht, dass wir hier drinnen bestimmte Sachen machen.«

»Würden wir denn ›bestimmte Sachen‹ machen, falls ich abschließe?« Er sah mich neckend und doch ein klein wenig hoffnungsvoll an.

»Definitiv nicht, nein.«

Ash seufzte übertrieben theatralisch und legte seinen Kopf auf meiner Schulter ab. »Du bringst mich noch um«, meinte er und spielte mit meinen Haaren.

»Nein, tu ich nicht. Aber willst du, dass Brooke das mit uns erfährt, weil deine Mum uns in flagranti erwischt?«

»Tja, hättest du es ihr lieber gestern schon gesagt«, erwiderte er mich ärgernd und küsste mich wieder. Der Kuss endete nicht unerwartet in einer Knutscherei, die am liebsten für immer andauern sollte. Dieses Gefühl, wenn Ash mich zärtlich ansah. Wenn er mich berührte ... Es war unbeschreiblich. Unbeschreiblich schön.

Atemlos lösten wir uns nach einiger Zeit voneinander und legten uns so zurecht, dass ich halb auf seiner Brust in seinem Arm lag. Selbst wenn ich bis in die Ewigkeit so liegen würde, es wäre nicht lang genug. Ich seufzte zufrieden und kuschelte mich noch enger an ihn.

»Ich habe überhaupt keine Lust, den Artikel zu schreiben«, murmelte ich.

»Ich auch nicht«, hörte ich Ash leise sagen. »Aber ein bisschen was sollten wir schon hinkriegen, damit wir auch eine gescheite Antwort haben, wenn Mum uns nachher fragt, was wir gemacht haben.« Ich fand es süß, wie er »Mum« sagte. Ich konnte nur aus dem Wort hören, wie sehr er sie liebte.

»Du hast recht.« Ich rappelte mich ein wenig auf, sodass ich mich auf dem Ellbogen abstützte und ihn ansah.

»Du bist so wunderhübsch, Sadie«, sagte er plötzlich ernst. »Du hast keine Ahnung, wie glücklich ich bin, dass du jetzt mein Babe bist.« Er grinste schief, und ich spürte deutlich, wie ich rote Wangen bekam. »Und am liebsten würde ich der ganzen Welt zuschreien, dass du mir gehörst. Ich möchte allen Kerlen dieser Erde zeigen, dass du mich wolltest, nicht sie. Ich möchte in der Schule den Arm um dich legen können. Dich mitten auf dem Flur überfallen und küssen.« Ich schluckte schwer, und wieder einmal machte sich mein schlechtes Gewissen bemerkbar. Sowohl gegenüber Brooke als auch gegenüber Ash. Es war nicht fair von mir, ihn warten zu lassen. Aber ich wusste immer noch nicht, wie ich es Brooke beibringen sollte.

»Sagst du gerade, dass du mit mir angeben möchtest, als wäre ich eine Puppe?«, fragte ich spielerisch und schob meinen inneren moralischen Kampf beiseite.

»Hmmm …« Er suchte nach den Worten. »Es ist eher ein stolzes Vorzeigen.« Ich grinste immer noch, als ich mich über ihn beugte und ihn küsste.

»Jetzt solltest du mir lieber deine Schreibkünste zeigen«, murmelte ich gegen seine Lippen und setzte mich auf. Ash seufzte, richtete sich aber auch auf, streckte sich nach seinem Laptop, der neben dem Bett auf dem Boden lag, und lehnte sich mit dem Rücken an die Wand. Ich kuschelte mich neben ihn und sah auf den Bildschirm vor uns.

»Das wird ein kurzer Artikel«, stellte ich fest, als Ash ein leeres Dokument öffnete.

»Es sei denn, wir machen einen auf kreativ und schreiben sowohl über die Kunstgalerie als auch das *Trash*.«

»Über beides?«

»Wir fangen mit der Kunstgalerie an und sagen einfach ehrlich, dass man einen Freitagabend nicht dort verschwenden, sondern lieber ins *Trash* gehen sollte.«

Ashs Vorschlag war nicht dumm. Anstatt einfach die Kunstgalerie schlecht dastehen zu lassen, präsentierten wir unseren Lesern eine Alternative, die sie definitiv nicht bereuen würden.

Ich war wieder einmal beeindruckt von seinen Ideen, die einfach so aus ihm heraussprudelten, ohne dass er scheinbar groß darüber nachdenken musste. Mein Freund war ein kreatives Köpfchen, mit einem unglaublichen Schreibtalent. Und ziemlich heiß war er noch dazu.

Als ich von der Seite sein Profil betrachtete, konnte ich mich nicht zurückhalten und drückte ihm einen Kuss auf die Wange. Überrascht und deutlicherweise sehr erfreut sah er mich an.

»Wofür war der denn?«

»Einfach nur so«, meinte ich mit einem Schulterzucken. Ich konnte mich gerade eben so was von nicht konzentrieren. Aber irgendetwas mussten wir ja zu Papier bringen.

»Es war einmal eine stinklangweilige Kunstgalerie …«, murmelte Ash vor sich hin, während er etwas völlig anderes tippte, und ich musste kichern.

Ash tippte und formulierte und änderte, während ich immer wieder mal einen Satz einwarf oder sonstige Kommentare von mir gab.

Etwas über eine Stunde später hatten wir den Artikel endlich so weit fertig, dass wir zufrieden waren. Ash klappte den Laptop zu und legte ihn neben sich aufs Bett, bevor er nach meiner Hand griff.

»Sadie, wann redest du mit Brooke?« Während er sprach, sah er mir fest in die Augen.

»Ich weiß es noch nicht«, antwortete ich ausweichend. Ich fühlte mich absolut nicht bereit für dieses Gespräch mit ihr. Nachdem die Chance gestern verstrichen war, fühlte ich mich fast noch unsicherer und ängstlicher. Ich konnte ihm nicht in die Augen sehen. Stattdessen starrte ich auf unsere verflochtenen Hände.

»Du musst mit ihr reden. Bald.«

»Wir haben Freitag doch ausgemacht, dass wir noch ein wenig warten.«

Ash seufzte. »Ich weiß. Ich hatte nur nicht gedacht, dass ich so schnell schon so ungeduldig werde. Und ich bezweifle, dass Brookes Reaktion milder ausfällt, je länger wir mit dem Geständnis warten.«

Das wusste ich auch. Aber alles in mir sträubte sich dagegen, mit Brooke zu reden.

»Soll ich …«, begann Ash und wollte mir wahrscheinlich anbieten, dass er mit ihr redete, doch ich schüttelte energisch meinen Kopf.

»Nein! Nein, das muss ich selbst machen.« Ash verstand.

»Okay.«

Ich spürte, dass er gern mehr sagen wollte, aber er hielt sich zurück. Er checkte schnell die Uhrzeit auf seinem iPhone.

»Bis zum Essen haben wir noch ein bisschen Zeit.« Er sah mich ganz schelmisch an.

»Und was willst du bis dahin machen?« Ich tat ganz ahnungslos.

Ash zog mich ohne Vorwarnung rittlings auf seinen Schoß, sodass mir ein kleiner überraschter Laut entfuhr.

»Pssst«, machte Ash. Ich merkte, wie mich ein Lachkrampf schüttelte, und Ash legte mir eine Hand auf den Mund, während er selbst damit kämpfte, leise zu sein.

Wir verstummten und sahen uns an. Ash hatte seine Hände auf beiden Seiten meiner Taille liegen, und langsam glitt er nach unten zu meinen Hüften, dann zur Außenseite meiner Oberschenkel, die sich je auf einer Seite von ihm befanden. Er kniff leicht zu und grinste mich frech an. Ich rutschte ein Stück näher zu ihm, fuhr ihm mit den Händen über seine Brust und ließ sie in seinem Nacken verweilen. Ash wanderte mit einer Hand wieder ein Stück nach oben, schob mein Shirt zur Seite und berührte sanft meine unbedeckte Haut. Ich lehnte mich mehr und mehr zu ihm, und ohne dass unser Blickkontakt abbrach, legte ich sanft meinen Mund auf seinen. Ich fuhr ihm sachte mit der Zungenspitze über seine Unterlippe, was dazu führte, dass er mich noch fester packte.

»Du bringst mich um, Sadie«, murmelte er rau, ehe er mich küsste.

In dem Moment hörten wir beide Rufe von unten und Schritte auf der Treppe.

Geschockt, überrascht, ertappt wich ich von Ash zurück, rutschte von seinem Schoß, bewegte mich noch einen halben Meter von ihm weg und starrte wie gebannt auf die Tür, die bestimmt jeden Moment aufgehen würde. Ich hörte, wie Ash neben mir losprustete, und ich bekam ganz rote Ohren. Tolle Aktion, ich kam mir voll verklemmt vor und war mir sicher, dass Ashs Mum sofort wissen würde, was Sache war.

Damn!

In dem Moment wurde die Türklinke nach unten gedrückt und Mrs Hamilton sah verschmitzt lächelnd herein.

Ich hatte das Gefühl, dass sie gerade in meinen Kopf sehen und meine Gedanken lesen konnte.

Ash dagegen schien die Situation überhaupt nicht peinlich zu sein.

»Ist das Essen fertig?«, fragte er, und ich konnte wie aufs Stichwort seinen Magen knurren hören. Seine Mum sah zwischen uns hin und her, auf den Abstand zwischen uns, auf meine glühenden Wangen, dann wieder zu Ash, und schließlich nickte sie.

»Ja, in fünf Minuten. Ihr könnt also schon runterkommen.« Sie lächelte noch einmal breit und ging wieder. Die Tür ließ sie gleich offen stehen.

Ich sah auf die Stelle, wo sie gerade noch gestanden hatte, dann drehte ich mich abrupt zu Ash. »Was war das gerade eben?«

»Ich glaube, dass sie sich echt freut, dich wiederzusehen.« Er stand auf und reichte mir die Hand. Ich ergriff sie und umklammerte sie fest, während ich Ash hinterherging. Auf der Treppe lösten wir unsere Hände wieder voneinander und mir fehlte Ashs Wärme sofort.

»Sadie!«, wurde ich in der Küche gleich von einer tiefen Stimme empfangen.

»Mr Hamilton«, begrüßte ich ihn freundlich und reichte ihm die Hand. Ich hatte schon immer Respekt vor Ashs Dad gehabt, und das hatte sich bis heute nicht geändert. Er war immer nur freundlich, trotzdem wirkte er so verdammt autoritär. Ich wollte definitiv nichts tun, was ihn wütend machte. Definitiv nicht.

»Schön, dich wieder hier im Haus zu haben!«

»Freut mich auch«, versuchte ich so enthusiastisch wie möglich zu sagen und sah zu Ash, der ein Grinsen unterdrückte.

»Setzt euch bitte«, kam es da auch schon von Mrs Hamilton, die hektisch zwischen Herd, Kühlschrank, Tisch und Spülbecken hin und her lief. Ashs Dad setzte sich als Erster. Ash zog mich mit zum Tisch, und ich setzte mich schräg gegenüber von Mr Hamilton. Ash setzte sich neben mich, und bevor ich mich's versah, hatte er auch schon flüchtig mein Knie mit seiner Hand gestreichelt. Der Kerl machte mich noch ganz kirre.

Kurz darauf stellte Mrs Hamilton die Töpfe auf den Tisch und ließ sich seufzend auf ihren Stuhl fallen. »Guten Appetit!«, wünschte sie und reichte daraufhin ihrem Mann den ersten Topf. Ash, aufmerksam, wie er war, schenkte Wasser in mein Glas ein und schob die Salatschale zu mir. Ich nahm nur ein klein wenig – nicht dass ich noch zu viel grünes und gesundes Zeug auf meinem Teller hatte – und ließ somit schön Platz für ... meine Lieblingsspeise. Mit großen Augen sah ich erst das Essen, danach Ash, dann seine Mutter an.

»Linguine mit Trüffel und Pfifferlingen?«, fragte ich überglücklich.

Ashs Mum legte den Kopf leicht schief. »Wenn du nach all den Jahren wieder deinen Fuß in unser Haus setzt, soll das auch belohnt werden.«

Ich strahlte sie an und spürte Ashs Blick auf mir. Dann kam mir ein Gedanke. Seine Eltern wussten nicht, dass ich schon im Laufe der letzten Wochen hier gewesen war. Sie wussten nicht, dass ich hier geschlafen hatte.

Besser so.

Ich schaufelte einen ordentlichen Haufen auf meinen Teller, und als die anderen auch was genommen hatten, begann ich zu essen. Ich genoss jeden einzelnen Bissen. Ich liebte Pasta, ich liebte Pilze, ich liebte Trüffel. Und Ashs Mum hatte sich daran erinnert.

»Mhm, das schmeckt so lecker!«, lobte ich sie und meinte das aus ganzem Herzen. Als ich weiteraß, nahm ich aus dem Augenwinkel wahr, wie Ash mich beobachtete. Ich wurde ganz rot und erinnerte mich selbst daran, dass ich ihn nachher bitten sollte, mich nicht immer so anzustarren, weil ich sonst ganz hibbelig wurde.

»Wie geht es mit eurem Artikel voran?«

»Noch nicht ganz fertig«, schwindelte Ash neben mir, und ich sah ihn verwundert an. Wir waren doch schon fer…? Aaaah, er brauchte eine Ausrede, damit ich länger hierbleiben konnte.

Schlaues Köpfchen.

»Aber fast«, warf ich ein, um ihn ein klein wenig zu ärgern, und spürte, wie Ash seine Hand auf meinen Oberschenkel legte und leicht zukniff. Ich unterdrückte ein Schmunzeln und schob seine Hand weg. Nachdem ich kurz meine Finger mit seinen verschränkt hatte.

»Wie kommt ihr eigentlich auf eure Ideen?«, fragte sein Vater und sah uns interessiert an.

»Wir brainstormen«, erklärte Ash knapp, und ich musste an das erste Mal denken, als Ash bei mir zu Hause gewesen war, um Ideen für die Artikelreihe zu sammeln. Wir hatten uns wie so oft gestritten. So wie es jetzt war, gefiel es mir schon wesentlich besser.

»Ihr beide habt wirklich ein Talent zu schreiben, und ihr scheint ein tolles Team zu sein«, fügte Ashs Mum hinzu, und ich war mir nicht sicher, ob sie mit ihrer Aussage wirklich nur die Artikel meinte. Aber Ashs Dad stieg sofort mit ein in das Lob.

»Das stimmt, ich habe alle eure Artikel gelesen. Ash lässt immer die Schülerzeitung rumliegen«, erzählte er. »Ich finde ja die Sportartikel auch super!«

»Die schreibt Matt«, erklärte ich stolz, und er sah mich überrascht an.

»Ach, wirklich? Ich wusste gar nicht, dass Matt auch schreiben kann.«

Ash blieb ziemlich ruhig sitzen, aß vor sich hin und hatte immer dieses Lächeln auf den Lippen. Was war nur los mit ihm?

Ich nahm mir noch eine zweite Portion, weil ich einfach nicht widerstehen konnte, und unterhielt mich weiter mit Ashs Eltern. Ich genoss jede Sekunde, die zwanglose Unterhaltung und die Nähe zu Ash. »Wir müssen jetzt noch ein bisschen weiterarbeiten«, meinte dieser schließlich irgendwann.

»Lass es uns hinter uns bringen«, ärgerte ich ihn ein wenig, und er verdrehte die Augen, als seine Eltern es nicht sehen konnten. Ich bedankte mich für das Essen und folgte Ash in sein Zimmer. Sobald er die Tür geschlossen hatte, zog er mich an sich und drückte mich fest. Er platzierte einen Kuss auf meinem Scheitel, und ich schlang ebenfalls meine Arme um ihn.

»Sag bloß, du hast mich vermisst«, nuschelte ich an seiner Brust und spürte die sanfte Vibration, als er leise lachte.

»Ja, habe ich.«

»Warst du deswegen so still die ganze Zeit?«, fragte ich weiter.

»Nein.« Seine Antwort ließ mich den Kopf heben.

»Warum dann?«

»Ich habe euch einfach gern beobachtet. Ich habe es genossen, zu sehen, wie wohl du dich gefühlt hast, wie ausgelassen du warst.« Er verstummte und sah mich liebevoll an. Aber bei mir meldete sich schon wieder das schlechte Gewissen.

»Vor ein paar Wochen saß noch Brooke an diesem Tisch und hat mit deinen Eltern gelacht«, flüsterte ich. Es war total bescheuert, so zu denken, doch ich konnte nicht anders. Diese Gedanken schlichen sich einfach immer wieder in mein Hirn.

»Nein, Sadie, sag das nicht. Mit Brooke war es nie so wie mit dir. Meine Eltern haben sich in ihrer Gegenwart nie so offen und locker verhalten. Diese Stimmung, wie wir sie gerade hatten ... So war es nie mit Brooke.« Er legte eine Hand an meine Wange, strich eine Haarsträhne hinter mein Ohr, hielt mich im Nacken fest und streichelte mit seinem Daumen mein Kinn entlang. Langsam beugte er sich zu mir runter und drückte sanft seine Lippen auf meine. Ich ließ mich in den Kuss fallen, genoss es, ihn zu schmecken, und gab mich ihm völlig hin.

»Das hier ist komplett was anderes«, hauchte er, und sein Atem auf meiner Haut war wie eine leichte Sommerbrise.

Wieso war er überhaupt mit Brooke zusammen gewesen? Wieso hatte er, schon während er mit ihr zusammen war, versucht, mir näher zu kommen? War er in sie verliebt gewesen?

Mir brannten so viele Fragen auf der Zunge, aber jetzt gerade wollte ich nicht darüber reden. Ich zog ihn näher zu mir runter und besiegelte meine hammergroße Verliebtheit mit einem heißen Kuss.

27

Es war unglaublich, wie sehr ich plötzlich die Schule liebte. Übermotiviert und gut gelaunt sprang ich morgens aus dem Bett, darüber im Klaren, dass ich keine Stunde später meinem Schatz gegenüberstehen würde.

In der Schule war ich so euphorisch, dass ich mich kaum auf den Unterricht konzentrieren konnte.

In der Pause war ich so hibbelig, dass Matt und Ana nicht wirklich normal mit mir sprechen konnten.

Heute war Mittwoch. Ash und ich hatten also schon zwei ganze Tage in der Schule unsere Beziehung geheim gehalten. Die Leute durften schon sehen, dass Ash und ich befreundet waren. Er saß beim Mittagessen bei mir, bevor wir uns zufällig abseilten und uns irgendwo ein Versteck suchten, um allein zu sein.

Jetzt gerade stand ich bei meinem Spind – allein mit Ash. Es kostete mich wirklich eine große Portion Selbstdisziplin, ihm nicht dauernd um den Hals zu fallen.

»Also, als Nächstes gehen wir ins Krankenhaus in die Kinderabteilung, und dann schließen wir in der alten Burgruine ab?«

»Klingt gut!« Von mir aus hätte die Artikelreihe für immer weitergehen können.

In dem Moment kam Dayna zu uns. Sie wirkte ein wenig ... missmutig. »Hi«, sagte sie, sah dabei jedoch nur Ash an. »Ich wollte nur fragen, ob das Layout gut angekommen ist?«

»Ja, das war mal wieder erstklassig! Danke für deine tolle Arbeit!« Er war ihr gegenüber so freundlich, aber er checkte einfach nicht, was er damit bei ihr anrichtete. Dayna begann zu strahlen und warf mir jetzt einen kurzen triumphierenden Blick zu.

Wenn sie wüsste ...

»Ich hatte eigentlich gehofft, dass wir zusammen am Layout arbeiten könnten«, fuhr sie fort, und jetzt musste ich gewaltig aufpassen, wie ich reagierte.

»Oh. Also ...« Ash wirkte ein wenig verwirrt und richtete seine Cap. »Ich hatte nicht wirklich Zeit«, sagte er entschuldigend und lächelte entwaffnend.

»Du hast nicht einmal auf meine Nachricht geantwortet«, sagte Dayna weiter, und ich grinste in mich hinein. Ich wusste zwar nichts von der Nachricht, aber sie machte sich hier gerade zum Depp. Sie tat mir fast ein wenig leid.

»Oh, habe ich vergessen, sorry«, meinte Ash weiter, und ich merkte, wie er sich mehr und mehr versteifte. Eigentlich war ich ein klein wenig schadenfroh. Das hier hatte er selbst verbockt.

Dayna schielte unsicher zu mir rüber. »Ähm, gut, wir ... Wir sehen uns später«, sagte sie schließlich, sah auf den Boden und ging, nachdem sie mir aus ihren grünen Augen noch einen kurzen giftigen Blick zugeworfen hatte.

Ups.

Ash sah ihr hinterher, dann drehte er sich mit gerunzelter Stirn wieder zu mir. »Ich habe das Gefühl, dass ich irgendetwas nicht ganz verstehe«, murmelte er.

»Dein Gefühl hat recht.« Sollte ich ihm sagen, dass Dayna was von ihm wollte?

Er sah noch immer ein klein wenig verwirrt aus, also beschloss ich, ihm einen kleinen Hinweis zu geben.

»Du lässt sie ziemlich abblitzen, das stört sie.« Ich war über die Verwirrung in seinem Gesicht mehr als amüsiert. Am liebsten hätte ich ihm einen Kuss gegeben.

Doch wir waren mitten in der Schule, also musste das warten, bis wir wieder allein waren.

»Abblitzen? Ich frag mich, was sie immer mit ihren Layouts hat. Das ist ihr Job, nicht meiner.«

Ich grunzte amüsiert. Ash sah mich an, und er hatte diesen Blick in den Augen.

»Ich will dich jetzt und hier vor allen Leuten in den Arm nehmen und küssen und ihnen zeigen, dass du zu mir gehörst«, flüsterte er, und mein Herzschlag beschleunigte sich sofort.

»Ich will das doch auch, aber …«

»… Brooke«, beendete er meinen Satz und verdrehte die Augen. »Du musst es ihr endlich sagen.«

Ich seufzte nur und blieb stumm. Was sollte ich auch schon groß erwidern? Dass ich zu feige war? Dass ich am liebsten gar nicht mit ihr reden wollte? Dass ich keine Ahnung hatte, wann und ob ich mich überwinden konnte?

Er würde mir den Kopf abreißen.

Oder schlimmer: unsere Beziehung beenden.

Mit meinem Schweigen hatte ich jedoch genau das erreicht, was ich hatte vermeiden wollen. Ash runzelte die Stirn und sah mich nachdenklich an.

»Du wirst doch mit ihr reden?«

Ich konnte ihn nicht anlügen.

»Ich weiß nicht wie«, gab ich nur leise von mir und wich seinem Blick aus.

Ash schnappte mich am Arm und zog mich in ein leeres Klassenzimmer. Er schloss die Tür hinter uns und wandte sich wieder mir zu.

»Willst du das mit uns beiden?«, fragte er mich ruhig, aber bestimmt.

»Natürlich! Was soll die Frage?« Wie konnte er nur denken, dass ich das nicht wollte?

»Dann rede bitte mit Brooke!« Frustriert sah er mich an, und ich zuckte ein kleines bisschen zusammen. Ich wusste, dass er recht hatte. Ash atmete einmal tief ein, versuchte sich zu beruhigen. »Ich weiß, dass dir das schwerfällt. Aber du musst es ihr sagen. Außerdem wird sie schon nicht zusammenklappen bei der Neuigkeit.«

»Woher willst du das wissen?«, fragte ich ihn und merkte, wie ich mich aufzuregen begann. »Du musst schließlich nicht mit ihr unter einem Dach wohnen!« Ich liebte, dass Ash das mit uns beiden so gern wollte, doch verstand er überhaupt nicht, was das für mich bedeuten würde? Wie sich das auf mein Verhältnis zu meiner Schwester auswirken würde?

»Wie lange willst du das hier noch durchziehen?«, fragte er mich. »Wir können unsere Beziehung nicht genießen, und du hast die ganze Zeit ein schlechtes Gewissen, schaust dir konstant über die Schulter, fühlst dich von allen beobachtet. Ich merke es dir an, Sadie, dir geht es nicht gut damit. Und ewig kann ich diese Geheimnistuerei auch nicht durchstehen!«

»Das verlange ich doch auch nicht«, versuchte ich ihn zu beschwichtigen. Ich musste mir meine Worte an Brooke nur noch zurechtlegen. »Gib mir noch ein bisschen Zeit.«

Wieder gab Ash einen frustrierten Laut von sich.

»Okay. Du bekommst Zeit. Natürlich bekommst du Zeit. Aber spätestens nach dem Krankenhaus-Artikel redest du mit ihr, okay? Spätestens Sonntag, Sadie ...« Wieder stand er dicht vor mir.

Bis Sonntag? Konnte ich mich bis dahin überwinden?

Ich nickte vage, weil ich gerade nichts sagen konnte. Die Situation machte mich fertig. So, wie er die Situation schilderte, wirkte es komplett unlogisch, dass ich nicht schon längst mit Brooke geredet hatte. Ich musste mir nur meine Argumente zurechtlegen, sagte ich mir. Ich erwiderte seinen Blick, seine Nähe und diese verdammt blauen Augen brachten mein Herz zum Flattern. Wieso fiel es mir so schwer, für uns zu kämpfen?

»Ich will doch nur mit dir zusammen sein.« Ash legte nun seine Stirn an meine.

»Mehr will ich doch auch nicht.« Er presste mich gegen die Klassenzimmertür, küsste mich hart und heftig, und ich erwiderte den Kuss, ignorierte die Gefahr, dass uns nachher jemand sehen würde, wie wir zusammen das Zimmer verlassen würden.

Ich merkte deutlich Ashs Frust in seinem Kuss, ich konnte ihn ja verstehen. Ich musste mich zusammenreißen. Ich musste mit Brooke sprechen.

Ash löste sich von mir und stützte sich mit seinem Arm über meinem Kopf an der Tür ab. Er war mir so nah. Ich legte meine Hand an seine Brust und sah ihm in die Augen.

Mit der Hand wanderte ich von seiner Brust zu seiner Wange, und ich konnte meinen Blick nicht von seinen Augen abwenden. Ich beugte mich das kurze Stück vor, das uns trennte, und gab ihm noch einen Kuss. Einen sanften Kuss, der ihm zeigen sollte, wie wichtig er mir war.

Er seufzte kurz und fuhr mit seinem Finger mein Schlüsselbein nach. Seine zarte Berührung löste eine Gänsehaut auf meinem Körper aus. Er strich weiter über meine Schulter meinen Arm hinunter, bis er bei meiner Hand ankam und diese fest umklammerte.

»Wir sollten hier wieder verschwinden«, murmelte er. Ich drückte stumm seine Hand einmal fest, bevor er mich losließ. Er ging einen Schritt zurück, damit ich die Tür aufmachen konnte. Wir traten wieder auf den Flur, und ich versuchte weder rot zu werden noch mich verdächtig zu benehmen.

Bis mein Blick auf Brooke fiel, die einige Meter entfernt mit ihren oberflächlichen Freundinnen stand und Ash und mich misstrauisch beäugte.

Mist.

Sie hatte uns aus dem Klassenzimmer kommen sehen.

Verdammt.

»Wir sehen uns in der Redaktionssitzung«, sagte Ash leise zu mir und hielt den vereinbarten Sicherheitsabstand. Ich nickte und versuchte ihm mit meinem Blick zu verstehen zu geben, dass alles gut werden würde.

Als er davonging, traf mein Blick wieder den von Brooke, und alles in mir schnürte sich zusammen. Verdammt, sie konnte es sehen. Sie konnte es mir ansehen! Sie konnte sehen, dass ich sie hintergangen hatte, dass ich mit ihrem Ex knutschte, dass ich mein Versprechen gebrochen hatte. Dass ich mich in Ash verliebt hatte. Sie musterte mich mit bösen Blicken, und ich wollte am liebsten weinen. Ich konnte es ihr nicht sagen. Ich konnte einfach nicht.

Mein Herz begann wie wild zu schlagen, und bevor ich etwas Unüberlegtes tat, drehte ich mich von ihr weg und ging.

Ich bekam Brookes Gesichtsausdruck nicht aus dem Kopf. Nervös zupfte ich an meinen Nägeln und kaute auf meiner Unterlippe herum, bis ich spürte, dass ich sie mir blutig gebissen hatte.

»Verdammt«, murmelte ich vor mich hin und zückte ein Taschentuch, um mir das Blut von der Lippe zu tupfen.

»Was ist denn los mit dir?«, fragte mich Matt leise, um Michael nicht zu stören, der gerade einen Vortrag über … Ich hatte eigentlich keine Ahnung, worüber er gerade redete, weil ich mit meinen Gedanken ganz woanders war.

»Hab mir nur die Lippe aufgebissen«, antwortete ich ebenso leise. Ich konnte Matt hier ja schlecht meine ganze Horrorstory erzählen. Er zog eine Augenbraue hoch, blieb aber still und hörte wieder Michael zu.

Ich spürte, wie Ash mich von der anderen Seite des Raums beobachtete. Ohne etwas dagegen tun zu können, drehte ich den Kopf und sah ihn an. Sein Blick streifte meine Unterlippe, ein besorgter Ausdruck trat auf sein Gesicht, dann jedoch grinste er leicht und sah mir wieder in die Augen. Er begann mich mit seinem Blick auszuziehen, und ich merkte, wie mir heiß wurde.

Abrupt wandte ich mich wieder ab. Was machte er nur mit mir?

Nach einigen Minuten löste sich die Truppe auf, und traditionsgemäß schlenderten Ash und ich zu Michael.

»So, was steht als Nächstes an?«

»Wir wollen Freitag in die Kinderabteilung des Krankenhauses«, fing Ash an. Michael runzelte die Stirn.

»Das ist aber keine Aktivität und auch keine Sehenswürdigkeit«, bemerkte er.

»Das ist uns durchaus bewusst«, sagte Ash höflich. »Das ist genau der Sinn der Sache. Wir wollen zeigen, dass man sich auch einmal für andere interessieren kann, anstatt nur an sich selbst und das eigene Vergnügen zu denken. Man kann auf ehrenamtlicher Basis in dieser Stadt viel machen. Außerdem schadet es nicht, wenn man darauf aufmerksam gemacht wird, dass es nicht jedem in dieser Welt so gut geht.«

Michael sah ihn erstaunt an, und ich konnte auch meinen Blick nicht von ihm wenden. Er hatte sich wirklich über dieses Thema Gedanken gemacht.

Gott, er war so verdammt liebenswürdig.

Michael verschränkte die Arme und lehnte sich an einen der Tische.

»Wie genau habt ihr euch das vorgestellt? Dürft ihr da einfach rein?«

»Ich habe heute angerufen und die Erlaubnis erhalten. Ich habe sogar mit einem Elternpaar telefoniert, das gern interviewt werden möchte.«

Mir blieb die Spucke weg. Ash war so vorausschauend! Ich hatte gar keinen Gedanken daran verschwendet, dass wir da vielleicht nicht einmal reindurften. Michael schien auch beeindruckt.

»Ich mag die Tiefe, die ihr da rausholen könnt«, gestand er ein. »Und unseren Leserinnen und Lesern haben wir im Grunde nichts Bestimmtes versprochen. Und mit was schließt ihr ab?«

»Wir wollten zur Weinprobe in der alten Burgruine«, meldete ich mich jetzt zu Wort.

»Aaah.« Unser Redakteur seufzte zufrieden. »Das wird einmalig. Einmalig!« Er schnappte sich seine Tasche und bewegte sich Richtung Tür. »Den Artikel brauche ich Dienstag! Bis dann!« Weg war er.

»Puh, der war ja leicht zu überzeugen«, murmelte Ash. Michael hatte uns wirklich große Freiheit geschenkt. Bestimmt hatte er gewusst, dass wir unserer Kreativität freien Lauf lassen mussten, um unser ganzes Potenzial zu zeigen.

Wir packten unsere Sachen zusammen, gingen aus dem Raum und standen jetzt auf dem menschenleeren Flur. Niemand blieb länger als notwendig in der Schule, weshalb eine fast unheimliche Ruhe im Gebäude herrschte. Ich wollte mich schon in Bewegung setzen, als Ash mich am Arm packte. Er nahm meine Tasche und stellte sie auf den Boden neben seine. Dann schlang er den Arm um meine Taille.

»Ash, was machst du?«, fragte ich ihn leise und sah ihn mit großen Augen an. Wir waren hier in der Schule!

»Das, was ich schon immer wollte. Dich hier, mitten auf dem Gang in der Schule, zu küssen. Jetzt ist die Gelegenheit«, flüsterte er. Nur jetzt. Denn nur jetzt waren wir hier allein. Vielleicht schlich noch der Hausmeister hier rum, aber er kannte uns eh nicht.

Ash beugte sich zu mir, und ich hob den Kopf, um ihm entgegenzukommen. Meine ganze Haut kribbelte, als seine Lippen auf meine trafen. Jeden Moment könnte jemand kommen. Jeden Moment ...

Ashs Kuss wurde begieriger, und plötzlich hob er mich hoch, sodass ich die Beine um seine Hüften schlang. Er trug mich zu den Spinden, presste mich dagegen und küsste mich weiter. Es war schlicht verrückt, mich hier in der Schule so zu küssen. Aber ich genoss es.

Ich spielte mit seinen Haaren. Er schob seine Hand unter mein Shirt und fuhr mir den Rücken hoch. Plötzlich biss er mir in die Unterlippe und ich gab ein Stöhnen von mir. Weil es extrem wehtat.

»Au, Ash, nicht ...«, hauchte ich, und er zog den Kopf ein wenig zurück.

»Was hast du gemacht?«

»Zu sehr auf meiner Lippe herumgekaut?« Ich lächelte schief, als er kurz die Augen verdrehte.

»Du Dummchen«, war alles, was er sagte, bevor er mich wieder küsste. Ich umfasste sein Gesicht und erwiderte den Kuss mit aller Leidenschaft, genoss es, wie er mich hielt.

Dann lösten wir uns langsam voneinander. Er ließ mich wieder auf den Boden sinken.

»Rede mit Brooke«, bat er mich noch einmal. »Ich kann nicht ohne dich, Sadie. Nicht mehr, nicht jetzt, nachdem ich dich habe.«

Tränen stiegen mir ungewollt in die Augen. Ich schluckte schwer.

Ich *musste* mit Brooke reden.

Die Tage verstrichen, ohne dass ich mit ihr sprach. Entweder war sie nicht zu Hause oder mir fehlte im entscheidenden Moment der Mut.

Ich hasste mich selbst dafür. Gleichzeitig hasste ich mich auch dafür, dass ich Brooke so verdammt verletzen würde, wenn ich ihr endlich beichtete, dass ich mit ihrem Ex-Freund zusammen war.

Ich genoss die Zweisamkeit mit Ash in vollen Zügen, aber die ganze Zeit lauerten unter der Oberfläche die Angst, erwischt zu werden, und das schlechte Gewissen.

Grimmig sah ich durch die Gegend und entdeckte Ash, der gut gelaunt zu mir geschlendert kam. Mein Herz begann nur bei seinem Anblick zu flattern. Er gab mir einen flüchtigen Kuss auf den Mund, und ich akzeptierte es. Hier vor dem *Grand General University Hospital* war das Risiko nicht besonders groß, auf bekannte Gesichter zu treffen. Er legte den Arm um mich, und gemeinsam gingen wir in das Gebäude.

»Bist du gespannt?«, fragte er mich, und ich bejahte. Ich war mehr als gespannt. Ich war gespannt auf die Kinder, auf ihre Eltern, auf ihre Krankheiten.

Und ich war angespannt, weil meine Deadline immer näher rückte.

Der typische Desinfektionsgeruch eines Krankenhauses stieg mir in die Nase, und ich merkte, wie mir jetzt schon ein wenig unwohl wurde. Ich mochte es eigentlich nicht, von kranken Menschen umgeben zu sein. Und gleich wären es kranke Kinder. Ich spürte, wie sich ein Kloß in meinem Hals bildete.

Ash wusste, wo wir hingehen mussten, denn er lief mit mir in den linken Flügel und eine Treppe hoch, die uns in eine helle Abteilung mit hohen, großen Fenstern führte. Der Flur bestand aus farbigen Quadraten – sie waren an den Wänden vorhanden und in Form von würfelförmigen Hockern auf dem Gang verteilt. Ash nahm den Arm von meinen Schultern und verschränkte stattdessen seine Finger mit meinen, als wir uns einem Raum näherten, aus dem Kinderstimmen und Lachen zu hören waren.

Kurz bevor wir hineingingen, sah Ash mich noch einmal an. »Schaffst du das?«, fragte er mich leise, und mein Herz zerplatzte fast vor Liebe zu ihm, weil er einfach so verdammt fürsorglich war.

»Ja, ich denke schon«, meinte ich und versuchte dabei möglichst tapfer zu wirken. »Und wie es scheint, ist die Stimmung auf ihrem Höhepunkt.« Aus dem Gemeinschaftsraum war lautes, fast schon hysterisches Kinderlachen zu hören. Ash drückte aufmunternd meine Hand, und gemeinsam gingen wir hinein.

Der Gemeinschaftsraum war in ein Spielezimmer umgewandelt worden, in dem mehrere Spielzeuge und Bücher herumlagen. An den Wänden hingen zahllose Bilder, die von kleinen Kinderhänden gemalt worden waren.

Es herrschte Trubel hier, mehrere Kinder liefen spielend umher. Ein kleiner Junge hatte einen Gips um seinen Arm und einen Verband um seinen Kopf. Trotzdem sprintete er durch den Raum, als würde sein Leben davon abhängen.

Ein Mädchen mit blonden Locken saß ruhig da und widmete sich einer Zeichnung. Aus ihrem rosa Top führte ein dünner Plastikschlauch, der hinter ihren Ohren befestigt war, zu ihrer Nase. Er schien das Mädchen nicht zu stören.

In einer Ecke saß eine Mutter mit ihrem Sohn auf dem Schoß. Er war bleich und hatte keine Haare, blickte aber aufmerksam auf das Bilderbuch, aus dem seine Mutter ihm vorlas.

Mein Herz zog sich zusammen und ich schluckte schwer; genau so etwas hatte ich befürchtet zu sehen. So kleine Kinder durften einfach nicht so krank sein. Das war ungerecht.

»Ash?«, fragte plötzlich ein Mann mit Dreitagebart und dunklen Haaren neben uns und sah uns erwartungsvoll an.

»Ja, das bin ich.« Mein heimlicher Freund ließ meine Hand los und reichte sie dem Mann. »Sie sind Mr Montgomery?«

»Ja, aber nennen Sie mich bitte Christian.« Er reichte daraufhin auch mir die Hand und ich schüttelte sie.

»Sadie«, stellte ich mich vor, als eine müde wirkende Frau an die Seite von Christian trat.

»Hallo, ich heiße Lisa, ich bin Christians Frau.« Wir begrüßten auch sie und Ash übernahm die Führung.

»Vielen Dank, dass Sie sich bereit erklärt haben, uns ein wenig über Ihre Tochter zu erzählen. Wir freuen uns sehr darauf, sie zu treffen.«

»Marie findet es unglaublich spannend, dass sie ›interviewt‹ wird.« Ihre Mutter sah sich im Zimmer um. »Kommen Sie, wir setzen uns an den Tisch hier in der Ecke«, sagte sie dann und führte uns zu der Malecke. Überall lagen Stifte und Papier herum. Das blonde Mädchen, das vorhin noch hier gesessen und gemalt hatte, saß jetzt etwas weiter weg auf dem Boden und spielte mit einer Barbiepuppe.

Wir setzten uns hin und Lisa holte uns einige Gläser und eine Wasserkanne. Ash versuchte auf dem kleinen

Kinderstuhl eine angenehme Sitzposition zu finden, was nicht so leicht war. Mit seinen Piercings und Tattoos wirkte er in dieser Umgebung viel zu groß, gefährlich und rau. Der sanfte Blick, den er aber durch das Zimmer schweifen ließ, verriet, wie es in seinem Innern wirklich aussah.

Lisa kam zurück und hatte ein Mädchen mit langen dunklen glatten Haaren im Schlepptau. Sie sah uns schüchtern an und versteckte sich ein wenig hinter ihrer Mum. Das musste Marie sein.

»Hallo«, sagte Ash ruhig und lächelte sie an. Sie wurde ganz rot und wich seinem Blick aus.

»Begrüß den jungen Mann, Marie«, forderte Lisa ihre Tochter auf, die daraufhin nach einigem Zögern ein leises »Hallo« murmelte. Lisa setzte sich hin und zog Marie auf ihren Schoß.

»Ich heiße Ash«, redete er weiter und lächelte ununterbrochen. »Und das hier ist Sadie.« Er zeigte auf mich. »Meine Freundin.« Bei diesen Worten breitete sich eine Wärme in meinem ganzen Körper aus. Es war schön, dass er diese Worte laut aussprechen konnte. Ich wollte, dass er es immer tun könnte.

»Hallo«, sagte auch ich und erntete von ihr nur einen schüchternen Blick.

»Marie«, forderte Christian sie leise auf.

»Hallooo«, kam es widerwillig und gedehnt von ihr. Sie war ganz schön putzig.

»Marie, darf ich dir ein paar Fragen stellen?« Ash redete leise und langsam und bewahrte einen milden Gesichtsausdruck. Sie sah Ash mit großen Augen an, bis sich plötzlich ein kleines Lächeln auf ihre Lippen stahl.

»Ist das hier ein richtiges Interview?«, fragte sie und konnte das Wort kaum richtig aussprechen.

»Ja, das ist es.«

»Dann darfst du«, meinte sie großzügig, und Ash sah schnell fragend zu Christian und Lisa, die bekräftigend nickten.

»Also, Marie. Wie alt bist du?«

»Acht.«

Ich begann, alles auf einen Block zu notieren, während Ash die Fragen stellte.

»Was ist deine Lieblingsfarbe?«

»Grün.«

»Grün ist eine schöne Farbe«, bestätigte Ash, und ich bewunderte, wie er mit der kleinen Marie umging.

»Was ist dein Lieblingsgericht?«

»Pizza!«, kam es wie aus der Pistole geschossen.

»Das ist auch mein Lieblingsgericht«, stimmte Ash wieder zu. Das wusste ich nicht einmal. Und ich bezweifelte, dass er das nur so sagte, um Marie glücklich zu machen.

»Was spielst du gern?«

»Ich spiele sehr gern mit Barbiepuppen«, meinte sie und setzte sich etwas lockerer auf dem Schoß ihrer Mum hin. Sie wirkte bei Weitem nicht mehr so schüchtern wie anfangs. »Und ich liiiebe Puzzles!« Sie streckte ihre kleine Faust in die Höhe und strahlte über das ganze Gesicht. Das Mädchen war einfach göttlich.

Und Ash hatte gute Arbeit geleistet. Sie war jetzt entspannter und so wahrscheinlich offener für die Fragen, die Ash jeden Moment stellen würde. Ich merkte, wie er ein wenig mit sich haderte.

»Marie, wieso bist du hier im Krankenhaus?« Seine sanfte Stimme wirkte beruhigend, selbst auf mich.

»Der Arzt sagt, dass ich ein Loch im Herz habe«, meinte sie ernst und legte den Kopf ein wenig schief.

Dann drehte sie sich zu Lisa. »Stimmt doch, Mum, oder?« Lisa nickte bestätigend. »Ich werde in zwei Wochen operiert«, sagte sie weiter und wirkte dabei ganz stolz. »Ich bin schon oft operiert worden. Jetzt habe ich hier«, sie zeigte auf ihre Brust, »eine lange Narbe. Aber die darf ich dir nicht zeigen.«. Ash schien erst einmal nicht zu wissen, was er sagen sollte. Christian erläuterte weiter.

»Marie hat einen angeborenen Herzfehler, der schon vor der Geburt festgestellt wurde.« Er legte den Arm um Lisa. »Sie wurde das erste Mal operiert, als sie zwei Wochen alt war. Die Ärzte konnten das Loch fast ganz schließen, und die ersten Jahre ihres Lebens ging es auch ganz gut. Aber das Loch ist wieder größer geworden, da das Herz gewachsen ist. Vor zwei Jahren ist sie ein zweites Mal operiert worden, was leider nur mittelfristig geholfen hat. Sie hoffen darauf, das Loch nächste Woche ganz schließen zu können.«

»Wieso ist Marie dann jetzt schon hier?«, warf ich ein.

»Sie ist zur Beobachtung hier, da sie zurzeit sehr schwächelt. Außerdem wird sie laufend untersucht, damit die Ärzte sicher sein können, dass beim Eingriff nicht mehr Risiken als nötig vorhanden sind. Das Gute dabei ist, dass sie sich schon ein wenig an das Krankenhaus gewöhnen und andere Kinder kennenlernen kann, sodass es ihr nachher leichterfällt zu genesen. Da wird sie nämlich keine Kraft haben, neue Freundschaften zu knüpfen.«

Ich bekam kurz Blickkontakt mit Ash. Er dachte das Gleiche wie ich: Kein Kind in dem Alter sollte so etwas durchstehen müssen.

»Gefällt es dir hier im Krankenhaus?«, fragte Ash Marie, die mit ihrem orangen Haargummi spielte, das sich an ihrem Handgelenk befand.

»Ouh ja!« Sie guckte durch das Zimmer. »Das sind meine Freunde«, sagte sie. »Das dahinten ist Lucas. Er hat keine Haare«, erklärte sie und zeigte auf den bleichen Jungen, der auf dem Schoß seiner Mutter saß. Ich hätte heulen können, weil diese Kinder den Ernst der Situation nicht verstanden. Zum Glück. »Er ist aber oft müde, deswegen spiele ich lieber mit Nicky.« Sie zeigte auf einen kleinen Jungen, der gerade um die Ecke geflitzt kam.

»Nicky wird aber morgen wieder nach Hause gehen«, sagte Christian an seine Tochter gewandt.

»Ich weiß.« Sie seufzte theatralisch. «Das macht nichts, dann spiele ich einfach wieder mit Lucas.« Sie sprang vom Schoß ihrer Mum runter und lief zu dem Jungen, der sie müde anlächelte.

»Lucas hat Krebs«, murmelte Lisa leise und sah bedauernd zu dem kleinen Jungen. »Die Ärzte sind optimistisch, aber die ganze Situation ist für die Familie kaum auszuhalten.«

Ich nickte betroffen und merkte, wie sich die Tränen in meinen Augen sammelten.

»Wie kommen Sie mit Maries Krankheit zurecht?«, fragte Ash behutsam.

»Es ist hart, das muss man sagen. Wir haben ständig ein Auge auf sie, um zu sehen, ob es ihr auch wirklich gut geht. Wegen des Lochs hat sie ein schwaches Herz, sie darf sich nicht zu sehr anstrengen. Sie kann nicht das Kind sein, das sie eigentlich sein sollte. Aber wir schätzen auch, dass sie eine Krankheit hat, die man behandeln kann. Wenn die Operation gut verläuft, kann sie gesund werden. Ganz gesund.«

»Sie wirkt wie ein starkes Mädchen«, sagte Ash aufmunternd, wirkte dabei aber plötzlich sehr müde. Anscheinend ging ihm die Sache doch mehr unter die Haut, als er gedacht hätte.

»Wie kann man Familien wie Ihrer helfen?«

Christian und Lisa sahen sich an und überlegten. »Nun ja ... Viele Freiwillige kommen nachmittags hierher, um mit den Kindern zu spielen. Wir als Eltern brauchen manchmal auch eine Auszeit. Es ist hart, sich immer und jeden Tag um sein Kind Sorgen zu machen. Wir schätzen es sehr, wenn sich jemand für unser Kind interessiert.«

Lisa nickte bestätigend. »Außerdem gibt es eine Stiftung für Familien mit kranken Kindern. Die Stiftung wird durch freiwillige Spenden unterstützt, da kann also jeder mitmachen. Das gespendete Geld wird für die Forschung benutzt, aber auch für neues Spielzeug oder Ausflüge. Unsere kranken Kinder fühlen sich dadurch ... normal.«

Ich ließ meinen Blick wieder durch den Raum schweifen, in dem all diese kleinen Kinder spielten, lachten und ... glücklich waren. Sie waren krank, aber sie gingen so gut damit um. Sie waren so stark.

Plötzlich hatte ich das Gefühl, keine Luft mehr zu bekommen. Ich stand auf.

»Entschuldigt mich bitte kurz.« Ich versuchte so souverän wie möglich zu wirken und eilte so schnell es ging aus diesem Zimmer. Ich bog einmal um die Ecke auf einen ruhigen Gang ein, lehnte mich an die Wand und atmete einmal tief ein.

Und dann flossen die Tränen.

Ich konnte sie einfach nicht mehr zurückhalten.

Wie hielten die Menschen, die hier arbeiteten, die Eltern der Kinder und die Kinder selbst das aus, jeden Tag von Krankheit umgeben zu sein? Zu sehen, was diese Kinder alles durchstehen mussten, hatte mich an meine Grenzen gebracht.

Mir entfuhr ein Schluchzer, und ich versuchte krampfhaft, mich zu beruhigen, aber ich konnte einfach nicht.

Plötzlich schlangen sich zwei Arme um mich und jemand hielt mich einfach ohne ein Wort fest. Ich wusste, dass es Ash war, und ich war ihm mehr als nur dankbar, dass er zu mir gekommen war.

Ich klammerte mich an ihn und saugte die Wärme in mich auf, die er mir gab, während er mir beruhigend über den Rücken strich.

Ganz langsam wurde ich wieder ruhiger und sah Ash an. Als ich bemerkte, dass auch ihm kleine Tränen in den Augen standen, wäre ich beinahe wieder zusammengebrochen, aber ich riss mich zusammen.

»Danke«, war alles, was ich in dem Moment sagen konnte. Ash nickte nur und wischte mir die Tränenspuren von den Wangen. Er küsste jede Spur, die er wegwischte, und platzierte dann einen kleinen Kuss direkt auf meinen Lippen.

Womit hatte ich Ash nur verdient?

»Sollen wir wieder reingehen?« Ich fühlte mich bereit, dieses Interview fortzusetzen. Ash nahm meine Hand, verschränkte unsere Finger, und gemeinsam gingen wir zurück zu Lisa, Christian und Marie.

»'tschuldigung«, murmelte ich, als wir uns wieder hingesetzt hatten. Lisa blickte mich verständnisvoll an.

»Es geht einem zu Herzen, so ist das einfach.«

Ich wusste nicht, was ich sagen sollte.

»Ihre Erfahrung …«, fing Ash an. »Haben Sie aus dem Ganzen hier irgendetwas gelernt, oder geht es nur darum, das alles auszuhalten?«

Das war eine gute Frage. Gespannt sah ich zu Christian und Lisa, die beide ein wenig grübelten.

»Es gibt so viele schöne Stunden«, fing Christian an. »Natürlich haben wir riesige Sorgen, aber nicht jeder Tag ist schlecht. Und wir haben viele wichtige Dinge gelernt, die wir unglaublich gern an Marie weitervermitteln möchten.«

»Zum Beispiel?«

»Es geht darum, sich auf das Positive zu fokussieren. Das Gute in allem zu sehen. Sonst hat man keine Kraft, um die Tiefphasen durchzustehen.« Ich kritzelte Lisas Worte auf meinen Block.

»Und das Wichtigste im Leben ist einfach die Familie«, führte Christian weiter aus. »Wir haben nur eine Familie, kümmern wir uns um sie! Alle Entscheidungen, die wir treffen, beruhen auf der einen Frage: Ist es gut für unsere Familie? Von außen werden so viel Schmerz, so viele Herausforderungen an uns herangetragen. Dann geht es darum, in der Familie eine Zuflucht zu haben. Wo wir uns nicht gegenseitig verletzen, sondern unterstützen. Aufmuntern. Füreinander da sind. Wenn wir eine starke Familie sind, packen wir alles.«

Ich hatte irgendwo während des Gesagten einfach aufgehört zu schreiben und starrte auf das Papier vor mir.

Familie.

Familie.

Familie.

Familie ist das Wichtigste im Leben.

Wir haben nur eine Familie.

Familie.

Familie.

Familie.

Brooke war meine Familie.

Mein Verhältnis zu Ash würde mein Verhältnis zu Brooke zerstören.

Ich würde meine Familie verletzen.

Vom Rest des Gesprächs bekam ich nur Bruchstücke mit. Meine Gedanken schwirrten um Ash, Brooke, meine Familie. Ash.

Ich konnte doch nicht ...?

Aber ich musste ...!

Ich wollte Ash doch nicht verlieren.

Meine Gedanken machten mich noch verrückt! Ständig schwankten sie zwischen den Meinungen hin und her, und mir wurde schlecht davon.

Egal wie ich mich entscheiden würde, es wäre falsch und würde jemanden verletzen.

Als wir uns von Christian, Lisa und Marie verabschiedet hatten und zum Ausgang gingen, hatte ich meine Entscheidung getroffen. Und ich starb innerlich fast dabei.

»Ich kann noch nicht mit Brooke reden«, platzte ich heraus, als wir in den Sonnenschein vor dem Krankenhaus traten. Ash blieb wie erstarrt stehen. Dann drehte er sich langsam zu mir um.

»Was?«

»Ash, ich kann einfach nicht. Brooke ... Sie ist meine Schwester«, versuchte ich ihm wieder einmal begreiflich zu machen. Ich wollte seine Hand nehmen, aber er zuckte zurück.

»Bist du dir sicher?« O nein. Ich war mir überhaupt nicht sicher!

»Ja.«

Ash starrte mich noch eine Weile an. Traurigkeit überschattete sein Gesicht, als er sich plötzlich von mir abwandte und ging.

»Ash? Ash, warte!« Ich lief ihm hinterher, da er nicht stehen blieb. »Ash, rede mit mir, bitte.« Ich war wirklich verzweifelt. Verstand er mich denn nicht? Wenigstens ein kleines bisschen?

Ash setzte sich seinen Helm auf und stieg auf sein Motorrad.

»Ash, du kannst doch jetzt nicht einfach wegfahren!«

Kurz sah er mich an.

»Werde dir erst mal klar darüber, was du eigentlich willst.« Und dann fuhr er doch.

Mein Herz blieb stehen, als ich ihm hinterherblickte.

Hatte er gerade Schluss gemacht?

Hatte ich gerade Schluss gemacht?

Ich konnte Ash doch nicht einfach so gehen lassen!

Meine Augen füllten sich mit Tränen, und ich hatte das Gefühl, nicht ordentlich atmen zu können. Verflucht, ich hatte gerade alles zerstört!

Ich ging zu meinem Motorrad und wischte mir die Tränen von der Wange. Hatte ich die richtige Entscheidung getroffen? Ich wusste es nicht. Aber ich wusste, dass ich zuerst mit Brooke reden müsste. Ich fühlte mich dafür nur einfach nicht bereit!

Doch wann würde ich bereit sein? Würde Ash mich dann überhaupt noch wollen?

Verzweifelt begann ich, leise zu weinen. Mir war es egal, dass ich auf offener Straße rumheulte. Ich hatte gerade Ash verloren. So wirkte es zumindest. Ich hatte meinen Freund verloren. Nach nur einer verdammten Woche!

Was war nur los mit mir?

Wieso hatte ich nicht den Mut, mit meiner Schwester zu reden? Ich wollte doch so gern mit Ash zusammen sein!

Gleichzeitig war ich auch so verzweifelt, weil Ash mich einfach nicht verstand. Ein paar Wochen länger die Beziehung geheim halten, wäre das nicht eine Möglichkeit gewesen?

Ich seufzte und setzte meinen Helm auf.

Brooke würde nur noch trauriger werden, je länger wir zusammen waren, bevor sie es erfuhr.

Aber waren wir jetzt überhaupt noch zusammen?

Zitternd setzte ich mich auf meine Maschine und fuhr nach Hause. Ich musste das irgendwie wieder geradebiegen.

28

Ich hatte mich noch nie so leer gefühlt, wie ich es jetzt tat. Mir war dauerschlecht, ich konnte nichts essen, und mich hatte eine innere Unruhe befallen, die mich fast nonstop zum Zittern brachte.

Zu Hause schloss ich mich in mein Zimmer ein, in der Schule war ich nur passiv da und in der Nacht wälzte ich mich schlaflos und weinend in meinem Bett.

Ana und Matt hatten die ganze Woche schon versucht mich aufzumuntern. Ana unterstützte mich voll und ganz und tröstete mich, wo sie nur konnte. Doch bei Matt hatte ich irgendwie das Gefühl, dass er enttäuscht von mir war.

Ich war selbst von mir enttäuscht. So unendlich enttäuscht.

Matt hatte auch versucht, mich dazu zu ermuntern, endlich mit Brooke zu reden. Ich hatte sogar den Entschluss gefasst, es zu tun, doch genau in dem Moment, als ich ihr Zimmer betrat, hatte sie zu mir gesagt, dass sie mit keinem reden wolle, sie vermisse Ash.

Tja. Ich trat einfach nicht auf jemanden, der schon auf dem Boden lag.

Den Artikel über das Krankenhaus hatten Ash und ich wieder über OneDrive geschrieben. Ich hatte Sonntagabend eine Mail erhalten, in der er den Link zu dem

Dokument eingefügt hatte. Ich hatte seinen Entwurf ergänzt und zurückgeschickt. Besonders viel Wert hatte ich auf die ganze Familiensache gelegt. Vielleicht konnte Ash meine Beweggründe dadurch besser nachvollziehen. Eine halbe Stunde später hatte Ash den fertigen Artikel an Michael und mich geschickt.

Die Sache war somit also erledigt, ohne dass wir auch nur ein Wort miteinander geredet hatten.

Montag war ich auf ihn zugegangen, um wieder mit ihm zu reden. Als er mich sah, fragte er nur, ob ich schon mit Brooke geredet habe. Da ich darauf nichts erwiderte, war er gegangen.

Es hatte so verdammt wehgetan, dass ich früher von der Schule nach Hause gegangen war, einfach um mich in Ruhe auszuheulen.

Mittwoch in der Redaktionssitzung war er nicht aufgetaucht, und ich hatte ihn die ganze Woche kaum gesehen.

Aber wenn, dann konnte ich sogar aus meterweiter Entfernung den Schmerz in seinen Augen erkennen. Schmerz, Wut, Enttäuschung, Trauer.

So ziemlich die gleichen Gefühle, die auch in mir herrschten. Nur war ich selbst daran schuld. Und ich war die einzige Person, die etwas dagegen tun konnte. Ash hatte ja sogar angeboten, mit Brooke zu reden, aber auch das hatte ich abgeschlagen.

Und jetzt stand ich hier vor der Burgruine. Dad hatte mich hergefahren und mir die Wange getätschelt, bevor er wieder weggefahren war. Ich hatte ein langes graues Kleid mit hohem Schlitz an, dezentes Make-up aufgetragen und dank meines Dads rote Augen. Sah bestimmt fantastisch aus.

Ich blickte zu der Burg, die teilweise von Efeu bedeckt war. Außenlampen beschienen die Mauern von unten. Fackeln säumten den Pfad in die Burgruine, wo sich das Restaurant befand. Ich hatte mich so sehr auf diesen Abend gefreut.

Jetzt wollte ich am liebsten nach Hause.

Würde Ash überhaupt kommen?

Er hatte mir letzte Woche gesagt, dass er uns für das *Weinerlebnis* einen Tisch ab achtzehn Uhr reserviert hatte. Seitdem hatten wir nicht mehr darüber geredet. Wir hatten schließlich gar nicht geredet.

Er würde doch kommen, oder?

Als ich mich wieder Richtung Parkplatz wandte, sah ich Ash von seinem Motorrad steigen. Mir stockte der Atem, und wieder bahnten sich Tränen den Weg nach oben. Als er sich näherte, musste ich einfach wegsehen. Ich konnte seinen Anblick nicht ertragen. Seinen Schmerz zu sehen. Wissend, dass er an mir lag.

Als er direkt vor mir stand, konnte ich ihn nicht mehr ignorieren. Ich drehte meinen Kopf und sah ihn an. Müde erwiderte er meinen Blick, ließ seinen einmal über meinen Körper fahren, bevor er wegsah.

Alles in mir sehnte sich danach, mich an ihn zu schmiegen und seine starken Arme um mich zu spüren. Seinen Duft einzuatmen. Seine liebkosenden Worte zu hören. Seine Lippen auf meinen zu spüren. Seine Finger mit meinen zu verflechten. Eins zu sein mit ihm.

Aber nicht einmal mein Herz war mehr eins. Es war zerbröckelt, zersplittert, pulverisiert, und die übrig gebliebenen Ecken, Kanten und Spitzen stachen in meinem Inneren, zerrissen mich und ließen mich verbluten.

Ash seufzte.

»Lass uns reingehen.« Kein »Hallo«. Kein »Ich habe dich vermisst«. Nichts.

Der Kloß in meinem Hals machte es mir unmöglich zu antworten, also nickte ich nur und wir liefen schweigend die kleine Anhöhe hinauf.

Wie konnte sich unser Verhältnis nur so drastisch verändern?

Und das alles nur, weil ich den Mut nicht aufbrachte, mit meiner ver... wirklich lieben Schwester zu reden.

Ein Kellner führte uns an unseren Tisch, nachdem Ash ihm seinen Namen genannt hatte.

Noch immer hatten wir kein Wort geredet, dabei saßen wir jetzt schon mehrere Minuten hier. Um Ash nicht ansehen zu müssen, ließ ich meinen Blick schweifen und nahm das Ambiente in mich auf.

Alles war hier so romantisch. Ich hatte mich so auf diesen Abend mit Ash gefreut, mir so viel davon versprochen. Er und ich, hier in dieser alten Burgruine, mit fantastischem Wein. Alles wäre perfekt gewesen.

Aber jetzt ...

Ich wollte aufspringen und davonrennen.

Oder ich konnte versuchen zu retten, was zu retten war.

»Ash?«, begann ich zaghaft, und war überrascht, als er mich tatsächlich ansah. Mit seinen blauen Augen blickte er mich an, und ich vergaß beinahe, was ich sagen wollte. »Bitte lass uns miteinander reden.«

»Hast du mit Brooke geredet?«

»Noch nicht, nein.«

»Dann gibt es nichts zu reden.«

»Wie? Willst du ab jetzt einfach nichts mehr sagen? Mich anschweigen?«

»Sich gegenseitig anschweigen tut immerhin nicht so weh, wie deine schlechten Ausreden anhören zu müssen.«

»Schlechte Ausreden? Du verstehst es einfach nicht, oder? Wieso sonst kannst du nicht noch ein paar Wochen warten?«

Ich wollte es wissen. Und zwar jetzt.

»Sadie, ich habe verdammte drei Jahre gewartet!« Ich spürte deutlich, wie wütend Ash war, trotzdem hatte er sich selbst und seinen Tonfall unter Kontrolle. »Und wofür? Um eine heimliche Beziehung mit dir zu führen? Um von dir nicht anerkannt zu werden? Mir geht es hier viel mehr um das Prinzip, Sadie. Stehst du zu mir oder nicht?«

»So einfach ist es nicht!«, erwiderte ich verzweifelt. »Brooke ist meine Familie, Ash!«

Ash schluckte schwer, bevor er antwortete. »Sadie, ich wäre deine neue Familie geworden. Und du meine.«

Sprachlos sah ich ihn an. Wie meinte er das? Ich wollte zu einer Erwiderung ansetzen, als der Kellner an unseren Tisch trat.

»Herzlich willkommen zum ›Weinerlebnis‹ in unserer wunderschönen Burgruine. Wir beginnen den Abend mit einem Aperitif aus Frankreich, dazu einige kleine Snacks. Die verwendeten Gewürze unterstreichen die Duft- und Geschmacksnoten des Weins, was das Finish einzigartig macht. Einen guten Appetit und auf einen schönen kulinarischen Abend!« Der Wein wurde in unsere Gläser gegossen, und der Kellner stellte einige kleine Teller mit sehr kleinen Portionen vor uns. Er verbeugte sich und ließ uns wieder allein.

Ich starrte auf das Weinglas vor mir. Ein Weißwein. Ich hatte noch nicht viel Erfahrung mit dem Kosten von

Weinmenüs, doch ich glaubte gehört zu haben, dass sie immer mit Weißwein begannen. Wegen der Geschmacksnerven, meinte ich ebenfalls gehört zu haben.

Mein Hirn schien sämtliche unwichtigen Informationen aus den letzten Ecken zu ziehen, nur damit ich nicht über das Hier und Jetzt nachdenken musste.

Ash schwenkte sein Glas gedankenverloren, bevor er es kurz in meine Richtung zu einem halbherzigen Toast hob und einen Schluck nahm. Ich nahm ebenfalls einen Schluck und ließ ihn auf meiner Zunge zergehen.

Ich hatte eigentlich keine Ahnung von Wein, aber konnte schnell sagen, ob mir ein Wein schmeckte oder nicht. Und dieser hier schmeckte wirklich gut.

»Ich verstehe nicht, warum du alles so kompliziert machst.«

Ich traute meinen Ohren kaum.

»Ach, ich mache alles kompliziert. Wer war denn bitte mit meiner Schwester zusammen, hm?«, rutschte es mir da schon raus, und ich bereute es im selben Moment. So würde ich Ash nie zurückgewinnen, wenn ich ihn jetzt beschuldigte.

Er sah mich fassungslos an und sagte kein Wort.

»Vergiss es. Ist mir eigentlich auch egal.« War es mir überhaupt nicht. Wenn ich genauer darüber nachdachte, wurmte mich diese Frage schon länger.

Wenn Ash angeblich seit drei Jahren nur auf mich wartete, wieso war er dann verdammt noch mal mit meiner Schwester zusammen gewesen? Das ging einfach nicht in mein Hirn rein.

Entweder er hatte mich angelogen oder Brooke.

Und beides fand ich scheiße.

Ich nahm eine in Koriander geschwenkte Olive und konzentrierte mich zu hundert Prozent darauf, alle Geschmacksnuancen herauszuholen. Ich wollte Ash gerade nicht ansehen. Als ich zu Ende gekaut hatte, nahm ich wieder einen Schluck vom Weißwein, und überrascht stellte ich fest, dass die Kombination wirklich einzigartig war. Leider einzigartig eklig.

Ash saß immer noch regungslos vor mir.

»Als ich mit deiner Schwester zusammen war, hatte ich nicht vor, später mit dir zusammenzukommen«, sagte er plötzlich leise, und mein Blick flatterte verwundert zu ihm. Ich konnte einen leichten Anflug von Eifersucht nicht unterdrücken. War er wirklich in meine Schwester verliebt gewesen?

»Du widersprichst dir selbst«, meinte ich. »Vor zwei Minuten hast du noch gesagt, dass du drei Jahre auf mich gewartet hast.« Ich fühlte mich irgendwie verarscht.

»Ich habe drei Jahre gebraucht, um den Entschluss zu fassen, mit dir abzuschließen.«

Was?

Geschockt sah ich ihn an, außerstande, irgendetwas zu sagen.

»Brooke war irgendwie ... Teil dieses Plans.«

»Ach, du hast Brooke also wirklich nur ausgenutzt?« Wut begann in mir zu brodeln. Wie konnte er meine Schwester nur so behandeln? Wie konnte er nur?

Ash blickte auf seine Hände und schüttelte den Kopf. »Ich habe deiner Schwester nie etwas vorgemacht. Ich habe sie nie angelogen.« Er hob den Blick und sah mir fest in die Augen. Ich betrachtete ihn einige Sekunden haargenau. Ich versuchte ihn zu lesen. Ich wollte wissen, ob er ehrlich war. Ob ich ihm glauben konnte.

»Brooke hat die ganze Zeit über gewusst, wie ich zu ihr stand. Ich war nicht in sie verliebt, und das wusste sie.«

Dieses Geständnis machte mich sprachlos, obwohl er schon einmal so etwas Ähnliches angedeutet hatte. Wenn das der Wahrheit entsprach, war meine Schwester wirklich mehr als nur bekloppt. Was wollte sie von einem Kerl, der ihr klipp und klar gesagt hatte, dass er nicht in sie verliebt sei?

»Wieso warst du also mit ihr zusammen?« Meine Stimme klang kälter als beabsichtigt.

»Du brauchst nur den Hauptgrund zu kennen«, fing Ash an. Abwartend sah ich zu ihm.

»Drei Jahre, Sadie. Drei Jahre habe ich versucht, mein gebrochenes Herz zu flicken. Drei Jahre habe ich versucht, dich zu vergessen. Drei Jahre habe ich versucht, über dich hinwegzukommen. Ich dachte, dass, wenn du mich hasst, wenn du mich nicht ausstehen kannst, dann kann ich vielleicht mit dir abschließen. Und ich dachte, dass du ganz sicher nichts mit mir zu tun haben willst, wenn ich erst einmal mit deiner Schwester zusammen bin.«

I don't give a fuck, that you can't stand me.

Bullshit.

Was sagte er mir da? Er hatte drei Jahre auf mich gewartet, und gleichzeitig drei Jahre versucht, mich zu vergessen? Ich hatte ihm sein Herz gebrochen? Ich verstand das von vorn bis hinten nicht!

»Aber?« Da war ein Haken dabei. Und hoffentlich würde der Haken meine Fragen beantworten.

»Aber ich habe dich unterschätzt. Ich habe deine Wirkung auf mich unterschätzt.« Er leerte sein Glas in einem Zug. Er schien keinen Appetit zu haben. Sein

Blick wurde plötzlich sanft. »Und ich habe mich wieder in dich verliebt.«

Ich schnappte nach Luft, überrascht über die Heftigkeit und Ehrlichkeit seiner Erklärung.

Obwohl ich selbst keinen Hunger verspürte, aß ich etwas von irgendwelchen salzigen Mandeln, die mit Meerrettich bestäubt waren. Bäh. Ich nahm noch einen Schluck von meinem Wein.

Ash hatte sich in mich verliebt. Ich mich in ihn.

Und trotzdem waren wir jetzt nicht zusammen.

»Wieso hast du nicht mit Brooke Schluss gemacht?«, fragte ich ihn. Wenn er schon so ehrlich war, wollte ich auch meine Antworten.

»Ich hatte es vor. Als ich eingesehen habe, wie ich für dich fühlte, konnte ich nicht mehr mit Brooke zusammen sein. Obwohl ich nicht in sie verliebt war, wollte ich sie trotzdem ordentlich behandeln. Sie ist mir einfach zuvorgekommen.« Tränen sammelten sich wieder in meinen Augen, doch ich schluckte sie entschlossen weg. Wie verkorkst war das alles hier bitte?

»Wieso bist du vor drei Jahren einfach aus unserem Leben verschwunden? Ohne etwas zu sagen?« *Du hast mich verlassen, Ash.* Ich dachte es immer und immer wieder, sagte jedoch nichts.

Er hob nur die eine Augenbraue. »Das fragst du noch?«

Wieder trat der Kellner an unseren Tisch, trug das Essen und die leeren Gläser weg, kam mit einem Rosé wieder, über den er irgendwelche Anmerkungen fallen ließ, die mich nicht interessierten, und schenkte uns ein. Es wurde uns je ein kleiner Teller mit ein wenig Salat und einer einzelnen Garnele aufgetragen. Eine kleine, hässliche Garnele.

Der ganze Abend hier war hässlich.

»Ash, ich bin es leid, mir irgendetwas zusammenreimen zu müssen.« Er war gerade schon so in Plauderlaune, da konnte er mir diese Frage auch noch beantworten.

»Sadie, du hast mich so verletzt damals. Ich dachte, du würdest genauso empfinden wie ich. Und dann, nachdem ich dich geküsst hatte und du gefragt hast, was das soll ... Für mich ist eine Welt zusammengebrochen. Ich hatte nicht nur das Gefühl, dass ich meine erste große Liebe verloren hatte, sondern auch meine beste Freundin. Ich wusste einfach nicht, wie ich dir wieder unter die Augen treten soll, ohne dass es komisch wird. Und deswegen kam mir der Umzug sehr gelegen.«

Ich war absolut sprachlos. Ash hatte wegen mir jeden Kontakt abgebrochen. Ich hatte ihn vertrieben.

»Ash ...« Nach diesem Geständnis war ich umso verzweifelter. Wenn eine Beziehung so kompliziert war, war sie dann richtig? Und wenn nicht, wieso fühlte es sich so verdammt gut an, mit ihm zusammen zu sein, und so verdammt scheiße, wenn er nicht bei mir war?

»Und Matt?« Ich musste gerade ein bisschen vom eigentlichen Thema ablenken, weil mein Kopf sonst wahrscheinlich explodiert wäre. »Warum hast du dich nie bei ihm gemeldet, dich nicht verabschiedet? Ihr wart doch Freunde.«

Ash überlegte, wie er mir diesen Schritt am besten begreiflich machte.

»Ich brauchte einen Cut und Abstand. Viel Abstand. Matt wäre unweigerlich mit dir verbunden gewesen, und den Gedanken habe ich einfach nicht ausgehalten.« Er stockte kurz. »Aber du hast recht, das war nicht richtig von mir. Heute würde ich auch einiges anders machen. Ich bin wirklich froh, dass Matt mir noch eine Chance gegeben hat.«

Ich kaute auf meiner Unterlippe herum. Matt und Ash hatten von vorn angefangen. Ash und ich ebenfalls. Nur bei uns hatte es mit einem Vollcrash geendet. Doch ich wollte das wieder geradebiegen.

»Gib uns auch noch eine Chance«, bat ich Ash fast flehend. Ich merkte, wie mir schon wieder die Tränen in die Augen stiegen. Ich vermisste ihn einfach so dermaßen, dass ich es kaum ausdrücken konnte.

»Verstehst du nicht, dass das genau das war, was ich wollte?« Ash beugte sich über den Tisch, um nicht lauter werden zu müssen. In seinen Augen loderte die Verzweiflung. »Und für eine kurze Zeit dachte ich, dass du das auch wolltest. Du hast gesagt, es kann ein ›du und ich‹ geben. Aber was ist das hier? Irgendein krankes Spiel?«

Ashs Worte trafen mich wie Messerstiche, bei denen ich zusammenzuckte. Er hatte den Blick abgewandt und betrachtete still den sich anbahnenden Sonnenuntergang, der den Himmel in atemberaubend schöne Farben tauchte. Ich sah auf das spärliche Essen vor mir. Seufzend stach ich in die Garnele, aß sie und spülte meinen Mund mit dem Rosé. Er schmeckte mir nicht.

Genauso wenig, wie mir dieser Abend schmeckte.

Konnte ich einfach beides ausspucken?

Auch Ash aß jetzt etwas von seinem Salat, woraufhin er einen großen Schluck von seinem Wein nahm. Er verzog das Gesicht, als er sein Glas wieder hinstellte.

»Das ist kein Spiel, Ash«, sagte ich fast lautlos.

Er schnaubte. »Was ist es dann, Sadie? Im Grunde weiß ich nichts darüber, was du von mir hältst. Was du für mich fühlst. Ob du überhaupt was für mich fühlst.

Wie ernst dir das hier ist. Aber da du immer Gründe findest, die zwischen uns kommen, die gegen uns, gegen mich sprechen, denke ich, dass ich meine Antwort habe.«

»Du weißt, dass das völliger Schwachsinn ist, oder?« Meine Stimme klang so zerbrechlich. Hatte ich ihm denn nicht gezeigt, wie wichtig er mir war? Glaubte er wirklich, dass ich nur mit ihm spielte? Das konnte doch nicht sein Ernst sein.

»Ach, das ist also Schwachsinn. Dann rede verdammt noch mal mit Brooke.« Ash stand auf und ging. Und ich saß dumm da und sah ihm nach. Schon wieder.

Wieso rannte der Kerl immer davon? Mit Konfliktgesprächen hatte er es wohl nicht so. Aber nachrennen würde ich ihm definitiv nicht.

Angefressen stopfte ich mir noch irgendetwas in den Mund, was ich, ohne hinzusehen, in die Finger bekam. Eww, schon wieder so eine Olive. Hatten die nicht irgendwas Leckeres hier?

Ich schüttete den Wein hinterher. Machte die Sache auch nicht besser.

Ein paar Minuten lang starrte ich auf den leeren Stuhl vor mir, den unberührten Teller, und mein Hirn war einfach leer. Ich starrte noch immer, als Ash plötzlich wiederkam und sich setzte.

Überrascht sah ich zu ihm hoch. Ich hatte nicht erwartet, ihn heute Abend noch einmal zu sehen.

»Du bist nicht gegangen?« Hoffnung keimte in mir auf.

»Nein. Musste mich nur kurz abreagieren«, gab er knapp zur Antwort und erstickte damit jegliches Fünkchen gleich wieder im Keim.

»Ash …«

»Nein, Sadie. Ich will kein Wort mehr darüber reden. Es ist alles gesagt.«

Kurz darauf wurden unsere Weingläser und die Essensteller gegen neue ausgetauscht. Kleine Tapas wurden zu einem kalifornischen Wein der Traube Petite Syrah serviert. Dieses Mal schmeckte es wirklich unglaublich gut. Sowohl der Wein als auch das Essen waren köstlich.

Ash sagte kaum etwas. Ich versuchte, irgendwie belanglosen, ungefährlichen Small Talk zu führen, aber er ging nicht wirklich darauf ein.

In der Zwischenzeit war die Sonne untergegangen. Der Innenhof der Burgruine war durch die Außenlichter, zahlreiche Lichterketten und Kerzen auf den Tischen dennoch beleuchtet. Das Ambiente war einzigartig. Wären die Umstände nur etwas anders.

Zum Nachtisch wurde natürlich auch ein Dessertwein serviert, der mir viel, viel, viel zu süß war. Ash leerte auch dieses Glas, und bekümmert musste ich daran denken, dass Ash jetzt auf keinen Fall nach Hause fahren könnte.

»Unser letzter Artikel in der Serie«, sagte er grübelnd, nachdem eine Zeit lang Stille geherrscht hatte.

»Ja ...« Was sollte ich ihm schon groß sagen?

»Freust du dich auf dein Praktikum?« Ash sah mich ausdruckslos an. Ich zuckte mit den Schultern.

»Keine Ahnung, was mich erwartet«, sagte ich ehrlich. »Wird bestimmt okay.« Es brach mir das Herz, dass ich Ash die nächsten zwei Wochen nicht sehen würde. Ein wenig Abstand würde uns beiden vielleicht aber ganz guttun.

Oder es würde alles noch mehr zerstören.

Ash stand auf und steckte die Hände in die Hosentaschen. »Was meinst du, sollen wir gehen?«

Ich antwortete nicht einmal darauf. Was hätte er getan, wenn ich verneint hätte und sitzen geblieben wäre?

Ich stand auf und bemerkte erst dann, dass Ash mir die Hand hinhielt. War es klug, sie zu nehmen?

Ich folgte meinem Bauchgefühl und verschränkte meine Finger mit seinen. Diese Berührung tat so gut, doch so weh. So unglaublich weh.

Wir schlenderten den Fackelpfad wieder zurück und blieben kurz vor der Treppe, die nach unten zu dem Parkplatz führte, stehen. Die Stadt lag vor uns, Tausende Lichter strahlten in die Nacht. Eigentlich war der Anblick schön. Eigentlich.

Ashs Hand krampfte sich noch fester um meine. So als wollte er mich noch einmal festhalten, bevor ... Bevor was? Bevor alles vorbei war? Ich spürte, wie sich in meinem Kopf alles anfühlte, als wäre es aus Watte. Eine Wirkung, die ein wenig zu viel Wein meistens auf mich hatte. Dabei hatte ich im Gegensatz zu Ash sogar ein bisschen was gegessen.

Meine eigenen Gedanken brachten mich zum Kichern. Ich stand also hier, neben Ash, mitten in der Nacht, und war total erheitert, während mir eigentlich gar nicht zum Lachen zumute sein sollte. Ash warf mir einen überraschten und fragenden Blick zu.

»In meinem Kopf ist Watte«, versuchte ich ihm zu erklären, was ich so witzig fand.

Tatsächlich schlich sich ein kleines Lächeln auf Ashs Gesicht. Aber leider war es kein fröhliches, ausgelassenes, sondern ein abgrundtief trauriges.

Und plötzlich zog er mich an sich, schlang seinen Arm um meine Taille und prallte mit seinen Lippen auf meine. Ohne eine Sekunde zu zögern, schlang ich meine Arme um seinen Hals und zog ihn so nah wie möglich an mich. Unser Kuss war weder sanft noch liebevoll. Er war die pure Verzweiflung.

Ich spürte, wie mir Tränen in die Augen stiegen.

Dieser Kuss war ein Abschied.

Ich hatte den Gedanken noch nicht einmal zu Ende gedacht, als Ash sich von mir löste und einen Schritt nach hinten ging, sodass ich ein wenig taumelte.

Wir sahen uns in die Augen. Ich konnte das Schimmern von Tränen in seinen erkennen.

Und dann drehte er sich um und lief die Treppen hinunter zum Parkplatz.

»Ash!«, rief ich ihm erst leise, dann lauter hinterher, als mir meine Stimme wieder gehorchte. Ich stolperte ihm hinterher, doch er beschleunigte seinen Schritt und war schon bei seinem Motorrad angekommen. »Ash, du kannst doch jetzt nicht fahren! Ash, bitte!« Aber Ash ignorierte mich, setzte sich den Helm auf und fuhr in die dunkle Nacht.

Ich hatte Ash verloren.

Weinend brach ich zusammen, ging in die Hocke und stützte meinen Kopf in meinen Händen ab.

Mehrere Minuten blieb ich so, bis ich mich zusammenraffte, mein Handy aus meiner Tasche holte und meinem Dad schrieb, dass er mich holen kommen sollte. Ich wartete eine Viertelstunde, als das Licht von Autoscheinwerfern auf mich traf. Mit langsamen Schritten wackelte ich die Treppe nach unten zu unserem Auto. Dad stieg aus und kam auf mich zu.

»Sadie?« Ich hörte die Verwunderung, die Sorge in seiner Stimme, als er im Lichtkegel stand und auf mich zukam, und das gab mir den Rest. Ich stürzte mich in seine Arme und schluchzte an seiner Brust. Ich krallte mich in sein Hemd und ließ mich von seinen Armen umschließen. Dad verurteilte mich nicht. Er liebte mich, egal was ich anstellte.

»Shh«, hauchte er und fuhr mit seiner Hand über meinen Kopf, streichelte und beruhigte mich. Ich ließ meinen Tränen freien Lauf.

Ich hatte alles kaputtgemacht.

Ich hatte den Kerl von mir gestoßen, der mein Herz erobert hatte.

Und jetzt fuhr er mit viel zu viel Alkohol im Blut wütend und enttäuscht und traurig auf seinem Motorrad durch die Stadt.

Langsam löste ich mich von Dad. Er nahm mein Gesicht in seine Hände und sah mich eindringlich an. Er verstand. Ich konnte in seinem Blick sehen, dass er verstand.

Mit seinem Daumen wischte er eine Träne von meiner Wange.

»Komm«, sagte er leise. Ich nickte, und noch eine Träne kullerte über mein Gesicht.

Im Auto verharrte Dad noch eine Weile, bevor er den Schlüssel ins Zündschloss steckte und den Motor startete. Er sagte die ersten Minuten nichts. Ich sah aus dem Fenster und ließ Straßenschilder, Autos und Menschen an mir vorbeiziehen.

Ich machte mir Sorgen um Ash. War er gut nach Hause gekommen?

Ich fuhr erschrocken zusammen, als ich den Laut von Sirenen hörte. Panisch blickte ich mich um, bis ich einen Polizeiwagen sah, der um die Ecke gebraust kam und uns entgegenfuhr.

Ich atmete erleichtert aus.

Plötzlich spürte ich Dads Hand an meinem Arm, wie er ihn zu sich zog und meine Hand nahm. Diese Geste beinhaltete so viel Liebe, dass mir sofort die Tränen in die Augen schossen.

»Es wird alles gut, mein Schatz«, murmelte er. Ich wusste, dass es seine väterliche Pflicht war, so etwas zu sagen. Dieses Mal glaubte ich ihm nicht.

»Ich habe alles verbockt«, murmelte ich wahrheitsgemäß. »Und ich weiß nicht, was ich tun soll.«

Ich sehnte mich auf einmal danach, wieder ein kleines Kind zu sein. Frei von Sorgen, frei von Entscheidungen, frei von Liebeskummer. Ich wünschte mir, dass ich bitte nur einen Tag wieder als Siebenjährige verbringen könnte. Einfach um zu genießen, um frei zu sein. Nicht zu ahnen, welche Schmerzen später im Leben auf einen warteten.

»Sadie, du bist ein starkes Mädchen. Du weißt, was du tun kannst. Was du tun solltest.«

Seine Worte beruhigten mich nicht, denn ich wusste nicht, was er meinte.

»Aber ...« Ich verstand nicht einmal, was ich nicht verstand.

»Sadie, egal was du machst, egal wie du dich entscheidest ... Es wird alles gut.« Er drückte meine Hand einmal fest, bevor er wieder das Lenkrad umfasste. Den Rest der Fahrt weinte ich leise vor mich hin.

Hatte Dad recht?

Wenn ja, gab es noch einige Dinge, die ich regeln musste, bevor ich Ash in zwei Wochen zum Abschlussball sehen würde. Ich bezweifelte nämlich, dass wir uns für den heutigen Artikel persönlich treffen würden.

Zu Hause war ich erst einmal froh, dass Brooke heute Nacht bei einer Freundin schlief. Sie sollte mich nicht total verheult von einer Verabredung mit Ash kommen sehen.

Dad drückte mich noch einmal fest, bevor ich mich im Bad bettfertig machte. Während ich mich abschminkte, schrieb ich Ash, um zu fragen, ob er gut zu Hause angekommen war. Mich beschlich das unwohle Gefühl, dass ihm irgendetwas passiert war. Dass er etwas Dummes, etwas Unüberlegtes getan hatte.

Bist du zu Hause?

Ich putzte meine Zähne, ohne dass eine Antwort kam.

Als ich in mein Bett schlüpfte, hatte ich immer noch keine Antwort bekommen. Trotzdem tippte ich auf die Unterhaltung mit Ash. Ich ignorierte seine Nachrichten von letzter Woche, die ich weiter oben sehen konnte und die liebe Worte und flirtende Smileys beinhalteten.

Gelesen 23:02

Er hatte meine Nachricht also schon vor zehn Minuten gelesen.

Wieso antwortete er nicht?

Das war ein gutes Zeichen, dass er die Nachricht gelesen hatte, oder? Dann lag er also nicht zerschmettert oder gar tot am Straßenrand, oder?

Ich legte mein iPhone auf meinen Nachttisch und machte das Licht aus. Leise begann ich wieder zu weinen, als ich mich in meine Decke kuschelte und versuchte, zur Ruhe zu kommen.

Ich erwachte beim Laut meines klingelnden Handys.

Wie viel Uhr war es?

Benommen tastete ich nach meinem iPhone, fand es und blickte verwirrt auf den Screen.

00:17

Ich hatte vielleicht eine Stunde geschlafen. Wer rief mich jetzt an? Mein Telefon klingelte in meiner Hand, während ich versuchte, die Nummer zu erkennen. Wer war das?

Verwirrt und verschlafen ging ich ran.

»Hallo?«

»O Gott, Sadie!«, hörte ich eine verzweifelte Frauenstimme an meinem Ohr. Ich richtete mich ein wenig auf.

»Mit wem spreche ich?« Meine Sinne waren noch nicht ganz wach.

»Ashs Mum.« Ein Schluchzen drang an mein Ohr, und mein Herz begann zu klopfen.

»Mrs Hamilton?«, fragte ich, während sich die Angst in jede einzelne Zelle meines Körpers breitmachte. »Was ist passiert?« Meine Stimme war vom Schlaf noch heiser.

»O Gott, Sadie ... Ash ... Er ...«

»Was ist passiert?« Ich hatte mich im Bett ganz aufgerichtet, starrte mit weit aufgerissenen Augen vor mich hin. Was war passiert? Was war mit Ash?

»Er hatte einen Unfall.« Seine Mutter weinte in das Handy.

Einen Unfall? Wann?

»Er ...« Wieder begann Mrs Hamilton zu schluchzen, ich hörte Stimmen im Hintergrund, Gepiepe.

»Was ist mit ihm?«, fragte ich panisch. Mein Herz klopfte mir bis zum Hals. Plötzlich schien mich die Dunkelheit in meinem Zimmer zu erdrücken.

»Er ist tot, Sadie. Er hat nicht überlebt.«

Er ist tot.

Er ist tot.

Die Worte hallten in meinem Kopf wider.

Ash und tot? Das konnte nicht sein! Das konnte doch nicht sein?

Ich hatte ihn doch noch vor zwei Stunden gesehen. Lebend.

»Auf dem Weg nach Hause ... Ein Lkw ...« Ich nahm nur Fetzen von dem wahr, was mir Mrs Hamilton erzählte. Langsam ließ ich mein Handy sinken.

Ash war tot?

Mein Körper begann zu zittern, während Tränen meinen Blick verschleierten.

Ash durfte nicht tot sein! Ich hatte ihm doch noch gar nicht gesagt, dass ich ihn liebte! Er konnte mich doch nicht verlassen. Für immer.

Nein, das durfte nicht wahr sein! Ich hatte mich doch für ihn entschieden! Ich wollte mit ihm zusammen sein!

»Sadie ...?« Ich vernahm Laute von meinem Handy, doch ich reagierte nicht darauf. Ich konnte nicht atmen. Ich hatte Ash verloren. Für immer und ewig. Wie sollte ich das verkraften? Ich verstand es ja nicht einmal. Ich glaubte es nicht.

»Ash«, flüsterte ich leise, während unkontrollierbar Tränen über meine Wangen liefen.

»Ash«, versuchte ich es lauter. Ich drückte meine Hand auf meine Brust, dort, wo mein blutendes Herz sich befand. Es schmerzte so sehr. Was war das für ein Schmerz? Wieso tat es so weh?

Der Schmerz floss durch meinen Körper, bis selbst meine Fingerspitzen wehtaten.

»Ash«, sagte ich fast lautlos. »Ich liebe dich. Ash, ich liebe dich doch!«, flüsterte ich und krallte meine Hand in die Decke.

Sollte ich ihn nie wiedersehen?

Die Erkenntnis traf mich wie ein Schock.

»Ash ...«, jammerte ich und versuchte, tief einzuatmen. »Ash«, sagte ich lauter. »Ash!« Ich wollte schreien. Ich öffnete meinen Mund, aber es kam kein Laut heraus. Ich schrie und schrie, aber ich bekam keinen Ton hin.

Aaaaaaassshhhh!!

»O Gott!« Ich schlug die Augen auf und setzte mich abrupt im Bett auf. Schwer atmend und halb weinend fuhr ich mir über das Gesicht.

Ein Traum.

Das war ein Traum gewesen.

Alles nur ein Traum, versuchte ich mich zu beruhigen.

Mein Herz klopfte so laut, dass ich mir sicher war, dass meine Eltern es in ihrem Schlafzimmer hören konnten.

Ein Traum.

Ein verdammter, verfluchter Albtraum.

Ein Schluchzer der Erleichterung entfuhr meiner Kehle, als ich endlich verstand, dass das nur ein Traum gewesen war.

Ash lebte.

Ich griff nach meinem Handy.

01:34

Und ich hatte eine Nachricht von Ash.

Ja. Gute Nacht, Sadie

Er lebte.

Langsam ließ ich mich in mein Kissen zurückfallen. Meine Glieder fühlten sich schwer wie Blei an. Die Müdigkeit übermannte mich.

Das Letzte, was ich dachte, bevor ich einschlief, waren vier Worte.

Ich liebe dich, Ash.

29

Ich stand vor dem großen Gebäude und sah an der Fassade nach oben. Es war ein altes Gebäude, mit Efeu umrankt, und es strahlte ... Würde aus.

Ich konnte es kaum erwarten, endlich hineinzugehen und mein Praktikum zu beginnen.

Meine riesigen Augenringe hatte ich so gut wie möglich überschminkt. Seit Freitag hatte ich nur unruhig oder gar nicht geschlafen, so sehr lag mir die Sache mit Ash im Magen.

Aber jetzt konnte ich mich ein wenig ablenken.

Ich trat durch die große Tür und meldete mich am Empfang. Die Dame bat mich darum, kurz auf meine zuständige Betreuerin zu warten, und ich nahm in der gemütlich aussehenden Sofaecke Platz, während ich mich in der großen Halle umsah.

In Vitrinen waren aktuelle Buchhighlights ausgestellt. Ja, ich arbeitete tatsächlich die nächsten zwei Wochen in der Verwaltungsabteilung des Verlages *Desmond*.

Eine riesige geschwungene Marmortreppe führte in den ersten Stock. Von dort kam gerade eine junge Frau herunter, ich schätzte sie auf vielleicht fünfundzwanzig.

Ihre freundliche Ausstrahlung sagte mir, dass wir uns gut verstehen würden.

»Hallo, Sadie, ich bin Hayley«, begrüßte sie mich und streckte mir die Hand entgegen. Ich war überrascht, dass wir uns wohl gleich duzten, aber das machte mir Hayley sofort noch sympathischer.

»Es freut mich sehr!«, antwortete ich ihr und schüttelte ihre Hand.

»Komm mit, ich zeig dir mal die wichtigsten Abteilungen, und dann darfst du dich gleich in die Arbeit stürzen. Davon gibt es immer mehr als genug!«, erklärte sie scherzend, während sie schon wieder auf dem Weg zur Treppe war. Ihre Absätze klapperten über den Marmor, und ich konnte nicht umhin festzustellen, dass Hayley eine wirklich schöne Frau war. Ihr schwarzes Business-Kostüm passte wie angegossen und betonte nicht nur eine durchaus ansehnliche Figur, sondern strahlte auch eine Professionalität aus, die unglaublich einladend wirkte. Als sie mich angesehen hatte, war das Lächeln auch in ihre grünen Augen gewandert und ließ Hayley von innen heraus strahlen. Jetzt wippten ihre langen dunkelbraunen Locken über ihren Rücken, während ich versuchte, mit ihr Schritt zu halten.

»Das hier ist die Redaktionsabteilung, hier finden unter anderem die Lektorate statt«, erklärte mir Hayley mit einer Handbewegung, als wir im ersten Stock ankamen. Ihre Geste umfasste einen ganzen Flur. »Wir können leider nicht überall hineinsehen, das würde zu lange dauern, und wir haben hier den einen oder anderen Mitarbeiter, der sich dadurch ungemein gestört fühlen würde«, fügte sie mit einem Zwinkern hinzu.

Ich musste grinsen. Ein paar Sonderexemplare gab es also überall.

Wir gingen weiter, sie führte mich durch das ganze Haus, zeigte mir jede Abteilung und erklärte immer ein, zwei Sätze dazu.

»Und das hier ist das Marketing. Meine Lieblingsmitarbeiter«, fügte sie gut gelaunt hinzu. »Hey, Damian!«, begrüßte sie einen jungen Typ, der uns gerade entgegenkam.

»Hayley! Schön, dich zu sehen! Und wer bist du?«, wandte er sich neugierig an mich.

»Sadie, ich mache hier die nächsten zwei Wochen ein Praktikum«, stellte ich mich vor.

»Oh, hier im Marketing?«, fragte er interessiert.

»Nein, in der Verwaltung.«

Er seufzte theatralisch und wandte sich an Hayley.

»Da schnappst du uns also wieder so ein nettes Mädel vor der Nase weg.« Hayley lachte, während sich meine Wangen rot färbten.

»Ihr werdet euch noch oft genug sehen. Wir bekommen nämlich immer die ganzen Rechnungen der Marketingabteilung zum Verbuchen«, erklärte mir Hayley und verdrehte humorvoll die Augen. »Wenn du dich benimmst, Damian, kann sie ja nächste Woche mal einen Tag bei euch sein.«

Er steckte die Hände in die Hosentaschen und tat so, als würde er überlegen. »Was heißt hier ›mich benehmen‹, hm?«, fragte er Hayley gespielt angesäuert und zwinkerte mir zu. Okay, Damian war ein kleiner Charmeur. Er hatte braune Haare, die schön zur Seite gegelt waren, und dunkelbraune Augen, die Freundlichkeit und ein klein wenig Schalk versprühten. Er sah nicht schlecht aus. Eigentlich sah er überhaupt nicht schlecht aus. Aber er wusste das auch …

»Du weißt genau, was ich meine«, warnte Hayley ihn. Ich hatte dagegen keine Ahnung, was sie meinte, und begann mir im Kopf schon diverse Szenarien auszudenken, als sie mich aufklärte. »Damian soll als Auszubildender einfach ein wenig gefügiger werden. Seine Deadlines einhalten, damit ich meine Arbeit besser und schneller verrichten kann.«

»Ach so«, kommentierte ich vage.

»Hayley ist nur verdammt gestresst, weil sie in einem Monat einen neuen Chef bekommt. Und dann will sie, dass alles ach so perfekt ist«, neckte Damian und zeigte ein einzigartiges Lächeln.

»Nur weil ich ein wenig Pflichtbewusstsein besitze! Komm, Sadie, wir haben genug von der Marketingabteilung gesehen.« Wir verabschiedeten uns von Damian, und Hayley zeigte mir noch die restlichen Abteilungen im Haus. Der Verlag war viel größer, als ich erwartet hatte. Im Grunde hatte ich gar nicht gewusst, was für eine Hintergrundarbeit in einem Verlag stattfand.

Wir beendeten den Rundgang bei Hayleys Büro im zweiten Stock. Davor war ein offenes Büro mit ungefähr zwanzig Mitarbeitern. Direkt neben ihrer Tür stand ein freier Schreibtisch, der für die nächsten zwei Wochen mir gehören sollte.

»Komm noch kurz mit in mein Büro«, bat sie mich, als ich mich umgesehen hatte. Ich folgte ihr und setzte mich vor ihren Tisch in einen gemütlichen Sessel.

»So, Sadie. Was erwartest du dir von den nächsten zwei Wochen?« Sie sah mich offen an.

»Also ... Ich möchte so viel wie möglich lernen und sehr gern so viel wie möglich zu tun haben. Ich will nicht nutzlos in der Gegend rumsitzen und mich langweilen.« Ich wollte am liebsten so viel Arbeit haben, dass ich kaum hinterherkam. Hayley durfte von mir aus gern denken, dass ich übertrieben fleißig war. Aber eigentlich wollte ich nur Ablenkung.

»Das sollten wir hinkriegen«, beruhigte sie mich und nahm sogleich einen Stapel Papiere. »Heute und, wie es aussieht, auch morgen haben wir genügend Kopierkram und Zeug zum Abtippen. Das sollte dich beschäftigt halten. Und dann wirst du immer ein paar Stunden bei einigen Kollegen verbringen, um einen kleinen Einblick in ihre Arbeit zu bekommen.«

Das hörte sich gar nicht mal so uninteressant an.

Sie überreichte mir den fetten Stapel an Papieren. »Diese Belege kommen von Damian. Sie sind durcheinander, sie sind nicht zusammengeheftet und es fehlen wahrscheinlich jede Menge.« Sie schmunzelte. »Damian ist ein erstklassiger Grafiker, er hat brillante Ideen für Marketingmöglichkeiten und er ist fleißig. Aber von Ordnung und Struktur hat er noch nie gehört. Das wird also deine Aufgabe sein, diese Belege zu sortieren und zu kopieren und mit dieser Liste zu vergleichen.« Sie wedelte mit einem Papier. »Die fehlenden Dokumente fragst du bei Damian an.«

»Alles klar!« Ich stand auf und ging aus Hayleys Büro und zu dem mir angewiesenen Platz. Und dann machte ich mich an die Arbeit.

Geschlagene zwei Stunden später hatte ich den hundertfünfzigseitigen Stapel sortiert, kopiert, zusammengeheftet und nur sieben Belege fehlten. Diese hatte ich auf der Liste markiert.

»Schon fertig?«, fragte Hayley mich in dem Moment.

»Jap, ich muss nur noch zu Damian.« Ich war ein klein wenig stolz. Und froh, denn ich hatte in der Zeit kaum an Ash gedacht.

»Sag mal, weißt du eigentlich schon, was du nach der Schule machen möchtest?« Sie sah mich vielsagend an.

»Um ehrlich zu sein, nein.« Ich konnte mir denken, worauf sie hinauswollte.

»Na ja, kann ja noch werden«, sagte sie aber überraschend und ließ das Thema bleiben. »Komm, wir gehen jetzt zum Mittagessen.«

Sie führte mich in eine große Kantine, in der schon ziemlich was los war. Der Geräuschpegel war einfach enorm. Es wurde gequatscht, gelacht und gefuttert. Und es roch schon wirklich gut. Wir stellten uns gemeinsam in die Schlange der Essensausgabe.

»Hm, Seelachsfilet mit Kartoffelsalat oder Gulasch mit Nudeln?«, fragte Hayley mehr sich selbst als mich.

»Bei mir wird's das Gulasch«, meinte ich enthusiastisch, und wie auf Kommando knurrte mein Magen. Bis gerade eben hatte ich gar nicht bemerkt, was für einen Hunger ich schon hatte.

»Das nehme ich, denke ich, auch.« Hayley ließ ihren Blick über die Auslage schweifen, und ihr Entschluss schien sich zu festigen. Als sie gerade ihr Essen bestellte, stupste mir jemand mit dem Finger in die Seite.

»Hallo, Sadie!«, hörte ich Damians Stimme, und ich drehte mich um.

»Hallo, du Chaot!«, begrüßte ich ihn.

»Oh, oh. Nicht du auch noch.« Aber er wirkte keineswegs peinlich berührt. »Ich schätze mal, dass wieder irgendwas fehlt?« Nein, ihm war definitiv nichts peinlich.

»Ja, das eine oder andere.«

»Okay, aber nach dem Essen. Du bist übrigens dran«, machte er mich mit einem Kopfnicken auf die Frau aufmerksam, die ein klein wenig ungeduldig hinter dem Tresen auf meine Bestellung wartete.

Als wir unser Essen hatten, suchten wir uns einen freien Platz und ich haute ordentlich rein.

»Da hat wohl jemand Hunger«, stichelte Damian.

»Das kommt davon, wenn man etwa tausend Rechnungen sortieren muss, die nur unordentlich auf einen Haufen geworfen worden sind«, ärgerte ich ihn und stopfte mir die nächste volle Gabel in den Mund. Von Gulasch konnte ich einfach nicht genug bekommen!

»Hayley, der jungen Lady solltest du vielleicht mal ein wenig Manieren und Höflichkeit beibringen«, kommentierte er gespielt säuerlich.

»Wieso, wenn sie dir endlich ein wenig Ordnungssinn in den Kopf schlagen kann, hat sie meinen Segen.«

Ich lächelte vor mich hin. Obwohl Ash mich ignorierte, obwohl ich keinen Kontakt zu ihm hatte, obwohl ich ihn wie verrückt vermisste, obwohl ich mich selbst hasste, obwohl ich Ash nie ganz aus den Gedanken bekam … Diese zwei Wochen würden schon nicht schlecht werden.

Die Zeit verging schnell.

Zu schnell für meinen Geschmack.

Der Abschlussball und somit mein Wiedersehen mit Ash rückten unaufhaltbar näher.

Entgegen meiner ursprünglichen Erwartungen liebte ich die Zeit im Verlag, sie lenkte mich von meinem gigantischen Liebeskummer wegen Ash ab. Zumindest tagsüber.

Wenn ich abends heimkam, erinnerte mich einfach alles an ihn. Mein Zimmer, mein Bett, mein Laptop, mein Handy, sogar dieses verdammte Foto, das am Kühlschrank hing.

Ach ja, mein Tattoo ließ mich Ash auch nicht vergessen.

Und Brooke.

Und nachts ... Tja, da weinte ich nur und schlief kaum. Aber ich war ja selbst schuld.

Heute war ich mit Ana unterwegs, um ein Kleid für den Abschlussball zu kaufen. Am liebsten würde ich mir ja einen Kartoffelsack über die Ohren ziehen und mich in eine Ecke verkriechen, doch die ehrgeizige Journalistin in mir motivierte mich dazu, trotzdem ein normales Kleid zu kaufen.

Und mein wundes Herz spornte mich dazu an, ein besonders schönes Kleid zu kaufen, damit ich für Ash schön war.

Unseren letzten Artikel in der Reihe hatten wir Montagabend wieder über OneDrive geschrieben. Und es war so ... so ... so verdammt unangenehm gewesen. Und traurig. Ash hatte sich so distanziert wie noch nie verhalten, und es tat weh. Mein Liebeskummer lähmte mich komplett. Ich wusste, dass unsere einzige Möglichkeit ein Gespräch mit Brooke wäre. Doch mir fehlte nicht nur der Mut, mir fehlte auch die Kraft.

»Hola, mi amor!« Ana riss mich aus meinen Gedanken und umarmte mich von hinten. »Wie geht es dir?«, fragte sie mich besorgt, als sie sich vor mich gestellt hatte. »Dios mio! Du siehst grauenvoll aus!« Entsetzt riss sie die Augen auf, als sie mich musterte. »Was sind das bitte für Säcke unter deinen Augen? Und deine Haare! Stroh! Sieht aus wie Stroh! Und sag mal, hast du abgenommen? Sadiiiie!« Ana war wirklich entrüstet und ich duckte mich ein wenig.

Die ganze Woche hatten wir uns nicht gesehen, da wir beide unsere Praktika hatten, und unsere Firmen lagen nicht gerade in der Nähe. Aber sie hatte recht. Ich hatte kaum gegessen, wenn man mal von der Portion Gulasch am Montag absah, und schlecht geschlafen hatte ich auch. Verdammt, mir ging's einfach so scheiße.

»Weißt du, was?« Ana stemmte die Hände in die Hüften. »Wir machen dich heute wieder hübsch! Wir kaufen ein atemberaubendes Kleid, dann machen wir uns eine Maniküre und zum Schluss schleppe ich dich noch zum Friseur! Und danach ...« Passiv sah ich sie an.

»Und danach wirst du verdammt noch mal mit Brooke reden!«

Erschrocken fuhr ich zusammen. Ana war bis jetzt nur fürsorglich und besorgt gewesen. Aber jetzt machte sie mir auch Feuer unterm Hintern.

»Sadie, sieh dich an. Dir geht es verdammt schlecht. Du liebst Ash, oder?«

Tränen stiegen mir in die Augen, und ich nickte nur.

»Dann musst du auch was dafür tun! Weißt du, Sadie, in dieser Sache bin ich voll und ganz auf Ashs Seite. Er mag die Sache durch seine Beziehung mit Brooke zwar unnötig kompliziert gemacht haben, aber keiner hätte wissen können, wie sich euer Verhältnis entwickeln würde. Also reiß dich mal zusammen!« Sie lächelte zwar, aber sie meinte es todernst. »Du schuldest es ihm, deiner Schwester und dir selbst, endlich mit Brooke zu reden.«

Sie hatte ja recht. Ich wusste das alles schon. Mir fehlte nur der letzte Anstoß.

»Aber heute haben wir erst einmal Spaß!« Ana packte mich am Arm und zog mich ins Kleidergeschäft, vor dem ich auf sie gewartet hatte. Es war ein eher kleines Geschäft, jedoch mit einer tollen und noblen Auswahl. Wehmütig machte ich mich daran, ein passendes Kleid zu finden.

Ash

»Also Bier.« Ich steckte meine Hände in die Hosentaschen und sah zu Matt. Wir waren in der Stadt, weil Matt mich ein wenig *aufmuntern* wollte. Ich rümpfte die Nase, als ich das Wort dachte. Wir waren verdammt noch mal keine Mädchen.

Aber eine kleine Ablenkung konnte ich sehr wohl gebrauchen.

»Ja, eindeutig Bier.« Matt sah wieder zu mir. »Guinness oder gehen wir in eine normale Bar?«

Auf keinen Fall Guinness. Guinness erinnerte mich an Sadie.

»Normale Bar. Da ist doch dahinten um die Ecke eine, oder?«, meinte ich mich erinnern zu können und zeigte nach rechts.

»Okay.« Matt beobachtete mich von der Seite, als wir zu der Bar schlenderten. »Du siehst scheiße aus, Mann«, sagte er und blieb stehen. Ich stoppte auch und wandte mich zu ihm.

»Erzähl mir was Neues.« Ich sah nicht nur scheiße aus, ich fühlte mich auch so. Ich konnte nicht schlafen, ich war am Dauergrübeln, der Appetit war mir vergangen. Es war erbärmlich, aber ich ... Ich war mit der Situation überfordert. Meine Gefühle waren im Laufe der letzten Wochen in einem einzigen Auf und Ab gefangen gewesen. Erst Zweifel und Hoffnung, dann unbändige Freude und eine krasse Explosion an Liebe, und dann ... nichts.

Ich hatte Sadie zum zweiten Mal verloren.

Obwohl ich sie auch mehr oder weniger weggestoßen hatte.

Aber ganz ehrlich? Ich war nicht ihr verfluchtes Spielzeug.

Ich wollte Sadie, ich wollte sie immer noch. So verdammt sehr! Doch nicht heimlich, nicht verborgen. Als würde sie sich schämen. Als wäre sie sich nicht ganz sicher.

Natürlich verstand ich, dass sie sich Sorgen um Brooke machte. Und ganz behaglich würde die Sache bestimmt nicht verlaufen. Aber wollte sie mich oder nicht? War ich den Kampf nicht wert?

Sie hatte sich nicht mehr gemeldet, seit wir am Montag den Artikel geschrieben hatten. Jeden verfluchten Tag, jede verfluchte Minute wartete ich auf eine Nachricht von ihr, in der stand, dass sie mit Brooke geredet hatte.

Anscheinend konnte ich lange darauf warten.

»Hast du dir was überlegt?«, fragte Matt mich.

»Sie will nicht mit Brooke reden. Und ich will keine heimliche Beziehung auf unbestimmte Zeit. Wir kommen so nicht vorwärts«, erläuterte ich nüchtern. Ich klang gleichgültiger, als ich es in Wirklichkeit war. Es machte eh keinen Unterschied.

»Komm, ich will jetzt endlich mein Bier haben«, sagte ich und wandte mich zum Gehen, als laute Rufe zu uns drangen.

»Matt! Ash!« Wir drehten beide den Kopf und sahen Ana, wie sie winkend auf uns zukam. Mein Blick rutschte zur Seite und mein Herz blieb stehen. Sadie stand einige Meter hinter ihr, und selbst auf die Entfernung konnte ich diese unglaubliche Anziehungskraft, die von ihr ausging, nicht verdrängen. Ihr Blick traf meinen, und ich musste mich selbst daran erinnern zu atmen.

Ich konnte nicht wegsehen, als sie langsam Ana folgte und in unsere Richtung kam. Verdammt, es tat so weh, aber ich konnte nicht wegsehen.

Erst als Ana zu mir trat, um mich zu umarmen, konnte ich den Blick abwenden.

»Hi«, begrüßte ich sie, bevor sie zu Matt ging. Sadie umarmte auch ihn, blieb dann unschlüssig vor mir stehen. Ich hörte, wie Ana hinter ihr Matt vollquatschte und irgendwie Kleider, Nägel und Haare in einen Satz packte, der für mich gerade keinen Sinn ergab.

Sadie und ich starrten uns nur an. Sahen uns in die Augen. Suchten nach einem Hinweis, dass sich an unserer Situation irgendetwas geändert hatte.

Dann sah sie weg, und ein bitterer Geschmack legte sich auf meine Zunge. Ich hatte meine Antwort. Und sie tat verdammt weh.

Ich wandte mich ebenfalls ab und drehte mich zu Matt und Ana, die zwar miteinander redeten, aber ich war mir sicher, dass sie Sadie und mich genau im Blick hatten und ihnen keine Einzelheit unserer frostigen Begegnung entgangen war.

»Ash und ich gehen was trinken, möchtet ihr beide mit?«, fragte Matt in dem Moment, und ich hätte ihn beinahe einen Kopf kürzer gemacht. War er wahnsinnig? Er wollte Sadie und mich in dieser Situation an einen Tisch setzen?

Ich konnte förmlich spüren, wie sich auch Sadie versteifte, aber sie sagte nichts. Wahrscheinlich wollte sie, genauso wenig wie ich, irgendjemanden vor den Kopf stoßen.

Ana sah kurz unschlüssig zwischen Sadie und mir hin und her.

»Nein, lieber nicht. Wir beiden chicas haben noch einiges zu erledigen«, sagte sie zu meiner großen Erleichterung.

Wann war das bitte passiert, dass ich erleichtert war, wenn ich *keine* Zeit mit Sadie verbringen konnte? Der Gedanke machte mich so wütend und traurig zugleich, dass ich meine Kiefer fest zusammenpresste. Die Anspannung musste mir ins Gesicht geschrieben stehen.

»Wie geht es dir?«, hörte ich Sadie plötzlich leise fragen. Fassungslos sah ich sie an. Ein leises resigniertes Lachen entwich meiner Kehle, ich schüttelte den Kopf und sah weg.

Hatte sie mich gerade allen Ernstes gefragt, wie es mir ging?

Wie. Es. Mir. Ging?

Als ich sie wieder ansah, kam ich mit einem Schlag wieder zur Ruhe. Sadies trauriger Blick war mehr als deutlich. Ihr ging es auch schlecht. Sie litt auch.

Nur wieso zur Hölle tat sie dann nichts dagegen?

Ich war so kurz vorm Ausflippen.

»Okay«, meinte Matt gedehnt, und ich sah zu ihm, um mich wieder einigermaßen zu beruhigen. »Wir sehen uns!«, verabschiedete er sich und hob nur die Hand, um eine peinliche und verklemmte Umarmungssituation zu vermeiden. Wir entfernten uns, und als wir um eine Ecke bogen und somit außer Sicht waren, sah Matt mich an.

»Mann ...«, sagte er fast ein wenig verurteilend. Er klang auch ein wenig enttäuscht.

»Was?« Ich stieß die Tür zu der Bar auf.

»Was war das gerade eben?«, hörte ich ihn hinter mir. »Du konntest sie nicht einmal begrüßen?«

Ich drehte mich zu ihm um. »Wieso sollte ich?«, versuchte ich mich zu verteidigen. »Ganz ehrlich, wenn sie mich wirklich wollen würde, hätte sie sich doch längst zusammengerissen und mit Brooke gesprochen, oder?«

Matt schüttelte erst einmal nur den Kopf und ging zur Theke. Ich fand einen ungestörten Tisch in der hinteren Ecke und ließ mich dort nieder. Kurz darauf kam Matt mit zwei Flaschen Bier.

»Ash, du bist entweder blind oder blöd«, fing er an. Ich verdrehte die Augen. »Hast du ihr nicht angesehen, wie schlecht es ihr geht? Sie war nur ein Schatten ihrer selbst!«

Ich knallte meine Flasche auf den Tisch.

»Was soll ich machen, Matt? Sag mir, was soll ich tun?« Ich war am Ende meiner Kräfte, so frustriert war ich. Ich liebte Sadie, das stand fest. Aber was konnte ich tun, solange sie nicht mit Brooke sprach? Es war zum Verzweifeln!

»Kämpf um sie, Mann. Kämpf um sie!« Ich sah auf mein Bier.

»Mann, du kennst Sadie! Du weißt, wie sehr sie Streit und Konflikte innerhalb der Familie hasst. Du weißt, dass sie eigentlich für alle nur das Beste möchte, auch wenn sie manchmal ein bisschen ruppig erscheint. Du weißt, wie groß ihre Angst davor ist, Fehler zu begehen und dadurch andere traurig zu machen. Sie will dich doch auch! Also hilf ihr, den letzten Schritt zu tun. Oder mach ihn selbst!«

Ich überlegte und nahm einen Schluck von meinem Bier.

Sollte ich einfach zu Brooke gehen und mit ihr reden?

Nein, den Gedanken verwarf ich schnell wieder. Das musste Sadie selbst machen. Sie würde mich umbringen, wenn sie erfahren würde, dass ich mich hinter ihrem Rücken eingemischt hatte und ihre Schwester deswegen sauer auf sie war.

Vielleicht musste ich ihr wirklich einfach noch ein bisschen mehr Zeit geben, ihr mehr Vertrauen und Geduld entgegenbringen.

Ich hatte in ihren Augen gesehen, dass sie ebenso litt wie ich. Und Matt hatte wahrscheinlich recht. Sie wollte einfach niemandem wehtun und nahm dafür lieber in Kauf, selbst zu leiden.

Mir kam der Abschlussball in den Sinn. Die paar Tage würde ich noch abwarten und mir für den Ball etwas Besonderes überlegen. Etwas, womit ich Sadie zeigen konnte, wie viel sie mir bedeutete und dass ich mit ihr zusammen sein wollte, egal wie. Dass ich warten würde, bis sie bereit war. Ich würde ihr zur Seite stehen und ihr kein Ultimatum stellen, wie ich es jetzt getan hatte.

Ich liebte sie, und ich wollte sie an meiner Seite. Ich konnte und wollte sie nicht einfach kampflos gehen lassen. Wie ein Schwächling. Sadie sollte nicht denken, dass sie mir so leicht entkommen konnte. Ich wollte sie zurückgewinnen.

Ich hatte da vielleicht sogar schon eine Idee.

30

»Es war wirklich ein Vergnügen, dich hierzuhaben!«, sagte Hayley liebevoll und zog mich in eine Umarmung.

»Danke für die zwei tollen Wochen! Ich habe echt viel gelernt. Und ich habe die Zeit hier genossen«, sagte ich wahrheitsgemäß und fand es wirklich schade, dass mein Praktikum schon vorbei war.

»Hier, noch ein kleines Andenken.« Hayley reichte mir eine riesige Pralinenbox. Ich begann zu strahlen.

»Das Andenken wird leider nicht lange bleiben!«, meinte ich neckend.

»Das sollte dir vielleicht zu denken geben«, meldete sich Damian zu Wort, und ich wandte mich zu ihm.

»Dich werde ich auch wahnsinnig vermissen!«, sagte ich sarkastisch, aber doch ein wenig ernst gemeint, bevor ich auch ihn umarmte.

Wir drei standen in der Lobby des Verlags, es war Freitagnachmittag und mein zweiwöchiges Praktikum war zu Ende. Ich hatte mich schon von den anderen Kollegen, mit denen ich etwas zu tun gehabt hatte, verabschiedet, nur Hayley und Damian, mit denen ich die meiste Zeit zusammen gewesen war, wollten mich noch zur Tür begleiten.

»Pass auf dich auf und lass mal von dir hören!«, sagte Hayley noch zum Abschied.

»Und viel Spaß heute Abend!« Damian zwinkerte mir zu, und mein Herzschlag beschleunigte sich sofort. Heute Abend war der Abschlussball. Heute Abend würde ich Ash wiedersehen. Und heute Abend würde ich ihm meine Liebe gestehen.

Denn ich hatte einen Entschluss gefasst: Ash war der Richtige für mich.

Und ich hoffte, dass ich immer noch die Richtige für ihn war.

Deshalb hatte ich nur noch eine Möglichkeit, mit Brooke zu reden – und zwar jetzt sofort.

Ich winkte noch einmal Hayley und Damian zu, versprach, mit ihnen in Kontakt zu bleiben, verließ das alte Gebäude und machte mich auf den Weg nach Hause.

Ich hatte schon den ganzen Tag Schweißausbrüche, meine Hände zitterten, und es fiel mir ungemein schwer, mich zu konzentrieren. Jetzt schloss ich die Tür auf und betrat mein Zuhause.

Ich hatte noch immer Angst vor Brookes Reaktion.

Aber noch mehr Angst hatte ich davor, nie wieder mit Ash zusammen zu sein.

Bevor ich es mir anders überlegen konnte, lief ich sofort hoch zu ihrem Zimmer, holte noch einmal tief Luft, um mich wenigstens ansatzweise zu beruhigen, und klopfte an.

Ich hörte Brookes gedämpfte Stimme, die mich hereinrief.

Als ich die Tür öffnete, sah ich sie auf ihrem Bett liegen und auf ihr Handy starren. Wahrscheinlich scrollte sie mal wieder durch Instagram oder Facebook.

»Hast du kurz Zeit für mich?« Ich schloss die Tür hinter mir und setzte mich zu ihr aufs Bett.

»Was gibt's denn?«, fragte sie leicht gelangweilt, legte jedoch wenigstens ihr Handy weg und sah mich an.

»Ich muss mit dir reden. Wegen Ash.«

Jetzt hatte ich ihre volle Aufmerksamkeit. Ich zitterte innerlich vor Aufregung und bekam kaum Luft. Jetzt oder nie.

»Brooke, ich habe dir vor ein paar Wochen versprochen, dass zwischen Ash und mir nichts lief, als ihr noch zusammen wart. Und das war die absolute Wahrheit. Aber jetzt ... Brooke, ich habe mich in ihn verliebt, und ich habe ihn extra abblitzen lassen, weil ich dir nicht wehtun wollte.« Tränen sammelten sich in meinen Augen, und ich drängte sie zurück. Heulen konnte ich später auch noch.

»Ash redet seitdem nicht mehr mit mir, und ich vermisse ihn. Ich vermisse ihn so sehr.« Die letzten Worte waren eher ein Flüstern, weil mir schon wieder diese verdammten Tränen im Weg waren.

»Ich will ihn nicht mehr von mir stoßen. Ich will mit ihm zusammen sein. Aber ich wollte vorher mit dir reden. Du bist meine Schwester, und ich will nicht, dass irgendjemand zwischen uns steht.«

Mit verschleiertem Blick sah ich Brooke an, die sich inzwischen aufgesetzt hatte und mich ebenfalls nachdenklich ansah. Eine riesengroße Last wich von meinen Schultern, obwohl ich ihre Reaktion noch nicht sah. Allein endlich die Wahrheit ausgesprochen zu haben, endlich meine eigene Angst überwunden zu haben, ließ mein Herz ruhiger schlagen.

Das mit der Wahrheit war im Übrigen auch subjektiv. Ich wusste noch nicht, ob ich sagen würde, dass wir eigentlich schon heimlich und hinter ihrem Rücken zusammen gewesen waren.

»Ich hatte mir so etwas schon gedacht. Erst seid ihr aneinandergeklebt, und dann ist auf einmal Funkstille und du heulst jede Nacht.«

Verwundert sah ich sie an.

»Das hast du mitbekommen?«

Brooke lächelte schwach und nickte. »Ich hatte Angst, mit dir darüber zu reden, weil ich mir selbst nicht sicher war, was ich für Ash empfand. Er hat von Anfang an gesagt, dass er nicht in mich verliebt sei. Und das war eigentlich okay für mich. Trotzdem konnte ich noch nicht ganz mit ihm abschließen.«

»Und jetzt?«, fragte ich zaghaft. Ich war überrascht, dass Brooke nicht komplett austickte. Ich hatte mir vorgestellt, wie sie zur Furie wurde und mir die Augen auskratzte. Und dass auch sie mit ihrer eigenen Unsicherheit und Angst gekämpft hatte.

»Jetzt denke ich, dass Ash und ich nie zusammengehört haben.« Brooke sah mich offen an. »Ash ist gut aussehend. Er ist aufregend. Aber wir haben nie wirklich harmoniert.« Hieß das …?

»Also dann … Darf ich … Also meinst du …?« Ich brachte keinen vernünftigen Satz zustande, doch Brooke schien mich zu verstehen. Zum ersten Mal in meinem Leben hatte ich das Gefühl, dass sie mich wirklich verstand.

»Ihr beiden habt meinen Segen«, sagte sie feierlich, und ich umarmte sie stürmisch.

Mir fiel der gewaltigste Steinbrocken vom Herzen, den man sich nur vorstellen konnte. Meine Beine wurden vor lauter Erleichterung ganz schwach, sodass ich froh war, dass ich saß. Wieder traten Tränen in meine Augen, dieses Mal vor Freude.

Brooke hatte nichts dagegen. Obwohl sie so verletzt war, hatte sie nichts dagegen.

Ich hatte mich sehr in ihr getäuscht! Ich hätte mir nie im Leben vorgestellt, dass sie so ruhig reagieren würde!

»Du hättest viel früher zu mir kommen sollen«, meinte Brooke, als wir uns wieder normal hingesetzt hatten. Sie hatte ausnahmsweise einmal wirklich recht! Ich hätte viel früher zu ihr kommen sollen! Ich hatte drei Wochen verschwendet!

»Ich hatte Angst«, sagte ich leise. »Du warst so traurig und ich hatte eh schon ein schlechtes Gewissen, weil du mir die Schuld für euren Bruch gegeben hast und ...« Ups. Jetzt mit Beschuldigungen zu kommen war wohl nicht die beste Idee, oder?

»Du warst auch schuld«, sagte sie ernst, und sofort krümmte ich mich ein wenig zusammen. »Zum Teil zumindest. Es hätte mit Ash sowieso nicht funktioniert, und ich bin mir sicher, wenn ich nicht Schluss gemacht hätte, hätte er es kurz darauf getan. Aber die Art und Weise, wie ihr miteinander umgegangen seid, wie Ash dich angesehen hat ... Ich wusste, dass ich nichts dagegen tun konnte. Du hast es nicht absichtlich gemacht, ich weiß das. Ich glaube dir sogar, dass du ihn anfangs nicht einmal mochtest. Trotzdem bist du der Hauptgrund, warum das mit Ash und mir nie funktioniert hätte.«

Irgendwie war das schon ein wenig traurig. Unbewusst hatte ich meiner Schwester also doch den Freund ausgespannt.

»Weißt du«, fuhr sie fort. »Ash hat oft von dir gesprochen, nach dir gefragt.« Sie sah mich ein wenig gebrochen an. »Irgendwie bist du ihm nie aus dem Kopf gegangen.«

Ich wusste nicht wirklich, was ich darauf erwidern sollte.

Ash.

Ich hatte alles mit meiner Schwester geklärt. Es stand uns nichts mehr im Weg. Wir hatten freie Bahn! Innerlich flippte ich fast aus vor Aufregung.

Hoffentlich hatte ich Ash nicht komplett vergrault. Hoffentlich hatte ich noch eine Chance bei ihm.

»Danke, Brooke! Ich weiß, dass die letzten Wochen nicht einfach für dich waren. Aber das hier ... Das bedeutet mir so unendlich viel.«

Sie nickte. »Das wird auch nicht ganz so lustig für mich, immer daran erinnert zu werden, dass du mit meinem Ex-Freund zusammen bist. Aber du hast ja eh schon ein Tattoo von ihm. Ewiger kann es nicht werden.« Ich überlegte, ob ich ihre Formulierung korrigieren sollte, beließ es jedoch dabei.

»Ich bin vielleicht nicht die Hellste, aber ich bin romantisch. Und das mit euch zwei ist einfach super romantisch. Und da stelle ich mich nicht in den Weg. Tut mir nur bitte einen Gefallen. Sitzt nicht vor meiner Nase und macht rum.« Sie sagte es mit einem Lächeln.

»Abgemacht!« Ich stand auf. Innerlich schlug ich mir gegen den Kopf. Ich hätte so viel früher mit ihr reden können. Reden sollen. Dann hätte ich Ash und mir so viel Kummer erspart. Brooke hasste mich nicht. Sie stellte sich uns nicht in den Weg. Wieso hatte ich gedacht, dass sie das tun würde? Wie hatte ich meine eigene Schwester dermaßen falsch einschätzen können?

»Jetzt entschuldige mich bitte, ich muss mich fertig machen.«

Ich sah sie fragend an. Das klang nicht danach, dass sie sich mit ihren Freundinnen treffen würde. Ich hob eine Augenbraue.

»Ich habe ein Date«, sagte sie nur schlicht.

Aha, daher also ihre Nettigkeit, ihr Wille, mir Ash zu überlassen. Trotzdem konnte ich ein breites Grinsen nicht unterdrücken.

»Und wer ist der Glückliche?«, fragte ich sie und trieb ihr damit die Röte in die Wangen.

»Don?« Das war mehr eine Frage als eine Feststellung.

»Don, wie Ashs Kumpel Don?«, hakte ich noch einmal nach und Brooke nickte.

»Na dann, viel Spaß«, flötete ich und verließ ihr Zimmer. Unendlich erleichtert und glücklich ging ich in mein Zimmer und nahm mein iPhone zur Hand. Ich hatte nur noch drei Stunden, bis ich mich beim Abschlussball mit Ash traf. Nur noch drei Stunden, um mich fertig zu machen. Nur noch drei Stunden Ungewissheit.

Nur noch drei Stunden ohne Ash.

Ash

Ich rückte meine Fliege zurecht und sah mich um. Hier herrschte das reinste Chaos. Zwei Helfer waren gerade dabei, den roten Teppich vor dem Eingang auszurollen, während ein Mädchen mit feuerroten Haaren gestresst zwischen den Fackeln entlang des Teppichs hin und her huschte, um sie anzuzünden. Weitere Leute liefen ein und aus und trugen Stühle, Blumentöpfe und Lampen, die noch in letzter Sekunde an den richtigen Platz gestellt werden mussten.

Denn in einer halben Stunde würden die ersten Gäste eintreffen.

Ich war vor einer Viertelstunde zu Fuß gekommen, da ich nur drei Straßen weiter wohnte, und hatte mich schon eingerichtet. Ich sah mich in meiner Nische beim Eingang um. Hier würde ich gleich alle Absolventen und ihre Begleitungen fotografieren. Ihre letzte offizielle Erinnerung an die Schule.

Nächstes Jahr war ich dran. Kaum zu glauben. Und Brooke, fiel mir ein. Ich hoffte aber nicht, dass sie meine Begleitung werden würde. Ich tendierte da eher zu ihrer Schwester.

Mein Blick huschte wieder zur Straße. Jeden Moment würde dort ein Auto halten, aus dem Sadie aussteigen würde. Und ich konnte es kaum erwarten. Seit ich am Wochenende den Entschluss gefasst hatte, Sadie zurückzuerobern, um sie zu kämpfen, hatte sich meine Laune schlagartig verbessert. Ich hatte neue Energie bekommen, und zusammen mit Matt hatte ich meine Überraschung für Sadie geplant.

In dem Moment hielt ein Taxi, und neugierig blickte ich dorthin. Die Tür ging langsam auf. Und dann stieg Sadie aus dem Wagen.

»Damn …«, murmelte ich gedehnt, als sie gerade dastand und noch einmal über ihr Kleid fuhr. Heilige Scheiße, das Mädchen machte mich noch verrückt.

Ich starrte sie an.

Ich stand einfach nur da und starrte sie an.

Während sie direkt auf mich zusteuerte, hatte ich die Gelegenheit, sie mir noch genauer anzusehen, ohne dass es aufdringlich wirkte. Hoffte ich zumindest. Denn ich konnte meinen Blick einfach nicht von diesem Traumkörper abwenden, den dieses Kleid einfach perfekt zur Geltung brachte. Eng anliegend, ein riesiger Schlitz im Rock, und auch der Oberkörper war nur halb bedeckt – ich war verloren.

Endlich war sie bei mir angekommen.

»Du starrst.« Sadie grinste mich frech an, aber ich ließ mich nicht aus dem Konzept bringen.

»Du machst es einem auch nicht leicht, wegzusehen«, konterte ich und trieb Sadie damit die Röte in die Wangen. Okay, sie war also noch immer mehr als empfänglich für meine Komplimente.

Ich bot ihr meinen Arm an.

»Komm, wir machen uns an die Arbeit.« Ich führte sie nach drinnen, wo uns Michael entgegenkam. Ich warf ihm einen vernichtenden Blick zu, als er seine Blicke über Sadie schweifen ließ. Der sollte bloß aufpassen.

»Gut, dass ihr jetzt beide da seid«, meinte er schließlich. »Ash, dich brauchen wir, wie du schon weißt, erst mal vor der Fotoleinwand. Du machst die Fotos von allen Pärchen, die ein Foto haben wollen. Und Sadie«, wandte er sich an dieses wundervolle Geschöpf neben mir, und ich behielt ihn dabei genau im Blick. »Du streifst einfach durch die Reihen und interviewst ein paar Leute. Hier hast du noch eine Liste von Personen, mit denen du unbedingt sprechen solltest, mit der Jahrgangsstufensprecherin, zum Beispiel, und den Moderatoren des Abends«, erklärte er.

Er führte uns in den großen Saal, der in einen Sitz- und Tanzbereich aufgeteilt war, dazu noch eine Bar. Die Tische waren in einem Kreis aufgebaut, sodass die

Tanzfläche in der Mitte war. Das Essen der Cateringfirma zierte fast eine ganze Seite des Saals.

Ich schaltete meine Kamera ein und schoss einige Fotos vom leeren Saal. Jetzt war alles noch an seinem Platz und so, wie es sein sollte.

Michael entfernte sich ein wenig und sprach mit irgendwem am Telefon. Er hatte heute wieder dieses Ich-bin-ja-ach-so-wichtig-Gehabe drauf, und ich merkte, wie ich mehr und mehr genervt von ihm war. Der Kerl war mir schon immer auf den Sack gegangen.

Obwohl ich durch die Linse sah, spürte ich, dass Sadie nah neben mir stand.

»Es ist echt schön«, kommentierte sie, und ich senkte die Kamera, um sie anzusehen.

»Ash, ich …«, begann sie und sah mich fast schon angsterfüllt an.

»So, hier entlang!«, kommandierte Michael plötzlich und stopfte sein Handy in die Hosentasche, während er an uns vorbeischritt und uns hinter sich herwinkte. Ich hätte ihn erwürgen können! Wieso musste er ausgerechnet jetzt kommen und Sadie unterbrechen? Was hatte sie gerade eben sagen wollen? Wenn ich an ihren Blick dachte, krümmte sich alles in mir zusammen.

»Hier werdet ihr mit einigen anderen vom Personal sitzen«, erläuterte Michael und zeigte auf einen Tisch. »Ash, du machst natürlich auch immer Fotos, wenn Reden gehalten werden, und von allem, was auf der Bühne zur Unterhaltung dargeboten wird. Sadie, du notierst alles, was ihr später für den Artikel braucht.« Wir warfen uns einen kurzen genervten Blick zu. Michael tat so, als hätten wir noch nie einen Artikel geschrieben. Er ließ noch die eine oder andere Bemerkung fallen, aber ich konnte meinen Fokus nicht von Sadie wenden. Sie war wie ein Magnet, zu dem ich automatisch hingezogen wurde. Der Norden, nach dem mein innerer Kompass ausgerichtet war. Sie war der Grund, wieso ich plötzlich gedanklich total romantisch wurde.

Ich sah zu ihr rüber und beobachtete, wie sie den Ballsaal und Michael interessiert betrachtete. Wie ihr Blick gehetzt durch den Raum schweifte. Wie sie nervös mit ihrem Kugelschreiber spielte.

Wieso war sie so nervös? Machte ich sie nervös? Auf die schlechte Art?

»So, und jetzt husch, ab mit euch beiden! Wir sind hier nicht zum Vergnügen!«, scheuchte Michael uns plötzlich davon. Gemeinsam und wortlos gingen wir wieder vor den Eingang, wo die ersten Absolventen in dem Moment eintrafen. Sadie verließ meine Seite mit einem letzten kurzen Blick zu mir. Einem Moment lang sah ich ihr nach, und es fiel mir schwer, sie nicht offensichtlich zu begaffen, bevor ich meinen Posten an der Fotoleinwand einnahm.

Die ersten Pärchen kamen zu mir und ich schoss ein paar Fotos. Die Absolventen strahlten diese typische Freude und Ausgelassenheit aus, die sich jedes Jahr bei allen wiederholten, die endlich die Schule hinter sich gebracht hatten.

Während den Fotos konnte ich einfach nicht umhin, immer wieder schnell zu Sadie zu sehen, die einige Meter entfernt stand. Und fast immer fing ich ihren Blick auf, wenn auch sie in meine Richtung sah.

»Hey, Kleiner!«, hörte ich plötzlich eine bekannte Stimme hinter mir, und ich drehte mich zu Robyn um, die mich in eine kurze Umarmung zog.

»Du siehst toll aus!«, machte ich ihr ein ehrliches Kompliment, bevor ich auch ihren Begleiter begrüßte.

Ich kannte ihn nicht von der Schule, er sah auch um einiges älter aus als Robyn, aber er wirkte auf den ersten Eindruck sehr nett.

»Bist du heute unser Hoffotograf?«, fragte sie mit einem spitzbübischen Grinsen auf den Lippen.

»Stets zu Diensten, Mylady«, ging ich auf Robyns Geplänkel ein. »Wollt ihr auch ein Foto?«, fragte ich die beiden und hielt die Kamera demonstrativ in die Höhe.

»Aber so was von!« Robyn zog den Typen an ihrer Seite vor die Fotoleinwand und schmiegte sich an ihn. Ich musste überhaupt nichts sagen, keine Tipps geben, denn das Bild war einfach perfekt. Die beiden passten wirklich gut zusammen.

Nach dem Foto verabschiedeten sie sich, und mein Blick fiel wieder auf Sadie, die gerade mit irgendeinem Pärchen sprach, das ich nicht kannte. Sie sah einfach zum Anbeißen aus.

Ich konnte es kaum abwarten, bis ich endlich Zeit hätte, mit ihr zu reden.

Noch während ich sie ansah, wandte sie ihren Blick zu mir und schenkte mir ein kurzes, umwerfendes Lächeln, bevor sie sich wieder ihrem Interview zuwandte. Mir kribbelte es richtig in den Fingern, und am liebsten wäre ich auf der Stelle zu ihr gegangen, hätte sie in meine Arme gezogen und ihr gesagt, wie sehr ich sie vermisst hatte.

Doch jetzt musste ich erst einmal noch eine Million Fotos machen, da wirklich jeder mit seinem Schwarm, seiner besten Freundin, der ganzen Clique und ich weiß nicht in wie vielen anderen Variationen verewigt werden wollte.

Ich knipste also wie ein Wahnsinniger ein Foto nach dem anderen, ohne dabei Sadies Gegenwart zu vergessen. Ab und zu gönnte ich mir einen Blick in ihre Richtung, und manchmal ertappte ich sie dabei, wie sie gerade zu mir sah.

Diese Anziehungskraft war einfach unaushaltbar. Und dann auch noch dieses Kleid …

Ich hatte den Verdacht, dass sie absichtlich genau dieses Kleid ausgewählt hatte, um mich zu quälen.

Ein Grinsen stahl sich auf meine Lippen. Auf diese Weise wurde ich ziemlich gern gefoltert.

Gerade als ich meinen Blick noch einmal über Sadies Körper schweifen ließ, sah sie zu mir, als hätte sie einen sechsten Sinn dafür, zu bemerken, wann ich sie ansah. Ich konnte nicht umhin, sie ein wenig zu ärgern, und fuhr mir lasziv mit der Zungenspitze über die Lippen. Ein leises Lachen entfuhr mir, als sie als Reaktion unwillkürlich auf ihre Lippe biss.

In unserer Stand-by-Beziehung war also noch nicht alles verloren.

Nach einer gefühlten Ewigkeit hatten wir alle angemeldeten Absolventen durch und Stille breitete sich vor dem Eingang aus. Ich sah einige Bilder auf meiner Kamera an, als Sadie zu mir kam.

»Ash, ich muss mit dir reden«, sagte sie ernst, und mein Herz blieb fast stehen. Ich sah sie an, um irgendeine Gefühlsregung bei ihr zu erkennen. Um zu sehen, ob sie mit der lang ersehnten Neuigkeit kam oder ob sie mir den Todesstoß gab.

»Okay«, sagte ich und nahm ihre Hand. Wenn sie *Sash* schon vernichten wollte, sollte ich es ihr so schwer wie möglich machen.

Die Berührung löste in mir eine Flut an Begeisterung aus, und wieder einmal war ich überrascht, wie richtig es sich anfühlte, mit ihr zusammen zu sein. Sadie sah auf unsere Hände hinab und dann in meine Augen. Ein Lächeln bildete sich auf ihren vollen, wunderschönen Lippen, und meine Angst um uns verschwand mit einem Schlag.

»Ich …«, fing sie an.

»Wo bleibt ihr denn? Ash, Fotos! Die Moderatoren halten jede Sekunde die Begrüßungsrede! Sadie, Notizen!«, herrschte Michael uns wie aus dem Nichts an, und erschrocken fuhren wir auseinander. Sadie nickte und ging schnell nach innen, während ich noch perplex vor der Tür stand. Ich wollte Michael am liebsten umbringen!

Ich folgte Sadie und machte meine Kamera startklar. Sadie hatte sich wie die Absolventen hingesetzt und war bereit, Notizen zu machen. Ich ging näher zur runden Tanzfläche in der Mitte, wo die Moderatoren schon standen. Ich schoss unzählige Fotos und überlegte, was Sadie vorhin hatte sagen wollen.

Als die Begrüßung zu Ende war und alle Anwesenden klatschten, ging ich zurück zu Sadie, die in dem Moment aufstand.

»Komm, ich habe Hunger«, meinte sie, und ich zweifelte keine Sekunde daran, dass es stimmte. Ich legte die Kamera auf den Tisch, da ich schon vorhin vom unberührten Büfett Fotos geschossen hatte, und ging neben ihr zu dem vielfältigen Essen.

»Immer nur ein Teller, Sadie«, neckte ich sie, als ich das Strahlen in ihren Augen sah, die auf das Büfett gerichtet waren. Sie schlug mich leicht in die Seite, versuchte ein Grinsen zu unterdrücken, erwiderte aber nichts. Mein Gefühl sagte mir, dass ich allen Grund der Welt hatte, optimistisch zu sein.

Sadie

Zurück am Tisch, machte ich mich erst einmal über meinen Teller her. Ich musste mir Mut anessen. Und antrinken! Ich nahm gleich einen Schluck von meinem Wein.

Zwei verdammte Male hatte ich jetzt schon versucht, mit Ash zu reden. Doch jedes Mal war Michael reingeplatzt. War das ein Zeichen, dass ich einfach meinen Mund halten sollte? Weil Ash mich nicht mehr wollte?

Das konnte ich aber auch nicht glauben. So wie er mich den ganzen Abend angestarrt hatte, rechnete ich mir meine Chancen recht groß aus. Ich hatte auch kaum meine Augen von ihm wenden können. In Anzug war er einfach ... ein Gott. Der heißeste Kerl der Galaxie saß neben mir. Kein Wunder, dass ich ein durchweichtes Hirn hatte und meine Aufregung nicht unter Kontrolle bekam.

Ich lugte zu ihm rüber, nur um abzuchecken, dass auch er mich ansah. Ich versuchte neutral zu wirken, war mir nur nicht sicher, ob es mir gelang.

»Kann ich dich mal was fragen, Ash?« Ich setzte mich gerade hin und drehte mich ein klein wenig zu ihm, sodass ich ihn besser ansehen konnte. Er nickte und sah mich abwartend an.

»Kann es sein, dass deine Augen in den letzten Jahren blauer geworden sind?« Das klang wie eine dämliche Frage, aber in meiner Erinnerung waren sie nie so blau gewesen. Oder sie strahlten jetzt einfach mehr.

Ash nahm einen Schluck von seinem Wein, ohne den Blick von mir zu wenden. »Ich trage Kontaktlinsen«, meinte er schlicht.

»Ja und?«

»Blaue Kontaktlinsen.«

Moment, was?

»Was?« Ich starrte ihn mit offenem Mund an. Das war doch nicht sein Ernst, oder?

»Mädchen fahren doch auf blaue Augen ab, oder? Da ich eh Kontaktlinsen wollte statt einer Brille, dachte ich mir, dass ich genauso gut blaue tragen kann.« Er tat das ab, als wäre das nichts.

Ash trug farbige Kontaktlinsen?

»Verarschst du mich gerade?« Ich konnte das einfach nicht fassen.

Ash lehnte sich zu mir rüber, sodass ich ihm tief in die Augen blicken konnte. »Würde ich dich jemals verarschen, Babe?«, fragte er leise und sah mich dabei so eindringlich an, dass mich eine Gänsehaut überfuhr. Ich blickte ihm in die Augen, um seine Kontaktlinsen zu betrachten. Ich konnte sie kaum erkennen. Ich musterte seine Iriden. Das war kein monotones Blau, wie das bei farbigen Kontaktlinsen üblich war. Er hatte helle und dunkle Sprenkel rund um seine Pupillen.

»Du verarschst mich«, stellte ich fest und lehnte mich wieder zurück. Ein kleines Lächeln machte sich auf seinen Lippen bemerkbar. Er verarschte mich also wirklich.

Ich hatte es ihm echt kurz abgekauft!

»Du bist doch verrückt«, murmelte ich. Er sah mich nur an, und mein Herzschlag beschleunigte sich. War jetzt der Zeitpunkt gekommen?

Gerade als ich zu der Enthüllung ansetzen wollte, klingelte Ashs iPhone. Er sah auf den Screen und dann zu mir.

»Da muss ich kurz ran.« Mit einem verschmitzten Ausdruck im Gesicht stand er auf und entfernte sich einige Meter, um ungestört reden zu können.

Ich aß weiter dieses überaus köstliche Essen, und als Ash wieder zu mir zurückkam, wurde von den Moderatoren im selben Moment das Programm des Abends angekündigt. Seufzend legte ich meine Gabel zur Seite, während Ash seine Kamera hervorholte. Jetzt erst einmal wieder arbeiten.

Nach dem geplanten Programm fragte ein Mädchen vom Personal, das bei uns am Tisch saß, ob Ash mit ihr tanzen wolle. Ich hatte bis dahin den anderen am Tisch so gut wie keine Beachtung geschenkt. Auch Ash hatte mit keinem von ihnen geredet, weshalb er überrascht hochsah. Ich musterte das blonde Mädchen, das Ash anschmachtete, und krampfte meine Hand um meine Gabel. Die könnte großen Schaden anrichten, wenn es sein müsste.

Ash jedoch schlug das Angebot höflich ab, da er noch am Essen war. Erleichtert atmete ich aus. Was war ich nur für eine eifersüchtige Tusse geworden?

Als die anderen den Tisch verließen, um zu tanzen, aßen wir in Stille weiter. Ich merkte, wie Ash mir die ganze Zeit über kurze Blicke zuwarf. Jetzt war eigentlich *die* Gelegenheit. Ich schluckte den letzten Bissen hinunter, nahm einen Schluck von meinem Wein und wandte mich zu ihm, als die ersten Klänge von *Bad* durch den Saal strömten.

Ash stand auf und hielt mir seine Hand hin.

»Würdest du mit mir tanzen?«

Vor lauter Freude und Nervosität wäre ich beinahe zusammengebrochen, aber ich schaffte es doch, seine Hand zu ergreifen, um mich von ihm auf die Tanzfläche ziehen zu lassen.

Ash führte mich formvollendet, und ich vermerkte auf meiner Liste mit Fragen an Ash, dass ich unbedingt von ihm wissen musste, wo er so gut tanzen gelernt hatte.

Er hielt mich an der Taille umschlungen, und ein Feuer brannte auf meiner Haut, wo er mich berührte. Sein Blick huschte über mein Gesicht, verharrte bei meinen Lippen, senkte sich über meinen Körper und wanderte wieder zu meinen Augen.

Er zog mich noch enger an sich, sodass er seine Wange leicht an meiner Schläfe anlehnte. Sein Atem streichelte meinen Hals. Ich atmete tief ein und sein Duft betörte mich. Ich hatte am ganzen Körper Gänsehaut, und ich konnte deutlich spüren, dass auch Ash ein wenig angespannt war.

Ich wollte Ash wieder ganz für mich haben und das aller Welt zeigen.

Ich stützte mich ein wenig von ihm ab, um ihm in die Augen zu sehen.

»Wusstest du, dass Brooke heute ein Date mit Don hat?«, fragte ich ihn langsam und beobachtete seine Reaktion genau. Er zog die Augenbrauen leicht zusammen und sah mich einige Sekunden lang nur an.

»Nein, das war mir neu«, murmelte er. Ich schmiegte mich ein wenig enger an ihn, wohl wissend, dass ich Ash damit ein mehr als deutliches Zeichen gab. Er ließ seine Hand von meiner Taille ein kleines Stück abwärts und wieder nach oben wandern.

Die Zeit war gekommen.

Ich sah ihn wieder direkt an und blendete alles um uns herum aus. Dies war der letzte Moment der Ungewissheit. Der letzte Augenblick voller unausgesprochener Dinge.

»Ich habe heute mit Brooke geredet«, versuchte ich ruhig zu sagen, aber meine Stimme zitterte leicht, da ich innerlich so unglaublich aufgewühlt war und ich es einfach nicht mehr länger aushielt, von Ash getrennt zu sein. Ash sah mich an, als hätte ihn gerade der Blitz getroffen. Unsicher erwiderte ich seinen Blick. Warum sagte er denn nichts? Doch dann packte er mich plötzlich fest an der Taille und wirbelte mich einmal stürmisch herum.

»Du hast wirklich mit Brooke geredet?« Ash hatte nun das breiteste Grinsen im Gesicht, das man sich überhaupt vorstellen konnte. »Was hat sie gesagt?«

»Wir haben ihren Segen, solange wir nicht vor ihr rummachen«, fasste ich das Gespräch kurz und knapp zusammen. Ich war so erleichtert, dass es jetzt endlich raus war. Mit Brooke war alles geklärt, ich konnte ruhigen Gewissens mit Ash zusammen sein. Und Ash freute sich ebenfalls wirklich, also hatte ich noch nicht alles kaputtgemacht.

Plötzlich schnappte sich Ash meine Hand. »Komm mit, ich will dir was zeigen«, sagte er nur und zog mich hinter sich her Richtung Ausgang.

»Warte, wir können hier doch nicht einfach weg?« Mit dieser Frage wollte ich ihn aufhalten, da ich Michaels verwirrten Blick auffing, als wir an ihm vorbeigingen. Irgendwie hatte ich mir das hier anders vorgestellt. Ich dachte, dass Ash mich vielleicht mitten auf der Tanzfläche küssen würde. Oder irgendetwas anderes sagen würde ...

Ash blieb stehen und sah mich amüsiert an. »Zum Teufel mit Michael, du kommst jetzt mit!«

Die kühle Abendluft legte sich über mich, und mich durchlief ein Schauer. Ohne ein Wort zu sagen, zog Ash sein Sakko aus und legte es mir über die Schultern, bevor er sich wieder meine Hand schnappte und mich weiterzog.

»Wo laufen wir denn hin?«

»Sei doch nicht so ungeduldig.«

Wir liefen nicht allzu weit, als er vor einer Hecke haltmachte.

Aber es war nicht irgendeine Hecke.

Es war unsere Hecke.

Unsere Hecke, in der wir uns als Kinder eine kleine Höhle gebaut hatten, in der wir uns versteckt hatten, wir so viel Spaß zusammen hatten. Ich hatte völlig vergessen, dass die sich hier befand.

Während mir die Erinnerungsfetzen durch den Kopf schossen, konnte ich Ash nur anlächeln. Er drückte die Äste am Eingang so weit wie möglich auseinander, damit ich ohne Probleme durchsteigen konnte. Wir waren inzwischen halt doch ein paar Zentimeter gewachsen, seitdem wir das letzte Mal hier gewesen waren. Und in einem Abendkleid war ich auch noch nie zuvor in einer Hecke verschwunden.

Als ich sah, was Ash vorbereitet hatte, blieb mir der Mund offen stehen. In dem kleinen Hohlraum war eine gemütlich aussehende Decke ausgebreitet, und überall standen kleine Windlichter mit Kerzen.

»Ich weiß, es ist ein bisschen kitschig, aber ich dachte mir, wir brauchen ja auch ein bisschen Licht«, hörte ich plötzlich Ashs Stimme direkt neben meinem Ohr.

»Es ist perfekt«, meinte ich nur und drehte mich zu ihm um. »Du hast das alles geplant, bevor du wusstest, dass ich mit Brooke geredet habe?«

Ash nickte, und ich war so dermaßen gerührt, dass ich gar nicht wusste, was ich darauf sagen sollte. Ash nahm mich an der Hand und zog mich mit auf die Decke, wo ich mich auf seinen Schoß setzte. Ich tauchte in seinen Augen ein, die nur wenige Zentimeter von mir entfernt waren. Verdammt, ich wollte ihn küssen!

»Mir ist einfach klar geworden, dass ich mit dir zusammen sein will. Egal wie und egal was kommt. Alles andere werden wir schon schaffen. Zusammen.«

Seine Worte berührten mich mehr, als er sich ausmalen konnte. Ash hätte es in Kauf genommen, weiter mit mir nur heimlich zusammen zu sein.

Er kramte neben sich herum, zog einen kleinen Korb zu uns und machte ihn auf. Ich erwartete schon irgendwie, dass er eine Flasche Sekt oder Ähnliches hervorzauberte, aber wieder einmal überraschte er mich positiv.

»Hierzu sagst du nicht Nein, oder?« Er machte die eine Desperadosflasche mit der anderen auf und reichte sie mir. Ich konnte meinen Blick nicht einmal ansatzweise von ihm abwenden. Als er auch seine Flasche geöffnet hatte, stießen wir an und nahmen einen Schluck. Das hier war tausendmal besser als Sekt.

»Weißt du, als das mit uns beiden damals war.« Er brach kurz ab und ich hörte ihn schlucken. »Nach dem Kuss ... Nachdem du mich daraufhin abgewiesen hast ... Ich bin hierhergekommen. Ich musste allein sein, aber gleichzeitig wollte ich dir nahe sein. Also habe ich diesen Ort gewählt«, sagte er und nahm noch einen Schluck aus seiner Flasche. Seine Augen funkelten dunkel, und das schimmernde Licht der Kerzen tauchte sein Gesicht in feurige Farben.

»Ash ...« Ich stellte meine Flasche neben mir auf dem Boden ab und beugte mich vor. Unsere Lippen berührten sich so sanft, dass es fast nur ein Hauch war, den ich spürte. »Ich liebe dich.«

Meine Worte zauberten ein Lächeln auf Ashs Gesicht, und er legte seine Lippen für einen intensiveren Kuss auf meinen. Ich hörte, wie er seine Flasche klirrend wegstellte, und spürte, wie er mit seinen Händen über meinen Körper fuhr, er streichelte mich und umarmte mich noch fester. Als ich mich von ihm lösen wollte, biss er leicht in meine Lippe und zog mich wieder zu sich.

»Du glaubst gar nicht, wie sehr ich gehofft hatte, diese Worte von dir zu hören. Hier ist damals irgendwie alles zwischen uns in die Brüche gegangen, und ich hatte mir so gewünscht, dass wir hier einen Neuanfang wagen.« Seine Hand legte er an meine Wange, und mit seinem Daumen liebkoste er meinen Wangenknochen. Langsam fuhr er mit einem Finger meinen Hals entlang zu meinem Schlüsselbein, wo er mich sanft küsste. Ich krallte mich in seine Haare und schloss die Augen. Er streifte mir sein Sakko ab und küsste meine Schulter.

»Ich habe noch was für dich«, meinte er und hielt mir eine kleine Schachtel unter die Nase.

Neugierig nahm ich sie entgegen und öffnete sie. Als ich sah, was sich darin befand, konnte ich nicht anders, als zu lachen.

»Partner-Piercings?«, fragte ich Ash mit hochgezogener Augenbraue, der mich nur frech angrinste.

»Genau, Partner-Piercings, damit jeder weiß, dass wir zusammengehören.«

»Und wo hattest du dir vorgestellt, dass unsere Partner-Piercings hinkommen?«, wollte ich von ihm wissen. Mit dem Gedanken an ein Piercing hatte ich mich gerade eben erstaunlich schnell angefreundet.

»Genau hier«, meinte Ash und biss mir neckisch in die Lippe. Beim Gedanken an Ash mit einem Lippenpiercing wurde ich fast ohnmächtig. Ich küsste ihn leidenschaftlich und drückte ihn nach hinten, sodass er auf der Decke lag. Ich beugte mich über ihn und sah ihn verliebt an.

»Wann hast du all das hier vorbereitet?«, fragte ich leise und genoss es einfach, so nah bei ihm zu sein.

»Matt hat mir geholfen«, gestand er. Da er aber anscheinend nicht in Redelaune war, schlang er seinen Arm um mich und zog mich ganz zu ihm runter, bevor ich weiter über die bedeutende Rolle von Matt nachdenken konnte. Während er mir mit einer Hand über den Rücken fuhr und ich ihn am Kragen festhielt, seufzte ich zufrieden.

»Ich werde dich für den Rest unseres Lebens *Babe* nennen«, nuschelte er plötzlich.

»Du hast meine Erlaubnis«, gestattete ich ihm. Das war nur mehr als fair.

Und ich wollte für den Rest meines Lebens von ihm *Babe* genannt werden.

EPILOG

»Au, VERDAMMT!«, schrie ich und hüpfte vom Stuhl. »Au, au, au, verdammte Scheiße!« Ich trampelte auf dem Boden, während sich der Geschmack von Blut in meinem Mund ausbreitete. Ash neben mir lachte einfach nur.

»Jetzt sei nicht so zimperlich! So schlimm ist es doch auch wieder nicht.«

Böse funkelte ich ihn an. Und wie schlimm das war! Es tat einfach so verdammt weh, ich hatte das Gefühl, dass meine gesamte Lippe aufgerissen worden war. Hätte ich doch diese blöde Betäubung angenommen, die Ash mir angeboten hatte. Aber nein, natürlich musste ich einen auf cool machen, und was hatte ich jetzt davon?

Wie hielt Ash das nur aus, ohne auch nur eine Miene zu verziehen? Ich konnte mir das einfach nicht erklären. Als er sich das Piercing gerade vor dem Spiegel selbst gestochen hatte, sah das so einfach aus.

»Nur weil du kein Schmerzempfinden hast, heißt das nicht, dass auch alle anderen Menschen völlig gefühlskalt sind!« Ich traute mich gar nicht, meine Lippe zu berühren. Allein die leichte Reibung durch das Sprechen tat schon höllisch weh. Ash kam auf mich zu und legte seine Hände auf meine Hüften.

»Ich denke du weißt, dass ich alles andere als gefühlskalt bin«, meinte er und drückte mir einen kleinen Kuss auf den nicht lädierten Mundwinkel. Ich musste grinsen und bereute es augenblicklich, als wieder ein heftiger Schmerz durch meine Lippe zuckte.

»Wie lang tut das noch weh?«, jammerte ich. Ich klang wie ein Kleinkind.

Anstatt mich zu trösten, meinte Ash nur frech: »Jetzt stell dich nicht so an!«

Schon wieder musste ich schmunzeln. Ash verhätschelte mich definitiv nicht, aber das war auch gut so. Ich legte meine Hände um seinen Nacken.

Ich war glücklich. Einfach rundum glücklich.

Ich war mit diesem absolut heißen und liebevollen Exemplar von einem Kerl zusammen, hatte mich mit meiner Schwester ausgesprochen und musste mich nicht mehr verstecken oder mit einem schlechten Gewissen herumschlagen.

Gerade eben war mein Leben einfach rundum perfekt.

Ich würde absolut nichts ändern wollen.

Ich drehte meinen Kopf so, dass ich in den Spiegel sehen konnte, und begutachtete mein erstes Piercing. Es sah wirklich gut aus.

»Du siehst so heiß damit aus«, sprach Ash in dem Moment laut aus.

Ich ignorierte den Schmerz und küsste Ash, möglichst ohne das Piercing zu berühren.

Ich stand hier und küsste Ash.

Meinen Ash.

Sadie kaute nervös auf ihrer Lippe herum und ich seufzte.

»Soll ich mir das Piercing zuerst stechen und dann mach ich deins?«, fragte ich sie und sah, wie ihre Schultern vor Erleichterung nach unten sackten. Ich nahm die Utensilien, die ich benötigte, zur Hand, und schon ein paar Minuten später hatte ich ein weiteres Piercing.

Natürlich zwickte es ein wenig, und der metallische Geschmack von Blut, der sich in meinem Mund ausbreitete, blieb auch nicht aus. Aber ich hatte schon ganz andere Schmerzen bei meinen ganzen Tattoos ausgestanden.

»Also komm, jetzt du.« Aufmunternd lächelte ich Sadie an. Sie setzte sich auf den Stuhl, auf dem sie ihr Tattoo von mir bekommen hatte, und reckte mir ihren Kiefer entgegen, damit ich besseren Zugang zu ihren Lippen hatte.

Ich konnte mich nicht beherrschen und stahl noch einen Kuss von ihren Lippen. Jetzt hatte sie endlich ein Grinsen im Gesicht. Vorsichtig nahm ich ihre Unterlippe zwischen die Finger und platzierte das Piercing. Ich wusste, je schneller ich es machte, desto geringer würden die Schmerzen sein.

Das war in etwa so wie bei einem Pflaster; zog man es ruckartig ab, war der Schmerz bei Weitem nicht so schlimm, als wenn man langsam daran herumzupfte.

Ich drückte zu, befestigte den Schmuck und das Piercing saß.

»Au, VERDAMMT!«, schrie Sadie auf und sprang intuitiv vom Stuhl. »Au, au, au, verdammte Scheiße!«, fluchte sie vor sich hin, was ich so süß fand, dass ich mir ein leises Lachen nicht verkneifen konnte.

Es war Sadies erstes Piercing, also wusste sie nicht genau, was sie erwartete. Aber die Tattoos hatte sie bereits durchgestanden, also würde sie auch diesen Schmerz überleben.

»Jetzt sei nicht so zimperlich! So schlimm ist es doch auch wieder nicht«, provozierte ich sie und erntete, wie erwartet, einen mörderischen Blick.

»Nur weil du kein Schmerzempfinden hast, heißt das nicht, dass auch alle anderen Menschen völlig gefühlskalt sind!«, gab sie patzig von sich. Sie war so süß, wenn sie sich aufregte. Ich hätte ihr ewig dabei zusehen können.

Aber ich wollte sie bei mir haben, so nah wie möglich. Ich zog sie zu mir und legte meine Hände auf ihrer Taille ab.

»Ich denke, du weißt, dass ich alles andere als gefühlskalt bin.« Sie musste wissen, dass es zumindest eine Sache, einen Menschen in meinem Leben gab, dem gegenüber ich *nie* gefühlskalt sein könnte. Sadie bedeutet mir einfach alles. Sie war meine kleine Welt.

Ich gab ihr einen kleinen Kuss, besonders darauf bedacht, dem frisch gestochenen Piercing nicht zu nahe zu kommen, um ihre Schmerzen nicht zu verstärken.

»Wie lang tut das noch weh?« Sadie jammerte vor sich hin, aber ich wusste, dass sie eigentlich ein Kontra von mir wollte, vielleicht sogar erwartete.

»Jetzt stell dich nicht so an!«, meinte ich deswegen nur, und tatsächlich grinste sie und legte ihre Hände in meinen Nacken. Davon konnte ich einfach nicht genug bekommen. Nicht genug von Sadie, und nicht genug davon, dass sie auch nicht genug von mir bekommen konnte.

Sie wandte ihren Kopf in Richtung Spiegel und sah sich das Piercing das erste Mal richtig an. Ich fand, es stand ihr einfach verdammt gut. Und es zeigte, dass sie zu mir gehörte.

»Du siehst so heiß damit aus.« Ich konnte nicht anders. Ich musste es ihr sagen. Dieses Mädchen brachte mich einfach um den Verstand, und es wurde jeden Tag schlimmer.

Sie lachte und presste ihre Lippen auf meine, ohne groß auf unsere Piercings zu achten.

Ein süßer Schmerz durchzuckte meine Lippe, aber es war mir egal.

Konnte man süchtig nach einem Menschen sein?

Wenn ja, dann war ich es definitiv.

Süchtig nach Sadie.

Meiner Sadie.

Ich sah sie wieder im Spiegel an, nahm mein Cap und setzte es ihr auf. »Mit dem Piercing und dem Cap bist du jetzt eindeutig mein ›Babe‹.« Sadie grinste mich im Spiegel breit an.

»Mein Badbabe.«

DANKSAGUNG

Zum nun zweiten Mal möchten wir hier ein riesiges Danke sagen: Innerhalb von einem Jahr zwei Bücher veröffentlichen zu dürfen ist mehr, als wir je zu träumen gewagt hätten.

Wir sind absolut geflasht von den Rückmeldungen zu unserem Debütroman »Das Leuchten deiner Worte« und auch der Wahnsinnsunterstützung, die wir bei »Like Thunder and Storm« wieder von so vielen Seiten erhalten haben:

Zuerst ein Danke an unsere fantastischen Wattpad-Leser*innen, die Sadie und Ash bei ihrer Entstehung von Anfang an begleitet haben – wir hoffen, ihr konntet euch noch einmal neu in #Sash verlieben!

Dann natürlich Danke an das Wattpad-Team, allen voran Petra, die seit Jahren an uns und unsere Bücher glaubt.

Danke an das tolle Piper-Team, vor allem an Elke, die uns immer auf dem Laufenden hält, alles organisiert, was rund um die Entstehung eines Buches zu organisieren ist, immer ein offenes Ohr für uns hat und sich all unsere Ideen und Vorschläge anhört.

Vielen lieben Dank auch an Michaela, unsere Lektorin, von der wir auch dieses Mal wieder enorm viel gelernt haben – die Zusammenarbeit mit dir war uns wieder eine Freude!

Danke auch an dich, liebe*r Leser*in, dass du dieses Buch gekauft hast – wir hoffen, du hattest schöne Lesestunden damit! Wir freuen uns sehr über deine Rückmeldung, und falls du uns auf unserem weiteren Weg begleiten möchtest: Dies kannst du gern auf unserem Instagram-Profil **elizahart.books** machen – wir freuen uns auf dich!

Und last but not least möchten wir unsere Familien und unsere Freunde drücken, weil sie mindestens genauso wie wir freudig ausgerastet sind, als wir erfahren haben, dass »Damn Badbabe« (ehemaliger Wattpad-Titel) als gedrucktes Buch erscheinen wird. Danke, dass ihr immer für uns da seid!